D1325808

Clara en Nora

Richard B. Wright

Clara en Nora

Uit het Engels vertaald door Kathleen Rutten

afgeschreven

UITGEVERIJ DE GEUS

Oorspronkelijke titel *Clara Callan*, verschenen bij
Harper*Flamingo* Canada, Toronto
Oorspronkelijke tekst © Richard Wright, 2001
Nederlandse vertaling © Kathleen Rutten en
Uitgeverij De Geus bv, Breda 2003
Het citaat uit Emily Dickinson op p. 57 is gekozen uit
Geheimen, gedichten en citaten, vertaald en
bezorgd door Louise van Santen (De Prom, Baarn 1996);
het citaat uit Thomas Mann op p. 169 uit *De dood in Venetië*,
vert. Ruth Wolf (Allert de Lange, Amsterdam 1981)
Omslagontwerp Uitgeverij De Geus bv
Omslagillustratie © Chaloner Woods/Hulton Archives/
Getty Images
Drukkerij Haasbeek bv, Alphen a/d Rijn

ISBN 90 445 0269 7
NUR 302

Verspreiding in België via Libridis nv, Industriepark-Noord 5a,
9100 Sint-Niklaas

Voor Pagain,
uit liefde en dankbaarheid

Und wenn dich das Irdische vergaß,
zu der stillen Erde sag: Ich rinne.
Zu dem raschen Wasser sprich: Ich bin.

– Rainer Maria Rilke
Die Sonette an Orpheus, Zweiter Teil, XXIX

1934

Zaterdag, 3 november (20.10 uur)

Vandaag is Nora naar New York vertrokken. Volgens mij neemt ze een geweldig risico door helemaal daarheen te gaan, maar natuurlijk wilde ze niet luisteren. Nora laat zich niets zeggen. Dat heeft ze nooit gedaan. Vervolgens kreeg ze op het laatste moment de zenuwen. Tranen in het enorme station te midden van vreemden en omgeroepen mededelingen.

'Ik zal je missen, Clara.'

'Ja. Nou, ik jou ook, Nora. Kijk goed uit daarginder!'

'Je vindt dat ik er verkeerd aan doe, hè? Ik zie het aan je gezicht.'

'We hebben het er al zo vaak over gehad, Nora. Je weet hoe ik erover denk.'

'Beloof me dat je zult schrijven.'

'Ja, natuurlijk zal ik schrijven.'

Een zakdoek, vaag ruikend naar viooltjes, tegen één oog gedrukt. Vader zei altijd dat Nora's hele leven één grote voorstelling was. Misschien wordt het wat met haar daarginder bij de radio, maar er is evenveel kans dat ze na Kerstmis alweer terugkomt. En wat moet ze dan? Ik weet zeker dat ze haar in de winkel niet meer terug zullen nemen. Het is dwaas om in deze tijd zulke risico's te nemen. Een laatste zwaai en een dapper lachje. Maar ze zag er leuk uit en in de trein zal er wel iemand luisteren. Waarschijnlijk zit er op dit moment iemand naar haar te luisteren.

Hoopte vurig op afzondering in de trein terug, maar het mocht niet zo zijn. Door het raampje kon ik zien hoe de treinbeambte Mrs. Webb en Marion de treden op hielp. Daarop volgden de zijdelingse blikken van de gezonden van lijf en leden toen Marion door het gangpad kwam, zich vasthoudend aan rugleuningen, haar slechte voet zijwaarts en naar voren slingerend, waarna ze met moeite en dankzij jarenlange gewoonte de zware, zwarte schoen op de vloer liet vallen. Eindelijk zat ze tegenover me, gevolgd door moeder Webb en haar pakjes. De gebruikelijke bemoeizucht van Mrs. W.

'Nou dan, Clara, wat brengt jou naar de stad? Is het niet druk in de winkels en dat met Kerstmis pas over een paar weken? Ik heb mijn inkopen maar het liefst achter de rug. Ben je al aan het repeteren voor het concert? Ik had het pas nog over je met Ida Atkins. Zou het niet leuk zijn, zeiden we, als Clara Callan naar onze bijeenkomsten kwam? Je moet er eens over nadenken, Clara. Dan kom je 's avonds het huis een keer uit. Marion vindt het leuk, niet, lieverd?'

En een heleboel meer van hetzelfde tot aan Uxbridge, toen ze eindelijk indutte, met haar grote hoofd hangend onder haar hoed en haar armen voor haar forse boezem gevouwen. Marion zei hallo, maar bleef achter haar tijdschrift (filmsterretje op de omslag) zitten. Een week geleden hebben we ergens onenigheid over gehad. Waarover weet ik niet meer precies, maar Marion heeft sindsdien geweigerd om meer dan twee woorden tegen me te spreken en dat is maar goed ook.

Vanuit de trein liet ik mijn blik over de kale, grijze velden in de regen gaan. Ik dacht aan Nora die uit een ander treinraampje tuurde. En toen dwaalde mijn blik af naar Marions orthopedische hoge schoen en ik herinnerde me dat ik ooit op het schoolplein naar een miniatuurversie ervan had gestaard. Eenentwintig septembers geleden! Ik was tien en ging naar de vierde klas. Marion was de hele zomer in Toronto geweest en kwam terug met die lompe schoen. In de fantasie van Mrs. Webb zijn Marion en ik verbonden door onze geboortedatum en derhalve in dit aardse bestaan op mystieke wijze verenigd. We zijn maar een paar uur na elkaar op dezelfde dag en in hetzelfde jaar geboren. Mrs. W. krijgt maar niet genoeg van het verhaal hoe dokter Grant in de vroege ochtend uit ons huis kwam gesneld om haar bij de bevalling bij te staan en dat hij het nieuws bracht dat Mrs. Callan zojuist het leven had geschonken aan een prachtige dochter. En toen kwam Marion, maar haar voetje 'was niet zoals God het had bedoeld'.

En op die lang vervlogen septemberochtend op het schoolplein kwam Mrs. Webb met Marion naar me toe en zei: 'Clara zal op je passen, lieverd. Ze wordt je beste vriendin. Jullie zijn immers op dezelfde dag geboren!'

Marion leek verbijsterd. Dat weet ik nog. En dat ze zich zo aan me vastklampte! Ik had kunnen gillen en misschien heb ik dat ook gedaan. Aan het einde van de dag maakten we ergens ruzie over en ze kreeg een huilbui onder een boom op het gazon voor ons huis. En ze jammerde en stampte met die hoge schoen, waar mijn blik zich net zo aan vastzoog als aan het kropgezwel in de hals van Mrs. Fowley. Vader zag er iets van en gaf me naderhand een standje. Ik geloof dat ik zonder eten naar bed moest en dat ik dagenlang mokte. Wat was ik toch een vreselijk kind! Toch vergaf Marion het me; ze vergeeft me altijd. Deze middag zie ik haar van tijd tot tijd naar me lachen over het tijdschrift heen. Mr. Webb stond bij het station met zijn auto te wachten, maar ik zei dat ik liever ging lopen. Het regende toen niet meer. Hij was niet beledigd.

Ze zijn aan mijn manier van doen gewend. En dus wandelde ik in de vochtige, grijze avond naar huis. Natte bladeren op de grond en het donker dat zich tussen de kale boomtakken door over de lucht verspreidt. De winter is in aantocht. Mijn buren zitten al aan tafel achter de verlichte keukenramen. Voelde me een beetje neerslachtig bij de herinnering aan andere zaterdagavonden, wanneer ik het eten klaar had op het fornuis en wachtte op het geluid van vaders auto op de oprit als hij Nora van het station had opgehaald. Nora zou beslist nooit zijn gaan lopen. Wachtend in de keuken tot ze opgewonden binnenkwam. Met weer een verhaal over een avontuur in een toneelles of de charmes van een nieuwe aanbidder. Vader die zijn wenkbrauwen al fronste over de commotie terwijl hij zijn jas in de gang ophing. Het is bijna zeven maanden geleden en ik dacht dat ik eraan gewend begon te raken dat vader er niet meer is, maar vanavond, toen ik door Church Street liep, voelde ik opnieuw hoe definitief zijn afwezigheid is.

Op dat moment werd ik bijna omvergerend door Clayton

Tunney die op de hoek van Broad Street uit het duister kwam gestormd. Het was een verrassing, op zijn zachtst gezegd.

'Clayton', zei ik. 'In godsnaam, kijk een beetje uit!'

'Sorry, Miss Callan. Ik zat bij de Martins met Donny naar de radio te luisteren en nou ben ik te laat voor het eten en ma vilt me levend.'

En daar ging hij weer, een kleine, nerveuze gedaante hollend door Church Street. Arme Clayton! Altijd haast en altijd te laat. Zonder mankeren als laatste na de pauze in de klas.

Tatham House
138 East 38th Street
New York
10 november 1934

Lieve Clara,

Wel, ik heb het gehaald en woon nu op het bovenstaande adres. Tatham House is een appartementenhotel voor zelfstandige vrouwen (ik hoop er binnenkort eentje te worden). Het is heel schoon, goed onderhouden en de prijs is redelijk. Het is ook gunstig gelegen. Ik heb een paar dagen bij Jack en Doris Halpern gelogeerd en heb toen deze woonruimte gevonden. De Halperns wonen 'op stand', een heel eind hiervandaan, maar met de metro ben je de stad zo snel door dat je nauwelijks iets merkt van de afstanden. Het is niet zo moeilijk de weg in New York te vinden als je eenmaal de slag te pakken hebt. De 'streets' lopen allemaal van oost naar west en de 'avenues' van noord naar zuid en ze hebben allemaal nummers, op een paar uitzonderingen na, zoals Park Avenue, Madison Avenue en Lexington Avenue. Maar sjonge, wat een herrie! De taxichauffeurs toeteren voortdurend en je moet echt uitkijken met oversteken. Iedereen lijkt zo'n verdomde haast te hebben (ik dacht dat het erg was in Toronto). Er zijn op alle mogelijke en onmogelijke uren zo veel mensen op straat en ik moet zeggen, Clara, dat ik nog nooit zo veel knappe mannen heb gezien, hoewel er veel nogal donker getint zijn. Het zullen wel Italianen of Grieken zijn of misschien joden. Maar ze zijn ontzettend knap. Je ziet hier ook veel kleurlingen.

Nu over het werk! Donderdag heeft Jack me mee naar Benjamin, Hecker en Freed (een reclamebureau) genomen en me aan een stel mensen voorgesteld, waaronder de schrijfster Evelyn Downing. Hoe moet ik Evelyn beschrijven? Ze doet me denken aan het liedje dat we als kinderen zongen.

Ik ben een kleine theepot
Dik en rond
Dit is mijn handvat
En dit is mijn tuit
Til me op
En schenk me uit!

Weet je nog? Ze is maar zo'n één meter vijftig lang en bijna even breed en ze heeft een grote bos rossig haar. Draagt prachtig gesneden, sobere mantelpakjes en duur uitziende schoenen. Een schoonheidswedstrijd zal ze nooit winnen maar ze is heel grappig en duidelijk zeer succesvol. Rookt als een schoorsteen. De ene Camel na de andere en haar vingers zijn geel van de nicotine. Maar goed, ik heb een stemtest gedaan (verscheidene eigenlijk) en ze waren er tevreden over, althans dat zeiden ze. Ze hebben me nog niets beloofd, maar Jack denkt dat ik precies ben wat ze zoeken voor de nieuwe serie die Evelyn aan het schrijven is. Maar ondertussen woon ik, zoals ik tegen Jack zei, in deze grote stad en moet ik rekeningen betalen voor tamelijk belangrijke dingen als eten en de huur, maar hij zei dat hij binnen een week of zo wel wat reclamewerk voor me zou vinden en dan zou het in orde zijn. Goeie genade, ik hoop het echt! Ik heb genoeg geld voor ongeveer zes weken, daarna zal ik in de steun moeten of, wat waarschijnlijker is, ze schoppen me dit mooie land uit. Ik had een heel goed gevoel toen ik afgelopen donderdag voor die mensen las. Ik voelde gewoon dat ze tevreden waren met wat ze hoorden, vooral Miss D. Dus we zullen zien! Jack en Doris komen me over een uur ophalen om uit eten te gaan. Ze zijn gewoon fantastisch voor me geweest. Dus alles bij elkaar kan ik zeggen dat deze eerste week goed is gegaan en ik heb nog geen heimwee, maar schrijf *alsjeblieft.*

Liefs, Nora

P.S. In de gang op mijn verdieping is een telefoon en in geval van nood kun je me bereiken op University 5-0040. Ik zou willen dat je telefoon nam, maar dat hebben we al besproken, hè? Ik neem aan dat je, als het moet, die van de Brydens kunt gebruiken, maar ik zou willen dat je er nog eens over nadenkt, Clara. Zou het niet fijn zijn als we een paar keer per week met elkaar konden 'praten'? Maar wat zei vader vroeger ook alweer over praatjes die geen gaatjes vullen?

Vrijdag, 16 november

Vanmorgen werd ik wakker met het gevoel dat ik misbruikt word. In de afgelopen paar dagen is de eerste winterstorm door het dorp gewaaid. Andere jaren was ik blij met de eerste sneeuw omdat die de grijsheid van november toedekte. Nu zie ik de sneeuw alleen maar als overlast die geruimd moet worden en sinds woensdagmorgen ben ik daar van tijd tot tijd mee bezig geweest. Bovendien maakte ik me zorgen over de laatste honderd dollar die ik nog van Wilkins te goed heb voor vaders auto. Het had op de eerste van de maand afbetaald moeten zijn en de hele week had ik al in mijn hoofd dat hij er een slaatje uit zou slaan en dat ik een advocaat zou moeten nemen om het hele gedoe van het geld af te handelen. Ik oordeel veel te snel over anderen en ben waarschijnlijk te pessimistisch over de menselijke natuur. Dus kijk nu eens hoe heilzaam die ouwe wereld eruitziet! Een stralend zonnige middag (voor november) en net toen ik thuiskwam uit school kwam Mr. Wilkins langs met de honderd dollar en excuses voor de vertraging. God zegen hem! Nu moet ik Nora's aandeel opsturen; ze klinkt alsof ze het wel kan gebruiken.

Beste Nora,

Ik ben blij dat je een fatsoenlijk onderkomen hebt gevonden dat niet te duur is. Ik hoop dat je voorzichtig bent in die stad. Ik weet zeker dat ik stapelgek zou worden van alleen maar de deur uit gaan in die drukte. Hoe verdienen mensen in vredesnaam de kost en waar, vraag ik me af, komt het eten vandaan om zo veel monden te voeden? Er moeten daar duizenden werkelozen zijn. Hier in het dorp houden we het hoofd nog boven water, maar in Linden zit het ze echt tegen. De meubelfabriek heeft bijna alle mannen ontslagen en het is zwaar nu met veel gezinnen in de steun.

Op school is alles in orde, hoewel Milton en ik nu het werk van drie moeten verzetten. Omdat het in de lente zo goed ging, neemt het bestuur volgens mij gewoon aan dat de school door twee mensen kan worden geleid. Ze beweren dat ze dit jaar geen geld hebben voor nog een onderwijzer en dat is misschien wel zo, maar ik ben geneigd te denken dat ze gewoon gierig zijn. Maar er is niets aan te doen. Milton is een prettig iemand om voor te werken, maar het is nogal een weifelaar en hij ontbeert vaders gezag als hoofd. Ik neem aan dat je niet te hard over hem mag oordelen, maar ik vind dat hij niet streng genoeg is tegen sommige ruwere kinderen, in het bijzonder de broertjes Kray, die tegenwoordig een nagel aan mijn doodskist zijn.

Mr. Wilkins heeft me gisteren eindelijk het laatste bedrag voor vaders auto gegeven en de bijgesloten postwissel voor vijftig dollar is jouw aandeel. Ik weet zeker dat het je goed van pas zal komen. Maar eerlijk gezegd heb ik nu spijt dat ik de auto heb verkocht. De laatste tijd is het meer dan eens bij me opgekomen dat ik hem had kunnen houden en had kunnen leren rijden. Toen vader stierf dacht ik daar niet aan en het kan zijn dat ik er te veel haast mee had om alles te regelen. Over regelen gesproken. Ik heb ook onderhandeld met de man van Linden Monumenten, die een week geleden eindelijk bij me langs is geweest. Die lui nemen wel de tijd voor hun zaken; ik zit al sinds de zomer achter hem aan. Hij wilde me een soort prul verkopen voor het familiegraf en liet me een catalogus zien die me van verbazing en afschuw zowat sprakeloos maakte; honderden afgrijselijke versjes waarmee gepoogd wordt de levenden ervan te verzekeren dat de doden nog niet zo slecht af zijn. Misschien zijn ze dat ook niet, maar hoe dan ook, ik heb hem gezegd dat gewone taal zal moeten volstaan. En dus komt er nu Edward J. Callan, 1869-1934 bij de namen en jaren van moeder en Thomas te staan. Ik hoop dat je het ermee eens bent.

Ik geloof dat ik de ketel nu de baas ben. Hij heeft me de hele herfst hoofdbrekens bezorgd, maar Mr. Bryden heeft me een aantal lessen gegeven in hoe je hem aan de gang moet krijgen en aan de gang moet houden. Het is een handigheidje. Je moet uitkijken dat je niet te veel vuur door de kolen laat gaan om het gas af te branden, maar je mag het vuur niet verstikken anders gaat het verdraaide ding uit. Ik kan nu pas de uren op waarde schatten die vader vroeger doorbracht om 'het monster in de kelder' in de gaten te houden. In zekere zin is het een monster dat vanaf nu tot aan april alle dagen van de week verzorgd en zoet gehouden moet worden. Tegenwoordig hol ik tussen de middag naar huis om er zeker van te zijn dat 'hij' nog steeds ademt en tevreden is, maar ik leer ook om er na het ontbijt voldoende kolen in te doen ('het vuur aanleggen', volgens Mr. Bryden) zodat het blijft branden tot ik thuiskom uit school. Ik had er echt geen idee van wat een klus het is om gewoon maar warm te blijven. Tegelijk schuilt er onmiskenbaar bevrediging in om te weten hoe je dit moet doen.

Ik moest lachen om je kleurrijke beschrijving van Miss Dowling, met haar vingers vol nicotinevlekken en haar sobere mantelpakjes. Je ontmoet wel exotische wezens daarginder, hè?

Ik heb het telefoonnummer dat je me hebt gegeven opgeschreven en het doorgegeven aan Mrs. Bryden, die je de groeten doet en je veel geluk wenst. Ze zal contact met je opnemen als ik 's avonds nog eens een keer van de keldertrap op mijn hoofd val. En nee, ik ben niet van plan een telefoon te huren. Zoals je zei, we hebben het al besproken en ik blijf erbij dat het in mijn geval geldverspilling is. Ik betwijfel of ik in een maand drie mensen zal bellen en zie geen enkele reden waarom we geen contact kunnen blijven houden per brief. Pas goed op jezelf in die stad, Nora.

Clara

P.S. We hebben deze week onze eerste winterstorm gehad, maar ik heb me ten langen leste uitgegraven!

Tatham House
138 East 38th Street
New York
25 november 1934

Lieve Clara,

Bedankt voor je brief, maar praat me alsjeblieft niet van de keldertrap af vallen. Ik krijg er de rillingen van als je zulke dingen zegt. Ik besef dat dit je eerste winter alleen in dat grote huis is, maar probeer niet zwartgallig te worden, oké? Nou, ik heb het al bijna een maand overleefd hier en om eerlijk te zijn ben ik echt blij dat ik deze stap heb gezet. New York is zo'n fascinerende stad en ik heb het gewoon te druk om heimwee te krijgen. De mensen zijn geweldig voor me geweest. Amerikanen zijn veel opener in hun manier van doen dan wij. Ze doen er niet lang over om kennis met je te maken.

Als je afgelopen dinsdagavond naar de radio had geluisterd, naar een programma dat 'The Incredible Adventures of Mr. Wang' heet (als je het daar kunt ontvangen), dan had je mijn stem gehoord, hoewel je me misschien niet had herkend. Ik speelde het liefje van een gangster, dat vastzit in een pakhuis dat omsingeld wordt door de politie en de ondoorgrondelijke Mr. Wang en mijn zin luidde: 'We moeten hier weg. Nu!' Volgens de regisseur moest hij op een harde, gehaaide manier worden gebracht. Mr. Wang is een detective in de stijl van Charlie Chan of Fu Manchu. Zeggen die namen je iets? Het zal wel niet. Hoe dan ook, het was lollig om te doen, ook al hoefde ik enkel die onsterfelijke zin uit te spreken. Ik weet wel dat het *Oom Wanja* niet is, maar het is een begin.

Ik heb ook wat reclamewerk gedaan (dankzij Jack) voor Italiaanse Balsem. Het werk is een beetje saai, maar het betaalt goed en, zoals Jack zegt, ik krijg er ervaring mee. Kennelijk stond mijn stem hen op het impresariaat aan. Volgende week beginnen we met de repetities voor een serie over een chirurg die allerlei levensreddende operaties uitvoert. 'Calling Dr. Donaldson'. Ik speel de doktersassistente, June Wilson, en ik kondig de uitzending zelfs aan door in de microfoon te zeggen: 'Oproep voor dokter Donaldson. Oproep voor dokter Donaldson.' Alsof het een afdeling in een ziekenhuis is. Het wordt een middagprogramma. Evelyn is nog een serie aan het schrijven over – let op – twee zussen die in een stadje ergens 'in het hart van Amerika' wonen. De jongere zus, Effie, raakt voortdurend in moeilijkheden (meestal met mannen) en de oudere zus, Alice, is de verstandige die raad geeft en haar zus uit de nesten haalt. Raad eens op welke rol je kleine zusje wordt voorbereid? Fout! Ik ga de *oudere* zus spelen, lekker puh! Het heet 'The House on Chestnut Street'. Volgens Evelyn (en zij kan het weten) worden de komende jaren de middagseries voor huisvrouwen de grootste markt op de radio. Daar zit wat in als je erover nadenkt. Vrouwen zijn de hele dag thuis aan het wassen, strijken en schoonmaken en terwijl ze dat allemaal doen, kunnen ze luisteren naar programma's over mensen die een boeiender leven leiden. Het is de perfecte vlucht uit de werkelijkheid om, terwijl je het overhemd van je man strijkt, te luisteren naar een vrouw die verliefd wordt op een knappe dokter of een rijke advocaat. Er zijn een boel levensmiddelen- en cosmeticabedrijven geïnteresseerd in deze markt, dus zijn er waarschijnlijk volop sponsors voor.

Er is nog iets gebeurd. Een paar avonden geleden ben ik met Jack en Doris naar een feestje in Greenwich Village geweest en daar heb ik een stel ontmoet, Marty en Ida Hirsch. Hij is toneelschrijver en hij en Ida zijn bezig een stuk op de planken te brengen. Niet op Broadway of zo. Eigenlijk denk ik dat het tamelijk onbelangrijk is, maar ze hebben me gevraagd of ik interesse had om een rol te lezen. Ik had ze al verteld over mijn ervaring, hoe beperkt die ook mag zijn, met de Elliot Hall Players en over mijn werk voor de radio in Toronto. Dus vroegen ze me en ik zei natuurlijk ja en volgende week woensdag doe ik auditie. Ik denk zo dat ik alle mogelijke ervaring moet zien op te doen en dit leek me een goede kans. Marty vroeg me van alles over Canada en hoe de politiek daar in elkaar zit. Hij had het rare idee dat we nog steeds geregeerd worden door de koning van Engeland. Ik kwam erachter dat Amerikanen over sommige dingen niet veel weten. Maar Marty is een aardige vent, hoewel een beetje eigenwijs en ik verheug me erop om lid te worden van die groep. Hij vertelde dat het heel 'kwant' van mij was om helemaal in m'n eentje uit Canada hierheen te komen. Ik heb dat woord nooit eerder gehoord, jij wel?

En nu ik het over woorden heb, heb je de laatste tijd nog gedichten geschreven? Ik had het idee dat je er in de lente, vlak nadat vader was gestorven, een paar aan het schrijven was. Hoe zijn ze geworden?

Weet je nog hoe je vroeger kladblokken volschreef met gedichten en ze vervolgens op een zondagochtend, als een donderslag bij heldere hemel, verscheurde en in het keukenfornuis verbrandde? De buizen werden dan zo heet dat vader begon te mopperen over een schoorsteenbrand. Maar hij zei er nooit iets over tegen jou, wel? Tjee, als ik zoiets had geflikt, was het eind zoek geweest. Als je je gedichten nog steeds in het fornuis stopt, hoop ik van ganser harte dat je voorzichtig bent. Hartstikke bedankt voor het geld en schrijf gauw terug.

Liefs, Nora

Woensdag, 28 november

Opschudding in de klas vandaag. In gang gezet door de Kray's. Tijdens de rekenles begonnen ze te duwen en te trekken en toen lagen ze elkaar op de vloer achter in het lokaal te stompen en te wurgen. Ik probeerde ze te scheiden, maar ze wilden niet ophouden en ik moest Milton erbij halen. Ik denk van mezelf dat ik dit soort dingen aankan, maar de Kray's wekken een woede bij me op die ik zo moeilijk in toom kan houden dat het me bang maakt. Om tien uur vanochtend had ik met gemak de meetlat op Manley Kray's gezicht kapot kunnen slaan. Het irriteert me alleen al om naar hen te kijken: die grove, kogelronde koppen, de groezelige nekken, de ringworm en stinkvoeten. Tijdens de pauze zat ik te luisteren naar het geluid van de ritmische slagen in Miltons kamer. Hij vertelde dat hij van vader heeft geleerd hoe 'de riem' moet worden gebruikt. 'Het was een van de eerste dingen die hij me bijbracht, Clara. "Gelijkmatige slagen, Milton", zei hij altijd. En sla nooit uit woede. Ze moeten de rechtvaardigheid van de toepassing inzien. Het is enkel je werk, geen afreageren van je frustratie.'

Vreemd dat vader het met mij nooit over de riem heeft gehad. Misschien dacht hij dat ik zo'n gesprek niet nodig had. Dat zag hij dan verkeerd. Ik moet altijd oppassen voor mijn opvliegendheid. Naderhand ging ik bij het raam staan en zag de Kray's het schoolplein op komen. Ze werden onmiddellijk omringd door de andere jongens, die een hekel hebben aan de broertjes, maar hun opstandigheid bewonderen.

Vanavond zijn Mr. en Mrs. Cameron langs geweest, samen met Willard Macfarlane. Ze waren winterkleding aan het inzamelen voor de armlastigen. Afgelopen zondag had ik hun verteld dat ik een paar spullen van vader had, waaronder de nieuwe overjas die hij in januari in de opruiming in Toronto had gekocht en vervolgens weigerde te dragen. Hij kwam ermee thuis en besloot toen hij voor de spiegel in de gang stond dat de jas te deftig was. 'Ik kan niet in zo'n jas rondlopen terwijl zo veel mensen in geldnood zitten', zei hij.

Ik vertelde dit verhaal aan Willard en de Camerons en ze genoten ervan. 'Dat klinkt als Ed', zei Willard en hij hield de jas omhoog. 'Maar jeminee, dit is nog eens een jas. Het is een prachtstuk!' Aangezien vader hem in de opruiming had gekocht, kon hij hem niet terugbrengen en dus heeft de jas met zijn fluwelen kraag de hele winter in de gangkast gehangen. De Camerons vertelden dat ze aan het eind van het jaar vertrekken. Ik zal hen missen.

Zaterdag, 1 december

Vanmiddag heb ik een wandeling gemaakt over de districts-wegen. Een gure, einde-van-het-jaar soort dag met overal sneeuw in de lucht. Toen ik tegen het invallen van het donker het dorp naderde (17.45) kwam ik langs Henry Hill, die te dronken was om me te zien, hoewel ik hem goedenavond wenste. Henry zong een ondeugend liedje over liefde en pro-beerde midden op de weg een soort horlepiep te dansen. En dat allemaal in vaders nieuwe overjas! Maar ik ben blij dat Henry voor de komende winter een goede jas heeft. Thuis aangekomen ben ik met dit gedicht begonnen, het eerste sinds maanden.

In mijn vaders overjas
Danst de dronkaard de horlepiep.
Met armen gespreid
En overjas losgeknoopt in de wind
Danst hij op straat.
Die sombere bankiersjas
Nu de feestplunje
Van een onnozelaar.

Zo ongeveer zal het waarschijnlijk gaan.

Whitfield, Ontario
Zondag, 2 december 1934

Beste Nora,

Volgens het woordenboek betekent 'kwant' flink, hoewel een preciezer synoniem misschien het ouderwetse woord kranig is. Nu de zaak met de auto achter de rug is, hoef ik alleen nog maar vaders ladekasten en hangkast uit te ruimen. Dat had ik al tijden geleden moeten doen, maar ik bleef het maar uitstellen. Toen vroeg Mr. Cameron afgelopen zondag om de donatie van winterkleding voor de armlastigen, dus ging ik aan de slag en pakte vaders spullen in dozen. Op woensdagavond kwamen de Camerons langs met Willard Macfarlane en ze namen alles mee naar het parochiehuis. Ik dacht dat ik er het laatste van had gezien, maar toen gebeurde er iets vreemds. Gistermiddag laat, toen ik thuiskwam van een wandeling, zag ik een man in een lange jas, die midden op de weg al schuifelend een soort dans leek op te voeren. Toen ik dichterbij kwam, kon ik zien dat het Henry Hill was. Dronken natuurlijk. Toen zag ik dat hij vaders nieuwe overjas aanhad. Weet je nog dat hij die afgelopen januari in Toronto is gaan kopen? Hij had hem in de etalage van een herenmodezaak in Yonge Street gezien. Het was een prachtige jas met een fluwelen kraag, peperduur maar afgeprijsd en vader vond het een koopje. Maar toen hij ermee thuiskwam, was hij er niet gelukkig mee. Zei dat hij veel te deftig was om in het dorp te dragen. 'Dan lijk ik net een bankier uit Toronto', zei hij. 'De mensen zullen me verwaand vinden. Het is een slechte tijd om in zo'n jas rond te lopen.' Hij wilde hem terugbrengen, maar hij was afgeprijsd. Ik zei hem dat de jas hem goed stond en dat hij zich niet druk moest maken over wat de mensen zouden denken, maar dat deed hij natuurlijk wel en ik geloof niet dat hij hem de hele winter meer dan een stuk of vijf keer heeft gedragen. En nou had die arme, ouwe Henry hem gisteravond midden op Church Street aan! Maar waarom ook niet? De winter komt eraan en Henry heeft net als iedereen een jas nodig. Toch was het verwarrend om die oude man in vaders nieuwe jas rond te zien strompelen. Nou ja, je hebt hem wel eens in kennelijke staat gezien! Terwijl ik naar hem keek, vroeg ik me af of daar geen gedicht in zou zitten, hoewel ik begin te twijfelen of ik eigenlijk wel het talent of de discipline heb om poëzie te schrijven. Maar die twijfels (kobolden die 's nachts op mijn ledikant neerstrijken) weerhouden me er toch niet van om het te proberen. Het puzzelen op de keuze en de rangschikking van woorden op een bladzijde bezorgt me een bijzonder gevoel van geluk, zelfs wanneer de glans in het gewone daglicht op raadselachtige wijze is verdwenen en ze enkel maar verbleekt en versleten lijken. Tussen twee haakjes, je had gelijk. Ik heb inderdaad een paar regels over vaders dood proberen te schrijven, maar het werkte niet en ze bleken van meer nut te zijn in het fornuis waar ze, zogezegd, meer warmte dan licht uitstraalden.

Op vrijdagavond ben ik met 'de dames van het dorp' naar een opvoering van *Die lustige Witwe* geweest in het Royal Alexandra Theater. Ik weet niet waarom ik erheen ben gegaan; ik hou eigenlijk niet van Lehárs bevallige deuntjes en ik voelde me een beetje misplaatst te midden van een stuk of tien oudere vrouwen en hun echtgenoten. Drie auto's vol! Ida Atkins wil alsmaar dat ik bij de Zendingsvereniging kom. 'Lieve Clara, het zou zo goed voor je zijn om de deur uit te komen. Helemaal alleen in dat grote huis en we hebben echt behoefte aan jong bloed.' Dat zal wel waar zijn. Afgezien van die arme Marion zijn 'de dames' allemaal in de veertig, de vijftig en nog ouder. Word ik nu op mijn eenendertigste beschouwd als een lid van deze groep? Ik veronderstel van wel, hoewel ik er niet omheen kan dat ik oud word voor mijn tijd als ik bij de Zv. ga. De gedachte om er de komende dertig jaar de dinsdagavond voor te reserveren is op zijn zachtst gezegd ontmoedigend.

Ik zal je thuiskomst op zaterdagavond deze winter missen. Ik hield altijd mijn oren gespitst voor de fluit van de trein en vader ook. Ik weet dat jullie elkaar op de zenuwen werkten, maar hij verheugde zich er echt op als je thuiskwam. Het feit dat jullie elkaar vaak al binnen een kwartier in de haren vlogen is minder belangrijk dan het feit dat hij om je gaf. Wanneer jullie weer eens ruzie hadden gehad en je wekenlang wegbleef, zei hij altijd: 'Ik ben benieuwd hoe het met Nora is.' Natuurlijk zou hij zulke gevoelens nooit hebben toegegeven tegen jou. Zo was hij niet. Ik kan me goed voorstellen hoe bezorgd hij zou zijn geweest als hij nog had geleefd nu jij in New York City zit.

Ik ben blij te horen dat je je weg vindt in de wereld van de radio, Nora. Kijk alsjeblieft uit met oversteken.

Clara

Lieve Clara,

Bedankt voor je brief. Eerlijk gezegd kan ik me jou niet voorstellen met al die oude dames zoals Mrs. Atkins. Van Marion Webb zie ik het wel voor me, maar zij leek op de middelbare school al 'oud' voor mij en dan is ze nog kreupel ook, de stakker. Het is erg jammer dat er niet meer mensen van jouw leeftijd in het dorp wonen, maar ik neem aan dat die nu allemaal wel getrouwd zijn, of niet? En dan heb je ons, geen van beiden nog aan de man! Soms ben ik blij dat ik nog alleen ben. Ik heb het altijd leuk gevonden om uit werken te gaan en over mijn eigen geld te kunnen beschikken, maar er zijn momenten dat ik denk dat het fijn zou zijn om een eigen huis en kinderen te hebben. Een paar dagen geleden zag ik een gezin. Ze stonden in de etalages van Macy te kijken die allemaal voor Kerstmis versierd waren. De vrouw was ongeveer even oud als ik en best knap, maar haar man!!! Wat een stuk! Hij had goed een filmster kunnen zijn. En ze hadden twee schattige kinderen, een jongen en een meisje. Ik moet toegeven dat ik die vrouw benijdde. Och ja! Misschien loopt mijn droomprins te midden van al die miljoenen mensen ook ergens rond.

Weet je nog dat ik je vertelde over Marty en Ida Hirsch die een toneelgezelschap leiden? Ze hebben me gevraagd een rol te lezen voor een stuk van henzelf en een week geleden ben ik ervoor naar Houston Street geweest. Ze hebben daar een grote ruimte op de tweede verdieping van een oude fabriek verbouwd tot een soort theaterzaal met een podium en een hele hoop stoelen. Er waren ongeveer dertig mensen en ze noemen zich The New World Players. Het plan is deze winter een reeks eenakters op de planken te brengen over wat ze socialistisch realisme noemen. Ze zijn heel aardig, maar vreselijk serieus over politiek. Voordat ze de rollen gingen lezen was er een vergadering en een man stak een verhaal af over hoe het er in Rusland

26

aan toe gaat. Zijn naam is me ontgaan, maar hij schrijft voor een krant die *The Daily Worker* heet. Hij sprak over het kapitalisme en het communisme en dat er in Rusland geen werkeloosheid is, omdat de regering voor het volk zorgt.

Hou jij dit soort dingen bij? Geschiedenis en maatschappijleer waren op school nooit mijn sterkste vakken. Hoe dan ook, ik heb de rol gelezen en hem gekregen. Ik speel de schoondochter van een rijke man. Hij is eigenaar van een grote fabriek waar de arbeiders zo slecht betaald worden dat ze in staking gaan. Zijn zoon krijgt ruzie met hem omdat hij vindt dat zijn vader onrechtvaardig is en dus sluit hij zich aan bij de postende stakers en wordt door een knokploeg, die de vader heeft ingehuurd om de staking te breken, omgebracht. Ik hou een lange toespraak bij zijn dode lichaam over de uitbuiting van arbeiders en zo. Mij lijkt het stuk vreselijk prekerig, maar de anderen vinden het allemaal prachtig.

Ik heb het druk met de doktersserie en meer reclamewerk. De mensen van Wintergreen Tandpoeder zijn weg van me wanneer ik zeg: 'Van Wintergreen worden je tanden stralend wit, wit, wit!' Er hoort een schattig wijsje bij. Jij zou het afgrijselijk vinden! Evelyn maakt zich zorgen dat mijn stem te bekend wordt op de radio, dus dringt ze erop aan dat ik kieskeurig ben in wat ik doe. 'Allemaal goed en wel, Evelyn,' zeg ik dan, 'maar ik moet eten en de huur betalen.' Evelyn woont in een chic appartement met uitzicht op Central Park (Jessica Dragonette woont nota bene in hetzelfde gebouw), dus neigt E. te vergeten dat arme, werkende vrouwen zoals ik de kost moeten verdienen. Jack en Doris zijn fantastisch en nodigen me vaak uit om te komen eten, maar ik wil de deur daar niet platlopen. Ik denk niet dat ik het zonder de Halperns had overleefd.

Wat een heisa werd er vorige week gemaakt over die kleine Frans-Canadese dokter die de verlossing van die vijfling heeft gedaan! Zijn gezicht stond in alle kranten en afgelopen zondagavond heeft hij een lezing gegeven in Carnegie Hall. In Carnegie Hall!!! Ze hadden hem een kamer gegeven in het Ritz-Carlton Hotel en hem praktisch ereburger van New York gemaakt. Wanneer je mensen vertelt dat je Canadees bent, denken ze natuurlijk dat je in een hutje woonde zoals Madame Dionne. Persoonlijk vind ik vijf kinderen tegelijk krijgen te veel lijken op een hond die jongen werpt, maar hier vinden ze het erg snoezig en dokter Dafoe kwam over als een vriendelijke, oude heer vol volkse wijsheid. Ik begin al net als Evelyn te klinken. Je zou haar eens moeten horen over Shirley Temple.

Ik denk dat ik een radio ga kopen van het geld dat je hebt gestuurd, een mooi tafelmodelletje. Het is grappig. Ik werk nota bene voor de radio en ik heb er zelf niet eens eentje. Dit is het voor nu, dag en zorg goed voor jezelf.

Liefs, Nora

P.S. Waarom zou je een gedicht schrijven over die vieze, ouwe Henry Hill en vaders overjas? Zijn er geen aardigere dingen om over te schrijven?

Whitfield, Ontario
Zondag, 16 december 1934

Beste Nora,

Net terug uit de kerk en het kwam bij me op om je even te schrijven. Mr. Cameron heeft me vanmorgen aan onze nieuwe dominee voorgesteld, die de preek heeft gehouden. Een en al hel en verdoemenis! Hij klinkt eerder als een baptistenpredikant dan als een man van de Verenigde Kerk. Hij heet Jackson en heeft hier in juli al een paar keer gepreekt op zondag. Ik mocht hem toen niet en ik mag hem nu ook niet. Van zeloten gaan mijn stekels overeind staan; het zal wel zijn omdat ik niet graag iedere zondagochtend herinnerd word aan mijn talloze spirituele gebreken. Jackson zou zeker mijn keuze niet zijn geweest, maar zijn ouderwetse, evangelische stijl lijkt door velen gewaardeerd te worden. Zijn vrouw is een verlegen, aantrekkelijke kleine vrouw en ze zat bij de Atkinsen. Ik voorzie dat ze door mensen als Ida Atkins en Cora Macfarlane gekoeioneerd gaat worden.

Na een periode van zacht weer is het opnieuw koud hier en godzijdank ben ik de kunst van 'het monster in de kelder' tevreden houden meester geworden. Ik weet nu precies hoeveel ik hem moet voeren en wanneer ik hem met rust moet laten zodat hij zijn kolen al grommend kan verteren om mij warm te houden. Dat is onze afspraak: mijn werk in ruil voor zijn warmte. Terwijl ik daarmee bezig ben, moet ik onwillekeurig denken aan degenen die zich geen goede kolen kunnen veroorloven en die het deze winter moeten doen met groen hout of restjes van de houthandel. Veel gezinnen staan er echt slecht voor en nu het weer omgeslagen is, zie ik er steeds meer van. Deze week kwam een aantal kinderen, enkel gekleed in een dunne jurk, zonder jas of maillot, naar school. De broertjes Kray waren zoals gewoonlijk maar half aangekleed, maar dat zouden ze in de meest gunstige omstandigheden waarschijnlijk ook zijn. Anderen ontbreekt het duidelijk aan de middelen om zich te kleden. Op vrijdag kwam Clayton Tunney, te laat zoals gewoonlijk, in de stromende regen naar school in niet meer dan een trui en een korte broek. Zijn handen zaten zo vol kloven dat hij amper de bladzijden van zijn leesboek kon omslaan. Het is allemaal heel zorgelijk en gisteren stond in de *Herald* een verhaal over een man in Linden die zich vorige zondag in een spoorwegloods had opgehangen en een vrouw en zes kinderen achterliet. Kennelijk was hij ontslagen door de spoorwegen en kon hij de gedachte niet verdragen om steun aan te vragen. Volgens de krant was er nog vijfendertig cent in huis op de dag dat hij stierf. Ik vraag me steeds maar af wat er bij die stumper door zijn hoofd ging toen hij het touw om zijn hals knoopte en het bankje wegschopte. Of hoe hij het dan ook gedaan heeft. Er wordt een inzameling gehouden voor het gezin en ik zal hun een paar dollar sturen. Ik stel me voor dat er in die stad van jou veel van zulke verhalen te vertellen zijn. Soms vraag ik me af of de politici ooit dit probleem van de mannen terug aan het werk te krijgen zullen oplossen.

In ieder geval kan het kerstconcert de zinnen van de mensen verzetten, hoewel ik blij ben dat ik er weer voor een jaar vanaf ben. Op zaterdagavond, toen ik 'Away in a Manger' zat te spelen, vroeg ik me af of ik dit over twintig jaar nog zal doen. Voor mijn geestesoog zag ik een magere, dorre vrouw van eenenvijftig in een zwarte jurk piano zitten spelen, terwijl ze keek naar de kinderen van deze kinderen die zich in badjas rond de pop in de kribbe hadden verzameld. Op de trapleer achter het gordijn stond een krasse, zestigjarige Alice Campbell handenvol confetti over het heilige tafereel uit te strooien. Ik heb me altijd verwonderd over die 'sneeuw' in Palestina. Maar het is een schok om je te realiseren dat ik sinds mijn zestiende al op deze uitvoeringen speel. Herinner je je nog dat ik het overnam van Mrs. Hamilton? Jij zat in de hoogste klas en speelde een van de geesten in een scène uit *Een kerstvertelling*. George Martin speelde Scrooge en was praktisch al zijn tekst vergeten. Dit jaar was zijn zoontje Donald een van de herders. Wie zegt dat de tijd niet vliegt?

Vorige week heb ik een kerstpakketje opgestuurd en ik hoop dat je het voor de feestdagen krijgt. Doe alsjeblieft geen moeite voor iets voor mij. Ik weet zeker dat je het deze dagen heel druk hebt en dat je ook niet zo goed bij kas bent. Dus alsjeblieft niets. Dat meen ik, Nora.

Het allerbeste, Clara

P.S. Henry Hill en vaders overjas zijn heel goede onderwerpen voor een gedicht. De 'aardigheid' van iets, wat dat ook mag betekenen, heeft er niets mee te maken.

Maandag, 17 december (1.30 uur)
Aantekeningen voor een gedicht getiteld 'Voor een achtendertigjarige vader van zes, die zich op een zondagmorgen heeft opgehangen in een spoorwegloods'.

Het is een week geleden gebeurd toen ik op weg was naar de kerk en genoot van het uitzonderlijk zachte weer. Je laatste zondag voelde met zijn bleke, zonverlichte lucht bijna aan als een ochtend laat in september. Ik zou een paar dingen willen weten. Sliepen de kinderen nog toen je de keukendeur voor de laatste keer dichttrok? Heb je even bij hen gekeken voordat je ging of is dat enkel een sentimenteel verzinsel? Als je erover nadenkt, wie zou dat kunnen verdragen? Je kunt veel beter weglopen zonder achterom te kijken. Maar aan de andere kant had je het misschien toen nog niet besloten. Wanneer wordt zo'n besluit trouwens genomen? Wordt het de avond tevoren overdacht of valt het in een moment van wanhoop? Je geest was in de war na een slapeloze nacht. Je voelde je moe, een beetje verdoofd. Je had maar een paar minuten geslapen (zo leek het tenminste). Tussen de uren door van staren naar de donkere vormen (het plafond, de ladekast, de stoel, het lichaam van je slapende vrouw), lag je met een half oor te luisteren naar haar gekwelde droomwoorden, het gezucht en gefluister geboren uit zorgen en uitputting. Misschien hebben jullie samen gepraat voordat ze in slaap viel en het huis met zijn wanden van teerpapier en koude gangen luisterde naar het gemurmel van jullie langgetrouwde stemmen in de achterslaapkamer.

'Wat moeten we nu doen, Bert?'

'Ik weet het niet.'

'Maandagmorgen zul je bij de steun moeten aankloppen.'

Je wilt net iets zeggen, maar de baby wordt wakker en jengelt en je vrouw moet opstaan en voor het kind zorgen. Het is haar taak en je kijkt hoe ze zich over het ledikantje buigt of misschien kijk je niet. Per slot van rekening heb je haar dat door de jaren heen zo vaak zien doen. Dan piepen de beddenveren weer als ze naast je komt liggen.

'Heb je gehoord wat ik zei, Bert? Maandag moet je met de mensen van de steun gaan praten.'

'Dat kan ik niet.'

De woorden die de hele dag in je hoofd opgesloten zaten, zijn nu vrijgelaten. De gedachte alleen al dat je met die lui te maken krijgt, kan je zenuwen ontsteken.

'Nou, je zult wel moeten. Je weet net zo goed als ik dat we aan de grond zitten.'

Maar misschien is er in bed de nacht voor je stierf niets

gezegd. Misschien was alles al zo vaak gezegd dat je vrouw zich op haar zij draaide en al snel in slaap viel.

Nu is het je laatste zondagmorgen en ze staat bij het fornuis in de havermoutpap te roeren. Je kijkt naar haar rug en haar blote voeten in de muilen. Je twee oudste kinderen slapen nog, maar de andere vier zitten nu aan tafel en trekken en duwen elkaar zoals kinderen doen in afwachting van het ontbijt. De jongste in zijn kinderstoel tikt opgewonden met zijn lepel op de tafel. Je ziet de suikerstroop, de theepot en de melkfles. Toen je de deur opende, vroeg je vrouw toen waar je heenging? Of waren ze nu wel aan je gewend, gewend aan de gewoontes van een rustige man die graag alleen was? 'Papa gaat zijn wandeling maken.'

En dus liep je de zondagochtendstraat op, langs de kerk-gangers en de lanterfanters die tegen de bank geleund stonden, om ten slotte de huizen en winkels achter je te laten en de rails achter het station over te steken. Voor een spoorwegwerker is het niet moeilijk om het slot op de deur van de loods open te breken. En wat zag je in die ruimte die je voor de dood had gekozen. Flets zonlicht door een raam vol spinrag. Je binnen-komst moet de stofdeeltjes in beweging hebben gezet, die uiteindelijk neerdaalden op de spaden en de houwelen, op het ijzeren wiel in de hoek en de overalls aan de haken aan de wand, op het stuk vettig touw en de naaktkalender. Waar dacht je aan toen je het touw om de balk sloeg en een knoop legde? Ophangen is de keuze van een man om te sterven. Een vrouw slikt Parijs groen of gaat voor het gele oog van een goederentrein staan. Wat zag je als laatste, vader van zes? Keek je naar de vloer of naar het raam met het stukje lucht en spinrag? Of sloot je je ogen voordat je het bankje wegschopte?

Lieve Clara,

Je pakje is aangekomen en natuurlijk heb ik het opengemaakt. Je kent me toch! Ik had nooit tot Kerstmis kunnen wachten. De trui is mooi en past perfect. Heel hartelijk bedankt. Ik heb er al zo veel complimenten over gekregen van de meisjes hier. Ik heb jou ook iets gestuurd, dus heeft het geen zin om kwaad op me te worden. Ik mag best een kerstcadeautje voor mijn zus kopen als ik dat wil. Maar, geloof me, ik heb het beslist niet in een chique winkel gekocht. Het was gewoon iets wat ik in de etalage van een winkel in 34th Street zag en waarvan ik meteen dacht: dat is iets voor Clara! Dus vrolijk kerstfeest. Ik weet dat het nieuwjaarsdag is tegen de tijd dat je het krijgt, maar beter laat dan nooit.

Gisteravond heb ik bij Evelyn gegeten. Ik voelde me een tikkeltje schuldig omdat ik eerder met een paar meisjes hier had afgesproken om naar de film te gaan, maar ik wilde zien hoe Evelyn woont. En je zou het eens moeten zien! Ze woont in het flatgebouw San Remo aan Central Park West. Dat is zo ongeveer het meest uitgelezen deel van de stad. Heb ik al gezegd dat de radiozangeres Jessica Dragonette in hetzelfde gebouw woont? Evelyn heeft een negerdienstmeisje dat ons drankjes en het diner serveerde. Lamskoteletjes en van die zalige gepofte aardappeltjes en wijn. Haar flat staat en hangt vol boeken en schilderijen en ze heeft zo'n gigantische radio en een grammofoon. We hebben naar showliedjes van Gershwin en Porter geluisterd en over 'The House on Chestnut Street' gesproken. Evelyn wilde alles weten over Whitfield en hoe het was om daar op te groeien. Zelf is ze enig kind en ze heeft op een dure kostschool gezeten, dus wilde ze heel graag weten hoe het er in een kleine stad aan toe ging. Ze wilde alles over jou weten en dus heb ik natuurlijk verteld dat je onderwijzeres bent en dat je graag poëzie schrijft en duidelijk de slimste bent van de familie.

Ik vertelde dat we door onze vader zijn opgevoed, omdat moeder is overleden toen we nog klein waren. En ik heb haar verteld dat ik nooit zo goed met vader overweg heb gekund, maar dat jij hem wel aan scheen te kunnen. Allerlei familiegedoe. Evelyn zou je dolgraag leren kennen en volgens mij zou je haar wel mogen. Jullie lijken in veel opzichten op elkaar. Zeer kritisch ten aanzien van zaken in het algemeen. O, je zou wel moeten leren om haar roken en drinken te verdragen, maar ik wil wedden dat je haar geweldig interessant zou vinden.

Tja, dit wordt onze eerste kerst zonder vader en het voelt nogal vreemd, vind je niet? Ik hoop dat je het niet te eenzaam vindt zo in je eentje. De Halperns hebben me uitgenodigd om bij hen te komen eten, wat ik heel attent vond want ze vieren geen Kerstmis omdat ze joods zijn. Een paar van de meisjes hier die niet naar huis gaan voor de feestdagen, houden een kleine samenkomst op kerstavond, dus misschien ga ik daar ook even kijken. De meisjes hier zijn voor het merendeel van mijn leeftijd of een beetje jonger. De meesten zijn secretaresse en enkelen hebben een behoorlijk goede baan in een groot warenhuis. Een vrouw is inkoopster voor Gimbels en een andere vrouw die Frances heet, is verpleegster in het Bellevue. Dat is een groot psychiatrisch ziekenhuis en bij sommige van de verhalen die ze verteld gaan je nekharen overeind staan.

Als ik teruglees wat ik geschreven heb over mijn diner bij Evelyn in haar chique flat, kan ik me voorstellen dat je denkt: nou, daar heb je Nora in New York, die heeft daar een leven als een luis op een zeer hoofd, terwijl duizenden mensen zonder werk en zonder geld zitten. Ik herinner me het verhaal over die arme man in Linden. Maar ik wil niet dat je het idee krijgt dat ik ongevoelig ben. Ik zie hier veel mensen op straat die er niet uitzien alsof ze het breed hebben, maar ik weet niet wat ik eraan kan doen. Ik geloof dat Mr. Roosevelt op het goede spoor zit en dat het de goede kant op gaat. Ik geloof dat we de dingen positief moeten bekijken als we ergens willen komen. Ik zal aan je denken op eerste kerstdag, Clara. Hopelijk vind je het cadeau mooi.

Liefs, Nora

Een brief van Nora, die lijkt te gedijen in de grote metropool. Waar heeft ze die ambitie en geestdrift vandaan? Die eigenschappen worden toch doorgegeven via het bloed. Hoe zei Yeats het ook alweer? 'The fury and the mire of human veins.' Ze kan het niet van vader hebben, die er volkomen tevreden mee leek om zijn dagen in het dorp te slijten. Maar *leek* is hier misschien wel het juiste werkwoord, want hoe weet ik hoe hij zich echt voelde? Vader was zo gesloten over alles. Wat moeder betreft, ik kan me niet herinneren dat ze iets anders deed dan boeken lezen en lange wandelingen maken.

Afscheidsfeest voor de Camerons gisteravond in de zaal van de kerk. Ida Atkins was verantwoordelijk voor de gang van zaken. Ze heeft er niet lang voor nodig gehad om de vrouw van de dominee te koeioneren. Helen Jackson is zo'n gedwee typetje. Ze bekende dat ze graag leest. Vindt de romans van Lloyd C. Douglas en A.J. Cronin mooi. Nou ja, dat is te begrijpen, maar ze geeft ook toe dat ze Emily Dickinson bewondert, wat een aangename verrassing is. Haar man stond op een afstandje met zijn handen op zijn rug heen en weer te wiegen. Hij was verheven boven al dat vrouwengeklets. Ida Atkins' vermoeiende wervingspogingen. 'Nu, Helen, je moet ons helpen om Clara over te halen deze winter het huis uit te komen. Ze heeft de kerk zo veel te bieden. Haar vader is vorig voorjaar overleden. Een geweldige man', enzovoort enzovoort. Bespeurt ze mijn vijandigheid dan niet of ben ik gewoon te schijnheilig en te laf? Volgens mij wel een beetje.

Vanmiddag kwam de titel voor een gedicht bij me op. 'Het vallen van de avond in de winter van 1934'. Een schilderij in woorden. In de schemering zit een vrouw Mendelssohns 'Lieder ohne Worte' op de piano te spelen. De komende nacht zal het koud worden en daarom heeft ze, voordat ze ging zitten, de pot met Kaapse viooltjes van de vensterbank naar de schoorsteenmantel verhuisd. Nu kijkt ze onder het spelen naar de vallende sneeuw. Waar denkt ze aan? Het ongrijpbare karakter van geluk. Hoe dit ongevraagd arriveert, een kortstondig aangrijpend moment, tevoorschijn geroepen misschien door een geur, een dichtregel, een melodie. In de zintuigen kan onze bron van vreugde gevonden worden. Hoe die op het hart neerstrijkt zoals een bonte, mysterieuze vogel op een wintertak. Wat bedoelde ik daar in vredesnaam mee? Het was maar een glimp van wat ik probeerde te zeggen, maar het was sowieso onzin. Een vrouw achter de piano die naar de vallende sneeuw kijkt! Ik geef Mendelssohns lieflijke deuntjes er de schuld van dat ik in zo'n Saartje Weemoed verander. Besloot dat het tijd was om wat kolen in de muil van het monster te gooien. Dat is tenminste eerlijk werk dat naar behoren wordt beloond.

1935

Beste Nora,

Dank je wel voor de broche. Ik zei toch dat je geen moeite moest doen, maar wanneer heb jij ooit naar iemand geluisterd? Nou ja, geeft niet, hij is mooi en ik zal hem met trots dragen. De winter heeft ons nu vast in zijn greep en ik krijg eelt op mijn handen van de steel van de kolenschop. Goed, goed, dat is overdreven, maar het lijkt wel of ik de halve avond in de kelder doorbreng. Ik ben doodsbang dat het vuur uitgaat en dat de leidingen bevriezen; dat zou echt een puinhoop opleveren. Ik heb een lichte griep, maar dat heeft de helft van het dorp ook. Overal waar je komt, kuchen en hoesten de mensen je in het gezicht. Nou, genoeg geklaagd. Ik ben nu *Oorlog en vrede* aan het lezen. Ik had bedacht dat een goede, dikke roman me door januari en februari heen zou helpen en misschien doet hij dat ook. Ik kan Tolstojs talent niet ontkennen, maar hij draaft zo door. Zo veel uitweidingen.

Hoe staat het met je daarginder? Hebben die Rooien in je toneelgroep je nog niet bekeerd? Ik weet niet veel over het communisme, alleen dat ze nogal wat last hebben veroorzaakt in deze provincie, vooral in de hulpkampen in het noorden. Ik geloof dat er iets gedaan moet worden aan onze huidige problemen, maar ik weet niet zeker of de Rooien de oplossing hebben. Sorry voor deze saaie brief. Wat doet zich dezer dagen zoal voor in dat hoofdstedelijke leven van jou?

Clara

Lieve Clara,

Het spijt me te horen dat je griep hebt en dan die eeltige handen!!! Ik kan er niets aan doen, maar ik vraag me wel af of dat huis niet te veel voor je is, vooral in de winter. Kun je het volgend jaar niet afsluiten en voor de wintermaanden een kosthuis zoeken? Neemt Mrs. Murchison nog kostgangers in huis? Het zou heel wat comfortabeler voor je zijn en je al dat gedoe en ongemak besparen. Waarom denk je er niet eens over na?

Je zou ook een radio moeten nemen, Clara. Lieve help, je weigert gewoon in deze eeuw te leven. Geen telefoon, geen radio. Het is een wonder dat je stromend water toelaat. Maar ik kan je wel vertellen dat een radio geweldig gezelschap is op een lange winteravond, vooral in een dorp als Whitfield waar driemaal niets gebeurt. Je hebt je gebrek aan enthousiasme al genoemd voor dingen als de Zendingsvereniging. Koop dan toch een radio. Je kunt niet de hele tijd lezen. Ik heb onlangs een klein RCA-tafelmodel aangeschaft en het staat vlak naast mijn bed. Er worden tegenwoordig fantastische amusementsprogramma's uitgezonden. Je mag je Tolstoj houden. Ik hou het bij Eddie Cantor wanneer ik me neerslachtig voel en eens wil lachen.

Ik zit in de ziekenhuisserie en in 'The Incredible Adventures of Mr. Wang', en het Wintergreengedoe brengt ook wat geld op, dus ik red het wel. Onze dramaserie zal laat in het voorjaar of vroeg in de zomer beginnen, dan zou ik meer geld moeten zien en het is vast werk. Nee, ik laat me niet bekeren door de communisten, maar we hebben ons stuk vorige week wel opgevoerd. Het was maar voor drie avonden. Het was een beetje beter geworden dan ik had gedacht, maar een kassucces was het zeker niet. Er kwamen maar dertig of veertig mensen op elk van de drie avonden en veel ervan liepen halverwege weer weg. Eigenlijk was het komisch, maar moeilijk om je te concentreren. Ik neem aan dat ze stil probeerden te doen, maar het was zo donker in 'het pakhuis' dat ze steeds stoelen omgooiden als ze de zaal uit liepen. Daar stond ik dan, bij het lijk van mijn verloofde (gedood door de knokploeg die zijn vader voor de stakerspost had ingehuurd), en probeerde mijn korte toespraak te houden over hoe hij voor het welzijn van de arbeiders was gestorven en onderwijl werden al die verdraaide stoelen omvergelopen. Op vrijdagavond (de laatste avond) barstte ik bijna in lachen uit. Die arme Marty zou het me nooit vergeven hebben. Hij heeft nog een scenario dat hij me wil laten zien, maar ik weet het niet. Het is een heleboel werk voor niets, althans zo lijkt het.

Hier is het ook verdomde koud, maar goddank wordt deze flat behaaglijk gehouden. Wanneer ik 's morgens de deur uit ga, kan ik de conciërge met de roosters van de ketel horen rammelen en dan denk ik aan jou, die dat helemaal in haar eentje doet. Zo leuk kan het niet zijn en ik vind dat je er voor volgend jaar iets aan moet doen. Ik hoop dat je intussen genezen bent van je griep.

Liefs, Nora

Dinsdag 22 januari

'Ik ben een narcis van Saron en een lelie der dalen.' Hoe vaak heb ik als kind deze woorden niet op zo'n winteravond als deze gelezen! Dan sprak ik de zin hardop uit en ik voelde de warmte en kleur ervan in mijn mond alsof het een exotische vrucht uit Palestina was, een granaatappel bijvoorbeeld. Ik begreep totaal niet wat het betekende; ik vond enkel de klank en structuur van de woorden mooi en soms stelde ik me voor dat ik het er echt warmer van kreeg. Dus op deze koudste avond van het jaar heb ik een paar hoofdstukken gelezen uit het Hooglied. Ook heb ik opnieuw deze vergeelde fragmenten van onze familiegeschiedenis gelezen die tussen de bladzijden van de bijbel uit vielen.

Een heel mooie plechtigheid vond plaats in de methodistische kerk van Whitfield op zaterdag 20 juni om 11.00 uur, toen Edward T. Callan, hoofd van de school in Whitfield en Miss Ethel Louise Smith uit Toronto in de echt verbonden werden door de predikant van de kerk, de eerwaarde John Shields.

De bruid ging gekleed in witte, Zwitserse mousseline, met een witte hoed en ze droeg een mooi bruidsboeket van witte rozen. Het bruidsmeisje, Miss E. Moffat uit Whitfield, was gekleed in lichtblauwe organdie en ze droeg eveneens een boeket. John Dawson uit Linden was de getuige. Aan de bruid schonk de bruidegom een prachtige, gouden halsketting en aan het bruidsmeisje een mooie, gouden broche. Na de receptie ten huize van de bruidegom in Church Street, vertrokken meneer en mevrouw Callan voor een week naar Toronto en de Niagara-waterval.

Linden Herald
7 juli 1900

Geboren

CALLAN – 110 Church Street, Whitfield. Maandag 20 mei. Mr. en Mrs. Edward Callan geven met blijdschap kennis van de geboorte van hun zoon, Thomas Edward.

Linden Herald
25 mei 1901

Geboren

CALLAN – 110 Church Street, Whitfield. Zaterdag 27 juni. Mr. en Mrs. Edward Callan geven met blijdschap kennis van de geboorte van hun dochter, Clara Ann.

Linden Herald
4 juli 1903

Overleden

CALLAN – 110 Church Street, Whitfield. Woensdagavond, 16 maart. Thomas Edward, in de leeftijd van twee jaar en tien maanden. Innig geliefde zoon van Mr. en Mrs. Edward Callan.

Linden Herald
19 maart 1904

Geboren

CALLAN – 110 Church Street, Whitfield. Zaterdag 4 maart. Mr. en Mrs. Edward Callan geven met blijdschap kennis van de geboorte van hun dochter, Nora Louise.

Linden Herald
11 maart 1905

TRAGISCH ONGEVAL EIST LEVEN VROUW

Een tragisch ongeval heeft op dinsdag, 19 juli het leven geëist van een populaire inwoonster van deze gemeente, toen Mrs. Edward Callan uit Whitfield geraakt werd door een goederentrein. Mrs. Callan is op zondagmiddag van huis gegaan om frambozen te plukken en waarschijnlijk is ze verdwaald in de buurt van Wildwood Swamp. De ongelukkige vrouw is vermoedelijk in de war geraakt en is in de uren voor zonsopgang op de baan van de goederentrein terechtgekomen. Haar lichaam werd dinsdagmiddag, kort na twaalven, ongeveer drie kilometer van het dorpsstation af ontdekt.

Mrs. Callan zal door velen in het dorp zeer worden gemist. Ze was actief in de methodistische kerk en als volleerd pianiste begeleidde ze op muziekavonden veel plaatselijke zangers. Een grote kring vrienden zal Mr. Edward Callan, hoofd van de school in Whitfield, en zijn jonge dochters, Clara en Nora, hun innige medeleven betuigen. De begrafenisceremonie heeft op donderdag 21 juli plaatsgevonden in de methodistische kerk van

Whitfield en werd geleid door de predikant, de eerwaarde
J. Shields. Mrs. Callan is begraven op de begraafplaats aan
Old Road.

Linden Herald
23 juli 1910

Ik was zeven en ik herinner me de twee mannen die naar het
huis kwamen. Het was een warme dag en ik lag in de hangmat
op de veranda. Het huis zat vol vrouwen die eten hadden
gebracht. De eettafel en de keukentafel stonden vol stoofscho-
tels, vruchtentaarten en vers brood. Er waren schalen met
sandwiches en koekjes en alles was bedekt met theedoeken
om de vliegen weg te houden. Ik lag in de hangmat en niemand
besteedde enige aandacht aan mij. Nora was omringd door
meisjes. Mabel Nicholson, Verna Fallis, Muriel Thornton,
Irene McNally, Marion Webb. Ze stonden allemaal in een
kring onder een boom in de voortuin en om de beurt hielden
ze Nora's hand vast en gaven haar snoep. Het was een speciale
gelegenheid en het was haar moeder die werd vermist, niet die
van hen, dus waren ze extra aardig voor haar. Hun monden
zagen zwart van de drop. Dat herinner ik me levendig, die
ernstige meisjes met hun donkere monden. En ik lag in mijn
eentje in de hangmat, hoewel ik niet geloof dat ik er bijzonder
verontrust over was. Of me zelfs maar bang of bedroefd voelde
door moeders afwezigheid. Ze was al eens eerder weggelopen,
meestal naar het graf van Thomas. Maar ze was nog nooit twee
dagen weggebleven. Het lag voor de hand dat ze omgekomen
was, maar besefte ik dat? Liggend in de hangmat zal ik verwacht
hebben dat ik haar vroeg of laat door Church Street aan zou
zien komen met haar honingemmer vol frambozen. Zo zal ik
het me op die zomermiddag waarschijnlijk voorgesteld hebben.
Intussen heerste er een kalme bedrijvigheid: vrouwen die af en
aan liepen met potten thee en kannen limonade en tegen elkaar
fluisterden. Op hun manier deden ze hetzelfde als de kring
ernstige meisjes om Nora in de voortuin. Maar arme vader! Dit
moet afmattend voor hem zijn geweest. Waarschijnlijk had hij

de twee dagen dat ze weg was helemaal niet geslapen. Hij leek voortdurend bezig te zijn en kamde samen met andere mannen de omgeving uit.

Toen de twee mannen die middag aan de deur kwamen, moet hij boven geprobeerd hebben wat te slapen. Ze stapten uit een open auto, liepen het tuinpad op en de treden van de veranda. Eén man was kaal. Hij had zijn strohoed afgezet en ik kon de roodachtige streep zien die de hoed op zijn voorhoofd had achtergelaten. Raar zoals we ons dingen herinneren. De twee mannen praatten door de hor voor de voordeur en ze moeten de vrouwen binnen hebben verteld dat ze moeder hadden gevonden bij de spoorbaan. Ik kon niet horen wat ze zeiden, maar een paar minuten later kwam vader in zijn hemdsmouwen de deur uit en hij snelde met de mannen de treden af. Hij had geslapen of had het geprobeerd, want zijn haar stond overeind op zijn achterhoofd en dat vond ik eigenaardig; vader was altijd zo precies over hoe hij er in het openbaar uitzag. Zelfs als kind voelde ik dat aan. Als hoofd van de school vond hij uiterlijk belangrijk. Voor die dag had ik vader nooit zonder colbert op straat gezien in Whitfield. Maar daar ging hij met de twee mannen, half aangekleed met zijn haar in de war. Toen moet ik een flauw vermoeden hebben gekregen dat er iets ernstigs aan de hand was en dat mijn leven nooit meer hetzelfde zou zijn.

Donderdag, 24 januari

Afgelopen nacht is er brand uitgebroken in het dorp en de Mullens zijn hun huis kwijt. Ze hadden al zo weinig en nu hebben ze niets meer. Op een bepaald moment in de nacht dacht ik geschreeuw te horen, maar ik vroeg me toen af of het niet flarden van een droom waren en dus viel ik weer in slaap. Het was bitter koud en vanochtend stonden de slaapkamerramen van boven tot onder vol ijsbloemen. Toen ik op weg naar school was, kon ik de zurige rook van de brand ruiken. Milton vertelde me ervan; alle gezinsleden zijn ontkomen met enkel hun nachtkleding aan en worden zolang ondergebracht in de kerkzaal tot de hulpverleners een huis voor hen hebben gevonden. Na school liep ik naar North Street en ging samen met anderen naar de ruïne staan gapen. Wat een jammerlijk gezicht is de nasleep van een brand! Het ijzeren ledikant, de zwart geworden po, de rokende berg vodden. Je onaanzienlijke bezit tot niets gereduceerd. Toen ik terugliep vroeg ik me af wat ik zou doen als mijn huis door vuur verteerd zou worden. De halve nacht piekerend wakker gelegen.

Zondag, 10 februari (16.00 uur)

Al sla je me dood, ik kan me echt de laatste keer niet herinneren dat ik de ochtenddienst heb gemist, maar vandaag ben ik niet naar de kerk geweest en dit is de reden. Ik had ontbeten en zat aan de keukentafel uit het raam naar de sneeuw op de kale bomen en tussen de takken door naar de blauwe hemel te kijken. Ik zat te denken dat het alweer lichter wordt en hoe anders de ochtendhemel er nu uitziet in vergelijking met twee weken terug. En toen kwam bij me op, terwijl ik daar aan de keukentafel naar de bomen, de sneeuw en de hemel zat te kijken – ik geloof niet meer in God. Ik heb dit soort ingevingen al een poos gehad, maar vandaag, om twintig over zeven, drong het helder en in zijn geheel tot me door. God bestaat niet. Het is duidelijk dat de stelling dat hij wel bestaat niet bewezen kan worden en dus moeten we vertrouwen op wat we *geloven* dat waar is. Of *voelen* dat waar is. Of *willen* dat waar is. Zoals ze zeggen, we moeten erop vertrouwen. Maar mijn geloof en vertrouwen lijken al een hele poos op een boomtak die door de jaren heen door weer en wind is verzwakt. En vandaag was het of dat deel van mij, die tak, het ten langen leste begaf en op de grond viel. Het is een vreselijk dor gevoel, maar ik ben niet bij machte het af te weren. Dit geloof ik nu. We zijn alleen op aarde en moeten zonder de leiding van een onzichtbare hand onze weg zoeken. Misschien dat er tweeduizend jaar geleden een man genaamd Jezus in Palestina leefde. Misschien was hij een bezield redenaar, een soort gebedsgenezer; misschien dat hij zelfs een beetje getikt was. Hij trok volgelingen aan, maar maakte ook machtige vijanden die hem om het leven brachten. Zijn lichaam werd in een tombe gelegd, maar zijn volgelingen namen het mee en om hem heen werden een mysterie en een mythe gecreëerd. Hij heeft hier ooit op aarde rondgelopen maar hij was niet onsterfelijk. Hij is tot stof vergaan zoals wij allemaal zullen doen; zoals moeder en Thomas vergaan zijn, zoals vader nu onder de sneeuw vergaat en zoals ook ik op een dag zal doen.

(20.00 uur)

Marion is net weg. Ze kwam langs na het avondeten om te vragen waarom ik vanmorgen niet in de kerk was. Ik kon het niet opbrengen haar de reden te vertellen. Het leek allemaal te veelomvattend en ingewikkeld en ik schaam me lichtelijk voor mijn ongeloof. Waarom weet ik niet, maar het is wel zo. Dus zei ik haar dat ik 'de zaken' had, ons eufemisme voor de maandstonden. Er volgde veel meelevend geklok en ik kwam meer te weten over Marions maandelijkse beproeving dan me lief is.

Tatham House
138 East 38th Street
New York
24 februari 1935

Lieve Clara,

In tijden al niets van je gehoord. Hoe gaat het met je? Zowat de hele afgelopen week heb ik lopen treuren over mijn dertigste verjaardag die al over een week is. Vond jij het erg om dertig te worden? Ik kan me niet herinneren dat je het erover had en misschien blaas ik het ook te veel op, maar voor mij lijkt het toch een belangrijke verjaardag. Je weet wel, een keerpunt in je leven. De meeste vrouwen zijn getrouwd en hebben kinderen tegen dat ze dertig zijn en het zet je toch aan het denken (nou ja, het zet mij aan het denken) of het mij ooit zal overkomen. Er zijn zat knappe mannen in New York, maar ze schijnen allemaal al een vrouw te hebben. Ach ja!!

Ik werk tegenwoordig hard en als je hier in de buurt zou wonen zou je de stem van je zus horen in de reclameboodschappen voor Mother Parker's thee en koffie en Royal Cola. 'The House on Chestnut Street' gaat in juni van start als vervangingsprogramma voor de zomer. Als het de luisteraars trekt die het volgens ons zal trekken, gaan we er in de herfst mee door. Ik heb Evelyns samenvatting gelezen en het klinkt fantastisch. Alice en Effie zijn twee zussen (allebei in de dertig!!!), die sinds hun kindertijd wees zijn en nog steeds bij tante Mary en oom Jim wonen in het stadje Meadowvale, dat heel erg op Whitfield lijkt maar dan een beetje groter. Alice (ik) is de verstandige, oudere zus (o, hou op met lachen!) en Effie is degene die risico's neemt en in de problemen komt (meestal met mannen). Vivian Rhodes, een prima actrice die al aan verscheidene radioprogramma's heeft meegedaan, zal Effie spelen en we hebben er ook twee echte radioveteranen bij, Margaret Hollingsworth en Graydon Lott als tante Mary en oom Jim. Het lijken allemaal heel aardige lui om mee te werken, dus je kunt je voorstellen dat ik me hier echt op verheug. Ik heb The New World Players er ten slotte aan gegeven. Het was gewoon te veel werk voor te weinig beloning, dus heb ik nu wat meer vrije tijd. En dat is wat er hier is gebeurd. Hoe staan de zaken in het goeie, ouwe Whitfield? Volgens mij moet je het meer dan zat zijn om te proberen warm te blijven in dat oude huis. Je zou over een andere regeling voor volgende winter moeten nadenken.

Liefs, Nora

P.S. Heb je *Oorlog en vrede* uit? Ik moest onlangs nog aan je denken toen ik met Evelyn in Scribners boekwinkel was. Ik zag daar al die klassieke romans naast elkaar op een plank staan en *O en v* was er ook bij. Getver, het moeten wel duizend bladzijden zijn geweest! Ik vertelde E. dat je het deze winter aan het lezen was. Ze zei dat ze het jaren geleden gelezen had.

Beste Nora,

Bedankt voor je brief. Het spijt me dat hij er niet voor je dertigste verjaardag is, maar ik doe eigenlijk niet zo veel aan verjaardagen. Ik kan me niet herinneren dat ik me bijzonder verontrust voelde toen ik dertig werd. Het is natuurlijk waar dat de meeste vrouwen tegen die tijd een rustig leven leiden met man en kinderen. Maar de vrouwen die ik zie, lijken niet bepaald in de zevende hemel door die toestand. De jonge moeders in het dorp, meisjes met wie wij op school hebben gezeten, zoals Merle Logan en Dottie Cockburn, zien er misschien nog wel afgetobder uit dan jij of ik. Maar het kan mijn verbeelding zijn.

Het leven in de echtelijke staat zal ongetwijfeld veel voordelen hebben (een man om de ketel brandende te houden, bijvoorbeeld), maar dan moet je wel iemand anders in huis verdragen, niet dan? Een man en kinderen zouden me steeds voor de voeten lopen. Ik zou niet weten waar ik heen moest als ik er behoefte aan had om alleen te zijn. Misschien als ik een man als vader tegenkwam! Toen hij nog leefde, deelden we het huis natuurlijk, maar we leken elkaar nooit in de weg te zitten. Ik neem aan dat we in aard en aanleg veel op elkaar leken en troost putten uit elkaars aanwezigheid in huis, maar zelden veel behoefte voelden om tijd met elkaar door te brengen. Hij ging zijn gang en ik de mijne. Er gingen dagen voorbij dat we waarschijnlijk niet meer dan tien woorden wisselden en dat was prima; het was geen kwestie van chagrijn of gemelijkheid, we voelden ons zo gewoon op ons gemak bij elkaar. Mijn manier van leven ligt natuurlijk niet iedereen, waarschijnlijk de meesten niet. Dus zal ik wel niet de juiste persoon zijn om aan te vragen hoe het is om dertig te zijn.

Ik moet je vertellen dat ik tegenwoordig onderwerp van gesprek ben in het kerkportaal. Althans, dat heb ik gehoord. Dit is de vierde zondag op rij dat ik niet naar de kerk ben gegaan en blijkbaar heeft de nieuwe dominee naar mijn geestelijke gezondheid geïnformeerd. Nou, ik ga tegenwoordig niet meer naar de kerk omdat ik er geen zin in heb. Het lijkt of ik mijn belangstelling kwijt ben voor wat zich daar afspeelt en daar mogen ze uit opmaken wat ze willen. Ga jij daar naar de kerk of heb je het er ook zo'n beetje bij laten zitten?

Jawel, ik heb *Oorlog en vrede* eindelijk uit. Het is een uitstekend boek, hoewel het me hier en daar wel een beetje verveelde. Het personage dat Pierre heet was voor mij het aantrekkelijkste van de hele roman, maar Tolstojs beschrijving van het Russische landschap, vooral in de winter, vond ik bijzonder mooi. In veel opzichten deed die me aan Ontario denken. De lange winter zal weldra voorbij zijn en ja, ik ben die verdomde ketel en zijn dagelijkse eisen beu. Aan de andere kant ben ik ook de altijd maar klagende stem in mijn hoofd beu. Ik begin te geloven dat ik moet leren om het plezier terug te winnen dat ik als kind aan de winter ontleende. Toentertijd zal ik het zeker ook beu zijn geworden, maar ik moet er ook meer genoegen in geschept hebben. Het is nergens goed voor om de dagen van het vierde jaargetijde weg te wensen, zoals ik blijkbaar sinds Kerstmis heb gedaan. Zoals iemand zei, ik moet mezelf leren niet alleen de regenboog lief te hebben, maar ook de wintertak. Daar ga ik volgend jaar aan werken. Alsnog gefeliciteerd, Nora en maak je geen zorgen over oud worden. Denk eens aan het alternatief!

Clara

Woensdag, 6 maart

Vanavond is Mr. Jackson langs geweest omdat hij wilde weten waarom ik niet naar de dienst ben gekomen. Ik heb hem al wekenlang verwacht en me afgevraagd waarom het zo lang duurde voordat hij aan mij toekwam; hij zou zo'n zeloot en redder van gedoemde zielen zijn. Hij zat in de voorkamer waar het licht van de schemerlamp op zijn stijve, koperkleurige haar viel; met zijn lange benen over elkaar geslagen zat hij me de hele tijd aan te kijken alsof ik niet helemaal goed bij mijn hoofd was, een vrouw die enigszins gestoord zou kunnen zijn doordat ze te eenzelvig was. En ik praatte te veel. Ik was er te zeer op gebrand om hem van mijn oprechtheid te overtuigen. Ik had niet zo moeten doordraven; het is de zwakheid van alleenwonenden dat we, als we bezoek krijgen, te veel praten. Henry Jackson glimlachte alleen maar om de dingen die ik zei en schudde van tijd tot tijd zijn hoofd alsof hij in gesprek was met een ongevaarlijke zottin. Hij begon te zeggen hoe teleurgesteld veel gemeenteleden waren door mijn afwezigheid de afgelopen paar weken. 'Uw vrienden, Miss Callan, maken zich zorgen over u', zei hij. 'Ze denken dat u sinds het overlijden van uw vader verleden jaar misschien wat al te teruggetrokken bent geworden. Ik begrijp dat uw zus nu in Amerika woont en niet zo vaak op bezoek kan komen als ze misschien zou wensen. Zou het niet juist goed zijn nu om naar de kerk te komen en uw vrienden te zien? Om God te eren?'

Ik had moeten zeggen dat hij praatte alsof ik een langdurig zieke was. In plaats daarvan zei ik: 'Ik geloof niet meer.'

'Wat gelooft u niet meer?' vroeg hij. Zijn ogenschijnlijke zelfverzekerdheid was om razend van te worden. Hij bewoog zich nauwelijks op zijn stoel, maar liet zijn hoofd een beetje zakken om mij te bestuderen.

'Ik geloof niet meer in God', zei ik.

Daar glimlachte hij om. 'En waar gelooft u dan in, Miss Callan?'

Ik zei dat ik nergens in geloofde. Maar ging er veel te lang over door. Ik zei hem dat mijn geloof in God op een zondagochtend in februari, toen ik aan de keukentafel zat, totaal verdwenen was. Geloof in God kwam me nu enkel als een kinderlijke illusie voor. Er is niets en er is nooit iets geweest. Er bestaat geen hemel, geen hel, geen verrijzenis van de doden. Waarom draafde ik zo door? Al die details over zondagochtend aan de keukentafel? Wat een dwaasheid.

Hij leek me alleen maar amusant te vinden. Toen zei hij: 'U schijnt erg zeker van uzelf, Miss Callan. Hebt u enig bewijs dat God niet bestaat?'

'Natuurlijk niet', zei ik. 'Het is niet echt een kwestie van bewijs, wel dan? Het is een kwestie van geloof en dat heb ik niet meer. Ik ben er ook niet gelukkig mee, Mr. Jackson, maar ik kan er niets aan doen.'

Toen wilde hij dat ik met hem bad. Dat ik met hem daar in de voorkamer op mijn knieën ging zitten en God om raad vroeg. Ik zei dat het idee bespottelijk was en toen was hij een beetje in zijn wiek geschoten. Toen hij in de gang zijn jas aandeed en zijn hoed opzette, zei hij dat hij voor me zou bidden, hoewel ik daar mijn twijfels over heb. Ik heb het gevoel dat ik een vijand heb gemaakt.

Tatham House
138 East 38th Street
New York
17 maart 1935

Lieve Clara,

Ja, ik raak gewend aan het idee dertig te zijn en ik kan je vertellen dat mijn dertigste verjaardag het avondje wel was. Ik denk niet dat ik het ooit zal vergeten. Een stel mensen van het reclamebureau heeft me meegenomen naar een club in Harlem, waar we tot drie uur 's ochtends naar jazz hebben geluisterd. Daarna hebben we 'ontbeten' in een nachtcafetaria op Seventh Avenue. Het was al na vieren toen ik hier terugkwam en ik was buitengesloten. Ik was compleet vergeten dat de deur om één uur op slot gaat. Dus moest ik de nacht (nou ja, wat ervan over was) bij Evelyn doorbrengen. Gelukkig heeft ze volop ruimte. Maar wat een toffe avond was het! Behalve Evelyn en nog een paar grieten was er een tekstschrijver die Joe heet (zijn achternaam ben ik vergeten) en een vent die Les Cunningham heet. Hij is presentator en knap dat hij is!!! Jee, hij lijkt sprekend op Don Ameche. En dan hebben we het over lang, donker, knap en heel hoffelijk. En raad eens? Ik denk dat hij een oogje op me heeft. Hij draaide echt om me heen die avond. Maar iets zit me een beetje dwars. Ik heb het gevoel dat Evelyn me ook aardig vindt. En ik bedoel op een andere manier. Ik heb steeds het gevoel gehad dat Evelyn vrouwen aardig vindt (als je voelt wat ik bedoel). Niet dat ze iets heeft geprobeerd. Zelfs toen ik die nacht bij haar logeerde gaf ze me een andere slaapkamer, maar dat gevoel heb ik gewoon bij haar. Zoals ze soms naar me kijkt. Het punt is dat ik haar zo graag mag als 'vriendin'. Ze is echt heel lief voor me geweest en ik wil haar in geen geval en op geen enkele manier voor het hoofd stoten, maar ik heb haar zo duidelijk als ik kan te kennen gegeven dat ik die neiging niet heb. O, en tussen twee haakjes, zoals je waarschijnlijk al geraden hebt, de knappe presentator heeft een vrouw en twee kinderen. Hij moest die avond zelfs vroeg weg. Ik had kunnen weten dat het idee dat hij beschikbaar was gewoon te mooi was om waar te zijn. Maar goed, genoeg over mijn gebrek aan een liefdesleven.

Waarom ga je niet meer naar de kerk? Ik snap het niet. Ik zou denken dat naar de kerk gaan iets is wat je daar wilt doen. Ik bedoel niet dat je je bij die oude dames van de Zendingsvereni-ging moet aansluiten, maar zou het niet goed zijn om op zondagochtend de deur uit te gaan om andere mensen te zien (ook al zijn het dan bekenden)? Ik probeer te gaan wanneer ik kan. Als ik zaterdags niet laat uit ben geweest, ga ik naar de presbyteriaanse kerk op Fifth Avenue. Het is daar een beetje bekakt, maar ik mag de dominee graag. Het is zo'n goede predikant. Mijn gebeden zeg ik trouwens ook nog steeds. Weet je nog hoe ik vroeger van jou naast je moest knielen met onze ellebogen op bed terwijl jij het gebed verzon? Je was zo'n bazig kind, Clara, maar dat geeft niet, ik hield toch wel van je. Knielen doe ik nu niet direct meer, maar voor ik ga slapen zeg ik wel mijn gebeden. Nou ja, op de meeste avonden.

Het weer is me hier toch zacht! Net lente. O, Clara, ik ben zo blij dat ik hiernaartoe ben vertrokken. Ik voel gewoon dat het de juiste stap voor me was en dat het goed zal komen. Ik kan nauwelijks wachten tot onze serie wordt uitgezonden. Ze had-den hem gepland als een vervangend zomerprogramma, maar het bureau vindt Evelyns scenario zo goed dat ze zich nu op mei of begin juni richten. Het is echt spannend. Hou je taai en schrijf gauw!

Liefs, Nora

Regenbuien en de geur van de aarde toen ik vanochtend naar school liep. De kinderen waren vandaag onrustig, ze popelden om naar buiten te gaan, zelfs in de regen. Het verlangen naar de lente zit in hun bloed: het is dag tegen wollen ondergoed, overschoenen en kriebelige maillots. Ik begrijp het en herinner me dat ik me in deze tijd van het jaar ook zo voelde. Voor mij betekent het een afscheid, in ieder geval voor een paar maanden, van het scheppen van kolen in die verdomde ketel.

Vandaag was er een brief van Nora en nog voor het avondeten begon ik aan een brief terug, maar toen kwam Marion langs om te vragen of ik komende zaterdag mee naar Toronto ga om een film te zien of zoiets. Nu ik me geen zorgen meer hoef te maken om de ketel, kan ik weg en dus zei ik ja.

Na het avondeten klaarde de lucht op en het was zo'n mooie avond dat ik een wandeling over de districtswegen ben gaan maken en pas na het donker weer thuiskwam. Ik schrijf Nora over een paar dagen wel.

Whitfield, Ontario
Zondag, 31 maart 1935

Beste Nora,

Nou, je hebt het best druk daar, niet? En ja, ik snap wat je wilt zeggen over Miss Dowling. Ik woon dan wel in een achterhoek van Ontario, Nora, maar ik weet wat lesbische liefde is. Om je de waarheid te zeggen heb ik er zelf ondervinding mee gehad toen ik op de kweekschool zat. Een meisje daar kreeg 'belangstelling' voor mij. Ze zocht me voortdurend op na de les, raakte onder het praten mijn arm of schouder aan en nodigde me bij haar thuis uit voor het weekeinde. Volgens mij woonden haar ouders in Belleville. Veel meisjes hadden vriendjes die hen na de les opwachtten en misschien nam dit meisje aan dat ik, omdat ik geen aanbidder had, net zo was als zij. Ze was een aardige, jonge vrouw, maar het vergde nogal wat om haar ervan te overtuigen dat ik niet in dat soort vriendschap geïnteresseerd was. Ze heeft het jaar niet afgemaakt, maar is overgestapt op verpleegkunde. Stuurde me tot een paar jaar daarna nog kerstkaarten. Die situaties kunnen lastig zijn! Ik mocht dat meisje heel graag als persoon, net als jij Miss Dowling mag. Je moet al je tact en inzicht maar gebruiken en hopen dat de ander het begrijpt. Ik was een tikkeltje te ongeduldig met dat meisje, denk ik. Breng het Miss D. zo vriendelijk mogelijk aan haar verstand. Wat de lange, donkere, knappe (en getrouwde) presentator aangaat, brand er je vingers niet aan, Nora. Een knappe man die zonder zijn vrouw op stap is? Ik kan me zijn bedoelingen heel goed voorstellen en dat kun jij ook.

Ik ben blij te horen dat je nog steeds naar de kerk gaat, maar ik vrees dat het voor mij tot het verleden behoort. Jawel, het is eens per week een ochtend buitenshuis en veel mensen zullen het wel zo zien, maar als ik naar de kerk ga, moet er een reden voor zijn. Het moet zijn omdat ik God wil eren en, om het zo onomwonden mogelijk te stellen, ik ben mijn geloof kwijt. Het is deze winter gebeurd. Misschien was het op kleine schaal al langer aan de gang, maar op een zondag in februari drong het met een soort onontkoombaarheid tot me door. Ik geloofde gewoon niet meer. Mijn geloof was als een klok die steeds langzamer ging lopen tot hij op die bepaalde zondag gewoon stilstond. Daarom kan ik nu niet meer naar de kerk gaan en daar gaan zitten doen alsof ik geloof. Dat kan ik echt niet. Om je de waarheid te zeggen ben ik er een beetje ontdaan over. Ik moet leren om in een wereld zonder God te leven, zonder de gedachte dat ik moeder en vader ooit zal terugzien – zonder iets van dat alles. En dat is moeilijk.

Gisteren ben ik naar de stad geweest. Ik kan eindelijk weg nu ik de zorgen om de ketel niet meer heb. Dus zijn Marion en ik met de trein een dagje uit geweest. We hebben ons te goed gedaan aan een lunch in Simpson en zijn naar een vreselijke film met Rudy Vallee in de hoofdrol geweest. Marion is helemaal weg van hem; verder is ze een redelijk verstandige, eenendertigjarige vrouw. Ze is gevraagd om volgende maand op de bruiloft van Mildred Craig te zingen en ze vroeg mij of ik haar wilde begeleiden. Waarschijnlijk doe ik het wel, maar ik plaag haar een beetje (omdat ze me meegenomen heeft naar die vreselijke film) door te zeggen dat ik erover zal nadenken. Ja, het is hier ook zacht en het werd tijd. Hoera voor de lente! Zorg goed voor jezelf, Nora.

Clara

Tatham House
138 East 38th Street
New York
6 april 1935

Lieve Clara,

Je brief kwam gisteren en ik bedacht dat ik je beter vandaag kon schrijven, want morgen heb ik geen tijd.

Het grootste deel van de dag zal ik met Evelyn en Vivian Rhodes doorbrengen om de eerste scenario's van onze serie door te nemen.

Ik vond je brief op z'n zachtst gezegd verontrustend. Je beweert dat je niet meer in God gelooft? Hoe kan dat nou? Je was altijd zo vroom, tenminste dat dacht ik. Vader en jij sloegen nooit een zondagochtenddienst over en wanneer ik het weekeinde thuis was en uitsliep, kreeg ik zulke vernietigende blikken van jou en vader wanneer jullie uit de kerk terugkwamen. Wat is er in vredesnaam gebeurd? Er was een zomer dat je de bijbel bijna helemaal hebt uitgelezen! Weet je nog? Je moet elf of twaalf zijn geweest, maar die zomer zat je bijna iedere dag die lange hoofdstukken van het Oude Testament te lezen. Ik heb een tijdje gedacht dat je zendeling zou worden of zoiets. Ik maak me ongerust over je, Clara. Ik begrijp gewoon niet hoe je zomaar je geloof kunt verliezen. Ik wou dat je er met iemand over praatte. Ik weet dat je geen hoge dunk hebt van die nieuwe dominee, maar als je hem nou eens oprecht vertelt hoe je je voelt, dan kan hij je misschien helpen. Ik bedoel, daar is hij toch voor opgeleid, of niet dan? Ik vind het gewoon vreemd. Uitgerekend jij! Wat zou die arme vader ervan vinden?

Ik moet nu rennen, helaas, want een meisje hier van de gang (ze is verpleegster) heeft gevraagd of ik vanmiddag met haar naar de film ga. Ze komt ergens uit Minnesota, uit een plaatsje net als Whitfield en gisteravond zei ze dat ze heimwee heeft en zich een beetje rottig voelt. Nou, het is ook akelig nat en somber hier de laatste tijd en ik voel me zelf ook een beetje zo, dus waar kun je beter zijn als je je rot voelt dan in de bioscoop. Ruth kan ieder moment hier voor de deur staan, dus neem ik nu afscheid en doe dit op de bus. Schrijf alsjeblieft en laat me weten of je hier met iemand over gesproken hebt.

Liefs, Nora

P.S. Het kwam bij me op dat het best wel eens iets te maken kan hebben met het overlijden van vader. Binnenkort is het een jaar geleden en waarschijnlijk houdt dat je bezig. Je moet het van je afzetten, Clara.

Zaterdag, 13 april

Een brief van Nora, waarin ze me aanraadt met Jackson over mijn geloofsverzaking te praten. Nou, dat kan ze vergeten. Jackson is de laatste die ik zou benaderen. Heb me in plaats daarvan tot de dichters gewend. Om twee uur vanochtend zat ik Vaughan en Dickinson te lezen.

Gisternacht zag ik de eeuwigheid
Als een kring van puur, oneindig licht,
In kalme, heldere schittering;

En Emily D.

Ik zal weten waarom – als Tijd voorbij is –
En ik met verbazen waarom ben gestopt –
Christus zal elke angst apart verklaren
In het lichte schoollokaal in de lucht –

Hij zal mij vertellen wat 'Petrus' beloofde –
En ik – uit verbazing voor zijn smart –
Ik zal de druppel Angst vergeten
Die mij nu schroeit – die mij nu schroeit

Maar zij leefden in andere tijden, toen het makkelijker moet zijn geweest om te geloven.

Maandag, 15 april

Vandaag is het een jaar geleden dat vader is gestorven. Een winderige, koele zondag met een vochtige lucht. Na het avondeten keek hij uit het raam en zei dat hij erover had gedacht om de bloembedden naast het huis om te spitten, maar het zag er te zeer naar uit dat het ging regenen. Hij zei dat hij zich niet goed voelde en nam wat zuiveringszout. Ik zei dat hij altijd te snel at en hij antwoordde dat hij die gewoonte had opgepikt in de jaren voor zijn huwelijk toen hij in kosthuizen had gewoond. Hij zou even gaan liggen tot de indigestie over was en liep de trap op naar zijn slaapkamer. Zijn laatste woorden kwamen van boven aan de trap. 'Waarom speel je niet iets?' Ik zei dat ik dat zou doen, maar nadat ik de afwas had gedaan, ging ik zitten om de *Herald* uit te lezen en vergat het.

Na drieën ging ik naar boven; waarom weet ik niet meer. Ik zag zijn kousenvoeten door de openstaande deur van zijn slaapkamer. Hij had te lang geslapen, vond ik, en zou die nacht problemen krijgen, dus liep ik naar hem toe. Hij lag op zijn rug en toen ik de kamer binnenging, besefte ik meteen dat hij dood was. Ik wist het gewoon en was verbaasd over mijn eigen zekerheid. Het kwam door de grauwheid van het vlees om zijn ogen, denk ik. Of de volmaakte roerloosheid van zijn lichaam. Hoewel ik hem niet heb aangeraakt, wist ik dat hij dood was.

Ik ging naar de Brydens en Mrs. Bryden deed open. Ze moet iets in mijn gezicht hebben gezien, hoewel ik niet in tranen was. Waarom niet? Zijn dood was al een feit. Onveranderlijk. Dat zei ik tegen haar. Ik herinner me de woorden. 'Ik denk dat vader een hartaanval in zijn slaap heeft gehad. Hij is niet meer.'

Mrs. Brydens perplexe, vriendelijke gezichtje. 'Niet meer, Clara? Bedoel je dat hij overleden is? Och, mijn lieve kind.'

Met de regenachtige wind in ons gezicht holde ze met mij door de tuin. Mrs. Bryden verraste me door haar snelheid. Ze is precies even oud als vader, maar lichtvoetig en vlug, een musje van een vrouw. In de slaapkamer boog ze zich over hem heen en trok het laken over zijn gezicht. 'Ja, ja, je hebt gelijk. Hij is niet meer, arme Ed. We moeten de dokter bellen.'

Vrijdag, 19 april

Marion kwam vanavond langs met Mildred Craig en haar moeder om de muziek voor de bruiloft uit te kiezen. Mrs. C.'s voorkeur ging uit naar 'The Holy City', maar haar dochter wilde 'Because'. Marion stelde 'I Love You Truly' voor. Toen ze naar mijn mening vroegen zei ik dat de bruiloftsgasten het bij geen enkel lied droog zouden houden en dat ze daarom allemaal geschikt waren. Scheve blikken van verbijstering van de Craigs en Marions gewone welwillende erkenning van mijn vreemdheid. 'O, verdikkie, Clara, je neemt nooit iets serieus.' Fout, fout, fout, wilde ik zeggen, maar dat deed ik natuurlijk niet. Uiteindelijk speelde ik en zong Marion alle drie de deuntjes. Het mooie bruidje en haar mama vielen voor 'I Love You Truly', dat Marion listig tot het laatst had bewaard.

Whitfield, Ontario
Zondag, 21 april 1935

Beste Nora,

Het spijt me dat ik je met mijn laatste brief van streek heb gemaakt. Ik had niet zo moeten doordraven over God en het geloof. Maak je geen zorgen, Nora. Ik ben echt niet van plan om het scherp van een schilmes op mijn polsen te zetten. Lieve help, het is lente. Ik heb me verzoend met mijn toestand; natuurlijk moet ik de notie van tijd opnieuw overdenken.

Als ik niet langer in de onsterfelijkheid (de hemel, zo je wilt) geloof, dan volgt daaruit dat mijn tijd eindig is. Daarom zal hij op een dag afgelopen zijn en wordt de vraag dus: hoe kan ik de tijd die me rest het beste besteden? Daar moet ik aan werken. Ik moet bekennen dat ik de laatste keer dat ik je schreef een beetje gespannen en angstig was. Misschien ben ik dat nog, maar niet zo erg meer. Het komt erop neer dat ik moet leren op een andere manier te leven.

Doe je nog steeds mee aan die detectiveprogramma's en ziekenhuisdrama's? Wanneer wordt Miss Dowlings relaas van het leven in een kleine stad uitgezonden? Heeft je knappe presentator al avances gemaakt? Moet ik een radio kopen of piano blijven spelen? Het antwoord op deze vragen zal me immense gemoedsrust geven.

Clara

Zaterdag, 4 mei

De begeleider op de bruiloft. Vanmiddag dacht ik aan die vijf woorden als de titel van een gedicht. Het was drie uur en Marion zong 'I Love You Truly'. Het lieflijke middaglicht kleurde Jezus en de apostelen in de kerkramen. Ik dacht aan een vrouw als ikzelf die piano speelt op de feesten van andere vrouwen. Daar zit ze in haar blauwe jurk en witte schoenen achter de piano. En zal ze over twintig jaar voor Millie Craigs dochter spelen? Zal ze er opnieuw zijn in, zeg, 1955? Een vrouw van tweeënvijftig, wat zwaarder rond haar middel en met dikkere enkels? Met grijzend haar? Ik vraag het me af.

Maandag, 6 mei

Het was het zilveren jubileum van koning George en koningin Mary en in de hele provincie werd het gevierd. Vandaag zijn we met de kinderen naar de cenotaaf gemarcheerd en hebben we staan luisteren naar de toespraak van het plaatselijke parlementslid, een weldoorvoede advocaat uit Linden, over de grootheid van de koninklijke familie en wat een voorrecht het is om deel uit te maken van het Britse Rijk, de 'grootste familie van landen die de wereld ooit heeft gekend'. De kinderen, met hun kleine Union Jacks in de hand, luisterden vol eerbied naar die windbuil. Geen woord over de mannen zonder werk die het aan middelen ontbreekt om hun gezin te voeden. Die iedere week de vernedering van de steun moeten ondergaan. Het schijnheilige geklets van die man deed mijn bloed koken. Maar ik werd opgevrolijkt door een brief van Nora, die van het leven in de Grote Republiek schijnt te genieten.

Tatham House
138 East 38th Street
New York
29 april 1935

Lieve Clara,

Ik ben blij dat het leven in het algemeen je beter bevalt, maar ik wou dat je niet zo aanschouwelijk was. Dat stuk over een schilmes op je polsen zetten! Ik vind het niet bepaald prettig om zoiets van mijn zus te lezen, ook al maakte je maar een grapje. Ik vind nog steeds dat je met iemand zou moeten praten over het geloof, of er misschien een paar boeken over lezen. Naar de kerk gaan en in God geloven speelde altijd een belangrijke rol in je leven, Clara. Je kunt die dingen niet gewoon aan de kant schuiven. We moeten allemaal in iets geloven. Zo zitten mensen in elkaar.

Wat je sarcastische vragen betreft! Ja, ik werk nog steeds freelance voor de radio. Ik roep nog steeds dat dokter Donaldson zijn rondes in het ziekenhuis moet doen. Ik ben ook zijn patiënt geweest (ik was neergeschoten door een gangster-vriendje). Het is gek. Om de een of andere reden horen de producenten mijn stem en zien ze me niet alleen als een behulpzame zus, maar ook als een gehaaid mokkel dat met schurken rondhangt. Nee, Les Cunningham heeft geen avances gemaakt. In feite heb ik Les al een poos niet gezien, hoewel hij gekozen is om onze serie aan te kondigen en dus zullen we wel samen gaan werken. Over twee weken is de eerste uitzending trouwens, dus wens me maar geluk. Ik ben in de afgelopen maand ongeveer zes pond lichter geworden en heb mijn haar heel kort laten knippen. Ik wed dat je me niet zou herkennen. Maar het beste nieuws bewaar ik tot het laatst. Ik denk dat ik me nu mijn eigen woonruimte kan veroorloven en dus verhuis ik volgende week zaterdag naar een flatje vijf straten hiervandaan. Mijn nieuwe adres is: 135 East Thirty-third Street. Mijn eigen flat, Clara! Geen badkamer meer die ik met negen andere meisjes moet delen! Hopelijk is alles goed in het dierbare, ouwe Whitfield.

Liefs, Nora

Zondag, 19 mei

Ben vanmorgen naar het kerkhof gewandeld. Langs de kerk waar ik de stemmen van de gemeenteleden kon horen.

Ik hef mijn ogen op naar de bergen:
Vanwaar zal mijn hulp komen?
Mijn hulp is van den Here,
Die hemel en aarde gemaakt heeft.

Een van vaders favorieten; hoe vaak heb ik die psalm niet naast hem staan zingen? Het voelde een beetje vreemd toen ik in mijn oude, bruine jas met de heggenschaar en troffel in een stoffen tas door de uitgestorven straat liep. Zag mezelf zoals anderen me misschien zien: als een vrouw in een oude, bruine jas, die op middelbare leeftijd een beetje vreemd is geworden. Ik was blij toen ik het dorp uit was en buiten op het land was met de zon in mijn gezicht en de geur van omgeploegde akkers om me heen.

Een uur of zo doorgebracht met opruimen van het graf. Eigenlijk had ik iets moeten planten, geraniums misschien. Maar het onopgesmukte, gemaaide gras scheen vader nog het beste te bevallen. Zijn naam en jaren lijken op verse wonden in de grijze steen. Heb staan luisteren naar een stel kraaien bij de bosrand aan de overkant van de akkers. Ze zaten een rovende havik achterna die dook en omhoogschoot om aan hen te ontkomen. Al die donkere vogels afstekend tegen de blauwe lucht.

Vrijdag, 24 mei

Victoria Day met vlaggen en wimpels aan winkelpuien en veranda's. Warm en zonnig en er vertrokken twee busladingen vol naar Linden voor de optocht. Wat een heisa over een oude, dode koningin! Rond het middaguur kwamen er twee zwervers aan de keukendeur om te vragen of ik mijn zomerhout gespleten en opgestapeld wilde hebben. De ene was ongeveer dertig, lang en mager in een tuinbroek met een oud colbertje erover en een pet op. Hij had een brede, komische mond en was spraakzaam en erop gebrand het me naar de zin te maken. De andere was zo'n zestien jaar, een lelijke jongen en zo te zien zwakzinnig. Hij had een kort, dik lijf en een glasachtig oog. Ik had mijn bedenkingen, maar zette hen aan het werk en hield hen van achter het keukenraam in de gaten. Ik moet hen nageven dat ze de hele middag gestaag doorwerkten, de man spleet het hout en de jongen stapelde het op in keurige rijen tegen de zijkant van de schuur. Rond vijf uur waren ze klaar en ik bracht ze wat te eten: boterhammen met koud varkensvlees en mosterd, wat thee en een halve appeltaart. Zittend op het achtertrapje aten ze het op. Toen ze het ophadden, gaf ik ze een pakje met boterhammen mee en ook de rest van de taart en een dollar. Ik was zeker tevreden over hun werk. Ze hadden zelfs alle spaanders op een hoop geharkt. Ze vertrokken net toen de Brydens op hun oprit stopten. Ze hadden die dag hun zomerhuisje aan Sparrow Lake in orde gemaakt. Volgens mij vonden ze het grappig dat ik zo trots was op mijn houtstapel. Ik kan er niets aan doen. Het was intens bevredigend om hun de netjes tegen de schuur opgestapelde vadem hout te laten zien. 's Avonds hebben we samen gegeten en naderhand op hun veranda zitten luisteren naar het vuurwerk op het kermisterrein. Toen kwamen er een paar kinderen lachend en met sterretjes door de straat hollen. Piepkleine regens van licht in het donker.

Er is me iets vreselijks overkomen. Vanmiddag ben ik aangevallen door de twee mannen die gisteren langs zijn geweest. Ze hebben me pijn gedaan, althans één van hen. Ik heb de badkuip tweemaal met warm water laten vollopen. Maar het keukenfornuis is uitgegaan en er is geen warm water meer en ik ben te moe om er voor morgenvroeg nog moeite voor te doen. Maar ik kan niet in slaap komen en moet opschrijven wat er met me is gebeurd.

Vanmiddag ben ik een wandeling gaan maken langs de spoorbaan. Dat doe ik heel vaak en meestal loop ik tot aan het huis van Henry Hill. Ik ben bang van zijn hond en ga zelden voorbij zijn huis. Maar vandaag waren de oude man en zijn hond er niet, dus ben ik tot aan de schraagbrug gelopen. Ik heb misschien twintig minuten op de brug zitten kijken hoe de velden donker en licht werden onder de langsglijdende wolken en daarna ben ik weer op huis aan gegaan. Ik zette er een beetje de pas in want ik dacht weer aan de kwaadaardige collie. Ik wilde voorbij Henry's huis zijn voordat hij en de hond terug waren en voelde me beter toen het gelukt was. Toen ik de bocht in de spoorbaan om kwam, zag ik in de verte twee gedaantes. Ze staken donker af tegen de blauwe lucht. Eentje had zijn armen gespreid als een kind dat op een tuinmuurtje loopt. Van tijd tot tijd wankelde de gedaante en hij viel tussen de rails. Toen zag ik dat het de man en de jongen waren die gisteren mijn hout hadden gespleten en opgestapeld. De man negeerde de capriolen van de jongen terwijl ze op me af kwamen en hij liep snel en keek omlaag alsof hij boos of bezorgd was. Telkens als de jongen was gevallen, rende hij om de man in te halen en probeerde weer om zijn evenwicht op de rails te bewaren.

Ik geloof niet dat ik iets van angst voelde toen ik hen zag.

Vroeger heb ik vader vaak door de hordeur van de keuken met mannen zoals zij zien praten. Hij gaf ze dan een dubbeltje of een zak appels en stuurde ze weer weg. Zulke mannen voegen zich praktisch altijd naar gezag. Ze zijn het gewend dat hun wordt gezegd wat ze moeten doen, daarom was ik niet bang toen ze dichterbij kwamen. Toen ik nog ongeveer vijfenveertig meter van hen af was, keek de man op en hij bleef staan toen hij me zag. De jongen bleef op de rails stilstaan met zijn hand op de schouder van de man. Ik liep kalm door. Nu kon ik zien dat de man grijnsde met zijn brede, komische mond en hij riep naar me: 'Hé, hallo, mevrouw. Hoe gaat 't vandaag? Kent u Donny en mij nog? We hebben gister die vadem hout voor u gehakt, niet, Donny?'

De jongen zei niets en keek me alleen aan. Er was enkel zijn wezenloze gezicht en dat vreselijke witte oog. Ik zei hun goedendag en vervolgens deed de man iets vervelends. Toen ik langs hen liep, draaide hij zich om en kwam naast me lopen. Ik versnelde mijn pas en dat deed hij ook, terwijl hij de hele tijd doorkletste. 'Een ommetje aan het maken, mevrouw? Een wandelingetje in de natuur? 't Is er goed weer voor. Donny en ik zijn dat ook aan het doen. Een ommetje aan het maken en naar de vogeltjes aan het luisteren.' En zo maar door met zijn dwaze gepraat. De jongen liep achter ons aan. Van een van zijn schoenen was de zool losgeraakt en die flapte in de sintels naast de rails. Ik herinner me dat flapgeluid achter me. De aanmatiging van de zwerver was zowel irritant als verwarrend. Zo voelde ik me op dat moment, geïrriteerd, maar nog niet angstig, door die man naast me met zijn wauwelende, grijnzende mond en de jongen met zijn kapotte schoen achter ons.

Ik bleef steeds maar denken dat het allemaal volstrekt belachelijk was en ten slotte bleef ik staan en zei de man dat hij moest ophouden met zijn onzin en uit mijn buurt moest blijven. Waarschijnlijk maakte ik toen een fout. Ik zei dat er mannen aan het werk waren op de rails van de schraagbrug, dat die er zo aan zouden komen en dat hij dan ernstig in de problemen zou raken. De zwerver kon zien dat ik loog en misschien dat hij het begin van mijn angst aanvoelde. Vervolgens zei hij zoiets als: 'Kom, kom, mevrouw, nou stade te jokken en keurige dames als u moeten niet jokken. D'r zijn geen mannen op de brug aan het werk vanmiddag. Spoorwegwerkers hebben vrij op zaterdagmiddag. We hebben allemaal een middagje vrij, ook spoorwegwerkers. Dat weten wij goed, niet Donny? Ik en Donny wonen zowat op de spoorbaan. We hebben overal in het land op de spoorbaan gezeten en in de Verenigde Staten van Amerika ook.'

Ik begon weer te lopen, maar plotseling sprong hij voor me en belemmerde me de doorgang. Hij was het type lenige man dat men zich misschien in provinciestadjes vanwege niets anders herinnerd dan hun dansen. Ik moet iets gezegd hebben als: 'Wat doet u nu?' en toen zei hij en ik herinner me zijn woorden: 'Je woont toch alleen, is 't niet? Geen man in de buurt? Niemand om het hout te hakken of de voetjes warm te houden in bed. Och, och, 't is zund!'

Zijn woorden brachten me van mijn stuk en ik weet zeker dat ik op dat moment doorkreeg dat die mannen kwaad in de zin hadden. Toen zei de zwerver: 'Je bent een knappe vrouw en ik wed dat je best eens goed ge… wilt worden.' Bij dat woord gilde ik en ik weet nog dat er aan de rand van het dennenbos verscheidene zwart-gele vogels uit het gras opvlogen. De zwerver greep mijn polsen beet. 'Kom op, mevrouw, ik wil alleen een kusje. Ik heb al in geen eeuwigheid een kusje gehad.' *Een eeuwigheid!* Ja, dat zei hij. En zo begon mijn strijd. Hij was helemaal scherp en keihard, een en al puntige botten, zo leek het tenminste. Ik herinner me de zurige tabaksgeur uit zijn mond en de lucht van zijn ongewassen tuinbroek. Een stinkend geraamte van een man met een brede mond.

We wankelden in het gras naast de rails. 'Kom, mevrouw, kom mevrouw, dit zal je fijn vinden, wacht maar 'ns af.' Steeds opnieuw als een soort krankzinnig springversje. Zo schuifelden we rond in het gras en de zwerver barstte in lachen uit en begon me met gestrekte armen om en om te draaien. Hij zong een raar liedje. 'Was je ooit van je leven in de hut van een Ier? Waar 't geld bijna op is, maar niet het bier.' Er was al dat hevige gedraai en tussen de omwentelingen door zag ik de jongen op de rails naar ons zitten kijken. De zwerver was rood aangelopen van inspanning en op de een of andere manier was hij erin geslaagd zijn jasje uit te trekken en op het gras te gooien.

Toen viel ik en hij bedekte me met zijn lichaam. Iets scherps uit een van zijn zakken stak in mijn wang. Een potlood misschien of de steel van een pijp. De vreselijke stank van hem en zijn hand die onder mijn jurk aan mijn ondergoed rukte. Het van me af scheurde. Het duizelde me van al dat gedraai en ik was misselijk bij de gedachte aan wat er gebeurde. Ik zei tegen de zwerver: 'Dit moet u niet doen. U moet me geen pijn doen.' Maar hij bleef zich weerzinwekkend opdringen. 'O, jawel, mevrouw, jawel mevrouw, ik wil je zo graag... Echt waar. Je zal 't lekker vinden. Je zal 't lekker vinden.' Zoiets zei hij. En ik dacht: er gebeurt iets vreselijks met me en ik kan er niets tegen doen. Het zal een beproeving zijn maar ik geloof niet dat ze me zullen vermoorden. Het zijn geen moordenaars. Zodra dit over is, gaan ze ervandoor. Mijn ogen waren gesloten en ik sidderde van de pijn toen hij mijn lichaam binnendrong.

Toen het verwoede gestoot in me. Ik telde tot negen, tien, misschien twaalf voordat hij klaarkwam. En de hele tijd dacht ik dit. Ik dacht hoe onverwacht een leven misvormd kan worden, bruut verdeeld in voor en na een ijzingwekkende gebeurtenis. Zo moet het zijn voor iedereen die rampspoed ondergaat: mensen die de dag van het auto-ongeluk moet bijblijven, de middag dat het kind door het ijs zakte, de vuurzee in een winternacht die de dromers wekte.

De zwerver was tot rust gekomen. Ik kon zijn jagende hartslag voelen. Hij had zijn gewicht verplaatst, dus mijn wang deed geen pijn meer. Maar vanbinnen brandde het en ik vroeg me af of er nu een afgrijselijke ziekte in me rondzwom. Of dat ik misschien bezwangerd was. Dat is zeker iets om me zorgen over te maken, want ik geloof dat ik ongeveer op de helft van mijn maand ben. Toen ik mijn ogen opende, stond hij naast me zijn broek dicht te knopen. Hij zag er nu kregelig uit. Slechtgehu-

67

meurd. Hij riep naar de jongen. 'Vooruit, pak er ook wat van. Een betere kans komt er niet.' Ik keek hoe hij de banden van zijn tuinbroek vastgespte en naar het jasje zocht dat hij op het gras had gegooid. Wat verlangde ik ernaar om het gras in brand te steken! Ons alle drie te laten verbranden in de plots oplaaiende steekvlammen. Een vurig grasveld dat alles zou reinigen en de aarde zwart en gezuiverd zou achterlaten.

De zwerver leek nu ongeduldig en geërgerd door de jongen. 'Vooruit, schiet eens op! Haal dat ding uit je broek en pak d'r. Zoiets krijgt ze nooit meer te zien.'

De jongen was de rails overgestoken en stond op mij neer te kijken. Hij friemelde aan zijn knopen. Zijn lid was grotesk. Een enorm rood ding en ik zei tegen mezelf: hij scheurt me aan stukken. Toen zakte de jongen tussen mijn benen op zijn knieën en ik sloot mijn ogen want het was onverdraaglijk om in dat wezenloze, verwoeste gezicht te kijken. Bijna meteen voelde ik dat hij op mijn benen ejaculeerde. Ik kon het over me heen voelen stromen, terwijl hij zich met zijn eigen handen afwerkte. En dus werd me dat bespaard. De zwerver lachte nu. Noemde de jongen een vervloekte idioot.

Toen gingen ze. De man schold de jongen uit toen ze wegliepen. Zijn stem stierf weg en toen ik me op mijn zij rolde, kon ik zijn lange benen door het gras zien bewegen en die van de jongen ook toen hij op de rails stapte. Ik ging op mijn knieën zitten kijken hoe ze langs de rails naar de schraagbrug toe liepen. De jongen haastte zich en op een bepaald moment bleef de man staan om hem een pets tegen zijn achterhoofd te geven. Vervolgens liep hij snel door en de jongen deed zijn best hem bij te houden, waarna ze om de bocht in de spoorbaan verdwenen. Ik ging weer liggen, want ik was misselijk en ik bloedde. Na een paar minuten maakte ik me schoon met mijn gescheurde onderbroek en vroeg me af hoe ik thuis moest komen. Ik wilde in een warm bad gaan zitten en mezelf goed schoonmaken. Maar dat leek zo'n onderneming, zo'n onmogelijk ingewikkeld en ververwijderd karwei dat ik in tranen uitbarstte en met mijn handen op de grond sloeg. Ik trapte ook met mijn voeten.

Terwijl ik daar in het gras lag, kreeg ik een lichte aanval. Een driftbui zoals een hysterisch kind kan hebben. Naderhand lag ik buiten adem en uitgeput in het zonlicht. Van tijd tot tijd moest ik me weer schoonmaken en dat zette me aan het denken over wat ik moest doen als ik een ziekte had opgelopen of als ik zwanger was geraakt van die zwerver. De gedachte dat ik hiermee naar een dokter in Linden zou moeten was onverdraaglijk. Ik zou in Toronto iemand moeten zoeken om me te helpen. Maar waar moest ik zoeken en wat moest ik tegen hem zeggen? Ik zou het niet kunnen opbrengen iemand hier iets over te vertellen. Door hierover na te denken raakte ik weer overstuur en vervolgens bedacht ik hoe dankbaar ik zou zijn als ik alleen maar de tijd terug kon draaien en nu naar huis kon lopen met de *Herald*, me verheugend op het avondeten en me net als iedereen bekommerend om dagelijkse beslommeringen. Erop mopperend. Terwijl we eigenlijk, als we het maar konden onthouden, dankbaar zouden moeten zijn voor de gewone probleempjes van onze dagen en nachten.

Daar dacht ik aan toen de zon achter het dennenbos zakte en de lucht en grond afkoelden. Ik zou moeten wachten tot het donker was voordat ik naar huis kon. Ik stelde me voor dat ik er uitzinnig en radeloos uitzag (misschien was dat helemaal niet zo), en ik was bang dat ik in tranen zou uitbarsten of iets schandelijks zou zeggen als reactie op een simpele groet op straat. En wat zou de nasleep van zo'n vertoning zijn?

'Wat is er, Miss Callan? Wat is het probleem?'

Er zou gekletst, gekletst en nog meer gekletst worden.

'Ze begon midden op straat te huilen. Wie? Clara Callan? Ongelofelijk. Dat is niets voor haar. Waarom zou ze dat doen? Het kan best een soort zenuwinzinking zijn. Helemaal alleen in dat huis. Sinds haar vader is overleden.'

Ik zou blijven zitten waar ik zat tot het donker was. Dat was mijn besluit.

Vervolgens dacht ik eraan hoe de zwerver me alleen uit wellust pijn had gedaan en dat hij ongestraft zou blijven. Een jaar geleden zou ik troost geput hebben uit het geloof dat God had gezien wat die man me had aangedaan en dat Hij hem zou straffen. Maar nu geloof ik dat er vaak geen vergelding is in menselijke aangelegenheden. Mensen beroven, vermoorden en verkrachten elkaar en gaan vaak het graf in zonder dat ze ooit hun gerechte straf hebben ondergaan. En die notie stoorde me nog het meest.

Tegen zevenen hoorde ik de fluit van de avondtrein uit Toronto en weldra begonnen de rails te knarsen onder het gewicht van zijn nadering. Terwijl ik naar de onstuimig en angstaanjagend aanstormende aanval van ijzeren lawaai luisterde, vroeg ik me opnieuw af of moeder weloverwogen voor die furie was gaan staan. De trein reed op een afstand van zes meter langs me. Ik ving een glimp op van de wielen van de locomotief en toen ik mezelf ophief, zag ik de passerende wagons en het hoofd van een vrouw in profiel. Iemand die de krant las aan het einde van een heel gewone dag. Wat benijdde ik haar.

Achter het dennenbos gloeide de lucht vuurrood na en werd toen donkerder. De schemering leek lang te duren. Rustend op zijn rug kwam de nieuwe maan op. Boeren beweren dat zo'n maan het water vasthoudt en dat het dus droog blijft. Zou er waarheid zitten in dergelijke gezegdes? O, het kan zijn dat ik niet helemaal bij zinnen was, want de hele tijd liep ik maar op en neer en bleef alleen af en toe staan om mezelf schoon te maken. Ik had de schandelijke onderbroek weggegooid en moest mijn kousen gebruiken. Van tijd tot tijd ging ik op de rails zitten. Ongeveer op de plek waar de jongen naar ons had zitten kijken. Ik stelde me voor dat de jongen en de man nu een veld overstaken, kauwend op groene appels of lente-uitjes die ze uit een tuin hadden gehaald, de man almaar kletsend of nu nors zwijgend. Ik zag de jongen het veld oversteken en met zijn ene goede oog om zich heen kijken. Toen begon ik over de rails terug naar Whitfield te lopen en bedacht wat een rare indruk ik moest maken op iedereen die me tegenkwam. Vlak bij het station aan de rand van het dorp hurkte ik in het gras. Opzij van het huis van de stationschef stonden enkele mannen tegen een auto geleund te praten. Hun stemmen en gelach dreven over de donkere velden naar me toe. Zijn kinderen waren nog aan het spelen en holden schreeuwend rond het huis tot hun moeder in de achterdeur kwam staan en ze binnen riep. De mannen praatten een hele poos door totdat ze eindelijk naar huis toe kuierden. Ik wachtte misschien nog een uur. De honden blaften niet meer toen ik naar het station liep en vervolgens Church Street in en naar huis. Het was bijna halfelf toen ik het keukenfornuis aanstak om het water te verwarmen voor mijn twee baden.

Zondag, 26 mei (16.00 uur)
Toen ik het overlas, vond ik mijn verslag van wat er gisteren is gebeurd te opgewonden, maar dat vind ik nu niet meer. Dat is wat er is voorgevallen, zo getrouw als ik het kan opschrijven. Uiteindelijk ben ik in slaap gevallen, net toen de vogels begonnen te zingen. Ik werd wakker van de kerkklok en bedacht hoe ik een jaar geleden op dit tijdstip tegelijk met anderen de deur uit zou zijn gegaan. Heb nog een halfuur liggen dommelen en ben toen opgestaan om meer water te verwarmen.

Een uur geleden kwam Mrs. Bryden aan de deur. Ze had pas laat gisteravond licht zien branden en zich afgevraagd of ik ziek was. Kon ze iets voor me doen? Ik zei haar dat ik iets onder de leden had en vroeg naar bed was gegaan, maar later weer wakker was geworden en mezelf toen in slaap had gelezen. Terwijl ik met haar sprak, vroeg ik me af of ik er voor haar anders uitzag. Er zit nog steeds een plekje op mijn wang van wat er dan ook in de zak van de zwerver zat. En misschien heeft wat er is gebeurd me veranderd in de ogen van anderen. Misschien kunnen ze de aanranding op mijn gezicht zien. Ik dacht dat ik overtuigend klonk, maar Mrs. Bryden keek me bevreemd aan. Het kan mijn verbeelding zijn. Toen ze weg was, heb ik wat brood geroosterd en thee gezet. Het idee van een brief aan Nora met nieuws over het 'goeie, ouwe Whitfield' kon ik niet aan.

'O ja, tussen twee haakjes, Nora, hier is nog wat nieuws.

Gistermiddag ben ik verkracht.' Zo'n verklaring zou toch op z'n minst drie van haar uitroeptekens vergen. Toen dacht ik hoe bitter, sarcastisch en onwaardig dat was. Ik kan zo hatelijk zijn en ik schijn het niet te kunnen helpen.

Maandag, 27 mei

Blij dat ik terug was in het klaslokaal en dankbaar voor de dagelijkse gang van zaken waar narigheid voor moet wijken: een klas vol kinderen laat je geen tijd voor beschouwingen. Maar toen ze in de pauze het speelplein op dromden, bedacht ik dat het zo moet zijn als je een dodelijke ziekte hebt. Een golf van bedrijvigheid leidt je af, maar zodra je alleen bent, keert de kritieke toestand terug om je dag te vergallen. Door het raam sloeg ik Milton gade die in zijn hemdsmouwen softbal speelde met de kinderen. Wat zou hij denken als ik hem vertelde wat me zaterdag is overkomen. Maar ik kan me niet voorstellen dat ik zoiets zal doen. Het is domweg te bizar.

Een brief van Nora. De nieuwe serie lijkt een succes te worden en ze heeft een brief van een bewonderaar gekregen. Nou, bravo voor haar, maar ik kan nu nog niet de energie noch de zin opbrengen om terug te schrijven.

135 East 33rd Street
New York
19 mei 1935

Lieve Clara,

Hoe gaat het nu met je? Wat mij betreft, ik ben heel tevreden, geloof me. Iedereen hier is opgewonden over de serie en de mensen van het impresariaat denken dat we in de herfst door een van de landelijke omroepen worden opgepikt. Als dat gebeurt, is de kans groot dat jij me daar zult kunnen horen. En raad eens? Ik heb onlangs mijn eerste fanbrief gekregen. Een jonge vrouw uit Queens (dat is een andere New Yorkse wijk) schreef me een geweldige brief waarin ze me van alles over zichzelf vertelt. Ze zit in een rolstoel (auto-ongeluk) en woont bij haar moeder. Ze is pas eenentwintig en ze zegt dat ze, als ze de radio niet had, niet zou weten hoe ze de dag moest doorkomen. Precies wat ik je altijd heb gezegd, Clara, de radio is voor veel mensen zo belangrijk. Hoe dan ook, ze is gek op 'The House on Chestnut Street'. Het is haar favoriete programma en ik ben haar favoriete personage. Wat vind je daarvan? Ze zegt dat ze bewondering heeft voor de manier waarop ik Effie voortdurend uit de penarie haal en ze wou dat ze net zo kon zijn als ik. Ze zegt dat ze me de hele tijd aanmoedigt. Het betekent echt iets om zo'n brief te krijgen en je te realiseren hoe belangrijk je personage in het leven van de luisteraars wordt.

Toen ik de brief aan Evelyn liet zien, zei ze enkel: 'Je kunt er maar beter aan wennen, meid, want als we eenmaal landelijk uitgezonden worden, zul je tot in het grote, sponzige hart van Amerika doordringen. Je zult die ouwe spons helemaal uitwringen en stapels brieven krijgen.' Zoiets zei ze in ieder geval. Maar dat is typisch Evelyn. Ze neemt nooit iets serieus, maar ik kan je wel zeggen dat ze heel blij is met hoe de serie het doet.

Nou, dat is mijn verhaal, maar hoe zit het met jou? Heb je al plannen gemaakt voor de zomer? Ik zou willen dat je het in overweging neemt om hier voor een paar weken naartoe te komen. Iedereen zegt dat het in New York zomers bloedheet is, maar dat zou je niet moeten weerhouden. Ik ga een paar ventilatoren kopen. Ik zou het zo leuk vinden als je mijn flatje eens zag en je zou naar de studio kunnen komen om mij aan het werk te zien. Dan kun je zien hoe ze een programma als het onze uitzenden met de geluidseffecten en zo. Uit het hele land komen mensen naar Radio City en ze krijgen rondleidingen om te zien hoe hun favoriete programma's worden geproduceerd. Denk er eens over na, Clara. Je zult New York een boeiende stad vinden en als het te warm wordt, kunnen we altijd nog naar de film gaan. Alle grote bioscopen hebben nu luchtkoeling. Dus denk er alsjeblieft eens over na. En hoe zit het met een brief!!!

Liefs, Nora

Een slapeloze, deprimerende nacht. Om tien over twee werd ik uit een akelige droom gerukt waarin de zwerver mijn polsen vasthad en met mij in het veld danste, me om en om draaide net als afgelopen zaterdag. Maar dit keer waren we allebei naakt en het geslacht van de jongen, een rauwe, rode knots, zat aan hem vast. De avondtrein uit Toronto kwam langs en er keken mensen naar ons. Het gezicht van Milton was tegen het raampje van de wagon gedrukt. En naast hem zaten Ida Atkins, Mrs. Bryden en Cora Macfarlane. Kon niet meer in slaap komen en dus heb ik gelezen. Heb de bijbel gekozen. Hoewel ik niet langer geloof, bieden de woorden me toch een zekere troost.

Tot U roep ik, Here, mijn rots;
Wend U niet, zwijgend van mij af,
Opdat ik niet, als Gij tegen mij blijft zwijgen,
Worde als zij, die in de groeve nederdalen.

Whitfield, Ontario
Zondag, 2 juni 1935

Beste Nora,

Het spijt me dat ik je pas zo laat terugschrijf. Mijn enige excuus is pure luiheid. Ik ben blij te horen dat het zo goed gaat met je serie en dat je brieven krijgt van bewonderende luisteraars, hoewel de jonge vrouw in de rolstoel er goed aan zou doen om af en toe eens een goed boek te lezen. Ik hoop dat je het niet erg vindt dat ik het zeg maar afhankelijk zijn van middagprogramma's om de dag door te komen vind ik tamelijk treurig. Het is allemaal mooi en aardig om in dagdromen te vluchten, dat doen we allemaal van tijd tot tijd, maar die jonge vrouw klinkt... Och, laat maar, vergeet het. Het is eigenlijk niet belangrijk. Als ik er de energie voor had, zou ik dit kapot scheuren en opnieuw beginnen, maar die heb ik niet. Vergeet alsjeblieft wat ik over die jonge vrouw in de rolstoel heb gezegd. Ze zal er zich wel doorheen slaan, net als wij allemaal.

74

Het schooljaar loopt op zijn einde en ik verheug me op de vakantiemaanden. Ik weet het nog niet van New York. Het is ver en reizen is zo duur. Ik moet er nog over nadenken, Nora. Intussen hoop ik dat alles goed voor jou blijft gaan. Ik zal je schrijven als ik meer nieuws heb. Het spijt me van deze vreselijke brief.

Clara

Zaterdag, 8 juni

Twee weken nu en ik wacht op het teken dat alles in orde is. Het kan iedere dag gebeuren en als alles goed is, zal ik mijn best doen om nooit meer over gewone wisselvalligheden te klagen. Dat zal wel ijdele hoop zijn, want het zit in onze aard om over onbeduidende tegenslagen te mopperen. Maar ik zal mijn best doen. Ik beloof echt mijn best te doen.

Maandag, 10 juni

Na school heb ik de hele vloer beneden gedweild en geboend. Afmattend werk, maar het leidt mijn gedachten af. Morgenmiddag pak ik de eerste verdieping aan.

Donderdag, 13 juni

De jaarlijkse sportdag en Milton in een opperbest humeur, hij trad op als scheidsrechter en mat bij het verspringen. Na afloop zei hij: 'Wel, Clara. We zijn er bijna. Nog een paar weken. Volgens mij hebben we allebei prima werk geleverd. Ik hoop dat je tevreden bent over de samenwerking met mij. Ik pretendeer niet dat ik een waardig opvolger voor je vader ben, maar ik heb er zeker mijn best voor gedaan.'

'Ja, Milton', zei ik. 'Het is een goed jaar geweest. We hebben allebei hard gewerkt.'

Lieve Clara,

Ik hoop dat je je beter voelt dan de laatste keer dat je schreef. Was je die dag met het verkeerde been uit bed gestapt? Ik vind ook dat je nogal onaardig was over de jonge vrouw die me heeft geschreven. Niet iedereen houdt van lezen, Clara, en dan komt de radio goed van pas. Er zijn een heleboel mensen (en ik krijg steeds meer brieven van hen) die gewoon niet veel hebben om naar uit te kijken en series als de onze kunnen hen helpen. Ze kunnen bij de radio gaan zitten en zich een heel andere wereld voorstellen waar mensen ergere problemen hebben dan zijzelf en vroeg of laat zien ze hoe die problemen worden opgelost. Het biedt hun hoop, denk ik.

Gisteren nog las ik een stuk in de *Radio News* over hoe luisteren naar 'Amos and Andy' een stumper daadwerkelijk het leven heeft gered. Kennelijk stond hij klaar om van het dak van zijn flatgebouw in Brooklyn te springen, maar een buurman praatte het hem uit zijn hoofd. 'Amos and Andy' werd toen net uitgezonden en de buurman zei: 'Voor je springt, moet je naar die gozers luisteren. Ze zijn zo komisch en je kunt ze iedere avond voor niets horen. Hoe angstaanjagend en onvolmaakt de wereld ook is, iedere dag heb je het vooruitzicht dat je 's avonds deze twee komieken kunt horen en dat is in ieder geval iets.'

Ik weet wel dat het in een omroepblad stond en misschien is het zo niet precies gegaan, maar als je erover nadenkt is het waar. En het heeft die stumper zijn leven gered. Mensen moeten iets hebben om naar uit te kijken, ook al is het maar een radioprogramma.

Jammer dat je zo weinig enthousiast bent over het idee om van de zomer hier op vakantie te komen. Ik snap niet waarom niet. Je hebt meer dan genoeg tijd. Zou een beetje afwisseling je geen goed doen? Persoonlijk denk ik dat je er enorm van zou opknappen om eens weg te zijn uit Whitfield. We zouden het samen heel leuk kunnen hebben. Denk er dus nog maar wat langer over na, goed? En hou je haaks.

Liefs, Nora

P.S. Gefeliciteerd met je tweeëndertigste op de zevenentwintigste!!!

Vrijdag, 28 juni

Ik weet zeker dat het zover is en het is onzin om te doen alsof het niet zo is. Vanochtend was ik misselijk. Is dat geen duidelijk teken? Een tinteling in mijn borsten. Mijn lichaam voelt enigszins anders en vreemd aan. Wat een verdomde pech toch. Vandaag was de laatste schooldag en de hoogste klas was in het stadhuis om examen te doen. Milton surveilleerde en dus had ik de rest van de school onder mijn hoede. Op de laatste dag kun je weinig anders doen dan woordspelletjes en hardloopwedstrijden. We aten ons brood buiten onder de bomen op. Er was limonade en taart en de meisjes van de derde klas hadden als cadeautje een geborduurd schort en een doos bonbons voor mij. Na een jaar lang op ze te hebben gemopperd had ik dat niet verwacht. Als ik terugkijk, vind ik dat ik tegen een paar van hen nogal streng ben geweest. De jongens speelden in het stoffige zonlicht of kuierden weg en ik was omringd door een zwerm meisjes. Hun gekwetter en vrolijk opgewonden gezichtjes maakten me een halfuur lang gelukkig. Volgens mij moet ik mijn 'onfortuinlijke toestand' vergeten zijn. Maar toen ik met mijn rug tegen een boom naar hen zat te kijken, besloot ik dat ik naar Toronto moet om een dokter te zoeken.

Woensdag, 3 juli

De trein naar Toronto genomen en mijn toestand is bevestigd. Ik ben zwanger. Het was niet zo moeilijk om een dokter te vinden als ik had gedacht. Niets is ooit zo moeilijk als ik denk dat het zal zijn en waarschijnlijk zou ik me dat ter harte moeten nemen, maar ik weet dat ik dat niet zal doen. Dokter Allan zat in een groot huis in Sherbourne Street, vlak bij het Wellesley-ziekenhuis en ik heb me uitgegeven voor Mrs. Donaldson, pas verhuisd uit Winnipeg. Ik had moeders trouwring omgedaan. Ze had een veel kleinere hand en het kostte me veel moeite om de ring uit te krijgen toen ik weer thuis was. Dokter Allan was een opgewekte, spraakzame jongeman (jonger dan ik), die pas met zijn praktijk was begonnen. Hij vertelde dat zijn vrouw ook een kind ging krijgen en dat ze het vooruitzicht van een gezin heel spannend vonden. We hadden een kort, prettig gesprek, dokter Allan en ik, en mijn leugens werden allemaal geloofd.

'Hoe vind u het in Toronto na Winnipeg, Mrs. Donaldson?'

'O, heel plezierig.'

'En wat doet uw man?'

'Tom werkt bij de Canadian Pacific Railway. Op kantoor. Hij is pas overgeplaatst. We proberen al zo lang om een kind te krijgen.'

'Nou, u bent een tikje oud voor een eerste kind, maar u lijkt heel gezond.'

Hij zei dat ik het kind in februari kon verwachten en dat ik over een maand terug moest komen. Ik betaalde de assistente en ging weer.

In de trein naar huis kwam ik tot de conclusie dat ik het aan Nora moet laten weten, maar ik ben veel te zenuwachtig om met haar te praten. Ik schrijf haar wel.

Whitfield, Ontario
4 juli 1935

Beste Nora,

Wat je nu gaat lezen zal je ongetwijfeld verrassen, dus zet je maar schrap. Ik hoop dat je zit en niet bij het fornuis staat te wachten tot er een ei kookt. Of, zoals je vroeger deed, op de rand van het bed je teennagels zit te knippen. En, zoals ik me herinner, de nagels op een hoopje op de ladekast laat liggen. Ga er dus even goed voor zitten, uit de buurt van fornuizen en scharen. Ik heb je iets belangrijks te vertellen en het is niet gemakkelijk. Het ziet ernaar uit dat ik zwanger ben (een dokter in Toronto heeft het bevestigd en dus snap ik niet waarom ik 'het ziet ernaar uit' schrijf, want ik ben het). Vraag *alsjeblieft* niet hoe deze onzalige toestand is ontstaan. Het is gebeurd en ik moet er een oplossing voor zoeken. Ik heb op het moment gewoonweg geen zin om nader op het hele verhaal in te gaan. De vader kan niet met me trouwen. Daar is geen sprake van en dus zit ik met de vraag wat ik moet doen. *Wat zou* jij *doen als je in mijn schoenen stond?* Ik weet hoe licht ontvlambaar je bent, probeer je dus alsjeblieft te beheersen als je terugschrijft. Ik probeer mijn kalmte te bewaren tegenover deze 'gebeurtenis' en heb daarom geen behoefte aan 'gejammer en geween en geknars van tanden'. Het is zonneklaar dat er een oplossing voor moet komen en dus, wat zou jij doen? Het spijt me dat ik je deze brief moet schrijven, Nora. Ik weet dat je volop bezig bent met je radiowerk, maar ik wist niet goed tot wie ik me kon wenden.

Clara

P.S. Bel alsjeblieft de Brydens niet om naar mij te vragen. Ik kan het niet riskeren. Probeer mijn situatie te begrijpen.

135 East 33rd Street
New York
10 juli 1935

Lieve Clara,

Verdraaid, ik wou dat je eens aansluiting zocht bij de twintigste eeuw en een telefoon nam!!! We verspillen zo veel tijd omdat jij erop staat om in de vorige eeuw te blijven leven. Godallemachtig!!! Nou goed, zo ben je nu eenmaal, neem ik aan, en nu ik mijn kleine tirade heb afgestoken, zal ik voor je doen wat ik kan, Clara.

Je ziet dat ik een kaartje bijgesloten heb met het nummer van de Pullman-wagon van de trein naar New York op vrijdag 19 juli. Ik stuur deze brief per eersteklaspost, dan zou je hem komende dinsdag moeten hebben en heb je een paar dagen om je voor te bereiden. Kun je naar Linden gaan en me vanuit een telefooncel bellen om me te laten weten dat je de brief hebt gekregen en dat je volgende week vrijdag komt. Ik vertrek pas rond tien uur naar de studio, dus kun je de ochtendtrein naar Linden nemen of met iemand meerijden. Je snapt nu toch zelf ook wel hoe verdomd onhandig het is om geen telefoon te hebben. Zoals je aan het kaartje kunt zien, vertrekt de trein naar New York om negen uur uit Toronto. Laat de conducteur het kaartje voor de slaapwagon zien dan krijg je een couchette voor die nacht. Rond halftien komt de trein in Penn Station aan en ik zal er zijn. Loop gewoon de andere passagiers achterna tot in de grote hal. Het is een heel druk station, dus volg de andere passagiers.

Ik beloof je dat ik geen vragen zal stellen. Gedane zaken nemen geen keer en niemand zal je hierom veroordelen. Deze dingen gebeuren nu eenmaal. Ik heb zelf ook wel eens in angst gezeten, geloof me. Je zegt niet hoe ver je al bent. Ik hoop niet meer dan twee maanden. Daarna (heb ik begrepen) kan het lastig zijn. Ik neem natuurlijk aan dat je er iets aan wilt doen en in dat geval kan ik je helpen. Kunnen wij je helpen, moet ik zeggen. Ik heb er al met Evelyn over gesproken en zij kent een paar betrouwbare mensen. Geen engeltjesmakers of zo, dus maak je geen zorgen. Ik vertrouw hierin volledig op Evelyns oordeel. Het komt vanzelf goed, Clara, zolang je maar hierheen komt en mij voor je laat zorgen. Probeer in godsnaam niet om er zelf iets aan te doen. Geen van die bakerpraatjes of huis-middeltjes werken en ze kunnen ook gevaarlijk zijn. Er zijn mensen voor nodig die weten wat ze doen.

Doe me alsjeblieft een plezier. Ga zodra je deze brief krijgt naar Linden of ergens anders, zoek een telefooncel en bel me. Probeer je niet druk te maken, Clara. We lossen dit wel op en *er zullen geen vragen worden gesteld.*

Liefs, Nora

P.S. Het is hier smoorheet, dus pak in ieder geval drie of vier zonnejurken in en reken erop dat je minstens een maand blijft. Je zult veel rust nodig hebben als dit achter de rug is. Goddank heb je zomervakantie.

P.P.S. Ik heb een gele jurk aan in het station en ik zal naar je uitkijken.

Woensdag, 17 juli

Net terug uit Linden waar ik de hele dag voor New York heb gewinkeld. Ik weet zeker dat ik er naar grootsteedse maatstaven heel sjofeltjes zal uitzien. Heb Nora gebeld in een telefooncel vlak bij de openbare bibliotheek. Luisterde naar haar ademloze, bezorgde stem. 'Clara! Hemeltje, wat fijn om iets van je te horen. Hoe gaat het?'

'Ik ben iedere morgen misselijk, precies zoals het volgens het boekje moet.'

'Je was bij een dokter geweest, zei je. Waar? In Toronto?'

'Ja. Ik ben naar hem toe gegaan als Mrs. Donaldson. Die naam heb ik van die doktersserie van jou.'

Een lachsalvo. 'Mrs. Donaldson? Nee toch.'

'Jawel.'

'O, Clara, je bent me d'r eentje. En was alles goed?'

'Het zag er allemaal normaal uit, volgens dokter Allan in Sherbourne Street.'

'Hoe ver ben je trouwens?'

'Op zaterdag is het acht weken.'

'Ai. Je hebt er wel lang mee gewacht.'

'Dat was dom, ik weet het. Ik was ongerust en wist niet wat ik moest doen. Ik twijfelde.'

'Nou ja, het komt goed. Dat zul je zien.'

'Je hoefde geen couchette voor me te reserveren, Nora. Dat is zo'n uitgave. Ik zal je terugbetalen.'

'Maak je daar nou niet druk om. Zorg alleen dat je vrijdag-avond in die trein zit.'

'Dat doe ik, Nora. Bedankt.'

Heb Mrs. Bryden gezegd dat ik op vrijdag naar New York ga om een poosje met Nora door te brengen en ze zei dat ze de boel in de gaten zou houden voor me. Dus voel ik me beter nu. Op de een of andere manier zal het goed komen.

Vrijdag, 19 juli (16.00 uur)
Ik heb een boek met verhalen van Tsjechov meegenomen en vanochtend in de trein naar Toronto deze woorden gelezen:

Er was een week voorbijgegaan sinds ze kennisgemaakt hadden. Het was een feestdag. Binnen was het benauwd, terwijl de wind op straat stof opjoeg en mensen hun hoed van het hoofd blies. Je had de hele dag dorst en Goerov ging vaak het restaurant in en bood Anna Sergejerna frisdrank of ijs aan. Je wist gewoon niet wat je met jezelf aan moest.

De schrijver weet de lethargie van die lome zomerdag aan de Zwarte Zee zo volmaakt vast te leggen! De lezer begrijpt meteen dat al die warme lucht en verveling de man en vrouw bij elkaar zal brengen en dat hun leven nooit meer hetzelfde zal zijn.

Vervolgens had ik een onaangename ervaring in Union Station. Ik had een paar tijdschriften gekocht en zat me op een bank af te vragen hoe ik de rest van de dag moest volmaken. Ik zat in een van de tijdschriften te bladeren toen ik merkte dat een man naar me staarde. Of liever naar me lachte. Hij zat tegenover me met een krant die hij opzij had gelegd. Hij was van middelbare leeftijd en zag er fatsoenlijk uit, maar zijn glimlach bracht me van mijn stuk. Ik verbeeldde me dat hij naar mijn benen keek en dat bezorgde me een heel ongemakkelijk gevoel. Toen dit zo een paar minuten had geduurd, moest ik weg. Ik pakte mijn tijdschriften en handtas bij elkaar (mijn valies had ik afgegeven) en liep het station uit en de straat op. Ik liep snel en keek een paar keer achterom om te zien of de man me achterna kwam. Natuurlijk deed hij dat niet en nu kan ik zien hoe dwaas het van mij was. Desondanks was mijn angst op dat moment echt en ik liep helemaal tot aan de kathedraal in King Street.

Bijna een uur heb ik in de koele, lege kerk gezeten. Ik zeg leeg, maar dat klopt niet helemaal. Zo nu en dan kwam er iemand binnen om te bidden of om, net als ik, alleen te zijn en na te denken. Het was kalmerend en het bracht mijn zenuwen tot rust. Op een bepaald moment kwam er een jonge vrouw (waarschijnlijk was ze nog geen twintig) binnen. Ze was onopvallend, droeg een eenvoudige werkjurk en had een hoofddoek om. Ik bedacht dat ze een dienstmeisje of een fabrieksmeisje kon zijn. Ze koos een bank dichtbij en knielde om te bidden, zoals katholieken doen, met haar handen voor zich. Er zat haar iets dwars, dat kon je zo zien en ik vroeg me af onder welke last ze gebukt ging. Was er sprake van ziekte in de familie? Had ze iemand verloren? Was ze ook zwanger en alleen? En nu vroeg ze God om hulp. Ze bleef niet lang en toen ze wegging, ving ik een glimp op van een bleek, gekweld gezicht.

Toen ik terug in het station was, koos ik een ander deel van de wachtkamer en natuurlijk was de glimlachende man nergens te bekennen. Vervolgens heb ik het Pullman-kaartje ingewisseld. Ik kan best de hele nacht rechtop zitten in een trein. Eigenlijk doe ik dat nog liever dan in een couchette klimmen, omgeven door halfnaakte vreemden.

(21.45 uur)

We komen langs talloze boomgaarden waarin gedaantes om vuurtjes staan. In de wagon hangt een rooklucht. Kinderen zitten elkaar tussen de bomen achterna en mannen laden in het donker kratten op vrachtwagens. Een man licht hen bij met een lantaarn. Die fruitplukkers moeten leven als zigeuners.

In Buffalo liep er een bewaker door de wagon, die ons vragen stelde over onze geboorteplaats en ons staatsburgerschap. Toen de trein weer vertrok, staarde ik naar mijn spiegelbeeld in het verlichte raam. Ik zag een ernstig, afgetobd gezicht. Ik dacht aan de geheimen in mijn leven en het verschrikkelijke mysterie van een wereld zonder God. Ik dacht ook aan de biddende jonge vrouw in de kathedraal, aan de man die me bang gemaakt had en aan de duistere levens van mensen in detectivetijdschriften. Ik dacht aan Tsjechov die dertig jaar geleden in een kamer zat te schrijven, zijn pen in de inktpot doopte en fantaseerde over wat er nu met Goerov en Anna zou gebeuren. Na een poosje werden de lampen uitgedaan en installeerden mensen zich om te gaan slapen. Of net als ik in het donker te staren.

Zaterdag, 20 juli (9.20 uur)

Ik zal een paar uur geslapen hebben, maar bij het ochtendgloren werd ik wakker. De anderen sliepen allemaal toen we tussen groen beboste heuvels door reden, langs boerderijen en stadjes. Het gerinkel van bellen bij overwegen en de bonte Amerikaanse vlag voor postkantoren. Het werd lichter en er liep een autoweg parallel aan de spoorbaan. Ik zag gezinnen in personenwagens en vrachtwagens en achter de autoweg lag een brede rivier te blinken in het zonlicht. Toen we dichter bij de grote stad kwamen, passeerden we goederendepots en flatgebouwen die zo dicht bij de spoorbaan stonden dat je bij het leven van mensen naar binnen kon kijken. In een flat leunde een gigantische negerin met haar dikke blote armen op de vensterbank naar buiten om ons te zien passeren. Achter haar zat een man in zijn onderhemd en bretels met een hoed op aan tafel te ontbijten. De trein minderde vaart en we reden deze mensen langzaam voorbij. Maar nu komen we aan in Pennsylvania Station en ik moet dit wegbergen en te midden van al die mensen Nora zien te vinden.

Zondag, 21 juli (10.30 uur)

Nora is naar de kerk. Ze gaat naar een presbyteriaanse kerk een paar straten hiervandaan en ze was een beetje gebelgd dat ik niet met haar meeging. Maar ik zei dat ik nog te moe was. Ondanks haar vriendelijkheid en hartelijkheid is Nora van streek en van tijd tot tijd betrap ik haar erop dat ze op een vreemd behoedzame manier naar me kijkt. Alsof ze probeert te bevatten hoe ze zich zo vergist kan hebben. In haar ogen ben ik niet meer wat ik vroeger leek te zijn en dat kan verwarrend zijn. Ze denkt natuurlijk dat ik een minnaar heb en wacht tot ik over hem ga praten. Ik weet niet zeker of ik het kan opbrengen haar de waarheid te vertellen.

Het is fijn om even alleen te zijn. Dit hele bezoek wordt overheerst door een bijzondere, hoewel begrijpelijke ongerustheid, maar zelfs in de gunstigste omstandigheden werkt Nora op mijn zenuwen en wil ik uiteindelijk alleen maar ontsnappen. Gisteren kwam ze me van het station afhalen in haar gele jurk en witte schoenen. Wat een zelfvertrouwen heeft ze te midden van al die vreemden! Grapjes makend met de taxichauffeur toen ze hem het adres gaf. Glanzende blote benen en ik zag een man ernaar kijken toen ze in de taxi stapte. Haar blonde haar is veel korter nu. Ze ziet er jonger en aantrekkelijker uit dan toen ze uit Toronto vertrok.

Na de omhelzingen en plakkerige zoenen zei ze: 'Je moet lichtere kleding hebben, Clara. Mijn God, je wordt levend gekookt in dat pakje. Vandaag wordt het vijfendertig graden.' Het was al warm toen we in de taxi door de schaduwrijke straten suisden. Op kruispunten was er een explosie van zonlicht en een glimp van de lucht.

Nora's flat is heel klein maar gerieflijk. Ze heeft drie kleine ventilatoren die met deze warmte de hele tijd aanstaan. Ze zoemen aan één stuk door, achtergrondgeruis tegelijk met de straatgeluiden. Ik neem aan dat je eraan went. We hebben tot bijna middernacht gepraat, maar ik was zo moe dat ik nauwelijks beleefd kon blijven. Nora was zo verstandig om niet aan te dringen op bijzonderheden omtrent mijn hachelijke toestand. Ons gesprek bestond hoofdzakelijk uit onschuldige herinneringen aan andere nachten dat we als meisjes wakker lagen en ons zorgen maakten over dingen die ik allang ben vergeten. Nora wordt steeds sentimenteler over haar kinderjaren en de denkbeeldige eenvoud en deugdzaamheid van het dorpsleven.

Een andere keer zou ik mijn geduld hebben verloren met deze hang naar nostalgie, maar gisteravond was ik te moe. Nora's kleine bed is overigens een nieuwigheidje. Het heet een Murphy-bed en je kunt het opklappen in een kast. Het is een heel apparaat. Bij het ontbijt vertelde Nora dat we vanavond bij Evelyn Dowling gaan eten. Kennelijk krijgen we dan te horen welke regelingen haar vriendin heeft getroffen.

Maandag, 22 juli (13.30 uur)

Rond tien uur is Nora naar de studio vertrokken en ik heb de flat weer voor mezelf. 's Morgens voel ik me niet zo lekker en daarom vind ik het fijn om bij het raam te zitten en naar de voorbijgangers beneden op straat te kijken. Zo veel verschillende levens met alle bijkomende vreugde en verdriet! In Nora's straat staan voor het merendeel kleine flatgebouwen ('brown-stones' noemt ze die) met betonnen stoeptreden die naar de voordeur leiden. Ze hebben maar twee verdiepingen. Het is een tamelijk drukke straat, maar veel rustiger dan de volgende (34th Street), die een winkelstraat is.

Gisteravond zijn we bij Evelyn Dowling geweest. Ze woont in wat Nora een 'kakbuurt' zou noemen. Haar flat kijkt uit op het grote park in het centrum van de stad. Het is een ruime flat met schilderijen aan de muur en honderden boeken. Lichamelijk zit Evelyn vreemd in elkaar: ze is klein en zwaargebouwd, maar niet dik. Ze ziet er massief genoeg uit om een deur in te rammen. Ze heeft een groot, mooi hoofd en levendige, intelligente ogen. Haar haar is zo kort als van een man en ze taxeert je onmiddellijk met een schrandere blik. Ze droeg een duur ogend, linnen mantelpak.

'Dus jij bent de zus over wie ik zo veel heb gehoord! Je bent langer dan ik dacht en met donker haar. Je lijkt helemaal niet op ons blonde vriendinnetje hier. Nora zegt dat je gedichten schrijft en dat je van lezen houdt. Wat lees je zoal tegenwoordig?'

Ik zei dat ik in de trein een verhaal van Tsjechov had gelezen, maar ook *Startling Detective*. Een schuinse blik van Nora, maar Evelyn lachte alleen maar.

'*Startling Detective*! Bravo. Af en toe iets ordinairs kan verkwikkend zijn. Het lukt me niet je zus iets anders dan het blad *Photoplay* te laten lezen. Maar een zeldzaam mooi verslag van een moord op een boerderij in Kansas is beter voor je dan dat stroperige gedoe over Myrna Loy die zonder haar hondjes de dag niet kan doorkomen.'

Zo openhartig en ongedwongen. Natuurlijk had ze voordat wij kwamen een paar cocktails op en ik vroeg me af of deze agressieve familiariteit echt van haarzelf was of uit een glas kwam. Aanvankelijk leek Nora nerveus. Misschien was ze bang dat Evelyn Dowling en ik elkaar niet zouden liggen, maar ik merkte dat ik haar heel graag mag. Ze drinkt cocktails als water en rookt aan één stuk door Camel-sigaretten. Wat een naam voor een sigaret, dacht ik toen ik het pakje bekeek! Waarom Camel? Waarom geen Olifant of Bizon?

Evelyn heeft een dienstmeisje, maar ze had vrij gekregen die avond want zoals Evelyn later zei: 'Je moet voorzichtig zijn met wie wat hoort als je het over dit soort regelingen hebt.' Nora houdt ook wel van een glaasje nu en dus zaten ze met hun tweeën gin achterover te slaan terwijl ze praatten over de radio-serie. Over een paar weken wordt Effie beschuldigd van het uitschrijven van een valse cheque. Het is een misverstand, maar de politie wordt erbij gehaald en oom Jim krijgt een hartaanval van alle zorgen en verwarring. Als een vreemde hen zo zou horen zou hij denken dat ze het over echte mensen hadden.

Onder het eten (koud vlees, van tevoren klaargemaakt door het dienstmeisje) kwam het gesprek op wat me volgende week te wachten staat.

'Je zult in goede handen zijn', zei Evelyn. 'Naar wat ik heb gehoord is hij een van de beste van New York.'

Het blijkt dat hij een dokter is, of was. Hij is zijn bevoegdheid kwijtgeraakt omdat hij verslaafd was aan een middel dat cocaïne heet. Ik had er nog nooit van gehoord. 'Wat doet zo'n middel dan?' vroeg ik. Ik had een beeld voor ogen van een oude man die opium rookt in een lange pijp. Geen idee waar het beeld vandaan kwam. Evelyns antwoord op mijn vraag: 'Je wordt er gelukkiger van dan je op deze wereld het recht hebt te zijn.'

Terwijl ik daar in Evelyn Dowlings flat zat en keek hoe het donkerder werd en de lichten in de gebouwen aan de andere kant van het park aangingen, bedacht ik hoe naïef ik ben. Hoe weinig ik op mijn leeftijd van de wereld weet! Zonder Nora of Evelyn zou ik mijn weg in deze enorme, betoverende stad niet kunnen vinden; zonder hen zou ik machteloos tegenover dit dilemma staan. Ik ben net een kind dat je bij de hand moet leiden en ik voel me zo stom. Bang ben ik ook, niet zozeer bij de gedachte dat die zogenaamde dokter er een slachtpartij van zal maken (ik heb een kinderlijk vertrouwen in Evelyns oordeel), maar bij het idee dat zowel Nora als ik ernstig in de problemen zou kunnen komen. Op een gegeven moment zei Evelyn: 'Niet om het een of ander, dames, maar we overtreden wel de wet van de staat New York en als we betrapt worden, kunnen we allemaal de bak in draaien, dus jullie moeten volgende week vrijdag heel voorzichtig zijn.'

Ik vroeg toen hoeveel dit allemaal zou kosten, maar Evelyn stak alleen haar vinger naar mij op. 'Daar hoef je je geen zorgen over te maken, schat. Je hebt al genoeg aan je hoofd.'

Wat heb ik mezelf toch afgrijselijk in de nesten gewerkt!

Donderdag, 25 juli (23.30 uur)

Weer een warme avond en het geluid van de gonzende ventilatoren. Beneden op straat rijden auto's langs. Nora slaapt, uitgespreid op het opklapbed en ze snurkt lichtjes. Toen we nog kinderen waren, sliep ze ook al zo. Dan duwde ze zich tegen me aan en gooide haar been over het mijne. Ik schopte haar en ze jammerde in haar slaap. Het is deze week zo warm dat ik in de flat ben gebleven, heb gelezen en naar de radio heb geluisterd. 's Avonds gaan we naar de film. Vanavond hebben we iets gezien wat *Shanghai* heet en Evelyn zat minachtend te snuiven over diverse onwaarschijnlijkheden in de intrige. Ik moest steeds aan morgenavond denken. Het beste van naar de film gaan is de 'airconditioning'. De rijen zijn lang en vermoeiend, maar zodra je binnen bent is het alsof je in een ijskast zit. Je voelt je huid opdrogen in de koele lucht. Natuurlijk moet je na afloop van de film weer het hoofd bieden aan de New Yorkse zomer. Zelfs als het donker is, hangt er nog een dikke hitte over de stad. Je kleren plakken weer aan je lijf. Vanmiddag begon het ineens hard te regenen. Het was een korte, heftige wolkbreuk. Met doorweekte kranten boven hun hoofd renden mensen naar een schuilplaats of ze stonden in portieken. Ik stond bij het raam te kijken hoe de regen van het trottoir en de daken van auto's opspatte. De straat was verstopt door taxi's en bestelwagens. Toen hield het even plotseling als het begonnen was weer op en de weg en het trottoir sisten en dampten. Geel zonlicht stroomde over de glinsterende straatstenen.

Evelyn heeft me verscheidene bundels met gedichten van Amerikaanse vrouwen gegeven: Edna St. Vincent Millay, Marianne Moore en Louise Bogan. En ook een aantal romans van Hemingway, Lewis en Thomas Wolfe, dus heb ik meer dan genoeg te lezen wanneer ik herstel van wat er dan ook morgenavond met me zal gebeuren. Evelyn is een taaie, kleine terriër van een vrouw en zo pienter en belezen. Ze heeft een goed hart. Ik heb nog nooit iemand ontmoet zoals zij. Nora dringt erop aan dat ik met haar mee naar de studio ga om te zien hoe ze het stuk opzetten en dat zal ik ook een keer doen, maar nu niet, ik ben te nerveus. Ik wil alleen maar lezen of naar de radio luisteren. Nora komt 's middags laat thuis en voor het eten vindt ze het lekker om een glas bier te drinken en een sigaret te roken. Ze drinkt haar bier en terwijl ze met de sigaret in haar mond tussen het raam aan de voorkant en de keuken op en neer loopt, leest ze hardop het scenario voor de volgende dag. In deze houding kan ze zeer seksueel overkomen. Mooie, sterke benen en borsten en terwijl ik naar haar kijk, vraag ik me af of er tegenwoordig een man in haar leven is. In Toronto was er altijd wel iemand 'op de achtergrond'. Een paar dagen geleden verwees ze vluchtig naar 'enig recent hartzeer'.

Goddank is Nora gaan winkelen en ben ik eindelijk alleen. Ik word gek van haar overbezorgdheid. Sinds gisteravond heb ik zin om te gillen. Het is erger dan de feitelijke pijn tussen mijn benen.

'Weet je zeker dat je het redt als ik even wegga?'

'Ja, ja natuurlijk, Nora.'

'Ik zal je kussen even opschudden. Kan ik iets voor je halen? Een glas ijswater, een kopje thee?'

De neiging om de gillen zit vlak onder de oppervlakte. Het is een kwestie van zelfbeheersing en glimlachjes.

'Nora, alsjeblieft, het gaat goed met me. Ga maar gewoon door met wat je aan het doen was.'

'Weet je het zeker?'

'Ja, ja, ik weet het zeker.'

Ik hou van haar, echt waar, maar ze irriteert me zo gemakkelijk. Zo was het altijd al en zo zal het blijven, denk ik.

Nu moet ik proberen op te schrijven wat er gisteravond is gebeurd. We hadden te horen gekregen dat we om elf uur op een bepaald adres moesten zijn. Het was in de negerwijk van de stad, die Harlem heet. Het was een lange rit per taxi op een warme avond met weerlicht. Ik telde de straten terwijl de warme lucht ons door de open raampjes in het gezicht blies. We hadden ze opengezet omdat het zo benauwd was in de wagen, maar we moesten onze hoeden vasthouden. De mijne was een Robin Hood-gevalletje dat Nora me had geleend en de hare was een soort gleufhoed die haar gezicht bijna helemaal verhulde. Nora had het adres in haar geheugen geprent, want er mocht geen bewijs van een adres op papier achterblijven. Voor het geval we worden betrapt, neem ik aan.

Bij 132nd Street stopten we voor een stoplicht en Nora wees naar een lange rij voor een dansclub. Voor het merendeel waren het blanken.

'Ik ben ook naar die club geweest', fluisterde Nora. 'Ze hebben er geweldige jazz.'

De taxichauffeur begreep haar gefluister verkeerd en vroeg of we op dat kruispunt uit wilden stappen, maar Nora zei: 'Nee, rijdt u alstublieft door naar het adres dat ik u gegeven heb.'

Ik vroeg me af wat de chauffeur dacht dat wij van plan waren, twee blanke vrouwen 's avonds alleen in dat deel van de stad. Of had hij het geraden? Misschien had hij eerder andere ongelukkige schepselen zoals ik over de rivier de Styx vervoerd. Alles wat ik van mijn Charon kon zien waren een dikke nek en een platte leren pet vol vakbondsspeldjes.

Zelfs op dit late tijdstip was het druk op straat in Harlem: een traag bewegende stoet donkere mensen. Ik rook gebraden vlees en hoorde dansmuziek door de deuropeningen van clubs komen. Groepjes mannen stonden op straathoeken te roken en te praten met de vrouwen die langsliepen in felgekleurde jurken. Op deze zomeravond leken de mensen op straat te wonen. Anderen leunden uit de ramen en riepen naar de voorbijgangers. Het was allemaal heel gemoedelijk, als een soort straatfeest en als de omstandigheden anders waren geweest, had ik er met plezier naar gekeken. Naast me zat Nora een zakdoek te verfrommelen en ik betreurde het dat ze hier door mij in betrokken was geraakt.

We sloegen een zijstraat in en de chauffeur had moeite met het huisnummer. Hij moest uitstappen om op een verduisterde winkelpui te kijken. We hadden de hoofdweg verlaten en in deze straat was het stil en leeg. Toen hij terug bij de wagen kwam, zei de chauffeur: 'Ik vind het niet geweldig om hier rond te lopen.' Hij was boos op ons. We reden nog een straat door en hielden halt voor een gebouw. Het sierde hem dat hij weer uitstapte en het adres controleerde. 'Hier is het', zei hij. Nora betaalde hem en ze moet gul zijn geweest, want hij bedankte haar voor hij wegreed.

Daar ging de taxi en wij stonden voor het gebouw te kijken hoe de achterlichten uit het zicht verdwenen. Nora drukte op een zoemer en bijna onmiddellijk ging er een licht aan in de gang. Net alsof er iemand in het donker op ons had staan wachten. De deur werd geopend door een slanke, lichtgetinte negerin. Als haar gezicht niet zo ernstig getekend was door een of andere ziekte, waterpokken misschien, zou ze knap zijn geweest. Haar wangen waren vreselijk gegroefd, waardoor ze er streng en afkeurend uitzag. Ze deed de ganglamp uit en ging ons voor naar een kleine lift, een soort koperen kooi die amper groot genoeg was voor drie personen. Er hing een zurige wijnlucht om haar heen. De lift bracht ons naar de tweede verdieping en we liepen een gang door, langs kantoordeuren met matglazen ruiten waarop de namen stonden van notarissen, chiropractors en bureaus van lening. De armoedigheid ervan deprimeerde me: ik had meer verwacht van Evelyns Park-Avenuedokter. Ik zag mezelf al achter een van die deuren op een tafel vol bloederige lakens vreselijk aan mijn einde komen. Om mezelf te kalmeren concentreerde ik me op de gedachte: wanneer dit achter de rug is, kan ik terug naar mijn straat en mijn huis; ik zal weer de koelte van mijn veranda onder de bomen voelen; op regenachtige herfstavonden zal ik genieten van de warmte van mijn keuken.

De negerin opende een deur zonder naam op de ruit en liet ons binnen in een kamertje dat de praktijk van een dokter of een tandarts had kunnen zijn. Houten stoelen. Een bank met armleuningen. Jaloezieën. Een stapel *National Geographics* op een laag tafeltje. Een lamp in de hoek die een schemerig geel licht verspreidde. Het raam stond halfopen en ik rook de zachte, ranzige lucht van het steegje beneden en hoorde radiomuziek. Toen de negerin weg was, gingen Nora en ik op de houten bank zitten en pakte zij mijn hand.

'Gaat het een beetje?' fluisterde ze.

'Ja hoor', antwoordde ik.

Ergens hoorden we dansmuziek vandaan komen, een lichte donderslag en toen regende het een paar minuten, niet meer dan een buitje. Nora fluisterde de titels van de liedjes die op de radio werden gespeeld. Ze zei dat het een programma was waarnaar ze 's avonds soms luisterde. Ze hield ervan, zei ze, om in bed naar de muziek van dansorkesten in de grote hotels in het centrum te luisteren. Dit fluisterde ze me allemaal gehaast toe alsof ze bang was dat de tijd om zou zijn voordat ze me deze dingen over zichzelf had verteld. En dus noemde ze de liedjes zoals ze op de radio gespeeld werden. 'Under a Blanket of Blue', 'The Touch of Your Hand', 'Japanese Sandman'. Het was allemaal van een lieflijke, sjofele weemoedigheid. De zachte onweerachtige lucht, de regen en de danswijsjes. Het leek Nora te besmetten als koorts en ze begon te huilen. Ik kreeg zelf een brok in mijn keel. Nora drukte de zakdoek tegen haar ogen.

'Het is zo vreselijk', zei ze.

'Ja', zei ik.

Ik vond het zo erg dat ik haar erbij betrokken had. Als iemand erachter kwam, zou het afgelopen zijn met haar carrière bij de radio; er zou een gruwelijk schandaal volgen en we zouden allebei te schande worden gemaakt. Het was zo ontzettend en toch moesten we ons erdoorheen slaan. Ik voelde een soort vertwijfeling die op haar oversloeg. Volgens mij voelden we het alle twee. Misschien had het te maken met andere gevoelens waarmee dit soort ervaringen gepaard gaat. Het gevoel dat er iets op het punt stond kapotgemaakt te worden. Want uiteindelijk kwam het erop neer dat er een mensenleven, of het begin ervan, beëindigd zou worden. Het kind van de zwerver en mij. Daar voelde ik toch iets bij. Ik weet het niet. Ik wil er nu niet over nadenken. Toen ik daar op die bank zat, wilde ik Nora vertellen hoe het was gebeurd. Ik wilde haar vertellen dat de zwerver me bij mijn polsen had gepakt en me had rondgedraaid, dat hij zijn jas op het gras had gegooid, zich boven op me had laten vallen toen ik gestruikeld was en me dit had aangedaan, terwijl de jongen met het glasachtig oog op de rails naar ons had zitten kijken. Ik wilde haar zeggen dat het volstrekt onmogelijk voor me was om het kind van zo'n man te dragen en misschien begon ik er al iets van uit te flappen. Ik geloof dat ik zei: 'Nora, laat me je vertellen', of 'Nora, ik wil je vertellen', maar toen hoorden we stemmen in de gang, van een man en van een vrouw, en de deur ging open. Een lange, oudere man kwam kordaat naar binnen en liep langs ons heen. Hij keek nauwelijks in onze richting toen hij de deur van de binnenkamer opende. Hij had zijn hoed afgezet en schudde de regen eraf. Ik zag dat hij mooi, dik wit haar had en lichtelijk gebogen liep. Toen kwam er een vrouw in een verpleegstersuniform binnen die naar ons lachte. Ze was gezet, rond de vijftig en had een breed, sympathiek gezicht.

'Hallo', zei ze. 'En wie van jullie tweeën is de patiënt?'

Nora leek verstijfd van angst of verdriet en kon geen woord uitbrengen. 'Ik', zei ik.

De vrouw (zou ze echt verpleegster zijn?) lachte weer.

'Dat is prima dan. Kom maar mee, kind. De dokter kan je nu zien.'

Nora kneep in mijn hand en ik stond op en volgde de vrouw de kamer in. Er stond een tafel met een wit laken erover. Alles zag er heel schoon uit en daar was ik blij om. De dokter stond met zijn rug naar me toe. Ik zag zijn ronde rug toen hij zijn handen in de gootsteen in de hoek waste. Zijn colbert had hij uitgedaan en hij stond in zijn hemdsmouwen. De vrouw nam me mee achter een scherm en overhandigde me een katoenen nachthemd.

'Doe al je kleren maar uit, kind, en trek dit aan. Hoe ver ben je nu?'

Ik zei het haar en ze gaf me een klopje op mijn arm.

'Dat is in orde dan. De dokter zal voor je zorgen.'

Ze was echt heel aardig met haar brede, vriendelijke gezicht. Iemands grootmoeder, neem ik aan. Daar stond ik dan op blote voeten en naakt onder het katoenen hemd en ik dacht: het wordt nu aangepakt, het is zo voorbij en dan kan ik terug naar mijn leven in Whitfield en niemand zal ooit weten wat er op die zaterdagmiddag met mij is gebeurd. Zelfs de bijzonderheden zullen mettertijd vervagen. Zo nu en dan zal de herinnering in de komende jaren in mijn dromen terugkomen en me wakker maken, of als ik een oude vrouw ben en op een lentedag het slaapkamergordijn opzijschuif en omlaag kijk naar Church Street. Maar in ieder geval zal ik om die herinneringen heen kunnen leven. De gebeurtenis zal niet alles verwoest hebben. Zo dacht ik gisteravond en het hielp toen ik op de tafel lag. De dokter stond nog bij de gootsteen en ik keek opzij naar zijn ronde rug en zilveren haar. Een verschrikkelijke behoefte had hem in deze kamer te midden van barbecuerestaurants en danszalen gebracht. Ik probeerde me voor te stellen dat je je leven prijsgeeft aan zoiets als verdovende middelen of alcohol.

Toen hij naar de tafel met het laken toe kwam, had hij een masker voor zijn gezicht en ik kon alleen het zilveren haar, de blauwe ogen en de grote, witte handen zien. De vrouw had ook een klein masker voor haar mond en neus gebonden en zo stonden ze naast me. De dokter zei niets, maar hij gaf me een schouderklopje en knikte tegen de vrouw.

'We gaan je nu iets geven waar je van in slaap valt, kind, en als je wakker wordt, ben je weer zo goed als nieuw', zei ze.

Hoe kan ik ooit zo goed als nieuw zijn? dacht ik. Ze deed enkel haar best me op mijn gemak te stellen. Dat snapte ik wel en nu had ik vertrouwen in deze vreemden uit een ander land die orde op zaken gingen stellen in mijn leven. De vrouw had een rubberen kapje over mijn mond en neus geplaatst en plotseling voelde ik me beklemd en een beetje paniekerig.

'Diep inademen, kind', zei ze. 'Diep inademen en tel maar met me mee. Weet je nog van toen je als meisje met je vriendinnetjes aan het touwtjespringen was? Eén twee, kopje thee, drie vier, glaasje bier, vijf zes, kurk op de fles.'

Ze vergiste zich over mijn kinderjaren. Ik had een hekel aan touwtjespringen. Meestal keek ik naar de andere meisjes, maar ik deed nooit mee, hoewel ik me wel de versjes herinnerde. Ik wilde de vrouw vertellen dat ze een verkeerd beeld van me had, dat ik nooit zo'n kind was geweest. Ik was te vreemd en terughoudend. Dat wilde ik haar allemaal zeggen, maar toen ik mijn ogen opende, had Nora in plaats daarvan mijn hand vast. Een paar minuten lang had ik geen benul waar ik was en Nora's stem leek vanaf het uiteinde van een lange tunnel te komen. Hij klonk zo hol en van ver, hoewel ik ieder woord duidelijk verstond.

'Alles is goed met je, Clara, het is voorbij. We gaan zo naar huis.'

Ik keek op in haar bleke, bezorgde gezicht. 'Zijn ze weg?' vroeg ik.

'Ja', zei ze. 'Het is allemaal voorbij. De kleurlinge zal een taxi voor ons bellen. Je moet heel voorzichtig zijn. Je zult nog wat nabloeden. We moeten oppassen voor bloedingen, hoewel de verpleegster zei dat het wel goed komt als je voorzichtig bent. Voldoende bedrust de komende week, zei ze.'

Toen liep ze weg en ik hoorde haar praten tegen de kleurlinge. Ik had een doffe pijn tussen mijn benen en er zat verband daar. Het zaad van de zwerver was dus uit me geschraapt. Ik zou zijn kind niet ter wereld brengen, maar ik kon het niet nalaten te denken wat een merkwaardige kruising het zou zijn geweest. Niettemin was ik opgelucht en zag ik mijn leven nu weer als vol mogelijkheden.

Door de murmelende stemmen werd ik weer door slaap overmand, maar Nora en de negerin kwamen naar de tafel en hielpen me overeind. Ik voelde een aandrang van bloed vanbinnen alsof ik een vat vol vloeistof was dat ineens werd gekanteld en nu overliep. Toen ik op de rand van de tafel zat, werd ik een beetje misselijk. Ik hield mezelf voor dat de volgende paar uur zwaar zouden worden, maar dat ik er niet onderuit kon. Er is zo veel waar je niet onderuit kunt. Dat zei vader vroeger. 'Je hebt het maar te nemen', zei hij dan. 'Iedere dag is er wel iets wat je moet nemen.'

Zo liepen we langzaam door het lege, donkere kantoorgebouw. Nora, met haar hoed diep over haar ogen getrokken, hield mijn ene arm vast en de negerin, met haar fronsende, door pokken geschonden gezicht en wijnlucht, de andere. We persten ons in de krappe liftkooi en daalden af naar de begane grond waar een taxi stond te wachten. Het was koeler nu en tussen de gebouwen gloorde een beetje licht. Dat verraste me. De dag brak al aan. Nora zei dat het halfvijf was. Ik was blij dat ik kon zitten en blij dat ik goed verbonden was, want ik wilde de bank van de taxi niet bevuilen. We reden Seventh Avenue door in het halfduister dat het einde van de nacht en het begin van de dag aangeeft. De stoplichten op de kruispunten knipperden en de chauffeur stopte niet. Er reden nu bijna geen auto's en maar een paar taxi's. Ik zag een aantal kleurlingen bij elkaar voor een club staan en een man zat in zijn hemdsmouwen met een bolhoed op zijn hoofd op de stoeprand. In een zijstraat was een oude straatventer bezig zijn paard voor de wagen te spannen. In de verlichte ramen van 24-uursrestaurants zaten mensen te eten en naar de straat te kijken. Dat zijn een paar van de dingen die ik zag toen we vanmorgen vroeg door het centrum reden.

Vrijdag, 2 augustus

Een week van rust en herstel. Ik heb Louise Bogans gedichten gelezen en Thomas Wolfes nieuwe roman *Over tijd en de rivier.* Hij is heel goed maar ik hou toch meer van *Kijk huiswaarts, engel.*

's Middags luister ik naar Nora's serie. Het is zo raar om haar stem op de radio te horen! Het is Nora natuurlijk, maar aan de andere kant ook niet. Na een paar minuten wordt ze iemand anders, een vrouw die Alice Dale heet, innemend en verstandig, bezorgd over haar eigenzinnige, jongere zus die verliefd is op een docent van de handelshogeschool, waar ze voor secretaresse studeert. De docent is getrouwd, maar Effie is vastbesloten om samen te zijn 'met de man die ik liefheb'. Er wordt ruziegemaakt aan de keukentafel en de goedhartige, oude tante en oom zitten te tobben nadat de jonge vrouw het huis uit gestormd is. Vervolgens stelt de presentator met zijn mooie, warme Amerikaanse stem een vraag en nodigt ons uit.

'Zal het oprechte gesprek van Alice met de jonge, weerspannige Effie haar zus behoeden voor de rampzalige wending in haar leven? Zet morgen uw radio aan wanneer de makers van Sunrise, de zeep die uw huid tot leven wekt, u uitnodigen om weer langs de witte tuinhekjes en veranda's van Meadowvale te wandelen naar "The House on Chestnut Street".'

En daarna volgde 'Salut d'Amour' van Elgar op het orgel. Het is beslist allemaal onzin en toch zag ik het huis voor me, de gordijnen voor de ramen en de tante en oom aan de keukentafel. En Nora is honderd procent overtuigend als Alice Dale. Ze is heel, heel goed.

Begin me weer een beetje de oude te voelen. Gisteren hebben Nora, E.D. en ik de middag in Central Park doorgebracht. Een mooie dag, maar het is koeler nu in New York en we hebben op een bank onder de bomen gezeten en ijs gegeten en onderwijl naar de langskuierende gezinnen en stelletjes gekeken. Nora wil dat ik blijf tot halverwege de maand, maar ik ben vastbesloten om volgende week naar huis te gaan. Ik voelde me goed daar onder de bomen, terwijl ik luisterde naar Nora en E.D. die hun serie bespraken en Evelyn een sigaret uittrapte, een andere opstak en onderwijl praatte over luisteraars door 'de emotionele wringer' halen.

Alles is koren op haar molen, zoals dat wel voor iedereen zal zijn die schrijft, of het nu poëzie is of radioseries. E.D.: 'Heb je gisteren dat stuk in de *Herald Tribune* gezien? Over die vrouw die van de collecteschaal had gejat om boodschappen te kunnen doen? Het was maar een klein stukje op een achterpagina. Het is ergens in Ohio gebeurd. Ze wilden haar arresteren maar iemand heeft bemiddeld. Zoiets zou ik er in willen verwerken. Een vrouw in de stad zit in geldnood en doet een poging iets van de offerschaal te stelen. Misschien is haar man ziek. Of beter nog, we maken haar jong, ongetrouwd en zwanger.' E.D. wierp me een spottende blik toe en haalde haar schouders op. 'Dus ze is wanhopig. En alleen Alice ziet dat ze het geld pikt. Ze gaat haar vanuit de kerk achterna en ontdekt dat ze in een of ander krot woont. Neemt haar mee naar tante Mary en oom Jim. Het is maar voor tijdelijk, maar het is een goeie meid. Ze heet Margery of Madeline. Iets dergelijks. Effie wordt jaloers vanwege alle aandacht. Wat vind je ervan, schoonheid?' We staan op en lopen in het gespikkelde zonlicht dat tussen de bladeren door gluurt en praten verder over die Margery of Madeline.

Vandaag ben ik met Nora naar de studio in het Rockefeller Center geweest. De acteurs staan achter de microfoons met hun scenario. Van achter een glazen scheidingswand houdt een man in een hemd met korte mouwen toezicht en geeft hun tekens. Andere mannen openen en sluiten deuren, maken gebruik van houtblokken, stappen op een licht trapje en draaien opnames van de motor van een auto. Het ziet er allemaal zo geforceerd en alledaags uit, maar toch komen uit de luidspreker de geluiden en stemmen van mensen in dat mythische stadje. Wanneer je je ogen sluit, zoals ik even deed, kun je ze duidelijk zien. Het is een soort gehoorsbegoocheling. Nora zag er leuk en capabel uit terwijl ze met haar scenario achter de microfoon stond in een genopte jurk met witte schoenen. De aankondiger van de serie keek steeds naar haar. Hij zal achter in de dertig zijn en heeft het zwakke, knappe gezicht van een matinee-idool. Hij kon zijn ogen niet van Nora af houden en toen ik zo naar hen keek, vroeg ik me af of er iets tussen hen is.

Zondag, 11 augustus

Gisteren heeft Nora me meegenomen naar de Automatiek in Forty-second Street. Dat is een reusachtig restaurant met honderden tafeltjes, maar het eten zit in gesloten glazen kasten langs de wanden. Als je een sandwich of stuk taart wilt, moet je een stuiver of een dubbeltje in een gleuf stoppen. Ik vond het een zeer vreemde manier van eten, maar New Yorkers schijnen het de gewoonste zaak van de wereld te vinden. Het zal mij benieuwen of alle restaurants over tien jaar zo zullen zijn.

Daarna zijn we naar de Radio City Music Hall gegaan waar we een variétévoorstelling en een film hebben gezien. Daarna hebben we naast elkaar op haar gekke, kleine opklapbed tot diep in de nacht liggen praten. Het gaat Nora goed hier, maar ze is ook ontevreden. Dat ze al dertig is, baart haar zorgen; ze zou graag trouwen en kinderen krijgen voor het te laat is. Ze zinspeelde erop dat de presentator en zij een beetje hebben 'geflirt'. Niets ernstigs. Bovendien is hij getrouwd, dus het kan toch niets worden. Op een bepaald moment stond Nora op om een glas water te halen en toen ze terugkwam liet ze zich op het bed vallen en staarde naar het plafond alsof ze overal genoeg van had. Ik herinner me dat ze dit thuis ook deed na een ruzie met vader: ze kwam de kamer in gestormd en stortte zich op het bed, zodat het boek dat ik aan het lezen was schokte door haar plotselinge gewicht. Gisteravond toen ik naast haar lag, maakte ze een verbitterde indruk. Ik ga maandag naar huis en ze zou het gevoel kunnen hebben (en dat kon ik haar nauwelijks kwalijk nemen) dat ik haar voor alles wat ze had gedaan op z'n minst een verklaring schuldig was. Ze zei: 'Ik vraag me af wat ik zou doen als het mij overkwam.'

In het schijnsel van het raam dat uitzag op straat kon ik haar boze pruillip zien; zo'n gezicht trok ze ook wanneer ze vond dat vader haar onrechtvaardig behandeld had.

'Mannen gaan er gewoon vandoor en laten ons het vuile werk opknappen. Ik wed dat de klootzak die jou zwanger heeft gemaakt nou naast zijn eigen vrouwtje ligt te snurken. Hij hoefde niet in het holst van de nacht met een taxi naar zwartjesstad, wel dan?' Ik kon zien dat ze wilde dat ik de identiteit van de schurk prijsgaf. Maar ik was niet klaar voor een bekentenis. Ik had geen zin om Nora de vunzige details te onthullen over mijn confrontatie met de zwerver. Ze wilde een liefdesverhaal: rendez-vous, brieven, afspraakjes in auto's op landweggetjes, gefluisterde omhelzingen en het bonzen van het hart in hopeloze hartstocht. Maar aangezien het zo niet is gegaan, heb ik ook niets te vertellen.

'Ooit', zei ik, 'zal ik je erover vertellen, Nora.'

Whitfield, Ontario
Zaterdag, 17 augustus 1935

Beste Nora,

Ik wilde je al eerder schrijven maar ik heb het druk gehad met het huis (stoffig) en de tuin (rommelig), hoewel Mr. Bryden zo attent is geweest om tijdens mijn afwezigheid het gras te maaien. Ik heb me ook een beetje overwerkt en op donderdag voelde ik me een poosje uitgeput en koortsig. Ben daarom naar bed gegaan en heb gedaan alsof ik enkel leed aan 'de vapeurs' van een ongehuwde dame van middelbare leeftijd. Maar nu ben ik weer opgeknapt. Bijgesloten vind je een geldwissel voor mijn retourkaartje naar New York. Ik heb het kaartje voor de slaapwagon ook deze keer ingewisseld, dus dat bedrag is erbij inbegrepen.

Hoe kan ik je ooit bedanken voor alles wat je afgelopen maand hebt gedaan? Ik weet zeker dat jij en Evelyn Dowling me letterlijk van de ondergang hebben gered. Ik kan me niet voorstellen wat er van mij geworden zou zijn zonder jullie hulp. Dus, Nora, ik sta voor altijd bij je in het krijt.

Iedereen in het dorp heeft me in het postkantoor of bij de slager aan mijn jasje getrokken om te vragen hoe mijn uitstapje naar New York is geweest. Het heeft van mij, in ieder geval tijdelijk, een echt exotische reiziger gemaakt. Iedereen kijkt als een snoek op zolder (zo vaak heb ik de kans niet om die uitdrukking te gebruiken) wanneer ik hun vertel dat je nu op de radio in New York te horen bent. Sjonge, wat maakt dat een indruk! Cora Macfarlane: 'Ik heb altijd al gedacht dat Nora het nog ver zou brengen. Ik heb dat al gezegd toen ze vroeger die mooie voordrachten hield tijdens de kerstuitvoering. En zingen? Jee, ze kon zingen als een vogeltje!' Alsjeblieft, een heldin in je eigen dorp. Iedereen wil weten wanneer ze je programma kunnen beluisteren en ik heb gezegd dat het ergens in de herfst op een van de zenders in Toronto te horen zal zijn. Klopt dat?

Mijn uitstapje heeft natuurlijk de *Herald* van vandaag gehaald in de rubriek 'Berichten uit Whitfield'. Dit is het in al zijn glorie!

Miss Clara Callan is teruggekeerd uit New York City, waar ze de zomerweken bij haar zus Nora heeft doorgebracht. Miss Nora Callan speelt mee in de radioserie 'The Home on Chestnut Street'.

Nou, ze hebben het in ieder geval gedeeltelijk goed. Gisteren stond de verfoeilijke Ida Atkins in het postkantoor tegen me te zeuren dat ik iets voor het kerkbulletin moet schrijven. 'Mijn indruk van New York City'. Ik ben benieuwd wat ze ervan zou vinden als ik een zekere snikhete, onweerachtige vrijdagavond in Harlem zou beschrijven. Natuurlijk zou ik kunnen vermelden dat Harlem naar een stad in Holland is genoemd (zulke details vinden ze leuk), maar ik heb geen enkele Hollander gezien die avond, jij wel?

Zoals je kunt merken voel ik me heel vrolijk en luchthartig. Wat mij was overkomen, Nora, was zo'n last en nu ik daarvan bevrijd ben, voel ik me herboren en popel ik om alles weer op te pakken: om terug naar school te gaan, terug naar de gewone gang van zaken, naar het leven van alledag, hoe afgezaagd het ook mag zijn. Ik weet dat ik me over een paar weken (of dagen) weer zal verlagen tot het enggeestige gemopper dat een begeleidend verschijnsel is van het dagelijkse bestaan, waar zich dat ook afspeelt. Maar nu vind ik genot in wakker worden, in de bloem die zijn blaadjes ontvouwt, in pianospelen; alles is verzadigd van een bijzondere muziek. Van wat ik 'de volmaakt gewone dag' zou kunnen noemen. Ik had gehoopt een gedicht te schrijven over hoe er verlossing van onheil voor nodig is om ons dankbaar te laten zijn voor die volmaakt gewone dag. Maar helaas, het lijkt erop dat ik de woorden niet kan vinden. Nou ja, geeft niet – als ik geen gedicht kan schrijven dan kan ik op z'n minst proberen om als een dichter te denken.

Ik moet nu iets te eten gaan maken en dan gaan zitten. De zomer loopt ten einde. Vandaag over een week begint de jaarmarkt en ik heb toegestemd om er op de negenentwintigste met de dames naartoe te gaan. Maar ik geniet echt van de jaarmarkt. Weet je nog dat vader ons er altijd een dagje mee naartoe nam? Zodra we uit school kwamen keek ik er al naar uit. Midden augustus heb ik altijd de fijnste tijd gevonden. Hoe dan ook, we gaan er op de negenentwintigste een dag naartoe.

Morgen zal ik E.D. schrijven om haar te bedanken. Ik vond haar zeer buitengewoon, hoewel haar destructieve gewoontes een tikkeltje verontrustend waren voor een puriteinse boerentrien als ik. Uit de grond van mijn hart, Nora, nogmaals bedankt voor alles.

Clara

Whitfield, Ontario
Zondag, 18 augustus 1935

Beste Evelyn,

Ik had je al eerder moeten schrijven, maar de afgelopen week heb ik besteed aan een poging 'mijn huis op orde te brengen'. Maar ik wil je echt bedanken voor alles. Ik weet werkelijk niet wat ik zonder jou en Nora had moeten beginnen. Ik woon in een dorp van zeshonderd zielen en natuurlijk weet iedereen alles van je. Ik had hier simpelweg niet kunnen overleven, maar dit is wel mijn thuis; ik woon hier en ik kan mezelf nergens anders zien wonen. Daarom ben ik je buitengewoon dankbaar voor je hulp en edelmoedigheid.

Het kan zijn dat ik een beetje ontoeschietelijk overkwam, maar dat is in ieder geval gedeeltelijk te wijten aan de ongewone omstandigheden waaronder mijn bezoek plaatsvond. Ik ben niet zo timide als ik misschien leek, hoewel ik van ons gezin de oudste, rustigste en meest gereserveerde ben. Maar dan nog hoef je me niet per se te zien als een dorre, ongetrouwde schoolfrik. O, ik zou graag, althans gedeeltelijk, leven als sommige van de mensen over wie ik lees, misschien als Madame Bovary of die arme Anna Karenina. Maar ik heb de moed niet voor dat soort avonturen en, wat belangrijker is, weinig gelegenheid, ondanks wat me is overkomen.

Ik vind dat Nora erg geboft heeft met jou als vriendin. Bedankt ook voor de maaltijden, de bloemen en de boeken. Ik heb bijzonder genoten van Louise Bogans gedichten. Wat zou ik graag zo kunnen schrijven! Maar het lijkt erop dat ik enkel de drang en ontvankelijkheid van een dichter heb; mij ontbreekt het louter aan dat andere – hoe heet het ook alweer? O ja. Talent!

Nogmaals bedankt voor alles, Evelyn, en zorg goed voor jezelf.

Met hartelijke groeten, Clara Callan

P.S. Weet je absoluut zeker dat ik je niet wat geld mag sturen? Het moet behoorlijk wat gekost hebben en ik voel me schuldig als jij overal voor betaalt.

Zondag, 25 augustus

Ik was op deze warme, stille middag aan het lezen toen er een cicade begon te krijsen. Het was niet de gewone roep van het insect uit de bomen, maar iets anders, aanhoudend en snerpend. Het geluid van een levend wezen in gevaar. Toen ik om het huis heen liep, zag ik hem in de snavel van een mus zitten. De vogel vloog meteen op en nam de schrille doodskreet van het insect mee omhoog. Heel even hoorde ik het in de grote ahorn voor het huis van de Brydens en toen daalde de lome stilte weer neer. Wat een monster moet die mus in de ogen van het insect zijn! Ik vraag me af wat Emily Dickinson hiervan zou hebben gedacht. Ze zou er een gedicht over geschreven hebben. Aan haar bureautje op haar slaapkamer gezeten, zou ze haar pen in de inktpot hebben gedoopt en zich hebben voorgesteld hoe het zou zijn om een cicade in een mussensnavel te zijn.

Maandag, 26 augustus

Vandaag kwam ik Marion voor het postkantoor tegen. Ze is net terug van hun zomerhuisje en zat vol vragen, maar was een beetje te opgewonden om op antwoord te wachten.

'Heb je nog radioshows gezien in New York, Clara?'

'Nou, jawel. Eigenlijk…'

'Rudy Vallee is op de jaarmarkt. Zou het niet geweldig zijn om hem te zien?'

'Tja, ik weet niet…'

'Ik kan nauwelijks wachten tot donderdag.'

Gaan de dames allemaal naar Rudy Vallee? Het lijkt me onwaarschijnlijk.

Vrijdag, 30 augustus (1.30 uur)

Maar een paar uur geleden is er iets opmerkelijks gebeurd. Ik heb de zwerver gezien. Ik voel me net Hamlet als de geest van zijn vader de waarheid onthult over zijn dood. Wat zegt de prins dan?

> Ik schrijf dit op... ik schrijf... ik schrijf hier neer dat iemand glimlachend een schurk kan zijn, althans... dat weet ik... hier in Denemarken.

En ik heb hem vanavond zien lachen op het terrein van de jaarmarkt. Op de kermis. Hij werkte aan het reuzenrad, op en neer springend met een oliebusje op die lichtvoetige manier van hem, lenig en snel als een aap tussen de tandwielen en hefbomen van het aandrijfmechanisme, kletsend met de man die de machine bediende. Ik stond als aan de grond genageld, zo nu en dan belemmerde een voorbijganger mijn zicht, maar dan was hij er weer, met zijn scherpe, wrede profiel, platte pet en tuinbroek. Hij was het onmiskenbaar en mijn adem werd een moment lang afgesneden. Dit was om een uur of acht, negen. Ik weet het niet meer. Ik was te zeer buiten mezelf toen ik hem zag, aan één stuk door tetterend tegen de andere man. Hij was een verhaal of mop aan het vertellen. Marion wilde Rudy Vallee zien. Ik zei haar dat de rij kilometerslang was en dat we nooit binnen zouden komen, maar het speet me ook voor haar. We waren op mijn verzoek naar de kermis gegaan. Marion was bereid me ter wille te zijn zolang ik naderhand met haar mee zou gaan om de zanger te horen. De anderen waren nog in de gebouwen om wasmachines en stofzuigers te bezichtigen. Maar ik ben altijd dol op de kermis geweest. Zelfs toen ik nog een kind was, gaf vader me mijn zin, ook al had hij een hekel aan het hele gedoe. De prullige charmes ervan waren aan hem verspild en aan Marion ook. Maar ze hield zich flink en dus waren we onder de lampen door gelopen langs de tenten met beschilderde dwergen, de mensendodende reuzenoctopus, de chimpansees in geruite pakjes en de kerel die voor Eno, de schildpadjongen sprak: 'Hij loopt, hij praat, hij kruipt op zijn buik als een reptiel.' Ik was tevreden met mijn nazomerse geluk, daar te midden van de armzalige wonderen.

En Marion, die zich tot op het einde kranig hield, had zich de hele tijd aan me vastgehouden, terwijl haar slechte voet ongetwijfeld van vermoeidheid klopte. Nu wilde ze haar zanger horen, maar ik stond onwrikbaar, aan de grond genageld bij het reuzenrad, te kijken naar de zwerver die over de tuien sprong en met zijn oliebusje in de machine porde.

Het reuzenrad kwam met een schok tot stilstand, de bakjes schommelden op en neer en ik keek omhoog naar de augustushemel die donkerder werd nu, opnieuw verbaasd dat hij er was. Mijn zwerver, mijn nachtmerrie en op maar enkele meters afstand. De andere man stak een pijp op, haalde langzaam de hefboom naar voren en het rad zette zich weer in beweging. Stopte toen en twee meisjes stapten uit, waarna een jongeman en zijn liefje hun plaats innamen. Het rad draaide verder en ik hoorde de zwerver iets tegen de machinist zeggen, maar zijn woorden gingen verloren in het geknars van het aandrijfmechanisme. Marion trok aan mijn arm als een chagrijnig kind, maar ik zei tegen haar: 'Laten we een ritje maken in het reuzenrad.' Ik had net zo goed kunnen opperen om onze kleren uit te trekken en in Lake Ontario te springen.

'Clara, ik zou doodsbang zijn in dat ding.'

Ik zei haar dat ik moe was en even wilde zitten, hopend dat ze zich daardoor sterk en gezond zou voelen; ik was de kwijnende, niet zij.

'Dat kan niet, Clara. Dan komen we te laat voor zijn tweede optreden.'

Maar ik wilde er niets van weten. Ik had de zwerver gezien en mijn hart bonsde. 'Goed, dan ga ik alleen.'

'Clara, wat is er ineens met je?'

'Ik wil in het reuzenrad.'

En dus ging ik in de rij staan en voor Marion zat er niets anders op dan me te vergezellen. Ik wist dat ze te timide was om alleen op de kermis te blijven staan. Zo werden we ten slotte door een woest uitziende jongeman in onze stoeltjes geïnstalleerd. Hij liet de veiligheidsbeugel voor ons neer en we gingen de hoogte in, terwijl Marion haar vingers in mijn arm begroef en haar kreten van 'O! O!' ons hemelwaarts begeleidden. Vanzelfsprekend was ze bang, maar ze was ook verbijsterd. Het idee dat zulke dingen gebeuren! Ik giste dat dit door haar gedachten ging. En ook ik was stomverbaasd om zo ineens door te lucht te wentelen. Op het hoogtepunt doken we omlaag, zoals te verwachten was, en Marion gilde.

Toen stegen we weer op, langs de zwerver die zijn handen afveegde aan een dot poetskatoen en naar de mensenmassa staarde. Op hem neerkijkend terwijl we omhoogklommen, vroeg ik me af wat ik eraan kon doen. Wat kon er aan de zwerver worden gedaan? Ik concludeerde dat er niets aan kon worden gedaan. Daar stond hij, maar de tijd om er iets aan te doen was allang voorbij. Niets kon die man nu nog koppelen aan wat mij drie maanden geleden naast de spoorbaan vlak bij Whitfield, Ontario, was overkomen. Het was helemaal mijn fout omdat ik ervoor had gekozen het aan niemand te vertellen en we moeten met onze keuzen leven. De zwerver zou doorgaan met zijn diverse werkzaamheden, lachend met zijn brede apenmond. Zelfs goddelijke vergelding zou hem niet in zijn duister gemoed raken.

Dat dacht ik toen de woest uitziende kerel de beugel optilde en ons op het platform hielp. Marion was opgetogen over haar avontuur.

'Dat was geweldig, hè, Clara? Ik had nooit gedacht dat je me nog eens in dat ding zou krijgen.'

Toen we wegliepen, keek ik nog een keer om naar de zwerver die een sigaret rookte en een stuk touw oprolde en taterde tegen de machinist. De rij voor het tweede optreden van Rudy Vallee was ondoenlijk; hij slingerde zich over het jaarmarktterrein zonder dat het eind in zicht was en bestond voornamelijk uit jongelui. Marion en ik waren tien of vijftien jaar ouder en ik voelde me belachelijk. Ze hadden luidsprekers opgesteld, dus konden we de grote man horen zingen over eeuwigdurende liefde. Marion nam het stoïcijns op dat ze hem niet te zien zou krijgen en volgens mij deed haar voet pijn. We gingen naar de anderen in het gebouw met levensmiddelen en we zijn naar huis gereden, waar we krap een uur geleden zijn aangekomen.

Zondag, 1 september

Ik weet niet waarom ik gisteren heb gedaan wat ik heb gedaan. Wat hoopte ik ermee te bereiken? Maar ik heb het gedaan. Ik heb de trein naar Toronto genomen en ben teruggegaan naar de jaarmarkt. Het is het weekeinde van Labour Day, dus het was heel druk. Tegen het einde van de ochtend waren de gebouwen en het kermisterrein tjokvol. Maar geen spoor van de zwerver. Ik liep langs het reuzenrad en de pijprokende man stond bij de hefbomen maar een andere kerel hielp hem. Maar het was nog vroeg en de zwerver kwam misschien later op de dag naar zijn werk. Dus ben ik naar het gebouw voor motorvoertuigen gegaan, waar ik een poosje de nieuwe automobielen heb bewonderd en heb geluisterd naar de mannen die er vragen over stelden. Iedereen stond verlegen en vol eerbied voor deze glimmende wagens en de in blazer gestoken verkopers hadden hun krant terzijde gelegd om de aarzelende vragen over torsie en paardenkracht te beantwoorden. Ze wisten dat geen van de vragenstellers zich een nieuwe Packard of Studebaker kon veroorloven, maar het waren goedhartige kerels en ze gingen in op alle vragen.

Vroeg in de middag keerde ik terug naar het reuzenrad, dat nu vol zat met gillende jongelui die in de drukkende, grijze lucht rondwentelden. Nog steeds geen zwerver, maar ik was vastbesloten te wachten. Rond twee uur werd de pijprokende man door een andere vervangen en hij baande zich een weg door de menigte. Ik snelde hem achterna over een pad achter de tenten met extra attracties. Aan de andere kant van het tentdoek kon ik het geschuifel van voeten en gemompel van stemmen horen terwijl de mensen langs de kooien met slangen en apen voortbewogen. Ik riep: 'Neem me niet kwalijk', en hij keerde zijn wrevelige gezicht naar me om. Ik voelde mee met zijn verwarde, boze blik die de wedervraag leek te stellen: wie ben jij nu weer en wat moet je? Het was een man die gewend was aan sores, maar er niettemin zijn buik van vol had. Toch kon ik zijn verrassing zien over de respectabel uitziende vrouw die achter de apentent stond. Ik was beslist geen kermisdel. Hij haalde de pijp uit zijn mond en de verbijstering en onvriendelijkheid op zijn gezicht zette zich om in strakheid.

'Het spijt me dat ik u lastigval', zei ik. 'Ik ben op zoek naar een man die misschien bij het reuzenrad werkt en zo-even heb ik u daar gezien. Ik ben verpleegster en de zus van die man ligt in het ziekenhuis waar ik werk. Ze is ernstig ziek. Andere familie dan haar broer heeft ze niet en ze heeft te kennen gegeven dat ze hem graag wil zien. Hij is in de dertig, met donker haar en een brede mond. Een vriendelijke man, volgens die vrouw, en vol verhalen. Ze zei me dat hij werk zou zoeken bij het reuzenrad hier. Dat zei ze tegen me. Het is echt heel belangrijk dat hij naar het ziekenhuis komt voordat het te laat is. Kunt u me helpen?'

Dit bizarre verhaal had zich aangediend toen ik de man riep. Waar het vandaan kwam weet ik niet. Wie weet waar zulke verzinsels vertoeven en waarom ze op commando tevoorschijn komen? Hij bleef me aanstaren.

'Zo iemand ken ik niet,' begon hij, 'tenzij u de kerel bedoelt die gisteren voor me heeft gewerkt. Charlie! Een vreselijke kletskous. Hij wilde zijn kop maar niet houden. Bedoelt u die?'

'Ja,' zei ik, 'Charlie. Zo heet hij. Weet u waar hij woont? Volgens zijn zus trekt hij veel rond. Komt hij morgen weer werken?'

De man zoog aan zijn pijp.

'Nee, nee, nee. Hij kwam gistermorgen gewoon langs en vroeg of er werk was. Mijn hulpje was ziek dus heb ik die man voor de dag aangenomen. Maar ik had niks aan hem. Gisteravond heb ik hem uitbetaald. Hij zei dat hij alles van viertaktmotoren af wist. Nou, die man weet waarschijnlijk evenveel van viertaktmotoren als u. Ik heb hem eruit geknikkerd. Hij kon eigenlijk alleen maar met een oliebusje overweg. Een komische vent. Praatte graag.'

Meer wist de pijprokende man niet over Charlie.

'Ook zijn achternaam niet?'

'Nee. Hij kwam gewoon langs en ik heb hem aangenomen omdat ik iemand nodig had. Maar ik zei al, veel had ik niet aan hem.'

Dus was er niets meer aan te doen en misschien voelde ik me daar ook wel enigszins opgelucht over. In de trein naar huis bedacht ik hoe dwaas het was van mij om terug te gaan en te hopen dat ik iets zinvols te weten zou komen. En stel dat het me was gelukt? Wat had ik dan kunnen doen? Vervolgens begon ik te denken dat het de zwerver misschien helemaal niet was geweest; misschien hadden mijn ogen me bedrogen in de schemering van die zomerse vrijdagavond. De hele weg naar huis zat ik te twijfelen of ik de zwerver echt had gezien en daardoor voelde ik me beter over het feit dat ik niets kon doen. Toch geloof ik nu wel echt dat hij het was.

135 East 33rd Street
New York
24 augustus 1935

Lieve Clara,

Bedankt voor je brief. Doe in hemelsnaam een beetje kalm aan. Na wat je hebt doorgemaakt, zou je geen huis moeten schoonmaken. Waarom neem je geen meisje uit het dorp aan om je met die dingen te helpen? Maar goed, bedankt voor het geld voor het treinkaartje, maar het was echt niet nodig. Ik mag doodvallen als ik snap wat je tegen slapen in een trein hebt.

Maar ik ben blij te horen dat je je 'vrolijk en luchthartig' voelt, want ik heb gehoord dat vrouwen vaak depressief worden na zo'n operatie. Dus ik hoop dat de 'blues' je niet te pakken krijgt. Je zult wel gewoon blij zijn dat het achter de rug is en daar kan ik goed inkomen. Je hebt altijd alles voor je gehouden, dat is je aard natuurlijk en daar heb ik begrip voor. Maar ik hoop alleen dat je niet alles maar oppot. Soms moet je praten over wat er is gebeurd anders gaat het vanbinnen knagen. En dan heb ik het over die man. Ik hoop dat hij verleden tijd is en dat je je niet meer met hem zult inlaten. Na wat je hebt doorgemaakt verdient die fielt geen tweede kans, dus ik hoop dat je dit advies zult aannemen in dezelfde geest als waarin het wordt gegeven.

Ik kan me de drukte voorstellen die de mensen in Whitfield over jouw bezoek aan New York maakten. Als ze de reden eens zouden weten, hè? Cora Macfarlane is trouwens een ouwe zeur. Die vrouw heeft nooit een vriendelijk woord over me gezegd toen ik nog op school zat. Ze dacht altijd dat er niets van mij terecht zou komen. Nog geen seconde heeft ze gedacht dat ik 'het nog eens ver zou brengen'. Wat een kletskoek! Ze mopperde altijd tegen vader dat ik haar Ralphie zat te vervelen. Herinner je je Ralph Macfarlane nog? Die slome duikelaar! Hij zat altijd naast me naar mijn benen te gluren. Maar zijn moeder was zo bezorgd over haar Ralphie. Hij woont nu in Toronto? En getrouwd? Het zet je aan het denken.

Tussen twee haakjes en ik wilde dit meteen al zeggen — volgende maand zijn we overal te horen en het impresariaat heeft de serie aan een aantal Canadese stations verkocht, waaronder Toronto, hoewel ik niet meer weet welk. Dus je kunt de brave luitjes in Whitfield vertellen dat ze op me kunnen afstemmen en laat Cora Macfarlane dat maar in haar zak steken!!!

Ik moet ervandoor. Les neemt me mee naar de nieuwe film met Ginger Rogers in de Loew. Ik krijg er zo'n kick van om haar in die prachtige jurken te zien. Waarschijnlijk denk je dat het mijn beurt is om met een getrouwde man om te gaan, maar maak je geen zorgen, ik heb mijn vingers al een keer gebrand. Dit is alleen een afspraakje. Zo nu en dan is het leuk om met een man uit te gaan. Ik hou van de geur van aftershave en zoals ze je door een mensenmassa kunnen loodsen. Dat zijn de kleine dingen die ik mis. Trouwens, het is niet serieus. Ik heb Les gezegd dat het een vriendschappelijk afspraakje is en dat hij geen hoop moet koesteren op iets 'vurigs en wellustigs'. Zorg alsjeblieft goed voor jezelf, zus!

Liefs, Nora

P.S. Ik had het er met Evelyn over en zij zei dat het een goed idee zou zijn om je over een paar weken te laten onderzoeken. Om er zeker van te zijn dat alles goed is 'in het stuurhuis', zoals zij het verwoordt. Misschien kun je naar Toronto gaan om het te laten doen. Het is altijd beter het zekere voor het onzekere te nemen.

San Remo Apartments
1100 Central Park West
N.Y.C.
25/8/35

Lieve Clara Callan,

Jee, wat zijn we toch formeel en 'ontoeschietelijk' wanneer we onze handtekening onder de brieven naar onze vrienden zetten! Nou, Clara Callan, ik ben blij dat je veilig thuis bent in je dorpje van 'zeshonderd zielen' en het druk hebt met 'orde op zaken te stellen'. Waarom denk ik dat je behoorlijk wat tijd spendeert aan 'orde op zaken stellen'. Niet dat ik er hier niet wat van zou kunnen gebruiken (ik dank God voor Eunice). Maar je komt op me over als het type griet dat buitensporig verknocht is aan netheid, hoewel je er kennelijk een intrigerend geheim leven op na houdt.

Let er maar niet op, ik maak maar een grapje. Het is die half teute Evelyn maar en je moet er geen aanstoot aan nemen. Laat me je enkel dit zeggen en ik meen het. Ik vond het heel leuk om kennis met je te maken, zelfs onder de moeilijke omstandigheden waaronder je bezoek plaatsvond. Ja, je bent een redelijk streng iemand en Engels of Canadees of Canadees-Engels of zoiets. Maar je bent ook een heel aardig iemand en het gekke is dat je je dat niet eens realiseert. Ik hoop dat het je behalve door mij ook door iemand anders is gezegd, hoe aardig je eigenlijk bent. Kijk nu, je bent geschokt, maar dat is nergens voor nodig. Je ziet jezelf als een dorre, ongetrouwde schoolfrik, maar het is zonneklaar dat je nog veel meer bent en dat zou je moeten weten. Wat doe je ter ontspanning in dat dorp op, zeg, een woensdagavond?

Jij en die zus van je! Wat een stel! En zo verschillend! Toch vullen jullie elkaar opmerkelijk goed aan. Laat me je vertellen over Nora en mij, aangezien ik aan je frons kon zien dat je trachtte uit te knobbelen wat er tussen ons speelt. Nora heeft haar eigen schoonheid: ze brengt mannen het hoofd op hol en vrouwen ook, geloof me. Daarnaast is ze een geweldig betrouwbare collega met het spreekwoordelijke hart van goud. Ze is onverzettelijk maar argeloos. Natuurlijk kan ze soms ook volslagen onnozel zijn. Ze is veel te simplistisch en gelooft daadwerkelijk in de onzin die ik voor haar schrijf. Ze denkt dat het veel mensen helpt de dag door te komen en wie weet, misschien heeft ze gelijk, hoewel God het volk moge bijstaan als dat inderdaad zo is. Maar Nora is ook schrander en eerlijk. De radiowereld zit vol ambitieuze maar oneerlijke mensen, maar zelfs degenen met dik eelt op hun ziel hier mogen je zus.

Je moet Nora nooit tekortdoen! Ik zag je een paar maal naar haar kijken terwijl je waarschijnlijk dacht: jee, wat is mijn zus een vulgair, Amerikaans mokkeltje geworden! Natuurlijk zou je het niet met zo veel woorden hebben gezegd, maar je snapt wat ik bedoel. En ja, het is gemakkelijk om Nora te zien als gewoon een knap, klein ding dat in zo'n wezenloze radioserie voor huisvrouwen speelt. Maar de waarheid is dat ze iedere dag zo veel van haar eigen goedheid (ik kan er geen ander woord voor bedenken) in die vijftien minuten stopt, dat het stomme gedoe bijna authentiek klinkt. Zulke onschuld kan werkelijk angstaanjagend zijn. Nou, ik neem aan dat je nu begrijpt waarom ik zo dol op haar ben.

Nu iets anders. Ik ben blij dat je de poëziebundels mooi vond. Ik hou ook van Bogan. Ze heeft een heldere, onsentimentele stem en dat trekt me aan in haar werk. Millays laatste gedichten zijn me een tikje te zalvend. Waarschijnlijk zou je ook plezier beleven aan Elinor Wylie. En laten we de jongens niet vergeten! Wat vind je van Pound en Eliot? Heb je iets van hen gelezen? Of van Wallace Stevens? Hij is boeiend en complex. Een beetje te cerebraal voor mij, maar hij zal je hersens laten kraken. Misschien zou je iets van hun werk in Toronto kunnen vinden. Wat een gekke naam voor een stad trouwens! Is het indiaans of zo? En hoe ver woon jij van deze stad? Nora wijst me er voortdurend op dat Canadezen niet in de rimboe wonen en natuurlijk weet ik dat wel, maar ik vraag me alleen af hoe ver je van boekwinkels en concerten en zo af zit. Ik ben maar één keer in Canada geweest. Ik was twaalf. Goeie help, dat was vijfendertig jaar geleden! Mijn vader, een vriendelijke, zachtaardige, fantastische man (helaas lijk ik op mijn moeder) nam me met de trein mee naar Montreal en toen hebben we een boottochtje op de St. Lawrence gemaakt. We logeerden in een groot hotel op een steile rots in Quebec City en ik vond het allemaal volmaakt betoverend. Het was net of we in een kasteel woonden en de Frans-Canadese kamermeisjes waren zo aardig voor me, hoewel ik zeker weet dat ik een verschrikkelijk rotkind moet zijn geweest. Maar dat is mijn enige ervaring met jouw mooie land. Misschien dat ik een dezer dagen naar dat dorp van jou toe kom om te zien hoe het overeenstemt met Meadowvale, USA.

Sta me nog een laatste woord toe. Ik was maar al te blij dat ik je verleden maand kon helpen en je hoeft je geen moment verplicht te voelen. Zoals die lieve, oude tante Mary altijd zegt: 'Waar zijn vrienden anders voor?' Hou contact, Clara Callan.

Liefs, Evelyn

P.S. Ik weet niet of je zus het al heeft verteld, maar volgende maand komen we op de Canadese radio. Meer bewijs (alsof we dat nodig hadden) voor het verval van de Westerse beschaving.

De eerste schoolweek is voorbij en toen ik wegging, zat Milton
op zijn kamer te fluiten, blij dat de eerste paar dagen erop zitten.
Milton ziet er gebruind en gezond uit van zijn zomer in hun
buitenhuisje en hij lijkt alles bij elkaar zelfverzekerder dan
verleden jaar om deze tijd. Kwam Ella Miles tegen die lusteloos
op het schoolplein rondhing. De afgelopen twee jaar is ze niet
gelukkig geweest in Miltons klas en nu schijnt het regel voor
haar te zijn om elke september te beginnen met een litanie van
klachten over Miltons les, gevolgd door een lofzang over de
verrukkelijke tijd toen ze in de vierde bij mij vooraan in de rij
zat. Die tijd was natuurlijk niet zo paradijselijk als Ella die zich
herinnert en ze stelde mijn geduld vaak op de proef. Ella heeft
een nare kant, een vals karakter, hoewel ik de meeste tijd
verkoos dit te negeren, omdat ze dol was op woorden en mij
zo graag wilde plezieren. Misschien had ik medelijden met haar
en haar moeder die voor McDermott de begrafenisondernemer
de kisten afstofte en de verwelkte bloemen weggooide. Het staat
buiten kijf; Ella was het lievelingetje en ik liet haar te veel haar
gang gaan.

'Weet u nog, Miss Callan, toen ik de voordrachtsprijs heb
gewonnen?'

'O, zeker, Ella.' En dat was ook zo.

Waarheen, o roemrijk schip, witte zeilen bollend,
Leunend tegen de schoot van het jagende westen,
Dat vreest noch wassende zee, noch donkere wolken,
Waarheen dan, zeerover, en waarom uw queeste?

Vierentwintig van dergelijke regels, gebracht met de juiste
klemtoon en zonder vergissingen in het stadhuis op een hete
avond in juni. Geen geringe prestatie voor een tienjarig meisje
en de opwinding om iets te winnen is ze nooit vergeten.

'Ik vond het zo fijn bij u, Miss Callan. Ik wou dat we u
hadden in de hoogste klassen in plaats van Mr. Mckay.'

Maar Ella is niet langer het blonde kind met de vieze oren dat het leuk vindt om gedichten te lezen en verhaaltjes over dieren te schrijven. Onder het simpele jurkje is het meisje in een vrouw aan het veranderen. In haar bleke, bittere verschijning zag ik ook de macht om te geven of te onthouden. Ze is al een klein seksueel wezen. Dit jaar zal Milton zijn handen vol hebben aan haar.

Whitfield, Ontario
Zondag, 8 september 1935

Beste Evelyn,

Fijn om van je te horen. Je zult wel gelijk hebben. Ik heb Nora altijd een beetje te neerbuigend behandeld, zoals oudere zussen overal doen, maar ook misschien vanwege mijn aard die tot veroordelen geneigd is. Ik heb altijd gevonden dat Nora's werk in radiowinkels en dergelijke niet zo hoogstaand was als lesgeven. Ik vrees dat ik haar altijd heb beschouwd als een winkelmeisje en amateurtoneelspeelster en dat was verkeerd van mij. Ze werkt veel harder dan ik ooit heb gedaan en heeft meer succes behaald dan waar ik ooit op kan hopen. Zoals je terecht aanvoert, is ze geslaagd in een moeilijk, prestatiegericht vak en de laatste tijd begin ik me af te vragen of ik niet gewoon de hele tijd jaloers was. Ik heb steeds gedacht dat Nora te veel risico nam en haar ondergang tegemoet ging. Misschien was ik te zeer beïnvloed door mijn vader die evenmin veel sympathie kon opbrengen voor Nora's ambitie. Om eerlijk te zijn gaf vader niet zo veel om Nora als om mij. Ik was zijn lieveling en dat heb ik al heel jong ingezien. Maar nu zou ik best wel eens gewoon jaloers zijn op haar zelfvertrouwen en prestaties. De onschuld die je noemde, heeft me vaak op het verkeerde been gezet. Volgens mij doelde je daarop en waarschijnlijk heb je gelijk. Ik neem aan dat iemand grondig observeren één van de dingen is die je tot schrijver maakt, of niet?

Het klopt dat ik nogal pietluttig ben. Ik schijn het niet te kunnen helpen en soms maak ik me er een beetje zorgen over. Ik betwijfel of ik ooit zal trouwen. Om te beginnen is er in de naaste omgeving niemand te vinden. Ik kan mezelf niet ge-trouwd zien met een of andere jonge boer uit het district, een nest van zes zonen en dochters baren en op septembermiddagen taarten bakken en fruit inmaken. Ik moet niet zeggen dat ik mezelf dat niet kan zien doen. Want in feite kan ik dat wel, alleen denk ik niet dat het zal gebeuren. Natuurlijk is er een deel van mij dat het wel zou willen, maar dan op mijn voorwaarden. Weer die pietluttigheid, neem ik aan. Ik denk dat ik hier een goed leven kan hebben met mijn werk op school en mijn huis. Maar er zijn dingen die soms aan me trekken. Verlangens naar ik weet niet wat. Goed, genoeg daarover.

Je vroeg me wat ik hier in Whitfield op woensdagavond doe. Nou, laat eens kijken. Je zou me kunnen aantreffen met een vreselijk bibliotheekboek van Louis Bromfield of Pearl Buck. Of dat ik mijn haar aan het wassen ben. Soms speel ik piano. Ik heb honderden en nog eens honderden zalig verspilde uren zitten dromen achter het klavier. Ooit werd ik als 'heel talent-vol' beschouwd. In deze contreien wil dat zeggen middelmatig begaafd. Het is de begaafdheid van een vrouw die gevraagd wordt om op bruiloften de soliste van 'The Holy City' te begeleiden of de kerstliedjes tijdens het kerstconcert. Ik speel lang niet meer zo veel als vroeger. Dat is zo mijn woensdag-avond en iets zegt me dat die niet veel verschilt van die van de meeste mensen. Leiden de meesten van ons niet een tamelijk rustig en eenvoudig leven?

Vroeger ging ik naar de kerk en dat mis ik. Ik was niet actief in kerkelijke groeperingen als de Vrouwenhulpdienst of de Zendingsvereniging, maar ik verheugde me altijd op de zon-dagsdienst. Ik ging altijd samen met mijn vader en we zaten op de vierde rij van voren en alles eraan beviel me behalve het geklets na afloop bij de kerkdeur. Daar wilde ik altijd vanaf zijn. Maar in de dienst genoot ik van de gezangen en het lezen en zelfs van de goedhartige preken van Mr. Cameron. Vanaf mijn kinderjaren heb ik ervan gehouden en geloofd dat God iedere zondagmorgen in Whitfield, Ontario, naar ons luisterde. Toen, op een zondag vorige winter, hield ik simpelweg op te geloven en dat ervaar ik als een groot gemis. Veel groter dan ik had gedacht. Maar ik kan mijn geloof niet terugvinden. Het is verdwenen net als mijn geloof in de kerstman of de tandenfee. Geloof jij trouwens nog in God?

Wanneer ik deze brief teruglees, zie ik dat ik van de hak op de tak spring en ik ben geneigd hem te verscheuren en opnieuw te beginnen, maar ik heb er domweg de energie niet voor. Dit jaar zijn me een aantal dingen overkomen waarmee ik nog steeds in het reine tracht te komen en ooit zal ik misschien de moed hebben om er iemand over te vertellen. In de tussentijd moet je me deze nogal onsamenhangende brief maar vergeven. Het was heel fijn om van je te horen, Evelyn, en hopelijk hoor ik binnenkort weer van je.

Clara

P.S. Ja, ik heb iets van T.S. Eliot gelezen, hoewel ik geen touw kon vastknopen aan zijn gedicht 'Het barre land'. Ik zal wel niet slim genoeg zijn. De volgende keer dat ik in Toronto ben, wat trouwens vanaf hier twee uur met de trein is, zal ik zoeken naar bundels van Pound en Stevens.
P.P.S. Toronto is een indiaans woord voor 'ontmoetingsplaats'. Wat denk je van Kalamazoo of Milwaukee als 'gekke' Amerikaanse plaatsnamen?

135 East 33rd Street
New York
15 september 1935

Lieve Clara,

Hoe gaat het eigenlijk met je? Heb al een poos niets van je gehoord en vond dat ik je maar eens moest schrijven. Vandaag voel ik me een beetje wazig en vanmorgen heb ik zelfs de kerk niet gehaald. Gisteravond hebben we een feestje bij Evelyn thuis gehad om onze eerste week op de nationale omroep te vieren en ik heb meer champagne gedronken dan waarschijnlijk goed voor me is. Het was een tof feest, afgezien van op het laatst, toen Les, die erop stond om me thuis te brengen met een taxi, besloot om zich voor mijn flatgebouw belachelijk te maken. Eerst wilde hij mee naar boven voor een borrel, maar ik zei nee, het was laat en sowieso geen goed idee. Vervolgens begint hij te zeuren dat hij zo veel van me houdt en niet zonder me kan. Tjemig! Daar op straat om twee uur in de ochtend. Ik kon hem ten slotte van me afschudden, maar kan me niet voorstellen dat hij me na die scène morgenvroeg nog in de ogen durft te kijken. Geef een anders geschikte vent een paar borrels en hij verandert in een veelhandig monster dat geen nee wil horen. Ik ben er echt razend over, hoewel ik mezelf ook verwijten maak. Ik had om te beginnen nooit met hem uit moeten gaan. Maar ik vond hem aardig en dacht dat ik duidelijk gemaakt had dat het enkel vriendschap was.

Op donderdagavond hadden we kaartjes voor 'The Fleisch-man Hour' en we hebben genoten van de voorstelling. Nader-hand zijn we een hapje gaan eten en het was geweldig. Hij gedroeg zich echt als een heer. En nu dit!!! Zoals je kunt merken ben ik echt teleurgesteld in hem. En het feestje bij Evelyn was juist zo enig! Ik weet het niet. Het lijkt erop dat mannen, hoe aardig ze ook lijken, maar één ding willen. En de getrouwde mannen zijn het ergst!!!

En jij? Ik hoop dat jouw liefdesleven tegenwoordig wat rustiger verloopt en dat je in ieder geval 'voorzichtig' bent. Hoe gaat het op school met die goeie, ouwe Milton McKay? Is hij nog altijd zo saai? Eerlijk, ik snap niet hoe je met zo iemand kunt samenwerken, maar je zult onderhand wel aan hem gewend zijn. Goed, ik moet aan de slag en het scenario voor morgen lezen. Mijn hoofdpijn is al gezakt. Wie heeft trouwens het aspirientje uitgevonden? Die verdient een gouden medaille. Deze week krijgen we te maken met een grote crisis in de serie. Maddy, het zwangere meisje dat door Alice werd betrapt toen ze in de kerk geld van de collecteschaal pikte, verdwijnt!!! De jongen, die waarschijnlijk de vader van het kind is, is een paar keer langs geweest en kennelijk heeft hij Maddy overgehaald om er met hem vandoor te gaan. Effie is blij dat ze weg is omdat ze jaloers is, maar Alice, tante Mary en oom Jim maken zich zorgen omdat ze zo zwak en kwetsbaar is. Heeft iemand in Whitfield het programma al opgevangen?

Liefs, Nora

P.S. Herinner je je Jack en Doris Halpern nog? Kreeg een aardige brief van hen. Ze wonen nu in Chicago waar Jack voor NBC werkt. Doris is in verwachting, de bofferd.

San Remo Apartments
1100 Central Park West
N.Y.C.
22/9/35

Lieve Clara,

Bedankt voor je brief over het leven in Whitfield, Ontario. Het is me niet gelukt om het precies te lokaliseren op de wereldkaart, maar ik geloof je op je woord dat het bestaat en feitelijk twee uur met de trein van Toronto af ligt. En touché wat Amerikaanse plaatsnamen betreft!

Je vraagt of ik in God geloof. Wel, dat is geen vraag die je iedere dag wordt gesteld. Alleen bepaalde types willen het antwoord op zo'n vraag weten en daar ben jij er kennelijk één van. Hoe dan ook, je vraag zette het raderwerk van mijn geheugen in beweging en ik dacht terug aan toen ik als meisje op een episcopaalse kostschool voor welgestelde jongedames in de groene heuvels van Connecticut zat. Daar had ik wat je een religieuze ervaring zou kunnen noemen. Ik had er ook een andersoortige ervaring maar het ophalen daarvan bewaar ik voor een andere dag. Deze gedenkwaardige gebeurtenissen deden zich voor toen ik een corpulente, zeer serieuze dertienjarige was.

Een van de docenten op Eden Hall, Miss Barrett, was een wonderlijk oud wijf. Ze leek precies op de toenmalige standaarduitgave van een lerares op een meisjesschool: een lange ouwe vrijster met hennahaar en een bril aan een ketting op haar platte boezem. Eden Hall was in die tijd een zeer godsdienstige school; we gingen iedere dag naar de kerk en op zondag twee keer. We hadden ook een vast uur bijbelkennis dat werd gegeven door Miss Barrett. Ze sprak over God alsof hij de buurman was. Op een winteravond liep ik van de studiezaal terug naar mijn slaapzaal. Het was zo'n heldere midwinteravond en ik bleef staan om naar de sterren te kijken. Ik was zo'n dik, overgevoelig kind dat dat soort dingen nu eenmaal deed. Ik stond al die hemelse glorie te bewonderen toen Miss Barrett van achter een boom tevoorschijn kwam. Ze had haar overjas en handschoenen aan, een baret op haar hoofd en ze had een verrekijker bij zich.

'Hou je ervan om het uitspansel te aanschouwen, Dowling?' vroeg ze. *Het uitspansel aanschouwen!* De klank van die zegswijze vond ik geweldig. Ik weet niet meer wat ik zei, maar wel dat Miss Barrett zei: 'Wist je, Dowling, dat grote mannen door de eeuwen heen naar zulke luchten hebben gekeken en zowel getroost als beangstigd werden door wat ze zagen?'

Goeie, ouwe Barrett. Ze had een geweldige stem en in die ijskoude nacht drong hij tot me door. Dit citeerde ze:

In de donkere oneindigheid
zag ik verzameld en door liefde
tot een boekdeel gebonden
de verstrooide bladeren
van heel het heelal.'
– Dante Alighieri, 1265-1321

De eeuwige stilte van deze oneindige ruimte maakt me doodsbang.
– Blaise Pascal, 1623-1662

'Dat is het, Dowling', zei ze. 'Bijna vierhonderd jaar scheiden de waarnemingen van twee mannen die naar nagenoeg dezelfde lucht keken. "De verstrooide bladeren van heel het heelal tot een boekdeel gebonden." Dat is wat je de middeleeuwse geest noemt, Dowling. Maar Pascal ziet enkel onmetelijke verlatenheid. En dat is nou het verschil tussen de middeleeuwse en de moderne geest.'

Dat is me altijd bijgebleven. Dat gedoe over de verstrooide bladeren gebonden door liefde en dan de onmetelijke verlatenheid die erop volgt. Ik weet nog dat ik die ouwe knakkers, Dante en Pascal, heb opgezocht in de bibliotheek en de citaten uit mijn hoofd heb geleerd. Het zette me aan het denken over God en de rest. Ik ben er niet zo zeker van als jij schijnt te zijn. Ik aarzel en geef Hem het voordeel van de twijfel.

Je vraagt wat me troost. Een fles Gordon's gin helpt wel eens, hoewel dat niet aan te bevelen is op de lange termijn. Goede boeken, natuurlijk, muziek en de rest van al dat kunstgedoe.

Wallace Stevens heeft een gedicht geschreven dat 'Zondagmorgen' heet. Daar moest ik aan denken toen ik je brief las. De vrouw in het gedicht klinkt een beetje zoals jij. Volgens mij staat het in de bundel *Harmonium*, maar ik kan mijn exemplaar niet vinden. Misschien heb ik het uitgeleend. Ik zal er in de boekwinkels in Fourth Avenue naar zoeken en als ik er eentje vind, stuur ik het op.

Liefs, Evelyn

Whitfield, Ontario
Zondag, 22 september 1935

Beste Nora,

Gisteren kreeg ik je dramatische verslag over hoe je de avances van Mr. Cunningham hebt verijdeld. Hij is duidelijk smoorverliefd. Zijn bewonderende blik viel me al op toen ik die dag de studio bezocht. Nou ja, ik neem aan dat je geboft hebt dat hij bij zinnen kwam.

Je bent een hele beroemdheid geworden hier. Mensen houden me op straat staande en zeggen: 'Was dat echt Nora die ik gisteren op de radio hoorde? Wat een gezellig programma en ze klinkt zo echt.' Of dit: 'En dan te bedenken dat het meisje met de blonde krullen, dat ik vroeger naar school zag gaan, nu op de radio in New York is', enzovoort enzovoort.

Ik wil dat je beseft, Nora, dat ik een behoorlijke hoeveelheid van dit geleuter moet verduren en ik hou je persoonlijk verantwoordelijk voor mijn daden op de dag dat ik al mijn geduld verlies en een medeburger de keel dichtknijp die zich afvraagt of oom Jims aanval ernstig is of dat Effie haar leven zal verwoesten door ervandoor te gaan met de handelsschooldocent.

Een ontzettend noodweer de afgelopen week. Zulke wind en regen heb ik niet eerder meegemaakt en het was misschien geen vermelding waard als er geen slachtoffer was gevallen: de reusachtige eik bij de presbyteriaanse kerk. Je zult je vast wel herinneren hoe mensen naar het dorp kwamen om er kiekjes van te maken. Mr. Grace vertelde me dat hij minstens tweehonderd jaar oud was. Wel, afgelopen zaterdagavond is hij in tweeën gespleten door de wind en nu zijn er mannen in de weer met bijlen en zagen om het grote hart weg te halen. Een grimmig gezicht en ik voelde me een beetje treurig toen ik er gistermiddag naar stond te kijken. Ik weet dat het hout naar de armen zal gaan, maar ik zal die oude boom missen.

In je brief vroeg je me naar mijn liefdesleven. Dat heb ik niet, Nora. Denk alsjeblieft niet dat ik er een gepassioneerde verhouding op na hield met een handelsreiziger. Zo was het helemaal niet. Misschien was het beter als het wel het geval was geweest. Maak je geen zorgen dat ik nog eens bij je zal aankloppen. Dat hoofdstuk van mijn leven is godzijdank afgesloten. Doe de groeten aan Evelyn.

Clara

Dinsdag, 24 september (7.40 uur)
Werd om twee uur wakker en stelde me een gedichtencyclus voor over de verkrachting en de nasleep ervan: hoe het op die voorjaarsmiddag is gebeurd; hoe ik een taxi nam op een snikhete zomeravond in New York; hoe ik Charlie terugzag op de jaarmarkt. Dus schreef ik 's nachts twee uur lang met kramp in mijn vingers. Nu ik drie uur later mijn woorden teruglees, ben

ik vervuld van afkeer en walging dat ik ze niet kan laten doen wat ik wil.

Beste Evelyn,

Bedankt voor het sturen van de bundel van Wallace Stevens. Ik heb 'Zondagmorgen' minstens tien keer gelezen. Het is een opmerkelijk gedicht. 'Goddelijkheid moet in haarzelf leven.' Hij zet er een puntkomma achter en somt dan verscheidene emotionele toestanden op die me maar al te vertrouwd zijn. 'Vlagerige emoties op natte wegen op herfstavonden.' 'Vlagerig' is perfect, een golf van gevoelens verwant aan geluk. Ik heb daadwerkelijk op natte wegen op herfstavonden gewandeld en me precies zo gevoeld. Maar dat hebben miljoenen anderen door de eeuwen heen natuurlijk ook. Het maakt je deemoedig wanneer je inziet dat je eigen, persoonlijke momenten alleen maar een stukje zijn van een algemeen patroon dat door talloze anderen wordt gedeeld.

Er klinkt veel van Keats door in Stevens gedicht. Het was heel lief van je om me deze bundel te sturen, Evelyn. Nogmaals bedankt.

Clara

Lieve Clara,

Wat een dag! Ben net terug van Evelyn waar ik de hele middag heb geprobeerd haar iets te laten eten. Ze ligt zwaar verkouden in bed en is zo schor en sikkeneurig. Een ware verschrikking. Jij hebt haar nooit zo meegemaakt, maar het is werkelijk een fraai gezicht!! Zoals ze in bed zit met haar schrijfplank, haar gin en haar sigaretten. Toen ik er tussen de middag naartoe ging, kwam ik midden in een ruzie terecht tussen haar en Eunice (het dienstmeisje). Eunice had geprobeerd haar iets te laten eten, maar Evelyn deed gewoon moeilijk. Ze had een soort woedeaanval gekregen (er lag toost en ei op de vloer) en Eunice had haar jas al aan en wilde net vertrekken.

'Nou is het welletjes, Miss Callan. Ik werk niet meer voor die vrouw. Ik zit al drieëndertig jaar in de familie, maar ik pik dat niet meer van haar.'

Toen ze weg was, probeerde ik redelijk met Evelyn te praten, maar ze wuifde het gewoon weg. Het leek haar totaal niet te deren.

'Och, maak je niet druk om Eunice. Die komt wel terug. Ze heeft dit al eens eerder gedaan. Ze weet goed waar ze haar kaarsje moet laten branden.'

En ze had gelijk. Net voor ik ging, kwam Eunice terug. Ze was behoorlijk nijdig, maar ze blijft. Blijkbaar is deze oorlog al jaren aan de gang.

Evelyn geeft het natuurlijk niet toe, maar het is niet alleen de verkoudheid waar ze nu zo humeurig door is. Het is haar liefdesleven. Ik weet niet of je de signalen hebt opgevangen toen je hier was, maar Evelyn valt op vrouwen, niet op mannen. Zo is ze nu eenmaal en ik reken het haar niet aan. Ze heeft het tijdens een weekeinde in haar moeders huis in Connecticut bij mij geprobeerd, maar daar heb ik snel een stokje voor gestoken. Hoe dan ook, verleden maand is ze iets begonnen met een jonge vrouw, June. Vraag me niet waar ze haar heeft leren kennen, maar ze is zonder meer gek op haar. Je zou de cadeaus eens moeten zien! June danst in een Broadwayshow. Ze komt uit Texas (je zou haar eens moeten horen!!!) en is bijna één meter tachtig lang. Pas twintig jaar, maar beslist geen doetje, geloof dat maar gerust. Ze windt Evelyn om haar vinger.

June is Evelyn, nu ze ziek is, niet komen opzoeken en volgens mij is onze vriendin daarom zo van streek, hoewel ze dat niet zal toegeven. Ze komt steeds met excuses aanzetten, zoals: 'O, Junie kan het zich niet permitteren om door mij aangestoken te worden. Dan kan ze haar plaats in de dansgroep kwijtraken.'

Maar ik denk dat Evy gewoon ziek is van teleurstelling, omdat die griet niet eens de moeite heeft genomen haar te bellen. Het is zielig om te zien hoe een intelligente vrouw als Evelyn zich zo laat inpakken door dat kind.

Hoe luidt dat oude spreekwoord dat een ongeluk zelden alleen komt? Net toen ik Evelyn had gekalmeerd en haar zover had gekregen om iets te eten, belde onze producent, Howard Friessen, om te zeggen dat Graydon Lott verdwenen is. Hij is onze oom Jim in de serie. Volgens zijn vrouw is hij na het ontbijt een wandeling gaan maken en niet meer teruggekomen. Ze denkt dat hij weer aan de drank is en nu met een kroegentocht bezig is die wel dagen kan duren. Graydon vertelde me een keer dat hij al twee jaar droogstaat. Hij is met drinken gestopt toen de drooglegging werd opgeheven. Drinken was leuker toen, zei hij. Maar nu kunnen we hem niet vinden en dus heeft Howard er allerlei mensen op uit gestuurd om naar hem te zoeken in de bars in Forty-second Street. Maar voor het geval dat ze hem niet vinden, heeft Howard aan Evelyn gevraagd het scenario voor de komende paar dagen te herschrijven. Sjonge! Onze Evy stond niet bepaald te juichen. Ik was blij dat ik weg kon, geloof me. Ik val bijna om van vermoeidheid, dus ga ik nu een hapje eten en dan naar bed. Het was me het dagje wel, Clara. Ik weet zeker dat het daar bij jou een stuk rustiger is.

Liefs, Nora

Whitfield, Ontario
15 oktober 1935

Beste Nora,

Misschien was het niet netjes van me, maar ik vond je laatste brief heel grappig, al was het alleen maar omdat die de kloof laat zien tussen wat er achter de coulissen gebeurd en wat mensen op de radio horen. Wat zijn jullie toch een tovenaars! Ik ben benieuwd wat jullie luisteraars zouden zeggen als ze maar een flauw vermoeden hadden van alle strapatsen die er achter de coulissen worden gemaakt. In ieder geval hoop ik dat die arme Evelyn weer beter is en dat jullie die ongelukkige Mr. Lott teruggevonden hebben. Ik zou denken dat hij zijn toevlucht tot de fles had genomen vanwege al die vreselijke platitudes waartoe Evelyn hem dwingt. Van afgelopen zomer, toen ik naar een van jullie afleveringen heb gekeken, herinner ik me er minstens twee. 'Zolang we allemaal samenwerken, komen we er wel uit.' En iets over 'Onze-Lieve-Heer' die een 'hekel heeft aan slappelingen'. Als ik iedere dag zulke uitdrukkingen zou moeten bezigen zou ik ook aan de drank raken en het zou wel eens een redelijke verklaring kunnen zijn waarom onze vriendin Evelyn zo verknocht is aan de fles. Maar goed, ik hoop dat het opgelost is en dat alles weer normaal is of wat daar in jouw leven voor doorgaat.

Ik weet niet of het de kranten in New York heeft gehaald, maar we hebben hier gisteren verkiezingen gehad en de conservatieven van Bennett zijn verpletterend verslagen door de liberalen van Mackenzie King. Ik weet niet of ze er iets aan kunnen doen om de mannen terug aan het werk te krijgen, maar de meeste mensen schijnen te denken dat ze niet slechter kunnen zijn dan de Tory's. Volgens mij is het zo'n soort reactie geweest; eentje die meer uit wanhoop voortkomt dan uit echte overtuiging. Maar goed, de winter staat voor de deur en ik ben bezig met de voorbereiding. Verleden week zijn de kolen bezorgd en ik ben klaar voor de strijd. Maar dit jaar heb ik er meer vertrouwen in dat ik de ketel aankan. Ik voel me trouwens goed. Er lijkt niets beschadigd te zijn en alles gaat zijn 'gewone gangetje'. En dat is heel geruststellend. Zorg goed voor jezelf.

Clara

Zondag, 27 oktober

Vannacht heb ik over Charlie, de zwerver, gedroomd. Niet Charlie, de komische, kleine filmzwerver met zijn te grote schoenen en bolhoed, maar mijn Charlie in zijn vettige tuinbroek en colbert. We zaten in het reuzenrad en hij omhelsde me terwijl hij zijn helse liefdesliedje zong. 'Ik wil zo graag met je… mevrouw.'

Toen het rad omlaagging, zag ik Marion naar ons kijken en ook de pijprokende man, hoewel het vader kon zijn geweest. Ik weet het niet zeker. Vader rookte vroeger ook pijp. Toen werd ik wakker en ik bleef in het donker over Charlie na liggen denken. Ik stelde me voor dat hij in hetzelfde jaar geboren is als Marion en ik: 1903. Op een boerderij ergens ten noordoosten van hier, waar het land heuvelachtig is en de grond arm. Ik zag tien of twaalf kinderen in een ongeverfd boerenhuis aan een landweggetje.

Charlies vader was lui, hoewel niet onsympathiek als hij nuchter was. Maar op zaterdagavond lust hij graag een borrel, dan zit hij twistziek en wraakzuchtig aan de keukentafel en voorspelt de ondergang van allen die hem vanwege een leven vol wrok en zonde terechtwijzen. De moeder en kinderen houden zich op een afstand. Later, als de jongens ouder zijn, zal er gemeen gevochten worden, want sommigen kiezen de kant van de vader, anderen niet; de gevolgen zijn gezwollen kaken, blauwe ogen, iemands arm wordt gebroken en de vuist van een andere gaat tot aan de onderarm door een raam, de zenuwen worden doorgesneden en er blijft een verschrompelde hand over. Een chaotisch huishouden, altijd onderhevig aan onvoorspelbare beroeringen. Hoe kan het anders met zo veel kwaadaardige kerels. Het is een zootje lammelingen. Geen cent waard. Een stelletje idioten. Dat is het oordeel van de buren, maar het wordt niet hardop uitgesproken. Wie heeft er nu zin in een afgebrande stal, een vergiftigde put? Wie wil dat zijn beste koe op de bodem van de vijver belandt? Het zijn weliswaar maar kleine schurken, maar je moet op je woorden letten als ze in de buurt zijn. Op een dansavond konden ze komisch en levendig zijn, maar het beste advies was altijd vroeg te vertrekken. Ik stelde me voor dat Charlie een van de jongsten was; hij moest zich een plaats veroveren aan de keukentafel. Misschien komt daar die grollende, vleiende manier van doen vandaan. Wanneer twee van zijn broers in de oorlog moeten vechten, wenst Charlie dat hij mee op avontuur kan. Hij loopt achter de kar aan over het landweggetje, de ouwe zit op de bok en de twee broers liggen languit achterin met hun kartonnen koffers. Ze beloven dat ze een Duitser als huisdier voor hem mee terug zullen brengen.

'We houden hem in het houtschuurtje en voeren hem rapen. Misschien spannen we hem wel voor de ploeg.'

Charlie blijft lange tijd staan kijken hoe de kar verdwijnt in het stof van de weg. Wanneer hij terug naar huis gaat, springt en huppelt hij, een rusteloze sprinkhaan van een jongen met lange benen, gebouwd om te dansen, en een sluwheid waarmee hij zijn leeftijd ver vooruit is.

Een paar maanden later keert een van de broers terug. Het leger wil hem niet. Er was iets met het polshorloge van een officier. Niemand weet precies wat en niemand wil het weten. De andere verdwijnt van de aardbodem. Wat is er met hem gebeurd? Geen mens die het weet. Op een middag komen er twee mannen in een grote legerauto naar de boerderij, ze stellen vragen waarop niemand een antwoord heeft.

Het jaar daarop doet Charlie de deur van het kleine, platte-landsschooltje voor de laatste keer achter zich dicht, hij is het stilzitten en de schoolboeken beu. Hij geeft niets om het boeren-bedrijf. Hij houdt van het stadsleven. Hij hangt rond bij de veevoederwinkel waar hij de mannen aan het lachen maakt met de gekke bekken die hij trekt en de kunstjes die hij kent. De achterwaartse salto, bijvoorbeeld. En dansen! Alsof zijn voeten vleugels hebben. Maar werk kan hij niet houden. Hij is rusteloos en verveelt zich gauw. Wanneer de crisis aanbreekt, ondervindt Charlie er geen last van; in feite bevalt het leven van een zwerver hem; meerijden op goederentreinen, een ochtend hier of daar werken, een boterham aan de achterdeur (huisvrouwen vinden zijn eerbiedigheid en overdreven hoffelijkheid aangenaam). Al-tijd onderweg is hij, mijn Charlie; een vriendelijke, onbetrouw-bare, door en door boosaardige man en terwijl ik vanmorgen vroeg in mijn bed lag was ik dankbaar dat zijn waardeloze zaad drie maanden geleden uit mijn baarmoeder is geschraapt.

Gisteravond heb ik toffee gemaakt en ik had volop appels bij de
hand voor de kinderen die aan de deur kwamen, alles bij elkaar
tweeëndertig. Ben tot ver na middernacht wakker gebleven,
maar niets ongewensts op mijn terrein. Hoorde 's nachts iets
wat klonk als de terugslag van een auto en vanochtend kwam ik
te weten dat Norbert Johnson met een geweer op een stel
jongens heeft geschoten.

Zondag, 3 november
Waar ontmoet Charlie de jongen en waarom kiest hij zo'n
stumperige metgezel? Maar een man als Charlie heeft iemand
nodig om naar te trappen en de baas over te spelen. En op een
dag ziet hij hem aan de kant van een districtsweg in het stijve,
dorre gras zitten.

'Zit je uit te rusten? Hoe heet je, jongen? Ik heet Charlie. Wil
je mee met ome Charlie? Of je reist eersteklas of je blijft thuis.
Dat zeg ik altijd. Wat vind je ervan, jongen?'

Donald kijkt met zijn ene oog naar de snelvoetige, fluitende
man die niet tegen stilstand of stilte kan. Die altijd kletst of met
stenen naar blaffende honden of kraaien op palen gooit. Er
ontstaat een bedenkelijk soort genegenheid tussen die twee en
ik stel me seks voor, woest en snel. In verlaten stallen en onder
bruggen in het schemerlicht van de late middag. Hijgend en
afstotelijk, het zedeloze leven van afgelegen landweggetjes.

En Charlie scheldt de jongen, die maar zelden iets goed doet,
voortdurend uit. Toekijkend van boven op de gesloten goederenwagon, terwijl Donald verwoede pogingen doet om de
ladder vast te grijpen.

'Je raakt je voet nog een keer kwijt, stomme zak.'

Lieve Clara,

Het spijt me dat ik een poos niet heb geschreven, maar de tijd lijkt gewoon te vliegen en er is alweer een week voorbij. Het is nauwelijks te geloven dat ik hier al bijna een jaar ben. Waar blijft de tijd? We zijn allemaal behoorlijk opgewonden over de laatste waarderingscijfers van Hooper, die ons een derde plaats toekennen van de meest beluisterde middagseries. Alleen 'Vic and Sade' en 'Ma Perkins' waren afgelopen maand populairder. Ik krijg stapels post.

In de studio is alles godzijdank weer in evenwicht. Tussen Evelyn en haar Texaanse speelkameraadje is alles weer dikke mik en Graydon is weer van de blauwe knoop. Net als jij heb ik op het moment geen liefdesleven. Les en ik hebben besloten alleen maar vrienden te zijn en dat betekent geen afspraakjes. Met bepaalde mannen kun je gewoon niet naar de film of iets gaan drinken want vroeg of laat krijg je een verhouding. Snap je wat ik bedoel? Vroeg of laat voel je die aantrekkingskracht en voor je er erg in hebt, ben je verliefd. En het is nu eenmaal niet professioneel om zoiets te beginnen met een vent met wie je samenwerkt en die bovendien getrouwd is. Ik moet het Les nageven. Hij verontschuldigde zich oprecht voor zijn gedrag die avond voor mijn flat en hij heeft besloten meer aandacht aan zijn vrouw en kinderen te besteden. Allebei zijn we blij dat er niets is gebeurd, hoewel ik niet kan zeggen dat ik niet in de verleiding ben gebracht.

Dus heb ik op het moment alleen een liefdesleven in 'Chestnut Street'. Evy heeft besloten om Alice een bewonderaar te geven en volgende maand maken de luisteraars daarom kennis met Cal Harper, een knappe, jonge dokter die net een praktijk is begonnen in Meadowvale. Effie krijgt namelijk blindedarmontsteking en na de operatie wordt ze wakker en ziet die kanjer van een vent die zich om haar heeft bekommerd. Natuurlijk valt Effie meteen voor hem. Mocht je je afvragen, wat je waarschijnlijk niet doet, waar de handelsdocent is gebleven, die is allang uit beeld. Maar kennelijk is dokter Cal meer geïnteresseerd in Alice. Dus je kunt je voorstellen welke gesprekken er om de keukentafel ten huize van de Dales gevoerd gaan worden. Ik weet niet of ik met die gozer zal trouwen, daar zegt Evy niets over. Hoe dan ook, ik vind het een interessante rimpeling in ons verhaaltje over het leven in Amerika en het zou moeten helpen om de luisteraars op ons afgestemd en de sponsor tevreden te houden. Die lui van Sunrise beweren dat de verkoop de afgelopen drie maanden met veertig procent is gestegen.

En jij? Is alles daar nog hetzelfde? Denk je dat je hierheen kunt komen met Kerstmis? De amazone heeft blijkbaar een week vrij en ze gaat terug naar Texas. Evelyn wil dat ik meega naar haar moeder. Maar ik voel me daar gewoon niet op mijn gemak. Hoewel het idee om hier alleen te blijven me evenmin aanstaat. Hoe zou je erover denken om voor een paar dagen over te komen? Ik zou het heerlijk vinden om je hier te hebben, dus denk er eens over na, goed?

Liefs, Nora

Zondag, 24 november

Ben gisteren met de Brydens naar de Koninklijke Winterjaarmarkt gegaan in de hoop dat ik Charlie een stal zou zien schoonmaken of iemands bekroonde kippen zou zien voeren. De dwaasheid van die gedachte bleek algauw: de streng ogende boeren op de jaarmarkt zouden hun veestapel nooit aan iemand als mijn Charlie toevertrouwen.

Whitfield, Ontario
Zondag, 24 november 1935

Beste Nora,

Ik neem aan dat een fictionele romance beter is dan niets en het is duidelijk dat jij er goed uit zult springen. Knappe jonge dokters groeien per slot niet aan de bomen. Het dichtst dat ik bij een dokter in de buurt ben geweest was gisteren. En dat waren veeartsen. Er stonden er verscheidene rond Betsy, een prachtige, kleine Jerseykoe die, te oordelen aan haar treurige blik, kennelijk hardlijvig was. De veeartsen vroegen zich ernstig af welke siroop ze moesten toedienen of dat er een drastischer behandeling noodzakelijk was. De bezorgde eigenaar stond erbij en keek ernaar. Dit hele drama vond plaats op de Koninklijke Winterjaarmarkt, waar ik met de Brydens naartoe ben geweest. 'Een uitje' in Mrs. Brydens woorden en het was heel aardig van hen om mij mee te nemen. Nabijheid van dieren (afgezien van die erbarmelijk loeiende, arme Betsy) kan een soort runderachtige kalmte teweegbrengen en ik voelde zoiets toen ik rond de flanken van die grote beesten liep met hun warme, huiselijke geur. Het riep de gedachte op dat ik in een huwelijk met Randall Wilmott misschien toch een zeker geluk gevonden zou kunnen hebben. Weet je nog wie hij is? Een lange, magere jongen die op de middelbare school smoor op mij was. Zijn vader had een boerderij van acht hectare ten zuiden van het dorp en ze hadden vijf of zes kinderen. Op zaterdagmiddag zie ik hem en zijn vrouw soms in het dorp; zij betast de rollen stof in het warenhuis en de lange, magere Randall bestudeert de knipmessen in de vitrine bij de kassa. Hij kijkt me nog steeds aan met zijn verliefde grijns. 'Hé, hallo, Clara!' Een vriendelijke heer. Toentertijd vond ik mezelf veel te voornaam voor zo'n nederige ploeger, maar nu denk ik dat ik er misschien wel tevreden mee zou zijn geweest om eieren voor Randall te bakken en op een wintermiddag met de kliekjes naar de stal te gaan om de varkens te voeren. Misschien, maar misschien ook niet. Hoe dan ook, ik vond het plezierig gisteren op de markt en we waren terug voordat het weer omsloeg. Er is 's avonds natte sneeuw gevallen en ik was blij dat ik thuis was.

Ik denk niet dat ik met de kerst naar New York kan komen. Het is om deze tijd van het jaar ingewikkeld vanwege de ketel. Waarschijnlijk zou ik Joe Morrow er wel voor kunnen laten zorgen, maar eigenlijk wil ik Joe niet in huis als ik zelf weg ben.

Ik begrijp dat het niet mogelijk is dat jij voor de feestdagen hiernaartoe komt. Je zult wel niet genoeg tijd vrij krijgen van de serie nu Kerstmis dit jaar midden in de week valt. Nou ja, misschien volgend jaar. Doe de groeten aan Evelyn. We hebben elkaar een poosje brieven gestuurd, maar ze zal het wel te druk hebben om te blijven schrijven. Pas goed op jezelf, Nora.

Clara

135 *East 33rd Street*
New York
8 december 1935

Lieve Clara,

Gisteren heb ik je kerstcadeau verzonden en ik hoop dat je het mooi vindt. Het is je geraden!!! De winkel garandeerde bezorging binnen twee weken, laat me dus weten als het er dan nog niet is. Vergewis je er ook van dat *alles* werkt en dat niets tijdens het transport beschadigd is. De winkel *garandeerde* een veilig transport en daar wil ik ze aan houden.

Ik sta nog in dubio omtrent de feestdagen (je hebt gelijk, we hebben maar twee dagen vrij, eerste en tweede kerstdag), maar ik ga zeer beslist niet met Evelyn naar haar moeder in Connecticut. Ik ben dol op Evy, maar in deze tijd van het jaar is ze naar mijn smaak te gemelijk. Ze blijft er maar over doorgaan dat Kerstmis zo'n gezeur is, maar dat vind ik helemaal niet. Ik ben altijd dol geweest op Kerstmis en ik weiger er cynisch over te doen. Op vrijdag ben ik na het werk naar Macy gewandeld om de etalages te zien. Ik zag al die mensen staan kijken naar de versieringen en ik dacht: goed, het mag dan commercieel zijn, maar het is ook echt een opkikker voor de mensen. Het gekke is natuurlijk dat Evelyn, ondanks haar gemopper op de feestdagen, een heel mooie kerstaflevering voor 'Chestnut Street' heeft geschreven. Ze heeft me het scenario laten zien. Alice heeft dokter Cal uitgenodigd voor het kerstdiner omdat hij geen familieleden in de stad heeft en na afloop van het diner houdt oom Jim een praatje over het gezin en Kerstmis en hoe belangrijk ze allebei zijn. Het is echt inspirerend en dat van onze cynische, ouwe Evy!

De afgelopen week heb ik een interessante man ontmoet. Hij heet Lewis Mills. Ik weet niet of die naam je iets zegt, maar hij is schrijver. Evelyn kent hem van naam en ze zegt dat hij een vooraanstaande intellectueel is die voor tijdschriften als *Harper's* en *New Republic* schrijft. Omdat ik die bladen niet lees zou ik dat niet weten, maar ze omschreef hem als een literatuur- en maatschappijcriticus. Het is zeker waar dat hij dol is op kritiek leveren en van de radio schijnt hij geen hoge dunk te hebben. Verleden week was hij in de studio om ons de uitzending te zien doen. Hij is bezig met een artikel en zei dat hij geïnteresseerd is in 'het verschijnsel middagseries'. Hij wilde me een aantal vragen stellen, dus zijn we gaan lunchen. We waren het nergens over eens, maar op een bepaalde manier mogen we elkaar, denk ik. En voor ik er erg in had, vroeg hij me mee uit eten. Hij nam me mee naar de eetzaal van het Plaza Hotel. Als je het over chic hebt!!! Om je de waarheid te zeggen vond ik hem nogal beangstigend (hij is zo intelligent), maar toch ook aardig. Hij is een heel stuk ouder dan ik en uiterst wereldwijs. Eigenlijk helemaal niet mijn type, maar je weet het nooit met zulke dingen. Hoe dan ook, morgenavond gaan we weer samen uit eten. Leuke afwisseling van mijn gebruikelijke koteletje op het kookplaatje!!!

Liefs, Nora

Zondag, 15 december

Gisteren heb ik in Toronto een soort attaque gehad. Het had gênanter kunnen zijn dan het was, maar ik moet mezelf beter in de hand houden in de drukte. En het was zo druk in de winkels in Toronto gisteren. Ik was klaar met mijn boodschappen en het laatste wat ik kocht was een nummer van *True Detective* en nu denk ik dat het blad iets te maken kan hebben gehad met mijn aanval in Yonge Street. Maar hoe had ik de omslag kunnen weerstaan waarop een van de verhalen werd aangeprezen: '"Ik schoot hem neer en ik ben er blij om." Slachtoffer van verkrachter wacht elektrische stoel na fatale schietpartij in koelen bloede.'

Ik was van plan het te bewaren voor de treinreis terug naar huis. En ik weet niet hoe het precies gebeurde. Ik kwam de sigarenwinkel uit en liep in zuidelijke richting. Ik had zin in een kop thee, maar de restaurants zaten allemaal vol. Ik merkte dat ik naar de gezichten van mannen in Yonge Street keek. Ik keek strak naar de gezichten onder de petten en gleufhoeden. Ik bestudeerde ze, maar omzichtig want ik wilde niet dat ze het merkten. Zwierf Charlie ergens tussen die gezichten door de straten van de stad? En ik keek naar de gezichten in Yonge Street en vroeg me af hoeveel van die mannen bij vrouwen tegen hun wil waren binnengedrongen. Op achterbanken van auto's na afloop van de zaterdagse dansavond, de halve-literfles sterke drank, aangelengd met gemberbier, gaat van hand tot hand. Dan het zoenen en betasten. Of de zondagmiddagwandeling door het bos, de omhelzing in de koele schaduw van die grote boom, de glimp van de jarretelgordel en de blote dij, de hand die steeds opnieuw van haar ondergoed wordt weggeduwd.

'Toe nou, Mary, alsjeblieft! Je weet dat je het ook wilt. Toe nou, verdomme!'

Op de hoek van Yonge Street en Richmond Street bleef ik (geloof ik) staan, overmand en een tikje duizelig door de beelden in mijn hoofd. Terwijl ik daar op straat tegen een etalage geleund stond, kreeg ik die lichte aanval of attaque. Ik voelde me misselijk. Liet een van mijn pakjes vallen. Ik moet er wel raar uitgezien hebben. Een vrouw hield halt en raapte mijn pakje op. Een vrouw van middelbare leeftijd met een vriendelijk, onopvallend gezicht. Ze had een flauwe snor en de knopen van haar jas waren een vreemd allegaartje. Dat viel me op.

'Gaat het, kind? Je ziet er uitgeput uit.'

'Ja hoor, goed hoor', zei ik. 'Het gaat best, dank u.'

'Je moet even gaan zitten voor een kop thee, kind. Hier een eindje verderop is een cafetaria. Zal ik even met je mee lopen?'

'Nee hoor, bedankt, het gaat wel.'

Anderen staarden ons in het voorbijgaan aan en op een meter afstand nam een vrouw van het Leger des Heils geen enkele notitie van ons. Ze stond druk met haar tamboerijn te schudden naast de glazen bak halfvol munten. Ik bedankte de besnorde vrouw en liep beschaamd verder. Uiteindelijk vond ik beschutting in een bioscoop, waar ik in het donker zat te kijken naar het verlichte doek waarop een blonde vrouw in avondjurk en haar broodmagere trawant in smoking boven op een piano dansten. Of misschien verscheidene piano's. Al dat swingende voetenwerk en die levendige deuntjes hielpen en ik voelde me weldra weer de oude.

San Remo Apartments
1100 Central Park West
N.Y.C.
16/12/35

Groeten uit Gotham,
   Hopelijk gaat het je goed. Ben je tussen twee haakjes een kerstmens? Ik niet. Kan de door de feestdagen vereiste, geforceerde joligheid en het schijnwelbehagen niet uitstaan. Vanzelfsprekend kan dit te maken hebben met het feit dat ik de geheiligde dag met ma in Connecticut zal doorbrengen. Meestal slaan we ons er, hoewel ternauwernood, doorheen met behulp van een emmer vol martini's. Wat doe jij daarginder trouwens? Ga je skiën? Schaatsen? Scharrel je wat rond? Wat? Sinds je de kerk hebt opgegeven moet het allemaal nogal langdradig voor je zijn.
   Ik kan geen weerstand bieden aan een roddelpraatje. Je zus beweegt zich nu in tamelijk erudiet gezelschap. Heeft ze je al geschreven over Lewis Mills? Ik heb begrepen dat je geen telefoon hebt en ik kan alleen maar zeggen: wat bewonderenswaardig excentriek van je! Dus heeft ze je geschreven over Mills? De afgelopen weken heeft hij in de studio rondgehangen om te zien hoe wij het 'programma opvoeren' en om aantekeningen te maken voor een artikel over radioseries waar

hij mee bezig is. Toen Howard Friessen me hier vorige maand naar vroeg, was ik op z'n zachtst gezegd sceptisch. Howard kent het werk van Mills niet, maar ik wel. Hij heeft een scherp oog voor onzin en schrijft 'met gevoel' over de uitwassen van het Amerikaanse openbare leven. Wat de fascistische radio-priester, Coughlin, betreft heeft hij in *New Republic* prijzens-waardig werk geleverd, maar op het impresariaat heeft nie-mand het gelezen behalve ik. Howard en de anderen denken domweg dat het fantastische publiciteit voor onze serie zal zijn, maar ik ben daar niet zo zeker van. Misschien boort hij ons de grond in. Wat ze niet schijnen te snappen is dat Mills *gruwt* van de radio; want die is het begin van het einde van de beschaving, vindt hij. Ik ben geneigd het met hem eens te zijn, maar ik hou mijn kiezen op mekaar. Het is per slot 'm'n boterham'. Maar goed, Mills loopt al een paar weken in de studio rond te snuffelen en hij schijnt het gezelschap van onze Nora op prijs te stellen, die er tegenwoordig, moet ik zeggen, absoluut ravissant uitziet. Ze heeft haar haar nog korter en ze lijkt ongeveer twintig. Precies zoals Mr. Mills ze graag heeft, heb ik gehoord. Ik heb begrepen dat de grote man haar gisteravond mee naar het 'teejaatur' heeft genomen. Ik vertel het haar niet graag, want het is een goede manier om een vriendin kwijt te raken, maar Mr. Mills staat bekend als nogal een vrouwenjager. Hij is twee keer getrouwd en de partner van velen geweest. Er wordt beweerd dat hij met de meeste dich-teressen van de stad het bed heeft gedeeld. Persoonlijk zie ik niet wat er zo aantrekkelijk aan hem is. Hij is drie jaar ouder dan ondergetekende (ik heb het opgezocht) en is zeer zeker geen adonis. Mr. Mills ziet er eerder uit als de tweebenige variant van een Engelse buldog, met een gezicht dat (ik moet het toegeven) onmiskenbaar mannelijk is, ook al kijkt hij altijd nors. Hij heeft een werkelijk enorm hoofd (een en al hersens, neem ik aan) en hij is zo kaal als een biljartbal. Aan de andere kant, zo heb ik gehoord, kan hij een echte charmeur zijn. Hij moet toch iets hebben. In ieder geval lijkt Nora zeer in haar nopjes met L. Mills. Ik hoop alleen maar dat het arme kind geen harde klappen krijgt en uiteindelijk niet ernstig gekwetst wordt.

Heb je ooit het dagboek van Pepys gelezen? Het is al jarenlang mijn favoriet en pas nog zag ik er een uitgave van bij Scribner en toen dacht ik aan jou. De opmerkingen van de oude heer zijn geweldig leesvoer voor lange winteravonden en dit is een mooie uitgave, vind ik. Dus ik stuur hem je toe, samen met mijn beste wensen voor het nieuwe jaar, Clara Callan.

Liefs, Evelyn

135 East 33rd Street
New York
Maandag, 16 december 1935

Lieve Clara,

Ik had gewoon zin je even te schrijven, dus ik hoop dat je dit voor de vijfentwintigste krijgt. Goh, ik wou dat we met Kerstmis samen konden zijn. Ik mis je echt, zusje van me. Ik ben benieuwd of je cadeau al gearriveerd is. Het is je geraden het mooi te vinden.

Ik geloof dat ik een week geleden heb gemeld dat ik een man, Lewis Mills, heb leren kennen. Hij is journalist en schrijver en hij is bezig met een artikel over onze serie. Nou, het komt erop neer dat we 'goede vrienden' zijn geworden en een paar keer samen uit geweest zijn. Op zaterdagavond heeft hij me meegenomen naar *Porgy and Bess*, de nieuwe voorstelling van Gershwin. Alle spelers waren kleurlingen en sjonge, wat konden die zingen! Daarna zijn we nog iets gaan eten. Dat was nog eens een avond.

Lewis is fascinerend, Clara. Je zou hem echt graag mogen. Het lijkt of hij alle boeken die ooit gedrukt zijn heeft gelezen en hij kan overal over meepraten van opera tot honkbal. Ik heb hem meteen gezegd dat ik geen intellectueel ben en dat hij niet hoeft te verwachten dat ik hem bijhoud, maar hij lachte alleen maar en zei dat ik me over zulke dingen niet druk moest maken. Maar natuurlijk doe ik dat wel. Ik voel me zo dom vergeleken bij hem. Je zult je dus wel afvragen wat me in hem aantrekt. Om eerlijk te zijn weet ik dat niet. Knap is hij beslist niet. Hij is bijna vijftig en ongeveer zo groot als ik, maar zwaargebouwd. Niet zozeer dik, eerder gedrongen. Hij zou een goeie worstelaar zijn. Haar heeft hij hoegenaamd niet en hij kijkt bijna altijd streng en een beetje knorrig. Je zou de kelners in actie moeten zien komen als Lewis een restaurant binnenloopt. Maar zijn lach is fantastisch (bij de zeldzame gelegenheden dat hij besluit er gebruik van te maken) en zijn manieren zijn onberispelijk. Ik denk dat ik hem als indrukwekkend zou omschrijven. Het gekke is dat hij toch ook sex-appeal heeft.

Ik denk ook dat er onder al die strenge afkeuring (als het om kritiek op dingen gaat is hij echt nog erger dan Evelyn) een zeer kwetsbaar en kinderlijk karakter schuilgaat. Ik weet het niet. Hij is gewoon fascinerend om naar te luisteren. En hij heeft ook iets beminnelijks. Gisteravond gingen we een eindje wandelen en ik wilde de kersetalages zien van de warenhuizen aan 34th Street.

'O, niet daar, Nora', zei hij steeds. 'Niet daar.'

Maar hij ging mee en toen we er aankwamen, probeerde ik hem duidelijk te maken dat er duizenden mensen voor de etalages staan die dromen over een beter leven voor zichzelf. Het geeft mensen een geweldige bevrediging en hij zou moeten proberen er toleranter tegenover te staan. En hij keek me aan met een van zijn zeldzame lachjes en zei: 'Misschien zou ik moeten proberen om die dingen door jouw ogen te zien, Nora.'

En ik zei: 'Ja, misschien wel, Lewis.'

Hij heeft me uitgenodigd voor een kerstdiner met een paar vrienden en daar ben ik zenuwachtig over. Ik zie al voor me wat voor soort mensen er zullen zijn: schrijvers en uitgevers en professoren. Aanvankelijk zei ik nee, want volgens mij pas ik niet in zo'n gezelschap, maar Lewis drong zo aan dat ik uiteindelijk toestemde, maar om je de waarheid te zeggen, ik vind het nu doodeng. Ik weet niet waar dit toe zal leiden, Clara, als het al ergens toe leidt. Voorlopig neem ik het gewoon zoals het komt. We slapen niet samen, als je dat soms mocht denken. Maar ik wil het niet uitsluiten want ik vind Lewis, o, ik weet niet, op zijn manier aantrekkelijk. Lach maar, als je wilt, maar ik kan er niets aan doen. Fijne vakantie en wens me geluk voor dat diner!!!

Liefs, Nora

Zaterdag, 21 december

Voor mijn deur om acht uur vanochtend, twee mannen van de spoorwegexpeditie die een reusachtig houten krat op de veranda zetten. Het was duidelijk dat die niet door de deur kon. Wat moet ik daarmee, vroeg ik me af, maar de mannen waren zo vriendelijk om de planken met koevoeten los te wrikken en het krat te ontmantelen. En daar, voor iedereen zichtbaar en op z'n minst drie uitroeptekens waard, stond Nora's kerstcadeau!!! Een enorme radio, een Stromberg-Carlson, met een rode strik erom gebonden en met meer wijzers en knoppen dan een auto. Volgens de handleiding kan ik nu luisteren naar uitzendingen van zo ver weg als Parijs en Berlijn. Ik kan nu, om zo te zeggen, Herr Hitler in levenden lijve horen. Het meubel heeft ook een draaitafel voor het afspelen van grammofoonplaten en Nora heeft er een plaat bijgedaan van Rubinstein die Chopin speelt.

De mannen waren zeer onder de indruk van dit technische wonder. Zoals een van hen het verwoordde: 'Is 't geen juweel?'

Dat is het zeker en het moet Nora een klein fortuin hebben gekost. Er volgde enig geharrewar over waar het moest staan. De voorkamer is te klein en het kwam bij me op dat mijn arme piano, stoffig en enigszins verwaarloosd in de afgelopen maanden, aanstoot zou kunnen nemen aan deze knappe, brutale nieuwkomer. Ik koos ten slotte voor een hoek van de eetkamer en bracht de rest van de dag door met lezen van de handleiding en morrelen aan de knoppen. Een paar uur geleden begon ik gekakel in diverse buitenlandse talen op te vangen. Nora is een schat, maar waar moet ik de tijd vandaan halen om dit geval te geven wat het toekomt? Zoals het in de hoek staat, lijkt het aandacht op te eisen, een mindere huisgod die je respect moet betuigen.

Beste Nora,

Heel veel dank voor de radio. Wat een prachtding! Je bent zoals altijd veel te royaal en mijn cadeaus voor jou (ik hoop dat de blouse en rok je allebei passen) lijken nu wel erg bescheiden. Maar het is een schitterend cadeau en nogmaals bedankt. Eerst wist ik niet waar ik hem moest neerzetten; met de piano erbij lijkt de voorkamer te klein, dus koos ik uiteindelijk voor een hoek in de eetkamer waar hij niet volstrekt misplaatst lijkt, hoewel ik er daar ook niet helemaal gelukkig mee ben. Dat was een lange, lelijke zin, niet? Ik denk er half en half over om de piano te verkopen. Toen ik Rubinstein Chopins nocturnes had horen spelen, vroeg ik me af waarom iemand met zo'n beperkt talent als ik er nog aan zou beginnen. Nou ja, ik zie wel.

Gisteren nodigden de Brydens me te eten uit en ik was blij dat ik bij hen kon zijn. Het is vreemd maar deze kerst lijk ik vader nog meer te missen dan verleden jaar. Waarom weet ik niet. Hoe dan ook, het was aardig van hen om aan mij te denken.

Vanmiddag kwam Marion langs en de Stromberg-Carlson riep haar gebruikelijke repertoire voor verrassing en bewondering op. Marion klinkt nog steeds hetzelfde als een tiental jaren geleden op de middelbare school, nog steeds treedt ze de wonderen en wisselvalligheden van het leven tegemoet met haar kleine voorraad aan kinderlijke uitroepen als: 'gossie' en 'jeetje' en 'verdikkeme' enzovoort. Ze luistert trouw naar jouw serie en wil graag weten of je een foto van jezelf of van Effie hebt. Net als de filmsterren in Woolworth. Ze wil ook weten of je Rudy Vallee op je omzwervingen bent tegengekomen en zo ja, hoe is hij in het echt? Als je een antwoord hebt op deze vragen zul je Marions leven extra glans verlenen.

Hoe was je diner met Mr. Mills en zijn intellectuele vrienden? Heb je het kunnen vermijden om er een woord tussen te krijgen? Ik zou denken dat het bij zulke gelegenheden het verstandigst is (hoewel ik er weinig ervaring mee heb) om veelbetekenend te knikken en neutraal commentaar te leveren zoals: 'Ja, daar zit wat in', of: 'Wel, dat is zeker mogelijk.'

Ik popel om te horen hoe het was. Jouw Mr. Mills klinkt als een interessante maar ongewone partner. Ik vraag me wel af wat jullie eigenlijk gemeen hebben. Hij is zeker niet het type man met wie je in het verleden bent uitgegaan, maar misschien maakt dat feit hem juist aantrekkelijk. Ik hoop alleen, Nora, dat het voor jou niet weer uitloopt op een 'gebarsten hart'. Je weet hoe gekwetst je kunt zijn. Is het de moeite waard om je te waarschuwen voorzichtig te zijn en de tijd te nemen met Mr. Mills? Waarschijnlijk niet. Ik stond op het punt iets te zeggen, maar ik weet zeker dat ik je dan alleen maar zal ergeren. Wat weet ik tenslotte van mannen? En je hebt gelijk. Niet veel. Hoe dan ook, Gelukkig Nieuwjaar! En nogmaals bedankt voor de radio!

Clara

Whitfield, Ontario
Donderdag, 26 december 1935

Beste Evelyn,

Heel hartelijk bedankt voor het dagboek van Mr. Pepys, waar ik veel plezier aan beleef. Hij heeft een verbazingwekkend nauwgezet oog voor de wereld om hem heen en ik kom heel veel te weten over hoe het geweest moet zijn om tweehonderd zeventig jaar geleden in Londen te leven. Ik luister tegenwoordig ook naar de radio, dankzij Nora die me dit buitengewone cadeau heeft gestuurd – een Stromberg-Carlson, waarop ik alles kan horen, van die krankzinnige in Duitsland tot aan de hachelijke avonturen van de luitjes in 'Chestnut Street'. En nu ik het erover heb, ik was afgelopen dinsdag thuis en dus hoorde ik op kerstavond de hoogdravende oratie van die aardige, oude oom Jim. Je zult verheugd zijn te horen dat ik geen krimp heb gegeven, afgezien van zo nu en dan een bulderende lach. Nou ja, goed, misschien niet bulderend. Maar ik weet zeker dat er in het dorp geen oog droog is gebleven en waarschijnlijk in heel onze twee grote landen niet. Je weet wel hoe je het grote, sponzige hart van het volk moet aanspreken. Dat is tussen twee haakjes een compliment en het 'sponzige' komt toch van jezelf af, of niet?

Ik kreeg een nogal opgewonden brief van Nora, die zeer in haar schik lijkt te zijn met haar Mr. Mills. Net als jij hoop ik dat ze geen al te harde klappen krijgt. Mij lijkt Mills het type man dat andere zaken in gedachten heeft dan de opera of de Italiaanse campagne in Ethiopië. Ach ja, Nora heeft deze weg al eens eerder afgelegd. Ik hoop dat 1936 een goed jaar voor je zal worden, Evelyn. En nu ik toch bezig ben, kan ik net zo goed hetzelfde voor mezelf hopen. Het moet beter worden dan dit jaar.

Met de beste wensen, Clara

1936

Lieve Clara,

Gelukkig Nieuwjaar!!! En hartelijk bedankt voor de rok en de blouse (ze passen precies!). Ik ben blij dat de radio je bevalt. Is het geen schoonheid? Ik stuur een stuk of tien gesigneerde foto's van het impresariaat mee (ze maken me wel betoverender dan ik ben, niet?), dan kun je er een aan Marion geven of aan iedereen die erom vraagt. Je kunt haar ook zeggen dat ik Rudy Vallee helaas nooit heb ontmoet en haar dus niet kan vertellen hoe hij is.

Ik ben tegenwoordig heel gelukkig, Clara. De serie loopt goed (heb je tijdens de feestdagen nog afleveringen gehoord?) en er is een schat van een man in mijn leven. Veel mensen (Evelyn, bijvoorbeeld) denken dat Lewis een soort bullebak is, maar die kennen hem helemaal niet. Eigenlijk is hij buitengewoon attent en liefdevol. Ik moet toegeven dat hij in het openbaar nogal angstaanjagend kan zijn, maar privé is hij gewoon heel lief en de interessantste man die ik ooit heb ontmoet.

Het kerstdiner was trouwens heel gezellig. Ik vond het helemaal niet vervelend. Eigenlijk voelde ik me heel erg thuis bij de vrienden van Lewis.

Op oudejaarsavond waren we door een uitgever uitgenodigd op een groot feest, maar we besloten om alleen te blijven. We zijn naar Times Square gewandeld om het nieuwe jaar in te luiden. Eerst zei Lewis nee tegen het idee: 'Al die mensen, Nora, alsjeblieft!' Zo is hij soms, zo kieskeurig als hij zich onder het 'plebs' moet begeven, maar ik zei hem dat het leuk zou zijn en dat was het ook. Ik moet toegeven dat Lewis nogal een snob is. Hij heeft op de universiteit van Princeton gezeten en het grootste deel van zijn leven alleen met intellectuelen te maken gehad. Ik heb hem gezegd dat hij de straat op moet om te zien wat gewone mensen drijft. Hij geeft toe dat hij te weinig weet over hoe Jan met de pet leeft. Hij weet alles van politieke en economische ideeën, maar van het gewone leven begrijpt hij niet veel. Maar goed, hij vond het leuk gisteravond of hij was zo lief om het te zeggen.

Volgende week gaat hij naar Californië om met een aantal mensen in de filmindustrie te praten. Dat is voor een ander artikel waar hij mee bezig is. Ik weet niet wanneer het stuk over onze serie wordt gepubliceerd, waarschijnlijk pas in de herfst. Het schijnt dat ik dit intellectuele type als vrijer heb, Clara. Dat is nog eens wat, niet?

Liefs, Nora

Maandag, 13 januari

Voor het eerst in vijf jaar ben ik een dag niet op school geweest. Sinds vrijdag heb ik een zware griep. Mrs. Bryden kwam vanmorgen langs met wat bouillon en die arme Marion kwam door de sneeuw geploeterd om me de krant van zaterdag en een brief van Nora te brengen. Ik beloonde haar met een studiofoto van een koket glimlachende Nora en haar kinderlijke handtekening onderaan gekrabbeld.

'Gossie, ze ziet er wel betoverend uit, niet Clara?'

Dat moest ik toegeven.

Marion zei dat ze niet zou weten wat ze nog zonder radio zou moeten. 'Het helpt echt om de tijd te verdrijven', zei ze.

Die uitdrukking hoor ik steeds vaker. Wanneer mensen kaart spelen, met een legpuzzel bezig zijn of naar de radio luisteren, zeggen ze dat ze de tijd verdrijven. Alsof tijd iets is om door te komen en achter de rug te hebben. Maar als je tijd als eindig beschouwt, zou je die dan niet op de een of andere manier willen vertragen en van ieder moment willen genieten? Onmogelijk natuurlijk, maar het zou een ideaal kunnen zijn om na te streven. Het kan natuurlijk goed zijn dat Marion zit te

148

wachten tot de aardse tijd verdreven is, zodat ze naar de hemel kan waar tijd vermoedelijk geen hoofdzaak is.

Dinsdag, 21 januari

De koning is dood. Gisteravond hoorde ik het op de radio en op school en op straat werd er over niets anders gepraat. De kinderen willen graag weten of ze een dag vrij krijgen.

Zaterdag, 25 januari

Stormachtig en koud. De winter is in alle hevigheid losgebarsten. Het dorp is ingesneeuwd; zelfs de trein kon er vanavond maar met moeite door komen.

Dinsdag, 28 januari

Officiële vrije dag vanwege de begrafenis van de koning. Mrs. Bryden vertelde dat ze om vier uur is opgestaan om naar de dienst in Londen te luisteren. Nog steeds stormachtig en heel koud. Dit is een van de ergste winters die ik me kan herinneren. Het monster in de kelder verslindt schoppen vol met kolen. In dit tempo zal ik nog een ton kolen moeten bestellen om de lente te halen.

135 East 33rd Street
New York
2 februari 1936

Lieve Clara,

Het is alweer even geleden dat ik geschreven heb en het spijt me, maar de dagen lijken gewoon voorbij te vliegen. Hoe gaat het met jou? Sjonge, jullie hebben me wel een winter, hè? Ik heb erover gelezen in de *Trib.* Hier is het ook aardig koud met veel sneeuw. Pas kreeg ik een brief van Evelyn (ze is voor een paar weken aan het werk voor ons impresariaat in Chicago) en

149

ze schreef dat ze nog nooit zo veel sneeuw heeft gezien. Ze vertelde ook dat de Halperns (je weet wel, Jack Halpern, die me naar New York heeft gehaald) een jongetje hebben en ze zijn er vreselijk gelukkig mee.

Wat vind je van onze nieuwe koning? Is hij niet knap? Ik vind het erg dat zijn vader is gestorven, maar Edward past beter bij deze tijd. Het is wel een onderwerp waarover Lewis en ik kunnen bakkeleien. Hij is heel anti-Engels en vindt het idee van een monarchie in deze tijd belachelijk. Hij ziet er geen been in om de koninklijke familie op de hak te nemen en dat strijkt mij tegen de haren in. We hebben er een paar flinke ruzies over gehad, maar aan de andere kant kun je niet verwachten dat twee mensen het over alles eens zijn. En jij? Schrijf je tegenwoordig nog poëzie? Laat je nog eens iets van je horen?

Liefs, Nora

P.S. Laat me weten als je meer foto's nodig hebt. Het impresariaat stuurt er iedere maand ongeveer driehonderd naar luisteraars. Is dat niet geweldig?

Whitfield, Ontario
9 februari 1936

Beste Nora,

Bedankt voor je brief. Je hebt helemaal gelijk wat de winter betreft. Zoiets heb ik niet eerder meegemaakt; het sneeuwt dag in dag uit en het lijkt ieder weekeinde te stormen. Het is een beetje deprimerend en de kolen vliegen erdoorheen. Ik zal meer moeten bestellen om het uit te zingen tot de lente. Het enige wat ik schijn te doen is mezelf 's morgens uitgraven, me een weg door de sneeuwjachten heen naar school vechten en dan het pad weer schoon scheppen als ik 's middags thuiskom. Allemaal nogal ontmoedigend. Ik lijk niet veel nieuws voor je te hebben. Eerder dit jaar ben ik ontzettend verkouden geweest, maar ik ben weer opgeknapt nu en zo gezond als een vis. Deze winter doorstaan is lichamelijk minder zwaar dan geestelijk. Nee, ik schrijf tegenwoordig geen poëzie. Mijn inspiratie lijkt opge-droogd, hoewel ik verscheidene ideeën voor gedichten heb. Ik ben alleen zo vervloekte lui en heb zo'n gebrek aan ambitie. Als ik wat ben opgevrolijkt, zal ik je nog eens schrijven.

Clara

Zondag, 16 februari (3.10 uur)

Een paar uur geleden beleefde ik een gevaarlijk, dwaas avontuur dat me aan het denken heeft gezet over moeder en hoe ze is gestorven. Ik heb me afgevraagd of ze per ongeluk voor die goederentrein is gestruikeld of er met opzet voor is gestapt. En vanavond begreep ik een fractie van een moment hoe gemak-kelijk het is om je te laten gaan.

Gistermiddag laat stak er weer een storm op en de hele avond wakkerde de wind aan. Tegen tienen kon ik door de hard waaiende sneeuw de overkant van de straat niet meer zien. De hele tijd was ik zo onrustig; ik heb wat gelezen, gemorreld met de radiozenders en ben naar de kelder gegaan om de ketel te controleren. Rond elf uur besloot ik een wandeling te gaan maken. Een absurd idee midden in een sneeuwstorm en ik kan niet verklaren waarom ik zo blindelings aan die wens toegaf, maar toegeven deed ik en nadat ik me warm had aangekleed (zo verstandig was ik in ieder geval wel) ging ik naar buiten, de nacht in. Aanvankelijk voelde ik me in al het tumult enkel gesterkt, aangemoedigd door die witte, gierende lucht. Ik bleef midden op de weg lopen en sloeg de richting van het station in. Verder zou ik niet gaan, want erachter lagen de districtswegen en open velden waar de westerstorm met volle kracht tekeer-ging. Toen ik de rand van het dorp naderde, was er niets dan woeste witheid, met hier en daar de glimp van een verlicht huis door de sneeuw. De meeste mensen waren zo verstandig om door de storm heen te slapen.

Toen ik de omtrekken van het station zag, draaide ik me om en begon aan de terugweg. Ik had het warm genoeg in mijn jas, baret en mijn sjaal die het grootste deel van mijn gezicht

bedekte. Toen raakte ik ineens de weg kwijt, of mijn richting-
gevoel liet me in de steek. In ieder geval struikelde ik en viel in
een greppel. Het deed geen pijn want de sneeuw was zacht,
maar niettemin lag ik ondersteboven en ik draaide me op mijn
rug. Ik lag nu lager dan de weg en ik luisterde naar de wind en
voelde de sneeuw op me vallen. Hij vulde de greppel maar ik
was beschut tegen de wind en voelde me bijna – wat is het
woord ervoor – loom, nee lethargisch zou mijn toestand beter
beschrijven. Ik had geen zin om me te bewegen en toen ik de
sneeuw uit mijn ogen veegde, dacht ik hoe gemakkelijk het zou
zijn om daar ongezien te blijven liggen tot het er niet meer toe
deed. Was ik ook 'halfverliefd op de rustgevende Dood'? Heeft
moeder zich ook zo gevoeld op die zomerochtend dertig jaar
geleden? Het is niet nodig dat nachtegalen hun gezang 'pijnloos
om middernacht staken'. Dat realiseerde ik me toen ik drie uur
geleden in die greppel lag. Wat me wakker schudde kan ik niet
zeggen. Ik weet alleen dat ik eruit ben geklommen en door de
wervelende sneeuw met moeite mijn weg teruggevonden heb
naar de donkere vormen van bomen en huizen. En het was zalig
om uit de kou binnen te komen, een kop hete chocolademelk te
proeven en de warmte van flanel op mijn huid te voelen. Ik
moet de dwaaste vrouw van de provincie zijn.

135 East 33rd Street
New York
15 maart 1936

Lieve Clara,

Sorry dat ik niet eerder heb geschreven, maar je weet hoe snel
de weken voorbijgaan en dan heb je niet in de gaten hoeveel tijd
er verstreken is. Maar goed, ik heb iets voor je om over na te
denken. Lewis is van plan deze zomer naar Europa te gaan. Hij
is door een tijdschrift gevraagd om een reeks artikelen te schrijven over Europese politiek en hij denkt dat hij die misschien
naderhand als boek kan uitgeven. Dus gaat hij naar Italië,
Frankrijk en Duitsland en hij heeft gevraagd of ik meega.

Ik heb er met Evelyn over gesproken en ze zei dat het impresariaat er waarschijnlijk niet zo gelukkig mee zal zijn als ik een aantal weken wegblijf. Maar ze kan me wel voor een poosje uit het scenario schrijven, maar als het langer dan drie of vier weken is dan verliezen we wat ze 'luisteraarsidentificatie' noemt. Dus dacht ik, als ik nu alleen mee naar Italië ga, dan kan Lewis in zijn eentje door naar Frankrijk en Duitsland. Ik heb Italië altijd al willen zien en toen dacht ik, nou, het is in de zomer, dus waarom vraag ik Clara niet mee? Lewis zal het de hele dag druk hebben met interviews en het zou veel leuker zijn met iemand als jij als gezelschap. Het zou tof zijn om samen de bezienswaardigheden te doen en samen te lunchen. Wat denk je ervan? Lewis wil rond half juli vertrekken en hij gaat eerst naar Italië, dus zullen we op zijn laatst half augustus weer terug zijn. Denk je niet dat het geweldig zou zijn?

Gisteravond heb ik tegen Lewis gezegd dat ik jou zou vragen en hij zei: 'Prima. Neem haar maar mee.' Je hoeft je over de kosten geen zorgen te maken. Ik betaal de reis als je zelf voor zakgeld kunt zorgen. Dus, kijk eens aan, een kans op een gratis vakantie in Europa. Denk je er alsjeblieft *serieus* over na en laat je het me zo gauw mogelijk weten? Lewis wil het zo snel mogelijk regelen, want deze zomer worden de Olympische Spelen in Duitsland gehouden en zullen er veel toeristen naar Europa gaan. Laat het me dus weten, goed? De groeten van Evelyn!

Liefs, Nora

P.S. Draait de nieuwe Chaplin al in Toronto? Als je ernaartoe kunt, moet je het zeker doen, want hij is heel goed. Paulette Goddard is fantastisch en Chaplin is natuurlijk Chaplin.

Zaterdag, 21 maart
Een zwierige brief van Nora die deze zomer met haar Mr. Mills naar Europa gaat. Ze vraagt of ik mee zou willen. Naar Italië! Sjonge! Het land van Michelangelo, Rafael, Corelli, Puccini en

Dante. Zou Nora niet opkijken als ik haar uitnodiging aannam? Maar de toestand is daar zo onzeker. Het kan goed oorlog worden als je de radio en de krant moet geloven. Ik kan me niet voorstellen hoe het is om overvallen te worden door een oorlog. Maar heb ik niet iets avontuurlijks nodig? Is het geen tijd om de wereld te zien?

Whitfield, Ontario
22 maart 1936

Beste Nora,

Bedankt voor je brief met de uitnodiging om deze zomer met jou en Mr. Mills naar Italië te gaan. Laat me je verrassen door te zeggen dat ik graag meega en me erop verheug. Kijk nou eens! Ben je alweer bijgekomen of lig je nog op de grond? Een reis naar Europa was niet opgenomen in mijn plannen, maar dit lijkt me een mooie kans om dat deel van de wereld te zien en het zou zonde zijn om die voorbij te laten gaan. En wie weet? Misschien kom ik wel een knappe graaf tegen, word ik een vrome papiste en moeder van twaalf kinderen en hou ik vanuit mijn villa toezicht op de arbeiders in de wijngaard.

Ik vraag me wel af hoe het zit met de kans op onlusten daar. Ben je niet een beetje ongerust over die situatie? Duitsland lijkt vastbesloten om de Fransen te provoceren en als dat gevolgen heeft dan kun je er zeker van zijn dat Engeland er ook bij betrokken raakt. Ik vrees dat ik een toegewijde luisteraar van het radionieuws ben geworden en het is allemaal slecht. Het lijkt deze dagen hoogstwaarschijnlijk dat er nog een oorlog komt. Maar misschien overdrijven ze het wel. Wat denkt jouw Mr. Mills ervan? Aangezien hij van plan is over dit soort zaken te schrijven, stel ik me zo voor dat hij er goed over nagedacht moet hebben.

Kun je me laten weten welke data je in gedachten hebt, zodat ik kan gaan plannen? Het duurt nog maanden, maar je weet hoe ik ben en ik kan het niet helpen. Wat voor kleding moet ik meenemen? Wat dragen mensen op een boot? Ik neem aan dat het in augustus behoorlijk warm is in Italië (klinkt me fantastisch in de oren op dit moment). Ik zal in de bibliotheek van Linden een paar boeken halen over het klimaat en de gewoontes, maar alles wat jij me kunt vertellen is nuttig. Je aanbod om de reis te betalen is echt heel lief, Nora, maar als je me op z'n minst de helft laat betalen zou ik me er veel beter over voelen. Dan zou ik me niet zo'n parasiet voelen.

We hebben hier nog steeds volop sneeuw, maar omdat de zon sterker is en de wind zwakker smelt hij snel en binnenkort zijn de blaadjes weer groen en hebben we viooltjes in het bos en een tapijt van trillium. Hoera voor de lente!

Clara

135 East 33rd Street
New York
29 maart 1936

Lieve Clara,

Je hebt me zo blij gemaakt! Het is zo fijn te weten dat je met ons meegaat naar Italië en nog fijner dat je zo opgewekt klinkt. Het moet het voorjaarsweer zijn en dat kan ik zeker begrijpen. De winter die jij hebt moeten doorstaan!!! Ik heb Lewis gezegd dat je meegaat en hij was blij het te horen. Hoe meer zielen hoe meer vreugd! Hij kijkt ernaar uit om je te leren kennen (ik heb hem alles over je verteld) en ik weet zeker dat je hem op z'n minst interessant zult vinden. Wanneer je hem voor het eerst ontmoet, zul je je misschien afvragen wat ik in hem zie. Hij is mopperig en gecompliceerd, maar hij kan ook charmant en attent zijn als hij ervoor in de stemming is. Hij is ook zeer aanhankelijk (als je begrijpt wat ik bedoel), hoewel je dat niet zou zeggen als je hem ziet.

Ik heb hem over je bezorgdheid over een mogelijke oorlog in Europa verteld, maar hij denkt niet dat het zal gebeuren. Hij denkt dat de Fransen terug zullen krabbelen in die Rijnlandkwestie en dan krijgen de Duitsers hun zin. Volgens hem heeft Hitler evenveel vrienden in Frankrijk en Engeland als in zijn eigen land. Hij zegt ook dat de Olympische Spelen deze zomer in Duitsland plaatsvinden en dan zullen ze geen oorlog beginnen. Ik weet er niets vanaf, dus geloof ik hem op zijn woord.

Lewis heeft geprobeerd tickets te krijgen voor de Italiaanse lijnboot, de Rex, maar die was volgeboekt voor de data die hij wilde, dus gaan we met een Amerikaanse boot (maar met een Italiaanse bemanning) de Genoa Princess. Die is lang niet zo duur als de Rex en tamelijk nieuw. Als je de helft van je ticket wilt betalen, prima, maar het is echt niet nodig. We vertrekken op zaterdag, 18 juli en jij en ik reizen terug op 24 augustus, dan heb je tijd om je op school voor te bereiden. Lewis gaat dan natuurlijk door naar Parijs en Berlijn. Ik heb het tegen Evelyn en Howard Friessen gezegd en hoewel het impresariaat niet bepaald staat te juichen dat ik zo lang wegga, heeft Evelyn hen ervan verzekerd dat ze 'de serie om mij heen kan schrijven'. Ik weet niet wat er met Alice in die weken zal gebeuren, maar laat dat maar aan Evy over, die verzint wel wat.

Over je kleding zou ik me maar niet druk maken. Als je een paar dagen voor we vertrekken hierheen komt, kunnen we wel iets voor je vinden. Laat het maar aan mij over. Ik kan me niet voorstellen dat er in de Lindense damesmodezaak veel te koop zal zijn dat op het promenadedek van de Genoa Princess voor chic kan doorgaan. Lewis is nu bezig met de reisroute en het ziet ernaar uit dat we naar Rome, Florence en Venetië gaan. Denk je eens in, Clara!!! Over vier maanden zitten we in Rome. We zullen tijd genoeg hebben om een graaf, hertog of prins voor je te zoeken. Waarom genoegen nemen met minder dan een prins?

Liefs, Nora

Vrijdag, 17 april
Het hele dorp luistert naar het drama van de drie opgesloten mijnwerkers in Nova Scotia. De arme mannen zitten al vijf dagen meer dan drie kilometer onder de Atlantische Oceaan vast. Het is zo moeilijk te geloven. Na vanavond naar het nieuws

geluisterd te hebben lag ik in bed en zag de mannen voor me in al die duisternis, koolstof inademend en met het gewicht van de oceaan boven hen. Ik kreeg in het donker een zenuwaanval en had moeite met ademhalen. Dergelijke aanvallen heb ik al eerder gehad, maar nooit zo acuut. Uiteindelijk moest ik de lamp naast het bed aandoen. Daarna heb ik even geslapen. De kinderen zijn ook bij het drama betrokken en Milton heeft zich tot populairste man van Whitfield gemaakt, in ieder geval onder de leerlingen, door een radio mee naar school te nemen. Vanmiddag hebben we allemaal naar de nieuwslezer geluisterd die beschreef hoe de reddingsploeg bij de mannen probeert te komen.

Maandag, 20 april

De mijnwerkers leven nog en krijgen zowaar soep te eten door een buis die door een gat is gestoken. Nu we zo veel somber nieuws krijgen, is dat een opmerkelijk opbeurend bericht.

Donderdag, 23 april

Na 240 uur onder de grond zijn er twee mannen (een ervan is arts) gered. Het was de spannendste gebeurtenis waar ik ooit naar heb geluisterd. Heb de leerlingen in klas drie een opstel opgegeven. Heb hun gevraagd over de redding van de mijnwerkers te schrijven en de rol die hoop en moed in het dagelijks leven spelen. Toen ik het Milton vertelde, was hij zo verrukt over het idee dat hij besloot zijn vijfde klas dezelfde opdracht te geven. We besloten dat we de winnaars een prijs zouden geven.

135 East 33rd Street
New York
25 april 1936

Lieve Clara,

Heb je het verhaal van de mijnwerkers in Nova Scotia gevolgd? Was dat niet geweldig? Ik ben zo blij dat ze die mannen eruit hebben gekregen. De kranten stonden er hier vol van.

Nu we het over verhalen hebben, Evelyn is met een fantastisch idee voor de serie op de proppen gekomen voor als wij deze zomer in Europa aan de zwier zijn. En het zou ook wel eens een goed idee kunnen zijn als jij er tegen niemand in Whitfield iets over loslaat, want we willen de serie zo realistisch mogelijk maken. Wat er gaat gebeuren is dat Alice een ongelukje krijgt (ze glijdt uit op de trap van de bibliotheek en slaat met haar hoofd tegen de grond). Ze raakt haar geheugen kwijt en gaat aan het dwalen. Onze betrouwbare, nuchtere Alice dwaalt gewoon weg, uiteraard omdat ze zichzelf niet is. Waar is ze gebleven? Iedereen in Meadowvale gaat naar haar op zoek. Wat is er gebeurd? Is haar iets aangedaan? Dat zijn enkele van de vragen die de luisteraars zich ongetwijfeld stellen terwijl jij en ik ons vermaken in Europa. Vervolgens nemen tante Mary en oom Jim een privé-detective in de arm om haar op te sporen. Dat blijkt een knappe vent te zijn, maar nogal een schurk en uiteraard valt Effie voor hem.

Tegen de tijd dat ik terugkom, zal Alice worden gevonden, hoe en waar precies weten we nog niet en E. evenmin wat dat betreft. Dan zal Alice Effies affaire met de privé-detective moeten ontwarren. Uiteraard helpt dokter Cal haar. Nu denkt iedereen dat de verdwijning van Alice een geweldige stimulans zal zijn voor het luisterpubliek omdat het in de zomer altijd een beetje terugloopt. Weggaan in juli blijkt misschien nog wel het beste voor de serie te zijn dankzij Evy's fantasie. Mag ik je daarom vragen alsjeblieft niet te zeggen met wie je naar Italië gaat? Misschien kun je zeggen dat je op reis gaat met een oude vriendin uit de tijd van de kweekschool of iets dergelijks. Ik vind het vervelend dat ik je moet vragen om zo te jokken, maar ik weet zeker dat je het begrijpt. Mensen nemen het programma gewoon zo serieus dat we 'hun illusies intact' moeten laten, om E. te citeren. Hopelijk gaat het je goed en kijk je net zo uit naar de zomer als ik.

Liefs, Nora

Beste Nora,

Vrees niet, zus. Je geheimpje is veilig bij mij. De dames van Whitfield kunnen zich verheugen op een zomer, bezwangerd met zalige zorgen over de verblijfplaats van Alice terwijl jij, ik en Mr. Mills ronddartelen in het land van Signor Mussolini. Ik heb overigens nog niemand verteld dat ik naar Italië ga, maar als ik het vertel, zal ik zeggen dat ik reis met een groep uit de kweekschooltijd, de eindexamenklas van 1922. Wij zijn degenen die, na jaren van verwoed zoeken, nog geen man hebben en die nu waarschijnlijk (helaas) niet meer zullen vinden; om onszelf te troosten gaan we naar Italië om ijs te eten en ons te vergapen aan kerken en musea. Hoe klinkt dat? Het is absoluut geen punt om mij te vragen te jokken. Ik ben heel goed in staat tot de meest buitensporige leugens en het heeft onmiskenbaar iets bedwelmends om de Ida Atkinsen van deze wereld te bedriegen.

Onze lente is koel en vochtig en ik verlang naar zonlicht en warmte. Maar alles is heerlijk groen aan het worden. Ja, we hebben allemaal geluisterd naar de instorting van de Moose River-mijn en het was opbeurend toen die mannen werden gered. Voor de afwisseling eens goed nieuws. Op de radio hoor je tegenwoordig alleen maar over de oorlogsdreiging in Europa. Ik hoop dat Mr. Mills het bij het rechte eind heeft wat betreft de toestand daar. Zoals altijd het beste,

Clara

'Laten we het over geluk hebben', zei ik vanmiddag tegen Marion. Ze was met een stuk taart voor mij langsgekomen. Blijkbaar had moeder Webb de hele dag staan bakken. Taarten, cakes en gebakjes. Het leek waarachtig wel de productie van een bakkerij. Dus had Marion me een stuk van haar moeders taart gebracht en ik was er blij mee. Ik zette thee en we gingen aan de keukentafel zitten. Een onbestemde dag vol wolken en regenbuien. Ik piekerde al dagenlang over geluk: de verschillende aspecten ervan, de bepalende factoren enzovoort. Waarom zijn sommige mensen gelukkiger dan anderen? Zou geluk min of meer afhankelijk kunnen zijn van je instelling? Een bedelaar kan bijvoorbeeld vrolijk zijn en een rijke man chagrijnig, al naar gelang hun aard. Maar dan nog kan het niet anders dan dat omstandigheden een rol spelen. Tenzij je een gek of een heilige bent, zou je moeilijk gelukkig kunnen zijn als je warmte, voedsel en een dak boven je hoofd moet ontberen; als je voortdurend pijn lijdt en geen vooruitzicht op verbetering hebt. Dit ging allemaal door mijn hoofd toen Marion langskwam en zich met haar absurde, mijn vloerplanken mishandelende tred een weg zocht door de gang. Haar donkere pony was vochtig van de regen en ze zag er zowel beklagenswaardig als lieflijk uit toen ze naast me kwam zitten.

'Laten we het over geluk hebben', zei ik. 'Wat maakt jou gelukkig, Marion?'

Ze sperde haar mooie ogen open van verbazing en schrik. Wat voerde Clara nu weer in haar schild? Was dit weer zo'n spelletje van haar? *Eerlijk, Clara, ik weet nooit wat er achter steekt bij jou.* Ik kon die woorden op haar gezicht lezen. En waarom zou ze niet achterdochtig zijn? Hoe vaak heb ik sinds onze kindertijd geen wrede spelletjes met haar gespeeld?

'Laten we een brief schrijven aan de prins van Wales', herinner ik me dat ik op een lome zomermiddag op de verandatrap voorstelde. We waren twaalf of dertien. Samen zouden we een brief schrijven aan de knappe, jonge prins die onze volgende koning zou worden. Een blik van verering in Marions ogen. 'O, ja, Clara, laten we dat doen.'

Het was haar taak om een vragenlijst op te stellen voor de prins en de hele middag zat ze met potlood en papier onder de ahornboom. Ik ging het huis in en vader vroeg me iets te doen; wat ben ik nu vergeten. Maar toen Marion me haar vragen liet zien, haalde ik enkel mijn schouders op. Tegen die tijd was ik mijn interesse kwijt of was ik het hele project vergeten.

'Daar heb ik nu geen zin in. Als je er echt over nadenkt, Marion, is het een stom idee.'

Ik weet zeker dat ik iets dergelijks heb gezegd toen ze me met betraande ogen verslagen aankeek.

Het is daarom nauwelijks verwonderlijk om haar mijn vraag langzaam te zien overdenken. 'Wat bedoel je, Clara? Ik snap het niet.'

'Er valt niets te snappen', zei ik en ik nam nog een stuk van de bruidstaart. 'Het is een simpele vraag. Nou ja, misschien niet zo heel simpel.'

'Waar heb je het in vredesnaam over?'

Ja! Waar had ik het in vredesnaam over? Bovendien weet ik al wat Marion gelukkig maakt.

- zondagsochtends zingen in het koor van de verenigde kerk van Whitfield
- de romans van Ellen Glasgow en A.J. Cronin
- Rudy Vallee die 'My Time is Your Time' zingt
- 'The House on Chestnut Street', 'Just Bill', 'The Goldbergs', 'Vic and Sade' en 'The Fleishman Hour'
- op zaterdagmiddag met mij in de keuken bruidstaart eten.

Toen vertelde ik haar dat ik deze zomer naar Italië zou gaan met een paar oude vriendinnen van de kweekschool.

'Jee, Clara. Naar Italië!'

'Jep.'

'Ik zou zo bang zijn om die oceaan over te steken.'

'Ik ook.'

'Waarom ga je dan?'

'Zomaar voor de gein.'

'Clara toch!'

Maandag, 25 mei

Beste Charlie,

Het is vandaag een jaar geleden. Weet je nog? Nee, natuurlijk niet. Hoe kan ik nu verwachten dat jij je vijf minuten van een druk jaar herinnert? O, misschien dat je nog vaag bijstaat dat je een of andere vrouw hebt ge… in een greppel naast de spoorbaan, maar wat dan nog? Dat was de eerste keer niet en de laatste zal het ook niet zijn, hè? Maar ik weet het nog, Charlie. Ik herinner me die koele, zonnige voorjaarsdag en dat jij langs de rails op me af kwam lopen en de jongen met zijn slechte oog en kapotte schoen. Je overrompelde me en ik herinner me hoe je greep mijn polsen schroeide toen je me op het gras ronddraaide. En nu vraag ik me af hoeveel anderen zoals ik 's nachts wakker liggen en het uur vervloeken dat je ons leven binnen wandelde.

Wie zal het vandaag zijn? Ik zie een vijftienjarig meisje voor me en de boerderij waar haar vader je voor een paar dagen heeft aangenomen. En wat kun je goed opschieten met die familie! Je bent zo'n beleefde en grappige vent. 'Als ik hem zeg wat hij moet doen, gaat er niks mis.' De woorden van de vader van het meisje tegen zijn vrouw. Ze laten hem in de hoek van de stal op een oude bank slapen.

'Nou, dit is prima, mevrouw. Maakt u zich maar geen zorgen. Ik lig hier heel lekker. Meer heeft een arbeider niet nodig.' En het meisje mag je graag, niet? Ze is niet bijzonder intelligent, ze heeft geen vriendinnen en vindt het leuk je in de buurt te hebben. Ze vindt het leuk dat je grapjes met haar maakt als ze de kippen voert. 'De jaarmarkt! Tuurlijk ben ik op de jaarmarkt geweest. Verdraaid, Thelma, je moet eens zien wat voor attracties ze daar hebben. Ze hebben een reuzenrad. Ooit een reuzenrad gezien, Thelma? Nou, het is vast het grootste ter wereld. En weet je wat, Thelma? Vorige zomer heb ik bij het reuzenrad gewerkt.'

Een simpel meisje als Thelma kun je wel bekoren, hè? Wanneer je gewassen bent en een schoon overhemd aanhebt, ben je als het erop aankomt ook geen onknappe kerel. Die brede apenmond zit altijd vol grappen en verhalen. En vandaag zijn meneer en mevrouw de hele middag de stad in. Je kijkt de vrachtwagen na over de landweg en dan kijk je naar Thelma bij de waslijn, hoe ze op haar tenen gaat staan om de lakens op te hangen. En is dat geen mooi gezicht, de achterkant van die blote benen en het kleine ronde achterste in de katoenen jurk! Nou, dat is het zeker en wanneer ze klaar is, roep je naar haar. 'Kom 'ns even hier, Thelma, ik wil je iets laten zien.' En daar komt ze, op haar hoede, maar ook gefascineerd. En je laat haar het vogeltje zien dat je de avond tevoren uit een tak hebt gesneden. 'Kijk nou eens! Is dat niet mooi? Ik wou dat ik het kon laten zingen voor jou, Thelma.' Met die zin verleid je het meisje zeker en voor je er erg in hebt, begint het gedol.

Het begint allemaal met gedol, hè? Met geplaag, gelach en gekietel. 'Je hebt vast ergens een telefoonbotje zitten, Thelma. Vast en zeker. Waar zit dat ouwe telefoonbotje? Waar zit het verstopt?' Zo begint Charlies paringsdans en hoor Thelma toch eens lachen. En waarom niet? Iemand heeft aandacht voor haar. Een onschuldig pretje op een voorjaarsmiddag wanneer er niemand in de buurt is. 'Geef me eens een kusje, Thelma. Dat vind je vast fijn. Dat zul je zien.' Die doordringende, flikflooiende stem en die stakerige polsen van je. Rond en rond en rond gaan jullie in het stof van het boerenerf. En hoe heeft het in vredesnaam zover kunnen komen? Daar liggen jullie allebei op de bank in de hoek van de stal, in de deuropening hangt stoffig zonlicht en is dat geen flikkering van angst in Thelma's ogen? Hier had ze niet helemaal op gerekend, wel, Charlie? Dat ze naast je op die muffe, oude bank getrokken zou worden? Maar de grens is overschreden, niet? De grens was overschreden toen je tien minuten geleden naar de achterkant van haar blote benen stond te kijken. En je bent geen man die genoegen neemt met nee, dus we kunnen hier net zo goed mee doorgaan, niet, Charlie? 'Kom nou, meissie, het komt allemaal goed. Dit vind jij ook fijn. Nou gaan we een beetje pret beleven, o jazeker. O jee, kijk nou eens hier. Ja, ja, ik ga met je... Thelma, en dat vind jij ook hartstikke fijn. Ja, jazeker, jij lekker ding.'

Weet je wat je bent, Charlie? Je bent een leedzaaier, je verspreidt verdriet en wroeging door het hele land. In mijn dromen heb ik je over dit meisje of iemand zoals zij gebogen zien staan en ik heb de bijl op je schedel laten neerkomen (één keer werd ik met een gil wakker omdat mijn hand tegen de muur aan sloeg). O, in mijn dromen heb ik je omgebracht, Charlie, je vermoordt met een houweel of een kolenschop, je lichaam in het struikgewas gesleept waar alleen de vliegen en de wormen je ooit zullen vinden. Toch zal dit niet gebeuren. Je zult als een vredig mens sterven in een ver jaar (zeg, 1977), een magere, broze, oude kerel op de armenzaal, bemoederd door de verpleegsters die dol zijn op je gekscherende manier van doen. Zo zal het voor je aflopen, Charlie. Daar in een smal ziekenhuisbed met schone lakens, omringd door zorgzame vrouwen die enkel 'een lieve, ouwe man, die altijd wel een lach en een verhaal heeft' zullen zien. Maar niet al je verhalen worden verteld, hè, Charlie?

Zaterdag, 27 juni

Waar is deze maand gebleven? Gisteren was er weer een schooljaar voorbij en nu ben ik klaar voor mijn zomerse avontuur. Vanmiddag hield Ida Atkins me op straat staande. Ze komt onder het praten zo dicht bij je staan. Haar onwelriekende adem. Lente-uitjes uit haar tuin als lunch.

'Ik heb over je vakantieplannen gehoord, Clara, en ik ben heel blij voor je. Misschien dat je ons komend najaar op een avond over je reis kunt vertellen. Ik weet zeker dat de dames er heel graag over zullen willen horen.'

Wat heb ik daar op geantwoord? Misschien heb ik er wel in toegestemd om voor de Vrouwenhulpdienst of de Zendingsvereniging te spreken. Iets. Het was allemaal nogal vaag. Die vrouw brengt me altijd van de wijs. Maar wat dan nog? Het duurt nog weken en weken en vandaag ben ik jarig. Vandaag word ik dertig en drie, zoals de dichters vroeger zeiden. Mijn leven moet al half voorbij zijn en wat heb ik bereikt?

Beste Nora,

Het is een eeuwigheid sinds ik heb geschreven. Waar ben je deze dagen mee bezig? Ik hoop dat alles goed is en dat onze reisplannen nog van kracht zijn. Volgens mijn bestek (zoals je ziet, heb ik het jargon van de zeevaarder al aangenomen) zouden we vandaag over drie weken aan boord van de Genoa Princess uit moeten varen naar Napels. Als dit slechts een droom is, laat me dat dan alsjeblieft weten. Als het allemaal waar is, ben ik van plan op dinsdag 14 juli uit Toronto te vertrekken en de volgende ochtend in New York aan te komen. Schikt je dat?

Clara

Lieve Clara,

Het spijt me heel erg dat ik niet eerder heb geschreven. Echt, dit voorjaar is zo snel voorbijgegaan. Ik ben zelfs je verjaardag vergeten!!! Ik zal het goedmaken als je hier bent, geloof me. Dan zullen we eens serieus de winkels in duiken. Ik heb het heel druk gehad met de serie en Lewis lijkt van zo ongeveer iedereen in New York afscheid te moeten nemen. Dus hebben heel veel mensen ons mee uit eten genomen of feestjes voor ons gegeven.

De laatste tijd is er nog iets anders wat me bezighoudt (nog een reden waarom ik niet heb geschreven, denk ik). Ik weet tegenwoordig soms niet waar ik met Lewis aan toe ben. Misschien niet de beste omstandigheid als je van plan bent met iemand op vakantie te gaan. Sjonge, wat ben ik blij dat jij meegaat. Daarmee wil ik niet zeggen dat Lewis en ik uit elkaar gaan of zo, maar het valt niet te ontkennen dat de toestand op het moment een beetje onzeker is. Ik heb je over zijn scherpe tong verteld en ik snap wel dat hij zeer intelligent is en zijn hele leven met slimme mensen is omgegaan. Ik heb hem meteen gezegd dat ik geen academisch type ben en dat accepteerde hij. Ik heb altijd gezegd dat je mensen moet accepteren zoals ze zijn en niet zoals ze volgens jou zouden moeten zijn. En ik heb me nooit anders voorgedaan dan ik ben. Verder gaat alles geweldig tussen ons, vooral je weet wel! Dat is gewoon volmaakt.

Wanneer we samen ergens over praten kan het soms lastig worden. Lewis kan verdomd hard zijn. Hoewel ik dat vanaf de dag dat ik met hem in de cafetaria in Radio City heb geluncht eigenlijk al wist. Maar hij was er altijd heel goed in om zijn verontschuldigingen aan te bieden en te zeggen dat hij het niet meende en dat kon ik accepteren. Maar hij kan echt gemeen zijn! Gisteravond zaten we in een restaurant na het eten met een stel mensen te praten over een film en ik zei dat ik er zo van had genoten. Oké, het was een oubollige film. Dat zag ik wel, maar het was toch best schattig en het verhaal was leuk. Nou, geloof maar dat meneer toen uit zijn slof schoot. Hij begon te drammen over 'Nora, die natuurlijk in de gevoelsindustrie zit met haar radioserietje' en nog meer van dat. Ik ben gewoon opgestaan en weggelopen. Hij kwam naar buiten toen ik op een taxi stond te wachten en zei: 'Hoe haal je het in je hoofd om mij voor schut te zetten bij mijn vrienden.' Stel je voor! Hem voor schut zetten? En ik dan? Ik zei tegen hem: 'Dat gezeur over mijn werk pik ik niet meer, Lewis. Als het je niet bevalt hoe ik de kost verdien, dan heb je pech gehad.' Ik geloof dat we er daar voor het restaurant een behoorlijke scène van hebben gemaakt. Hoe dan ook, ik ben alleen naar huis gegaan. Ik was in tranen. De volgende morgen belde hij op en bood zijn excuses aan, gaf de schuld aan de drank en dat is er natuurlijk ook een onderdeel van. Wanneer hij niet drinkt, gaat het meestal goed, maar zodra hij een paar glazen whisky op heeft, kijk dan maar uit. Dus hebben we het goedgemaakt, maar dat is maar een voorbeeld van hoe het soms tussen ons gaat.

Een paar weken geleden ontmoette ik op een feestje een van zijn ex-vrouwen. Kun je je voorstellen dat je naar een feestje gaat waar je een van de ex-vrouwen van je galant tegenkomt? Maar dat gebeurt de hele tijd in New York, dat in veel opzichten een heel gesloten wereldje is, vooral onder de schrijvende en artistiekerige types. De ex-vrouw is ook schrijver en zo te zien nogal een puinhoop. Lewis negeerde me zowat terwijl hij met 'Peggy' praatte, die een of ander emotioneel probleem heeft. Ze loopt bij een psychiater en zo. En voorzover ik kon zien sloeg ze het ene glas na het andere achterover. Je had moeten zien hoe ze me vanaf de andere kant van de kamer aankeek. Alsof ik een boerinnetje uit de binnenlanden van Canada was. Sorry hoor, dat ik zo doordraaf, maar ik wilde uitleggen wat me bezig heeft gehouden.

Misschien zal het goed voor ons zijn om uit New York weg te gaan. Wanneer Lewis en ik samen zijn is er niets aan de hand. Het punt is dat ik nog steeds heel verliefd op hem ben. Vanaf het begin heb ik al zijn fouten gezien, zijn gemelijkheid, zijn snobisme, zijn opvliegendheid enzovoort. Maar ik ben altijd bereid geweest om iemand te nemen zoals hij is. Je moet het goede met het slechte nemen, niet dan?

Goed, nu heb je een algemene indruk en dat is genoeg. We zullen het leuk hebben op vakantie, maak je maar geen zorgen. We vertrekken op de achttiende en jij komt hier op de vijftiende, dat is een woensdag. Clara, zou je me een plezier kunnen doen? Woensdag is een werkdag voor mij en voor een uitzending ben ik altijd een tikje nerveus, zou je daarom zelf de taxistandplaats bij Penn Station kunnen opzoeken en de chauffeur mijn adres geven? Het is maar een paar straten. Zorg ervoor dat je wat Amerikaans geld op zak hebt, het is maar een ritje van veertig cent. Als de trein vertraging heeft en ik ben er niet als je hier aankomt, bel dan aan bij de conciërge, Mr. Shulman, dan laat hij je binnen. Ik heb hem alles over je verteld, dus maak je geen zorgen dat je op straat moet blijven staan. Maak het jezelf gemakkelijk. Ga lekker zitten en zet de radio aan. Om drie uur is er een heel goed programma!!!

Het is een feestweekeinde in Amerika en vanmiddag gaan Lewis en ik naar vrienden van hem in New Jersey. Het is een of ander plaatsje dat Sea Bright heet. Het klinkt in ieder geval goed en dan zijn we de stad uit en weg van de hitte. Het is heet als de hel hier, dus bereid je voor.

Liefs, Nora

P.S. Gisteren herinnerde Evelyn me eraan dat ik je de beste wensen moest overbrengen van haar. Ze verheugt zich erop je terug te zien en wil een feestje voor ons geven. Ciao! Dat is Italiaans voor 'dag' of 'tot ziens', volgens meneer, die tegenwoordig druk in de weer is met woordenboeken en taalgidsen.

Zaterdag, 11 juli

Volgens de *Herald* is dit de heetste week in de geschiedenis van Ontario. Op de oprit was het bijna veertig graden. In Toronto zijn dertig mensen van de hitte gestorven en tallozen slapen in de parken. Hoe zou het in New York zijn? In haar brief schrijft Nora dat het 'heet als de hel' is, maar ze weidt er verder niet over uit. Het te boek stellen van de ellende van het leven met Mr. Mills neemt haar te zeer in beslag. Het voorspelt niet veel goeds voor een vakantie. Ik verkeer liever niet in de omgeving van twistzieke stellen met hun nukken, tranen en herstelomhelzingen. Al dat emotionele theater kan slopend zijn voor een toeschouwer. Uiteraard kan ik er niets aan doen. Gisteravond heeft Marion een boek op de veranda achtergelaten met een briefje waarin ze me een veilige, prettige reis wenst. Vanochtend vroeg is ze weer naar Sparrow Lake vertrokken.

Het boek heet *De dood in Venetië* en in haar briefje hoopt Marion dat het 'een fijn leesboek voor op de oceaan' is. Ze moet het in een tweedehands winkel in Toronto hebben gekocht. Er zat geen papier omheen en het voelt ongelezen aan; de bladzijden zijn stijf en ruiken een beetje muf, alsof de eigenaar jaren geleden, misschien op een dag na Kerstmis, in het boek is begonnen en het toen, teleurgesteld door de afwezigheid van bloed en lijken (Wel verdraaid! Dit is geen detectiveroman.), heeft weggelegd en is vergeten. Zo kwam het in de bibliotheek van een rijke man terecht en uiteindelijk werd het verkocht aan een van de winkels in Queen Street. Omdat ze veronderstelde dat het een misdaadroman was, moet de titel Marion ongetwijfeld hebben aangesproken. Een fijn leesboek voor op de oceaan. In werkelijkheid is het boek allesbehalve een onschuldige misdaadroman en ik heb het vanmiddag in één ruk uitgelezen. Het is een schitterend verhaal over een kunstenaar die in een crisis verkeert. Een schrijver op leeftijd, die vaag ontevreden is over de loop van zijn leven en de eisen van zijn kunst, gaat voor een vakantie naar Venetië en wordt verliefd op een beeldschone jongen. De hele ervaring, onvervuld en onaangekondigd, betovert, verbijstert en verwoest hem. Een uitzonderlijk boek. Dank je, Marion. Manns opmerkingen over degenen onder ons die alleen wonen lijken me ook te kloppen. Hij schrijft:

De observaties en ervaringen van de zwijgzame mensalleen zijn tegelijk waziger en nadrukkelijker dan die van de mens in gezelschap, zijn gedachten zijn zwaarwichtiger, wonderlijker en nooit zonder een zweem van droefenis. Beelden en waarnemingen die met een blik, een lach, een uitwisseling van opinies vlot zouden kunnen worden verwerkt, houden hem overdreven bezig, krijgen diepte in het zwijgen, worden veelbetekenend, worden een ervaring, een avontuur, een gevoel. Eenzaamheid is de voedingsbodem van al wat oorspronkelijk, wat gewaagd en bevreemdend-mooi is, van het gedicht. Maar eenzaamheid is ook de voedingsbodem van andere dingen: verkeerde, buitensporige, absurde en ongeoorloofde.

Woensdag, 15 juli (New York)
Vanaf middernacht regende het hard, maar tegen de tijd dat ik in Penn Station arriveerde, was het opgeklaard. De morgen was fris en koel en hoe moe ik ook was, ik voelde me opgetogen toen

ik uit het raampje van de taxi naar de New Yorkse straten keek, die schoongewassen glinsterden in het zonlicht. Natuurlijk dacht ik hoe anders alles nu is vergeleken met vorig jaar, toen ik hier zo bedrukt en verbijsterd aankwam en in feite vreesde voor mijn leven. Nora was er toen ik arriveerde, maar nu is ze naar haar werk en zit ik op deze glorieuze zomermiddag bij het raam te kijken naar de mensen die beneden op Thirty-third Street voorbijkomen en te luisteren naar het getoeter en geloei van de auto's en vrachtwagens en het gedempte geratel van het luchtspoor op Third Avenue.

Recht onder me heeft een elegant gekleed, lichtgetint neger-stel een meningsverschil, waarbij de man zijn standpunt met gebaren uiteenzet en bij de vrouw in het gevlij tracht te komen. Het paar heeft een zwierig soort glamour, de man in zijn pak, tweekleurige schoenen en strohoed en de aantrekkelijke vrouw in haar gebloemde jurk, het lange haar ontkroesd en glimmend van de olie. Wanneer hij haar in een taxi helpt, vang ik in ieder geval een flard van zijn dilemma op als hij zijn stem licht geërgerd verheft. 'Snap je het dan niet, mens? Ik moet mijn balans terugvinden.' Wat een goede uitdrukking! Mijn balans terugvinden.

Donderdag, 16 juli

Vanavond Mr. Mills ontmoet. We hebben met ons drieën in een chic restaurant vlak bij het park gegeten. Mills zat er op ons te wachten en stond van tafel op toen wij binnenkwamen. Hij was heel vriendelijk en hield mijn hand misschien een tikje te lang vast toen Nora ons aan elkaar voorstelde.

'Ach, onze reisgenote, de zus over wie ik al zo veel heb gehoord.'

Een licht satirische toon in zijn stem. Spot, zelfs aardig bedoeld, is waarschijnlijk zijn tweede natuur. Hij is een intel-lectuele rouwdouwer, een eeuwige criticaster, charmant en joviaal als het gaat zoals hij wil, scherp en moeilijk als hij wordt gedwarsboomd. Volgens mij heb ik het vanavond allemaal een beetje van hem te zien gekregen. Hij betuttelde Nora op lichtelijk kritische wijze.

'Neem je weer oesters, schatje? Pas nog was je er lyrisch over.'

Was Nora pas nog een beetje te enthousiast geweest over de oesters? En herinnerde hij haar er nu aan door het gebruik van dat bepaalde bijvoeglijke naamwoord?

Mills is een onverstoorbare, knappe man met een volmaakt rond, kaal hoofd. Zijn houding en uiterlijk stralen zakelijkheid uit. Hij is eraan gewend bij vrouwen zijn zin te krijgen en dat kan iets hebben, neem ik aan. Misschien is dat wat Nora aanspreekt, wier smaak in mannen meestal naar het matinee-idool neigt. Het had geen zin om een volslagen kinkel te lijken, dus vroeg ik naar de verkiezingen in november. 'Zou Roosevelt weer winnen?'

'Overweldigend', zei Mills, die vorige maand nog de republikeinse conventie in Cleveland had bijgewoond en geen hoge dunk had van Mr. Landon, noch van zijn keuze voor de vicepresident, een welgestelde krantenman uit Chicago. 'De republikeinen schieten zichzelf voortdurend in de voet', zei Mills. 'Ze kunnen de stemming in het land niet peilen. Ze besteden te veel aandacht aan de hoge omes in hun partij en niet genoeg aan de doorsneeman. De doorsneeman loopt weg met FDR.'

Hij stelde me veel vragen over Canada en de koning en de regering. Hij is zeer welingelicht, intelligent en fantasierijk en ondanks zijn bij tijd en wijle arrogante houding merkte ik dat ik hem mocht. Toen we terug in de flat waren, liet Nora me L.M.'s artikel over de radio zien. Ze was er niet gelukkig mee.

'Lewis vindt dat we eigenlijk de hele tijd naar dat geleerde gedoe moeten luisteren, maar gewone mensen hebben er ook recht op vermaakt te worden. Niet iedereen houdt van opera of lezingen over dode schrijvers.'

Nora was moe en kregelig vanavond en ik sprak haar niet tegen. Nadat ze naar bed was gegaan, las ik Mills' stuk, getiteld: 'De stem des volks'. Het levert stevige kritiek op programma's zoals 'The House on Chestnut Street'. Mills geeft met tegenzin toe dat dergelijke programma's gebruikmaken van 'getalenteerde mensen' en dat er een hoop vakmanschap voor zelfs het banaalste aanbod nodig is. Maar hij maakt bezwaar tegen de gesimplificeerde levensopvatting van de radio en betreurt de toenemende commercialisering van de populaire cultuur. Geen wonder dat die arme Nora er niet erg mee ingenomen was.

Vrijdag, 17 juli (18.30 uur)

Vanmiddag zijn Nora en ik na afloop van haar programma gaan winkelen. In de grote warenhuizen, zoals Macy en Gimbels, was het heel druk en er staan zulke enorme hoeveelheden uitgestald. Van de moeilijke tijden is maar weinig te merken in Manhattan! In een grote boekwinkel op Fifth Avenue heb ik goedkope, maar goede uitgaven gekocht van Keats' brieven, Boswells *Het leven van Johnson*, een bundel van Heines gedichten en *Een beknopte geschiedenis van het moderne Italië*. Nora heeft een exemplaar gekocht van *Gejaagd door de wind*, de roman over de Burgeroorlog die 'iedereen in New York aan het lezen is' volgens haar. Dat lijkt me zeker, te oordelen naar de etalages van de boekwinkels die ermee vol liggen. Vanavond een feestje voor Nora bij Evelyn.

Zaterdag, 18 juli (1.30 uur)

Kon niet slapen en ben opgestaan om bij het raam te gaan zitten. De grote stad lijkt tot rust te komen voor de nacht. Af en toe een politiesirene, maar slechts zwakke verkeersgeluiden van de naburige avenues. L.M. komt ons rond het middaguur ophalen en over twaalf uur zullen we op het schip zitten.

Vanavond een feestje gehad bij Evelyn en ze begroette me met een stevige knuffel en zoenen. Ik had me verheugd op een gesprek met haar, maar ze werd in beslag genomen door haar 'vriendin' June, de danseres, die te veel dronk en ziek werd. Ze is nog jong, pas twintig of zo. Heel lang, mooi en blond. Opvallend zou een toepasselijk cliché zijn om haar te beschrijven. E. bracht het grootste deel van de avond met haar in de badkamer door. Zo kwam het mij althans voor. De jonge vrouw komt uit Texas en voordat ze dronken werd, heb ik even met haar gepraat, maar al sla je me dood, ik kon er amper een woord van verstaan. Ze had net zo goed een vreemde taal kunnen spreken. Iedereen op het feestje was levendig en open, maar ik ben in die dingen zo onbeholpen, terwijl Nora zich met groot gemak onder de mensen begeeft. Maar ik vond het wel leuk om enkelen van hen te leren kennen. Graydon Lott is een lieve, zachtaardige man en Vivian Rhodes, die de ondeugende, zorgeloze Effie speelt, is in werkelijkheid nogal een boekenwurm die getrouwd is met een hoogleraar klassieke talen aan Columbia University. Hij heeft de hele avond in een hoekje spuitwater zitten drinken en ik geloof dat hij, Mr. Lott en ik de enige niet-drinkers waren. Iedereen had het over het burgeroorlogboek en de aanwezigen waren verdeeld in degenen die het hadden gelezen en degenen die het nu aan het lezen waren. 'Niet zeggen, niet zeggen wat er gebeurt.' Om middernacht kwam Evelyn aanzetten met een taart in de vorm van een boot met 'Bon Voyage, Nora' op het suikerglazuur. Nora sprak een paar mooie woorden van dank. Wat voelt ze zich thuis te midden van die vriendelijke, innemende Amerikanen! Ik beken dat ik een steek van jaloezie voelde toen ik toekeek hoe ze de taart aansneed. Dat er zo veel mensen je geluk toewensen moet toch zeker iets betekenen. In de taxi terug naar haar flat vroeg ik waarom L.M. niet naar het feestje was gekomen.

'Hij zou er zijn geweest als ik hem had gevraagd', zei ze. 'Hij zou ons met plezier allemaal hebben staan bespotten. Daarom heb ik hem niet gevraagd.'

Zelfs in aanmerking genomen dat ze lichtelijk aangeschoten was, schrok ik nog van de bitterheid in haar stem.

Zaterdag, 18 juli (Genoa Princess, 17.30 uur)
Een stralende, warme middag op de rivier de Hudson. Het is stimulerend om over het water voort te bewegen. Mijn kamertje (hut) is heel gerieflijk en er is een rond raampje (patrijspoort)

dat uitzicht biedt op het water. Zonder dat zou ik me een beetje benauwd voelen in deze ruimte. L.M. en Nora zitten naast me. L.M. is druk met de kranten; hij heeft een hele stapel mee aan boord gebracht. In Spanje is een burgeroorlog uitgebroken en L.M. verslindt alle nieuws dat hij erover kan vinden. Nora en ik hebben een wandeling (promenade) over het bovendek gemaakt en ze vertelde me dat ze geen woord uit L.M. krijgt omdat hij zo opgaat in die Spaanse kwestie. Na onze wandeling dronken we thee met koekjes in de lounge. Het avondeten wordt pas om acht uur geserveerd, vervelend voor een plattelander zoals ik die eraan gewend is om vroeger te eten. Ik zal me met koekjes moeten vullen. Het schip is Amerikaans, maar de bemanning is grotendeels Italiaans en de stewards schenken overdreven veel aandacht aan de vrouwelijke passagiers. Het zijn knappe, jonge kerels in hun elegante uitrusting, behulpzaam en flirtziek, trots als pauwen. Verscheidene vrouwen in de lounge zaten *Gddw* te lezen.

Zondag, 19 juli (7.00 uur)

Werd een uur geleden wakker en staarde uit mijn raampje naar de zee. Toen ik het dek op ging, was het verlaten, afgezien van een oudere, geheel in het wit geklede man. Hij liep vief op en neer en bleef af en toe staan om zijn armen als propellers rond te draaien of zich een aantal malen op zijn knieën te laten zakken en weer omhoog te komen. Hij keek een beetje boos terwijl hij dit deed, wat ik jammer vond op zo'n prachtige morgen met het zonlicht fonkelend op de zee. Niets anders nu dan water en lucht waar wij doorheen bewegen.

(16.30 uur)

Heb een uur met L.M. in de lounge gezeten. Nora was aan het sjoelen. Ze heeft vriendschap gesloten met een paar welgestelde, jonge Amerikanen van Italiaanse afkomst, een vrolijk groepje zo blijkt. L.M. kwam de lounge binnen en na op zijn norse manier rond te hebben gekeken, kwam hij naar me toe en ging zitten met zijn kranten. Bestelde een dubbele gin bij de steward. In zijn linnen pak, met overhemd en stropdas zag hij er rood aangelopen en opgezwollen uit. Ik vroeg me af of zijn darmen wel naar behoren werken. Maar hij was heel vriendelijk. Knikte naar mijn boek met Keats' brieven alsof die aangenaam gezelschap tijdens de zeereis van een schooljuffrouw waren. Nam me op met zijn sluwe, intelligente ogen. Hij is opgewonden over de uitgebroken oorlog in Spanje. Noemde het een 'strijd tussen de kerk en het communisme. En de kerk zal winnen', riep hij uit. 'Franco zal alle hulp die hij nodig heeft van Duitsland en Italië krijgen.'

Ik speelde het argeloze, door de toestand licht verontruste vrouwtje. 'Denkt u dat wij enig gevaar zullen lopen? Moeten we niet vlak langs Spanje, als het ware?'

Een toegeeflijk lachje. L.M. vindt het prettig als hem vragen worden gesteld. 'Ja, inderdaad, Miss Callan. Of ik hoop dat ik Clara mag zeggen. Ja, we varen bij Gibraltar vlak langs Spanje. Je hebt een heel wat deugdelijker beheersing van aardrijkskunde dan je zus. Vanmorgen heeft Nora Spanje een beetje te ver naar het noorden gesitueerd. In de buurt van België, geloof ik.'

'Ik weet zeker dat u overdrijft, Mr. Mills.'

Weer een lachje. 'Een beetje misschien. En het is Lewis. Alsjeblieft! We zijn samen op reis, Clara.'

Steeds die hint van seksuele schalksheid in zijn stem. Maar terwijl hij zich koelte toewuifde met zijn panamahoed en van zijn gin nipte, zag hij er in de rieten stoel toch verhit en slecht op zijn gemak uit. Alsof hij er nog niet helemaal achter was hoe hij met mij of misschien met veel andere dingen moest omgaan. Ik vroeg of hij al eerder in Europa was geweest.

'Niet sinds de oorlog', zei hij. En toen na een poosje: 'Gevaar zal er niet zijn. We voeren de Amerikaanse vlag. Beide kanten zullen ons met rust laten. Het laatste wat een van beiden wil is een internationaal incident waarbij de Verenigde Staten betrokken zijn. Voor de Europeanen zijn wij Amerikanen nog steeds een groot vraagteken. Ze weten nog steeds niet welke kant we zullen steunen.'

Ik vroeg hem naar zijn plannen in Italië.

'Ik wil graag zien hoe het land onder Mussolini functioneert', zei hij. 'God weet dat ze nu tijd hebben gehad. Als je mag geloven wat je leest, heeft hij fantastische dingen gedaan. Dus wil ik graag weten of de toekomst van Europa bij het fascisme of het communisme ligt. Daar zou ik graag greep op willen krijgen. Het fascisme heeft zeker veel vrienden en niet alleen in Italië, Duitsland of Spanje. Er is meer steun voor het fascisme in Frankrijk en Engeland dan de meeste mensen denken. En met de meeste mensen bedoel ik Amerikanen. Daarom wil ik graag zien welke invloed het heeft op het dagelijks leven. Ik wil praten met mensen die al een aantal jaren in Italië wonen: schrijvers, schilders, een paar professoren. Ik zou de filosoof Santayana graag interviewen. Hij woont tegenwoordig in Rome en volgens mij heeft hij er een aantal interessante dingen over te zeggen. Hij is oud nu, maar kennelijk nog steeds heel alert. Maar ik weet niet of ik hem kan bereiken. Ik heb geen antwoord gekregen op mijn brief. Ik zou ook graag met de dichter Pound praten.'

Ik genoot ervan om naar L.M. te luisteren en hij leek zich onder het praten te ontspannen. Misschien had hij een paar knoopjes los gedaan of misschien was het de gin. Hij bestelde nog een glas en vertelde dat Europeanen meer interesse in politiek hebben dan Amerikanen.

'Het raakt hun leven meer. En ze hebben de oorlog moeten verwerken. Ik stel me voor dat veel mensen doodsbenauwd zijn voor weer een oorlog en alles zullen doen om die te vermijden. Veel ouderen willen dat niet nog eens meemaken en dat weet Hitler. Daarom heeft hij zijn zin gekregen in het Rijnland en hij is nog niet klaar.'

Er werd weer een glas voor hem neergezet. 'Wat weet jij nog van de oorlog, Clara? Je moet nog een kind zijn geweest.'

'O, soldaten in het dorp. Boerenjongens die uit de kazerne terugkwamen, helemaal opgedoft in hun uniform, met gepoetste laarzen en kortgeknipt haar. Ik speelde piano op de schoolconcerten en op avonden voor oorlogsaandelen. "The Minstrel

Boy", "Keep the Home Fires Burning".'

L.M. leek verrukt van deze beelden. Ik keek uit het raam van de lounge. De lucht was betrokken.

'Jullie Canadezen,' zei hij, 'jullie hadden het veel zwaarder dan wij. Jullie hebben het echt voor je kiezen gekregen.' Hij stopte even om een slok gin te nemen. 'Ik was erbij, weet je. Niet als soldaat. Ik was principieel tegen de oorlog, maar ik ben bij het ambulancekorps gegaan en ben in de zomer van 1918 naar Frankrijk gegaan. Ik was achtentwintig. Ik weet nog steeds niet precies waarom ik dat heb gedaan.' Hij keek daadwerkelijk nogal verbijsterd bij de herinnering. 'Ik heb vreselijke dingen gezien, Clara. Niet zo erg als beschoten worden, maar erg genoeg. Daarom denk ik dat er geen oorlog meer komt. Geen grote in ieder geval. Een heleboel mensen daarginder willen het niet nog eens meemaken. Natuurlijk is het nu gecompliceerder. Er is die hele kwestie met de joden in Duitsland. Daar wil ik meer over te weten komen, maar de Duitsers werken me tegen. Ik neem aan dat ze me een toeristenrondleiding willen geven. Ze hebben wat problemen gehad met Amerikaanse journalisten. Er zijn er een paar het land uit gezet, dus ik weet niet hoe ver ik zal komen. Als die stukken eenmaal zijn geschreven wil ik ze verzamelen voor een boek, misschien voor het volgende voorjaar. Ik heb al het een en ander geschreven, een stuk over radioamusement, je weet wel, Nora's wereldje. Een over de radiopriester Coughlin en een over de vakbondsleider John L. Lewis. Vorige maand heb ik de republikeinse en democratische conventies verslagen. Ik dacht dat het alles bij elkaar een interessant boek zou kunnen worden. Ik zal het 'De tijdgeest' noemen of iets dergelijks. Wat vind jij?'

Ik zei dat het interessant klonk. Het regende nu en ik keek naar de druppels die voortgejaagd door windvlagen tegen de ramen sloegen en langs het glas omlaag gleden. Op het dek waren stewards de canvas stoelen aan het opvouwen en de mensen haastten zich naar binnen met kranten en tijdschriften op hun hoofd. L.M. vroeg me wat ik het liefst wilde zien in Italië en ik zei het huis in Rome waar Keats is gestorven.

'Nora vertelde me dat je gedichten schrijft. Ik zou best eens iets van je werk willen zien.'

Ik zei dat er niets te zien viel. 'Ik droom er alleen maar van', zei ik.

Hij wilde er net iets aan toevoegen, toen Nora binnenkwam van haar sjoelbakspel met een trui om haar schouders gebonden en haar haar vochtig van de regen. Ze zag er aantrekkelijk en erotisch uit en L.M. stond op om haar te omhelzen. Er werd iets gezegd over cocktails met haar nieuwe vrienden. Nora en L.M. begonnen aan elkaar te friemelen en ik dacht aan een spelende nimf en een sater. Afgesproken dat ik hen bij het avondeten weer zou zien en ze verlieten de lounge arm in arm.

Op weg naar mijn hut keek ik naar de regen die tegen de ramen sloeg. Een steward verzekerde me dat het niets voorstelde. 'Een buitje, Signorina. Het is zo over.'

En inderdaad. Een minuut geleden brak de zon door de wolken en kleurde de zee vluchtig lichtbrons. Ik stel me steeds de dieptes voor waar we overheen varen: de afgrond die de zorgelozen of de ongelukkigen wacht. Ik vraag me af hoe ver het is tot de bodem van de zee.

Dinsdag, 21 juli (middernacht)

Nora en L.M. hebben voor het avondeten ruzie gehad. Het ging om zoiets als passende of niet-passende kleding. Lewis een tikje aangeschoten en meer dan een tikje wrevelig. Natuurlijk staat Nora haar mannetje. Driftbuien die ik me uit onze kinderjaren herinner, toen zij en vader over de kleinste dingen kibbelden. Ze waren nog volop bezig toen ze op mijn deur klopten om me mee naar de eetzaal te nemen. Ik had totaal geen honger. Ik kan er maar niet aan wennen dat we pas om acht uur eten, dus vraag ik de steward steeds om fruit en crackers die ik laat in de middag naar binnen prop. Het eten aan boord is bovendien ongewoon en machtig. Soep van schildpadden en vreemde vissen, en parelhoen of wat het dan ook mag zijn. Ik zal wel niet geschikt zijn voor het 'luxe leven'.

Alles lijkt weer goed te zijn tussen Nora en L.M. Ze zaten elkaar kirrend te betasten bij het ontbijt (mijn beste maaltijd). Een schitterende, zonnige dag en de zee zo glad als een spiegel. Het weer is nu heel warm. Vanmiddag zag ik een vage vlek aan de horizon. Rook van een ander schip misschien. Een man en zijn zoontje bestudeerden het door een verrekijker en na een paar minuten bood de man me verlegen aan om ook eens te kijken. Maar ik kon niets opmaken uit de donkere veeg, die afstak tegen de rand van water en lucht. We stelden ons voor. Mr. Rossi komt uit Cleveland, Ohio, en reist samen met zijn zeven-jarige zoontje, Marco. Ze gaan op bezoek bij de grootmoeder van het kind, die ten zuiden van Napels woont. Ondanks de middagzon was Mr. Rossi gekleed als een Engelse heer in een blazer, witte broek en strohoed. Het jongetje stond in een matrozenpakje met een strak gezicht naast hem. Zowel de vader als de zoon had een bijna komische plechtstatigheid over zich. Het leven leek een ernstige zaak voor hen, maar toen kwam ik erachter dat Mr. Rossi onlangs zijn vrouw heeft verloren en het jongetje zijn moeder. Ze is twee maanden geleden bij een auto-ongeluk omgekomen en daarom gingen ze nu enige tijd bij familie 'in het moederland' doorbrengen. Mr. Rossi is vijfen-dertig jaar geleden op zijn vijftiende geëmigreerd en het is hem voor de wind gegaan in de bouwnijverheid. In Italië is hij niet meer geweest sinds die lang vervlogen dag in 1901 toen hij met zijn oom en tante is scheepgegaan. Zijn vader is overleden, maar hij zou zijn moeder graag voor een bezoek mee naar Amerika nemen, hoewel hij betwijfelt of ze dat goed zal vinden. 'Ze houdt van haar dorp en natuurlijk van Il Duce. Ze vindt hem een heilige.'

Mr. Rossi vertelde me over zijn vrouw, die hij in een cafetaria heeft ontmoet waar ze als serveerster werkte. Binnen de kortste keren waren ze 'in het huwelijksbootje gestapt'. Dit was pas acht jaar geleden. 'Ik had het veel te druk met geld verdienen om naar een vrouw op zoek te gaan. En toen ik er een had ge-vonden, werd ze van me afgepakt, zo.' Hij knipte met zijn enorme vingers. Toen ze overstak werd ze door een auto aangereden. 'Het was maar een duwtje, maar ze viel en sloeg met haar hoofd tegen de grond. Ze was meteen dood en op haar lichaam geen schrammetje, God sta me bij.'

Het jongetje verroerde zich nauwelijks terwijl hij hiernaar luisterde en ik vroeg me af hoe vaak hij dit verhaal al had gehoord. Mr. Rossi stopte de duur ogende verrekijker terug in een leren foedraal en hing het om zijn nek. Hij kwam op me over als een man die aandacht heeft voor details. Hij keek omlaag naar zijn zoon. 'Heb je zin in een ijsco, Marco?'

'Ja, papa.'

'Hebt u ook zin om mee te gaan, Miss?'

Dat had ik best, want Mr. Rossi en Marco en hun wellevende nauwgezetheid maakten een aangename indruk op me. Maar de zon had me een barstende hoofdpijn bezorgd en ik moest me in mijn hut terugtrekken.

Vanavond was de schikking bij het avondeten veranderd, waarschijnlijk onder leiding van Nora. Haar nieuwe vrienden, twee echtparen van in de dertig zitten nu bij ons aan tafel. Het zijn restaurateurs uit Philadelphia en dit is hun derde of vierde reis naar Italië. Het zijn opgeruimde, luidruchtige, egocentrische mensen met talrijke grappen over Italiaanse mannen en hun vermeende viriliteit. Als de ongetrouwde vrouw aan tafel werd ik goedmoedig gewaarschuwd om mijn deugdzaamheid te bewaken. Iedereen lachte behalve L.M., die het gegrol moe leek te worden. Hij zette wat Nora 'zijn buldoggezicht' noemt op.

De kapitein, een joviale Amerikaan in een elegant wit uniform, kwam langs de tafeltjes om te informeren naar ons welzijn. 'En hoe staat het ermee? Hebben jullie nog iets nodig?'

Een van de restaurantvrouwen vroeg over de oorlog in Spanje: 'Lopen we misschien gevaar?'

'Geen vuiltje aan de lucht', zei de kapitein. 'Jullie hebben mijn woord.'

Aan een naburig tafeltje werd Marco gezellig betutteld door een paar oudere vrouwen en voor het eerst leek Mr. Rossi gelukkig.

Ondanks de hitte staat Nora de hele ochtend aan de sjoelbak. Ik lees Keats' brieven. Hij wandelt door Schotland met zijn vriend, Brown. De arme Keats heeft nog maar drie jaar te leven. L.M. kwam langs in de lounge en zei dat hij met een van de scheepsofficieren had gesproken en dat we misschien toch door de oorlog worden opgehouden. Blijkbaar is Gibraltar aangevallen door zeppelins. Hij vroeg me hoe ik het vond om zo dicht bij een daadwerkelijke oorlog in de buurt te komen en ik haalde enkel mijn schouders op. Volgens mij interpreteerde hij dit gebaar als onverschilligheid voor gevaar, terwijl het dat in feite helemaal niet is. Ik ben zelfs onder de gunstigste omstandigheden niet onverschrokken; het gebaar was enkel een reactie op mijn gevoel van onwerkelijkheid. Het lijkt of ik deze dagen in een droomtoestand verkeer. Ik zit op een stoel midden op de Atlantische Oceaan en lees over Keats die een voettocht door Schotland maakt.

(later)

Een warme avond en veel mensen blijven nog laat buiten op het dek. In de danszaal wordt een soortement veiling gehouden en Nora en L.M. zijn ernaartoe. In deze windstreken zijn de sterren reusachtig en schitterend, een hemels feest voor het oog. Ik wou dat ik er meer van wist. Terwijl ik naar boven tuurde, dacht ik aan Evelyn Dowlings verhaal over haar oude lerares die haar telescoop op een winteravond op het ondergesneeuwde sportveld had opgezet.

Sloeg een stel gade dat tegen de reling geleund stond. De vrouw bleef maar schel lachen. Aan één stuk door tot ze ten slotte eindigde met: 'O, Roger, ik bescheur het met jou!'

Wat een rare uitdrukking!

Twee uur geleden werd ik wakker uit een nare droom en ik wou dat ik me hem kon herinneren, maar het lijkt of hij meteen toen ik wakker werd vervlogen was. Het schip voer niet meer en ik was me onmiddellijk bewust van de roerloosheid en de stilte. Heb nu twee uur wakker gelegen, naar de sterren gekeken tot ze één voor één in de lichter wordende lucht oplosten. Voelde zojuist de trillingen van de motoren, we gaan dus weer verder.

('s middags)

Het is nu zo heet dat maar weinigen zich aan dek wagen. Net als de anderen heb ik voortdurend dorst, maar die dorst wordt gelest door de lekkerste limonade die ik ooit heb geproefd. De stewards brengen je zo veel als je wilt. Maar je moet het snel opdrinken, want het ijs smelt zo gauw in deze hitte. Nora blijft 's middags in haar hut om *Gddw* te lezen. Terwijl ik naar buiten keek naar de onbarmhartig brandende zon, moest ik aan de zeelui van Coleridge denken. Wat vreselijk om in deze hitte gekweld te worden door dorst! 'De tijd kroop traag voorbij/ De keel verdroogd en dof het oog/ Een trage tijd, een trage tijd.'

Zaterdag, 25 juli (3.00 uur)

Een hete, stille nacht zonder sterren. Alleen het gesnor van de kleine ventilator en de zwakke trilling van de scheepsmotoren. Een halfuur geleden werd ik wakker door een 'aanval van verstikking'. Ik had het gevoel dat ik in het duister kopje-onder ging. Had zo'n moeite om weer op adem te komen, maar veel erger was het vreselijke gevoel van verlies en verdriet dat met die paniek in het donker gepaard ging. Heb de leeslamp aangedaan en dat lijkt geholpen te hebben. Ik denk dat ik zo weer in slaap zal vallen.

Door die slechte nachtrust voel ik me nerveus en wankel, dus heb ik wat *Sal Hepatica* genomen en ben een groot deel van de dag in mijn hut gebleven. De stewards waren heel aardig en brachten me fruit en thee. Nora heeft haar maandstonden en voelt zich ook niet lekker. L.M. werkt ergens aan. Een uur geleden zag ik hem aan een hoektafeltje in de lounge zitten. 'Blijf uit de buurt' stond er onmiskenbaar op zijn 'buldogge-zicht' te lezen. Vanavond is er een gemaskerd bal, hoewel veel mensen het te warm vinden en te weinig puf lijken te hebben om er maar aan te denken. De nieuwigheid is van het leven aan boord af en de meesten zouden waarschijnlijk graag weer vaste grond onder hun voeten hebben. De activiteitenbegeleider, een bazig mannetje, heeft de hele middag rondgerend, op hutdeu-ren geklopt om mensen voor zijn dansavond op te trommelen. Met Mr. Rossi gesproken, die van streek is. Blijkbaar worden er geen kinderen toegelaten en ik begreep dat de a.b. nogal lomp was tegen hem. Van een steward hoorde ik dat we morgen de Rots van Gibraltar zullen zien.

Zondag, 26 juli

Een nevelige ochtend met de zon als een citroenkleurig oog in de wolken. Maar tegen negenen klaarde het op en werd het weer warm. Rond elven een vlaag van opwinding: Gibraltar was nu door een verrekijker te zien en dus volgde er gedraaf en geren om een plekje bij de reling te bemachtigen. Nora, een beetje pips en gedeprimeerd, kwam op het dek bij me staan. Ze dankt God voor *Gejaagd door de wind*, dat haar bezighoudt. L.M. 'is te chagrijnig voor woorden'.

(17.00 uur)

We zijn door de Straat van Gibraltar gevaren. Mr. Rossi leende me zijn verrekijker, dus heb ik de immense, bruine klippen en de vage contouren van een plaatsje kunnen zien. Het gerucht gaat dat kanonneerboten van de Spaanse loyalisten in deze wateren patrouilleren, maar we hebben niets gezien.

(later)

Vlak voor het avondeten hoorden we het geronk van vliegtuigen en de mensen keken naar de lucht. Eén man beweerde ze gezien te hebben, maar voor de rest van ons was er enkel de onmetelijkheid van een donker wordende hemel. Ik vroeg een steward hoe ver het nog was naar Napels.

'Bijna duizend mijl', zei hij. 'Woensdagmiddag zijn we er.'

De stewards en kelners lijken zich niets aan te trekken van de geruchten over kanonneerboten en zeppelins en dat is in ieder geval geruststellend. Nu reis ik dus over het donkere water van de Middellandse Zee.

Maandag, 27 juli

Een lang gesprek met Nora die zich zorgen maakt over L.M.'s norsheid, die ze toeschrijft aan een tekort aan seks vanwege haar toestand.

'Ik heb nog nooit iemand meegemaakt die er zo in geïnteresseerd is. Dat zou je niet zeggen als je hem ziet, hè?'

Laat in de middag stoomde er een Italiaans oorlogsschip langs met rook golvend uit de schoorstenen; de zeelui zagen er in hun witte uniformen en petten met kwastjes schitterend streng uit. Veel mensen aan boord van de Genoa Princess zwaaiden en juichten, maar de zeelui keken onbewogen naar ons terug. 's Avonds werd er aan tafel gesproken over de mogelijkheid dat Italië bij deze oorlog betrokken raakt. L.M. denkt van niet, maar wel dat ze de rebellen zullen helpen met wapens en vliegtuigen. 's Nachts regende het. Ik werd wakker van het getik tegen mijn raampje.

Ik leverde over dit bericht

Alles was nog nat toen ik vanmorgen om zes uur naar buiten ging. Het dek was verlaten, afgezien van Mr. Rossi, die op de reling leunde en naar het aanbreken keek van weer een snikhete dag. We hadden het volgende gesprek.

'Ik ben zo zenuwachtig', bekende hij. 'Morgen zal ik mijn moeder voor het eerst in vijfendertig jaar terugzien. Ik was pas vijftien toen ik samen met mijn oom en tante ben vertrokken. Wat zal mama denken als ze me ziet?'

'Ze zal heel trots zijn op u en Marco', zei ik. 'U bent tenslotte geslaagd in Amerika en Marco is een knap jongetje.'

Mr. Rossi keek me aan alsof hij me wilde omhelzen. 'Denkt u? In mama's ogen kon ik nooit iets goed doen. Dat konden we geen van allen. Ik had zo graag gewild dat mijn vrouw erbij was!'

Mr. Rossi staarde een hele poos droefgeestig naar de zee en zei toen ongeveer dit.

'Mama was moeilijk en ik vertel de waarheid als ik zeg dat ik als kind bang van haar was. Dat waren we allemaal, mijn zussen en mijn broers. Papa zei nooit iets. Hij wilde haar niet tegenspreken. Hij was natuurlijk veel kleiner. Dat is waar. Mijn moeder was fors, meer dan één meter tachtig en misschien wel honderd kilo. Vroeger kon ze een zak graan zo optillen.' Weer knipte hij met zijn dikke vingers. 'En haar driftbuien! Ik heb haar mannen in het dorp zien aanpakken. Een keer zag ik haar. Ik was pas vijf of zes, zo oud als Marco misschien. Ik zag hoe ze een man van de stenen bank af trok waar de mannen na de mis gingen zitten kletsen. Hij moet iets gezegd hebben. Mama trok hem zo van de bank af en zwaaide met haar vuist voor zijn gezicht. Ik herinner het me als de dag van gisteren. Als meisje werkte ze in de wijngaarden. Ze werkte voor mijn grootvader en harder dan haar broers. Ze was sterk. Maar om het minste of geringste kon ze opvliegen. Volgens mij was het hele dorp bang van haar. Zelfs de pastoor.'

Hij zweeg opnieuw even. 'Ik hoop dat ze Marco aardig vindt. Natuurlijk is ze nu een stuk ouder, maar nog steeds fel, volgens mijn zussen die me schrijven. Ze zeggen dat ze nog steeds woedend kan worden en kijk dan maar uit. Dan moet je het huis uit. Ze smijt met dingen. Ik ben bang dat ze de jongen bang zal maken. Het is een angstig kind. Misschien was het verkeerd van mij om terug te gaan.'

Wat een lieve, zachtaardige man is Mr. Rossi toch! En terwijl we spraken, lag het jongetje in zijn hut te slapen, misschien droomde hij wel van zijn overleden moeder of van de felle, oude tiran die in een dorp ten zuiden van Napels woont, met haar opvliegendheid en haar plaatjes van Mussolini en de Maagd Maria aan de muur. Misschien heeft Mr. Rossi er verkeerd aan gedaan om naar zijn geboorteland terug te keren, maar het was niet aan mij om hem dat te zeggen.

L.M. en Nora zijn vandaag een stuk opgeruimder; we verheugen ons er allemaal op om morgen de Genoa Princess te verlaten.

Woensdag, 29 juli (Hotel Victoria, Rome, 23.30 uur)
Een afmattende dag! Rond vier uur vanmiddag liepen we de haven van Napels binnen. Chaotisch! Zo veel mensen die tegen je opbotsen en iedereen leek te schreeuwen. Met Nora en mij op sleeptouw vocht L.M. zich door het gewoel heen. Een laatste blik op Mr. Rossi, die omringd werd door huilende vrouwen in het zwart; dat zullen zijn zussen zijn geweest. Het kind werd van de ene aan de andere vrouw doorgegeven en bedolven onder kussen; de arme, kleine Marco leek verbijsterd en ongelukkig. Ik keek rond naar het legendarische, vrouwelijke stamhoofd, maar ze moet in haar dorp zijn gebleven. Een onaangename scène bij de immigratiebalie en gedurende een paar afschuwelijke minuten zag het ernaar uit dat we het land niet in zouden mogen. Het probleem was L.M.'s agressiviteit. Hij verkeerde blijkbaar in de veronderstelling dat de immigratielui hem zouden herkennen als een gast van aanzien, een Amerikaanse journalist die hun een gunst bewees door een bezoek aan hun land te brengen. Volgens L.M. zouden ze

gevoeglijk geïntimideerd moeten zijn. In plaats daarvan gaven ze geen zier om zijn reputatie en vonden ze zowel zijn legitimatiebewijs als de reden voor zijn aanwezigheid verdacht. Het resultaat – een enorme ophef met boze blikken en gemompelde dreigementen over een beroep op de Amerikaanse ambassade en koppen die zouden rollen enzovoort, enzovoort. Aan beide zijden van de balie een hoop mannelijk vertoon dat me deed denken aan de pauze op het schoolplein. Mijn voeten, gehuld in nieuwe schoenen, zwollen op van de hitte en ook Nora had het zwaar.

'Is dit niet afgrijselijk, Clara!'

Weer een stormloop door de menigte naar het station, met L.M. in de voorhoede, gevolgd door twee angstige vrouwen en een arme, gebochelde kruier die een karretje met onze bagage voortduwde. We werden ontstemd aangeblikt door mensen die ons vervelend en onbeleefd moesten vinden.

In de eersteklascoupé van de trein naar Rome sloeg ik L.M. gade, die bij het raampje woest naar de drom op het perron zat te staren: een buitenlander die onverhoopt in een vreemd land terechtkomt waar hij overal louche praktijken en ongerechtigheid vermoedt. Hij zal wel gelijk hebben, maar ik vrees dat hij ons nog in de problemen brengt met zijn vechtlustige houding. Er zijn in dit land zo veel mannen in uniform: de immigratielui, de douanebeambten, de spoorwegpolitie, soldaten, matrozen, carabinieri, groepjes onheilspellend uitziende jongemannen in zwarte hemden; allemaal zien ze eruit alsof ze verwachten onmiddellijk gehoorzaamd te worden. Dit schijnt het gezicht van het fascisme te zijn, althans voorzover ik het kan beoordelen. Toen we in Rome aankwamen, hadden we problemen met de bagage. Een koffer van Nora was kwijt.

Nora: 'Het geeft niet, Lewis. Ik kan die spullen wel missen.'

L.M.: 'Dit land zit verdomme vol dieven.'

Donderdag, 30 juli (Hotel Victoria, 8.00 uur)

Het diner in de eetzaal van het hotel was voedzaam en lekker. Ze waren zo vriendelijk speciaal iets voor ons te regelen, omdat we zo laat arriveerden. De hotelemployés spreken Engels en zijn heel gedienstig. De meeste gasten blijken Engels of Amerikaans te zijn. Een paar Duitsers en Scandinaviërs. L.M. en Nora zijn ingeschreven als echtpaar en zitten aan de overkant van de gang; kennelijk de enige manier om een kamer te krijgen waarin ze samen mogen slapen. Gelukkig zitten we aan de achterkant van het hotel, weg van het straatrumoer (Via Sistina). Mijn kamer is klein, maar gerieflijk. Hij kijkt uit op een binnenplaats met in het midden een gigantische plataan waarvan de stam wordt omcirkeld door een houten bank. Ik schrijf dit aan een prachtig rozenhouten bureautje; in deze kamer zou iemand met talent en tijd een roman of een poëziebundel kunnen schrijven. Vandaag gaan we een deel van Rome bekijken.

(20.00 uur)

Het huis waar Keats is gestorven is niet ver en we zijn van plan er morgen naartoe te gaan. De straten van Rome zijn kleurig versierd met vaandels en vlaggetjes aan alle gebouwen ter ere van Mussolini's verjaardag twee dagen geleden. Niemand weet hoe oud hij is en we hoorden dat het verboden is ernaar te vragen. Nog steeds moe van de reis, daarom vroeg naar bed gegaan.

Vrijdag, 31 juli (Hotel Victoria)

L.M. in een vrolijk humeur bij het ontbijt. Moest vandaag iets afhandelen.

'Jullie moeten het vandaag alleen doen, dames, dus kijk uit. Twee protestanten te midden van al die katholieke pracht en praal. Probeer je niet te laten corrumperen.'

Hij kan vermakelijk zijn, maar ik voel dat er onvervalste vijandigheid achter steekt. Hij is geen gelukkig iemand en ik geloof niet dat hij, behalve lichamelijk, echt om vrouwen geeft. Of misschien vervelen wij hem domweg. Nora lijkt steeds meer door hem in verwarring gebracht en ik vraag me af of de verhouding haar tijd heeft gehad. Ze geven voortdurend op elkaar af. Vandaag vroeg Nora de kelner om een gekookt ei en dit haalde L.M. uit zijn krant.

'Italianen eten geen ei bij het ontbijt, Nora. Dat staat in de reisgids.'

'Ik vroeg het alleen maar, Lewis. Ik drong er toch niet op aan.'

'Ja, maar je moet proberen je aan de nieuwe omgeving aan te passen, meisje. Heb je nooit gehoord van het gezegde dat je in Rome moet doen als de Romeinen?' Aan het tafeltje naast ons lachte een man schallend.

'Nou, sorry hoor dat ik niet zo'n geweldige reiziger ben als jij, Lewis.'

'Geeft niet. Ik probeer je alleen voor een blunder te behoeden.'

Toen we weggingen, zei L.M.: 'Als jullie kerken gaan bezoeken, dames, bedek dan je hoofd, anders laten ze je er niet in.'

'Dat heb ik in de reisgids gelezen, Lewis. Ik kan lezen, hoor.'

We waren blij dat we met ons tweeën waren en dus gingen we naar de beroemde kapel in het Vaticaan, waar we in een ellenlange rij moesten staan achter Duitse toeristen die alsmaar mopperden en ijsco's aten. Nora is weg van al die katholieke kunst en sentimenteel over de gebrandschilderde ramen en beeldhouwwerken; de hele tijd stak ze óf kaarsen aan óf ze zat op haar knieën voor weer zo'n gipsen Maagd Maria, waarbij ze er charmant vroom uitzag in haar zonnejurk met een hoofddoek om.

'Waar bid je om, Nora?' vroeg ik. 'Iets speciaals?'

'Moet jij nou ook al sarcastisch doen? Dat krijg ik al genoeg van hem.'

Ik zei dat het me speet en dat was echt zo.

In het huis van Keats aan de Piazza de Spagna klommen we de smalle, marmeren trap op achter een stel Engelse schoolmeisjes aan, die kwebbelden en giechelden en tot stilte werden gemaand door hun lerares. Eindelijk stonden we bij het doodsbed te luisteren hoe onze gids, een lange, lelijke Engelse van ongeveer mijn leeftijd, de laatste uren van Keats beschreef: met Fanny Brawnes kornalijn in zijn hand geklemd dronk de dichter van de melk die door de trouwe Severn werd gebracht, hij keek naar het winterse zonlicht dat over de muren bewoog en luisterde naar de stemmen op straat en het gespetter van de fontein op het plein. Dan het koude zweet dat op zijn voorhoofd plakte, de keel die dichtzat met slijm, de nadering van de onontkoombare duisternis.

'Til me op... ik sterf... ik zal gerust sterven... wees niet bang... dank God dat het gekomen is.'

Tijdens het afnemende middaglicht sleepte zijn bestaan zich nog voort. Maar om vier uur slaakte hij een zucht en scheidde uit dit leven.

Aan het einde van de voordracht van de Engelse waren veel van de schoolkinderen in tranen en ikzelf ook bijna en het verbaasde me dat die vrouw zo'n hartstocht opbracht voor dit morbide huis en het treurige relaas dat ze iedere dag voor bezoekers moest herhalen. Ik was benieuwd naar haar leven in Rome, hier in deze overdadig katholieke stad met haar lange, protestantse gezicht, strak bijeengebonden haar, grote, witte handen die ze onder het spreken voor haar boezem ineengevouwen hield en haar vormloze, paars-blauwe jurk. Waar keerde ze aan het einde van de dag naar terug? Woonde ze bij haar stil levende ouders of in een kamer alleen met haar boeken en een gaspitje?

Op de zonovergoten piazza werden we weer geconfronteerd met de herrie van het leven en de Engelse meisjes, bevrijd van de melancholische betovering van de gids, vergaten al gauw hun tranen en waren druk bezig om elkaar naast de fontein op de foto te zetten. Nora en ik lunchten in een trattoria aan de overkant van de straat. Om haar een plezier te doen nam ik er een glas wijn bij.

'Ik ben zo blij dat je meegegaan bent, Clara. Ik weet niet wat ik gedaan zou hebben als ik alleen was geweest.'

Ik was ook blij dat ik was meegegaan en ik voelde me gelukkig terwijl ik daar met mijn zus wijn zat te nippen met uitzicht op het plein in het Romeinse zonlicht. Vanaf ons tafeltje konden we de ingang van Keats' huis zien en we zagen de Engelse naar buiten komen en de deur op slot doen. Het moest haar middagpauze zijn. Ze stond voor de deur in haar afschuwelijke, paars-blauwe jurk. Toen kwam er een jongeman aan op een fiets, die voor haar stilhield. Hij was vijfentwintig of zo en knap genoeg om een schildersmodel te zijn, hoewel hij sjofel gekleed was in een slecht passend, smoezelig bruin pak. Hij droeg goedkope, gele schoenen, had broekklemmen om en op zijn hoofd een 'berretto', een soort alpinopet die populair is bij de arbeiders hier. De Engelse en hij omhelsden en kusten elkaar.

Nora (verbaasd): 'Moet je dat zien.'

Ikzelf (net zo verbaasd): 'Ja. Wie had dat kunnen denken?'

De Engelse zat nu voor op de stang en de jongeman duwde haar door de menigte heen. Toen hij wegfietste, ving ik een glimp op van blote enkels boven de bespottelijke, gele schoenen. Nora dacht dat het een soort gigolo moest zijn.

'Hoe kan een vrouw die er zo uitziet anders zo'n knappe vent krijgen? Ze moet hem wel betalen. En ik had nog wel medelijden met haar toen ze ons over de dichter vertelde.'

Nora klonk een tikje geërgerd. Maar ik dacht: misschien betaalt ze hem, maar maakt dat wat uit? Ze beleeft toch een avontuur? Op ditzelfde moment doorbreekt ze de verwachtingen van anderen: van ouders, verwanten en schoolgenoten die enkel een strikte, maagdelijke eenzaamheid voor deze vrouw hadden voorzien. En ook ik voelde me gekastijd. Had ik haar ook niet de beperking opgelegd van een kamer met enkel boeken en een gaspitje? Of van avonden alleen met bejaarde ouders? Deze onaantrekkelijke Engelse had over al onze veronderstellingen getriomfeerd, ze leidde nu een leven vol romantisch avontuur en wees mij erop dat de dingen nooit zijn wat ze lijken en dat we in feite heel weinig weten over het leven van anderen.

Zaterdag, 1 augustus (Hotel Victoria, 22.30 uur)

Ben net terug en blij alleen te zijn na een gespannen avond met L.M. en zijn Romeinse kennissen. Het begon goed met lekker eten vlak bij de befaamde Trevifontein. L.M. had een landgenoot, genaamd Donald Packard, uitgenodigd. Hij woont al jaren in Rome en is expert op het gebied van Italiaanse renaissanceschilderkunst. Hij schrijft artikelen voor tijdschriften en geeft les op een soort academie. Halverwege de veertig en tenger gebouwd, bijna broos, met een bos felgeel haar waar ik, zo vrees ik, van tijd tot tijd naar staarde, omdat het zo ongewoon was en ik heb er de halve avond over gedaan voordat ik zag dat het een pruik was. Een zonderlinge, verwijfde man met overdreven hebbelijkheden en een gemene tong. Zijn vriend was een knappe, jonge Italiaan (hebben alle buitenlanders in Rome zo'n metgezel?) Deze Gino of Giorgio zei weinig maar leek ons allemaal wel amusant te vinden; ik weet niet zeker of hij veel begreep van wat er werd gezegd.

Er werd behoorlijk wat gedronken. Cocktails en toen de ene fles wijn na de andere. Al die drank verandert mensen in monsters. Aanvankelijk is iedereen aimabel en beleefd, maar naarmate de avond vordert en mensen flessen legen, treedt er een verandering op. Een terloopse opmerking of veronderstelde kleinering of misschien domweg kwetsende gemeenheid kan de sfeer verzuren. En dat gebeurde vanavond ook. Eerst wilde de geelharige man alles weten over Nora's serie en natuurlijk ging ze er maar over door. Nora ving de signalen om de tafel niet op (Nora vangt zulke signalen nooit op) en dus kon ze niet zien dat ze in een bron van vermaak veranderde voor Packard die steeds spottender werd.

'En dus weten jouw arme luisteraars nu niet waar je bent? Ze denken nog steeds dat je door de straten van dat mythische, Amerikaanse stadje zwerft met die vreselijke amnesie die veroorzaakt is door een val van de bibliotheektrap, terwijl je je in werkelijkheid hier in de Eeuwige Stad ontzaglijk zit te vermaken. Heb ik het tot dusver goed?'

L.M. genoot ervan en het drong eindelijk tot Nora door dat

dit verfoeilijke mannetje de spot met haar dreef. Ze kleurde steeds roder en dus, terwijl zijn witte handje het wijnglas om en om draaide, richtte Packard zich tot mij.

'En van Lewis hoorde ik dat je onderwijzeres bent in een of ander gehucht in de wildernis van Canada. Ik ben nooit in Canada geweest, maar ik heb gehoord dat het heel Engels en heel puriteins is. Uit gezaghebbende bron heb ik vernomen dat jullie als volk wantrouwig tegenover onzedelijkheid staan en wie kan het jullie kwalijk nemen? Hebben jullie wel kunstenaars daar? Zou ik moeten weten wie het zijn?'

En nog veel meer van hetzelfde. De avond eindigde voorspelbaar met ruzie tussen Nora en L.M. Gino/Giorgio zette ons in een taxi en we keerden alleen naar het hotel terug. Een aangeschoten, huilerige Nora. 'Het is niets geworden, hè, Clara? En ik heb maanden naar deze reis uitgekeken.'

Maandag, 3 augustus

Gisteren was het grijs en klam en er kwam in de middag eindelijk een omslag in de hitte door een onweersbui. Nora heeft de hele dag met haar boek doorgebracht en ik heb de brieven van Keats uitgelezen. Een gedicht geschreven over de Engelse en verscheurt. Vandaag zijn we naar het Colosseum geweest en ik probeerde me de oude stad van de caesars voor te stellen, maar kon geen touw vastknopen aan de ruïnes. L.M. was verschillende mensen aan het interviewen, dus van hem hebben we niet veel gezien. Maar goed ook.

Dinsdag, 4 augustus

Nora beweert dat ze zich onwel voelt door iets wat ze heeft gegeten, maar ik vermoed dat ze *Gddw* wil uitlezen. Dus waagde ik me alleen naar buiten. Vanmiddag waren de straten praktisch uitgestorven en onder het lopen kon ik radio's door openstaande ramen horen, het geroep van een mensenmassa en de opgewonden stem van een presentator. De mensen luisterden naar de Olympische Spelen in Berlijn.

Toen ik het Pantheon uit kwam, liep ik door de smalle straatjes en sloeg eerst de ene hoek om en toen een andere. Natuurlijk raakte ik de weg kwijt en aan mijn plattegrondje had ik niets. Zo'n honderd meter voor me stonden twee sjofel uitziende mannen tegen een gebouw geleund te roken. Ze zagen me aankomen. Ik voelde een lichte paniek en keerde me om. Toen ik omkeek, zag ik dat ze achter me aan slenterden. Een van hen zwaaide en riep iets en mijn maag speelde een beetje op. Ik versnelde mijn pas. Ik kon een radio in het straatje horen, maar er was verder niemand behalve de twee mannen en ikzelf. Misschien maakte ik me te druk. Tenslotte was ik hier midden in een stad; ik kon het verkeer in een nabije straat horen, maar had geen idee hoe ik daar moest komen. Die twee mannen maakten me van streek. Op dat moment werd ik gered door een zwerm priesters. Ik hoorde een heel raar geluid (het bleek het geritsel van soutanes te zijn) en toen kwamen ze de hoek om, een stuk of tien in zwarte gewaden en op sandalen. Ze wilden het liefst langs me heen lopen, maar ik probeerde mijn reisgids-Italiaans op hen uit en ze bleven verwonderd staan kijken naar die vrouw hier op straat. Onder hun soepbordhoe-den keken hun gezichten me bleek streng aan terwijl ik mijn hachelijke situatie trachtte uit te leggen. Ten slotte gebaarde een van hen mij om hen te volgen en dat deed ik, de ene kant op en de andere, om hoeken en door steegjes, ik te midden van de mannen Gods (met hun grote harige tenen in touwsandalen) tot we uiteindelijk bij een avenue vol restaurants en winkels kwamen. Een paar minuten later in een taxi keek ik naar buiten en zag de twee mannen. Een van hen stak zijn hand op en schikte zijn vingers in wat ik opvatte als een obsceen gebaar. Hij grijnsde. Net als Charlie. Ik draaide me om en keek de priesters na toen ze de brede avenue overstaken en de laatste zijn rokken optilde om over een plas te stappen. Vleselijkheid en vroom-heid zij aan zij op deze Romeinse straat.

Tijdens het avondeten was L.M. in een goed humeur. Hij had een brief gekregen van de filosoof Santayana, die helemaal niet in Rome was, maar de zomer in Parijs doorbracht. Desondanks vond hij het goed om over een paar weken geïnterviewd te worden en L.M. beschouwt het als 'een meesterzet'. Santayana 'beschikt over zo'n overvloed aan kennis'. In zijn opwinding is L.M. merkwaardig aandoenlijk; dit enthousiasme over ideeën is een aantrekkelijke eigenschap in een man. Onder het eten luisterden Nora en ik geboeid naar hem. 'Santayana heeft een grote geest. Heb je *De laatste puritein* gelezen?' Dat heb ik niet. 'Ik popel om te horen wat hij te zeggen heeft over Hitler en Mussolini. En over Stalin. Die man weet waarover hij praat.'

Woensdag, 5 augustus
Wat een deprimerend, bizar avontuur had deze dag voor ons in petto! Het begon na de lunch, waarbij Nora en L.M. te veel dronken. L.M. was begonnen met martini's, volgens hem de beste die hij sinds zijn vertrek uit New York had geproefd. Hij feliciteerde de barkeeper die zijn vak in Amerika had geleerd. Alles was in orde toen we het restaurant verlieten, maar ik voelde dat er narigheid op komst was; L.M. deed veel te eigenwijs en gewichtig in de taxi. We keken naar de Piazzo Venetia, de Quirnale enzovoort, terwijl L.M. commentaar leverde.

'Al die vlaggen. De symboliek is heel krachtig.'

'Niet meer dan Amerika op de vierde juli', zei Nora.

Om haar te ergeren, dat weet ik zeker, maakte L.M. een opmerking over de Romeinse vrouwen. 'Kijk eens naar al die mooie wijven! Ik wed dat ze branden van verlangen om een beurt te krijgen van Il Duce. Ik heb gehoord dat hij iedere dag met twee of drie verschillende vrouwen slaapt. Hij pakt ze gewoon daar op zijn kantoor. Op de vloer blijkbaar. Tussen de besprekingen door.'

In het spiegeltje zag ik dat de ogen van de chauffeur ons met afkeer aankeken, toen we langs een geel gepleisterd herenhuis reden. Voor de zwarte, ijzeren hekken patrouilleerden soldaten.

'De residentie van Il Duce', zei de chauffeur op zo'n eerbiedige toon dat zelfs L.M. tot zwijgen werd gebracht.

Op de Corso stelde L.M. voor om naar de Villa Borghese te wandelen, hoewel Nora klaagde over de hitte en vermoeidheid. Het was vroeg in de middag en het heetste deel van de dag, misschien niet de beste tijd voor een wandeling, maar L.M. was er niet vanaf te brengen. Maar we waren nog niet ver gekomen toen hij in een hoop verse hondenuitwerpselen stapte. Hij had naar het standbeeld van een man op een paard staan wijzen, een of andere heroïsche figuur die hij met alle geweld wilde identificeren en van uitleg voorzien. Vandaar de misstap. Ik keek vol walging toe toen een van zijn dure schoenen diep wegzakte in de dikke, bruine ontlasting. Toen hij zijn schoen zag, werd de man zo razend dat hij de Romeinen om hun slonzige publieke gewoontes begon uit te schelden. Het klopt dat er overal in Rome hondenuitwerpselen liggen, je moet uitkijken waar je je voeten neerzet. Maar L.M. was duidelijk buiten zinnen. Hij schraapte met zijn schoen langs de stoeprand en schreeuwde: 'Klootzakken, smeerlappen. Kijk nou eens naar die ...zooi!' Ik heb nooit eerder iemand en plein public zo tekeer horen gaan. Ook Nora was ontzet, hoewel ze klonk als een dame in een beschaafde Engelse roman. 'Werkelijk, Lewis! Het is niet nodig om je zo te gedragen. Je maakt een scène.'

Paars aangelopen van woede en drank zette L.M. zijn tirade voort. 'Kijk nou eens naar die hondenstront op straat! Het ligt godverdomme overal. Een publieke schande is het. Ze scheppen wel op over hoe progressief ze zijn, maar de rotzooi opruimen van hun... honden kunnen ze niet.'

Een winkelier met een lang, wit schort voor kwam de deur uit lopen om hem gade te slaan en weldra kwamen er anderen bij staan. Een klein mannetje, keurig in pak met stropdas, verraste ons door Engels te spreken. 'Zo moet u niet praten tegen ons land', zei hij tegen L.M. 'U hebt geen recht om zo te praten. Ik ben in Londen geweest. U hebt ook de resten van honden op straat liggen.'

L.M. staarde het mannetje ongelovig aan. Hij leek op het punt te staan hem aan te vliegen. 'Ik ben geen Engelsman, godverdomme, ik ben een Amerikaan.'

'Maakt niet uit', zei het kleine mannetje. 'U bent buitenlander en u komt naar ons land en levert kritiek. Wat is nu een beetje poep aan uw schoen? U maakt er meer van dan het is.' Zijn verontwaardiging maakte hem gedecideerder. 'Dat is allemaal onnodig.'

L.M. kon niets beters bedenken dan: 'Bemoei je godverdomme met je eigen zaken.'

Het mannetje wendde zich tot de groep voor de winkel en begon uit te leggen wat er gebeurde, althans dat nam ik aan. Toen kwam er een politieagent aanlopen, een bruut uitziende man met een lelijk, pokdalig gezicht. Dreigende blikken. Wat is hier aan de hand enzovoort enzovoort. Hij en het mannetje wisselden snelvuuropmerkingen uit en toen zei de agent iets in het Italiaans tegen L.M. Deze wuifde hem weg en bleef met zijn schoen langs de stoeprand schrapen. De agent begon uit te varen tegen L.M. en het kleine mannetje deed zijn hoofd achterover en maakte een drinkgebaar met zijn rechterhand. De mensen werd te verstaan gegeven dat ze hier een dronken buitenlander zagen die hun land bekritiseerde om weinig meer dan een beetje hondenpoep. We werden alle drie met dreigende blikken bestookt en Nora trok nu aan L.M.'s arm. 'Lewis, in godsnaam, kom nou. Vergeet het nou en laten we maken dat we hier wegkomen.'

Maar de agent legde een hand op L.M.'s arm. 'Kom jij.'

L.M. schudde de hand van zich af. 'Om de donder niet!'

Ik zag dat de winkelier verdwenen was en hij moet hebben getelefoneerd, want een paar minuten later arriveerde er een auto met twee agenten. Meer strenge, norse gezichten. We kregen het bevel in de auto te gaan zitten onder aanhoudend protest van L.M. 'Dit kunnen jullie niet maken. We zijn Amerikaanse staatsburgers.' En zo verder. We zaten met ons drieën achterin geprropt, waar de stank van L.M.'s vieze, aangekoekte schoen de kleine auto vulde. Ze namen ons mee naar een bureau in de Via Septembre. Ik zag de woorden op een gebouw staan. 'Septemberstraat' en ik vroeg me af hoe laat het in Whitfield was; volgens mijn berekening vroeg in de ochtend en Mrs. Bryden zou nu in haar tuin zijn. Wat een absurde dingen gebeuren er toch in de wereld terwijl we onze dagelijkse gang gaan! Op het bureau dachten ze aanvankelijk dat we Engelsen waren, wat L.M. uiteraard razend maakte. De Engelsen behoren op dit moment niet tot Italië's favoriete toeristen, gedeeltelijk vanwege de bezwaren van Engeland tegen de recente oorlog in Ethiopië. De Italianen zijn daar blijkbaar nog steeds verbolgen over. Zodra ze erachter kwamen dat we geen Engelsen waren, werden ze wat beleefder. Nora en ik moesten op een lange bank gaan zitten, terwijl L.M. naar een andere kamer werd afgevoerd. Een paar minuten later arriveerde het kleine mannetje, dat snel naar dezelfde kamer werd geleid. Rondom ons kwamen en gingen agenten met zware revolvers aan hun riem gekoppeld. In een hoek zat een vrouw achter een typemachine, die ons van tijd tot tijd met zichtbare afkeer aankeek. Af en toe konden we uit de andere kamer de stemmen van L.M. en het kleine mannetje horen en vervolgens een stortvloed van Italiaans. Nora leek ontredderd door de hele ervaring en ik weet zeker dat ik er ook verfomfaaid uitzag. Toch genoot ik er ook op een tegendraadse manier van. Ik beschouwde het allemaal als een avontuur. Ik kon me niet voorstellen dat we naar de gevangenis of zo zouden gaan. Toen werd er een jonge man binnengebracht. Hij had alleen een broek aan, zelfs geen schoenen. Hij schuifelde op blote voeten tussen twee agenten in met zijn handen geboeid op zijn rug. Bij de balie zei hij iets en een van de agenten gaf hem abrupt een klap in zijn gezicht. Het hoofd van de jonge man sloeg achterover, maar hij gaf geen kik. Zijn neus begon te bloeden en de agenten duwden hem naar een andere deur. De jonge man struikelde en ze tilden hem min of meer op en droegen hem weg. Het was verontrustend om een ander mens zo ruw behandeld te zien worden en op dat moment begon ik me minder zeker over alles te voelen. Misschien gaven ze L.M. er ook van langs, hoewel ik me dat maar moeilijk kon voorstellen.

Nora fluisterde: 'Denk je dat het zou helpen als ik zeg dat ik op de radio kom in New York?'

'Ze spreken onze taal niet, Nora.'

We zaten er tot bijna acht uur. We zagen hoe de jonge vrouw een hoes over de typemachine trok, haar tas oppakte en de agenten goedenavond wenste. Toen ze langs ons kwam, keek ze met zo'n minachting op ons neer dat ik me een misdadiger voelde. Door de hoge ramen achter de bureaus zagen we de lucht donkerder worden. Ten slotte kwam L.M. de kamer uit. Hij was bleek, maar hij trok nog steeds zijn buldoggezicht. Het kleine mannetje was nu een en al vriendelijkheid, waaruit we tot onze opluchting konden opmaken dat de zaak was opgelost. Het mannetje genoot er kennelijk van om het middelpunt van de belangstelling te zijn. Schertsend stak hij een vermanende vinger op naar L.M.

'U boft, Signor, dat ze de *olio di ricino* niet hebben gebruikt.'

L.M. keek hem enkel woest aan. Ik heb *olio di ricino* (wonderolie) opgezocht. Blijkbaar (zo vertelde L.M. ons naderhand) wordt het vaak gebruikt als vernederende straf voor andersdenkenden en onruststokers.

Ze belden een taxi voor ons en het voelde zo goed om die geüniformeerde bruutheid achter ons te laten. In de taxi hield Nora L.M.'s hand vast en kuste hem.

'Hoe was het, Lewis? Hebben ze je geslagen?'

'Nee, nee. Ik dreigde hen met de ambassade. Het is een stelletje schurken. Boerenjongens verkleed in uniformen. Het was enkel spektakel voor het publiek. Maar die ouwe spaghettivreter had ik wel kunnen vermoorden. Als die er niet bij was geweest…'

Dat kan wel zo zijn, maar L.M. schijnt niet te begrijpen dat hij het zich met zijn zonderlinge gedrag op straat zelf op de hals heeft gehaald. Het diner in het hotel was ingetogen. Morgen naar Florence.

Donderdag, 6 augustus (Hotel Rio, Florence)

De trein naar Florence door het hete, droge land. Veel Duitsers aan boord en soms kon ik een paar woorden onderscheiden; ze leken het allemaal over de Spelen in Berlijn te hebben. Ons hotel is vlak bij de Duomo.

Zaterdag, 8 augustus

Florence met zijn rode pannendaken en mooie kerken bevalt me, maar net als Rome wemelt het van de soldaten en politie-agenten. Vanmiddag was er een demonstratie op de piazza voor het Uffizi. Voor het merendeel jonge Italiaanse mannen die met vlaggen zwaaiden om hun steun te betuigen aan de rebellen van generaal Franco. Er stroomde een soort verbolgen patriottisme door de menigte en de vijandigheid was grotendeels tegen Engeland gericht. Enkele Engelse toeristen leken slecht op hun gemak toen ze naar de bijeenkomst stonden te kijken.

Onaangenaam voorval tijdens het diner toen L.M. een politieke discussie begon met een man aan het naburige tafeltje. Ik vond dat de man zich goed staande hield. Nora is heel ongelukkig. Ze zei me dat ze zit te springen om terug naar New York te gaan. Toch geniet ik hiervan. De ogenschijnlijk alomtegenwoordige soldaten en politieagenten vind ik maar niets, maar de gewone mensen zijn heel vriendelijk en de steden staan vol prachtige gebouwen. Het land heeft ook een vitaliteit die me bevalt. Ik vraag me af of dit het is wat Rome aantrekkelijk maakte voor die Engelse.

Maandag, 10 augustus

Koffers gepakt en het wachten is op de kruier. We moeten over een uur de trein hebben naar Venetië. Vannacht werd ik door een onweersbui wakker uit een droom waarin ik was omringd door de priesters op sandalen en in soutane. De minnaar van de Engelse was er ook bij, met zijn blote enkels boven zijn gele schoenen. Ik lag naar de regen te luisteren en te kijken naar de pannendaken die door de bliksem werden verlicht. Door de open ramen het geluid van water dat uit regenpijpen op straat stroomt.

De trein besteeg de heuvels van Toscane, hij verdween herhaaldelijk in lange tunnels en daar had ik moeite mee. Terwijl we de donkere ruimtes in denderden, verflauwde het licht in de wagon en voelde ik een zware druk op mijn borst, een spanning van de zenuwen. Een soort claustrofobie, neem ik aan. Sommige tunnels leken eindeloos en dan, net wanneer ik het gevoel had dat ik geen adem meer kreeg, werden we halsoverkop het zonlicht in geslingerd, met groene velden en de rode daken van boerderijen. In het station van Bologna, waar we moesten overstappen, deed zich het volgende voor:

L.M.: 'Weet je wie er in deze stad is geboren, meisje?'

Nora: 'Nee, Lewis, zeg het eens. Jij weet alles.'

L.M.: 'Nou, mijn engeltje van de ether, dit is de geboorteplaats van de grondlegger van dat alles. Zonder hem zou je al die luisteraars niet op het puntje van hun keukenstoel kunnen laten zitten. In deze stad is Marconi geboren.'

Nora (naar buiten kijkend alsof de langs snellende mensen plotseling een geweldige betekenis hadden gekregen): 'Echt waar? Jee, vroeger verkocht ik in Toronto Marconi-radio's.'

Woensdag, 12 augustus (Hotel Lux, Venetië)

De dood in Venetië vandaag. Niet de literaire dood door de pest die Von Aschenbach in Manns roman wacht, maar de echte dood, onverhoeds en dramatisch in het Grand Canal vlak bij de Piazza San Marco. Het gebeurde na de lunch. Het was een bewolkte middag en we liepen achter een stel jonge Duitsers aan. Ze vermaakten zich luidruchtig en toen (God weet waarom) sprong een van de jongemannen, of hij werd geduwd (voor de grap?) in het kanaal. Gelach van de anderen toen de jongeman in het olieachtige water rondspetterde. Maar het werd gauw duidelijk dat hij niet kon zwemmen. Wij liepen misschien twaalf of vijftien meter achter hen, maar ik kon zien dat hij in moeilijkheden verkeerde. Twee anderen van de groep sprongen erachteraan om te helpen en plotseling ging alles mis.

Het zou lastiger worden dan ze hadden gedacht, want de jongeman was in paniek geraakt en hield hen met zwaaiende armen van zich af. Een moment lang konden we alleen een kluwen van armen, opspattend water en nat blond haar zien. Toen verdween hij gewoon, bijna een van de anderen met zich mee sleurend. Het gebeurde allemaal zo snel. Een van de Duitse meisjes greep met beide handen haar hoofd beet en begon te gillen, een afgrijselijk geluid in de Venetiaanse middag. Anderen trokken de twee mannen uit het water en in hun doorweekte kleren zaten ze te huilen op de kade van het kanaal. Een politieagent begon de mensen van de waterkant weg te duwen. Een paar zorgeloze momenten en het was afgelopen met een jong leven. Nora had tranen in haar ogen en L.M. sloeg zijn arm om haar heen. We liepen naar een kleine galerie, maar waren te zeer van streek om van de schilderijen te genieten. De sombere stemming beheerste het diner toen het gesprek draaide om de toevalligheid van gebeurtenissen en de willekeur van het lot, een onderwerp dat me heeft geïntrigeerd sinds de dag dat ik ben opgehouden in God te geloven. Nora hield bij hoog en bij laag vol dat gebeurtenissen voorbeschikt worden door Hem (haar woorden); zelfs rampspoed heeft zin en betekenis. Als dat niet zo was, hoe was het leven dan te verdragen? Inderdaad hoe? L.M. doorgrondde haar stemming (de pittige Nora) en hoedde zich ervoor haar tegen te spreken. Dat vond ik aardig van hem. Waarom zou je je met iemands geloof bemoeien?

Het gesprek ging vervolgens over op poëzie en ik zei dat ik 'Zondagmorgen' van Stevens zo mooi had gevonden.

'Ik heb Stevens ooit ontmoet', zei L.M. 'Op een feestje in de Village, hoewel die man geen bohémien is. Wist je dat hij voor een verzekeringsmaatschappij werkt? Driedelig pak, het hele zwikje. Als je hem ziet, zou je nooit denken dat hij dichter is. Natuurlijk is Williams arts. Die kerels moeten ook de kost verdienen.'

Ik had graag meer gehoord over Wallace Stevens en William Carlos Williams, maar L.M. was al op iets anders overgestapt.

Maar dan nog was het de prettigste maaltijd die we tijdens deze reis met ons drieën hebben genoten.

Overmorgen gaan Nora en ik terug naar Rome en vervolgens door naar Napels om de boot naar Amerika te nemen. L.M. reist door naar Frankrijk en Duitsland. Het is een interessante man, op zijn manier briljant, maar wel erg op zijn eigen genoegens gericht. Hij put je uit met zijn sterke karakter en niet-aflatende meningen. Hij is veel te intens om lang mee samen te leven en volgens mij beseft Nora dit nu. Ik vond het leuk hem ontmoet te hebben, maar ik neem zonder spijt afscheid. Voor het eerst in weken mis ik Whitfield.

Vrijdag, 14 augustus (0.30 uur)

Een uur geleden heeft L.M. avances gemaakt, maar ik wil het niet te groot maken; hij was een beetje aangeschoten en drong niet aan. Ik was net klaar met pakken voor morgen en wilde naar bed gaan toen ik de klop hoorde. Ik dacht dat het Nora was, maar toen ik de deur opende, stond Lewis daar in zijn gekreukte, linnen pak. Hij keek nogal bedrukt en er was geen spoor van de buldog in zijn gezicht te bekennen. Of hij even binnen mocht komen en ik vroeg waarom. Om zijn excuses aan te bieden, zei hij, hij had zich slecht gedragen op deze reis en had wroeging. Voordat we morgenvroeg uit elkaar gingen wilde hij 'het rechtzetten tussen ons'.

Ik had moeten zeggen dat hij naar bed moest gaan, maar dat deed ik niet en hij kwam de kamer in en liet zich in de groene, beklede stoel bij het raam vallen. Zwijgend staarde hij naar de vloer. Nora had me verteld dat L.M. aanvallen van depressie heeft en er in New York voor naar een dokter ging.

Door het openstaande raam achter hem zag ik de donkere vormen van voorbijglijdende gondels met hun lantaarns. Na een poosje zei L.M.: 'Je zus en ik hebben het deze dagen zwaar en ik word er beroerd van. Ik ben toch al niet opgeruimd van aard.'

Ik was in mijn peignoir en kon zien dat hij naar mijn voeten en benen keek.

'Ik ben aan Nora gehecht', zei hij. 'Ze is een lieve vrouw.'

Zijn stem stierf weg en hij draaide zich naar het raam om naar de boten te kijken. Ik had de hele avond aan de jonge Duitser gedacht. Het idee dat hij onder het gewicht van al dat donkere water lag, was bijna onverdraaglijk. Toen zei L.M.: 'Je bent heel anders dan je zus.'

Dat was waar, zei ik, hoewel misschien niet zo waar als hij dacht. Eigenlijk leken we in veel opzichten op elkaar. In welke opzichten dan, wilde hij weten, maar het leek me niet gepast om dit met hem te bespreken. Ik vroeg me af of Nora nu sliep. Ik vond het vervelend om in mijn kamer met L.M. te praten terwijl Nora lag te slapen. Dus zei ik dat hij maar beter kon gaan. Hij haalde zijn schouders op, kwam uit de stoel en bleef op mij neer staan kijken. Ik zat op de rand van het bed en na een ogenblik kwam hij naast me zitten. Ik wilde meteen opstaan, maar hij sloeg zijn arm om me heen en begon in mijn hals te wrijven. Het was een onbeholpen gebaar, uitermate dwaas en hij zei iets wat ik niet kon verstaan. Het had een dichtregel kunnen zijn. Ik rook dat hij had gedronken en vreemd genoeg moest ik denken aan wat Hamlet tegen zijn moeder over Claudius zegt. Iets over met zijn vervloekte vingers in je hals peddelen. Ik was niet van plan om de hysterische ouwe vrijster uit te hangen, maar ik wilde ook niet dat hij aan me zat en hij drong niet verder aan. Hij was óf te moe en ontmoedigd óf hij vond me de inspanning niet waard. Toen, als een personage in een oude slaapkamerklucht, klopte Nora op de deur. Ik kon haar stem op de gang horen.

'Clara, is Lewis daar bij jou?'

Toen ik de deur opendeed, keek ze naar binnen en zag hem op het bed zitten.

'Wat doet hij hier in godsnaam?'

'Niet wat je zou denken', zei ik. 'Alles is in orde en Lewis wilde net gaan.'

En hij ging inderdaad, heel stilletjes liep hij langs haar starende blik. Toen hij weg was, bleef Nora nog even, ze nestelde zich in de groene stoel, trok haar benen op en sloeg haar armen om haar knieën, net zoals ze vroeger op zaterdagavond in onze slaapkamer vaak deed, wanneer ze vertelde over die leuke verkoper in de groothandel of de verlegen jonge man op de toneelcursus. Het was waarschijnlijk voorbij tussen haar en L.M., zei ze.

'Het heeft gewoon zijn loop gehad. Het is uitgedoofd', zei ze. 'Lewis is gewoon te veeleisend. Ik kan er niet meer tegen. Laat hem maar teruggaan naar zijn intellectuele vrouwen. Die avond in Rome dat we samen met dat vreselijke mietje hebben gegeten? Weet je het nog? Dat was het wel wat mij betreft. Lewis zat me gewoon de hele avond uit te lachen. Nou, dat hij doodvalt. Er lopen genoeg mannen rond. Ik ben zijn kuren en eisen zat. Altijd maar moet ik van die perverse dingen doen in bed. Jeetje!'

'Wat voor dingen dan?' vroeg ik.

'Daar wil ik niet over praten', zei Nora en ze wierp me een vreemd afkerige blik toe. Maar waarom, zo vroeg ik me af, had ze het onderwerp ter sprake gebracht als ze er niet over wilde praten? En waarom wilde ik het eigenlijk weten?

Zondag, 30 augustus

Gisteren thuisgekomen en blij toe. Marion kwam vandaag na de kerk even langs, verlangend naar nieuws. 'Hoe was het, Clara? Wat heb je gezien?'

O, ik kwelde het arme kind met schalkse verhalen over knappe mannen. Dat ik bijna een minnaar had genomen, te midden van de antieke stenen van Rome. Een donkere, jonge man met een zwarte baret op een fiets.

'Clara! Nee toch!'

'Nou, het had gekund. Hij was heel knap.'

'Je bent me er eentje, Clara Callan.'

'Echt waar, Marion?'

Zaterdag, 5 september

Naar Toronto met de trein en vervolgens per tram naar de jaarmarkt. Ben langs de kramen met felgekleurde poppen gelopen op zoek naar mijn dolende ridder. Er werken vrouwen op deze kermissen en ik dacht na over hun leven: ruwe vrijpartijen in de woonwagens achter de tenten, de lucht van uien en gebakken vlees, de goedkope charme van deze wereld waarin mannen en vrouwen vechten, paren en tekeergaan zoals anderen voordat ze in de vergetelheid verdwijnen. Dit jaar geen Charlie!

Dinsdag, 8 september

De schoongeboende gezichten van de kinderen op de openingsdag. De lucht van zeep en gestreken schorten in de klas. Voorzover me heugt heb ik me altijd verjongd gevoeld aan het begin van een nieuw schooljaar. Hoe voel ik me dit jaar? Ik voel me eigenzinnig. Het woord kwam zomaar bij me op. Eigenzinnig! Wat klinkt dat mooi en misschien heb ik het vanochtend zelfs hardop gezegd. Ik geloof dat twee of drie leerlingen vluchtig mijn kant op keken. Terwijl ze bezig waren met hun eerste les, zocht ik het woord in het woordenboek op.

Eigenzinnig: 1. zijn eigen zin, wil volgend (m.n. tegen de waarschuwingen van anderen in) 2. nukkig, koppig, onhandelbaar.

Precies. De laatste nachten slecht geslapen. Na het avondeten vroeg Mrs. Bryden of het wel goed met me ging. Had mijn slaapkamerlicht gisternacht om drie uur gezien. Ze was zeker wakker vanwege haar nachtelijke plasje.

135 East 33rd Street
New York
12 september 1936

Lieve Clara,

Ik hoop dat alles goed gaat en dat je klaar bent voor een nieuw schooljaar. Ik ben ook weer begonnen en iedereen was

206

blij me te zien. Je had de post moeten zien die is gekomen toen ik weg was! Tja, Italië was niet helemaal wat we ervan verwacht hadden, hè? Wat een ervaring, niet? Ik had kunnen weten dat Lewis zich zo zou gedragen. Lang voordat we uit New York weggingen had ik er al de voortekens van kunnen zien. Ik zal wel verblind zijn geweest door meneer de grote intellectueel. Maar ik heb altijd al pech met mannen gehad. Waarom kom ik niet een aardige, normale vent tegen, die niet zo gemeen en niet zo'n opschepper is? Zulke kerels lijken wel door de aardbodem te zijn verzwolgen.

Meneer heeft me een ansicht uit Parijs gestuurd, waarop stond dat we volgens hem niet bij elkaar passen en bedankt voor de herinneringen. Hij heeft zelfs de moed niet persoonlijk afscheid te nemen. Wat een gluiperd! Hij en zijn mooie vriendjes! Herinner je je dat afschuwelijke mietje met het gele haar in Rome nog? Ik had hem die avond een klap in zijn gezicht moeten geven. Zijn pruik op de grond moeten smijten, of zoiets. Ach ja, al doende leert men. Nu ik aan de dijk ben gezet, breng ik de avonden door met lezen of naar de radio luisteren. Evelyn voelt zich ook rottig. Haar revuevriendin uit Texas 'heeft het krijt geruimd', om Evelyns uitdrukking te gebruiken. Ze is terug naar huis gegaan nadat ze een brief van haar schoolvriendje had gekregen die schreef dat hij nog steeds verliefd op haar was en met haar wilde trouwen. Wat vind je daar nou van? Hoe dan ook, Evelyn is er behoorlijk neerslachtig over en nu heeft ze het over een verandering in haar leven. Ze overweegt serieus om naar Californië te verhuizen en voor de film te gaan schrijven. Blijkbaar wil een aantal studio's haar graag hebben. Jee, ik hoop dat ze niet gaat, want ik kan me niet voorstellen hoe het leven hier zonder Evy zal zijn. Tegelijkertijd vind ik het afschuwelijk om haar zo ongelukkig te zien. Ze was echt stapelgek op dat meisje en trekt het zich heel erg aan. Waarom schrijf je haar niet eens? Ze heeft een heel hoge dunk van jou en ik weet dat ze het fijn zou vinden van je te horen.

Goed, ik moet mijn haar gaan wassen. Evy en ik gaan vanavond naar de film. Is er een kans dat je met de kerst hierheen komt? Je kunt hier altijd logeren en ik weet dat we met ons drieën een fantastische tijd kunnen hebben. Waarom denk je er niet eens over na?

Liefs, Nora

Whitfield, Ontario
Zondag, 20 september 1936

Lieve Evelyn,

Ik schrijf dit terwijl er een verschrikkelijke storm woedt. Wat een wind en regen! Ik voel me als een van de drie biggetjes waar de wolf tegenaan blaast. Gelukkig ben ik het biggetje in het stenen huis! Dit tumult moet de wisseling van de seizoenen aangeven. Rond de equinox hebben we altijd wisselvallig weer, maar deze middag is in mijn herinnering onovertroffen. Bakken met regen tegen de ramen en het lijkt of het eerder horizontaal dan verticaal op me af komt. Een verbazingwekkende vertoning van de natuur in beroering. Geen sterveling op straat. Op deze natte herfstmiddag is Whitfield waarlijk verlaten.

Ik ben benieuwd hoe het met je gaat. Nora zal je ongetwijfeld over onze vakantie in Italië verteld hebben. Volgens mij heeft ze het niet zo leuk gevonden als ze had verwacht. Maar wanneer beantwoordt de realiteit nu wel aan onze verwachting? Ik, aan de andere kant, heb er meer van genoten dan ik had durven hopen (de beloning die de pessimist af en toe ten deel valt). Rome was zo totaal anders dan alles in mijn weliswaar beperkte ervaring, dat ik meegesleept werd in de levendigheid ervan. Ik voelde me daar springlevend, ook al boezemde de absolute mannelijkheid van de cultuur me vaak angst in. De straten leken te krioelen van jonge mannen in uniform die met hongerige blikken rondloerden, terwijl de vrouwen hun hoofd bedekten en de dichtstbijzijnde kerk in vluchtten. Maar er waren zo veel kerken en ruïnes te zien! Over mannelijkheid gesproken, we hadden natuurlijk de gevreesde Mr. Mills als gezelschap, maar Lewis Mills mag dan misschien geniaal zijn, het kost hem ook geen moeite om de hansworst uit te hangen. Heeft Nora je verteld over ons merkwaardige avontuur met de politie in Rome? Helemaal het gevolg van Mr. Mills en zijn confrontatie met wat honden na het eten achterlaten. Hoe klinkt dat als eufemisme? Uiteraard belandden we op het politiebureau. Het was boeiend, maar ook nogal onthutsend. Op een bepaald moment werd er een jonge man opgebracht; hij was duidelijk arm en zag er zeker niet uit als een zware misdadiger. Maar hij werd zo onmenselijk behandeld. Het was misschien een glimp van hoe het leven er voor sommigen onder Mussolini uitziet. Toch heeft het land een onweerstaanbare luister en de gewone mensen waren vriendelijk en behulpzaam. Ik zal het beslist nooit vergeten. Ik zag een Engelse in Rome. In het huis van Keats, het huis waar hij is gestorven. Ik had medelijden met haar, maar later benijdde ik haar. Ach ja! Misschien dat ik je er nog eens over vertel.

Nora zei dat je misschien naar Californië gaat om voor de film te schrijven. Zo'n bestaan is voor mij zo onmogelijk ver weg en zo betoverend. Jarenlang was ik niet in film geïnteresseerd, maar de afgelopen tijd (misschien op aandringen van Nora, die eraan verslaafd lijkt) ben ik er een paar gaan zien. Als ik op een zaterdagmiddag klaar ben met winkelen in Toronto ga ik soms naar de bioscoop. Hier in het dorp is er geen en in het naburige stadje Linden gaan alle films over mannen die te paard achter de indianen aan zitten. Wanneer ik in Toronto ben en op de middagtrein terug wacht, vind ik vooral gangsterfilms leuk. Niet erg inspirerend, moet ik toegeven, maar het is onderhoudend. Ik zal wel op zo'n dorpshond lijken die bij tijd en wijle zomaar een mondvol slijk eet. Ik schijn ook de behoefte te hebben om een wereld van bederf en verval binnen te treden. Vind je dat raar? Soms vraag ik me af of het normaal is. Niet dat ik ooit een bijzondere aanspraak op normaliteit heb gemaakt.

Ik heb zojuist mijn adem ingehouden toen weer zo'n geweldige windvlaag de ramen van dit oude huis liet rammelen. Ik heb zin om in bed te springen en me als een kind onder de dekens te begraven. Maar goed, deze storm gaat voorbij zoals alles voorbijgaat. Mettertijd. Pas goed op jezelf.

Hartelijke groeten, Clara

Whitfield, Ontario
Zondag, 20 september 1936

Beste Nora,

Bedankt voor je brief. Wat een weer hebben we hier! Wat een wind en regen! De hemel is echt in beroering. Het moet iets te maken hebben met de wisselende seizoenen. Vanmorgen hoorde ik op de radio dat er door dit weer veel doden zijn gevallen in jouw deel van de wereld.

Het is dus vaarwel, Mr. Mills, hè? Nou ja, ik kan niet zeggen dat het me verbaast en het is waarschijnlijk maar goed ook, vind je niet? L.M. is een intelligente, interessante man, maar net als al zulke zeldzame creaturen is hij moeilijk en uiteindelijk ondoorgrondelijk. Het was onvergeeflijk zoals hij zich die dag in Rome heeft gedragen. Ik weet zeker dat je beter af bent zonder hem. Weet je nog wat ik op de boot terug heb gezegd?

Op school gaat alles weer zijn gang en Milton en ik zullen onze handen vol hebben dit jaar. Nou, dat was weer een windvlaag tegen het huis aan. Ik hou mijn hart vast voor de bomen in onze straat, hoewel ze allemaal nog overeind lijken te staan. Maar op de straten en stoepen is het een puinhoop, het ligt er bezaaid met bladeren en afgebroken takken.

Maar ik zit warm en droog en hoop dit ruwe weer ongehavend door te komen. Pas alsjeblieft goed op jezelf.

Clara

P.S. Zoals je voorstelde, heb ik Evelyn Dowling een brief geschreven.

Woensdag, 23 september

Dom, dom, dom! Waarom stem ik er toch in toe om zulke dingen te doen? Vandaag haalde Ida Atkins me voor het postkantoor over om dinsdag over een week de Vrouwenhulpdienst toe te spreken. Blijkbaar kan ik geen nee tegen dat mens zeggen en nu moet ik een hoop kletspraat verzinnen over reizen met mijn 'vriendinnen' van de kweekschool. En dan moet ik al die vrouwen in de ogen kijken.

Zaterdag, 26 september (17.35 uur)

Henry Hill slingerde zingend over straat, nog steeds in vaders overjas met de fluwelen kraag. Door het raam zag ik hem een paar minuten geleden voorbijkomen. Manley en Melvin Kray en een paar andere jongens waren de oude man aan het uitschelden en met stenen aan het bekogelen. Na de hele middag te hebben geprobeerd een aantal indrukken van Italië te verzamelen voor dat vervloekte praatje, stond ik op om hiernaar te kijken.

(23.15 uur)

Te vroeg in slaap gevallen en om tien uur wakker geworden. Kon de slaap niet meer vatten en heb daarom *Startling Detective* gelezen: 'Ongelijk paar wil samen sterven.' In Californië is een vijfendertigjarige vrouw er met een negentienjarige jongen, die voor de echtgenoot van de vrouw als portier in een bioscoop werkte, vandoor gegaan. De vrouw ging een paar avonden per week naar de film en zo hebben de twee elkaar leren 'kennen'. Ze haalde de jongen over haar echtgenoot te vermoorden en dus sloeg hij hem op een avond in de projectieruimte dood met een hamer. Het paar vluchtte met de auto, maar de politie pakte hen op in een toeristenmotel aan de Mexicaanse grens. 'Ik ben blij dat ik het heb gedaan', zegt de vrouw. 'Kan me niet schelen wat jullie nu met ons doen. Ik wil samen met hem sterven. We willen samen sterven.'

Allebei veroordeeld tot de elektrische stoel. Met doffe ogen kijkt de vrouw in haar gevangenisschort in de camera. De jongen ziet er loom en sensueel uit, zijn gezicht is slap, bezoedeld, boordevol zaad.

San Remo Apartments
1100 Central Park West
N.Y.C.
27/9/36

Beste Clara,

Fijn om van je te horen. Ja, we hebben die storm hier ook gehad. Het staartje van een orkaan, blijkbaar. Volgens de *Times* bewoog het Empire State Building daadwerkelijk in de harde wind. Kennelijk is het daar op ontworpen, maar ik vind de gedachte enigszins schokkend. Wanneer je omhoogkijkt en die enorme klomp staal, beton en glas ziet, verwacht je dat die gewoon op zijn plaats blijft staan als het waait. Maar heen en weer zwaaien! Jezus! Hoe dan ook, het was me het stormpje wel en het kwam hier ook met bakken uit de lucht vallen.

Een aantal weken nu lijd ik aan 'de pijn van een versmade liefde'. Mijn kleine junikever heeft met haar één meter vijfenzeventig de benen genomen naar Texas waar ze grootgebracht is. Ik hoop dat je het niet erg vindt dat ik de zin eindig met de persoonsvorm. Je moet op je tellen passen als je naar een schoolfrik schrijft. Hoe dan ook, ze gaat trouwen met een of andere sukkel met wie ze op school heeft gezeten. Junic is bij me weg en mijn hart is in tweeën gescheurd. Kun je je voorstellen dat iemand mij verlaat voor een Studebaker-verkoper? Ik had haar de hele wereld kunnen laten zien. Ik had hem haar op een vrij groot presenteerblaadje kunnen aanbieden. Maar vergeet het maar. O, de sterke aantrekkingskracht van de veranda en het schort! Nou, er valt niets te doen aan die passies behalve eroverheen zien te komen. Je zus en ik hebben elkaar sinds haar terugkeer uit Europa ons medeleven betuigd. Ze heeft me alles over de reis en Mr. Mills maffe gedrag verteld. Wat een ervaring voor jullie allebei! Oordeel alsjeblieft niet over alle Amerikanen naar wat je van Lewis Mills hebt gezien en gehoord. Geloof het of niet, maar sommigen van ons slagen erin om rustig te reizen en uit de problemen te blijven wanneer we naar het buitenland gaan. Nora zei dat ze niet weet wat ze zou hebben gedaan als jij er niet bij was geweest. Jee, ik wou dat ik een grote zus had.

'The House on Chestnut Street' blijft overdadige hoeveelheden lof oogsten in de vakbladen. *Radio News* noemde het 'de best geschreven middagserie op de radio'. Lekker puh! Niemand zal met het schrijven van dit materiaal de Pulitzer-prijs winnen, maar ik pak wat ik pakken kan en het is altijd fijn om erkenning te krijgen van mensen die in het vak zitten. Op het moment staan we in de top vijf, maar die oude 'Ma Perkins' schijnen we maar niet in te kunnen halen. We komen er dicht bij in de buurt, maar we kunnen het gat niet dichten. Spannend, hè? Ik ben bezig geweest met nog twee voorstellen: eentje is weer een sentimentele draak voor de middagdames, en de andere een detectiveserie die zich afspeelt in Manhattan. De laatste is leuker om te schrijven. Ik heb ze allebei voorgelegd aan een impresariaat, maar nog niets terug gehoord.

Ja, ik overweeg om naar Californië te gaan. MGM heeft me een hoop geld geboden en ik denk erover na. Het is in veel opzichten aantrekkelijk. Ik heb het gevoel dat ik wel een verandering van omgeving kan gebruiken. Aan de andere kant ben ik gek op New York en weet ik nu al dat ik de stad zal missen. Zo blijf ik dubben. Die dubbende, ouwe Evelyn!

Nora zei dat ze je heeft uitgenodigd voor de kerst. Waarom neem je haar aanbod niet aan? Het zou enig zijn om je weer te zien. We zouden met ons drieën op de toeristische toer kunnen gaan: de etalages van Macy, Radio City, een voorstelling op Broadway. Nora is daar dol op en ik ben er dol op om haar er dol op te zien zijn. Liefs en een kuise kus, Clara.

Evelyn

Maandag, 5 oktober

Een regenachtige avond. Ik ben naar Ida Atkins' huis gelopen om haar te zeggen dat ik morgenavond niet voor de Vrouwenhulpdienst kan spreken. Ik kan het gewoon niet. Het is onmogelijk. Maar de garage was leeg en het huis donker. Kwam natgeregend thuis en heb de rest van de avond een aantal indrukken van Italië zitten samenflansen: het Colosseum, de Sixtijnse Kapel, priesters, bedelaars, soldaten, de wijngaarden van Toscane, het licht op de stenen van Venetië. Afgrijselijk afgezaagd! Wat kan ik tegen die vrouwen zeggen dat oprecht klinkt? Hoe moet ik vannacht in 's hemelsnaam slapen?

Samenflansen: op vluchtige, slordige, niet degelijke wijze aan elkaar verbinden of samenstellen; haastig in elkaar zetten, zonder behoorlijke compositie.

Afgezaagd: tot vervelens toe gebruikt en daardoor overbekend. Oudbakken.

Dinsdag, 6 oktober (23.45 uur)

Marion is eindelijk weg; ik dacht dat ze nooit zou gaan. Ze maakte een omhaal alsof ik bedlegerig was. De thee die ik vanavond heb gedronken zal me vast nog urenlang wakker houden. Wanneer heb ik voor het laatst geslapen? Het lijkt lang geleden. En vanavond heb ik mezelf zonder twijfel te schande gemaakt. Toch kan ik nu opschrijven dat de herinnering aan de diverse verbaasde uitdrukkingen op al die gezichten me de komende dagen tot steun zal zijn. Het verhaal over mijn 'optreden' vanavond doet nu stellig per telefoon de ronde door de gemeente. En morgen over de heggen en toonbanken. Nou, dat moet dan maar. Het is gebeurd en gedane zaken nemen geen keer. Maar ik moet me toch afvragen (ik weet zeker dat anderen dat op ditzelfde moment ook doen) of ik niet eigenlijk een soort zenuwinzinking heb. Maar ik voel me sterk en gezond en bij mijn arme, volle verstand. Hier staat het bureau. Daar het bed. Dit zijn mijn vingers die onder het licht de pen op het blauw gelinieerde papier zetten. Maar dan nog heb ik me vanavond heel eigenaardig gedragen. Waarom heb ik die dingen gezegd? Ik was van plan om het door te zetten. Ik stond voor hen in het veel te warme kerkzaaltje. Het was er echt vreselijk heet, zo kwam het me tenminste voor. Natuurlijk was ik nerveus, maar het leek ongewoon warm. Ik weet nog dat iemand een raam openzette voordat ik begon. En zo stond ik voor hen met mijn aantekeningen in mijn hand geklemd. 'De waterwegen van Venetië zijn uniek en trekken ieder jaar duizenden bezoekers naar die legendarische stad' en in mijn hart wist ik dat het mis zou gaan nog voordat de avond om was. *Ik wist het*. Ida Atkins stelde me voor en ik keek naar de vriendelijke, verwachtingsvolle gezichten van mijn buren. Waarom was ik zo kwaad? Vanwaar die minachting? Toen vader overleden was, hebben deze mensen me schalen met eten gebracht en mijn hand gedrukt. Ze gaven me geurige zakdoekjes met zwart garen geborduurd voor de rouw. We groeten elkaar op straat en in de winkel. Mrs. A. ging maar door over de zusjes Callan en hoe trots het dorp was op onze prestaties. Nora maakt naam op de radio in New York. Maar laten we niet vergeten dat we Clara nog in ons midden hebben, een getalenteerde muzikante en waardevolle mentrix van onze jongelui enzovoort, enzovoort.

Ik stond trillend voor hen. 'Afgelopen zomer is Clara met een paar vriendinnen van de kweekschool op reis geweest en ze zal ons nu onthalen op haar indrukken van de oude wereld.' *Onthalen!* Toen ik het glas oppakte, beefde mijn hand. Ik morste wat water. Dat zagen ze. In ieder geval zagen degenen die vooraan zaten mij het water morsen. Toen ik naar mijn aantekeningen keek, zag ik enkel de krullen van zwarte letters op het blauw gelinieerde papier. De woorden hadden net zo goed in het Hongaars kunnen zijn. 'Rome is werkelijk een wonderbaarlijke stad. Maar het is er, tussen twee haakjes, heel warm in de zomer.' Na die indrukwekkende topische zin wist ik niets meer te zeggen. Ik moet daar hoelang gestaan hebben? Een minuut misschien? In de gegeven omstandigheden pijnlijk lang. De gezichten keken naar me op, achter het openstaande raam bracht de wind de bladeren in beweging. Het droge, ritselende geluid. Ik hoorde het door het open raam.

Mrs. A. wierp me vanuit haar stoel een reddingslijn toe. 'Wat is je helderste herinnering aan Rome, Clara?'

Ja, een heldere herinnering. Het enige wat me te binnen schoot was de Engelse in het huis van Keats. Haar afgrijselijke, paars-blauwe jurk. Ik begon ongeveer zo.

'Dat zal ik jullie eens vertellen. Ik zag een vrouw in Rome. Een Engelse. Ze vertelde bezoekers over de laatste maanden van de dichter in zijn huis vlak bij de Spaanse Trappen. Het was zo'n onaantrekkelijke vrouw, groot, bleek en met een lang, Engels gezicht en dan die paarse jurk. Ik had medelijden met haar. Je zou niet verwacht hebben dat zo'n armzalig uitziend iemand... ik weet dat het hardvochtig klinkt... maar je zou het niet hebben verwacht. Ik heb me toen afgevraagd hoe ze daar terecht was gekomen. Ik stelde me haar eenzaamheid voor in die stad van stenen en zonlicht. Haar bleke Engelse lelijkheid in al dat zonlicht. O, ik stelde me zo veel over haar voor. En toen... Wat kunnen we ons toch over anderen vergissen. Ik zag haar het huis uit komen. En een jongeman op een fiets wachtte haar op. Ze stapte uit het huis van Keats de zon in en die knappe jongeman stond op haar te wachten en ze omhelsden elkaar daar op straat. Zo'n vurige omhelzing! De Engelse drukte zich tegen de jongeman aan alsof ze verzwolgen wilde worden.'

Heb ik die woorden echt gezegd? *Vurig? Verzwolgen?* Ik geloof van wel.

Ze zaten me nu natuurlijk aan te staren; ik had hun verbaasde aandacht en kon voelen dat ik een lachbui kreeg. Zinloos om te proberen die te smoren. Net als een kind dat in de klas begint te giechelen. Je kunt haar alleen maar vragen om weg te gaan. En dus ging ik door. Ik vertelde dat ik me had verwonderd over die vrouw en haar leven in Rome. Waar woonde ze? Hoe was ze van een vochtige, Engelse stad in die stad van licht terechtgekomen? Hoe hield ze het uit om dag in dag uit bezoekers over de stervende dichter te vertellen? Hoe had ze de knappe jongeman met zijn bruine pak en pet en goedkope, gele schoenen leren kennen? Ik vertelde dat hij niet eens sokken had

216

aangehad. Ik had zijn blote enkels uit die schoenen zien steken. Ik vertelde dat ik dat allemaal had gezien toen hij haar op zijn fiets door de straten van Rome duwde. De Engelse klemde zich aan de hals van de jongeman vast en ze zag er zo gelukkig uit. Ik neem aan dat ze naar een kamer ergens gingen. Daar had ik me ook over verwonderd.

Mrs. A. raakte van streek nu, haar gezicht een toonbeeld van verbijsterde ontzetting. Dat is misschien een beetje bar, maar het is waar, zo zag ze er echt uit en ik begon te lachen. Een paar anderen lachten nerveus mee, maar hielden er al gauw mee op. Ze zagen dat er iets niet in orde was. Toch kon ik niet ophouden met lachen. Ik weet niet waarom. Ik lachte en lachte en ik kan me zo ongeveer voorstellen hoe dat geklonken moet hebben. Een vrouw die in een zaal van de kerk in haar eentje staat te lachen moet een kwelling zijn voor de ogen en oren van de bezadigden. Ik vertelde ook (misschien dat ik dit zelfs schreeuwde, ja, ik geloof van wel) dat ik niet met mijn kweekschoolmaatjes naar Italië was gegaan, maar met mijn zus en haar minnaar, die me, tussen twee haakjes, in een hotelkamer in Venetië probeerde te versieren.

Mrs. Atkins en de domineesvrouw, Helen Jackson, kwamen naar de lessenaar toe, namen me bij de arm en leidden me naar de consistoriekamer. Marion kwam ook en ze ging naast me zitten en hield mijn hand vast in die bedompte kamer waar het naar boenwas rook. Ik was niet meer in de consistoriekamer geweest sinds vaders begrafenis, toen Mr. Cameron voor de dienst enige woorden van troost tegen me had proberen te spreken. Vanavond was de blik van liefde en medelijden in Marions donkere ogen verschrikkelijk om te zien. Ik kon haar amper aankijken. Door de deuropening hoorde ik het gemurmel van de vrouwen in de zaal. Ik kneep in Marions hand en zei haar dat ze zich niet ongerust moest maken, hoewel ik de schijn tegen had, was ik zo gezond als een vis. Maar ik vraag me af of dat waar is. Het was belachelijk wat ik vanavond heb gedaan en morgen weet iedereen in het dorp het. Zelfs nu, terwijl ik dit schrijf, zijgen vrouwen naast hun man in het krakende bed neer.

'Clara Callan deed heel vreemd vanavond. Het was me wat.'
'Wie?'
'Clara Callan, de onderwijzeres.'
'Wat is daarmee?'
'Ze zou vanavond over haar zomervakantie in Europa vertellen en ze hield maar niet op over een man en een vrouw in Rome, Italië. Ze ging toch tekeer! Goh, ze schreeuwde en lachte. Het was heel raar, dat kan ik je wel zeggen.'
'Waarom deed ze dat?'
'Nou ja, hoe zou ik dat moeten weten? Ik had het alleen niet van Clara Callan gedacht. Ze is altijd zo verstandig. Misschien is het de overgang, hoewel ze daar wel erg jong voor lijkt.'
Ik kan hun stemmen horen. Ik ben bij hen in de slaapkamer.

Woensdag, 7 oktober

Geen woord over gisteravond. In de klas was ik voorbereid op zijdelingse blikken van de nieuwsgierigen, maar het was een gewone woensdagochtend. Geen hint van iets onwelvoeglijks in het gedrag van de kinderen, geen gegniffel of gefluister van de bovenbouwkinderen in de gang. Milton gedroeg zich alsof hij niets had gehoord, maar hij is presbyteriaans en het nieuws heeft hun huishoudens misschien nog niet bereikt. Toen ik aan mijn tafel zat, verbeeldde ik me even dat het allemaal een droom was. Ik had me niet zo aangesteld voor de Vrouwenhulpdienst; Marion had me niet die duistere, medelijdende blik toegeworpen en me niet naar huis gebracht. Maar natuurlijk is het wel gebeurd. Het is een feit dat met het verstrijken der jaren vaste vorm zal aannemen in de dorpsfolklore.
'Herinner je je die avond nog dat die arme Clara Callan zich zo vreemd gedroeg in de zaal van de kerk?'
'Ja. Ze vertelde ons dat ze een man in Italië had leren kennen of zoiets.'

Zondag, 11 oktober

Vanochtend vond ik een briefje onder de deurmat op de veranda. Getypt en goed gespeld. Afgezien van Ietalliaantje, wat ongetwijfeld grof spottend is bedoeld.

Aan de Dame met de Fantoomminnaar
We hebben over uw geheimzinnige man in Rome gehoord. Komt hij 's nachts bij u op bezoek op zijn fiets? Komt hij de trap op naar uw slaapkamer en kietelt uw tenen om u wakker te maken? Kijk maar uit anders wordt u nog een keer wakker met een Ietalliaantje.

Woensdag, 14 oktober

Vanochtend dit onder de deurmat.

Het gerucht gaat dat uw Italiaanse vrijer onlangs op bezoek is geweest en zijn gele schoenen onder uw bed heeft gezet. U bent heel ondeugend, Miss Callan. Een kaboutertje heeft me verteld dat u in de lente in de katholieke kerk in Linden wilt gaan trouwen en dat de Maagd Maria er ook zal zijn.

De briefjes zijn niet slecht geschreven en ik ben er half en half van overtuigd dat ze het werk zijn van een voormalige leerlinge of misschien twee of drie, een complot van wraakgierige meisjes, misschien uit klas zes. Hun moeders hebben het waarschijnlijk over mijn optreden van afgelopen dinsdag gehad. Het is zo vermoeiend en ontmoedigend om zulke woorden op een schitterend zonnige herfstochtend te lezen.

Zondag, 18 oktober

Vandaag weer eentje. Met punaises op de deur geprikt.

Miss Callan,

We hebben gezien dat de geheimzinnige man uit Rome, Italië weer bij u op bezoek is geweest. U hebt beslist een drukbezet liefdesleven, nietwaar? We hebben gisteravond bij u tweeën naar binnen gegluurd en sjonge jonge, wat we allemaal niet hebben gezien! Het zou wellicht gepast zijn om de gordijnen dicht te doen, Miss Callan. We moeten melden dat het een fraai gezicht was om u samen met uw Latijnse minnaar met zijn lange, donkere haar op de pianobank te zien zitten. En u allebei spiernaakt! Wat fluisterde hij in uw oor terwijl hij uw flanken streelde? Wat een bofferd bent u toch om zo'n knappe minnaar te hebben, niet?

Geïnteresseerde toeschouwer

Ik ben er meer dan ooit van overtuigd dat twee of drie meisjes hier de hand in hebben. Dertien- of veertienjarigen, vol van een vage wellust, giechelend terwijl ze de zinnen samenstellen. Ik heb hun waarschijnlijk een paar jaar geleden lesgegeven en ze herinneren zich nog steeds standjes en uitbranders, de onvoldoende voor een opstel. Het meisje van Patterson komt bij me op. Jean Patterson. Ze heeft me nooit gemogen. Ik voelde haar vijandigheid de eerste dag dat ze de klas binnenkwam. Ze trekt altijd op met Louise Abbott en Mary Epps. Fluisterend en lachend in de gang. Milton heeft me verteld hoe vervelend ze in de les zijn. Nu ik eraan denk, de zus van Jean Patterson zit op een handelsschool in Linden. Ze zou heel goed thuis een typemachine kunnen hebben.

Flanken: interessante woordkeuze. Het is moeilijk voor te stellen dat dit uit Jean Pattersons alledaagse koker is gekomen. Misschien een van de anderen? Mary Epps woont op een boerderij ergens in het district. 'Flanken' zou een term kunnen zijn die zij heeft bijgedragen.

Na het avondeten bezoek gehad van Helen Jackson, die plotseling bij mij aan de deur stond en slecht op haar gemak leek. Ik was vanavond niet op mijn best. De kolenboer had vandaag bezorgd en sinds vier uur was ik bezig geweest om kolenstof van het meubilair en de vensterbanken te vegen. En daar zat de domineesvrouw op het randje van de bank in de zitkamer. Het lijkt of ze doodsbenauwd voor me is en ik kan niet zeggen dat ik het haar kwalijk neem. Ik moet haar woest aangestaard hebben toen ze me zei dat ze Nora had geschreven over 'je lichte aanval twee weken geleden. We maken ons zorgen over je, Henry en ik.'

'Je hebt mijn zus geschreven? Hoe kom je daar nu bij?'

'Ja, ik heb geschreven, Clara. Ik ben zo vrij geweest. Ik heb haar adres van Mr. Manes in het postkantoor gekregen.'

Bert Manes geeft adressen door die hij op de enveloppen leest? Dat is ongetwijfeld tegen de wet, maar wat valt eraan te doen?

'Ik wil niet dat je denkt dat ik een bemoeial ben, Clara. Zo ben ik helemaal niet. Ik vond alleen dat je zus het moest weten.'

Ik had haar nog steeds niet gevraagd haar jas uit te doen. Het was onbeleefd, maar ik kon er niets aan doen. Ik was zo boos terwijl ik daar in mijn smoezelige schort zat, met pantoffels aan mijn voeten. Alles had onder het kolenstof gezeten. Ik had zeker geen bezoek verwacht.

'Ik ben heel vaak langs je huis gelopen', zei Helen Jackson. 'Om de moed te verzamelen om aan te kloppen, Henry drong er natuurlijk op aan dat ik bij je langsging, maar ik wilde toch al gaan. Je leek die avond zo ongelukkig en in de war.'

'In het leven gaat het vaak om verwarring en ongelukkigheid', zei ik. 'Denk je ook niet?' Wanneer ik er nu aan terugdenk, was het misschien een vreemde opmerking in een oppervlakkig gesprek. Ik ben veel te emotioneel in die dingen. Te veel alleen. Te veel gepieker. Ik kan de indruk begrijpen die ik op anderen moet maken. Maar dan nog is het waar, niet? Zijn we niet vaak ongelukkig en in de war? Wat is er zo verkeerd aan om dat te zeggen?

'Misschien', zei Helen Jackson, 'zouden we de trein naar Toronto kunnen nemen. Ik kijk graag naar schilderijen. We zouden een keer op zaterdag naar het museum kunnen gaan.'

'Ik denk het niet', zei ik. 'Daar vind ik niet zo veel aan. Ik hou van boeken en muziek.'

Ze zag er zo misnoegd uit terwijl ze op de rand van de bank zat. Een zachtmoedig, knap vrouwtje. Getrouwd met de opvliegende dominee en kinderloos net als ik. Al die theekransjes met de Ida Atkinsen van deze wereld. Ik bood haar geen thee aan. Ik kon het niet opbrengen: het water koken, de beste kopjes en schoteltjes tevoorschijn halen, de suikerpot en het roomkannetje. Ik kon het niet en wilde het niet. Toen ze wegging, pakte ze in de gang mijn hand. Zulke kleine handen!

'Ik zal voor je bidden, Clara. God luistert altijd naar hen die om hulp vragen.'

'Nou, ik wou dat ik het kon geloven', zei ik. 'Het zou de zaken heel wat gemakkelijker maken. Maar ik geloof niet dat het waar is en dat is vreselijk jammer. Wat mij betreft luistert er niemand. Ik vrees dat we er alleen voor staan, Mrs. Jackson.'

'Dat is beslist niet waar, Clara. Als ik dat geloofde, zou mijn leven de moeite niet waard zijn.'

Ze keek naar me omhoog en greep mijn hand stevig vast. Wat een kracht in die kleine hand. Ik voelde me onbeholpen terwijl ik naast haar onder de ganglamp stond. Het begin van grijs in Helen Jacksons haar, hoewel ze niet veel ouder kan zijn dan ik.

'Ik zou willen dat je eens bij me langskwam, Clara. Ik weet dat er dingen zijn waarover we samen kunnen praten. Kom als Henry het huis uit is, als je dat beter vindt. Kom langs als de auto er niet staat.'

Ik keek haar na toen ze haastig de straat overstak en verwonderde me over die opmerking.

Aan Miss Callan,

Wat een zalige nachten zult u beleven zo helemaal alleen in uw huis met uw fantoomminnaar. We kunnen niet bij u binnen kijken in de slaapkamer, maar we kunnen het ons voorstellen... Streelt u zijn donkere haar en bruine huid als hij zich 's nachts over uw bed buigt? Smacht u naar zijn kussen als hij u in zijn armen neemt? Is het niet fantastisch om zo'n fantoomminnaar te hebben? Die u kust en zegt dat u niet alleen bent? O, u boft maar met uw fantoomminnaar, Miss Callan. Maar pas op, anders zien we u op een dag achter een kinderwagen met een fantoombaby erin.

Geïnteresseerde toeschouwers

Wanneer leggen ze die briefjes onder de verandamat, vraag ik me af. Het moet heel laat zijn. Merken hun ouders hun afwezigheid niet? Ik moet Jean Patterson morgen goed in de gaten houden om te zien of ik iets in haar gezicht kan bespeuren. Ik ben ervan overtuigd dat zij en haar vriendinnen hierachter zitten.

Jean Patterson en Mary Epps liepen vanmorgen langs me in de gang toen ze op weg waren naar Miltons kamer. 'Goedemorgen, Miss Callan.' Ik knikte enkel. Dubbelhartigheid kan een masker van onschuld dragen, zelfs bij jongeren. Vanmiddag was er een brief van Nora, vol bezorgdheid over mijn 'aanval'. Ze stuurde me ook een boek. *Leven en leren leven* door dr. Ralph Crispin, wiens foto achterop staat. Een mollige, opgewekt kijkende man, die dominee is van een grote kerk in Los Angeles, Californië. Ik heb zo genoten toen ik vanavond dr. Crispins boek doorkeek. Een paar titels van hoofdstukken: 'Weer of geen weer, zing een lied in de morgen'; 'Kijk naar het bos, maar vergeet de bomen niet'; 'Je kunt het als je maar wilt'; 'God heeft gelukkige mensen lief'.

Ik zal Nora hierover schrijven, maar morgen wanneer ik en als ik me kalmer voel.

135 East 33rd Street
New York
17 oktober 1936

Lieve Clara,

Gisteren heb ik een brief gekregen van Mrs. Helen Jackson, de vrouw van de nieuwe dominee. Ze schreef over een lezing die je voor de Vrouwenhulpdienst hebt gehouden over onze reis naar Italië afgelopen zomer. Ze zei dat je een aanval of zoiets kreeg, dat je ziek werd van de zenuwen. Ik heb haar gebeld. Clara, ik wou dat je telefoon nam. Waarom verzet je je tegen zo'n overduidelijk gemak in de wereld van vandaag? Ik wil met alle plezier de maandelijkse rekening betalen. In ieder geval heb ik Helen Jackson gebeld. Volgens haar leek je compleet in te storten die avond. Ze klonk heel aardig en maakt zich evenveel zorgen over je als anderen in het dorp. Ze heeft het idee, en daar ben ik het helemaal mee eens, dat je veel te veel tijd alleen doorbrengt. Het lijkt alsof je alleen je werk hebt en dat oude huis om voor te zorgen. Je moet echt wat meer je best doen om de deur uit te gaan en mensen te ontmoeten, Clara. Het zou goed voor je zijn. Iedereen heeft vrienden nodig. Ik weet niet wat ik zonder Evelyn zou moeten. Ik zou willen dat je gebruikmaakte van Helen Jacksons aanbod van vriendschap. Waarom nodig je haar niet zo nu en dan uit? Waarschijnlijk zul je erachter komen dat jullie heel veel gemeen hebben. Ze klonk zeker als een ontwikkelde vrouw. Jij houdt er gewoon veel te halsstarrig aan vast om alleen en onafhankelijk te blijven. Je zou echt meer je best moeten doen om de deur uit te gaan en onder de mensen te komen. Zoals dr. Crispin zegt: 'Geen mens klaart het alleen.' Ik maak me ongerust over je, Clara. Laat me alsjeblieft weten hoe het met je is.

Liefs, Nora

Whitfield, Ontario
Zondag, 25 oktober 1936

Beste Nora,

Vrijdag kreeg ik je brief, maar ik heb gewacht met terug-schrijven omdat hij me irriteerde en ik nog steeds geïrriteerd ben. Ik vind het aanmatigend van Helen Jackson om contact met jou op te nemen. Ik neem aan dat ze het hart op de juiste plaats heeft, net als jij natuurlijk, maar ik zou willen dat mensen zich niet zo druk maakten over mij.

Onthou alsjeblieft het volgende:

1. Ik wil geen telefoon in huis.
2. Ik wil niet 'meer mijn best doen om de deur uit te gaan en mensen te ontmoeten'.
3. Helen Jacksons leidt een veel treuriger leven dan jij denkt dat ik doe.
4. Dokter Crispin is een windbuil.

Clara

Maandag, 26 oktober

Gisteravond tot twee uur opgebleven en in het donker bij de voordeur gezeten in de hoop dat ze zouden komen. Wat een dwaasheid! Om twee uur ben ik naar boven gegaan en naar bed en vandaag heb ik de prijs betaald. En de kinderen ook, want ik was kribbig en chagrijnig.

135 East 33rd Street
New York
Zaterdag, 31 oktober 1936

Lieve Clara,

Ik was van plan je brief te negeren, maar ik zie niet hoe ik dat kan. Ik bén per slot van rekening je zus. We zijn praktisch alleen op de wereld, Clara, en dus lijkt me dat we voor elkaar moeten zorgen. Helen Jackson probeerde alleen om een goede buur te zijn. Ik zal je eens iets zeggen – je laatste brief heeft me er niet bepaald van overtuigd dat je tegenwoordig helemaal jezelf bent. Wat is er toch aan de hand? Als je het mij niet kunt vertellen, wie dan wel? Dit moet me ook van het hart. Vorige zomer tijdens onze reis viel me op dat je je vreemd gedroeg. Ik weet wel dat je altijd een rustig, zwaarmoedig type bent geweest, maar vorige zomer leek je alles op een afstand te houden. Zelfs Lewis zei er wat over. Aan boord wilde je met geen enkele activiteit meedoen, hoewel er voor iedereen wel wat bij zat. Ze hadden zelfs een leesclub. Weet je nog hoe ik je heb aangespoord om erbij te gaan en met andere vrouwen te praten over de boeken die je hebt gelezen? Maar je wilde niets anders dan in je eentje lezen of in een dekstoel naar de zee zitten staren. Je zat úren naar de oceaan te staren. Dat noem ik niet normaal, Clara. Volgens mij moet je hier met iemand over praten en als het dan niet met mij is, dan wellicht met een dokter. Evelyn heeft ook haar problemen en zij gaat er iedere week voor naar een dokter. Dat is tegenwoordig niet zo ongewoon. Misschien kun je het regelen om op zaterdagochtend of zo naar Toronto te gaan. Ik wil met alle plezier helpen, want dat soort dokters kan duur zijn. Ik meen het serieus, Clara. Je laatste brief bevalt me helemaal niet. Ik heb je het boek van dr. Crispin gestuurd in de hoop dat je het bruikbaar zou vinden. Oké, er staan dingen in waar je het mee oneens kunt zijn, maar dat boek heeft duizenden mensen hun dagen helpen doorkomen. Een paar avonden geleden werd hij op de radio geïnterviewd en hij had het over de duizenden brieven die hij heeft gekregen Ben jij zo bijzonder dat je hem met grof taalgebruik belachelijk mag maken?

Dit is iets wat ik wil doen en ik hoop dat je er geen bezwaar tegen hebt. Ik heb Evelyn gevraagd me met Kerstmis een paar dagen uit het scenario te schrijven zodat ik naar Whitfield kan komen om je te zien. Dan brengen we de feestdagen samen door. Ik wil ons dorpje op kerstavond zien zoals ik het me herinner met de vallende sneeuw en de band die op de ijsbaan speelt. Hebben ze nog steeds schaatsfeesten? Weet je nog dat we in bed naar de band lagen te luisteren? In een heldere nacht konden we het vaag vanuit de slaapkamer horen. Als ik lief was geweest of als jij ervoor in de stemming was, verzon je een verhaal om mij te vertellen. Dat zou ik graag overdoen en ik wil je graag gezelschap houden tijdens de feestdagen. Waarschijnlijk kom ik op kerstavond (een donderdag) aan en blijf ik tot zondag of maandag. Ik hoop dat je het een leuk idee vindt. We hebben vast een toffe tijd samen. De groeten van Evelyn.

Liefs Nora

San Remo Apartments
1100 Central Park West
N.Y.C.
8/11/36

Beste Clara,

Tadaa! Verrassing! Ken je me nog? Evelyn Dowling, Nora's maatje. Ze zei dat je niet lekker was, om het zo maar eens uit te drukken. Het moet besmettelijk zijn, want ik voel me ook niet goed en ik ga ervoor naar een kwakzalver. Hij noemt zich psychiater en iedere woensdagmiddag stelt hij me vragen over vroeger dagen toen ik een dik, knuffelig moppie was en bij mams en paps woonde.

Je zus vroeg zich af of ik nog wijze woorden had om door te geven, maar die heb ik echt niet, behalve dat vrouwen die alleen leven eigenlijk een kat zouden moeten nemen of zoiets. In mijn geval zou ik een grote nodig hebben, bijvoorbeeld een luipaard of een panter. Misschien dat het helpt bij de concentratie als er zo eentje door het huis doolt (dank u, dokter Johnson). Wij, ongetrouwde dames, schijnen vatbaar voor een soort malaise te zijn, vooral als koning winter in aantocht is. We hebben natuurlijk geen koters en echtgenoot met zijn vervloekte pantoffels om ons mee bezig te houden (de hemel zij dank), hoewel ik me kan voorstellen dat dat soort rommel in je leven je aandacht van bepaalde dingen afleidt. Zoals wie ben ik in godsnaam en wat doe ik hier? En hoe kom ik de volgende dertig jaar door?

Je moet het me maar vergeven, meid, dat ik zo doordraaf. Ik zou jou eigenlijk moeten troosten en nou zit ik zelf te zeuren.

Maar het is een natte zondagmiddag in New York en ik heb alle films al gezien. Er is niets op de radio en ik ben te moe om te lezen. Bovendien ben ik woorden beu, de duizenden afgezaagde woorden die ik iedere week produceer en zelfs de andere, die beter gerangschikt staan in de boeken van begaafdere mensen. De waarheid is dat ik de laatste tijd heb geprobeerd om echt te schrijven. Met echt schrijven bedoel ik verhalen. Maar het blijken altijd ziekelijk bleke imitaties te zijn van Dorothy Parker of Dawn Powell. Iets ontbreekt er altijd aan. Dat heet waarschijnlijk talent. Maar zet me voor mijn betrouwbare Smith-Corona en vraag me weer een aflevering op te hoesten van 'Chestnut Street' of 'Manhattan Patrol' (een nieuwe politieserie waarmee ik bezig ben) en voilà – alsjeblieft, het kan zo in de oven.

Ik ben tot de slotsom gekomen dat ik aan een verdorven verbeelding lijd en daar schijnt niet veel aan te doen te zijn. Ik vermoed dat Nora (of misschien ikzelf wel) je al heeft verteld dat die verdorven verbeelding van mij onder de aandacht is gekomen van verscheidene en uiteenlopende filmbonzen in Hollywood, waar dergelijke verbeeldingen zeer gewild zijn. Dus heb ik een paar aanbiedingen gehad en ik moet zeggen dat ik soms in de verleiding kom. Als lokkertje bieden die filmbonzen lachwekkend hoge bedragen voor mijn diensten en op dagen zoals deze kan ik mezelf onder de palmbomen zien. Ik heb ook begrepen dat Hollywood vol psychiaters en mooie vrouwen zit en dat die soms een en hetzelfde zijn. Nou ja, we zullen zien wat het nieuwe jaar brengt.

Je moet me schrijven en vertellen hoe het leven zich ontwikkeld in dat pittoreske Canadese gehucht van je. Zijn de mensen daar even lief en aardig als de luitjes in Meadowvale, USA? Nora heeft het zo vaak over Whitfield dat het Meadowvale voor mij is geworden. Vertel me alsjeblieft niet dat jullie daar daadwerkelijk een Chestnut Street hebben (ik durfde het Nora niet te vragen) of ik vermoord mezelf. Waarom laat je niet wat van je horen als je even tijd hebt?

Met lieve groeten, Evelyn

Meer dan twee weken niets. Ik dacht dat ze hun spelletje beu waren geworden en toen kwam er vandaag zowaar een brief met de post. *Tumult. Extase. Gloedvol. Wulps.* Ze moeten die woorden uit tijdschriften hebben.

Beste Miss Callan,
Een kaboutertje heeft ons ingefluisterd dat uw fantoom-minnaar terug is uit het land der Latijnen. We begrijpen dat hij bij voorkeur zaterdagavond op bezoek komt en dan 's nachts blijft. En zo hebben we afgelopen zaterdagavond de drukte van jullie gehoord. Wat een tumult schoppen jullie twee! Zulke kreten van verrukking als hij u door het huis achternazit. Wat een pret om spiernaakt verstoppertje te spelen! En wanneer hij u vangt — wat dan, Miss Callan? Wat een extase als hij u gloedvol met zijn sterke armen omhelst en uw gezicht met kussen overdekt. En als hij u de trap opdraagt naar de slaapkamer, geeft u zich over aan wulpse gedachten over de liefde terwijl hij uw spiernaakte lichaam op het bed legt. O, Miss Callan, dat mag niet. Dat hoort niet. Oooo.

Geboeide toeschouwers

Whitfield, Ontario
Zaterdag, 14 november 1936

Beste Evelyn,
Bedankt voor je brief. Je mag dan een tikje melancholisch zijn geweest op die natte zondag, maar je brief was beslist amusant. Is het niet vreemd dat we, zelfs wanneer we ons niet helemaal lekker voelen, toch door middel van woorden boven onze gevoelens kunnen uitstijgen. Ik veronderstel dat dichters, romanschrijvers en toneelschrijvers dit doen, maar dan op een geconcentreerdere, artistiekere manier. Ik stel me zo voor dat Shakespeare, bijvoorbeeld, Falstaff heeft bedacht op een dag

dat hij bijzonder neerslachtig was. Of het laatste bedrijf van *Koning Lear* heeft geschreven in een uitzonderlijk zonnige stemming.

Hoe dan ook, het was aardig van je om aan me te denken en me te schrijven. Nora maakt zich altijd zo'n zorgen. Ze vindt dat ik te veel alleen ben en daarom in mijn vaders huis in een rare oude vrijster verander. Er heeft zich vorige maand een incidentje voorgedaan in een van de plaatselijke kerken en dat zou haar vermoeden verder gestaafd kunnen hebben. Ik was zo dom om in te gaan op het verzoek om een praatje te houden voor de Vrouwenhulpdienst over onze reis naar Italië afgelopen zomer. En er is toen iets gebeurd, ik weet nog steeds niet precies wat, maar tijdens dit praatje raakte ik de kluts kwijt. Misschien realiseerde ik me enkel de pure stompzinnigheid van wat ik trachtte te doen. Dus kletste ik maar door over een man en een vrouw die ik in Rome had gezien. Deze speciale man en vrouw vormden voor mij de interessantste herinnering van de hele reis en ik neem aan dat ik begon te lachen vanwege de absurditeit dat ik probeerde iets te verklaren dat voor sommige mensen waarschijnlijk onverklaarbaar is en natuurlijk kwam het er allemaal verkeerd uit. Ik moet hysterisch hebben geleken. Ik snap dat die vrouwen dat misschien dachten. De vrouw van de nieuwe dominee was zo geschrokken over mijn optreden dat ze het nodig vond om contact met Nora op te nemen. Maar ik moet hier en nu optekenen dat ik me geestelijk zo gezond voel als je je maar kunt voelen wanneer je op deze achterlijke planeet bij je volle bewustzijn bent.

Maar het incident heeft een vervelend staartje gekregen. De afgelopen maand heb ik steeds anonieme lasterbrieven gekregen, waarin er wordt aangenomen dat ik een hartstochtelijke liefdesverhouding heb met een Italiaan! Deze 'fantoomminnaar', zoals de briefschrijvers hem noemen, wekt de suggestie dat ik een gefrustreerd slachtoffer van seksuele fantasieën ben. Hoe duivels kunnen die krengen zijn! Het auteurschap van deze vulgaire briefjes, die om de zoveel tijd onder mijn deurmat opduiken, kan ik niet met zekerheid bewijzen, maar ik verdenk een paar voormalige leerlingen van me die nu in het laatste jaar zitten (ik sta voor de vier laagste klassen). Ze leven een soort schoolmeisjesfantasie uit, de erotische dagdromen van dertienjarigen, misschien als wraak op standjes van lang geleden. Dat is in ieder geval mijn theorie. De briefjes zijn een beetje verontrustend. Het is nooit leuk om het voorwerp van spot te zijn, maar ik hoop dit grondig uit te kunnen zoeken. Wat ik er dan aan zal doen, weet ik nog niet precies. Maar genoeg hierover, en zeg hier tussen twee haakjes alsjeblieft niets over tegen Nora. Ze maakt zich toch al nodeloos zorgen over mijn 'geestelijke gesteldheid'. Pas goed op jezelf en schrijf af en toe eens. Ik vind je brieven erg leuk.

Clara

Maandag, 16 november (7.22 uur)
Een vreemde, verwarrende droom waarvoor ik me bijna geneer om hem op te schrijven. Soms vraag ik me af of ik eigenlijk niet een beetje getikt ben. Voor het eerst in maanden heb ik over Charlie gedroomd. Hij zat door de kamers van dit huis achter me aan, toch waren de beelden wazig en bij tijden duister. Het leek bijvoorbeeld of we nauwelijks bewogen. Het was net of we zweefden, onze blote voeten raakten de vloerplanken van de gang en de kamers niet aan. Ik was kennelijk niet bang. In mijn slaapkamer waren we allebei naakt en toen leek hij de jongeman uit Rome te zijn, maar toch had hij Charlies brede apenmond en grijns. Ik kon niet langer in bed blijven liggen of het donker verdragen, dus deed ik de lamp naast mijn bed aan en ging in de stoel bij het raam zitten. Het moet ongeveer twee uur hebben geduurd voordat ik in slaap viel (mijn nek is pijnlijk nu door de houding waarin ik heb geslapen). Bij het aanbreken van de dag werd ik wakker en door het raam zag ik de vage grijsheid en de donkere takken.

Lieve Clara,

Ik heb al tijden niets van je gehoord. Hopelijk is alles goed
met je. Ik ben nog steeds van plan om met Kerstmis te komen
en heb de verbinding al opgezocht. Ik neem de drieëntwintigste
de avondtrein op Penn Station en kom de volgende morgen in
Toronto aan. Ik had gedacht die dag in de stad te blijven, wat
rond te kijken en misschien een paar oude vrienden op te
zoeken en met hen te lunchen. Daarna neem ik de trein naar
Linden. Haalt Bert Manes nog steeds de post en reizigers op?
Zo nee, zou je dan Joe Morrow kunnen vragen mij bij het
station op te halen? Uiteraard zal ik hem ervoor betalen. Ik heb
alleen geen zin om twee koffers de hele weg naar huis te moeten
dragen. Ik verheug me echt op een ouderwetse kerst met jou.
Hopelijk ligt er een dik pak sneeuw. Liggen mijn oude schaatsen nog in de kelder? Ik had gedacht om te gaan schaatsen als er
tegen die tijd ijs op de baan ligt. Hier is het zoals gewoonlijk
druk en ik heb voor het nieuwe jaar wat freelancewerk aangeboden gekregen. Ik zal je erover vertellen als ik je zie. Ik maak
me zorgen over Evelyn die tegenwoordig vreselijk neerslachtig
is. Ze zit echt in de put. Tegen mij is ze best aardig, maar ze
snauwt bijna iedereen af die de degens met haar kruist. Sjonge,
wat kan ze dan vals zijn!!! Volgens mij is ze gewoon eenzaam.
Maar ja, wie is dat niet, hè?

Onze reisgenoot van vorige zomer heeft zijn artikel in een
blad hier gepubliceerd. Het gaat helemaal over de oorlog in
Spanje en de Europese politiek. Hij schrijft over de straten van
Rome, maar neemt de moeite niet om te melden hoe hij zich op
een dag heeft gedragen. Weet je nog? Daaruit blijkt maar weer
dat wat je leest totaal niet lijkt op wat er echt is gebeurd. Hij stelt
zichzelf voor als een held die de politie zegt waar het op staat,
bla, bla, bla. Ons noemt hij niet eens en dat is waarschijnlijk
maar goed ook. Het is net alsof we er niet eens bij waren. Hij
heeft het over die geelharige man die de draak steekt met een

hoorspelactrice, maar ze zit aan een ander tafeltje. Dat ben ik natuurlijk, maar hij doet of het iemand anders is. Ik wil graag geloven dat hij mijn gevoelens spaarde, maar eigenlijk denk ik dat meneer niet wilde toegeven dat hij samen reisde met een niet-intellectueel als ik. Volgens het blad wordt een aantal van zijn stukken volgend voorjaar of in de zomer als boek uitgegeven. 't Zou wat!!!

Denk je dat de koning echt afstand zal doen van de troon? In de *Trib* van vandaag staat een grote foto van hem en Wallis Simpson. Wat vinden ze er in Canada van? Ik wed dat ze niet zo gelukkig zijn met die situatie. Maar stel je toch voor dat je de troon van Engeland opgeeft voor de vrouw van wie je houdt. Je moet toegeven, Clara, dat het vreselijk romantisch is. Tot ziens op kerstavond.

Liefs, Nora

Maandag, 7 december

Net toen ik vandaag wilde vertrekken, kwam Ella Myles het lokaal in om mijn hulp te vragen bij een opstelwedstrijd. Ze praat niet zo gemakkelijk met Milton. Ik vraag me af of ze met iemand kan praten; ze is zo'n ernstig, stil, verlegen ding. Haar donkerblonde haar is op haar voorhoofd bot afgeknipt; verminkt eigenlijk door de schaar van haar moeder. Ze is ongezond bleek. Alsof ze leeft van witbrood en slappe thee. Een vochtige, ongewassen lucht. De moeder zou met haar over lichaamsverzorging moeten praten. Ella stond naast mijn tafel en liet me de advertentie in een krant uit Toronto zien. De wedstrijd wordt gesponsord door een van de banken. Een prijs van vijfentwintig dollar voor het beste opstel. Alle kinderen van de hoogste klas in de hele provincie kunnen eraan deelnemen. Vijfhonderd woorden. De voorspelbare onderwerpen: de plichten van een rechtschapen burger; de toekomst van het Britse Rijk; het wonder van het vliegtuig; hoe de spoorwegen Canada groot hebben gemaakt. Welk moest ze kiezen? Een adertje klopte in haar tengere hals terwijl ze het vroeg.

Het arme kind maakt maar weinig kans; haar gevoelens zijn veel te dromerig en lyrisch. Daarom heeft ze afgelopen juni onze kleine opstelwedstrijd over de mijnwerkers niet gewonnen. Deze onderwerpen vragen om beredeneerde argumenten en de logische uitwerking van een stelling. Dat heeft ze gewoon niet in zich. Als ze nu vroegen om een kort verhaal of een gedicht! Maar ik kon het niet opbrengen om haar te ontmoedigen. We kozen het onderwerp van de eerbare burger en ik leende haar een boekje met opstellen om te bestuderen, hoewel ik betwijfel of Chesterton en Leacock haar erg zullen boeien. Het moet in februari ingeleverd worden, maar ze wil er tijdens de feestdagen aan werken. Bezwoer me uiteraard het geheim te houden.

Een enorme ophef op de radio over de koning en zijn Amerikaanse vriendin. Het ziet er nu naar uit dat hij van plan is af te treden en met die vrouw te trouwen. Samen met miljoenen anderen zal Nora geschokt zijn.

Dinsdag, 8 december

Ik moet hier iets aan doen. Toen ik vanochtend het klaslokaal binnenkwam, zag ik een stuk papier uit mijn woordenboek op tafel steken. Ze voelen zich nu dapper genoeg om mijn lokaal in te komen. De kinderen drongen zich naar binnen en ik voelde zo'n aandrang om op de vlucht te slaan. Dit heb ik nooit eerder gevoeld. Ik zag de dag en de week die voor me lagen en hoorde een soort gebrul in mijn oren. Ik haastte me naar de koffiekamer om mezelf te kalmeren, maar Milton was er nog omdat hij zijn ochtendthee nog niet op had. Hij stond met zijn brede rug naar me toe en draaide zich beschaamd, met een rood gezicht om. 'O, Clara, goedemorgen! Ik dacht dat je nu wel in de klas zou zijn. We zijn te laat, hè?' Het hele gedoe maakte me misselijk. Hebben Jean Patterson en haar vriendinnen zo'n hekel aan mij dat ze dergelijke woorden tussen de bladzijden van mijn woordenboek stoppen?

Beste Miss Callan,

Weer een bezoek op zaterdagavond van uw knappe, donkere minnaar met zijn gele schoenen en zijn fiets. We hebben jullie allebei in de gaten gehouden. We kunnen in uw gedachten kijken. We zagen hoe hij uw kleren uittrok. Ach, daar is hij terwijl u zichzelf op dat verboden plekje aanraakt, Miss Callan. O, dat is stout van u. En nu kust hij uw borsten. Hij drukt nu zijn lippen erop. Dan gaat hij over uw lichaam heen. Omlaag over de blankheid van uw buik. Daar, daar, daar, daar. Is dat geen lekker gevoel, Miss Callan?

Jaloerse toeschouwers

Donderdag, 10 december

Ik heb een ernstige vergissing begaan en in de komende dagen zal ik daar stellig voor boeten. En ik was nog wel zo zeker van mijn zaak. Na het avondeten ben ik naar de Pattersons gelopen, vastbesloten om voor eens en voor altijd de kwestie van de briefjes te regelen. Ik wist dat Jean op donderdagavond naar de padvindsters is en ik wilde haar moeder alleen spreken. Ook dat kan een vergissing zijn geweest. Begrijpelijkerwijs was Mrs. P. verrast me te zien. Ze had die avond vooraan in de zaal gezeten en ik herinnerde me haar blik van verbaasde afkeuring over mijn optreden. Vanavond in de gang glimlachte ze heftig, het was bijna een grimas. 'Goh, Miss Callan, wat een verrassing!' Ja, dat zal wel. Jeans oudere zus, Carol, was thuis en luisterde naar dansmuziek. 'Carol! Zet dat in vredesnaam uit!' Door de deuropening naar de voorkamer kon ik zien hoe Carol haar benen van de bank af zwaaide.

In de voorkamer keek ze me vluchtig en onverschillig aan. De maffe Miss Callan, die ze zich alleen herinnert als haar zure onderwijzeres in de onderbouw. Carol was een lui, koppig kind en we lagen elkaar niet. Ze zit nu op de handelsschool in Linden en is een jongere uitvoering van haar moeder, in de trui een flink ontwikkeld voorkomen, met een leuk, kinderlijk gezicht erboven. Mrs. P. had mijn jas opgehangen en trippelde de kamer in, een muizig vrouwtje met een volle boezem. Jaren geleden had ze een oogje op vader en gedurende een paar verschrikkelijke maanden stelde ik me het ergste voor, deze mops van een weduwe met haar twee krengen van dochters als mijn stiefmoeder. Nu zaten we tegenover elkaar; Carol was naar boven gevlucht en ik kon het geratel van een typemachine horen. Mrs. P. handhaafde haar strakke glimlachje. Ik kon alleen maar fantaseren over wat er door haar hoofd ging. Ik gaf geen van haar twee dochters nog les, dus wat deed ik daar dan met die envelop met briefjes in mijn hand geklemd? En dus begon ik ongeveer zo: 'Mrs. Patterson, het spijt me dat ik dit moet zeggen, maar ik geloof dat Jean en een paar van haar vriendinnen briefjes naar mij hebben geschreven.' Een verwarde frons en ik vervolgde: 'Ik vrees dat het nogal persoonlijke briefjes zijn.'

'Ik begrijp het', zei Mrs. P. 'En waaruit maakt u op dat Jean verantwoordelijk zou kunnen zijn voor het schrijven van die briefjes?'

Haar gezicht was nu een masker van afkeer en argwaan. En inderdaad, waaruit had ik dat opgemaakt? Echt bewijs had ik niet.

'De briefjes', zei ik, 'zijn getypt op een machine. Ik heb altijd het vermoeden gehad dat Jean een hekel aan mij had. Misschien koestert ze nog wrok vanwege de cijfers die ze van mij kreeg.'

'Ik weet zeker dat dat niet waar is, Miss Callan.' Een koele ondertoon en wie kon het haar kwalijk nemen? 'Zo is Jean helemaal niet. Ze koestert nooit wrok. Ik heb haar nooit iets onaardig over u horen zeggen.'

Nu moest ik doorgaan. De poppen waren, zoals vader vroeger zei, aan het dansen. 'Ik geloof niet dat Jean er alleen de hand in had', zei ik. 'Dat meisje van Abbott kan eraan meegedaan hebben en Mary Epps. Die drie klitten bij elkaar.'

'We zijn niet de enigen in het dorp met een typemachine, Miss Callan.'

'Misschien niet, Mrs. Patterson, maar Jean lijkt de meest

aangewezen persoon. Ik zou dit graag tot op de bodem uit-zoeken. Die briefjes zijn heel vervelend voor mij.'

De typemachine was gestopt. Ik had Carol niet naar beneden horen komen, maar ze stond nu in de deuropening van de voorkamer.

'Dat zal best,' zei Mrs. Patterson, 'dat u dit wilt uitzoeken. Maar het is een grote vergissing om mijn dochter te beschuldigen. Waar gaan die briefjes over, als ik vragen mag?'

Ik voelde dat ik de moed begon te verliezen, maar wat kon ik anders dan doorgaan. 'Ik vrees', zei ik, 'dat ze nogal scabreus zijn.' Weer een vergissing. Ze kenden dit woord niet en verfoeiden me om het gebruik ervan. Ik kon de weerzin op hun gezichten lezen. Daar stond ik, de onderwijzeres die met haar kennis van dure woorden opschepte. Waarom had ik niet gewoon *grof* of *aanstootgevend* gezegd? Carol leunde tegen de muur met haar armen voor haar borst gevouwen.

'Ik weet zeker dat u zich vergist', zei Mrs. P. 'Ik kan me absoluut niet voorstellen dat Jean anoniem briefjes zou schrijven. Natuurlijk is Jean hier niet om zich te verdedigen en dat vind ik trouwens heel onbillijk van u, Miss Callan. Het kind moet zichzelf mogen verdedigen. Jullie onderwijzers zijn in die dingen heel onbillijk. Jullie geven leerlingen geen kans om voor zichzelf te spreken.'

'Ik wilde eerst met u spreken', zei ik.

'Ik snap hier niets van', zei Mrs. P. 'Mag ik zo'n briefje eens zien, Miss Callan?' Ik gaf haar een van de minst aanstootgevende briefjes en Carol ging naast haar moeder staan. Beiden lazen over mijn 'fantoomminnaar'. Onder het lezen mompelde Mrs. P.: 'Belachelijk. Ik kan niet geloven dat Jean hier iets mee te maken heeft.'

Ik stuntelde verder. 'U was erbij die avond, Mrs. Patterson. U hebt me gehoord. U zou het aan Jean verteld kunnen hebben.'

'En wat dan nog?' zei Mrs. P. en ze keek me scherp aan. 'Ik moet zeggen dat u zich heel vreemd gedroeg die avond, Miss Callan. En wat zou het als ik het aan mijn dochters heb doorverteld? Dat bewijst nog niet dat een van hen dit of een ander briefje heeft geschreven.'

Toen uitte Carol de vreselijke woorden. Ze had het briefje van haar moeder afgenomen en las het nog eens door. 'Dit briefje is niet op mijn machine getypt, moeder, en dat kan ik bewijzen. Als u en Miss Callan even mee naar mijn kamer komen, dan kan ik het bewijzen.'

Begrijpelijk dat Mrs. P. tevreden was met deze wending. 'Nou, dat klinkt zeker als een goed idee.'

Achter Mrs. P.'s omvangrijke achterste aan de trap op, in de lucht die ik inademde een zweem van rampspoed. Moeilijk de opkomende wanhoop die me overspoelde in woorden te vatten. Het roze slaapkamertje in met zijn vlaggetjes, foto's van filmsterren en de teddybeer op bed. Carol ging aan haar bureautje zitten en deed een vel papier in de machine. Het geluid van haar getik was als spijkers in mijn schedel. Ze overhandigde haar moeder het vel. 'Die van mij is een Royal', zei ze. 'Ik weet bijna zeker dat het briefje van Miss Callan op een Underwood is getypt. Op school hebben we Underwoods. Je kunt het verschil in de letters zien.'

Mrs. P. hield beide stukken papier vast, onmiskenbare triomf op haar gezicht.

Wat zien we er stuitend uit in zulke situaties! Ik weet zeker dat ik ook zo'n gezicht heb getrokken nadat ik een leerling had betrapt op spieken of liegen.

'Zo,' zei Mrs. P., 'dit bewijst met zekerheid dat Jean niets te maken had met het schrijven van die briefjes. Kijkt u zelf maar, Miss Callan', voegde ze eraan toe en duwde me de papieren onder mijn neus. En ik kon inderdaad zien dat ze op verschillende machines waren getypt.

'Ja', zei ik. 'Ik zie het. Het spijt me, Mrs. Patterson.'

'Dat zou ik ook denken, Miss Callan. Het is vreselijk om een kind zonder bewijs van zoiets te beschuldigen. Ik zal dit zeker met Mr. McKay bespreken.'

'Zoals u wilt, Mrs. Patterson', zei ik, of dacht ik dat ik zei. Misschien was ik tegen die tijd al uit Carol Pattersons roze slaapkamer gevlucht, de trap af gesneld en de deur uit gerend de nacht in. Een smadelijke aftocht. Dit is twee uur geleden. Zal ik vannacht nog een oog dichtdoen?

Vrijdag, 11 december

Zoals ik had verwacht, riep Milton me vanochtend tijdens de pauze bij zich op zijn kamer. Mrs. P. heeft gebeld en Milton was geagiteerd en zijn gezicht rood van verlegenheid. Hij zat naar het journaal op zijn radiootje te luisteren en nam de moeite niet het af te zetten; een man met een Engels accent zeurde over de koning die het Rijk om vijf uur 's middags zou toespreken. Milton luisterde met een half oor naar dit grotere drama en wenste waarschijnlijk dat ik ergens anders was. In Timboektoe misschien. Toch was hij zo zachtaardig tegen me als je bent tegen een zottin die plotseling kan besluiten een boek door de kamer te smijten. O, ongetwijfeld overdrijf ik, maar hij leek me angstvallig in de gaten te houden.

'Het is vreselijk om anonieme brieven te krijgen', zei hij. 'Ik heb ook een keer lasterbrieven gekregen. Op mijn eerste school in Pine Falls. Ik kwam erachter dat ze van een meisje waren dat ik een slecht cijfer had gegeven. Het zijn altijd meisjes die dat soort dingen doen, hè? Een jongen zou nooit anonieme brieven schrijven. Jongens doen dat gewoon niet.'

Milton fronste zijn wenkbrauwen, op dat moment waarschijnlijk geïrriteerd door de aanwezigheid van vrouwen in de wereld: wraakgierige schoolmeisjes, vittende moeders, wispelturige onderwijzeressen, welgestelde leden van de beau monde die de hoofden van koningen op hol brengen. Hij prevelde iets over voorzichtiger zijn in de toekomst en liet het daarbij. Keerde terug naar het radiojournaal. Miltons primaire strategie voor de oplossing van problemen is niets doen, in de hoop dat ze mettertijd zullen verdwijnen of vergeten zullen worden. Het ergerde vader vroeger en hij zei dat Milton daarom nooit een geschikt hoofd zou worden. Toch was ik dankbaar. Misschien gaat dit allemaal voorbij.

Heb naar de koning geluisterd die zijn troonsafstand aankondigde, maar heb hem na een paar minuten afgezet. Kon het geluid niet verdragen van zijn snerpende, Engelse stemmetje dat maar doorging over 'de vrouw die ik liefheb'.

San Remo Apartments
1100 Central Park West
N.Y.C.
13/12/36

Lieve Clara,

Sorry dat ik je niet eerder teruggeschreven heb, maar ik was bezig een verkoudheid te onderdrukken en me in het algemeen beroerd te voelen. Ik lijk nu aan de beterende hand te zijn en mijn oude zelf weer te worden. Dat is geen bijzonder aantrekkelijk gezicht, maar in ieder geval ben ik het.

Het is vervelend dat je gepest wordt met die brieven die ongetwijfeld zijn gestuurd door een stelletje kleine rotmeiden. Of misschien zijn ze niet zo klein? Lieve deugd, wat er niet allemaal gebeurt in idyllische dorpen zoals dat van jou! Je zult het me vast vergeven als onze Alice een dezer dagen anonieme lasterbrieven begint te krijgen. Dus je begon te lachen halverwege die lezing die je hield voor de vrouwenclub of hoe die ook mag heten. Verdorie, dat is geen teken van waanzin, het is een demonstratie van gezond verstand. Te midden van dat alles realiseerde je je de totale absurditeit van de situatie. Soms kunnen we alleen maar lachen, niet dan? Ze hadden op moeten springen om je toe te juichen. In ieder geval zou ik me maar niet druk maken over die briefjes. Waarom gooi je ze niet gewoon in de vuilnisbak? Je moet ze niet eens lezen. Degene die er verantwoordelijk voor is, zal na verloop van tijd het spelletje beu worden. Zo gaat dat altijd. Nu we het over schrijven hebben, ik ben net klaar met de afleveringen van 'Chestnut Street' voor de kerstweek. (Je zus heeft besloten op bezoek te gaan bij een oude vrouw die met de kerst alleen en zonder vrienden zit en dus is ze even uit het scenario om bij jou op bezoek te gaan, heb ik begrepen). En dus steekt oom Jim, gespeeld door die vrolijke, oude dronkelap Graydon Lott (volgens mij heb je hem vorige zomer bij mij thuis ontmoet) zijn jaarlijkse hoogdravende redevoering bij de gefarceerde kalkoen af tegen Effie en tante Mary. Dat we Onze-Lieve-Heer allemaal dankbaar moeten zijn voor alles wat hij ons schenkt in dit kleine hoekje van Amerika, waar de luitjes nog de betekenis kennen van liefde, vertrouwen en goed nabuurschap. 'Waar nooit wordt gehoord, een ontmoedigend woord/ En geen wolkje de lucht verduistert'.

Wat vind je er trouwens van dat Eddie van Engeland ertussenuit knijpt met ons Amerikaanse schatje? Ze is een dure modepop en het prinsje zal zijn handen eraan vol hebben. Je zus is er helemaal kapot van, maar ik vind het hilarisch. Het kleine Engeland verleidt door Amerika. Ik zie een schoothondje dat bestegen wordt door een grote bastaardteef. Hoe gaat het met jouw liefdesleven? Heb je wel een liefdesleven? Ik maak zelf een periode van droogte door. Bah, lariekoek, zoals de oude Scrooge zou zeggen. Gelukkig 1937!

Evelyn

Zaterdag, 19 december
Vanmiddag een kerstboom gekocht en hem voor Nora in de achtertuin laten staan. Ze zal hem willen versieren als ze hier is, dus heb ik de oude dozen met engelenhaar en gekleurde ballen tevoorschijn gehaald. Vanavond kerstconcert en Ella Myles las een gedicht over de drie wijze mannen. Ze was nerveus, maar zag er leuk uit in een blauwe jurk. Heel ernstig, maar ze las het goed. Ik zag haar moeder in de zaal en ben onder een hemel vol sterren naar huis gewandeld. Volgende week om deze tijd zal Nora er zijn.

Kerstavond (23.30 uur)
Nora ligt nu in vaders kamer te slapen. Gistermiddag arriveerde ze in een knalgroene jas met bijpassende hoed. Geparfumeerd.

Heel chic. Joe Morrow had haar met zijn vrachtwagen van het station afgehaald en hij droeg haar bagage het huis in, onderwijl zijdelings blikken werpend op dit mirakel, nauwelijks gelovend, dat weet ik zeker, dat er zulke wonderen uit de trein konden stappen. Ze is niet de Nora die hij zich herinnert en dat zei hij me ook. Met haar jas nog aan liep Nora door het huis alsof ze het wilde kopen.

'O, Clara, je hebt helemaal niets veranderd! Het is nog precies hetzelfde als toen ik zaterdagsavonds naar huis kwam.'

Nora wilde sneeuw, die viel in het gele schijnsel van de straatlantaarns en de muziek van arrenbellen. Maar dat mocht niet zo zijn. Niet dit jaar. Enkel een zachte, bewolkte avond met kolenrook in de lucht. Een groene kerst, helaas. 'Ach, nou ja', zei ze. 'We kunnen niet alles hebben. Dus laten we maar een borrel nemen.'

We zaten aan de keukentafel en ze schonk zich een beetje whisky in. 'Wat zou die arme vader hiervan denken', zei ze. 'Zijn jongste dochter die whisky zit te drinken aan deze keukentafel.' Ik zei het haar niet, maar ik denk niet dat hij zo verrast zou zijn geweest als zij zich voorstelde.

Ze bracht de dag door te midden van haar bewonderaars. Het hele dorp weet dat ze gedurende de kerst bij mij logeert en dus is ze eropuit gegaan om hun loftuitingen in ontvangst te nemen, en ze is bij de Brydens langs geweest, de Macfarlanes en bij het warenhuis om over Alice, Effie en tante Mary te kletsen. Na het avondeten hebben we de boom versierd, terwijl zij maar doorging over Edward en Mrs. Simpson. Wat zag hij in haar? Ze was niet eens knap, enzovoort enzovoort. Ik wachtte steeds op vragen over het kerkincident, maar tot dusver niets; ze gaat nog te zeer op in haar triomfantelijke terugkeer.

Zondag, 27 december

Nora's bezoek is niet zo geslaagd geweest als ze had gewenst. Ogenschijnlijk is ze gekomen om te zien of ik ze nog wel allemaal op een rijtje heb en volgens mij is ze daar nog niet helemaal uit. Vandaag, voordat ze vertrok, hadden we ons gesprek. Even kwam ik in de verleiding om haar te vertellen wat er echt is gebeurd, maar toen stond Joe aan de achterdeur en moesten we Nora's spullen in de vrachtwagen tillen. Ik zag hoe Joe zorgzaam haar arm pakte en haar over de oprit escorteerde. Nora stapte voorzichtig door de sneeuw die aan het einde van haar vakantie eindelijk viel. Zwaaiend vanuit de deuropening dacht ik hoe weinig we van elkaar begrijpen. Ook dacht ik aan haar opmerking over mijn gemompel in de keuken vanochtend. Ze kon me boven horen, zei ze. Ik was me er niet van bewust dat ik 's ochtends mompel, maar het zal wel.

1937

Een winderige dag en een groot deel van mijn middag is opgegaan aan een bezoek aan Marion die de griep heeft. Toen ik tegen vieren thuiskwam, stond Ella Myles op de veranda te wachten, bibberend in een dun jasje, met een kleine baret op haar hoofd, maar zonder kousen of wanten. Ze wilde me haar opstel voor de wedstrijd laten zien. Stilzwijgend vervloekte ik haar moeder dat ze het kind op zo'n dag halfaangekleed de deur uit liet gaan. Heb de ketel opgestookt en chocolademelk gemaakt. We zijn in de voorkamer bij het verwarmingsrooster gaan zitten en dronken de melk met koekjes erbij. Terwijl ik 'Hoe word je een eerbaar burger' las, dwaalde Ella de kamer door, keek door het raam naar de sneeuw en de kale bomen, draaide zich om en inspecteerde mijn meubilair, raakte hier een lamp aan, daar een leunstoel en de piano. Net of ze er behagen in schepte om op een wintermiddag hier in de gerieflijke orde van Miss Callans huis te zijn.

Haar opstel was laks geschreven en zat vol fouten, maar toen ik verbeteringen voorstelde, haalde Ella enkel haar schouders op. Ik kon zien dat ze de hele onderneming beu was en met niets minder dan goedkeuring genoegen zou nemen. De kans is groot dat ze het thuis in de prullenmand gooit en dat zou geen slecht idee zijn. Ella heeft een ongedisciplineerde kant en ik heb haar sentimentele gedichtjes in de vierde klas waarschijnlijk overschat. Milton heeft me verteld hoe slecht ze het doet in de hoogste klas.

Ze vroeg of ik iets voor haar wilde spelen en dus deed ik mijn best op 'Humouresque' van Dvorák en een paar liederen van Mendelssohn. Ze is dol op 'To a Wild Rose' van MacDowell. Terwijl ze bij het raam stond leken de dromerige wijsjes haar in vervoering te brengen. Volgens mij verveelde ze zich vandaag gewoon en voelde ze zich eenzaam. Een brief van Nora die het met een andere man heeft aangelegd. Of met dezelfde met wie ze een jaar geleden iets had. Ik ben het spoor van haar verschillende ontmoetingen bijster.

135 East 33rd Street
New York
3 januari 1937

Lieve Clara,

Gelukkig Nieuwjaar en laat me om te beginnen mijn verontschuldigingen aanbieden voor het kruisverhoor waar ik je aan heb onderworpen de laatste dag voordat ik de trein nam. Het spijt me echt. Hoe jij je leven wilt inrichten is werkelijk mijn zaak niet. Ik maak me alleen zo'n zorgen om je. Maar daar kan ik niets aan doen, wel? Ik ben per slot je zus en ik hou van je. Ik weet dat we bij ons in de familie niet vaak over liefde praten. Dat hebben we nooit gedaan. Ik geloof niet dat ik vader het woord ooit heb horen gebruiken. Maar we houden wel van elkaar, niet dan? En wanneer je van iemand houdt, maak je je zorgen als diegene ongelukkig is of ergens mee zit. Dus zat er liefde achter mijn vragen die dag, maar ik zag dat je je begon te ergeren aan mij en daarom spijt het me. Ik wil alleen dat je gelukkig bent, Clara.

Herinner je je Les Cunningham nog, de presentator van ons programma? Hij is altijd een beetje verkikkerd op mij geweest en een tijdlang zijn we samen uitgegaan. Het was allemaal strikt kosjer, zoals ze hier zeggen. Maar nu overweegt Les om te gaan scheiden en dus zijn we min of meer weer bij elkaar. Hij zei dat hij me heel erg heeft gemist tijdens de feestdagen en dus gaan we nu weer samen uit. Het is niet echt serieus, maar het is wel tof om een kerel aan je arm te hebben wanneer je naar de film gaat. Als jij nou ook eens iemand kon vinden. Liefs van Evy en van mij ook.

Nora

Beste Nora,

Bedankt voor je nieuwjaarswensen, die ik hierbij in tienvoud retourneer. Maak je niet onnodig druk over het 'kruisverhoor' waaraan je me onderwierp op de dag van je vertrek. Misschien had ik het verdiend. Alles bij elkaar genomen ben ik toch een rare snijboon en daar kan ik ook niet veel aan doen. Ik heb de neiging om in bepaalde dingen zonderling en zwartgallig te zijn en dat kan het leven soms lastig en ongemakkelijk maken. Niets aan te doen, vrees ik. Ik zal het moeten doen met mijn aard en er het beste van zien te maken.

Je zegt dat je wil dat ik gelukkig ben. Prima! Hoe? Wanneer? Voor hoelang? We hebben allemaal gelukkige momenten en ik neem aan dat die van onze smaak en voorkeur afhangen. Emily Dickinson putte veel geluk uit de nauwlettende waarneming van dagelijkse voorvalletjes: een vogel op een wintertak, de kleur van de ochtendhemel. De markies De Sade werd op een andere manier geprikkeld. Is het niet voornamelijk een kwestie van die neiging waar ik het over had? Of we ons in het algemeen hoopvol of wanhopig voelen, zelfverzekerd of bedeesd? Kijk nou eens naar jou! Hup, daar ging je naar New York en je maakte er een succes van! Je was zelfverzekerd en hoopvol omdat het in je aard ligt dat te zijn. Ik zou binnen een week ten onder zijn gegaan. Maakt dat van jou een gelukkig mens? Ik weet het niet, maar ik zou denken dat je geneigd bent gelukkiger of optimistischer te zijn dan ik. Maar op mijn eigen manier ben ik ook gelukkig, Nora, dus over mij hoef je niet in te zitten.

Doe Evelyn de groeten.

Clara

Na weken dacht ik dat het voorbij was, maar vandaag dit – als een wig onder de voordeur gestoken. De sneeuw vannacht heeft de voetstappen van de schrijver toegedekt.

Miss C

Een winterkaboutertje heeft ons verteld dat uw fantoomminnaar weer terug is en dus gluurden we gisteravond door uw voorraam. Wat we toen hebben gezien! Getweeën holden jullie naakt door het huis en deden verstoppertje. We zagen u op uw hurken achter de leunstoel naast de piano zitten. We zagen hem over het kleed naar u toe sluipen. Wat een omhelzing daar op het kleed voor de piano. Wat bedolf hij u onder kussen, Miss C! Wat een bofferd bent u toch.

Toeschouwers

Vrijdag, 22 januari (4.30 uur)

Een halfuur geleden toen ik wakker werd, kwam ik erop. Misschien had ik het gedroomd, ik weet het niet zeker. Maar ik wist het terwijl ik daar in het donker lag. Wist het zoals ik weet dat ik leef, dat degene die die briefjes schrijft Ella Myles is. Het was dom van mij om te denken dat een saai iemand als Jean Patterson over de erotische fantasie beschikt om zulke dingen te schrijven. Ella is de auteur van die valsheid. Maar ze werd te brutaal, ze wilde details: 'de leunstoel naast de piano', 'het kleed voor de piano'. Het was slim om het meervoud van toeschouwer te gebruiken. Dan leek het of er meer dan één persoon bij betrokken was. Aangezien Ella geen vriendinnen heeft, zou het spoor naar anderen leiden. Wat een kleine huichelaar is ze en ik dacht nog wel dat ze me aardig vond! Ik denk nu aan zaterdag twee weken geleden, toen ze alles in zich opnam, terwijl ze de voorkamer rondliep en chocolademelk dronk. Het verbaast me dat ze zo'n hekel aan me heeft of zou het enkel het verlangen naar verzinsels zijn, de creatie van iets wat haar troosteloze wereldje overstijgt? Wat haar beweegredenen ook zijn, het was slecht van haar om die bespottelijke fantasieën te creëren, waarin ik er zo zielig vanaf kom. Ze moet ze op de kantoormachine van McDermott hebben getypt, terwijl haar moeder de kisten afstofte. Nu heeft het geen

zin meer om terug naar bed te gaan. Ik ben helemaal klaar-
wakker. Maar het zal een lange dag worden.

Maandag, 25 januari (18.00 uur)

Ella is zojuist vertrokken en ik hoop dat het hiermee is afge-
handeld. Dat we naar huis zijn gegaan om te doen wat we
hebben gedaan, was van mijn kant enigszins uit eigenbelang,
maar ik wilde dat meisje laten zien dat ik niet het beklagens-
waardige rare type ben dat ze in haar briefjes heeft beschreven,
maar iemand die ook een innerlijk leven heeft. Misschien was
het verkeerd van mij. Ik wilde de kwestie van de briefjes met
haar uitpraten, dus vroeg ik haar na schooltijd naar mijn lokaal
te komen. Ze kwam om halfvijf. De school was leeg. Ze stond
voor mijn tafel en volgens mij wist ze waar het gesprek over zou
gaan, hoewel nergens uit bleek dat het haar iets deed om daar te
staan; ze maakte enkel de gewone, meelijwekkende, uitgebluste
indruk. De slaap korstte nog om haar ogen. Waste ze haar
gezicht dan nooit? Ik kon de slapheid van haar dronken vader
in de uit gewoonte afhangende schouders zien.

'Ga in vredesnaam rechtop staan, Ella!'

O, de intimiderende docent in mij en ik schaamde me voor
mijn uitval! Ze rechtte haar rug een beetje, maar keek uit het
raam. Het winterlicht was zo bleek als water.

'Heb jij briefjes over mij geschreven, Ella? Heb je ze op mijn
veranda gelegd en zelfs hier op mijn tafel in dit woordenboek?'

Ze draaide zich om en wierp me snel een gluiperige blik toe.
Die blik had ik al heel vaak gezien.

'Briefjes, Miss Callan? Nee. Waarom zou ik briefjes over u
schrijven?'

'Dat weet ik niet', zei ik. 'Misschien omdat je me niet echt
aardig vindt. Of misschien omdat je in juni de opstelwedstrijd
niet hebt gewonnen. Misschien zomaar. Misschien om iets te
doen te hebben. Om jezelf bezig te houden.'

Ze zei niets maar keek weer uit het raam.

'Ik kan bewijzen dat jij die briefjes hebt geschreven, Ella. Je hebt ze op de kantoormachine getypt van McDermott, terwijl je moeder met haar werk bezig was. Hoe zou je het vinden als ik die briefjes aan je moeder liet zien?'

Ze haalde haar schouders op. Om razend van te worden. 'Misschien dat ik ze ook aan Mr. McKay laat zien. Je kunt ervoor geschorst worden. Dan blijf je zitten.' Dat was uiteraard onzin; ik zou mezelf er nooit toe kunnen brengen dergelijke briefjes aan Milton te laten zien. 'Ik dacht dat we vrienden waren, Ella. En dan schrijf je die briefjes waarin je me er dom en zielig laat uitzien.'

Het ellendige kind bleef maar uit het raam kijken. Als ze eens fatsoenlijk gewassen en geknipt werd, zou ze toonbaar genoeg zijn om een jongen te verleiden haar hand vast te houden en haar uit school naar huis te brengen. Mee uit schaatsen te nemen.

'Heb je hier niets over te zeggen?' vroeg ik.

Toen keerde ze zich naar me toe en de woorden stroomden eruit. 'U vergist zich over afgelopen juni, Miss Callan. Wie maakt zich nou druk over een opstelwedstrijd? Ik niet. Mij maakt het helemaal niets uit. Doe maar, trap me maar van school af. Wat kan mij dat nou schelen?'

'Maar waarom heb je die briefjes over mij geschreven, Ella? Dat wil ik alleen maar weten.'

Ze haalde haar schouders op. 'Dan had ik iets te doen', mompelde ze.

'Iets te doen', zei ik. 'Meer niet?'

'Ik geloof van niet.'

Op dat moment had ik mijn ingeving. Ik denk dat ik haar van het idee wilde doordringen dat mensen niet noodzakelijk zijn wat ze lijken; dat het een vergissing is om dingen te veronderstellen over mensen die je meent te kennen. Dus vroeg ik haar met mij mee naar huis te gaan. Natuurlijk keek ze bedenkelijk bij het voorstel. Verbaasd. 'Waarom?'

'Ik wil dat je iets voor me doet.'

'Wat dan?'

'Kom maar mee dan zul je het zien. O, wees maar niet bang, Ella, je krijgt geen straf.'

En zo liepen we met ons tweeën, zwijgend en alleen met onze gedachten, door de koude middag naar dit huis. In de keuken overhandigde ik haar de envelop met briefjes.

'Soms', zei ik, 'schrijf ik gedichten, maar er is altijd iets verkeerd aan. Er wordt nooit mee gezegd wat ik ermee wil zeggen en dan bedenk ik hoeveel goede gedichten er al op de wereld zijn en ik besef dat wat ik heb geschreven niet veel toevoegt aan wat er al gezegd is. Dus gooi ik de gedichten in dit fornuis. Op die manier hebben ze in ieder geval nog nut. Op hun eigen kleinschalige manier helpen ze me om warm te blijven. Nu wil ik dat jij hetzelfde doet. Ella, ik wil dat je deze briefjes beschouwt als je eigen duistere, nogal boosaardige gedichtjes en dat je je ervan bevrijdt.'

Zoiets zei ik, iets als een biecht en dat had ik misschien niet moeten doen. Kinderen houden er niet van dat volwassenen hun gevoelens blootleggen en ze hebben gelijk. Het maakt een excentrieke, zwakke, zelfzuchtige indruk. Ik zou wel eens precies het tegenovergestelde bereikt kunnen hebben dan wat mij voor ogen stond. Nou ja, het is gebeurd en ze deed wat ik haar opdroeg. Ik tilde het deksel van het fornuis en we stonden naast elkaar toen Ella de briefjes één voor één in het vuur gooide. We keken samen hoe het papier opkrulde, bruin werd en de woorden in rook opgingen. De vlammen sprongen uit het gat omhoog toen ze klaar was. Maar geen woord van excuus van het kind voor wat ze me heeft aangedaan.

Zaterdag, 30 januari

Ben vandaag met de trein naar Toronto geweest en heb een stuk of zes detectivetijdschriften gekocht. Daarna naar de bioscoop gegaan en een film gezien over een vrouw die een treinongeluk overleeft. Maar ze lijdt aan geheugenverlies en wordt verzorgd door een knappe dokter die verliefd op haar wordt. De vrouw probeert zich haar vroegere leven te herinneren, maar nog geen uur ervan komt bij haar boven en dus trouwt ze met de knappe dokter en gaat op huwelijksreis naar Europa. Dan keert haar geheugen plotseling terug. Het gebeurt als zij en de dokter op een middag in Parijs in de Jardins du Luxembourg aan het wandelen zijn. Ze ziet een jongetje dat aan de rand van een vijver met een bootje speelt en ze wordt overspoeld door haar vorige leven. Ze herinnert zich haar eigen zoontje, pas zes jaar oud toen ze hem voor het laatst zag, een dochter en natuurlijk een andere echtgenoot. Haar romantische, avontuurlijke leven met de knappe dokter ligt in duigen door het zien van het jongetje met zijn bootje.

In de donkere zaal zagen we met zo'n honderd mensen hoe het leven van deze vrouw zich ontvouwde. De films hebben een eigen leven; ze lokken je naar binnen en nemen je mee naar een andere wereld. Onder het kijken ben je je amper bewust van je eigen bestaan. Uiteraard moet je je daar weer mee bezighouden als je de bioscoop uit komt, dan zie je het weer: de platgetrapte sneeuw, het snoeppapiertje, het huilende kind dat meegetrokken wordt door zijn moeder.

Dinsdag, 9 februari

Gisteravond las ik het volgende in een van de tijdschriften. Twee zussen woonden op een boerderij in Arkansas. Nadat hun moeder aan influenza was overleden, regelde de vader dat een buurvrouw voor het huishouden en de twee, toen pas zeven- of achtjarige meisjes kwam zorgen. Na een poosje begon de vader gemeenschap met deze vrouw te hebben. 's Nachts konden de zusjes hen in de kamer ernaast horen. Dit ging zo verscheidene jaren door en toen begon de vader zijn dochters, de een na de ander, lastig te vallen. Na verloop van tijd kreeg een van hen een kind, maar dat was zo ernstig misvormd dat het maar een paar uur leefde en vervolgens in een bos vlakbij werd begraven. De vader zorgde daarvoor.

Toen de zussen achttien of negentien waren, hebben ze de vader en de buurvrouw vermoord. Ze doodden hen 's nachts met een bijl terwijl ze sliepen. Na de arrestatie van de zussen was er enige discussie over wie feitelijk de bijl had gehanteerd, maar dat maakte de overheid niet uit. Allebei de zussen werden op de elektrische stoel ter dood gebracht. Ik heb nog heel lang na liggen denken over de verschrikking van die nacht in Arkansas: de zussen die zich een weg zochten naar de slapers, de eerste slag met de bijl, de halfontwaakte kreten, de tweede slag die het leven afbrak. De troep die het gaf: het bloederige beddengoed en de bespatte muren.

De zussen sleepten de lichamen het erf op om ze te begraven. Hun vader woog meer dan honderd tien kilo en de buurvrouw was ook gigantisch. Achter de stal schepten ze zand over de lichamen, daarna maakten ze alles schoon en gingen naar bed. Of misschien gingen ze aan de keukentafel koffie zitten drinken. Zijn ze zwijgend blijven zitten tot de dag aanbrak. Het is gebeurd terwijl wij onze gang gingen. Het gebeurt op dit moment ergens.

Zaterdag, 20 februari

Heb *Dancing Lady* met Joan Crawford en Clark Gable in de Loew gezien.

Zaterdag, 27 februari

Heb *Beloved Enemy* met Brian Aherne en Merle Oberon gezien. In de trein naar huis was ik de laatste vijftig kilometer de enige reiziger in de coupé. De conducteur zat op zijn stoel te dutten en de natte sneeuwvlokken bleven aan de raampjes kleven. Van mij had die treinreis uren mogen duren.

Zaterdag, 6 maart

When You're in Love gezien.

Zondag, 7 maart

Marion heeft zich de hele winter niet goed gevoeld en vandaag hoorde ik van Mrs. Bryden dat ze bij een tante is gaan logeren om aan te sterken. De tante is een gepensioneerde verpleegster en ze woont in St. Thomas. Marion is gisteren met haar vader en moeder langs geweest om afscheid te nemen, maar ik zat uiteraard in Toronto. Heb in weken niets van Nora gehoord. Ik zou moeten schrijven, maar ik heb haar niets te zeggen. En blijkbaar heeft zij mij ook niets te zeggen.

Zaterdag, 13 maart

Camille gezien in de Loew.

Zaterdag, 20 maart

Ben weer naar de Loew gegaan. Hij is gunstig gelegen en ik vind het te veel moeite om naar andere bioscopen op zoek te gaan om een paar uur in door te brengen. Vandaag iets gezien wat *Great Guy* heette, met James Cagney en Mae Clark.

Zaterdag, 27 maart

The Last of Mrs. Cheyney met Joan Crawford en Robert Montgomery.

Zaterdag, 3 april

Voelde me niet lekker en was te futloos om naar Toronto te gaan.

Zaterdag, 10 april

Vandaag heb ik een man ontmoet. Na afloop van de film (een muzikale absurditeit met die twee zangers MacDonald en Eddy) sprak hij me aan. Ik stond buiten in Yonge Street en kneep mijn ogen dicht tegen de middagzon toen zijn stem naast me klonk.

'Neem me niet kwalijk, Miss!' Ik draaide me om. Een man

van vooraan in de veertig misschien. Niet eens zo groot als ik, maar niet onaardig om te zien. Keurig gekleed in een pak en overjas. Blond met grijze ogen en een dunne, zandkleurige snor. Hij tikte tegen de rand van zijn slappe vilthoed. Het woord 'welvoeglijk' kwam bij me op. Ik dacht dat ik misschien een handschoen had laten vallen. Om ons heen kwamen anderen de straat op met de wazige blik van filmkijkers in de middag. Toen zei de man: 'Afgelopen zaterdag was u er niet. Ik heb naar u gezocht.'

Op het eerste gezicht dacht ik dat hij me voor iemand anders aanzag, maar hoe kon dat? We stonden tegenover elkaar op straat. Hij glimlachte. 'Ik heet Frank Quinlan. De afgelopen paar weken heb ik u in de bioscoop gezien, maar vorige week zaterdag heb ik u gemist. Ik heb naar u uitgekeken. Ik hoop niet dat u ziek was.'

Hij stond me aan te kijken. Wat bedoelde hij daarmee? Ik zei hem dat ik geen idee had waarover hij het had.

'Luister', zei hij. 'Schrikt u alstublieft niet. Ik besef dat het ongewoon is om u zo op straat aan te spreken. Geloof me, ik heb geen kwaad in de zin.'

Ik moet bedenkelijk gekeken hebben, maar hij bleef glimlachen. 'U komt vroeg', zei hij. 'U zit altijd op dezelfde plaats. Ik zit vier rijen achter u.' Toen vroeg hij of ik een kop thee met hem wilde gaan drinken bij Child's verderop in de straat.

'Maar ik ken u niet eens', zei ik. 'Waarom zou ik dat doen?'

'Tja', zei hij en hij keek even heel kort van me weg, waarna hij weer tegen me glimlachte. 'Ik dacht alleen dat het leuk zou zijn als we samen een kop thee dronken. Dat zal toch zeker geen kwaad kunnen.'

Ik vond de manier waarop hij van me wegkeek aandoenlijk. En zoals hij 'tja' zei, alsof hij verwachtte dat onwaarschijnlijke ontmoetingen zoals deze eeuwig en altijd op weerstand zullen stuiten. Daardoor werd ik in zekere zin overgehaald. Hij zag er ook absoluut niet sinister uit en dus ging ik tot mijn eigen verbazing met hem mee. Ik weet nog dat ik dacht, toen we Yonge Street door liepen, dat me in een restaurant niets kon overkomen. In Child's zei ik hem dat ik niet lang kon blijven. 'Ik moet om kwart over vijf op het station zijn', zei ik.

Hij vroeg of ik op reis ging.

'Nou nee', zei ik. 'Ik woon niet hier in de stad.'

'O', zei hij. 'En u komt iedere zaterdag naar de stad om naar de film te gaan.'

Toen zei ik: 'Ik ga ook bij mijn tante langs, die is ziek.' De leugen rolde zo gemakkelijk van mijn lippen dat mijn hart er nauwelijks van oversloeg. Maar ik zei het omdat ik in zijn ogen niet zielig wilde lijken; ik wilde niet gezien worden als een vrouw die helemaal naar de stad komt om alleen naar de film te gaan. Ik loog ook over mijn naam. Ik zei dat ik Carrie Hughes heette en ook dat ging me zo gemakkelijk en snel af als de naam die ik de dokter in Sherbourne Street had gegeven toen ik zwanger was.

'Nou, Carrie Hughes', zei hij. 'Het is leuk je te ontmoeten.'

Het voelt heel raar als iemand je bij een naam noemt die je net zelf hebt bedacht! Toch voelde ik me op dat moment vreemd opgewonden. Het was alsof ik een ander leven had aangenomen, ook al schaamde ik me enigszins dat ik had gelogen tegen deze man die best sympathiek leek.

'Hebt je er bezwaar tegen als ik rook?' vroeg hij. En toen ik zei dat het me niet uitmaakte, stopte hij een kleine, bruine pijp en stak hem op; de geur van de rook zweefde over de tafel terwijl we onze thee dronken. En de hele tijd dacht ik: wat doe ik hier in vredesnaam met die man? Toch was het interessant dat hij mij had uitgekozen. We praatten over de film en waren het erover eens dat die heel onnozel was. Ik zei dat ik een voorkeur had voor de melodrama's. Hij ook, zei hij. Het was fantastisch om iemand te hebben om mee te praten na het zien van een film, zei hij.

'Ik word het beu', zei hij, 'om iedere zaterdagmiddag alleen naar buiten te lopen en met niemand van gedachten te kunnen wisselen.'

Ik denk niet dat ik hem toen geloofde en ik weet niet zeker of ik hem nu geloof. Hij ziet er alles bij elkaar te presentabel uit, deze kleine, keurige, knappe man. Hij moet getrouwd zijn. Hij wilde weten waar ik woonde, maar ik was op mijn hoede en verzon al pratende een stukje leven voor mezelf. Ik merkte dat ik ervan genoot. Ik vertelde hem dat ik uit Uxbridge kwam en dat mijn tante in Huron Street woonde; ik had het kosthuis in gedachten waar ik jaren geleden heb gewoond toen ik op de kweekschool zat.

'Waarom eet je niet wat voor je teruggaat?' vroeg hij. 'Een stuk taart, Carrie?' Maar ik zei dat het al laat was. Ik was doodsbenauwd dat ik de trein zou missen. Frank Quinlan (als dat zijn naam is) keek op zijn horloge. 'Ik breng je wel naar het station met een taxi', zei hij. 'Je komt niet te laat. Ik beloof het.'

En dat deed hij inderdaad. We praatten nog wat over de films die we mooi hadden gevonden en naderhand, toen we in een taxi door Yonge Street reden, dacht ik bij mezelf: ik zit in een taxi met een man die ik vanochtend nog niet eens kende.

'Kom je volgende week zaterdag weer naar de stad, Carrie?' vroeg hij, en ik voelde me zo ontzettend oneerlijk toen hij me bij die naam noemde.

''t Zou kunnen', zei ik en ik verfoeide de zweem van koketterie in dat antwoord, want ik wist heel goed dat ik zou gaan.

'Kom nou maar', zei hij. 'Misschien kunnen we dan bij elkaar zitten.'

Ik kon de ogen van de taxichauffeur in het achteruitkijk-spiegeltje zien. Ik was benieuwd wat hij hiervan dacht. Waarschijnlijk dat ik het soort vrouw was dat door mannen in de bioscoop wordt opgepikt! Maar waarom zou het me kunnen schelen wat een taxichauffeur dacht? Waarom was dat belangrijk? Ik zei tegen Frank Quinlan dat ik naar alle waarschijnlijkheid volgende week zaterdag weer naar de film zou gaan. We stonden toen voor Union Station en ik was uitgestapt en keek hem aan. Ik dacht aan mijn sjofele jas. Ik was al weken van plan een nieuwe jas te kopen en toch stond ik daar nog in dat oude geval. Ik moet er wel slonzig uitgezien hebben!

'Ik zou je volgende week zaterdag heel graag zien, Carrie', zei hij. 'Kom, alsjeblieft. Ik zal naar je uitkijken.' Zijn gezicht onder de hoed was naar mij opgeheven. Maar ik was zo bang om de trein te missen dat ik niet eens gedag zei. Carrie Hughes, laat me niet lachen!

Donderdag, 15 april

Een bezoek van de nieuwe onderwijsinspecteur, ene Mr. Gibson. Milton was in alle staten. De inspecteur was niet tevreden over Miltons voorbereiding voor de hoogste klassen. Aan het eind van de dag zat Milton met een gefrustreerd gezicht in zijn kamer. Ik gaf hem een kop thee om hem te kalmeren. Gibson leek wel tevreden over mijn lessen. Het was een lange, humorloze man en hij stond een halfuur achter in mijn lokaal aantekeningen te maken. Maar ik heb al veel van die bezoeken doorstaan en ik bracht het er goed vanaf. Als je erop voorbereid bent, valt er van alle Gibsons in de wereld niets te vrezen. Dat is Miltons probleem als onderwijzer; al doende bedenkt hij van alles. Vader zei er vroeger vaak wat van. Mijn leerlingen voelden de gewichtigheid van de bezoeker aan, ze waren heel behulpzaam en bij iedere vraag schoten hun vingers de lucht in. Ik was trots op hen.

Eindelijk een brief van Nora. Alles over haar nieuwe vriendje en hun gezamenlijke weekeinde. Ze gaat dat soort afspraken zo terloops aan! Ik vraag me af of ik over Mr. Quinlan moet vertellen. 'Nora, afgelopen zaterdag heb ik een man ontmoet in de bioscoop in Yonge Street en hij wil me graag terugzien.' Wat zou ze daarvan vinden?

135 East 33rd Street
New York
11 april 1937

Lieve Clara,

Volgens mij heb je een brief te goed van mij en het is al maanden geleden, niet? Jee, het spijt me, ik had je eerder moeten schrijven, maar de dagen vliegen gewoon voorbij en de helft van de tijd weet ik van voren niet dat ik van achteren leef. Het is nu zondagavond heel laat, maar ik wilde je dit in ieder geval sturen zodat je weet dat ik nog in het land der levenden verkeer. Les heeft me net afgezet. We hebben het weekeinde in Atlantic City doorgebracht. Het is nogal een vreemde plaats om in deze tijd van het jaar naartoe te gaan. De meeste gelegenheden waren dicht en het weer was zonder meer miserabel, koud, vochtig en mistig. Maar wat dan nog? We hebben lol gehad en hadden de stad grotendeels voor onszelf. We logeerden in een oud hotel en er waren maar drie of vier andere gasten. We hebben in de mist en nevel over de promenade gewandeld en zijn toen naar dat oude hotel teruggegaan om wat te drinken. Je zou het romantisch kunnen noemen. Les' vrouw en kinderen waren in Philadelphia op familiebezoek, daarom kon hij het weekeinde met mij doorbrengen. Hij is nog niet verhuisd, maar hij denkt erover. Ik weet het, ik weet het. Ik herinner me dat ik een tijdje geleden heb gezegd dat ik niet serieus in hem was geïnteresseerd, maar dat weet ik nu niet meer zo zeker. Les is iemand aan wie je je gaat hechten. Hij is heel gemakkelijk in de omgang en hij is zo knap. Je zou de jaloerse blikken moeten zien die ik van andere vrouwen krijg als we samen uit zijn ('dancing cheek to cheek'). Maar goed, we zullen zien. Ik geloof niet dat zijn vrouw zal toestemmen in een scheiding. Ze zal zich tot het eind toe verzetten en Les is niet zo'n vechter. Misschien dat hij een beetje te gemakkelijk is en Miriam (echtgenote) deelt min of meer de lakens uit. Het is dus allemaal nog een beetje ongewis. Er zijn dagen dat ik denk dat ik wel met die man zou trouwen als hij me vroeg. En er zijn andere dagen dat, nou ja…

Hoe gaat het met jou? Heb je al plannen gemaakt voor de zomer? Ik vraag het omdat Evy en ik het onlangs over de vijfling van Dionne hadden. In *Life* stond er een groot artikel over en we zaten de foto's te bekijken. Toen zei ik dat ik die meisjes zo graag eens zou zien. Je kunt ze bij hen thuis bezichtigen en er komen ieder jaar duizenden mensen. Toen zei Evy, waarom niet en misschien kan Clara dan mee. Volgens Evy zou ze haar moeders auto wel kunnen lenen, 'een stevige, oude Packard' en dan rijden we naar Whitfield en daarna verder naar het huis van de vijfling. Ze wilde weten hoe ver Callander van Whitfield ligt, maar dat wist ik niet precies. Je weet hoe het met mijn aardrijkskunde is gesteld! Maar dat is niet zo belangrijk. Zo ver kan het niet zijn en we zouden er een week voor uit kunnen trekken en gewoon met ons drieën blijven (mannen niet inbegrepen, oké?). Wil je hier eens over nadenken? Ik moet nu naar bed of ik val erbij neer. Laat me weten hoe het gaat.

Liefs, Nora

Zaterdag, 17 april

Vandaag heb ik Frank weer gezien. Het besluit genomen toen ik om kwart over één door Yonge Street liep. Zou ik naar *Waikiki Wedding* in de Imperial gaan of naar *Lost Horizon* in de Loew? Vijf minuten nadat ik in de bioscoop was gearriveerd kwam hij naast me zitten.

'Nou, Carrie, ik ben blij dat je bent gekomen.'

Opnieuw was het vreemd om mijn verzonnen naam te horen en ik voelde me zo schuldig over mijn leugen tegen hem. Ik was blij toen de lichten uitgingen. Toen de hoofdfilm begon, kostte het me moeite me te concentreren. Een stel mensen was op de vlucht voor een politieke crisis in China. Ze stapten op een vliegtuig, maar dat verongelukte in de bergen van Tibet. Van tijd tot tijd wierp ik een blik op Franks profiel en op de zakenmannenhoed op zijn schoot. Een gewone, sympathiek ogende man die naar een film kijkt. Hij leek geabsorbeerd, maar hij betrapte me een keer toen ik naar hem keek en hij glimlachte. Ik had toegestemd in een ontmoeting met een man die ik niet eens kende. En waar leiden zulke dingen anders toe dan naar een hotelkamer op een regenachtige middag? Hoe had de Engelse in Rome haar minnaar ontmoet, vroeg ik me af. Op een zeker moment moet hij zich hebben voorgesteld. 'Zullen we ergens koffie gaan drinken, Signorina?' Of: 'Zal ik u de weg naar het protestantse kerkhof wijzen? Het is niet ver.' Er moet een begin zijn en wanneer anderen ons in hun leven binnen vragen, moeten wij natuurlijk een keuze maken. En die had ik nu gemaakt.

We gingen weer naar Child's en praatten over de film. Ik kan me nauwelijks herinneren wat ik heb gezegd. Frank vertelde dat hij naar de film gaat om te ontsnappen. Waaraan, vraag ik me af. Gezin? Zaken? Ergens in zijn leven is iets wat hem dwarszit; ik kan het aan zijn stem horen en in zijn ogen zien. En het lijkt zo'n vriendelijke, zachtaardige man. Op een zeker moment vroeg hij: 'Je maakt een lange reis om een film te zien, Carrie. Is er in Uxbridge geen bioscoop?'

'Nee', zei ik.

'Maar natuurlijk ga je ook naar je tante. Hoe gaat het trouwens met haar?'

Ik was de verzonnen tante vergeten en volgens mij voelde hij aan dat ik loog.

'Ze is aan de beterende hand', zei ik.

'Mooi.'

Naderhand namen we weer een taxi naar Union Station. In de auto vroeg hij me of er behalve naar de film gaan nog andere dingen waren die ik graag deed. Ik zei dat ik van poëzie en muziek hield en hij zei: 'Dat dacht ik al.' De geur van zijn pijp vulde de taxi. 'En volgende week zaterdag?' vroeg hij. 'Kom je dan naar de stad? Zeg alsjeblieft ja.' Hij had mijn hand gepakt en zijn vingers knepen zacht in de mijne en ik zei ja. Toen ik op straat stond, zwaaide ik naar hem.

Whitfield, Ontario
Zondag, 18 april 1937

Beste Nora,

Het spijt mij ook dat ik niet eerder heb geschreven, maar ik lijk het druk gehad te hebben met het een en ander. Het voorjaar hier is zacht en alles lijkt vroeg uit te komen. De bomen staan al in fris, groen blad en het doet me zo goed om het te zien. Mr. Bryden heeft zijn tuin al omgespit en hoopt volgende week al dingen te planten. Hij vroeg me of ik dit jaar bloemen zou planten en ik zei dat ik dacht van niet. Hij keek afkeurend. 'Toen je vader nog leefde' enzovoort. Maar ik heb geen zin om op een snikhete zomerdag in de tuin onkruid te staan wieden dat onveranderlijk alles overwoekert. Tuinieren zit me gewoon niet in het bloed, denk ik.

Ik hoop dat je gelukkig bent met Mr. Cunningham. Hij is anders dan Lewis Mills, hè? Dat is waarschijnlijk maar goed ook. L.M. was in veel opzichten een interessante man, maar hij was duidelijk jouw type niet, zoals je nu vast wel zult beseffen. Is zijn boek trouwens al uit? Ik zou het best willen lezen, al was het alleen maar omdat ik de man kort heb gekend en het volgens mij boeiend is een boek te lezen van iemand die je hebt gekend, hoe vluchtig ook. Als je een exemplaar in een van de boekwinkels ziet, zou je het dan voor me willen kopen en opsturen? Ik betwijfel of het in een van de winkels in Toronto te krijgen is. Uiteraard betaal ik je terug.

In mijn leven is er niet veel nieuws gebeurd. Ik heb nu de gewoonte om meestal op zaterdag met de trein naar Toronto te gaan. Het is weer eens wat anders. Ik ga winkels langs, hoewel ik niet bepaald een koper ben, zoals je weet. Doorgaans ga ik, voordat ik de trein terugneem, naar de bioscoop. Het is een uitje en iets om gedurende de week naar uit te kijken. Op het moment ben ik heel tevreden met mijn lot, dus je hoeft je over mij geen zorgen te maken. Zojuist begon het te regenen. Een lentebuitje dat de lucht spoelt en Mr. Brydens pas omgespitte tuin voedt. Jongens zullen op zoek gaan naar wormen om mee te vissen. Ik hou van zulke regenachtige middagen. Misschien dat ik vaders oude paraplu pak en een eindje ga wandelen onder deze loodgrijze lucht. Ik denk dat ik dat wel prettig zal vinden en deze brief doe ik dan onderweg op de post.

Pas goed op jezelf.

Clara

Frank en ik zijn naar *Top of the Town* geweest. Plezierige onzin die in een oogwenk voorbij leek. Toen we buiten kwamen, regende het behoorlijk hard en ik had geen hoed bij me. Tegen de tijd dat we bij het restaurant waren, zag ik er niet uit. Ik droogde mijn gezicht met papieren servetjes en Frank moest erom lachen. Zijn prachtige hoed was vlekkerig geworden, maar dat scheen hij niet erg te vinden. Het restaurant zat vol, maar de serveerster vond een box voor ons. Volgens mij herkent ze ons van andere zaterdagen en ik vermoed dat ze weet dat we niet getrouwd zijn en misschien iets in de zin hebben. In de box pakte Frank mijn handen en wreef ze tussen de zijne. 'Ik vind dat we elkaar moeten leren kennen als we samen naar de film gaan. Vertel me eens over jezelf, Carrie. Je lijkt me zo'n rustig en serieus iemand.'

'Serieus?'

'Ja. Serieus. Je hebt iets ernstigs. Dat bevalt me trouwens. Je bent niet frivool. Je denkt na over dingen.'

'Die neiging heb ik, ja.'

'Wat wij nu doen', zei hij. 'Afspreken zonder dat we al te veel over elkaar weten. Daar denk je ook grondig over na, niet? Je vraagt je af of dit allemaal gepast en correct is. Klopt dat?'

'Zoiets ja.'

'Volgens mij ben je niet getrouwd, dus je woont óf alleen óf bij je ouders?'

'Nee, nee, die zijn allebei dood.'

'Ach. Dat spijt me.' Terwijl hij zijn pijp rookte, bestudeerde hij me. Hij is niet bang om me recht aan te kijken. Daar heb ik geen bezwaar tegen. In feite vind ik het wel fijn. Ik begin aan zijn grijze ogen te wennen.

'Dan werk je', zei hij. 'Laat me eens raden. Je kunt secretaresse zijn. Of misschien bibliothecaresse of onderwijzeres?'

'Misschien', zei ik met een lachje.

Dat merkte hij op. 'Je hebt eindelijk gelachen', zei hij. 'Mijn ernstige, jonge vriendin heeft gelachen.'

'Niet zo jong', zei ik.

'Natuurlijk ben je jong. Je bent wat? Achtentwintig, negenentwintig? Misschien dertig?'

'Ik ben drieëndertig.' Het was pas de tweede waarheidsgetrouwe uitspraak die ik tegen hem deed.

'Drieëndertig is een goede leeftijd', zei hij. 'Ik ben zesenveertig.'

Een poosje zaten we zwijgend onze thee te drinken. Rondom ons kwamen mensen naar binnen om te schuilen en ze schudden de regen van hoeden en paraplu's. Ik vond het fijn om met deze man in dat volle restaurant te zitten te midden van de andere bioscoopgangers en het winkelpubliek. Ik dacht: zo ziet het leven van mensen eruit terwijl ik thuis zit. En nu maakte ik deel uit van dit zaterdagmiddagleven. Toen vertelde Frank me dat hij getrouwd is.

'Dat moet je vast wel vermoed hebben', zei hij. 'Mijn vrouw en ik zijn al jaren vervreemd van elkaar.' Hij keek door het streperige raam van het restaurant naar de haastig langslopende mensen. 'Het is al een poos geleden begonnen. Nadat onze laatste zoon is geboren. Het leek of ze wegkwijnde. Ze is ervoor naar de dokter gegaan.'

Vervolgens vertelde hij dat hij vier kinderen heeft. Michael is drieëntwintig en woont in Kingston. Ik ben vergeten wat voor werk hij doet, maar hij heeft op Queen's University gezeten. Hij kan accountant of boekhouder zijn. De andere drie wonen nog thuis. Theresa is twintig en volgens Frank weet ze niet wat ze met zichzelf aan moet. Het ene moment wil ze een roman schrijven en het volgende wil ze naar Spanje of China om de wereld te redden. Ze volgt cursussen op de universiteit. Ik begreep dat ze moeilijk opvoedbaar was, maar zoals Frank over haar praat, denk ik dat ze zijn lieveling is. Anne is achttien en overweegt om deze zomer in te treden in het religieuze leven. Zo verwoordde hij het: 'het religieuze leven', waaruit ik opmaak dat het haar voornemen is om op een dag non te worden. Het jongste kind, een jongen, is pas elf en ik ben zijn naam vergeten.

Frank was hier heel open over. Hij vertelde me ook over het

familiebedrijf. Ze zijn kolenhandelaars en blijkbaar behoorlijk welgesteld. Frank heeft twee oudere broers in het bedrijf en hun kantoor is in King Street. 'Dat is het zo'n beetje', zei hij. 'Ik wil eerlijk tegen je zijn, Carrie. Ik ben niet zo gecompliceerd. Ik werk op kantoor. Ik zorg voor mijn kinderen. Ik ben verdraagzaam ten opzichte van mijn vrouw, met wie het niet zo goed gaat en die niets meer om mij geeft. Op zaterdagmiddag ga ik naar de film omdat ik ongelukkig ben en twee uur voor mezelf wil. Edith denkt dat ik aan het werk ben op kantoor, maar ik geloof niet dat het haar echt kan schelen waar ik ben. Ze vindt het gemakkelijker om te drinken wanneer ik niet in huis ben. Meestal ligt ze al in haar kamer te slapen als ik thuiskom. Voor het avondeten drinkt ze weer en ze gaat vroeg naar bed. Midden in de nacht wordt ze wakker en dan leest ze of ze loopt wat rond. Dan drinkt ze ook.'

'Waarom drinkt ze zo veel?' vroeg ik. 'Waarom is ze zo ongelukkig?'

Het duurde even voordat Frank antwoord gaf. 'Ik weet het eigenlijk niet', zei hij ten slotte. 'Haar vader dronk ook. Misschien zit het in haar bloed. Ik maak me ook zorgen over Michael. Als hij thuis langskomt, ruik ik het aan zijn adem.'

In de taxi naar het station pakte Frank mijn hand en vroeg of ik er volgende week zaterdag weer zou zijn en ik zei ja. Dus heb ik nu afgesproken met een katholieke Ier die vier kinderen heeft en een gestoorde vrouw. Ik vind Frank Quinlan aardig en ik moet ophouden met tegen hem te liegen.

Zaterdag, 1 mei

Vandaag kwam hij niet opdagen en het was zo'n tegenvaller toen ik alleen in de Loew zat dat ik wel had kunnen janken. Ik weet dat het huilen me nader stond dan het lachen en toen gebeurde dit vlak voor het bioscoopjournaal begon. De lichten waren net uitgegaan en ik keek naar de plaatsaanwijzer die zich met zijn zaklamp over stoelen boog om met vrouwen te praten die alleen zaten. Dat waren er niet veel. Toen kwam de jongeman naar mij toe en fluisterde: 'Bent u Miss Hughes?' Ik wilde nee zeggen, maar toen schoot me mijn dwaze bedrog te binnen en ik zei ja, waarop hij me een envelop gaf. Ik wist dat die van Frank moest zijn en tijdens de hele film (ik weet niet eens meer hoe hij heette) klemde ik de envelop vast en vroeg me af wat erin zat. Ik wist zeker dat hij me niet meer wilde zien en ik probeerde te bedenken wat ik gedaan zou kunnen hebben om hem te ontmoedigen. Van alle anderen had hij mij gekozen, maar toen had ik iets gedaan waardoor hij van gedachten veranderde. Wat dan? Wat een teleurstelling vanmiddag in die donkere zaal! Eenmaal in de trein opende ik de envelop en als een schoolmeisje dat een briefje in handen kreeg gestopt heb ik zijn woorden honderd keer gelezen.

Lieve Carrie,

Het spijt me maar ik kan vandaag niet naar de film komen. Ik zit op kantoor en Theresa heeft zojuist gebeld. Er is thuis iets gebeurd en ik moet er zijn. Vergeef me, alsjeblieft. Ik ga nu naar de Loew (het is bijna twaalf uur) om te kijken of ik een plaatsaanwijzer zo ver kan krijgen om dit voor me te bezorgen. Ik hoop dat je dezelfde jas aanhebt, omdat ik hem moet vertellen hoe je eruitziet. Ik zie je volgende week zaterdag. Stel me alsjeblieft niet teleur!

Je toegenegen F.

Wat was ik gelukkig toen ik die woorden vanmiddag in de trein las! Ik kan niet blijven liegen tegen hem, wanneer we elkaar volgende week zaterdag zien zal ik hem vertellen wie ik echt ben. Ik ben benieuwd wat die narigheid thuis was; waarschijnlijk iets met die zenuwzwakke vrouw.

Woensdag, 5 mei

Na het avondeten ben ik ten westen van het dorp over de districtsweg gewandeld. De avondlucht was rood-goud gestreept. Zoals Miss Matheson en Miss Weeks gezegd zouden hebben: 'God ontvouwt zijn vaandels.' Toen ik tien was, stuurde vader me in de zomer naar een bijbelkamp van de methodistische kerk aan het Couchichingmeer. Aan het einde van iedere dag verzamelden we ons, zo'n honderd meisjes, op de oever van het meer om naar de schitterende zonsondergang te kijken; en elke keer verkondigde Miss Matheson of Miss Weeks dat God zijn vaandels ontvouwde. En dan dacht ik aan moeder die met God ergens achter die zonovergoten wolken zat.

Ongeveer honderd meter voor me uit liepen Ella Myles en Martin Kray. Ik had ze al eerder op de dag samen gezien en de aanblik maakte me neerslachtig. Van alle jongens in het dorp heeft ze Martin Kray gekozen, een zeventienjarige rouwdouwer die net terug is van een jaar tuchtschool in Bowmanville. Maar misschien heeft niemand anders belangstelling voor haar getoond. Op de leeftijd van veertien hongert het hart naar genegenheid en zal het die vinden waar het kan. Maar ik ben bang dat hij haar zal kwetsen, misschien wel zwanger zal maken. Ik keek hoe ze arm in arm voor me uit liepen, een gelukzalig moment voor hen allebei onder de lentehemel. Ik vroeg me ook af wat Frank op dat uur van de dag deed. En hoe Edith Quinlan eruitziet. Hij had gezegd: 'Meestal ligt ze al in haar kamer te slapen', dus moeten ze nu aparte kamers hebben. O, Miss Matheson en Miss Weeks, die nu zelf alleen in smalle lapjes grond slapen! Wisten jullie maar van de verwarde gedachten en wensen van al die meisjes die hier langs zijn gekomen en die nog steeds langs komen!

Zaterdag, 8 mei

Vandaag hebben we in het bioscoopjournaal de Duitse zeppelin gezien die afgelopen donderdag ergens bij New York is verbrand. De nieuwslezer huilde en we zagen het enorme luchtschip verzwolgen worden door vuur en rook. Wat verschrikkelijk om daarin gevangen te zitten! Om me heen zaten de mensen verstard te kijken naar de beelden. Maar wat vergaten we allemaal snel de tragedie van die verloren levens. Binnen een minuut zaten we te lachen om de capriolen van een kat en een muis en het gruwelijke ongeluk van afgelopen donderdag bestond niet meer.

Ongetwijfeld ben ik te zwartgallig over zulke dingen en Frank wees me hier op een zachtaardige manier op. We zaten in het restaurant en te midden van het gerammel van borden en bestek had ik het over de mensen in dat luchtschip; dat ze een week geleden nog plannen hadden gemaakt en zo en nu was alles voorbij. Hij pakte met beide handen mijn hand vast en zei dat ik te serieus was over zulke zaken, maar dat die kant van mij hem toch aansprak. Toen zei ik hem dat ik Clara heette en geen Carrie, dat ik in Whitfield woonde en niet in Uxbridge; dat ik geen tante had en dat het me speet dat ik hem had voorgelogen. Ik vertelde dat ik op zaterdag naar Toronto ging omdat ik het beu was iedere dag dezelfde gezichten te zien. En toen deed Frank iets: daar in het restaurant kuste hij mijn hand. Ik herinner me dat de serveerster glimlachend de thee voor ons neerzette. Ik denk dat ze me benijdde en het was fantastisch om daar te zitten terwijl mijn hand werd gekust. Ik miste bijna mijn trein.

Voordat we afscheid namen, zei Frank: 'Waarom doen we volgende week zaterdag niet iets anders? We zouden de stad uit kunnen rijden. Ik kan je komen ophalen.' Maar ik ben bang van het geroddel in het dorp en stelde daarom voor om elkaar ergens halverwege te ontmoeten en dat zullen we doen. Komende zaterdagochtend rijdt hij met de auto de stad uit en haalt me op van het station in Uxbridge. Toen kwam bij me op dat als er iemand uit het dorp in de trein zit, die zou kunnen zien dat ik hem ontmoet en dat zou de tongen in beweging zetten, dus kwamen we overeen dat hij in de auto zal blijven zitten tot de trein uit het station weg is gereden. Frank heeft me vandaag ook een boek gegeven. *Geliefde gedichten door de eeuwen heen.* Het ontroerde me dat hij nog wist dat ik van poëzie hou.

Lieve Clara,

Bedankt voor je brief. Sjonge, wat klink je opgewekt! Het moet het lenteweer zijn. Vanmiddag zijn Evy en ik gaan wandelen in Central Park en het was er zo mooi! De bomen en bloemen zijn allemaal uitgekomen nu en er liggen jonge mensen in het gras (ha, ha). Evy en ik hebben gewoon gelopen en over van alles gepraat – de serie en welke kant die de komende paar maanden op zou moeten en over het nieuwe programma dat ze aan het schrijven is. Daar zit een rol in waarvan ze denkt dat ik hem kan spelen. Het is een detectiveserie en ze zegt dat die best pittig en scherp is en ze hoopt dat het impresariaat hem goedkeurt. Het mag niet te onconventioneel zijn van hen. Evy is tegenwoordig heel eenzaam. Het is lastig voor vrouwen als zij om geschikt gezelschap te vinden. Niet dat er niet volop lesbiennes in New York zijn, maar je moet de juiste zien te vinden. Nou ik eraan denk, het is niet anders dan voor normale vrouwen. Hoe dan ook, ze is tegenwoordig heel onrustig en heeft het er weer over om naar Californië te gaan. Een aantal studio's wil haar wel hebben.

We zijn nog steeds van plan om deze zomer naar Canada te komen en we dachten dat de laatste twee weken van juli het beste zouden zijn. Evy zal me voor die tijd uit het scenario schrijven en dan rijden we naar Whitfield in haar moeders Packard. Wat vind je ervan? We halen je op en rijden dan naar het noorden om de meisjes te zien. We overnachten in afgrijselijke toeristenmotels, eten smerig voedsel in wegrestaurants en zullen in het algemeen ontzettende lol hebben. Wat denk je? Lijkt het je niet hartstikke leuk? Ik hoop dat je nog steeds zin hebt in dit avontuur want ik verheug me er zeker op. Schrijf me een dezer dagen. Het is geweldig dat je zo opgewekt klinkt.

Liefs, Nora

P.S. Was dat pas geen verschrikkelijk drama met de Hinden-burg die bij Lakehurst is verbrand? Het was op de radio en de kranten stonden er vol van.

P.P.S. Evy heeft gehoord dat het boek van Mr. Druiloor deze zomer uitkomt en ik zal een exemplaar voor je kopen.

Woensdag, 12 mei

De kroning van de nieuwe koning, dus we hebben een vrije dag. Om vijf uur vanochtend zaten de mensen te luisteren naar de ceremonie in Engeland. Overal hangen de vlaggen uit en van-middag was er een optocht en werd er een boom geplant op het evenemententerrein. Helaas voor de feestvierders was het de hele dag buiig.

Vrijdag, 14 mei

Vandaag een brief van Frank.

305 King Street East
Toronto, Ontario
Dinsdag

Mijn lieve Clara,

Ik schrijf dit in mijn middagpauze. Mijn broers drongen erop aan dat ik met hen naar het hotel ga om te lunchen (meestal gaan we twee of drie keer per week naar het King Edward Hotel), maar ik zit veel liever achter mijn bureau om aan jou te denken en aan hoe fijn ik het vind dat we elkaar hebben leren kennen. Ik hoop trouwens dat je mijn handschrift kunt lezen. Ik heb in geen jaren de schrijfkunst beoefend. Miss Haines typt al mijn brieven.

Wat zullen we zaterdag gaan doen? Zou je het leuk vinden om te picknicken of ga je liever eten in bijvoorbeeld een hotel in een van de steden aan het meer? Cobourg of Port Hope? Ik denk niet dat het veel zal zijn, maar we zouden de eetzaal van een hotel kunnen proberen. Volgens mij is dat het beste, denk je niet? We proberen een of ander oud hotel waar de rosbief te gaar is, de jus zout en waar ze ons als toetje een afschuwelijke rijstpudding voorzetten. Maar dat kan ons niet schelen want wij genieten van elkaars gezelschap. Ik heb zo veel vragen die ik je wil stellen. Wie ben je, Clara Callan, en waarom heb ik het geluk gehad je te ontmoeten? Ik weet dat je me de waarheid over jezelf zult vertellen, want je bent niet het type dat liegt (in ieder geval niet lang) en ik vind het hartverwarmend om iemand te kennen die eerlijkheid zo op prijs stelt. Ik kan het zien in je heldere, donkere ogen en aan je ernstige gezicht. Nu zou je kunnen denken dat dit een vreemde bewering is, aangezien ik getrouwd ben en als wij elkaar blijven zien dan zal ik een ander leven voor mezelf moeten verzinnen en daar komt uiteraard bedrog bij kijken. Het is noodzakelijk, vrees ik, omdat anders de mensen om wie ik geef (mijn zonen en dochters en ja, ook Edith in zekere zin) ernstig gekwetst zullen worden. Daarom zie ik geen andere mogelijkheid. Toch lijkt me, wanneer je het geluk hebt iemand tegen te komen die je goed en oprecht vindt, dat de leugens die je anderen vertelt vergeeflijk zijn. Dat mag raar klinken, maar volgens mij is het waar.

Nou, mijn lieve, ik verheug me er echt op om je zaterdagochtend te zien en ik zal in mijn auto voor het station van Uxbridge op je wachten. Volgens de dienstregeling komt je trein daar om 10.10 uur aan, dus dan wacht ik op je. Mijn auto is trouwens een donkergroene Pontiac (hoewel ik me niet kan voorstellen dat er veel andere zullen staan) en ik zit achter het stuur een krant te lezen. Doen ze het ook niet meestal zo in de film? Ik verheug me heel erg op onze dag samen, mijn lieve, en ik hoop jij ook.

Je toegenegen Frank

P.S. Ik heb nooit de moeite genomen je te vragen of je telefoon hebt en toen ik inlichtingen belde voor jouw district hadden ze geen nummer van je. Vind je het gemis van een telefoon niet verschrikkelijk hinderlijk?

Onrustig geslapen vanwege kiespijn die na het avondeten begon en me nu wakker heeft gemaakt. Ik heb kruidnagels en een warme handdoek op mijn gezicht geprobeerd, maar niets lijkt het ellendige geval te kunnen kalmeren. Ik zal binnenkort naar een tandarts in Linden moeten. Deze verwaarlozing van mijn gebit; dat gaat al jaren zo en nu betaal ik er de prijs voor, want betalen zullen we. Het is een wonder dat het er nog zo toonbaar uitziet. En dus lig ik in bed Franks brief voor de twintigste keer te lezen. Hij heeft me twee keer 'mijn lieve' genoemd. Ik staar naar de klok en wacht op de dageraad of op de slaap. Morgen zie ik er vast en zeker uit als een wrak.

Gistermorgen heb ik de trein genomen en ben ik uitgestapt in Uxbridge. Ik droeg een rok en een blouse en had een trui om mijn schouders geknoopt, hoewel het zacht was. Er zat niemand anders uit het dorp in de trein en ik voelde me springlevend en gezond, afgezien van die vervloekte kiespijn. Op een picknick heb je altijd mieren, zoals vader vroeger zei. Door het raam van de trein kon ik Frank in zijn donkergroene wagen zien zitten en het gaf me zo'n gevoel van geluk. Het was net of ik niet echt had verwacht dat hij er zou zijn, maar daar was hij dan. Toen ik instapte kon ik de nieuwheid ruiken. Hij zei dat hij de auto nog geen maand had en had genoten van de rit vanuit de stad. We reden over de snelweg langs dorpen en boerderijen. Ik kon de aarde ruiken. Ik brak me het hoofd over wat ik moest zeggen, maar praten gaat Frank zo gemakkelijk af. Op een zeker moment legde hij zijn hand op mijn arm en keek me aan. 'Ik ben zo blij dat je besloten hebt te komen, Clara', zei hij. En ik was ook blij. We stopten aan de kant van de weg, wandelden een eindje langs een riviertje en luisterden naar het water dat over de stenen stroomde. Het geklater en de geur van seringen en ik voelde me zo goed, afgezien van de kiespijn die maar doorzeurde. Frank vroeg of hij me mocht kussen en ik was bang dat mijn mond afschuwelijk zou smaken, maar bedacht toen dat het waarschijnlijk niets uitmaakte en dat deed het ook niet, geloof ik. Zíjn mond smaakte naar tabak. Zijn lippen waren zachter dan ik had gedacht en zijn snor voelde vreemd aan tegen mijn lippen, maar ik vond het prettig. Als schoolkinderen liepen we hand in hand terug en ik dacht aan Ella en haar jongen op de districtsweg.

'Is er iets?' vroeg Frank. 'Je lijkt afwezig, Clara.'

Ik wilde niet dat hij dacht ik me verveelde in zijn gezelschap, dus vertelde ik hem over mijn kiespijn.

'O,' zei hij opfleurend, 'maar daar moeten we dan iets aan doen.' Plotseling leek hij vol energie en ik kreeg de indruk dat Frank zo iemand is die graag dingen te doen heeft. Hij werd heel zakelijk. 'We zullen een apotheker zoeken in de volgende stad.'

'Dat is niet nodig', zei ik.

'Natuurlijk is het nodig. Vandaag de dag hoef je geen kiespijn te lijden. Iemand moet voor je zorgen, Clara', zei hij. 'Iedereen heeft er wel eens behoefte aan om verzorgd te worden.'

Toen we over de snelweg reden, dacht ik daarover na en ik was het ermee eens. We hebben er allemaal zo nu en dan behoefte aan dat iemand zich om ons bekommert. In het volgende stadje zetten we de auto weg en liepen als een getrouwd stel door de hoofdstraat. Frank stond erop dat ik zijn arm nam en dat deed ik. Toen gingen we een apotheek binnen en Frank zei: 'Mijn vrouw heeft kiespijn. Hebt u daar iets voor?' Het voelde zo eigenaardig om hem 'mijn vrouw' te horen zeggen, maar de apotheker gaf geen krimp. Hij verkocht ons druppeltjes die de pijn meteen wegnamen. Ik voelde me zo opgelucht dat ik Frank daar op straat weer wilde kussen.

In de eetzaal van het hotel waren we de enige gasten, afgezien van een broze, oudere man in een pak die aan een hoektafeltje zat. De serveerster zette ons een volledige maaltijd voor van soep, rosbief, aardappelen en jus, precies zoals Frank in zijn brief had voorspeld. Toen ik hem hieraan herinnerde, lachte hij. 'Nou ja', zei hij. 'Ik heb vaak in dit soort gelegenheden gegeten.'

Ik ben bang dat ik een hoop heb laten staan. Frank weet het aan mijn kiespijn, maar eigenlijk was ik te nerveus om veel te eten. Ik stelde me voor dat de oude man in zijn pak iedere dag om twaalf uur zijn warme maaltijd in de eetzaal van het hotel kwam eten. Ik zag hem als een weduwnaar, een welgestelde koopman of misschien de eigenaar van een plaatselijke fabriek. Ik stelde me voor dat hij geen gezin had, ergens in een lommer-rijke straat in een groot bakstenen huis met een torentje woonde en iedere dag om kwart voor twaalf naar dit hotel kwam voor zijn rosbief. En op een dag zou hij iedereen verrassen door zijn fortuin aan de knappe, jonge serveerster na te laten. En op-nieuw voelde het vreemd toen de serveerster aan Frank vroeg: 'Blieft uw vrouw nog een toetje?'

Toen we het hotel uit kwamen, was de lucht bewolkt en Frank zei: 'Kom, we gaan naar de film', en we lachten allebei omdat we dit uiteindelijk, waar we ook zijn, op zaterdagmiddag schijnen te doen. Dus gingen we in de hoofdstraat met alle kinderen in de rij staan en schuifelden de kleine, volle bios-coopzaal in, waar het een herrie van jewelste was door het geroep en geklim op de stoelen van al die jongelui. Frank en ik hielden elkaars hand vast. Toen de tekenfilm het doek oplichtte, werden de kinderen rustig en we keken allemaal naar Mickey Mouse, de dikke en de dunne komieken en daarna naar een film met vechtende cowboys en indianen. Van tijd tot tijd kneep Frank in mijn hand en één keer boog hij zich naar me toe en kuste mijn wang.

Toen we in de warme, grijze middag weer buiten stonden, was ik bang dat ik mijn trein zou missen, maar ik heb hem niet gemist. Frank had de dienstregeling bestudeerd en wist precies hoe laat hij zou aankomen. We hadden nog meer dan genoeg tijd en het begon toen ook te regenen. In de auto kuste hij me vele malen en ik voelde me een beetje verhit en ademloos en mijn kies (die verdomde kies) begon ook weer te kloppen. Ik keek hoe de regen op het perron neerkletterde terwijl Frank me omhelsde en me zijn liefste noemde. 'O, mijn liefste Clara', zei hij. 'Ik ben zo blij dat ik je heb leren kennen.'

Ik weet niet wat ik ervan moet denken. Moet ik proberen er iets van te denken? Frank heeft een vrouw en kinderen. Toch voel ik me zo ontzettend gelukkig en roekeloos in het leven staan nu. Ja, het is roekeloos van me. Dat weet ik en de hele weg naar huis, terwijl ik vanuit de trein naar de regen keek die schuin op de pas ingezaaide akkers viel, dacht ik na over mijn roekeloosheid. Het volgende weekeinde zie ik Frank niet, want de familie gaat in het weekeinde van Victoria Day voor het eerst naar hun buitenhuisje. Dat staat in Muskoka en het is een familietraditie dus hij kan er met geen mogelijkheid onderuit. Wat moet ik volgende week zaterdag doen?

305 King Street East
Toronto

Mijn lieve Clara,

Het was zo heerlijk afgelopen zaterdag met jou! En ik mis je zo terwijl ik hier in mijn kantoor zit. Iedereen is weg en zo nu en dan ga ik bij het raam staan. Kon ik maar gewoon in mijn auto stappen om naar je toe te rijden! Het is een prachtige avond en zojuist hoorde ik de klokken van de anglicaanse kathedraal verderop in de straat. Het maakte me zo eenzaam zonder jou, Clara. Mis je mij ook een beetje?

Was het niet leuk afgelopen zaterdag? Naar de film gaan met al die kinderen. Ik vraag me af wat de mensen die ik ken van zo'n dag zouden denken. Niet veel, neem ik aan, maar toch heb ik er ontzettend van genoten. Maar wat ik vooral fijn heb gevonden was onze wandeling langs dat riviertje, met de geur van seringen en jouw hand in de mijne. En onze kussen bij het station van Uxbridge. Mijn lieve, ik zal je zeggen dat je een eenzame man heel gelukkig hebt gemaakt en ik verheug me er zo op om je terug te zien. Je bent echt een fantastische vrouw en dat besef je niet eens en ik wil je gezicht bedelven onder kussen en je dicht tegen mijn hart aan houden. Het kan me niet schelen dat het oubollig klinkt, ik voel het zo en je moet me geloven. Ik ben zo blij dat ik de moed heb gehad je die dag voor de Loew aan te spreken. Natuurlijk weet ik wel hoe gecompliceerd dit allemaal kan worden, maar het is het beslist waard. Vind je niet dat het dit beetje geluk dat in ons leven is gekomen waard is?

Goed, ik moet zo naar huis, dus ik kan hier maar beter een einde aan maken. Ik zal je het komende weekeinde missen, maar zoals ik je al zei, er is niets aan te doen. Geloof het of niet, maar we zijn al sinds ik een klein kind was in het weekeinde van Victoria Day voor het eerst naar de huisjes gegaan. Er staan nu drie huisjes op ons terrein, mijn broers en ik en onze gezinnen hebben er ieder eentje (het huisje van mijn ouders, het oorspronkelijke, is aan mij nagelaten). Dus we zullen met veel zijn. We vormen een soort clan en er zal veel gekletst en gedronken worden terwijl we onze zomerhuisjes in orde maken. Tegen maandagavond hebben we wel genoeg van elkaar en sommigen van ons zullen waarschijnlijk een poos niet meer met de anderen praten. Het is een weekeinde in stamverband en er valt niet aan te ontkomen. Maar onthou alsjeblieft dat ik de hele tijd dat ik daar ben aan je zal denken. Kunnen we de negenentwintigste weer op het station van Uxbridge afspreken? Dan gaan we weer een eindje rijden en kunnen we een andere stad proberen. Schrijf me alsjeblieft hier op kantoor en zet persoonlijk op je brief. Ik zou willen dat je overwoog om telefoon te nemen. Zou het niet veel eenvoudiger zijn om de hoorn op te pakken en met elkaar te praten. Maar dat is voor een andere keer. Denk alsjeblieft aan mij en *schrijf me*.

Je toegenegen Frank

Zaterdag, 22 mei (3.00 uur)

Die vervloekte kies maakte me weer wakker. Om drie uur! Onderhand een vertrouwd tijdstip. Het dode uur. Het uur der doden. Ongeveer tien jaar geleden speelde de band op de ijsbaan zaterdagsavonds vaak een leuk wijsje: 'It is three o'clock in the morning'. Een liefdesliedje waarin het einde van een avond samen wordt betreurd. Maar drie uur 's morgens is ook het uur van de dood. Ik heb ooit in een tijdschrift gelezen dat er om drie

278

uur 's morgens meer mensen sterven dan op elk ander tijdstip. Op ziekenzalen en in slaapkamers van arbeiderswoninkjes klemmen oude mannen en vrouwen nu een rozenkrans vast en bidden om verlossing. Volgens het tijdschrift heeft het iets te maken met de dalende bloeddruk midden in de nacht en de weerstand van het lichaam die het begeeft. Maar misschien is het enkel de pure naargeestigheid van het uur die de geest met wanhoop vervult en de zieken de moed beneemt. Vaak word je wakker en hoor je over de heg dat de oude mevrouw Die-en-die 'in de nacht is overleden'.

Whitfield, Ontario
Zondag, 23 mei 1937

Lieve Frank,

Ik schrijf dit op mijn veranda. Het is iets na tweeën op een volmaakte, mooie lentemiddag en ik vraag me af wat jij op dit moment aan het doen bent. Ben je op het meer aan het kanoën (wees alsjeblieft voorzichtig) of heb je geluncht en ben je omgeven door je gezin en familieleden? Koude kip en aardappelsalade? Rond twee uur is het maal voorbij en ruimen de vrouwen af. Jij en je broers zitten op het gazon met uitzicht op het meer te roken in die ongemakkelijke stoelen die de hele winter in het botenhuis waren opgeslagen. De kinderen hebben ze afgestoft; dat was een van hun klusjes dit weekeinde. Jij en je broers bespreken de plannen voor de zomer. Jij luistert terwijl je broers praten, maar je luistert niet echt want je denkt aan mij. Is het dwaas van mij om dat te veronderstellen? Och, wat weet ik tenslotte over je weekeinden in het huisje?

Ik weet alleen dat ik je hier en nu mis. Op dit moment. Terwijl ik op mijn veranda zit en naar het geritsel van de bladeren luister. Naar het zonlicht kijk dat over het gras stroomt en een auto in een stofwolk voorbij hoor rammelen. Wat zou ik er niet voor geven als ik je nu aan zag komen rijden om me mee te nemen naar een of ander stadje waar we arm in arm over straat konden lopen. Waar we bij een Chinees restaurant naar binnen zouden gaan voor een kop thee. Niemand zou ons kennen. We zouden gewoon een stel zijn op doorreis door hun stadje. We zouden langs de rivier kunnen slenteren (mijn stadje heeft een rivier), op de brugleuning hangen en in het onder ons door stromende water kijken. We zouden elkaar kunnen vertellen wat we het liefst doen op regenachtige middagen of op winteravonden.

O, Frank, ik ben er helemaal niet zeker van of ik gelukkig ben of me ellendig voel door alles wat er in de afgelopen zes weken is gebeurd. We hebben elkaar zes weken geleden ontmoet. Ik neem aan dat je dat niet meer weet. Ik heb het idee dat mannen niet veel aandacht aan zulke dingen besteden, of wel? Ik weet niet veel over mannen, zoals je onderhand wel begrepen zult hebben. Voel ik me dus gelukkig of ellendig? Allebei, denk ik. Het is een onmogelijke situatie, zoals jij ook wel beseft en toch ben ik blij dat ik er middenin sta. Tenminste, ik denk dat ik blij ben. Ik zie je volgende week zaterdag, hè? Stel me alsjeblieft niet teleur door te zeggen dat je er niet zult zijn. Door me op briefpapier van de zaak te laten weten dat je na kalm beraad, na een weekeinde in je zomerhuisje, te midden van familie, vrienden enzovoort enzovoort besloten hebt dat het allemaal te gecompliceerd is en een vreselijke vergissing. Dat weet ik ook wel, maar misschien moeten we vreselijke vergissingen maken om echt te leven. Laat me nog eens herhalen hoe zeer ik je mis op deze volmaakte middag. Deze mooie, mooie middag. Ben alsjeblieft op het station volgende week zaterdag.

Je toegenegen Clara

Zondag, 23 mei

Heb Frank geschreven, maar het was een domme brief. Te overspannen. Te aanmatigend. Ik klonk als een smachtend schoolmeisje. Ik doe hem niet op de post. Marion kwam langs toen ik aan het schrijven was. Ze ziet er veel beter uit dan afgelopen winter en lijkt weer zo opgewekt als vroeger. Ze ging maar door over hoe leuk zij en haar tante Nora's serie vonden en kon ik aan een gesigneerde foto van Nora komen voor haar tante? Terwijl ik naar Marion luisterde, vroeg ik me af of ze ooit seksuele gevoelens heeft gehad. Dat zal toch zeker wel. Jammer dat ze nooit een man heeft ontmoet. Onder dat streng geknipte ponyhaar heeft ze een heel aardig gezicht. Heldere bruine ogen en een gave huid die zomers een beetje donkerder wordt. Ik heb me vaak afgevraagd of ze geen mediterraan of Keltisch bloed heeft. Maar het is haar kreupelheid die mannen op een afstand houdt en ze heeft zich ermee verzoend. Toen ze weg was, heb ik Nora geschreven.

Whitfield, Ontario
Zondag, 23 mei 1937

Beste Nora,

Waarschijnlijk is het tijd dat ik je schrijf. Het is een volmaakt mooie zondagmiddag en ik zit dit op de veranda te schrijven. Marion Webb is net vertrokken na haar 'bezoekje'. Arme Marion! Ze is nog precies zoals jij je haar waarschijnlijk herinnert. Ouder, uiteraard, net als wij allemaal, met wat grijze haren. Nog steeds verliefd op Rudy Vallee en een van jouw grootste fans, zoals je afgelopen kerst vast wel hebt gemerkt. Marion woont zowat in jouw mythische Meadowvale. 'Denk je dat Alice echt met dokter Harper zal trouwen? O, ik hoop het zo, Clara, maar ik denk steeds dat er iets zal gebeuren om het te verpesten. Ze lijken voor elkaar geschapen. Hij is zo aardig. En ook nog dokter. Maar weet je? Volgens mij is Effie jaloers op Alice. Ik acht Effie ertoe in staat.'

Je mag van mij tegen Evelyn zeggen dat ze een toverkol is die de vrouwen van Amerika (en Canada) behekst met die sprookjes over gedwarsboomde liefde en geheimzinnige gebeurtenissen.

Hoe gaat het tegenwoordig met jou en je presentator? Bestaat er een kans dat hij bij zijn vrouw weggaat (over 'levensecht drama' gesproken) of is het allemaal gewoon hopeloos? Of maakt het niets uit? Ik neem aan dat je in de gegeven omstandigheden van de ene dag in de andere leeft. In die zin bof je dat je in een stad als New York woont. Je kunt je de heisa in dit dorp voorstellen als ik een minnaar had. Toch denk ik soms dat het verkwikkend zou zijn om hen allemaal te shockeren met een of ander amoureus avontuur. Natuurlijk geloven veel mensen hier dat ik mijn avonturen alleen in mijn hoofd beleef. Maar we hebben waarschijnlijk allemaal behoefte aan iemand in ons leven, niet dan? Je kunt gemakkelijk oud en muf worden, een wezen met een ondervoed hart. Ze zeggen dat liefde het hart voedt. Nou, moet je mij horen! Het moet dit voorjaarsweer zijn. Je moet toegeven dat het een schitterende lente is. Ik hoop gewoon dat jij en Mr. Cunningham gelukkig zijn. Misschien kom ik op een dag zelf ook iemand tegen. Je weet maar nooit. Pas goed op jezelf.

Clara

P.S. Hebben jij en Evelyn op doorreis naar de vijfling al een datum gekozen voor jullie bezoek deze zomer?

Dinsdag, 25 mei

Milton is naar Toronto voor een conferentie en dus stond ik in mijn eentje voor de bovenbouw en voor mijn eigen klassen. Ik heb ze verschillende opdrachten gegeven, maar sommige van de meisjes (Jean Patterson en consorten) waren vervelend. Veel gesmiespel en briefjes die werden doorgegeven, het meeste ervan had met Ella Myles van doen die nu alleen achter in de rij van de hoogste klas zit. Vroeger toen ik haar in de klas had, zat ze vlak voor me. Het was zonneklaar dat Patterson en haar kompanen de draak staken met het meisje en, lieve God, het is niet moeilijk om haar uit te lachen. Ella smeert nu lippenstift op haar mond en ze draagt een afgrijselijke roze trui waarin haar borsten te zien zijn. Hoe kan haar moeder haar zo aankleden? Magere, blote benen met smoezelige enkelsokjes. Ze heeft zelfs goedkope parfum op. Ze ziet eruit als een hoertje en de andere meisjes bleven smoezen en naar haar omkijken.

Het werkte op mijn zenuwen. Toen, vlak voor de middagpauze, had Ella er genoeg van en ze vloekte tegen hen. Ze zei dat lelijke woord daar in het lokaal. Zelfs de jongens schrokken ervan. Ik moest er iets van zeggen en dus zei ik haar dat ze moest nablijven. Maar toen luisterde ze amper naar me. Onderuit-gezakt in de bank staarde ze uit het raam terwijl ik praatte. Ik zei haar dat ze dit jaar toelatingsexamen moest doen en dat ze slim genoeg was om er goed doorheen te komen. Ze zou naar een college in Linden kunnen, een baan zoeken en echt vooruit komen. Paarlen voor de zwijnen. Toen ze weg was, ging ik bij het raam staan kijken hoe ze het schoolplein over kuierde naar Martin Kray, die tegen een boom geleund een sigaret stond te roken. Ik zag hoe hij haar hand pakte, een stuntelige cavalier en daar gingen ze. Weldra zullen ze over de districtsweg lopen, rondkijkend naar een wei om in te gaan liggen, hopend dat de regen nog een paar uur uitblijft. Het bezorgde me een licht neerslachtig gevoel en toen schoot me te binnen dat ik op de kop af twee jaar geleden door de zwerver ben verkracht. Ik heb in weken niet aan hem gedacht, maar nu is hij er weer om mijn dag te vergallen.

305 King Street East
Toronto, Ontario
Dinsdag

Liefste Clara,

Ik ben een beetje teleurgesteld in je, mijn lieve. Ik had gedacht dat er vanochtend een brief op me zou liggen wachten. Ik heb Miss Haines gevraagd allebei de bestellingen goed na te kijken, maar niets. Ach, nou ja! Misschien had je andere dingen te doen in het weekeinde en ik vergeef het je hoe dan ook. Mijn lieve, ik heb je de afgelopen week zo gemist. Ik heb de hele tijd aan je gedacht. Ja, zelfs in het huisje terwijl alles en iedereen om me heen roezemoesde, dacht ik aan je.

Ik kan nauwelijks wachten tot het zaterdag is en ik je weer zal zien. Het is nog maar een paar keer twaalf uur. Zo bekijk ik het en op die manier lijkt het niet zo lang. Ik hoop dat je dit vrijdag krijgt, zodat je kunt zien hoe erg ik je mis. Denk je niet dat het een goed idee zou zijn om telefoon te nemen? Ik denk dan hoe geweldig het zou zijn om de hoorn op te pakken en je stem te horen. Ik hoop dat je het zult overwegen. Tot zaterdag dan.

Je toegenegen Frank

Woensdag, 26 mei

Ik heb eindelijk een afspraak gemaakt met dokter Watts in Linden. Mrs. Bryden heeft me zijn naam gegeven en volgens haar is hij betrouwbaar en niet duur. Ik moet volgende week woensdag om vijf uur naar hem toe en dat komt goed uit, want Mr. Bryden rijdt iedere woensdag naar Linden voor zijn etentje met de serviceclub en dan kan ik met hem mee. Wat een vergissing om vaders auto te verkopen! Ik had kunnen leren rijden en dan zou ik meer bewegingsvrijheid hebben gehad. Het zal zo'n opluchting zijn als mijn gebit in orde is, maar ik hoop dat hij niets hoeft te trekken. Ik denk niet dat ik daartegen zou kunnen.

Zondag, 30 mei

Frank stamt uit een katholieke, Ierse familie en zijn vrouw ook. Ik was geïnteresseerd in haar 'problemen', maar Frank praat er niet graag over, hij zei alleen dat ze niet langer van elkaar houden; ze 'delen een huis', meer niet. Toen zei hij: 'We slapen niet meer samen, als je begrijpt wat ik bedoel.' Ja, hij bedoelt dat ze geen gemeenschap meer hebben, hoewel ik dat niet zei. Die arme Edith Quinlan. En nu heb ik iets met haar man. Ik ben 'de andere vrouw' waarover ik zo vaak in de bladen heb gelezen. Ik wil niet aan Edith Quinlan denken, hoewel ik haar steeds voor me zie als een van die aantrekkelijke, donkerharige Ierse vrouwen, wier uiterlijk op middelbare leeftijd begint te verwelken. Ik weet dat ze donker haar heeft omdat Frank heeft verteld dat zijn oudste dochter, Theresa, donker haar heeft net als haar moeder op haar eenentwintigste. Frank houdt van donkerharige vrouwen. Hij raakte mijn haar een paar keer aan en zei dat hij het zo mooi vond. Gisteren zei hij dat hij wou dat het langer was, want hij zou het graag 'uitgespreid over je blote schouders' zien. Toen lachte hij omdat ik bloosde en hij zei dat het me goed stond.

Dit gebeurde allemaal tijdens het eten in weer een hotel-eetzaal. We zaten aan een hoektafeltje naast een gigantische ficus, waarvan de bladeren bespikkeld waren met stof en vliegenpoep. De zon kwam door de hoge ramen naar binnen. Op een muur was een afgrijselijke voorstelling geschilderd van de grondleggers van de Confederatie in geklede jas met hoge hoed en indianen die een locomotief begroetten. Op de radio werd sentimentele muziek gedraaid. Ik voelde me zo gelukkig daar in die afschuwelijke eetzaal. We hadden het over godsdienst. Ik ben vergeten hoe we op dat onderwerp kwamen, maar Frank zei dat hij in God gelooft. Dat had ik verwacht, maar het interesseert me altijd om het te horen. Wat benijd ik katholieken om hun geloof! Het is zo plooibaar. Katholieken begaan een zonde en verwachten vervolgens dat die hun wordt vergeven. Frank was verrast toen hij hoorde dat ik niet langer in God geloof. Ik zei tegen hem: 'Kon ik het maar! Het zou alles anders maken.'

Hij glimlachte. 'Hoe anders?'

'Nou', zei ik. 'Geloven in God geeft je leven toch een doel, een vorm of een richting. Mij lijkt dat we zonder God enkel tijd passeren. En dan wordt tijd zo dringend, een bron van onrust, want natuurlijk loopt onze tijd uiteindelijk af.'

O, ik bleef er maar over doorgaan. Misschien praatte ik te veel over God en tijd, maar ik kon er niets aan doen. Ik denk zo veel over dit soort dingen na en net als de meeste mensen die alleen leven, loop ik te hard van stapel als ik toehoorders heb. Het was gek om op een zaterdagmiddag om halfeen over God en tijd te praten in de eetzaal van een kleinsteeds hotel, waar je tegen die vreselijke muurschildering aankeek en 'Blue Skies' op de radio hoorde. Frank zei dat hij zich een leven zonder God niet kon voorstellen. Voor hem *was* God er gewoon. Twijfelen aan Zijn bestaan was uitgesloten. Hoe kon iemand niet in God geloven? Ik kon zien dat ik hem hiermee verwarde, misschien zelfs een beetje schokte. Hij rookte zijn pijp en keek ernstig. Ik vroeg hem of het niet moeilijk voor hem was om mij te zien. 'Moet je de pastoor niet over ons vertellen als je gaat biechten?' vroeg ik.

Toen zei Frank iets geweldigs. Hij zei: 'Ik neem aan van wel, maar wat heeft dat met mijn geloof in God te maken? Om je de waarheid te zeggen, ik geloof niet dat God het zo erg vindt van ons. Hij zal toch zeker wel belangrijker dingen aan Zijn hoofd hebben dan twee mensen die hun best doen om een beetje geluk op aarde te vinden?'

Dat antwoord beviel me, maar ik voelde dat Frank zich onbehaaglijk begon te voelen over ons gesprek. Volgens mij denken katholieken niet veel over God na. Hij is er gewoon, dat accepteren ze en vervolgens gaan ze door met hun leven. Ik wou dat ik dat kon.

Na het eten gingen we een eindje rijden en toen, bij het station, voordat we afscheid namen, werd er weer gekust en werden we heel gloedvol. Een ouderwets woord om onze omhelzing te beschrijven, maar het is het enige dat me te binnen schiet. Zijn gloedvolle kussen! Ik voelde me verhit en ademloos onder hem en op het perron stond een man naar ons te kijken, dus hielden we na een poosje op. Frank vroeg me wat ik van het idee vond om meer tijd samen door te brengen. Waarschijnlijk kan hij er een zaterdagavond tussenuit en dan kunnen we ergens heen gaan. Dat betekent met hem slapen. Ik zei dat ik erover zou nadenken. Volgende week zaterdag zien we elkaar weer op het station.

Woensdag, 2 juni

Mijn eerste bezoek aan dokter Watts. Wat een beproeving! Er moet een aantal kiezen gevuld worden, maar het ziet ernaar uit dat ik er geen kwijtraak, godzijdank. Watts schold me onbarmhartig uit terwijl hij porde, boorde en tikte. 'Waarom hebt u in vredesnaam uw gebit zo slecht onderhouden, Miss Callan?'

Ik leed in stilte onder zijn behandeling, maar van het boren sprongen de tranen me in de ogen. Ik weet zeker dat ik dat helse apparaat de hele nacht in mijn slaap zal horen knarsen. En dit gaat zo nog vijf of zes weken door! Iets om 's woensdags naar uit te kijken. Toch moet het gebeuren en het levert een soort macabere voldoening op om ermee door te gaan.

135 East 33rd Street
New York
30 mei 1937

Lieve Clara,

Nou, ik heb wel gelachen om je laatste brief. Natuurlijk heb je in zekere zin gelijk wat New York betreft. Het is beslist gemakkelijker 'om een vriend op bezoek te hebben', maar het zou je verbazen hoe nieuwsgierig de buren kunnen zijn. Les en ik zijn daar tamelijk voorzichtig in. En wat je vraag over ons betreft, ik weet niet waar dit toe zal leiden. Nergens toc, waarschijnlijk en wanneer ik er te veel over nadenk, word ik er neerslachtig van. Dus denk ik er niet te veel over na. Les is erg verknocht aan zijn kinderen (een jongen en een meisje van rond de twaalf en dertien) en ik weet dat de gedachte dat hij hen op zou moeten geven onverdraaglijk voor hem is, dus denk ik niet dat hij zijn vrouw ooit om een scheiding zal vragen. Ik weet trouwens niet zeker of ik wel verliefd op hem ben. Hij is tof gezelschap en verduveld knap, maar er ontbreekt iets. Ik voel het. Het is raar, want Les is overdreven attent en aardig. Hij is een tikje ijdel uiteraard, maar welke knappe vent is dat niet? Toch mis ik soms daadwerkelijk het gezelschap van die ouwe, knorrige Lewis. Kun je je dat voorstellen? Lewis was altijd over van alles aan het preken tegen me en hij bedroog me voortdurend. Dat weet ik nu zeker. Maar dan nog had hij iets wat ik gewoon niet bij Les voel. Ik krijg er niet goed hoogte van.

Over mannen gesproken, je hoeft het niet aan Marion Webb te vertellen, maar Alice gaat deze week niet met dokter Harper trouwen. Er komt geen junibruiloft voor Alice Dale, ondanks de stapels gelukwensen die we krijgen toegestuurd. En cadeaus ook, geloof het of niet!!! Theedoeken van een dame in Kentucky, lakens (moet je je voorstellen) van iemand in Indiana. Een roomstelletje van een luisteraar in Toronto. Het is krankzinnig. We geven die spullen aan de kantoormeisjes. Onze luisterdichtheid is op het moment zo hoog dat de producenten willen dat we alles nog een paar weken, misschien maanden 'aan de kook' houden. Dus zullen er complicaties zijn. Evelyn suggereerde vrijdag dat dokter Harper waarschijnlijk een ongeluk krijgt als hij met de auto op weg is naar de plechtigheid (ze heeft te horen gekregen dat hij niet dood mag, want hij is te populair). Maar morgen zullen we het zeker weten en dat zou de luisteraars bij de radio en de mensen van Sunrise zoet moeten houden.

En dan zal er de volgende week een echte bruiloft zijn. Volgens de *Trib* van vandaag trouwt Edward aanstaande donderdag met Mrs. Simpson. Zou je er niet dolgraag bij zijn? Natuurlijk wist Evelyn ervan en daarom was de radiobruiloft gepland. Slim, hè? Pas goed op jezelf. We komen vrijdag 9 juli bij jou aan en vertrekken de volgende dag of misschien op zondag naar Callander. Oké? Ik verheug me er echt op om die meisjes te zien, jij niet?

Liefs, Nora

Zaterdag, 5 juni

Ben vanmorgen naar het station van Uxbridge gegaan, maar Frank was er niet en ik zat de hele dag vast. Het regende en er reed geen trein tot laat in de middag. Om razend van te worden! Ik heb de hele dag in de bibliotheek gezeten en zonder veel interesse *Het kan hier niet gebeuren* van Sinclair Lewis gelezen. Niet erg goed en ik kon alleen maar van tijd tot tijd naar de natte straat kijken en naar de voorbijsnellende mensen. Ik was natuurlijk een voorwerp van belangstelling voor de plaatselijke inwoners, die steelse blikken mijn kant op wierpen terwijl ze hun leesvoer voor die week lieten afstempelen. Commotie in het souterrain waar de kinderen spelletjes aan het spelen waren, maar de bibliotheek bood in ieder geval een schuilplaats voor de regen. Ik weet niet waar ik anders heen had gekund om de tijd te passeren. Trouwens, waarom was Frank er niet? Hij is meestal zo betrouwbaar. Ik vraag me nog steeds af of hij in dit weer een ongeluk heeft gehad. Misschien moet ik toch maar telefoon nemen. Dan had hij nu kunnen bellen om te vertellen wat er is gebeurd.

305 King Street East
Toronto, Ontario
Zondag

Liefste Clara,

Ik schrijf dit thuis in grote haast en ik zal proberen het vanmiddag nog op de post te doen. Ik vind het zo erg van gisteren. Je moet de hele dag in dat dorp vastgezeten hebben, mijn arme lieveling en het was zo nat. Maar ik kon niet weg omdat mijn jongste, Patrick, een ongeluk met zijn fiets heeft gehad. Hij is aangereden door een auto die achteruit de oprit afkwam. Het is een eindje verderop in de straat gebeurd. We kennen de bestuurder, een oudere man die er vreselijk van geschrokken is. Ik neem aan dat hij niet achterom heeft gekeken, maar Patrick kan ook onvoorzichtig zijn op die fiets. Hij jakkert maar door. Maar goed, de man is achteruit op hem in gereden en Patrick is met zijn hoofd op de stoep terechtgekomen. We moesten in vliegende vaart met hem naar het St.-Michaelziekenhuis. Dit gebeurde allemaal gisterochtend toen ik op het punt stond te vertrekken. Het is een angstige ervaring geweest! We hebben de hele dag in het ziekenhuis gezeten, Edith, ik en Patricks zussen. Volgens de artsen zal het weer goed komen, maar hoofdletsel is altijd zorgelijk. Zoals je je kunt indenken is zijn moeder buiten zichzelf en ik maak me ook zorgen over haar. Ze is niet sterk in noodsituaties zoals deze. Als je telefoon had, had ik je hierover kunnen bellen. Wil je er niet over nadenken om er een te nemen? Ik zie gewoon voor me dat je gisteren helemaal naar Uxbridge bent gegaan en toen verbaasd en teleurgesteld was omdat ik niet op je zat te wachten. Mijn lieveling, het spijt me heel erg, maar je zult wel begrijpen dat ik me in een lastig parket bevond. Ik moet rennen nu, want we gaan terug naar het ziekenhuis. Tot ziens dus en ik stuur je dit met vele kussen. Zullen we weer voor volgende week zaterdag afspreken op dezelfde plaats? Het zou allemaal wat rustiger moeten zijn dan. Ik mis je zo, mijn lieve meisje.

Je toegenegen Frank

Woensdag, 9 juni

Er was een brief van Frank, maar ik had maar net genoeg tijd om hem van het postkantoor op te halen en naar het kantoor van Mr. Bryden te lopen. De brief 'brandde een gat in mijn zak' de hele weg naar Linden en ik kon hem alleen maar vluchtig inkijken voordat Watts aan zijn wekelijkse marteling begon. Ik heb besloten een telefoon te laten installeren en morgen neem ik contact op met de mensen van Bell.

San Remo Apartments
1100 Central Park West
New York
6/6/37

Beste Clara,

Op vrijdag las je zus fragmenten voor uit je laatste brief waarin je opperde dat ik, arme, kleine ik, 'een toverkol was die de vrouwen van Amerika behekst'. Ik vat het op als een compliment, hoewel ik soms, als John Barleycorn en ik bij elkaar gaan zitten voor een babbeltje (zoals nu, bijvoorbeeld), een tikkeltje larmoyant word. Zo! Jij houdt toch van woorden, dan is dit voor jou. Het woord 'larmoyant' lees je niet zomaar iedere dag in een brief. Ik word het wanneer ik eraan denk dat ik misschien mijn tijd verdoe met het vermaken van 's lands huisvrouwen met de intriges rond Alice, Effie, die lieve oude oom Jim en tante Mary. Eigenlijk heb ik soms zin om Meadowvale plat te branden en geen steen op de andere te laten.

Op zulke momenten denk ik aan anderen die belangrijkere dingen doen. Zoals die hoogstaande lui die naar Spanje vertrekken om tegen de fascisten te vechten. Was ik maar zo moedig, maar de waarheid is dat ik het niet ben. Ik ben te zeer gesteld op mijn biefstuk, gin en sigaretten. En ik ben trouwens te oud om verband aan te leggen. Als het erop aankomt weet ik niet eens hoe je verband aan moet leggen en ik betwijfel of ik het ooit kan leren. Dit komt bij me op omdat ik gisteren op Fifth Avenue werd aangesproken door een ernstige jonge man en vrouw die actie voerden voor de republikeinse zaak in Spanje. Ze rammelden met hun kartonnen busje en duwden me een pamflet in de onwillige hand, me onderwijl de les lezend over de zelfgenoegzaamheid van het Amerikaanse volk terwijl het lijden van onze Spaanse kameraden enzovoort enzovoort. Goed, ik viste vijftig cent uit mijn tas, wat gul was, vond ik, hoewel ik er enkel een frons van de jonge vrouw voor terug kreeg. Ze staken een hele tirade tegen me af en terwijl ik ze aanhoorde kreeg ik het gevoel dat dit stel op een andere dag in een ander land vrolijk mijn dikke bourgeoiskeel zou hebben doorgesneden. Dat je toch zo betrokken kunt raken bij een zaak! Een ogenblik lang gaven die jongelui me het gevoel (maakt niet uit dat ik een degelijke, rechtschapen, belasting betalende burger ben) dat mijn leven in grote lijnen waardeloos was omdat miljoenen arbeiders in Spanje en in de hele wereld lijden en geketend zijn enzovoort, enzovoort.

Nou, dat was zo over na een paar glazen gin, maar die stalinisten brachten me wel even van mijn stuk. Ik weet dat wat ik doe in het grote wereldplan bezien in wezen frivool is. Maar geldt dat niet voor het werk van de meeste mensen? Niet voor het jouwe, schat. Een goede onderwijzeres zou uiteindelijk in deze gehavende, ouwe wereld nog wel iets kunnen doen wat de moeite waard is. Als iemand deze arme cynicus nou eens een betere manier laat zien. En als de communisten nou maar knappere meisjes in dienst van de goede zaak hadden, dan zou ik me misschien wel bij de geleđeren aansluiten. Dat is natuurlijk een grapje. Maar ze zien er allemaal zo slonzig en onverzorgd uit. Gisteren had ik zin om tegen die jonge vrouw te zeggen: 'Waarom doe je niet eens wat aan je haar, juffie?'

Och, nou ja. We doen wat we moeten doen in deze ouwe wereld. Hoe staat het tegenwoordig met jou? Het lijkt erop dat we je volgende maand zullen zien. Met Nora als gids (een enigszins verontrustende gedachte, niet?) zal je bijziende correspondente andere voertuigen trachten te ontwijken terwijl ze de Packard van haar dierbare moeder noordwaarts de rimboe van Canada in stuurt. Moet ik warme kleren meenemen? Een bontmuts? Wanten? O, je moet me niet serieus nemen. Ik weet dat het daar zomer is en dat het waarschijnlijk snoeiheet zal zijn. Ik geloof dat ik je al eens heb verteld dat ik als kind tijdens een reisje met mijn vader naar Quebec ben geweest, dus ik weet een beetje hoe het is om daar rond te reizen. Nou dan, proost, op het avontuur en op het noorden!

Groeten van de toverkol E.

Zondag, 13 juni

Gisteren was het mooi en warm en we hebben gepicknickt. Het was mijn idee en Frank was aangenaam verrast. Ik wilde zijn gevoelens niet kwetsen omdat hij zo gul was geweest met maaltijden, maar ik heb genoeg van de bruine hoteleetzalen met die vreselijke schilderijen en stoffige philodendrons. Dus had ik sandwiches gemaakt en we hebben koud gemberbier in een winkel bij het station gekocht. Toen reden we naar de beek waar Frank me voor het eerst heeft gekust, we namen de plaid uit de auto mee en gingen onder een boom zitten. Frank vertelde over zijn jongste zoon die nu thuis aan het herstellen is, godzijdank. Daarna vertelde ik hem dat ik de komende week een telefoon laat aanleggen, dus dan kunnen we contact houden en dit leek hem zo blij te maken dat hij me kuste terwijl ik mijn mond nog vol had. Daar moesten we om lachen. En ben ik ooit zo gelukkig geweest als gistermiddag toen ik in Franks ogen keek en luisterde naar het water dat over de stenen stroomde?

Frank stelde vragen over mijn leven en ik vertelde hem over Nora in New York en mijn alledaagse leven als onderwijzeres in Whitfield, mijn wandelingen en de muziek die ik vroeger speelde en de gedichten die ik vroeger schreef. Hij zei dat hij mijn huis graag eens zou zien.

'Ik moet voorzichtig zijn', zei ik. 'Er wordt veel gekletst in plaatsjes als Whitfield. Iets anders hebben ze daar eigenlijk niet te doen en dus is alles een excuus om te roddelen. De auto van een vreemde op je oprit, een man die je huis binnen gaat, het wordt allemaal gezien en becommentarieerd. Sommigen vinden me toch al eigenaardig.' Ik dacht dat hij zou vragen waarom, maar dat deed hij niet.

Toen begon Frank me te strelen en ik voelde me warm en nerveus. Ik lag omhoog te kijken naar de bomen, de nieuwe blaadjes en de zonnige lucht erboven. Ik werd aangeraakt en mijn ogen gingen dicht door Franks kussen en zijn warme tabaksadem. Hij zei dat ik hem aan de filmactrice Claudette Colbert deed denken. 'Daar lijk je een beetje op, weet je.'

'Onzin', zei ik, hoewel ik het fijn vond om te horen.

'Er is een gelijkenis, Clara, geloof me.'

Toen maakte zijn gekus me onrustig. Die onrust kwam ongenood opzetten, want ik herinnerde me de zwerver die door het lange gras stapte, mijn polsen beetgreep, me rondwervelde en ten slotte op de grond smeet en me met zijn lichaam bedekte. Me neerdrukte met de olieachtige machinelucht van zijn tuinbroek en zijn vuilbekkerij. Het gevoel van het gras tegen mijn nek kan het veroorzaakt hebben, ik weet het niet, maar ik werd bang en vroeg Frank op te houden. Zijn ogen leken te vertroebelen. 'Wat is er?' vroeg hij.

Ik vroeg me af of ik nu moest vertellen wat me twee jaar geleden op een middag als deze was overkomen, maar ik was bang voor wat hij van me zou denken. Om zo door een langstrekkende zwerver te worden gepakt! Ik had vaag het gevoel dat hij ervan zou kunnen walgen. Van mij misschien. Ook al wilde hij dat niet dan zou het nog kunnen. En wanneer ik het eenmaal aan hem had verteld, kon het nooit meer veranderd worden. Het zou voor altijd deel uitmaken van zijn beeld van mij. Dus vertelde ik het hem niet en er ontstond spanning tussen ons. Hij mokte een beetje als een teleurgestelde schooljongen, dus zei ik hem dat ik maar weinig ervaring had met intieme dingen en dat dit er sowieso niet de plaats voor was. We konden auto's voorbij horen rijden en ik zei dat er kinderen langs zouden kunnen komen. We zaten niet zo ver van de weg af; alles zou gejaagd en onbevredigend zijn. Ik denk dat ik op dat moment zo bang was om hem kwijt te raken dat ik amper wist wat ik zei, maar ten slotte nam hij me in zijn armen en hield me vast.

'Daar moet je je geen zorgen over maken, mijn lieve meisje', zei hij. 'Je hebt helemaal gelijk. We moeten een plek vinden waar we alleen kunnen zijn en volop de tijd hebben.' Hij stelde een motel voor. 'We moeten iets regelen', zo verwoordde hij het.

'Ja, dat zou ik fijn vinden', zei ik en dus spraken we weer voor volgende week zaterdag af. Ik zei hem niet dat het waarschijnlijk niet de goede tijd van de maand is voor mij, hoewel het kan uitblijven tot zondag of maandag. Ik kon me er niet toe brengen om er met hem over te praten, hoewel ik nu denk dat ik het wel had moeten doen. Ik had hem moeten vertellen dat het mijn tijd van de maand is het komende weekeinde. Ik had het moeten zeggen.

Whitfield, Ontario
Zondag, 13 juni 1937

Beste Evelyn,

Bedankt voor je brief. Nog nooit is de weg naar de frivoliteit vermakelijker beschreven. Volgens mij kan ik je ook je wenkbrauwen zien optrekken tegen die twee jonge communisten op Fifth Avenue. Ik weet niet veel over communisten. We hebben ze hier natuurlijk ook en soms veroorzaken ze last op vergaderingen van de arbeidersbond en zo. Maar ze schijnen hun activiteiten tot grotere steden te beperken. Kennelijk hebben ze geen belangstelling voor boeren en buitenlui. Ik ben niet echt geïnteresseerd in politiek, vooral niet in de politiek van extremen. Vorige zomer in Italië heb ik genoeg jongemannen mensen zien koeioneren met hun uniformen en vlaggen. Mij leek toen dat de fascisten niets liever doen dan mensen commanderen en ik denk dat de communisten niet veel anders zijn. In die zin heb je waarschijnlijk gelijk als je zegt dat 'op een andere dag en in een ander land dit stel vrolijk mijn dikke bourgeoiskeel zou doorsnijden'. Ik vind ze een beetje op de fanatieke predikanten lijken die, toen ik klein was, bij ons op het dorp kwamen. Ze zetten hun tent op het evenemententerrein op en lokten mensen van het platteland naar binnen, merendeels baptisten uit de buurt van Linden (een stad hier in de buurt en de provinciehoofdplaats). Ik ben er maar één keer naartoe geweest omdat vader een hekel had aan evangelisten. Hij zei dat ze aasden op de ontvankelijken van geest en zoals bijna al zijn inschattingen van de menselijke natuur was ook deze juist. Maar ik herinner me wel hoe ernstig en intens die predikant was en dat hij verlossing beloofde aan de uitverkorenen en verdoemenis aan de heidenen. Hij maakte me doodsbang maar ook opgetogen met zijn belofte voor de toekomst. Ik stel me voor dat jouw jonge communisten ongeveer van hetzelfde slag zijn. Ze willen alles ondersteboven keren en een nieuwe orde uitroepen, maar dan hier op aarde. Ik weet niet of het werkt in Rusland. Misschien wel en sommige dingen waarvoor ze strijden, zijn zeker de moeite waard. Maar ze schijnen alles zo snel en met zo veel geweld te willen veranderen en ik kan niet geloven dat er van die aanpak iets goeds komt.

Maar goed, genoeg gepreekt. Ik kijk ernaar uit om jullie volgende maand te zien en je hebt gelijk, het zal hoogstwaarschijnlijk 'snoeiheet' zijn hier, als je tenminste op de vorige zomer kunt afgaan. Maar vandaag is het volgens de thermometer, die buiten naast mijn keukenraam hangt, een heerlijk zachte vijfentwintig graden. Een briesje zet de bladeren in beweging. Ik zit dit op mijn veranda te schrijven en de dominee van de verenigingskerk met zijn knappe, kleine vrouw komen langs op hun zondagse wandeling. Hun bezoekjes zijn gestopt sinds ik niet meer naar de kerk ga. Maar voor me ligt een vredig panorama. Zo anders dan jouw mythische Meadowvale met zijn intriges en ontucht. Mijn dorpje lijkt daar totaal niet op. Of wel?

Tot volgende maand. De groeten aan Nora en zeg haar maar dat het me goed gaat en dat ik volgende week een verrassing voor haar heb. Ze is gek op verrassingen en met deze zal ze zeker blij zijn.

Clara

Woensdag, 16 juni

Toen we vandaag van de tandarts op weg naar huis waren zei Mr. Bryden: 'Je doet me aan je moeder denken, Clara. Wanneer ik je op de veranda zie zitten lezen of uit school zie komen, dan zie ik je moeder. Je hebt haar manier van doen.'

Dit interesseerde me en ik vroeg of hij meer over haar wilde vertellen, want ze staat nu zo ver van me af. Het lijkt of ik alleen haar contouren zie, een slanke, donkerharige vrouw, bijna meisjesachtig, die met haar schort nog om zit te lezen. Hij vertelde dat alle jongemannen vanaf de eerste dag dat ze in het dorp was hun zinnen op haar hadden gezet. 'Ze was', zei hij, 'zo'n knap klein ding en zo anders dan de andere meisjes.'

'Hoe anders?' vroeg ik.

'Ik kende niemand zoals zij', zei hij. 'Ze was net een dichteres, geloof ik, of een kunstenares. Altijd een beetje dromerig. Ze ging vaak in haar eentje wandelen. Of ze las. Ze zat altijd te lezen. Dat eerste jaar was ze in de kost bij Mrs. Hallam naast de presbyteriaanse kerk en dan zag je haar op de veranda zitten lezen. Alle jonge kerels liepen erlangs voor een blik op haar. Je vader was helemaal ondersteboven van haar. Dat waren we allemaal in zekere zin, hoewel ik tegen die tijd getrouwd was, gelukkig getrouwd. Begrijp me niet verkeerd, Clara. Maar ik vond je moeder een heel speciaal iemand. We waren allemaal

296

jaloers op Ed toen hij haar wist te strikken. We waren ook verbaasd, want zoals je weet was hij een heel stuk ouder. We dachten dat hij zijn hele leven vrijgezel zou blijven. We dachten dat hij geen enkele kans maakte bij Ettie Smith, die toen pas negentien of twintig was. Maar niettemin was je vader een goedgebouwde man en ze vormden een knap stel.'

Toen vertelde hij me over de dood van mijn broertje en dat het moeder buiten zichzelf leek te drijven. Dat vond ik een interessante uitdrukking om gekheid of waanzin te beschrijven. 'Ze werd nooit meer de oude nadat het kereltje dat voorjaar was gestorven', zei hij. 'Dat moet in 1904 zijn geweest. Lieve deugd, drieëndertig jaar geleden en het lijkt wel of het gisteren was. Jij was nog maar een baby. Je bofte dat je het niet ook kreeg. Je logeerde bij ons. Mrs. Bryden zorgde voor je. Toen het kereltje was gestorven was je moeder de weg kwijt. Ook al had ze jou, ze was toch de weg kwijt. Ik kon het zien aan de manier waarop ze door het dorp liep. Toen kregen je vader en je moeder Nora en aanvankelijk dachten we dat ze het verwerkt had. Maar dat heeft ze eigenlijk nooit.'

Het was vreemd om dat allemaal van Mr. Bryden te horen, de advocaat en buurman die ik al die jaren al ken (en niet ken). Ik geloof dat hij gevoelens voor moeder koesterde en blij was dat hij ermee voor de dag kon komen. Maar toen ik uit de auto stapte, legde hij zijn hand op mijn arm en zei: 'Je begrijpt natuurlijk wel dat het allemaal lang geleden is en ik ben erg aan Mrs. Bryden gehecht en dat ben ik altijd geweest. Dat wilde ik even duidelijk maken.'

Vrijdag, 18 juni (17.00 uur)

De mensen van Bell hebben zojuist mijn telefoon aangesloten. De aanblik van dat ding in de keuken staat me niet aan, maar ik zal er wel aan wennen. Ik schrok ervan toen hij voor de eerste keer ging, hoewel ze alleen maar de lijn controleerden. Ik dacht eraan om Frank te bellen, maar hij zal nu wel naar huis zijn. Ik heb besloten tot zondag te wachten om Nora te verrassen. In zekere zin is dit een belachelijke uitgave, want afgezien van Frank en Nora kan ik niemand anders bedenken om te bellen.

Wat me niet bevalt aan die telefoon is het voortdurende gerinkel. Zo hinderlijk wanneer je gaat zitten om te lezen of naar de grammofoon wilt luisteren! Ik kon geen eigen lijn krijgen, dus deel ik hem met de Macfarlanes en de Caldwells. De man legde uit dat mijn signaal twee keer kort en een keer lang is, terwijl dat van Cora Macfarlane twee keer kort en twee keer lang is en dat van de Caldwells weer iets anders. Mettertijd zal ik het wel doorkrijgen, maar het idee dat anderen mijn gesprekken kunnen horen bevalt me niets. De telefoonman zei dat de meeste mensen daar beleefd in zijn, maar ik vraag het me af.

Zondag, 20 juni

Het was verwarrend gisteren. Zoals gewoonlijk had ik met Frank op het station afgesproken en hij was teder en heel blij om me te zien. We raakten elkaar aan en kusten elkaar in de auto en daarna namen we een achterafweg naar het meer in het zuiden. Ik vroeg naar Patrick en hij zei dat het goed met hem ging hoewel hij nog steeds veel last van hoofdpijn heeft. Ook vertelde hij dat zijn oudste dochter moeilijk doet maar hij weidde er verder niet over uit. Ik krijg de indruk dat ze een overgevoelige, lastige jonge vrouw is. Terwijl ik naar hem luisterde, realiseerde ik me hoe vrij ik ben van de wisselvalligheden van het gezinsleven.

Na ongeveer een uur stopten we bij een motel bij Port Hope: een stuk of tien witte houten huisjes die uitkeken over het meer. Het liep tegen twaalven en wij waren de enige auto. Frank keek me glimlachend aan. 'We kunnen naderhand de stad in gaan om te eten', zei hij. Ik voelde me zo ellendig want ik moest hem zeggen dat we zo'n huisje niet konden huren; het was de verkeerde tijd voor mij. Hij werd er chagrijnig van.

'Dat had je me wel eens mogen vertellen', zei hij.

'Ik heb het je nu verteld,' zei ik, 'en er is niets aan te doen. De natuur moet zijn loop hebben.' Ik weet niet waarom ik dat erbij zei. Het klonk zo dwaas en pretentieus. We hadden geen van tweeën zin om erover te praten, dus bleven we naar het zonlicht op het meer zitten kijken. Ik kon de hitte van de zon door het glas heen voelen. Frank had een overhemd met korte mouwen aan en ik keek naar de haartjes op zijn arm en wilde dat hij me vasthield, maar hij leek te zeer in zichzelf opgesloten, prikkelbaar door de teleurstelling.

Toen kwam er een vrouw met een dweil en een emmer uit een van de huisjes en ze keek naar ons voordat ze een weggetje naar een huis insloeg.

'We kunnen maar beter gaan', zei Frank. En dus reden we Port Hope in en aten in een restaurant. Ik besefte dat de dag verpest was en het was allemaal mijn schuld. Ik had het hem van tevoren moeten vertellen en dus zei ik in het restaurant dat het me speet. Daar monterde hij een beetje van op en op het station namen we met een paar kussen afscheid. Nu blijkt dat we elkaar twee weken niet kunnen zien. Volgende week zaterdag moet Frank zijn gezin naar hun zomerhuis brengen. Ze brengen de hele zomer in Muskoka door en Frank gaat er de meeste weekeinden heen. Ik betwijfelde of we wel tijd zouden hebben om elkaar te zien.

'Daar vinden we zeker tijd voor', zei hij, maar hij klonk er ongelukkig mee. Ik gaf hem mijn telefoonnummer en hij zei: 'Nou, dat is tenminste iets.' Het was geen goede dag voor ons.

Vanavond heb ik Nora gebeld en ze draafde maar door! 'Ben jij dat echt, Clara? Het is niet te geloven dat ik mijn zus aan de telefoon heb.' En zo ging het maar door. Ze was niet te stoppen. Dat telefoontje moet me een vermogen hebben gekost. Ze vertelde dat Evelyn en zij de negende van de volgende maand hier aankomen.

Die telefoon gaat de hele tijd. Ik vroeg me af of de leden van de andere twee families niets beters te doen hebben dan op alle uren van de dag en nacht te kletsen. Maar een halfuur geleden

(22.15 uur) toen ik het eindeloze gerinkel lag te vervloeken en beide families naar de verdoemenis wenste, drong ineens tot me door dat het mijn belletje was, twee keer kort, één keer lang. Ik holde naar beneden en hoorde Franks stem. Het speet hem van zijn gedrag gisteren, zei hij. Het was zo fantastisch om zijn stem te horen. Hij beloofde dat hij het goed zou maken en we spraken af voor zaterdag over twee weken, de derde juli, op Union Station. Zijn vrouw en zijn jongste zoon zitten dat weekeinde in het zomerhuis.

'Dan kunnen we ergens naartoe waar we helemaal alleen kunnen zijn', zei hij.

En ik zei: 'Ja, laten we dat doen, Frank.'

Nadat ik opgehangen had, vroeg ik me af of er iemand had meegeluisterd.

Vrijdag, 25 juni

Het schooljaar is weer voorbij en Milton en ik hadden spelletjes en traktaties voor de kinderen. De hoogste klas heeft examen gedaan in het stadhuis en vanmiddag kwam ik onderweg naar huis Ella Myles tegen en ik vroeg haar hoe het ging met de examens. Ze grijnsde een beetje zuur en stiekem. 'Ik doe geen examen', zei ze.

'Och, Ella', zei ik. 'Wat jammer nou. Je had het op z'n minst moeten proberen.'

Haar geverfde lippen pruilden smalend. Ik voel dat het kind verloren is.

Zaterdag, 26 juni

Vanmiddag vertelde Mr. Bryden me over een auto die te koop staat. Ik was bijna vergeten dat ik tijdens onze woensdagse rit naar Linden had gezegd dat ik interesse heb om een auto te kopen. Hij vertelde me over een weduwe, een Mrs. Creeley, die haar boerderij verkoopt en naar Linden gaat verhuizen om bij haar getrouwde dochter in de buurt te zijn. Ze wil de auto van haar overleden man ook kwijt en Mr. Bryden denkt dat die in goede staat verkeert en dat Joe Morrow bereid is me er morgenmiddag naar toe te brengen om te kijken. De weduwe vraagt driehonderd dollar, wat een behoorlijk bedrag is, maar een auto zou alles zo veel gemakkelijker maken. Dan zou ik niet langer afhankelijk zijn van de trein.

Zondag, 27 juni

Ik heb de auto gekocht, misschien als cadeautje voor mezelf, want vandaag word ik vierendertig. Vanmiddag is Joe met me naar de boerderij van Creeley gereden. De weduwe is een forse vrouw met een groot, rood gezicht en een vriendelijke manier van doen. Ze liet ons een eindje rijden met de auto. Het is een zwarte Chevrolet coupé en maar drie jaar oud. 'Het is een prima wagentje, Clara', zei Joe. 'Zijn geld waard, maar als ik jou was, bood ik haar tweehonderd, dan krijg je hem vast voor tweevijftig.' Maar die suggestie bezorgde me een vaag schuldgevoel. Het zou zoiets zijn als het brood uit de mond van een weduwe stoten, alhoewel Mrs. Creeley er zeker niet armlastig uitzag. Dus ik vroeg aan Joe: 'Is hij driehonderd waard?'

'O jee, ja', zei hij. 'Iedere cent ervan.'

'Dan geef ik haar driehonderd', zei ik.

'Je moet het zelf weten', zei Joe. 'Maar als ik jou was, zou ik proberen af te dingen.'

Maar ik was niet geïnteresseerd in 'proberen af te dingen', en dus werden Mrs. Creeley en ik het eens en gaat Joe morgen de auto ophalen. Hij zal me rijles geven en ik zei dat ik hem vijftig cent per les zal betalen. Hij wil niet betaald worden, maar ik maak gebruik van zijn tijd, dus ik vind dat ik hem daarvoor iets verschuldigd ben.

Nora belde vanavond om me te feliciteren. Ze had de hele middag geprobeerd me te bereiken maar kon er niet doorkomen. 'Je moet die mensen zeggen dat ze de lijn niet moeten inpikken', zei ze. Het is fascinerend dat Nora na drie jaar in New York nog steeds ouderwetse uitdrukkingen uit haar jeugd gebruikt. Misschien raken we de manier waarop we vroeger praatten nooit helemaal kwijt. Maar ik zie mezelf niet tegen Cora Macfarlane zeggen dat ze 'de lijn niet moet inpikken'. Vervolgens vertelde ik Nora dat ik zojuist een auto had gekocht. Ze was perplex.

'Je hebt een auto gekocht?'

'Ja. Een Chevrolet coupé. Drie jaar oud.'

'Nou, krijg nou wat. Wat is er met jou de laatste tijd, Clara? Eerst telefoon en nu een auto? Het is toch nog te vroeg voor de overgang, hè?'

'Veel te vroeg', zei ik.

Maandag, 28 juni

Mijn eerste les! Na het avondeten reden Joe en ik het dorp uit over de districtswegen en hij demonstreerde hoe je moet schakelen. Al de keren dat ik vader de versnellingspook zag verzetten heb ik nooit goed opgelet hoe het feitelijk gaat. Ongeveer een uur lang bokten en stokten Joe en ik over de weg. Als er iemand in de buurt was geweest, zou die zich een rotje hebben gelachen; maar nu hieven alleen een paar koeien hun grote, simpele kop op om deze mechanische onbeholpenheid te bestuderen. Joe blijft er geweldig blijmoedig onder.

'Maak je niet druk, Clara', zegt hij maar steeds. 'Binnenkort heb je het te pakken.'

Vrijdag, 2 juli

Weer een rijles en vanavond slaagde ik erin om de auto in de derde versnelling te zetten en daadwerkelijk over de districtsweg bijna tot aan Linden te rijden. Ik was zo trots op mezelf en Joe was ook tevreden. Het was nog licht toen ik thuiskwam en ik stond bij het keukenraam met een gevoel van volslagen triomf, toen dat ineens allemaal verdween en ik overmand werd door zenuwen. Het was als de schaduw van een wolk die over een veld trekt. Ik ging aan tafel zitten en barstte bijna in tranen uit.

Dit was een uur geleden en ik heb geprobeerd erachter te komen wat de reden hiervoor is. Ik denk nu dat ik me, zonder dat ik het besefte, druk heb zitten maken over morgen en over hoe het zal gaan tussen Frank en mij. Morgen zullen we 'samen slapen' en daar heb ik geen ervaring mee. Ik ben bang dat ik weifelachtig en afwerend zal zijn en dat hij teleurgesteld, misschien zelfs met afkeer vervuld zal worden.

Zondag, 4 juli

Dit dacht ik gisteren in de kamer van het motel, terwijl ik in mijn nieuwe peignoir achter de jaloezieën stond en uitkeek over de Lakeshore Boulevard. Ik kon vaag het geroep van de zwemmers in Sunnyside horen. Het was zo warm in die kamer. De kleine ventilator op het nachtkastje haalde praktisch niets uit. En terwijl ik daar stond, dacht ik: ik zit op een zaterdagmiddag in een motel met Frank. We zijn zojuist intiem geweest en nu sta ik hier in die foeilelijke peignoir. Ik had hem haastig in een winkel in Queen Street gekocht terwijl Frank in de auto wachtte. Ik had er niet aan gedacht iets mee te nemen en dus had ik iets nodig om mezelf mee te bedekken en om in rond te lopen. De peignoir is bespottelijk vulgair, geel met grote paarse bloemen. Als ik tegen de verkoopster had gezegd: 'Geef me iets om mezelf mee te bedekken nadat ik vanmiddag met een getrouwde man naar bed ben geweest', had ze geen toepasselijker kledingstuk kunnen kiezen. Mijn embleem van clandestien geluk. In die peignoir voelde ik me als een van die vrouwen in een detectivetijdschrift die hun man verlaten, ervandoor gaan met een vriendje om banken te beroven en in motels aan de rand van de snelweg te leven. Maar ik ben met de man van een andere vrouw en dus vroeg ik me af wat Edith Quinlan op dat moment aan het doen was. Was ze na het middageten aan het afwassen, keek ze uit het raam van het zomerhuisje naar haar jongste kind dat in het water speelde? Maakte ze zich zorgen over zijn hoofdpijn? Frank sliep. Hij was in slaap gevallen alsof hij zich van een klip af de bewusteloosheid in stortte. In het begin was ik onhandig, ik weet dat ik het was, hoewel hij zei dat ik het prachtig deed. Maar dat vraag ik me af. Het is nogal wat om al je kleren uit te doen waar iemand bij staat. Het vergt enige gewenning. Maar hij kuste me over mijn hele lichaam en ik voelde een heftig verlangen vanbinnen, hoewel ik ook zenuwachtig was en aan de zwerver in het gras naast de spoorbaan moest denken. Maar Frank bedolf me onder zijn kussen en ik weet nog dat ik zei: 'Ik wil niet zwanger worden, Frank', en hij zei: 'Wees maar niet bang, lieverd, ik heb iets', en hij stak zijn hand uit en schoof een kapotje over zichzelf. Hij dwong mij te kijken en vroeg of ik hem wilde aanraken en dat deed ik. Wat een raar uitziend ding is het toch! Stom en toch speels. Alsof het een eigen leven bezit, en in zekere zin is dat ook zo, neem ik aan.

Toen zei Frank: 'We moeten aan elkaar gewend raken, lieverd', en hij raakte mij aan. Na een poos drong hij bij me binnen en ik zag zijn ogen groter worden. Het deed een beetje pijn, tot ik hem helemaal in me voelde en toen begon hij mijn borsten en keel te kussen. Dat was heerlijk. Ik vond die kussen zo fijn! Toen zei hij dat ik mijn benen om hem heen moest slaan, dat deed ik en hij begon weer te bewegen en ik misschien ook wel. En steeds fluisterde hij lieve woordjes, wat ik erg fijn vond. Het was de nabijheid die ik heerlijk vond en de lieve woordjes. Ik voelde me totaal overweldigd en toen begon hij sneller te bewegen en ik voelde dat ik hem kwijtraakte. Toch hield ik hem stevig vast en keek en voelde mijn hart tekeergaan. Onze lichamen waren zo glad en ik dacht: het menselijk leven begint met de benen van een vrouw om het lichaam van een man. Ze ontvangt zijn zaad en zo ben ik ook ontstaan. Vader en moeder hebben in een lang vervlogen septembernacht in 1902 ook zo gelegen. Mijn broertje sliep in zijn ledikantje in de hoek van de kamer en misschien deden ze hun best om hem niet wakker te maken terwijl ze in elkaar bewogen. En zo ben ik ontstaan.

Nadat Frank had geëjaculeerd, leek hij te sidderen en te verjongen. Toen hij zijn ogen opende, dacht ik hem te kunnen zien op zijn zestiende, onervaren en vol hunkering. Hij kuste mijn schouder en noemde me zijn lieveling en liefste en ik voelde me innig gelukkig terwijl ik hem zo vasthield. Toen hij in slaap was gevallen legde ik mijn hand op zijn borst en voelde zijn hartslag kalmer worden. Dat was heel fijn, want ik was zo dicht bij deze man die ik dertien weken geleden voor een bioscoop heb ontmoet als ik ooit zal zijn. De katholieke kolenhandelaar en vader van vier kinderen. Wat zouden zijn dochters ervan vinden als ze ons zo konden zien? Ik vroeg het me af. Toch had ik de rol van slet graag op me genomen, want net als de Engelse in Rome had ik nu ook een minnaar en op mijn lippen brandden de woorden *ik heb een minnaar*. Net als bij die arme Emma Bovary als ze na haar eerste ontmoeting met Rodolphe in de spiegel kijkt.

Later in de middag gingen we naar een wegrestaurant voor hamburgers en koffie en daarna gingen we terug naar onze kamer en bedreven opnieuw de liefde en het ging beter dan de eerste keer. 's Nachts deed Frank kwartjes in de radio en we luisterden naar dansmuziek en vervolgens naar een nieuwslezer die vertelde over een vrouwelijke piloot die in Hawaii was verongelukt. Ze had geprobeerd om rond de wereld te vliegen. Wat een onderneming!

Voordat we in slaap vielen, bedreven we weer de liefde. Toen zei Frank vanochtend dat hij naar de kerk moest. Hij wilde 'de mis van tien uur in de St.-Michael halen'. Dus moesten we ons haasten en ik had nog wel zo graag langer in bed gelegen met hem.

Toen we door de verlaten zondagochtendstraten van Toronto reden, wees ik mezelf erop dat het zo altijd zou gaan en dat ik niet aan zelfmedelijden moest toegeven. Ik ben geen achttien meer. Ik ben vierendertig en heb voor een verhouding met een getrouwde man gekozen. Dus zal er altijd dit gehaast van de ene plaats naar de andere zijn, met een ladder in mijn kous en die blik van de receptionist als we de deur uit gaan. Dat zal er altijd zijn en ik moet het accepteren of met hem breken.

In de trein zat ik tegenover Hazel McConkey, die naar huis

ging na een week op haar kleinkinderen te hebben gepast, zodat 'Mel en Ebbie er even uit konden'. Ze waaierde zich koelte toe met een of ander pamflet en vertelde over de 'koters'. Viel het haar op dat mijn lippen gezwollen waren van het kussen? Dat mijn hals nog rood was? Maar ik denk niet dat Hazel McConkey in staat is zich mij naakt onder een man in een motel voor te stellen. Maar ze wilde wel weten wat ik op zondagochtend in de trein deed. Ik was op bezoek geweest bij een oude vriendin van de kweekschool, zei ik. Die denkbeeldige vriendinnen van langgeleden komen goed van pas.

Woensdag, 7 juli

Weer naar dokter Watts geweest en nog een rijles na het avondeten. Joe zegt dat ik over een week of twee klaar zou moeten zijn voor het examen. 'Je zult een poging moeten wagen, Clara.' Ik denk dat ik me in de komende jaren altijd deze lange zomeravonden in de kleine Chevrolet op de grindwegen ten zuiden van het dorp zal blijven herinneren. Ik zal me Joe's grote handen op het stuur herinneren, zijn tabakssap dat uit het raampje spuit, zijn geduld en vriendelijkheid.

Frank heeft net gebeld om te zeggen dat hij het weekeinde zo fijn heeft gevonden. 'Ik ook', zei ik. We hebben een afspraak gemaakt voor de zeventiende.

Vrijdag, 9 juli (23.00 uur)

Terwijl ik dit schrijf is het nog steeds warm, met nogal wat bliksemflitsen en gerommel in de verte. Ik had het avondmaal van koud vlees en aardappelsalade klaarstaan toen Nora en Evelyn tegen zessen arriveerden (ze slapen nu). E. droeg een broek en een lavendelkleurig overhemd. Op haar hoofd een witte katoenen pet met een groen venstertje in de klep. Achter het stuur van de Packard zag ze eruit als de eigenaar van een jacht. De auto staat nu op de oprit en is de hele avond een bron van verwondering geweest voor de dorpskinderen. Beide gasten hadden het warm en waren moe en een tikje chagrijnig na hun rit vanuit Buffalo, waar ze gisternacht zijn overgebleven. Maar hun stemming verbeterde nadat E. een paar van haar befaamde ginbrouwsels had gemaakt.

Zondag, 11 juli (North Bay)
Gisteren zijn we hiernaartoe gereden met 'kapitein Dowling' achter het stuur, terwijl 'Nora de navigator' naast haar de kaart zat te bestuderen. Ik had de hele achterbank voor mezelf en ik voelde me als Cleopatra op haar schip. 'Breng me mijn echtbreekstersgewaad, Charmion!' Evelyn ratelde aan één stuk door over het landschap: de rotsen, de meren, de eindeloze wouden. Het lijkt inderdaad op het land dat God aan Kaïn schonk. Nora was opgewonden over de vijfling en ze praatte te veel over de dood van de Amerikaanse die rond de wereld probeerde te vliegen. We logeren in een houten huisje aan het meer vlak bij de stad. Evelyn vermaakt het gezelschap met koddig, sardonisch commentaar op praktisch alles. Gisteren raakte ze lichtelijk aangeschoten en ze nam kiekjes van Nora en mij met haar Kodak. Ik vind het vervelend om gefotografeerd te worden, maar je kunt Evelyn niets weigeren en dus gingen Nora en ik naast de grote auto, op de treden van het huisje staan.

Toen we gisteravond in onze stapelbedden lagen, zei Evelyn dat het haar aan kostschool deed denken en ze vertelde ons verhalen over vroegere klasgenoten en leraressen. Ik lag naar de bliksem aan de overkant van het meer te kijken. Ergens vlakbij had iemand een autoradio aangezet en ik dacht aan Frank en vroeg me af wat hij op dit moment deed. Nora en Evelyn praatten verder over mensen in hun verleden met wie ze dik waren geweest. Evelyn noemde een meisje bij haar op school op wie ze stiletjes verliefd was; ze was jaren later haar bruidsmeisje geweest en schreef nog steeds brieven naar haar in Australië. Maar nooit had ze haar ware gevoelens onthuld en het klonk of ze er ongelukkig over was. Vervolgens vertelde Nora over een man in Toronto van wie ze ooit gehouden had, dacht ze, maar hij vertrok naar het westen voordat ze hem had kunnen zeggen wat ze voelde. Ik had nog nooit van hem gehoord en het verbaasde me, want ik dacht dat ze me alles had verteld op die zaterdagavonden dat ze met de trein naar huis kwam. Het was net of ze vergeten waren dat ik erbij was of misschien dachten ze dat ik sliep. Heel even wilde ik hun over Frank vertellen, maar nu ben ik blij dat ik mijn mond heb gehouden. Midden in de nacht barstte er een geweldig onweer los met dichtbij een paar keiharde klappen. We stonden op om ernaar te kijken. Bliksemflitsen vulden de lucht en de donderslagen waren oorverdovend. Volgens mij was Evelyn een beetje bang, hoewel ze er grapjes over maakte. 'Jullie weten hier in Canada wel hoe je een spektakelstuk moet opzetten voor een New Yorks meisje.' Misschien beefden we allemaal een beetje onder het tumult en waren we opgelucht toen het voorbij was.

Vanmorgen zijn we naar Callander gereden om de vijf meisjes te bezichtigen. Nora was buiten zichzelf van opwinding en Evelyn nam foto's van de borden en de souvenirwinkeltjes. Moeders met huilende kinderen en rokende mannen stonden in een lange rij. Het was een grijze, warme dag met een dreiging van meer onweer en de lichaamsgeuren en slechte adem bezorgden me een barstende hoofdpijn. Er is iets fundamenteel verkeerds aan om in de rij te gaan staan zodat je naar die kinderen kunt gapen alsof het een rariteitenkabinet is. Ik vond het absurd. We zagen hen eindelijk in een soort kampement. Ze speelden met emmertjes en schopjes en er stonden schommeltjes en een wipje. Een verpleegster hield een oogje in het zeil. In de rij schuifelden we langs een spiegelruit en staarden naar de vijf, in tuinbroek gestoken kinderen. Om me heen werden de afgezaagde uitingen van bewondering gefluisterd. 'Gossie, zijn ze niet schattig!' 'Och, kijk nou toch eens! Wat een dotjes.'

Hierna zei Evelyn dat ze een borrel moest hebben, hoewel het pas elf uur was. We gebruikten het middagmaal en het avondmaal in een blokhutrestaurant en gingen vroeg naar bed. Volgens mij waren we alle drie wat terneergeslagen door de vulgariteit rondom de vijfling. 's Nachts onweerde het opnieuw en ik lag in mijn stapelbed te hunkeren naar de klank van Franks stem en het gevoel van zijn kussen in mijn hals.

Maandag, 12 juli

Een lange rit naar huis door stadjes die 'the glorious twelfth' vierden met vlaggetjes en optochten: fanfares en oudere vrouwen in witte jurken. We namen zijstraten om de drukte te ontwijken en werden een paar maal teruggestuurd. Ik kon het niet helpen, maar ik vond het zeer ironisch dat ik uitgerekend op deze dag zo dolgraag mijn katholieke minnaar wilde bellen. Als mijn arme vader het eens wist! Evelyn voelde zich niet lekker (te veel alcohol?) en ging na het eten meteen naar bed. Nora en ik gingen op de veranda zitten en praatten tot na elven; de verhouding met haar presentatorvriendje wordt niets en nu heeft ze al een paar 'vervelende telefoontjes' van zijn vrouw gehad. Die maken haar van streek en ze weet niet hoe het nu verder moet. Ze verlangt naar een huwelijk en kinderen – 'gewoon een rustig, normaal leven'. Maar ik vraag me af of een van ons beiden dat ooit zal krijgen. Ik wilde haar over Frank vertellen, maar ik kon het niet opbrengen om toe te geven dat ook ik in die echtelijke vliegenvanger vastzit. Wanneer je het 's nachts bekijkt, lijkt het allemaal nogal hopeloos.

Dinsdag, 13 juli

Nora en Evelyn zijn rond tien uur vertrokken; ze zijn van plan om de komende paar dagen, voordat ze naar New York terugkeren, Toronto en Niagara Falls te doen. Voor hun vertrek vertelde Nora me dat het boek van Lewis Mills in de loop van deze maand uitkomt en dat ze me een exemplaar zal toesturen. Toen ze weg waren, heb ik Frank op zijn kantoor gebeld. Het was zo fijn om zijn stem te horen. We hebben voor deze zaterdag afgesproken en daarna gaat hij voor twee weken naar hun zomerhuisje. Wat moet ik de rest van juli doen?

Frank heeft me net afgezet en ik kon Mrs. Bryden door haar raam naar ons zien kijken. Binnenkort zal ze willen weten wie me op dit tijdstip heeft thuisgebracht en zo verder. Meer leugens. Gisterochtend zijn we naar de huisjes bij Port Hope teruggegaan. We zijn nauwelijks de deur uit geweest; alleen twee korte wandelingen gemaakt over een weg langs het meer en de stad in om iets te eten. Onze lichamen weer even glibberig van het zweet. Zo moet het zijn op een huwelijksreis wanneer twee pasgetrouwde mensen elkaar ontdekken. Wat fantastisch en angstaanjagend is het allemaal! Afgelopen nacht werden we tegelijk wakker en we gingen zo op in elkaar dat Frank de moeite niet nam een kapotje om te doen en het kon mij niet schelen. Dat was dom van mij, maar ik weet dat ik op dat moment dacht: het doet er niet toe, het doet er niet toe. Ik geloof dat ik dat in het heetst van alles ook nog tegen hem zei. Maar natuurlijk doet het er wel toe. Het doet er heel veel toe en nu maak ik me een beetje ongerust; niet erg, want volgens mij kan er in deze tijd van de maand niets gebeuren, maar we moeten gewoon voorzichtiger zijn. Een onbewaakt moment en mijn leven staat op zijn kop. Hoe snel kan het allemaal niet veranderen! Ik weet niet wat ik zou doen als ik weer zwanger werd. Weer naar Nora gaan voor nog een 'operatie' zou ik niet kunnen en ik weet zeker dat Frank, als katholiek, er sowieso tegen zou zijn. Wat dan? Het kind krijgen en het dan laten adopteren? Onvoorstelbaar gecompliceerd. We moeten voorzichtiger zijn. Maar hoe extatisch erotisch kan liefde zijn! Voel ik dat zo omdat het mij zo laat in mijn leven is overkomen? Toch raken jongeren er ook van uit hun evenwicht. Hoe zit het met Ella Myles en die vreselijke jongen van Kray? Ook zij moeten geheel opgaan in deze vervoering. Een man en een vrouw zonder kleren aan – het is niets minder dan een onvoorwaardelijke overgave aan de zinnen.

Een pak van mijn hart vanochtend. Ik was er vrij zeker van dat het goed zat, maar het is fijn als het bevestigd wordt. Dus mag ik de liefde nog wat langer meemaken en wat was ik kinderlijk gelukkig op deze gewone midzomerse donderdag. Een mond vol ei bij het ontbijt, het licht door mijn keukenraam, het geratel van een grasmaaier, alles stond in een vrolijker toonsoort.

Vanmiddag een praatje over de heg met Mrs. Bryden. Dat als volgt verliep: 'We hebben je de laatste tijd maar weinig gezien, Clara.'

'Tja, ik heb het nogal druk gehad.'

'Van Mr. Bryden hoorde ik dat je klaar bent met de tandarts. Je zult wel blij zijn dat het achter de rug is.'

'Nou, zeker. Het was nogal een beproeving.'

'En de auto? Ga je er binnenkort in rijden?'

'Ja. Vanavond na het eten krijg ik mijn laatste les van Joe en hij denkt dat ik volgende week op examen kan.'

'Nou, dat zal fijn zijn voor je, Clara, om je eigen vervoer te hebben. Ik zag dat je afgelopen zondagavond een lift naar huis hebt gekregen.'

'Ja. Van een oude vriend uit de stad.'

'Wat aardig toch.'

Vanavond belde Frank vanuit een telefooncel in het noorden om te zeggen dat hij me maandag heeft geschreven en dat ik de brief morgen of zaterdag moet krijgen. Hij klonk zo gelukkig en vol lieve woordjes, maar volgens mij luisterde er iemand naar ons. Hoogstwaarschijnlijk Cora Macfarlane of een van de meisjes van Caldwell.

Muskoka
Maandag

Mijn schat,

Wat mis ik mijn lieve Clara! Weet je dat er geen uur van de dag voorbijgaat zonder dat ik aan je denk? Vanmorgen, bijvoorbeeld, heb ik Patrick mee uit vissen genomen. We zijn om vijf uur opgestaan en het meer was zo prachtig en rimpelloos. We konden de futen horen en de zon was niet meer dan een rood oog dat door de nevel opkwam. We roeiden een paar honderd meter en gooiden onze lijn uit. Het was een heerlijk moment daar op het meer samen met mijn zoon op een mooie zomerochtend en toch, mijn lieveling, was ik heel ver weg in dat kamertje met jou en overstelpte ik je met kussen. Wat was je verrukkelijk en wat een zaligheid was het om wakker te worden en jou naast me te zien liggen! Wat een genot hebben we aan elkaar beleefd! Vind je niet? Zeg me alsjeblieft dat je net zo gelukkig was als ik in dat huisje afgelopen zaterdag.

Kunnen we daar weer heen gaan op de zevende van volgende maand? Ik weet dat het nog lang duurt en ik vind deze tussenpozen tussen onze afspraken heel erg, maar op het moment weet ik er geen remedie voor. Ik kan de familieaangelegenheden niet negeren, vooral het komende weekeinde niet, want aanstaande zaterdag is er een bijeenkomst met mijn broers en hun gezinnen. Mijn dochter Anne gaat volgende week het klooster in en we mogen haar gedurende zes maanden niet zien, dus komt iedereen hierheen om haar roeping te vieren. Zelfs mijn oudste zoon, Michael, die niet dol is op familiebijeenkomsten, komt over uit Kingston. Anne en hij waren altijd heel hecht. Ze is de enige in de familie om wie Michael schijnt te geven. Hoe dan ook, het zal druk worden maar ik wil dat je weet dat je altijd in mijn gedachten bent.

Ik schrijf dit in de auto in een naburig dorp, waar ik heen ben gestuurd om proviand op te halen. Dus moet ik dit nu op de post doen en terugrijden. Pas alsjeblieft goed op jezelf en ik zie je op de zevende. Ik overstelp je met mijn kussen, mijn liefste Clara.

Liefs, Frank

Vanavond heb ik op de veranda zitten denken aan Frank en zijn 'familiebijeenkomst'. Ik vroeg me af wat hij aanhad. Een overhemd met korte mouwen waarschijnlijk en ik zag de fijne haartjes op zijn armen voor me. En een week geleden lagen we om deze tijd in elkaars armen.

Aan de overkant kwamen de eerwaarde Jackson en zijn vrouw langs op hun avondwandeling. Vleermuizen doken door de schemering (de dagen worden korter) en Helen Jackson leunde op de arm van haar man. Zouden ze vannacht de liefde bedrijven? Henry Jackson maakt zo'n kille indruk wanneer hij niet op de preekstoel zijn gemeente staat te koeioneren. Ik kan me van hem niet voorstellen dat hij zo hartstochtelijk is als Frank. Volgens mij zou Henry Jackson zich schamen om vurig te zijn. Hij weigert om nog langer aan deze kant van de straat langs mijn deur te lopen; misschien gelooft hij dat een heiden als ik zijn ziel zal bezoedelen. De aanblik van de Jacksons op deze zomeravond maakte me een beetje 'blue', om een van Nora's favoriete woorden te gebruiken. En dan nog wat. Waarom is de aandrang om gedichten te schrijven in mij opgedroogd? Ik dacht dat liefde een inspiratiebron was voor poëzie, maar alle woorden van enige betekenis zijn uit me weggevloeid.

Belachelijk trots op mezelf vandaag. In Linden is me om 15.25 uur vanmiddag toestemming verleend om een motorvoertuig te besturen in de straten en op de snelwegen van de provincie en naar ik aanneem de rest van de Dominion. Hoera! Het examen was niet half zo moeilijk als ik had verwacht en Joe had me goed voorbereid. Hij was zo trots op mij. 'Zie je nou dat je het kunt, Clara. Heb ik het je niet gezegd?' Ja, dat heeft hij, de schat! Hij heeft me het benodigde zelfvertrouwen gegeven. Om het te vieren nam ik Joe in Linden mee uit eten. Die arme Joe; hij waardeerde het gebaar, maar hij voelde zich duidelijk niet op zijn gemak in dat restaurant met zijn biefstuk op brood en rozijnentaart. Ik reed in de Chevrolet naar huis en hij staat nu veilig opgeborgen in de garage. In een vlaag van ijdelheid heb ik Nora gebeld om het nieuws te vertellen. Dat zal me een hoop kosten.

San Remo Apartments
1100 Central Park West
N.Y.C.
21/7/37

Beste Clara,

Ik dacht, ik schrijf je even (aangezien ik toch goed opgevoed zou moeten zijn) om je te bedanken voor je gastvrijheid. Ik heb genoten van mijn bezoekje aan het 'geografische noorden, krachtig en vrij'. Hier en daar ietsje te schilderachtig, maar in de meeste opzichten niet veel anders dan onze eigen mooie republiek. Toronto deed me een beetje denken aan, laten we zeggen, Hartford, Connecticut. Jullie hebben toch niet je eigen Wallace Stevens in een van die verzekeringskantoren zitten, hè? Je verwacht niet dat er veel gebeurt in zulke steden, alleen dat de mensen doorgaan met hun saaie, fatsoenlijke leven. Maar dat dorp van jou? Weet je zeker dat je het niet zelf hebt verzonnen? Het kwam me voor dat ik precies zo'n dorp voor ogen had toen ik 'Chestnut Street' ging zitten bedenken. Al die oom Jims en tante Mary's achter hun vitrage en ik wil wedden dat ze bijna net zo aardig zijn als die van mij! Gewone, eenvoudige zielen met hun boosaardigheid, bemoeizucht, oprispingen van schuld, roddel en achterklap en algemeen, algeheel chagrijn. Met andere woorden, het zout der aarde. Ik wil niet beweren dat we zulke mensen hier in de stad niet hebben. Dat hebben we wel, miljoenen in feite. Je loopt er alleen niet voortdurend tegenop. Je kunt je buren gerust negeren en doorgaan met je eigen leven. Ik neem aan dat een intelligente vrouw zoals jij met al die haatdragende intimiteit leert omgaan, maar mij zou het knettergek maken. Je zult er wel voor in de wieg gelegd moeten zijn.

Ik vermoed dat je het nu wel met Nora over die snoezige hummeltjes en de souvenirwinkeltjes hebt gehad in die stad waar we geweest zijn. Nu we het over de kermis hebben, ik heb echt genoten van Niagara Falls. Het is geweldig daar en toen ik er rondliep om die joekel van een waterval en zo te bekijken schoot me te binnen wat Oscar Wilde erover heeft gezegd. Zoiets dat de waterval de op één na grootste teleurstelling van de huwelijksreis was.

'Chestnut Street' loopt nog steeds als een trein en zo ook mijn avondlijke detectiveserie. Nora bevindt zich midden in de actie voor de microfoon met een scenario in de hand en ondergaat 'het wee, de slagen, ongetelde, als erfdeel het lichaam eigen'. Hoe dan ook, ik heb de dokter bij haar teruggebracht. Die arme dokter Harper heeft echt vreselijke pech. En dus krijgt hij op weg naar de bruiloft een ernstig auto-ongeluk. Maar Alice zit nu aan zijn zijde in het ziekenhuis. Er blijft ons tegenwoordig enkel nog één vraag dwarszitten? Was er geknoeid aan de auto van de dokter? Had Effie, Alices zus, daar iets mee te maken? Zullen Alice en dokter Harper ooit het ware, echtelijke geluk vinden? Zal ik ooit de Ierse sweepstake winnen? Blijf luisteren en koop onze zeep!

In het 'echte' leven hebben Nora en haar presentatorvriendje ook een paar problemen. Hij weet niet of hij moet scheiden of naar zijn vrouw teruggaan. Die vrouw is een kreng, geloof me, en Nora zal haar handen vol hebben aan dat mens. Les weet tegenwoordig gewoon niet welke kant hij op moet en dat is te zien aan de zorgelijke verwarring op zijn grote, knappe kop. Alle meisje hier zijn gek op hem. Het is een beetje een sukkel, maar verder heel aardig. Les ziet er goed uit in een pak en hij heeft een snoezig snorretje, à la Don Ameche. Het buskruit heeft hij niet uitgevonden, maar ik geloof niet dat Nora hem wil vanwege zijn hersens.

Ik hoop maar dat Les haar beter behandelt dan Lewis Mills, die ik trouwens gisteren heb gezien. Het was in een chic restaurant in 54th Street en hij zat er te 'eten' en 'handje vast te houden' met zijn laatste verovering, een jong, knap Vassartypetje (of misschien van Hunter College). Kort donker haar en zeer fraaie benen. Ze zou de nieuwste kei op poëziegebied moeten zijn. Ze is minstens twintig jaar jonger dan Lewis Mills, die echt een ouwe bok is, God zegen hem. Ik heb ooit gehoord dat hij ergens (Zwitserland) apenklieren heeft laten inplanten. Dat geloof ik niet echt, maar ik herinner me wel Nora's verhaal over hoe hij haar uitputte met zijn 'eisen'. Nou, ik zou beslist geen bezwaar hebben tegen een 'Hunter-College-kei' voor mezelf. Ach ja, misschien te zijner tijd.

Het was hartstikke leuk je weer gezien te hebben en ik hoop dat je in de niet al te verre toekomst je weg naar het zondige, oude Gotham zult vinden.

Als altijd het beste, Evelyn

Vrijdag, 6 augustus (middernacht)

Over minder dan twaalf uur zie ik Frank weer. Het lijkt een eeuwigheid geleden dat we samen waren, hoewel het maar drie weken is. Ik heb hem gezegd na tien uur te bellen, dan zijn de lijnen meestal vrij en dus belde hij twee uur geleden om te zeggen dat hij zich zo verheugt op morgen. Toen we begonnen te praten hoorde ik onmiskenbaar een klik. Ik vind het een onverdraaglijke gedachte dat die meisjes van Caldwell naar Franks uitingen van liefde luisteren en erom giechelen. Het maakt het allemaal potsierlijk en beschamend. Het zal lastig zijn, maar die telefoon moet weg.

Zondag, 8 augustus

Ik was van plan naar Port Hope te rijden om Frank daar te ontmoeten, maar het vooruitzicht maakte me een beetje nerveus. Misschien de volgende keer. Dus spraken we zoals gewoonlijk af op het station van Uxbridge. En wat een genot was het om terug te zijn in ons motelletje bij Lake Ontario. Onze begeerte was zo heftig dat ik bang was dat anderen ons konden horen. In het huisje naast ons zat een gezin en we konden ze horen praten en rondscharrelen met hun jonge kinderen; het normale getut van een gezin over wat ze zouden gaan doen. De weg af lopen naar het meer of de stad in gaan? Moesten ze badpakken meenemen? Konden ze ergens een ijstaart kopen? 'Ik wil een ijsje met chocola', zei een klein stemmetje. 's Avonds zijn we Port Hope in gegaan om te eten en daarna hebben we een film gezien over de Ierse politicus Charles Parnell (Clark Gable) en zijn maîtresse Kitty O'Shea (Myrna Loy). Parnells verhouding met O'Shea is de oorzaak van zijn politieke ondergang en op de terugweg naar het huisje maakte Frank grapjes over de macht van vrouwen om te verleiden. Hij noemde me zijn Kitty O'Shea, maar ik geloof niet dat onze hartstocht voor elkaar een regering ten val zal brengen. Waarop hij lachte: 'Dat weet je maar nooit, Clara.'

Hij was de hele avond in een uitstekend humeur en toen we terugkwamen, waren de huisjes allemaal al donker. Maar ik vrees dat we de mensen naast ons wakker hebben gehouden met onze kreten in de nacht. We konden er niets aan doen en na een poosje besloten we dat het ons niets kon schelen. Daar worden motels toch voor gemaakt, of niet? En als ze met zulke flinterdunne wanden worden gemaakt, dan horen vreemden toch geluiden in de nacht, of niet? Vast staat dat, toen we vanochtend de bagage in de auto zetten, de vrouw mij eens goed bekeek. Ik dacht het volgende te bespeuren: nieuwsgierigheid, afgunst, verbolgenheid en misschien een soort ingehouden bewondering. Ik zag dat haar ogen mijn handen afzochten naar een ring. Het was een fantastisch gevoel om na een liefdesnacht in de ochtendzon te staan en de blik van de vrouw op me gericht te voelen. Ik schijn met de dag beter te worden in mijn rol van 'gevallen vrouw'. Op weg naar het station zei Frank dat we het volgend weekeinde niet samen kunnen zijn omdat hij weer naar hun zomerhuisje moet. Dit bracht een ruzie teweeg tussen ons. Het was mijn schuld eigenlijk, omdat ik zwakjes protesteerde dat onze tijd samen zo ver uit elkaar ligt. Dit maakte hem blijkbaar kwaad. 'Daar kan ik niets aan doen, Clara', zei hij. 'Zomers moet ik de weekeinden daar doorbrengen. Dat weet je.

Het wordt van mij verwacht. Je hebt geen idee wat ik heb moeten doorstaan om dit weekeinde te regelen. De meest afgrijselijke leugens heb ik moeten vertellen.' Ik was verbaasd over deze uitbarsting. Hij was het hele weekeinde zo opgewekt geweest en nu die plotse ergernis. Ik was zo dom om aan te blijven dringen.

'Maar wanneer kunnen we elkaar dan weer zien?'

'Dat weet ik niet precies', zei hij.

We lieten het daarbij, maar vervolgens noemde ik de mogelijkheid dat iemand onze telefoongesprekken afluisterde en toen werd hij weer kwaad.

'Waarom neem je geen eigen lijn, Clara?' vroeg hij. 'Lieve deugd, dat is toch veel verstandiger. Wil je soms dat ik eraan meebetaal? Is het dat?'

'Nee, nee, natuurlijk niet', zei ik, maar ik was gepikeerd door de suggestie dat ik krenterig met mijn geld zou zijn. Misschien omdat het waar is.

Op het station was hij weer teder en murmelde zijn verontschuldigingen tegen mijn schouder. Ik vertelde hem over mijn rijbewijs en dat leek hem op te vrolijken. Het was weer goed tussen ons toen we afscheid namen en ik ben blij dat de kleine onweerswolk voorbijgetrokken is. Ik moet wennen aan het idee dat er soms scherpe woorden vallen tussen geliefden. Ik heb alleen zo'n hekel aan ruzies.

Maandag, 9 augustus

Nora heeft me een exemplaar gestuurd van *De tijdgeest* van Lewis Mills met een briefje erin.

'Het is best goed, geloof ik. Ik heb er maar stukken uit gelezen. Als die vent nou maar niet zo'n druiloor was!!!'

Hoofdstukken over Roosevelt, de vakbondsleider John L. Lewis, de radiopriester Coughlin. Een interview met George Santayana. Een profiel van Italië onder Mussolini (de zusjes Callan worden goddank niet genoemd), een hoofdstuk over het Franse fascisme en een over Hitlers Duitsland (het zwakste, vind ik, alsof het gehaast en lukraak is geschreven). Maar alles bij elkaar is het een intelligent en informatief boek. Foto van L.M. op de stofomslag, strak in de camera kijkend. Met zijn buldoggezicht.

Vrijdag, 13 augustus

Gisteren ben ik naar Toronto gereden om bij Frank te zijn. Zo is het gekomen. Woensdagavond laat belde hij om me te zeggen dat hij het heel vervelend vond zoals het afgelopen zondag in de auto ging. Hij 'had dringend behoefte me te zien' voordat hij zich weer aan een weekeinde in het zomerhuisje waagde. Ik was zenuwachtig toen ik de stad in reed, maar ik hield vol. We ontmoetten elkaar in de Loew laat in de middag en aten sandwiches met thee in Child's. Daarna gingen we naar zijn kantoor in King Street.

Het was bijna acht uur en er was niemand meer. We bedreven de liefde, eerst op een bank in een hoek van zijn kamer, maar dat was onbevredigend; de bank was te smal en te hard en dus legden we wat kleren en matjes bij elkaar op de vloer. Ik weet nog dat ik door het raam naar het afnemende licht van de augustushemel omhoogkeek. Toen hij ejaculeerde, beet Frank in mijn schouder en dat doet nog steeds pijn. Eerlijk gezegd, vond ik deze ruwe, haastige vrijerij niet prettig, maar ik heb er niets van gezegd. We hebben met veel kussen afscheid genomen en afgesproken voor komende woensdag. Eerst was ik bang om alleen in het donker naar huis te rijden, maar buiten de stad begon ik te genieten van de ervaring. Het was stimulerend. De raampjes van de coupé waren open en ik kon het gemaaide hooi ruiken. Ik kwam helemaal verslonsd en doorweekt, riekend naar seks terug van mijn minnaar. De koplampen baanden een smal geel pad over de donkere weg naar huis. Ingelukkig.

Gisteren opnieuw een 'amoureus avontuur'. Weer afgesproken in de bioscoop en daarna gingen we naar zijn kantoor. De moeite niet genomen om iets te eten. We verlangden er zo naar om onze kleren af te leggen dat we ze als kinderen opzij smeten en elkaar naakt omhelsden, buiten onszelf van hartstocht. We leken allebei in de greep van een soort zinnelijk delirium. Ik geloof echt dat het een vorm van krankzinnigheid is. Ik zei Frank dat hij niet zo ruw moet zijn en hij verontschuldigde zich wel, maar hij is zo gejaagd en onbesuisd bij het vrijen. Ik vind het ongemakkelijk op de vloer en het heeft tenslotte ook iets smoezeligs. Dingen die ik me herinner: Franks bonzende hart, de donker wordende lucht als ik over zijn schouder kijk, het geknars van de tramwielen op King Street, het getik van de klok naast Franks bureau.

Toen ik bij hem wegging, begon het te regenen, maar ik vond het genoeglijk om veilig in mijn autootje te zitten en door de donkere, natte avond naar huis te rijden. Ik heb overal blauwe plekken, maar voel me gelukkig. Ik heb Frank gezegd dat ik volgende week ongesteld ben, maar hij zei dat het geen reden was waarom me niet konden afspreken. 'Dan gaan we ergens eten', zei hij. 'Ik neem je mee naar een aardig restaurant.'

Wat een fantastisch idee!

Frank belde rond etenstijd om te zeggen dat hij morgen niet kan. Iets met Patrick, een softbalwedstrijd of zoiets. Ik dacht dat het gezin nog in het zomerhuisje zat, maar ik heb amper geluisterd, zo teleurgesteld was ik. Hij zou er niet zijn. Wat maakt de reden dan uit? Terwijl we spraken, was er iemand anders aan de lijn, ik weet het zeker.

Naderhand ben ik het dorp uit gereden en bij een veld gestopt om naar de zwaluwen te kijken. Een late zomeravond met opkomende maan en de hooivelden in een zilverachtig licht. De dagen worden korter en ik moet over school nadenken.

Milton heeft me een kopie van het nieuwe rooster gegeven en ik zal moeten wennen aan het nieuwe groepenstelsel. Voorgoed weg is de kleuterklas. Nu is het groep één. Vervolgens groep twee en zo verder. Ik zal er wel aan gewend raken, neem ik aan.

Maandag, 30 augustus

Er hangt een verstikkende hitte over de hele provincie, in feite over de hele oostelijke helft van het continent. Nora heeft vanavond gebeld om te zeggen hoe benauwd het daar is. Ze zegt dat iedereen zijn toevlucht zoekt in de luchtgekoelde bioscopen.

Verschrikkelijk nieuws voor Jack en Hilda Parsons: hun jongste zoontje, Harold, heeft iets onder de leden waarvan ze denken dat het polio is. Hij is in het weekeinde naar Toronto overgebracht en ligt nu in een ijzeren long. Ze zijn bang voor verlamming. Elf jaar en voor de rest van zijn leven misschien invalide.

Donderdag, 2 september

Toen we elkaar gisteren voor de bioscoop troffen, fluisterde Frank: 'Ik heb vandaag een verrassing voor je.' Tijdens de hele film (*The Good Earth*) zaten we hand in hand en daarna namen we een taxi naar het westen van de stad. Ik dacht dat we uit eten zouden gaan, maar op de hoek van Dufferin Street en King Street stapten we uit en Frank zei dat we naar een hotel gingen. 'Vanavond geen vloer, mijn lieveling', zei hij.

Misschien niet, maar wat een hotel om me mee naartoe te nemen! Op de benedenverdieping was een dranklokaal, waar wat wellustig uitziende vrouwen in- en uitliepen; de lucht van tabaksrook en bier, de gebruikelijke, gluiperige receptionist en leeglopers in de foyer die ons bekeken. Frank scheen het niet erg te vinden, maar ik stond me te schamen terwijl hij het gastenboek tekende en die mannen me aanstaarden.

De kamer op de eerste verdieping was klein en bedompt.

Frank opende een raam en we gingen op het bed zitten. We konden mensen door Dufferin Street horen lopen op weg naar de jaarmarkt en terwijl ik daar zat, maakte het me plotseling allemaal neerslachtig: het sjofele hotel, de jaarmarkt (want ik dacht aan Charlie en vroeg me af of hij daar weer werkte), de hinnikende vrouwenlach uit het dranklokaal onder ons. In de foyer had ik een vrouw het café in zien gaan, een vrouw in een rode zonnejurk met dik, donker haar uitgespreid over haar blote schouders. Ze had zware, gespierde benen. Ik stelde me voor dat zij het was die lachte.

Frank begon me te kussen en we trokken onze kleren uit. Hij zei: 'Lieveling, ik weet dat het niet het King Edward Hotel is, maar je moet het begrijpen. Ik moet voorzichtig zijn. Er zijn mensen in de stad die me kennen en zo groot is het hier niet.'

Ik vrees dat ik gisteravond niet op mijn best was. Frank kuste mijn hele lichaam en dat was heerlijk; ik wilde me laten gaan, maar ik kon het gelach van die vrouw van beneden horen en ik bleef me maar afvragen waar ze woonde en wat ze die middag had gedaan. Was ze naar de winkel gegaan voor brood en melk? Had ze een kind aangekleed? Was ze een prostituee? Nu werd ze in het café in haar zonnejurk met haar geverfde mond en dikke, donkere haar over haar blote schouders omringd door mannen. Wat is mijn leven lelijk en clandestien geworden! Toen vroeg Frank me iets te doen wat ik niet fijn vond. Ik deed het om hem te plezieren, maar prettig vond ik het niet. Aan het eind van de avond zei Frank: 'Als je niet wilt, komen we hier niet terug, maar mijn kantoor kunnen we niet meer gebruiken, want mijn broers komen dit weekeinde terug en die werken laat door. Er komt een drukke tijd aan voor ons.'

Hij leek zich aan mij te ergeren, dus ik zei dat het hotel prima was, maar dat woensdagavond me niet goed uitkwam wanneer de school weer was begonnen.

'Nou ja', zei hij. 'Dan gaan we maar terug naar de zaterdagmiddag of zo. Als we het zomerhuisje hebben afgesloten, ben ik de weekeinden weer in de stad.' We waren allebei een beetje ontstemd.

322

Vrijdag, 3 september

Het blijft zo warm. Vanochtend belde Milton dat het begin van het schooljaar misschien een week wordt uitgesteld vanwege de constante dreiging van polio. Kennelijk wachten de scholen in Toronto tot het weer omslaat. Vanavond gaat Milton naar Linden voor een bestuursvergadering en hij zal het me morgen laten weten.

Zondag, 5 september

Eindelijk is het koeler en Milton belde om te zeggen dat de lessen zoals altijd op dinsdag beginnen. Maar ik kan alleen maar aan Frank denken en hoe graag ik bij hem wil zijn, zelfs in dat afschuwelijke hotel. Ik moet eigenlijk mijn onderwijsplan voorbereiden. Ik ben deze zomer zo nalatig geweest. Sinds juni heb ik geen enkel schoolboek opengeslagen.

Maandag, 6 september

Vanochtend belde Nora. Mr. Cunningham en zij hebben het 'tof' gehad dit weekeinde; ze zijn naar een of andere badplaats geweest. Ik kon er niets aan doen, maar ik voelde een lichte boosheid en jaloezie opkomen toen ik naar haar luisterde. Nora woont in een gigantische stad waar een vrouw met haar leven kan doen wat ze wil. Hier is het: 'Wat moeten de buren wel niet denken?' zoals vader vroeger zei. Inderdaad, wat? En zou het niet rustgevend zijn om je er niets van aan te trekken?

Om een uur of zes belde Frank en ik was in de zevende hemel toen ik hem hoorde. Hij had net zijn gezin in het huisje opgehaald en belde vanuit een telefooncel. Hij zei hoe zeer hij me miste en dat hij zich erop verheugde me woensdagavond te zien. Hij klonk zo teder en vol verlangen dat ik er overstuur van werd. Ik barstte aan de telefoon in tranen uit. Ik zei hem dat ik zo veel van hem hield en dat ik wel wist dat ik me aanstelde, maar ik kon er niets aan doen. Ik weet dat er anderen meeluisterden, Cora Macfarlane of die meiden van Caldwell, maar

323

het kon me niet schelen. Dit alles heeft zo'n greep op mijn gevoelens! Ik moet in het dorp hét onderwerp van gesprek zijn.

Dinsdag, 7 september

Op de een of andere manier ben ik de dag doorgekomen en het was niet zo erg als ik had gevreesd. Dit nieuwe groepenstelsel is eenvoudiger en zal geen probleem opleveren. Weer aan het werk zijn is een opluchting. Maar morgenavond zie ik Frank.

Zaterdag, 11 september

Ik heb een paar dagen nodig gehad om na te denken over wat er afgelopen woensdagavond is gebeurd. Frank heeft op de hotelkamer iets gedaan wat me dwarszit. Hij had zijn jasje over een stoel gegooid en zat op het bed. We hadden het over mijn rit de stad in gehad en hoe moeilijk het zou worden nu school weer was begonnen.

'Ja, ja, lieveling', zei hij. 'Dat begrijp ik wel en we verzinnen wel iets. Maak je geen zorgen.'

Toen zweeg hij, leunde achterover op zijn ellebogen, rookte zijn pijp en keek naar me. Zijn blik was zo strak dat ik dacht dat ik misschien iets had gedaan wat hem niet aanstond. Uiteindelijk vroeg ik: 'Wat is er, Frank? Is er iets?'

'Helemaal niet', zei hij glimlachend. 'Er is niets. Ik wil je alleen iets laten zien. Zou je dat vervelend vinden?'

'Waarom zou ik dat vervelend vinden?'

Hij klopte zijn pijp uit in de asbak, pakte zijn jasje en haalde een stapeltje foto's uit een van de zakken. 'Ik dacht', zei hij, 'dat het misschien boeiend is om samen deze foto's te bekijken. Ze zijn een tikkeltje pikant, Clara. Vind je dat echt niet vervelend?'

'Wat zijn het voor foto's?' vroeg ik.

Hij liep om het bed heen naar waar ik zat.

'We bekijken ze samen en dan mag jij me zeggen wat je ervan vindt.'

Op de eerste foto zat een naakte vrouw op haar knieën voor

een man en ze had zijn geslachtsdeel in haar mond genomen terwijl een andere naakte vrouw de man van achteren streelde. Op de andere foto's waren eveneens de man en de twee vrouwen in verschillende obscene houdingen te zien. Ik vond ze zowel verbazingwekkend als walgelijk. Terwijl we ze bekeken, zei Frank steeds dingen als: 'Wat denk je daarvan, lieveling? Zou dat niet leuk zijn? Zou het niet spannend zijn om te proberen?'

'Wat bedoel je?' vroeg ik. 'Nog iemand erbij? Bij ons?'

Hij haalde zijn schouders op. 'Nou, waarom niet?'

Ik wist niet wat ik ervan moest denken. De foto's wonden Frank op, maar wekten lichtelijk mijn afkeer op en het was ondenkbaar dat een andere vrouw onze intimiteit zou delen. Zou Frank me niet langer begerenswaard vinden? Was ik te saai voor hem? Het maakte me overstuur en ik was helaas slecht op mijn gemak en weinig romantisch. De hele avond was bedorven en Frank kon zijn teleurstelling niet verhullen.

'Oké, Clara', zei hij. 'Dit is duidelijk verspilling van tijd. Je bent vanavond net een plank.'

Maar ik voelde me zo goedkoop in die kamer en die foto's waren zo weerzinwekkend. Ik weet niet wat ik ervan moet denken. Hij zou me nog bellen, zei hij en ik zei hem dat hij voorzichtig moest zijn met wat hij aan de telefoon zei. 'O, nou dat weer', zei hij gemelijk.

'Frank', zei ik. 'Laten we teruggaan naar dat motelletje aan het meer. Daar waren we toch gelukkig.'

'Misschien', zei hij. 'We zullen zien.'

Sindsdien heb ik niets meer van hem gehoord. Zou ik hem moeten schrijven en zeggen wat ik voel?

Zondag, 12 september

Heb de hele morgen deze brief zitten schrijven en vond vervolgens dat ik hem niet kon sturen. Vanmiddag bijna woord voor woord een andere geschreven en die gestuurd.

Lieve Frank,

Ik zal persoonlijk op de envelop zetten en erop vertrouwen dat je secretaresse zo professioneel is om hem ongeopend aan je te geven. Een paar dagen al wil ik je schrijven of met je praten over wat er afgelopen woensdagavond is gebeurd. Je moet me geloven als ik zeg dat ik wil dat je gelukkig met me bent. Dat wil ik het liefste van de hele wereld. En dan denk ik aan hoe gelukkig we in elkaars armen waren, Frank, en ik wil dat we dat blijven. Maar ik kan me niet voorstellen dat iemand anders onze intimiteit deelt. Dat idee stuit me heel erg tegen de borst en denk alsjeblieft niet dat het enkel preutsheid van mij is. Het is meer dan dat. Wat wij samen hebben is voor mij zo bijzonder dat ik de gedachte onverdraaglijk vind dat het bezoedeld zou worden door louter seksuele spelletjes. Probeer alsjeblieft om niet boos op me te worden. Zo ben ik nu eenmaal en ik kan mijn aard niet veranderen. Ik wil het je zo veel mogelijk naar de zin maken, maar het moet om ons gaan, wij tweeën, samen, alleen. Ik wil bij je zijn.

Liefs, Clara

Vrijdag, 17 september

Geen woord en ik kan niets anders bedenken dan dat ik hem voorgoed heb weggestuurd. Ik voel me vervreemd van alles om me heen. Een vreselijke dag op school en om vijf uur heb ik uiteindelijk zijn kantoor gebeld. De secretaresse zei dat hij er niet was. Het was niet dezelfde als de vrouw met wie ik eerder gesproken heb en ze was heel onhebbelijk. 'Mr. Quinlan voert geen privé-gesprekken tijdens kantooruren', zei ze op vinnige toon. Heeft hij die vrouw instructies gegeven geen telefoontjes van mij aan te nemen? Ik had die brief nooit moeten versturen. Ik heb hem weggejaagd.

Ik heb het hele weekeinde niets anders gedaan dan door het huis dwalen in die bespottelijke peignoir. De telefoon gaat de hele tijd, maar het is steeds voor de Macfarlanes of de Caldwells. Frank is uit mijn leven verdwenen zonder een woord van uitleg en lopend van kamer naar kamer voel ik me zo hol als een rietstengel. Gisteravond belde Marion om te vragen of ik zin had met haar en haar ouders naar de film te gaan in Linden, maar ik kon ze niet onder ogen komen.

Vandaag kwam Mrs. Bryden na de kerk langs omdat ze me het hele weekeinde nog niet had gezien en ze zich afvroeg of ik ziek was. Maar ik wil gewoon alleen zijn. Een stapel schriften op de eettafel om na te kijken en ik heb er nog niet eens een blik op geworpen.

Nora heeft vanavond gebeld. Ze gaf een feestje ter ere van Evelyns negenenveertigste verjaardag. Ik kon de muziek horen en gelach en Nora was in een opperbest humeur.

'Ik had het zo leuk gevonden als je er vandaag bij was geweest, Clara!'

'Ja. Wel...'

Evelyn kwam aan de telefoon, maar ik kon me nauwelijks concentreren. Ze klonken allemaal zo vrolijk op deze prachtige septemberavond dat ik in tranen uitbarstte toen Nora gedag zei. Stelde me aan als een zottin aan de telefoon en natuurlijk raakte Nora lichtelijk hysterisch.

'Clara, in godsnaam, wat is er?'

Zwakjes zei ik dat ze zich niet druk moest maken, ik zou wel schrijven. Maar ik walgde van mezelf. Ik weet zeker dat ik haar feestje heb bedorven. Dat was een paar uur geleden en het loopt nu tegen middernacht. Ik geloof niet dat ik een oog dichtdoe.

Maandag, 20 september (16.22 uur)

Wat kan een enkele dag verschil maken voor ons perspectief en onze verwachtingen! Ik schrijf dit in grote haast, maar misschien dat deze paar armzalige woorden me er ooit op een grauwe maandag aan zullen herinneren hoe snel ons lot kan veranderen en ten goede. De hele dag heb ik de schijn opgehouden en me afgevraagd of ik Milton zou zeggen dat ik morgen naar de dokter moet in Toronto. Ik speelde met de gedachte om daarnaartoe te gaan en Frank buiten voor zijn kantoor op te wachten. Om te proberen er met hem over te praten. Maar dat heb ik niet gedaan en nu ben ik er blij om, want toen ik thuiskwam, ging de telefoon en het was Frank. Hij was op zakenreis naar Montreal geweest. Hij had het meisje op kantoor opgedragen dit aan mij door te geven, dat heeft ze niet gedaan, maar wat maakt het uit nu? Toch heeft die vrouw me een weekeinde vol wanhoop gekost, verdorie nog aan toe. Frank verontschuldigde zich hiervoor en zei dat hij me heel erg heeft gemist en konden we vanavond ergens afspreken? Hij zei niets over mijn brief en dat is maar goed ook. Ik ga nu een kop thee drinken en daarna rij ik naar het station van Uxbridge om hem te ontmoeten.

Dinsdag, 21 september (20.35 uur)

Zo moe en daarnet waren Mrs. Bryden en de vrouw van de dominee aan de deur om hulp te vragen voor de Parsons. Harold komt volgende week uit het ziekenhuis. Ik vind het best om een steentje bij te dragen, maar ik wilde zo graag dat ze gingen. Maar ze bleven staan en Mrs. Bryden inspecteerde mijn gezicht alsof ze verwachtte dat de geheimen van mijn leven daar te lezen waren.

'Je ziet er moe uit, Clara.'

Nogal wiedes! Vanochtend om vier uur kwam ik thuis, zoals zij heel goed weet. Ik zag haar licht aangaan toen ik de oprit op reed. Er wordt over mij gekletst in het dorp; ik merk het aan de blikken van mensen. Ik raakte hen eindelijk kwijt en heb toen Nora gebeld.

'Waar zat je gisteravond? Ik heb tot middernacht geprobeerd je te bereiken. Wat is er aan de hand, Clara? Is het nu goed met je?'

'Ja, ja. Prima, Nora, dank je. Sorry dat ik me zondag zo heb aangesteld. Het was niets. Ik maakte van een mug een olifant. Ik schaam me.'

'Ik maak me zorgen om je. Je klinkt zo anders.'

'Je hoeft je geen zorgen om mij te maken. Nora. Alles is goed nu, echt.'

Ik kan me nauwelijks herinneren wat ik vandaag tegen de kinderen heb gezegd. Op een dinsdagochtend om vier uur thuiskomen, stel je voor! De liefde bedrijven achter in een auto aan de kant van de snelweg, stel je voor! Ik huiver bij de gedachte aan wat er had kunnen gebeuren. In de liefde laten we alle redelijkheid varen en omarmen het gevaar, maar vroeg of laat… Gisteravond was het op het nippertje.

We troffen elkaar bij het station en ik reed achter Frank aan naar het riviertje waar we elkaar maanden geleden hebben ontmoet. We parkeerden de auto's en ik stapte bij hem in. De wind wakkerde aan en het begon te regenen, een storm die de wisseling van de seizoenen markeerde. Maar het was zalig daar in de warme auto in elkaars armen. Frank stond erop dat we onze kleren uitdeden. Ik aarzelde eerst, maar het idee was opwindend en dus trokken we ze uit. We hebben tot middernacht naakt liggen vrijen. Misschien zelfs even geslapen, dat weet ik niet meer. We hadden net onze kleren weer aan (de goden zij dank), toen er een politieagent langskwam. Ik zal het moment dat hij van zijn motor af stapte niet gauw vergeten. De enorme, in een rubbercape gehulde gestalte die met een zaklamp in de auto scheen en de regen die schuin door de lichtbundel viel. De stem aan de andere kant van het glas.

'Wat doet u hier in godsnaam op dit uur van de nacht?'

Ik was doodsbenauwd, maar Frank was totaal niet onder de indruk. Ik neem aan dat zijn manier van doen, zijn kleding en zijn auto allemaal geruststellend waren; de agent kon wel zien dat we geen criminelen waren. Frank zei dat we een paar huiselijke problemen probeerden op te lossen. De agent zei dat we door moesten rijden en dat hebben we gedaan. Maar stel dat hij een halfuur eerder was gekomen en ons naakt had aangetroffen? Hoe hadden we ons daar dan uit kunnen kletsen? Ik was zo zenuwachtig dat de motor een paar maal afsloeg voordat ik eindelijk op weg was. Wat een vreemde, vrolijke, angstige ervaring!

Zaterdag, 25 september

Gisteravond belde Frank dat hij niet met me in Toronto kan afspreken. Zijn broers en hij moeten met de trein naar Sydney, Nova Scotia, om de aankoop van kolen voor volgend jaar te regelen. Hij blijft een week weg, maar hij zou proberen te bellen, zei hij. Misschien maar goed ook. Ik voel me deze dagen lusteloos en mat. En dus, een korte vakantie van de liefde.

Woensdag, 29 september

Vanavond heeft Frank gebeld. Hij had haast en ik weet niet meer wat hij zei. Het was gewoon fijn om zijn stem te horen.

Vrijdag, 1 oktober

Dit is vandaag met de post gekomen. Het afgelopen uur heb ik aan de keukentafel gezeten met dit voor me. Het is zo pijnlijk, maar toch, als een kind dat aan een korstje krabt, moet ik het steeds opnieuw lezen. Ik weet zeker dat ik die vreselijke woorden intussen uit mijn hoofd ken.

44 Eden Avenue
Toronto, Ontario
Dinsdag, 21 sept.

Waarde Miss Callan,

Ik wil dat u weet dat u niet de enige vrouw bent in mijn vaders leven. U bent enkel een van de velen die hij 'aangenaam' heeft beziggehouden in verschillende hotelkamers in deze stad. Ik ben ervan overtuigd dat hij u heeft gezegd hoeveel hij om u geeft. Nou, sjonge jonge, maar het is zonde van uw tijd als u hem gelooft. Hij zal zeker een dezer dagen op u uitgekeken raken, zoals hij op de anderen uitgekeken raakte.

Mijn moeder lijdt hier al jaren onder. Mijn zus, Anne, en mijn broer, Michael, zijn ook op de hoogte van de 'gewoontes' van onze vader. Godzijdank is Patrick er nog te jong voor. Ik weet niet precies wat u doet, maar ik denk (te oordelen naar de brief die u hebt geschreven) dat u óf onderwijzeres bent óf secretaresse. Dat is het type vrouw waarnaar zijn voorkeur schijnt uit te gaan. Heeft hij u op zaterdagmiddag in de bioscoop opgepikt? Zo ontmoet hij vrouwen. Lang geleden ben ik hem een keer gevolgd. Ik was twaalf, Miss Callan. Ik zat achter in de zaal en zag mijn vader met een vrouw weggaan. Kunt u zich überhaupt indenken hoe dat voelt als je twaalf bent? Miss Callan, mijn vader aast op vrouwen als u en wanneer ze hem gaan vervelen, laat hij ze vervolgens in de steek.

Dit is allemaal beschamend voor mij, mijn moeder, mijn broer en mijn zus. Het is de voornaamste reden waarom Anne in het klooster is gegaan. Ze kan er niet tegen om hem thuis om zich heen te hebben. Mijn broer, Michael, evenmin. Hij weet alles over onze vader en blijft weg. Ik zou u nog andere dingen over mijn vader kunnen vertellen, maar dat doe ik niet. Mijn zus en ik hebben vaak gewenst dat hij ons door een ongeluk zou worden ontnomen. Ik woon nog steeds thuis omdat ik een grote verplichting voel ten opzichte van mijn moeder, die al jaren lijdt onder mijn vaders zwak voor vrouwen zoals u.

U moet weten dat ik in de afgelopen jaren al naar drie vrouwen dergelijke brieven heb gestuurd. Als u zich afvraagt hoe ik uw naam te weten ben gekomen, dan kan ik u zeggen dat ik soms bij mijn vader op kantoor werk als Miss Haines op vakantie of ziek is. Ik heb de telefoon aangenomen op de dag dat u belde en mijn vader in Montreal was. Ik heb ook uw brief geopend omdat ik uw adres wilde hebben.

Ik hoop dat u tot bezinning komt en beseft dat mijn vader niet voor u bestemd is. Ik zou u over een andere vrouw kunnen vertellen die een zenuwinzinking kreeg nadat ze een verhouding met mijn vader had gehad. Zorg dat u dit niet overkomt, Miss Callan. U bent gewaarschuwd.

Hoogachtend, Theresa Quinlan

Zondag, 3 oktober

Vanmiddag belde Frank. Hij is gisteravond uit Nova Scotia teruggekomen en was op kantoor om 'zich in de kranten bij te lezen'. Hij vertelde over de reis en dat hij me zo heeft gemist, terwijl ik stijf van de zenuwen aan de telefoon stond, gespitst op de geringste aanwijzing van onwaarheid of onoprechtheid. Vanwege die vervloekte brief ben ik hopeloos achterdochtig. Ik vroeg of het veilig was om hem op kantoor te schrijven.

'Natuurlijk kun je me schrijven', zei hij. 'Ik ben dol op je brieven. Zet er gewoon persoonlijk op, dan geeft Miss Haines hem ongeopend aan me door.'

Ik zei dat ik hem vandaag nog zou schrijven omdat er iets belangrijks was gebeurd en dat kon beter in een brief worden besproken.

'Maar natuurlijk, lieveling, als je liever schrijft. Ga alsjeblieft je gang.'

Ik weet zeker dat Cora Macfarlane het geweldig vindt om te horen dat een onbekende man mij lieveling noemt. Na zijn telefoontje ben ik een eindje gaan rijden om mezelf te kalmeren, maar dat was een vergissing. Ik kon me niet concentreren en op een bepaald moment raakte ik bijna van de weg af. Voor ik er erg in had, zwenkte de wagen het grind op en ik had geluk dat ik niet over de kop sloeg. Ik moest de auto aan de kant zetten om tot mezelf te komen. Het enige waaraan ik kon denken was dat die jonge vrouw mijn brief had gelezen. Dat was schandalig; het kan me niet schelen wat voor problemen ze met haar vader heeft.

Heb de hele avond besteed aan verschillende kladversies van deze brief. De versie die ik stuurde, was zo'n beetje hetzelfde als deze, hoewel ik er een paar van de retorische (hysterische?) vragen uit gehaald heb.

Lieve Frank,

Dit is allemaal erg moeilijk en het zal je zo duidelijk worden waarom ik er vanmiddag aan de telefoon niet over kon praten. Toen je weg was, heb ik een brief van je dochter, Theresa, gekregen. Het was een verontrustende, hardvochtige brief en ik moet me afvragen hoeveel ervan waar is. Kennelijk was je dochter tijdens jouw afwezigheid op kantoor. Ze nam de telefoon op toen ik een keer belde; ik dacht dat ze een nieuwe secretaresse was. Helaas was het de week die ik had uitgekozen om je te schrijven en nu blijkt dat je dochter mijn brief heeft geopend. Ik vind dat volstrekt ongeoorloofd, Frank. Die brief was voor jou bestemd. Hij ging over ons. Het idee dat mijn woorden je dochter onder ogen zijn gekomen is beschamend voor mij. Dat kan ik haar niet vergeven. Het is allemaal erg vervelend.

In haar brief zei ze dat er andere vrouwen in je leven zijn geweest; dat ik enkel een van de velen ben, dat je ons in bioscopen oppikt en mee naar hotels neemt. Hoe kon ze dat allemaal weten, Frank, tenzij het waar is? Ik weet niet wat ik hiervan moet denken. Ik zou je graag willen zien om erover te praten, maar ik ben bang voor wat ik te horen zal krijgen. Stel dat het allemaal waar is en ik enkel een van je hotelvrouwen ben?

Frank, ik zou niets liever willen dan je horen zeggen dat het allemaal niet is gebeurd en dat wat wij voor elkaar voelen goed en oprecht is. Ik weet dat het leven van ons samen in zekere zin één grote leugen is, maar ik kan niet tegen leugens, Frank. Ik denk van mezelf dat ik veel zwakheden in anderen kan verdragen, maar geen leugenachtigheid. Je dochter beschuldigt je van blijvende ontrouw. Voor haar ben je niets anders dan een rokkenjager. Is dat waar? Ben ik niet meer dan een 'slippertje' voor je? Ze ging zover om me voor jou te waarschuwen. Het was een vreselijk kwetsende brief, Frank. Ik weet niet wat ik moet denken. Kun je me alsjeblieft schrijven!

Clara

Liefste Clara,

Wat kan ik nog zeggen nadat ik je brief heb gelezen, behalve opperen dat je onbillijk bent. Je hebt tenslotte maar één kant van de zaak gehoord. Je brief staat vol beschuldigingen en opmerkingen die ook kwetsend voor mij zijn, Clara. En het is allemaal gebaseerd op wat mijn oudste dochter je heeft verteld. Hoe zit het dan met de tijd die wij samen hebben doorgebracht? Die fantastische tijd waarvan we allebei genoten hebben. Telt die dan niet?

Het spijt me dat Theresa mijn post heeft geopend. Ik had niet gedacht dat ze zover zou gaan. Ik had haar de baan voor een week gegeven toen Miss Haines op vakantie was. Theresa had niets om handen en ik dacht dat de dagelijkse gang van zaken op kantoor haar tot rust zou brengen. Het is geen moment bij me opgekomen dat ze aan mijn persoonlijke post zou zitten. Je hebt natuurlijk gelijk. Het was onvergeeflijk van haar om je brief te lezen. Waarom heb je me trouwens geschreven? Ik verwachtte geen brief van je nu je telefoon hebt.

Maar goed, het is nu eenmaal gebeurd, hoewel het jammer is dat Theresa nu zo tussen ons in staat. Ik zal je iets over mijn oudste dochter vertellen. Ze is altijd een probleem geweest voor haar moeder en mij. Jarenlang staat ze al onder medische behandeling, maar ze kan heel lastig zijn. Ze raakt uitgekeken op een speciale dokter of hij zegt iets wat haar van streek maakt en dan gaat ze er niet meer heen. We komen er dan pas weken later achter. Ze is eenentwintig, maar ze gedraagt zich soms nog alsof ze twaalf is. Theresa is een heel nerveuze jonge vrouw en haar moeder en ik hebben, helaas zonder veel succes, ons best gedaan om haar gelukkiger te maken. Ze is zeer intelligent, maar kan haar draai niet vinden. Ze heeft op de universiteit gezeten, maar is nooit afgestudeerd. Toen haalde ze het in haar hoofd dat ze kunstenares wilde worden en stortte ze zich op schilderen. Vervolgens was het schrijven. Ze maakt gewoon nooit iets af.

Ze heeft ook de neiging te overdrijven. Dat doet ze al van kinds af aan, altijd verzint ze verhalen. Ik neem aan dat ze het leven interessanter en opwindender wil maken. Dit in aanmerking genomen moet je toch begrijpen dat Theresa geen erg betrouwbare getuige is ten aanzien van mijn gedrag. Theresa koestert ook veel wrok, helaas, en die is vaak tegen mij gericht. Waarom weet ik niet.

Maar het klopt wanneer ze zegt dat ik andere vrouwen heb gekend. Dat ontken ik niet, hoewel ik me niet kan herinneren dat het onderwerp tussen ons ooit ter sprake is gekomen. Ik weet zeker dat je begrijpt dat mijn vrouw en ik al jarenlang samen geen normaal leven leiden. Het is waar dat ik in het verleden andere vrouwen heb opgezocht. Ik heb mijn behoeftes, Clara. Maar ik besloot jou die dag voor de Loew aan te spreken omdat ik dacht iemand te zien die op die zaterdagmiddag afgelopen april net zo eenzaam was als ik. Ik hoop dat je dit gelooft.

Ik snap dat je heel erg gekwetst bent door de brief van mijn dochter, maar ik hoop dat je nu inziet dat hij afkomstig was van een jonge vrouw die wel eens moeite met de waarheid heeft. Wil je me alsjeblieft laten weten hoe je hierover denkt nu je mijn kant van het verhaal hebt gehoord. Ik mis je.

Je toegenegen Frank

Woensdag, 13 oktober

Nadat ik gisteren Franks brief had gekregen, heb ik hem rond het middaguur gebeld. We hebben deze zaterdag op het station van Uxbridge afgesproken, maar daar heb ik nu al spijt van. Er is iets gebeurd; het gif van zijn dochters pen heeft ons geïnfecteerd. Ik hoorde het aan zijn stem. Maar ik wil hem zo graag zien.

Zondag, 17 oktober

Ik weet niet wat ik van gisteren moet denken. We troffen elkaar op het station en ik ben in mijn auto achter Frank aan gereden naar het motelletje bij het meer, maar dat was gesloten voor de winter en dus zijn we doorgereden naar Port Hope, waar we ons als man en vrouw in Hotel Queen hebben ingeschreven. Veel schoner dan het hotel in Toronto. In de kamer hebben we amper tien woorden gewisseld en ik weet niet hoe de middag en avond voorbijgegaan zijn. We lagen in die kamer alsof we verdoofd waren. We hebben even geslapen. Dat moet wel. Daarna zijn we gaan eten in de eetzaal en teruggekeerd naar de tweede verdieping. Ik weet nog dat ik dacht: wat kan mij het schelen dat hij dit ook met andere vrouwen heeft gedaan. Het is voldoende om hem te zien, hem aan te raken en zijn hart naast het mijne te voelen kloppen. Het was alsof er niets tussen ons is voorgevallen. We hebben het niet eenmaal over zijn dochter en haar brief gehad. Het komt me nu zo vreemd voor dat we dat allemaal opzij konden schuiven en door konden gaan alsof er niets was gebeurd. Eigenlijk is het allemaal mijn schuld. De waarheid is dat ik te bang was om het ter sprake te brengen. Ik wilde ons geluk in die hotelkamer door niets laten verstoren. Hij wil dat ik volgende week zaterdag weer naar dat afschuwelijke hotel in Toronto kom en ik denk dat ik het zal doen.

Donderdag, 21 oktober

Vandaag heeft Milton me na de les in zijn kamer ontboden. Hij zag er rood en ongemakkelijk uit, terwijl hij met zijn pen figuurtjes zat te tekenen op het vloeiblad op zijn bureau.

'Nou, Clara, ik hoop dat je me niet onredelijk zult vinden. Ik doe mijn best om fair te blijven, maar er wordt gekletst. Je weet toch hoe mensen kletsen.'

De hele tijd hield hij zijn ogen op het vloeiblad gericht. Kon of wilde me niet aankijken. Natuurlijk voelden we ons allebei opgelaten; we kunnen geen van tweeën zonder rillingen over zulke zaken praten. Hij is gebeld door ouders over 'mijn excursies naar de stad in het weekeinde'.

'Ze zijn ontdaan, Clara. Ze vinden het niet juist. Ik heb gehoord dat het een getrouwde man is. Nu moet je me niet verkeerd begrijpen, ik heb er geen moeite mee. Maar sommige ouders zijn er ontdaan over.'

Hij haalde steeds de dop van zijn vulpen af en schroefde hem er vervolgens weer op. Steeds opnieuw. Het werkte op mijn zenuwen. Ik kon zien dat hij van me af wilde. Waarschijnlijk vond hij dat hij zich van zijn taak had gekweten. Ik kon ze horen zeggen: 'U moet er iets van zeggen, Mr. McKay.' Nou, dat had hij gedaan en mocht hij dan nu alsjeblieft naar huis om te gaan eten? Milton is een vriendelijke, zachtaardige man, die geen last wil en nu maak ik zijn leven maar ingewikkeld. Het brengt hem enigszins van zijn stuk. Toch had ik het gevoel dat hij zowel nieuwsgierig als welwillend was. Nieuwsgierig omdat hij nu met een andere kant van mij rekening moet houden; ik ben bepaald niet de vrouw die hij dacht dat ik was; misschien ben ik complexer dan hij had aangenomen. Welwillend omdat hij me mag en weet dat ik hem mag en we de afgelopen twee jaar goed hebben samengewerkt. Het spijt me dat ik Milton moeilijkheden bezorg. Als iedereen zich nu eens met zijn eigen zaken bemoeide, maar dat is een vage, ijdele hoop in Whitfield.

Zaterdag, 23 oktober (19.30 uur)

Ben net terug uit Toronto, waar ik de middag met Frank in dat hotel heb doorgebracht. Voor het eerst voelde ik een afstand tussen ons en heb ik hartstocht geveinsd. Geveinsd! Ja, dat is het goede woord. Ik voelde me schuldig, want hij vindt het vervelend als hij denkt dat ik er niet van geniet. Maar soms wil ik enkel dat hij me vasthoudt. Ik kan maar niet wennen aan die capriolen van hem. 'Zullen we dit proberen, zullen we dat proberen.'

Vandaag begon hij weer over het idee van iemand anders bij ons in de kamer. Hij kent een vrouw die dit soort dingen doet. Eén telefoontje en ze zou er zijn. Ik dacht aan de vrouw in de rode jurk met haar dikke benen. Dit was belachelijk, zei ik hem. Wat voor vrouw dacht hij dat ik was? Ik was scherp tegen hem en terwijl ik erover doorging lag hij op bed te roken. Bij het afscheid zeiden we weinig tegen elkaar en ik heb me zelden zo leeg gevoeld.

Vrijdag, 29 oktober

Bijna een week geleden is het nu en nog geen woord. We zijn allebei óf te koppig óf te trots om te praten. De kolenmannen uit Linden waren er en ze zijn net vertrokken. Zes ton in de kelder, dus in ieder geval zal ik deze winter geen kou lijden. Toen het van de vrachtwagen door het kelderluik donderde, dacht ik aan Frank en zijn familiebedrijf. Hij had me op z'n minst een wagen vol kolen voor de winter kunnen sturen. Het stoute kind krijgt met Kerstmis toch een brok kool in haar sok, verdorie. Vlak voor zes uur belde ik zijn kantoor, maar Miss Haines zei dat hij al weg was.

Zondag, 31 oktober

Vanmiddag ben ik naar het kerkhof gereden en heb ik het graf van vader en moeder opgeruimd. Een mooie, weemoedige middag en zeker een van de laatste deze herfst. Later heb ik suikergoed gemaakt voor de kinderen die vanavond aan de deur komen. Voor het avondeten ben ik achter de piano gaan zitten en heb geprobeerd de kleine etude van Arensky te spelen. Zat vreselijk te klunzen en voelde me somber, bijna ziek van verlangen en eenzaamheid.

Whitfield, Ontario
Zaterdag, 6 november 1937

Lieve Frank,

Ik heb verleden week vrijdag geprobeerd je te bellen, maar kennelijk was je al weg, dus vond ik dat ik je maar moest schrijven. Frank, ik beschouw mezelf niet als een kil iemand. In ieder geval wil ik dat niet zijn, maar je moet geduld met me hebben, want dit is allemaal nogal laat in mijn leven gekomen. Ik wil niets liever dan bij jou zijn. Ik mis je zo, maar ik voel me verward en ongelukkig door wat er tussen ons is gebeurd. Gooi alsjeblieft de deur niet zo voor me dicht. Zoals je vandaag twee weken geleden bij me wegging – zonder zelfs een kus. Dat is helemaal niets voor jou. Ben je uitgekeken op me? Ik moet het weten, Frank. Ik heb weinig ervaring in dit soort dingen, dus je moet het me zeggen. Ik schrijf je omdat ik bang ben dat ik mezelf belachelijk zal maken aan de telefoon. Schrijf alsjeblieft terug.

Liefs, Clara

Zondag, 7 november

Ik ben blij dat ik die brief niet heb gepost. Het is de hulpeloosheid die eruit spreekt, het kruiperige toontje. Wat zou hij wel niet van me denken? Wat verlagen we onszelf toch voor een ander. En waarvoor? Een blik? Een aanraking? Een vriendelijk woord? Een kus? Laffe overgave. Ik word er zo suf en neerslachtig van. 's Avonds kan ik alleen nog maar naar de radio luisteren. Ik kan geen roman meer lezen, want als die een beetje goed is, word ik eraan herinnerd dat pijn en waarheid naast elkaar kunnen bestaan. Ik kan niet naar muziek luisteren, want ik hoor alleen verlies. Kunst vereist dat we opletten, maar ik wil alleen afleiding. Ik ben net een van de matrozen van Odysseus: 'Laat me enkel van het fruit proeven en vergeten.'

Dus luister ik naar de melodrama's en ga geheel op in 'Big Town', 'The Shadow' en 'Gangbusters'.

'Kom naar buiten met je handen omhoog, Rocky!'

'Levend krijg je me niet, smeris.'

Schoten weergalmen door mijn arme, oude huis. En er zijn twee uur van mijn leven weg!

Beste Nora,

Toen je gisteren belde, wilde ik met je praten, maar ik wil
niet dat het hele dorp het te weten komt, want dankzij Cora
Macfarlane en die meiden van Caldwell worden mijn zaken in
Whitfield door middel van de telefoon al gauw gespreksstof
voor bij het ontbijt. Dit is wat ik te zeggen heb. Ik heb mezelf
om een man nogal belachelijk gemaakt en aangezien dat personage van jou, Alice Dale, altijd klaarstaat met goede raad, zou
ik er misschien ook baat bij kunnen hebben. Goed, dat was
sarcastisch en nergens voor nodig en het spijt me. Ik wil echt
graag horen wat je ervan vindt.

Dit zijn de feiten. F. is een zesenveertigjarige zakenman die in
Toronto woont. Hij is getrouwd en vader van vier kinderen (in
de leeftijd van elf tot drieëntwintig). Hij is ook rooms-katho-
liek. Hoe we elkaar hebben leren kennen doet er niet toe, maar
vanaf april hebben we elkaar meestal in het weekeinde getroffen. Dit heeft uiteraard tot intimiteit geleid. Hoe kon het
anders? Dus leek het of F. en ik zoiets als verliefd waren (ik
schrijf die woorden met schroom en onzekerheid, want het is
me verre van duidelijk wat liefde tussen een man en een vrouw
echt is). Dat was een vreselijke zin, maar goed. We leken allebei
te genieten van de lichamelijke kant ervan, hoewel ik zelfs daar
niet meer zeker van ben. F. heeft vreemde neigingen en ik vraag
me af of ik niet te gereserveerd ben voor hem. Als je hem ziet,
zou je het helemaal niet zeggen. Hij is nogal klein en blond
(mijn handen zijn groter dan de zijne) en in zijn pak met
vilthoed op ziet hij eruit als een respectabele zakenman, wat
hij in feite ook is. Hij lijkt zelfs een beetje op die filmster
Richard (?) Ronald (?) Colman. Ik vraag me alleen af of het
meer is dan middagen in bed. Ik weet het niet zeker, maar ik
denk het wel. Ik weet wel dat ik hem mis. Zelfs nu ik dit aan jou
zit te schrijven.

Vanwege zijn gezin zijn we altijd maar zo kort samen dat het
moeilijk voor me is om erachter te komen wat ik echt voor hem

voel. De afgelopen maanden lijken in een waas voorbij te zijn gegaan en zat ik vanaf maandag voornamelijk te wachten op het weekeinde. De onpeilbare teleurstelling als hij me niet kan zien. Wat een vreselijke toestand, Nora! Maar jij hebt dit toch ook meegemaakt. Nu is er nog iets bijgekomen. Een maand geleden kreeg ik een merkwaardige brief van F.'s oudste dochter. Ze wist van onze verhouding; in feite leek ze een heleboel te weten over haar vaders overspelige leven. Volgens dit meisje (jonge vrouw – ze is eenentwintig) heeft F. veel van zulke verhoudingen gehad en ben ik niet meer dan een van zijn sletjes. Ze waarschuwde me voor hem. Toch kan ik, als ik haar brief lees, niet aan het gevoel ontkomen dat ze op de een of andere manier gestoord is. Er spreekt een ongezonde intensiteit uit de manier waarop ze over haar vader schrijft. Het was een beangstigende brief.

Ik heb Frank erover geschreven en zijn antwoord leek zinnig. Als er iets van zinnigheid in dit alles te ontdekken valt. Maar hij ontkende niet dat hij andere vrouwen heeft gekend. Blijkbaar zijn hij en zijn vrouw al jaren niet meer intiem. F. maande me ook zijn dochter niet op haar woord te geloven. Volgens hem lijdt ze aan een zenuwkwaal (wat mijn vermoedens bevestigde) en is ze daarvoor bij verschillende dokters geweest. Maar ze is veel te eigenzinnig om zich aan een behandeling te houden. Volgens F. heeft het meisje een overactieve fantasie. Ze liefhebbert wat in schilderen en het schrijven van romans. Het klinkt allemaal een beetje groezelig, niet? En ik denk ook wel dat het dat is; F. en ik hebben elkaar zeker op twijfelachtige plaatsen ontmoet.

Nora, het kost me moeite je hierover te schrijven, maar ik moest met iemand praten. Hier is er eigenlijk niemand die ik in vertrouwen kan nemen; Marion is in veel opzichten een goede vriendin, maar haar notie van wat een man en een vrouw samen doen bestaat uit een schoolmeisjesfantasie over romantiek en diepe gevoelens. Het zou haar enkel in verlegenheid brengen als ik haar er iets over vertelde. Mrs. Bryden en Milton McKay hebben me voorzichtig te verstaan gegeven dat ik mijn reputatie

in gevaar breng door een getrouwde man in Toronto te ontmoeten. Er is kennelijk ook over gekletst of ik wel geschikt ben
om in de gemeenschap als onderwijzeres te fungeren. Dat is het
dus.

Een week geleden heb ik F. geschreven (ik vertrouw de
telefoon niet meer), maar ik heb nog niets van hem gehoord.
Misschien heeft hij besloten er een einde aan te maken, maar
dan lijkt het me zo harteloos om geen afscheid te nemen. Maar
misschien zeg je wel niets als je genoeg van iemand hebt gekregen. Je verdwijnt gewoon uit iemands leven. Ik weet niet
meer wat ik moet denken. Zou je kunnen schrijven wat je ervan
vindt? Wil je alsjeblieft niet bellen.

Clara

135 East 33rd Street
New York
14 november 1937

Lieve Clara,

Poe! Toen ik je brief had gelezen moest ik gaan zitten en een
kop sterke koffie zetten. Is dit echt mijn zus? zei ik tegen mezelf.
Het klinkt eerder als iets uit de film of zelfs uit onze serie. Het is
grappig, maar op het moment heeft Effie ook problemen met
een getrouwde man. Is me dat even een toeval!!! Maar op een
bepaalde manier laat het zien dat series als de onze niet enkel
maar een hoop flauwekul zijn, zoals wijsneuzige critici wel
beweren. Series als 'Chestnut Street' weerspiegelen daadwerkelijk het echte leven en geloof me maar als ik zeg dat ik de brieven
heb om het te bewijzen. Maar wat is hieraan te doen? Je zult
hiervoor zelf het scenario moeten schrijven, Clara, maar dit is
wat ik ervan vind.

Op de eerste plaats, blijf uit de buurt van getrouwde mannen!!! Ik weet het, ik weet het, de pot die de ketel verwijt
enzovoort, maar daar kom ik nog op terug. Je maakt geen
enkele kans bij een getrouwde vent, Clara, vooral niet als hij
katholiek is. Die geloven niet in echtscheiding en om een

huwelijk nietig te laten verklaren, of hoe ze dat ook noemen, moet je volgens mij helemaal naar Rome om het aan de paus te vragen of zoiets. Maar ook al was die F. niet katholiek, dan nog bereik je waarschijnlijk niets bij hem op huwelijksgebied. Mannen mogen hun huwelijk dan verfoeien, maar dat wil nog niet per se zeggen dat ze er ervan af willen, vooral niet als ze kinderen hebben. Mannen voelen zich echt schuldig wanneer ze hun kinderen in de steek laten. Zo is Les ook. Hij heeft het constant over zijn dochter en zoon. Dus ik zou zeggen, maak het uit, Clara. Ik kan merken dat je echt gek op hem bent, en het zal pijn doen, maar op de lange termijn is het de enige stap die je overblijft. Nu zou je kunnen denken: hoe kan zij dat nu zeggen, terwijl ze zelf ook iets met een getrouwde man heeft? Nou, hier ligt het een tikkeltje anders. Totaal anders, kun je beter zeggen. Op de eerste plaats woon ik niet in een dorp waar iedereen weet wat ik uitspook. Ik zeg mijn buren gedag, ga 's morgens naar mijn werk en dat is het dan. Als ik 's avonds bezoek wil, dan is dat mijn zaak. Maar kijk nou eens naar jouw situatie! Je zei zelf al dat iedereen in Whitfield op de hoogte is van jou en die F. Waarom trouwens zo zedig? Heeft hij geen naam? Dus nu kan het zelfs invloed hebben op je baan. Op je baan, Clara!!!

Wat nog een verschil is tussen jouw situatie en die van Les en mij is dat wij een afspraak hebben. We zijn niet echt verliefd op elkaar. We zijn enkel, nou ja, gehecht aan elkaar. We vinden het leuk om samen naar de film en naar clubs te gaan en ook dat andere. We hebben veel lol samen. Maar ik weet dat het nergens toe zal leiden en dat is prima. Ik heb dat geaccepteerd. Vroeg of laat zullen we er een einde aan maken en gewoon vrienden worden. Zo nu en dan krijg ik een vervelend telefoontje van zijn vrouw, maar wat dan nog? Vrouwen als ik zullen altijd vervelende telefoontjes van echtgenotes krijgen. Dus waar ik bij betrokken ben is niet half zo ingewikkeld als die verhouding van jou met de Canadese uitvoering van Ronald Colman. Je zegt dat hij 'vreemde neigingen' heeft. Dat bevalt me niks. Ik heb dat in zekere mate getolereerd van Mr. Mills. Wat mankeert die kerels toch? Ze willen dat je zwart ondergoed aantrekt en op een schommelstoel gaat zitten terwijl ze het met je doen. Ik snap daar niets van.

Wat die dochter van hem betreft, ze klinkt goed gek. Is het al bij je opgekomen dat er iets tussen haar en de vader zou kunnen zijn? Het gebeurt, Clara. Herinner je je de Pollits die vroeger vlak bij de oude zaagmolen woonden? Al die meisjes zouden het met de oude Nathan Pollit hebben gedaan. Walgelijk als je erover nadenkt, maar waarschijnlijk komt het net zo goed in welgestelde families voor. Voor je eigen bestwil, vergeet die vent en prijs jezelf gelukkig dat je er geen ander probleem aan over hebt gehouden. Dat wil je toch niet nog een keer meemaken.

Luister, ik heb een voorstel. Waarom kom je niet hierheen met de kerst? Verandering van landschap kan wonderen verrichten. Evy vraagt steeds naar je. Het zal je afleiden. Dus denk erover na, oké?

Liefs, Nora

Whitfield, Ontario
Zondag, 21 november 1937

Beste Nora,

Bedankt voor je brief. Je hebt stellig gelijk: het zou de zaak beslist minder ingewikkeld maken als ik Frank gewoon vergat. Daar! Zo heet hij. Maar is iemand vergeten om wie je echt geeft niet gemakkelijker gezegd dan gedaan? Het probleem is dat ik, iedere keer dat de telefoon gaat, schrik. En natuurlijk gaat hij met die verdomde gemeenschappelijke lijn de hele tijd. Maar dan denk ik bij mezelf: stel dat hij een keer belt? Wat moet ik dan zeggen? De waarheid is dat ik bang ben dat ik dan zal zeggen: wanneer en waar wil je afspreken? Natuurlijk heeft het weinig zin om dit te voelen voor iemand die nooit blijvend deel kan uitmaken van je leven. Maar hoe schakel je gevoelens uit? Als je me dat kunt zeggen, zal ik gelukkig sterven. Ik zie zijn gezicht minstens twintig keer per dag voor me: ik zie hem wanneer ik 's avonds de afwas doe of de *Herald* lees of naar mijn leerlingen kijk. Zijn gezicht duikt voor mijn ogen gewoon uit het niets op. Waarschijnlijk is het een soort ziekte en zal de tijd me misschien helen.

Ik denk niet dat ik zin heb om met de kerst naar New York te komen. Je hebt gelijk. Het is een verandering van landschap en het zal me allicht goed doen. Maar zelfs de gedachte aan een koffer pakken of overstappen op een andere trein maakt me al duizelig en mistroostig. Ik vrees dat ik slecht gezelschap zou zijn. Dus in ieder geval bedankt, maar ik denk van niet. Volgend jaar misschien.

Herinner je je Henry Hill nog, de oude man die jarenlang in die achtergelaten goederenwagon bij de schraagbrug woonde? Een paar jongens hebben hem afgelopen zondag dood langs de kant van de weg gevonden. Een hartverlamming of te veel alcohol, niemand weet het precies. Arme, ouwe Henry, die zomer en winter in zijn eentje in die goederenwagon zat en groente uit tuinen pikte. Zo'n eigenaardige manier van leven! Wanneer Henry nuchter was, was hij vriendelijk, met bijna hoffelijke manieren. Ik ben dinsdagavond naar McDermott gegaan om hem de laatste eer te bewijzen. Er waren maar een stuk of vier oude mannen en ze zullen zich vast hebben afgevraagd wat ik daar deed. Het zal wel in het dorp worden rondgebazuind als het zoveelste voorbeeld van mijn zonderlinge karakter. Maar ik mocht Henry en heb me vaak afgevraagd hoe het gekomen is dat hij in die goederenwagon woonde en door dorpskinderen met stenen werd bekogeld. En daar lag hij dan, eindelijk vredig in zijn kist, met vaders oude blauwe pak aan. Ik weet niet of ik je dat heb verteld, maar na vaders dood heb ik zijn kleren aan de liefdadigheidsbazaar van de kerk gegeven en Henry heeft het meeste ervan gekregen. Ik heb een keer een gedicht geschreven over hem met vaders overjas aan, de jas die vader een paar maanden voor hij stierf had gekocht, maar niet wilde dragen omdat hij vond dat hij er te fatterig in uitzag. Weet je nog? Hoe dan ook, Henry is niet meer en hoeft niet langer hoon en stenen te verdragen. Nogmaals bedankt voor je brief, Nora.

Clara

Lieve Clara,

Ik denk toch dat het een vreselijke vergissing is om tijdens de feestdagen in dat huis te blijven. Je gaat alleen maar zitten piekeren over die vent. Weet je zeker dat je niet van gedachten zult veranderen en hierheen zult komen? Eerlijk, Clara, je klinkt zo zwartgallig. Zoals je doordraaft over Henry Hill. Het was enkel een vieze, ouwe man die zich altijd bezatte en zijn zaakje aan de kinderen liet zien. Waarom je in vredesnaam naar de rouwkamer gaat voor zo'n man gaat mijn verstand te boven. Wanneer je zulke dingen doet, kun je het de mensen niet kwalijk nemen dat ze je raar vinden. Je moet je vermannen, Clara, en die somberheid van je afzetten. Eerlijk gezegd wil ik niets horen over Henry Hill die in een kist ligt in vaders blauwe pak. Het is gewoonweg te morbide voor woorden. Je zou hierheen kunnen komen en je vermaken. We zouden naar Radio City kunnen gaan om de kerstvoorstelling te zien. Daar zou je wat vrolijker van worden. In plaats daarvan blijf je twee weken in dat grote huis zitten kniezen. Het is niet gezond, Clara. Sorry dat ik zo boos klink, maar je brief heeft me van streek gemaakt. Ik ben zelf tegenwoordig ook niet in een al te best humeur. Vrijdag op de scenariobijeenkomst heeft Evelyn ons laten weten dat ze de serie eind januari zal verlaten. Ze heeft een baan aangeboden gekregen in Hollywood. Ik zal haar zo missen. Ze is een geweldige vriendin voor me geweest. Ik weet niet wat ik zonder haar moet. Daarom zal ik dus wel een beetje korzelig zijn. Het is in alle opzichten een slechte week geweest. Ik bel je komende zondag.

Liefs, Nora

Zondag, 19 december

Gisteren met de trein naar Toronto geweest, samen met Marion die de etalages wilde zien en kerstcadeaus wilde kopen. Ik ging met tegenzin mee. Het was zo druk in Eaton en Simpson, maar iedereen ging opzij voor ons terwijl Marion onbevallig maar vastberaden van toonbank naar toonbank strompelde. Mensen zijn over het algemeen aardig en schikken in voor een invalide. Dat is misschien het enige wat een invalide voorheeft op de rest van ons. Marion toont het geduld van een engel bij het uitkiezen van de cadeaus en zo te zien kocht ze cadeaus voor het hele dorp: een sjaal voor een medekoorlid, een ijshockeypuck voor de jongen die de *Herald* bezorgt. Ze kan een kwartier lang zakdoeken staan betasten voordat ze er eentje van tien cent uitkiest. En te midden van al die opgewekte commercie en goede wil mijn vreselijke, ijskoude hart. Overmand ten slotte, in feite bijna gek van ongeduld, verzon ik een smoes over een ontmoeting met een vriendin in een muziekhandel en sprak met Marion af om in de tearoom van Simpson te gaan lunchen. Ze stemde toe, maar alleen nadat ik had beloofd naderhand met haar naar *Snowwhite and the Seven Dwarfs* te gaan.

'Ik weet wel dat het eigenlijk voor kinderen is, Clara, maar volwassenen gaan er ook naartoe. Ze zeggen dat het een geweldige film is.'

En waar vluchtte ik anders naartoe dan naar King Street en het gebouw waar Quinlan Brandstoffen kantoor houdt? Ik stond aan de overkant van de straat in de knisperend koude lucht naar het raam op de tweede verdieping te staren, hetzelfde raam waardoor ik afgelopen augustus, terwijl ik onder hem lag, de avondlucht donkerder had zien worden. Het lijkt een heel mensenleven geleden. En wat verwachtte ik gisterochtend? Het was per slot van rekening zaterdag. Zou hij niet thuis zijn dan? Of kerstinkopen doen zoals de rest van Toronto? Of een andere vrouw bij haar arm de foyer van dat hotel in leiden?

Toen ik naar Yonge Street terugliep, stelde ik mezelf die vragen. Was de ervaring al die vage triestheid die maar niet overgaat waard? Was het zo ook voor de Engelse in Rome toen haar Don Juan genoeg had gekregen van dat bleke vlees en was teruggekeerd naar zijn Anna of Maria? Misschien zouden vrouwen als wij onze vingers daar niet aan moeten branden; misschien zouden we ons nooit met die zinnelijke strijd moeten inlaten, die altijd eindigt in leeggeroofde harten en het vertrek van de plunderaar. Misschien dat zulke avonturen beter passen bij vuriger temperamenten en dat vrouwen zoals wij genoegen moeten nemen met een uurtje 's middags achter de piano, de avonddienst, het zondagse autoritje, de rituelen van een sobere gang naar de beginnende ouderdom. Marion Webb en ik, hand in hand in het bejaardenhuis.

Zocht beschutting tegen deze nuchtere overdenkingen in een tweedehands boekwinkel, waar ik tussen de encyclopedieën en futloze liefdesverhalen een roman vond met een titel die me intrigeerde. *De postbode belt altijd tweemaal.* Zo te zien een detective, maar beter uitgewerkt dan de meeste, als je tenminste op de eerste paar bladzijden kunt afgaan. De hoofdpersoon heet Frank. Op de binnenkant van de kaft de woorden: 'Gothan Book Market, 155 Broadway'. Hoe was dat boek van New York in Toronto terechtgekomen? Hoe dan ook, ik heb het voor twintig cent gekocht.

Na de lunch hebben Marion en ik samen met honderden kinderen naar de dwergenfilm gekeken. Op zijn eigen wijze meeslepend en de kleuren zijn buitengewoon. Toch vraag ik me af of kinderen die deze film hebben gezien ooit nog op helemaal dezelfde manier en met helemaal dezelfde betovering *Sneeuwwitje* zullen lezen.

Ben net klaar met de kerstkaarten waaronder eentje aan Frank. 'Ik hoop dat je een vrolijke kerst zult hebben en de beste wensen voor 1938. Liefs, Clara.' De geesteloze, banale woorden van de verslagene die hoopt een lepel vol schuldgevoel in het hart van de plunderaar te roeren.

Zaterdag, 25 december
Een jaar geleden was het huis gevuld met Nora's gekwebbel. Mensen kwamen langs om Alice Dale in levenden lijve te zien. 'Ben jij het echt die ik iedere middag hoor, Nora? Lieve deugd,

ik zou "The House on Chestnut Street" voor geen goud willen missen.' Dit jaar werd ik omringd en getroost door de verlatenheid van de grijze dag. Je kunt het erger treffen dan alleen zijn, vooral als je gezelschap hebt van een goed boek. Ik heb de dag doorgebracht in een wegrestaurant in Californië, waar de ontevreden, jonge echtgenote en de knappe lanterfanter plannen smeden om haar echtgenoot te vermoorden. Dit is wat er gebeurt als je niet langer in de goddelijke oorsprong van deze dag gelooft. Er was een tijd dat ik het wonder van het oude verhaal kon oproepen: de vermoeide timmerman en zijn vrouw zoeken zich met inspanning een weg door de smalle straatjes van Bethlehem, weggestuurd door norse herbergiers komen ze ten langen leste aan in een stal; de herders dalen de heuvels af om het kind in het stro te eren. Vandaag heb ik gekozen voor overspel en moord in Californië. Heb de hele middag in mijn geel met paarse peignoir crackers zitten eten en thee gedronken, de wellustelinge thuis. Om vier uur kwam Mrs. Bryden aan de deur om me voor het avondeten uit te nodigen.

'Je kunt Kerstmis niet helemaal alleen doorbrengen, Clara. We hebben een enorme gans. Meer dan genoeg.'

Ik excuseerde me en zinspeelde geheimzinnig op vloeistoffen die zich in een vrouw verzamelen en haar balans verstoren! Zoals de neger tegen zijn vriendin in een New Yorkse straat zei: 'Snap je het dan niet, mens? Ik moet mijn balans terugvinden.' Ieder zijn eigen balans!

Mrs. B. keek het huis rond en slaakte een zorgelijk kreetje.

'Ook al geen boom dit jaar, Clara!'

'Dit jaar niet, helaas. Ik zal me wel niet zo feestelijk voelen.'

Maar Mrs. B. liet zich niet wegsturen. 'Ik zal je straks wat brengen. Je moet toch eten. Lieve help, het is eerste kerstdag. Je kunt toch niet alleen thee met crackers eten op eerste kerstdag.' Toch voelde ik haar opluchting dat ik niet langer op onchristelijke uren in de ochtend van rendez-vous thuiskom. Ze beschouwt me nu als een berouwvolle zondares die zich langzaam en pijnlijk herstelt van de dwalingen in haar verleden. Die gedachte geeft haar permissie om mij te verwennen. Mijn slonzige gewoontes afkeuren, maar me op feestdagen volstoppen. Wat later bracht ze een bord met gans, raap en aardappels en ik viel er uitgehongerd op aan, onderwijl de bladzijden van Mr. Cains boek met vettige vingers omslaand en doorlezend tot Frank de elektrische stoel krijgt.

Rond tien uur belde Nora. Ze was op een feestje; ik kon gelach en jazzmuziek horen. Maar Nora was boetvaardig en huilerig en zeurde over de harteloze indruk die ze in haar laatste brief moet hebben gemaakt. Drank brengt het slechtste in haar naar boven en ze was een tikje aangeschoten. Ze is ook van streek over Evelyns vertrek naar Californië volgende maand. 'Ze heeft je kerstkaart gekregen en is je aan het schrijven. Ze heeft een heel hoge dunk van je, Clara. Je vergeeft me toch wel voor die gemene brief, hè?'

'Ja, Nora, ik vergeef het je. Ik verdiende er ieder woord van.'

'Och, dat moet je niet zeggen.'

'Het is waar.'

'Ben je gelukkig, Clara? Ik bedoel met je leven?'

'Niet erg.'

'Ik ook niet.'

San Remo Apartments
1100 Central Park West
New York
24/12/37

Beste Clara,

Bedankt voor de kaart. Ik stuur er doorgaans geen. Een brief is beter, als je me mijn radde tong vergeeft. Radheid gaat iemand gemakkelijk af die arbeidt voor de radio en daarvoor beloond wordt met aardse goederen. Zoals je weet, sta ik op het punt dit vergulde eiland te verlaten voor een ander fantasieland aan de andere kant van het continent. Ik dartel tegenwoordig door mijn flat (goed, goed, het is niet precies dartelen) terwijl ik dat oude Jolson-lied zing: 'California Here I Come'.

Waarom doe ik het, zou je met recht kunnen vragen. Nou, ik

heb besloten dat het tijd is voor een verandering, voordat ik er te oud voor ben en al die gin die ik in mijn keel giet mijn hersenen compleet heeft verweekt. Nu we het daarover hebben, ik heb besloten dat ik net zo goed mijn fortuin in de filmindustrie kan proberen te maken. Talloze minder getalenteerde lieden doen het, dus waarom ik niet? Het kan niet erger zijn dan de radio. Ik ben er helemaal op voorbereid dat ik hetzelfde type gluiperd en griezel tegenkom als ik hier iedere dag in de omroepstudio's en reclamebureaus zie. Het enige verschil, voorzover ik kan bespeuren, is dat de gluiperds en griezels in de filmindustrie meer geld en kennelijk meer lol hebben. Ik hoop natuurlijk ook dat ik in het gindse Hollywood een arm, ontluikend filmsterretje uit Broken Nose, Nebraska, zal vinden dat op zoek is naar een oudere, wijzere kamergenote die haar zal helpen het hoofd te bieden aan de verdorvenheid van het Westen. Zoals Winchell de Windbuil het verwoordt: 'Ik heb uit betrouwbare bron' dat het daar krioelt van zulke maagdekens.

Zoals je ongetwijfeld al hebt opgemerkt heb ik een paar Beefeaters op, maar wat kan het verdommen, het is kerstavond en ik zit hier in mijn dooie eentje.

Het was trouwens aardig van je om me het beste te wensen als ik volgende maand koers zet naar het land van de jus d'orange en de hopeloze dromen. Er is heel veel in New York dat ik zal missen, waaronder de vriendschap met je zus. Ik weet dat ik die oude stad zelf ook zal missen. Als het erop aankomt is er geen plaats die eraan kan tippen. Maar misschien zal ik wel gewend raken aan al die zon en het stucwerk. Nu, mijn beste Clara, ik sta op het punt mezelf te schande te maken door de grootste martini die ooit aan deze kant van het park is gemaakt, achterover te slaan en naar mijn onschuldige bed te wankelen. Zodra ik in Californië ben, stuur ik je mijn adres, dus hou alsjeblieft contact.

Als altijd de beste wensen, Evelyn

P.S. Nou heb ik over mezelf zitten beuzelen zonder te vragen hoe het met jou gaat. Nora zei iets over je vastklampen aan het wrakgoed van een verhouding en proberen je drijvende te houden. Dat is, tussen twee haakjes, mijn eigen krakkemikkige beeldspraak, niet die van je zus. Je ziet dat ik genoeg clichés in mijn koffer heb om in Hollywood te overleven. Maar ik hoop dat je hart niet helemaal gebroken is en dat die ploert nu in een ketel hete olie zit en dat zijn vrouw de soeplepel in handen heeft en krachtig staat te roeren. Au revoir voor nu.

1938

Zaterdag, 1 januari 1938

Vannacht werd ik wakker van de wind en vanochtend keek ik uit op een hevige sneeuwstorm. De elementen in wanorde. Dat kan helemaal niet, maar ik vond de klank van de negen lettergrepen mooi en dus sprak ik de woorden een paar keer hardop uit. Zal ik zo over twintig jaar zijn? Een oudere vrouw die in haar ochtendjas bij het raam met het weer staat te praten. In ieder geval is de ketel goed opgestookt en heb ik het warm genoeg. Het grootste deel van de dag heb ik een van Nora's kerstcadeaus zitten lezen, een roman van A.J. Cronin, getiteld *De citadel*. Naar mijn huidige ontaarde smaak bij lange na niet broeierig genoeg.

Vanmiddag heb ik me warm aangekleed en ben een eindje gaan wandelen; er waren maar enkele kinderen op straat met hun nieuwe sleetjes. Het waaide echt te hard om ertegenop te kunnen en aan het einde van het dorp ben ik omgedraaid. Ik dacht aan die avond een jaar geleden, toen ik in net zo'n storm naar buiten ben gegaan en mezelf bijna heb laten omkomen.

Tegen de avond ging de wind liggen en verhevigde de kou. Dit is hartje winter. Een hoop werk bij de deur van de ketel, maar naarmate de nacht vorderde, kon ik het huis toch voelen afkoelen. Ik heb nog heel lang wakker gelegen, aan Frank gedacht en me afgevraagd of ik ooit nog een man als hij zal tegenkomen. Waar zou dat moeten zijn? Voelde me een beetje melancholisch in deze bitterkoude nacht.

Lieve Clara,

Waarom heb je in vredesnaam de telefoon weggedaan? Het slaat nergens op om vandaag de dag geen telefoon te hebben. Een gemeenschappelijke lijn in een plaatsje als Whitfield is vervelend, maar waarom heb je dan ook geen privé-lijn genomen? Echt, Clara, je leeft nog steeds in de vorige eeuw. Hoe moet ik je nu in geval van nood bereiken? Ik weet het, de Brydens bellen! Hoe zit het met die Frank? Is hij al uit je bloed? Ik hoop het van harte. Les en ik gaan nog steeds met elkaar om, maar het lijkt allemaal een beetje bekoeld te zijn. Misschien hebben we elkaar gewoon te vaak gezien. We staan de hele dag tegenover elkaar achter de microfoon en dan treffen we elkaar een paar avonden door de week en soms op zondag. Ik krijg nog steeds telefoontjes van zijn vrouw, maar ik ben er nu aan gewend en soms, geloof het of niet, lukt het ons zelfs om een redelijk gesprek te voeren. Dat wil zeggen, tot zij begint te tieren. Ach, nou ja! Zo is het leven voor slechte vrouwen zoals ik!

Evelyn werkt nu samen met onze nieuwe schrijfster, Margery Holt, hoewel Margery volop ervaring heeft. Ze heeft voor 'Pepper Young's Family' gewerkt en voor 'Big Sister', dus kent ze het klappen van de zweep. Ik geloof niet dat ze zo goed zal zijn als Evy, maar je weet het maar nooit. Op de vijfentwintigste geven we een afscheidsfeestje voor Evy. Jammer dat je er niet bij kunt zijn. En nu we het over erbij zijn hebben, ik kan je zeker niet overhalen om met Pasen te komen, hè? Als Evy weg is, zal ik me zo akelig eenzaam voelen en het zou fijn zijn om je weer eens te zien. We zouden naar de paasoptocht op Fifth Avenue kunnen gaan. Dat is hier een hele gebeurtenis. Zou je het in ieder geval willen overwegen? Verdorie, Clara, ik zal onze gesprekken op zondagavond missen. Je had de telefoon op z'n minst voor mij kunnen aanhouden. Nou ja, nu zullen we op de ouderwetse manier in contact moeten blijven. Schrijf me dus maar eens, hè?

Liefs, Nora

Beste Nora,

Ik heb de telefoon weg laten halen omdat het stomvervelend was en geldverspilling. Het ding ging de hele dag en de helft van de nacht en het was nooit voor mij. Een privé-lijn zou een zinloze verkwisting zijn geweest; afgezien van jouw wekelijkse telefoontje werd ik nog geen twee keer per maand gebeld. Zou dat dus geen weggegooid geld zijn? De meeste mensen in het dorp leven zonder telefoon, dus waarom zou ik dat niet kunnen? Laten we het er niet meer over hebben, want mijn huis is wederom gezegend met stilte.

Of ik al over Frank heen ben, vraag je. Ik weet het niet. Ik denk maar tien of twaalf keer per dag aan hem. Hoe kom je over de aanwezigheid van een ander in je leven heen? De algemene stelregel is: zorg dat je bezig blijft. Verlies jezelf in werkzaamheden. Misschien zou ik bij de Zendingsvereniging moeten gaan om brieven te schrijven naar weeskinderen in Afrika en China. Ida Atkins en haar vriendinnen eens per maand op de thee uitnodigen. Ongetrouwde vrouwen creëren toch een soort leven voor zichzelf in een dorp als het onze. Neem nou Marion. Ze lijkt volkomen tevreden met haar radioprogramma's en de bijeenkomsten van de vereniging, haar uitstapjes naar Toronto om te winkelen, de koorrepetities op donderdagavond en de grootse vertoning op zondagochtend. In zekere zin benijd ik haar, maar ik besef ook dat ik niet zo kan zijn. Toch ben ik ook niet sterk of getalenteerd genoeg om, net als jij, naar een vreemde stad te vertrekken en daar de kost te verdienen. Ik ben van nature teruggetrokken. Dus zal ik moeten wachten tot de tijd zijn gebruikelijke werk heeft gedaan. De tijd vermindert onze dagen natuurlijk, hij ontrafelt de draden van onze levensduur. Maar hij troost ook en vroeg of laat komt degene met liefdesverdriet uit bed om een eitje te koken. De beeldjes op de schoorsteenmantel af te stoffen. Zich naar buiten te wagen om een film te zien en zelfs te lachen om de capriolen van de dikke kerel en zijn dunne maatje.

Het is koud hier en het grootste deel van de avond lijkt op te gaan aan het scheppen van kolen in de muil van het monster. Mijn brandstofrekening zal dit jaar torenhoog zijn. En het is pas januari! Nou ja, over een paar weken kijk ik alweer uit naar het terugkerende licht en zal ik zien hoe het zich langzaam naar de vroege avonduren uitbreidt, een herinnering aan de lente die zich ergens ophoudt.

Pasen in New York? Daar moet ik nog over nadenken, Nora. Doe Evelyn de groeten van mij en zeg haar dat ik hoop dat het haar goed zal gaan in Hollywood. Hollywood! Denk je eens in dat je iemand kent die in Hollywood werkt. Pas goed op jezelf.

Clara

Zondag, 20 februari

Gisteren kwam er een Mr. Dalton uit Linden langs om te vragen of ik mijn piano wilde laten stemmen. Ik speel nog maar zelden, maar besloot het toch te laten doen. Mr. Dalton was mager met een lelijk, bleek gezicht. Waarschijnlijk is hij nog geen veertig. Hij hing zijn colbert over een stoel, rolde zijn mouwen op en ging aan de slag met zijn hamertjes en borsteltjes die hij op een matje legde dat hij uitspreidde op het kleed. Hij had iets heel onaantrekkelijks en misschien komt dat doordat hij de hele dag alleen in de souterrains van kerken en in de zitkamers van huizen zoals het mijne werkt. Het voelde eigenaardig om een man in huis te hebben die met opgerolde mouwen op de snaren van mijn piano zat te tikken, zelfs deze man van wie zo weinig uitging.

Na een uur of wat bracht ik hem een kop thee en keek hoe hij met zijn lange vingers om het kopje geslagen zijn werk onderbrak om te drinken. Ik probeerde me voor te stellen hoe hij die vingers in het donker van de nacht over het lichaam van een vrouw liet gaan. Het kwam me onwaarschijnlijk voor en ik vroeg hem of hij getrouwd was. Hij glimlachte traag en leek op te vrolijken. 'O ja, hoor. Tien jaar nu. We hebben drie kinderen.' Dus hij had zijn vrouw gestreeld met die handen. Wat vreemd om je anderen als seksuele wezens met hun kleren uit voor te stellen en dat allemaal om vijf uur op een zaterdagmiddag! Toen hij weg was, heb ik de hele avond aan een gedicht gewerkt met de titel 'Olifant in een porseleinkast'. Over seksuele begeerte en de verwoesting die deze kan aanrichten. Het was grof, schaamteloos en obsceen. Heb de verschillende kladversies vanochtend in het fornuis gegooid.

4880 Barton Street
Hollywood, Californië
20/2/38

Hallo daar,

Nou, hier zit ik dan in het land dat God aan de sinaasappeltelers en filmdromers heeft geschonken. Ik dacht ik schrijf je even en laat je mijn adres weten. Ik zit hier nu sinds een paar weken en heb me geïnstalleerd in het slavenhok van Louis B. Mayer. Ze hebben me aan het werk gezet om een komedie in elkaar te zetten over drie jonge vrouwen in een studentenvereniging en hun problemen met jongens. Paringsdansgedoe. Je zult je er wel iets bij kunnen voorstellen. Ze willen ook dat ik een serie ontwikkel in de trant van Andy Hardy. Ik neem aan dat je geen groot liefhebster bent van dergelijke kost, maar het is een serie over het kleinsteedse leven en hij is razend populair dankzij die snotaap van een Rooney die het publiek aanbiddelijk schijnt te vinden. Waarom is me een raadsel, maar zo is het nu eenmaal en daarom willen ze de vrouwelijke versie ervan met het personage, Nancy Brown, dat geinig en ondeugend is en zich in het kleinsteedse Amerika allerlei onnozele narigheid op de hals haalt. Nou ja, daarom zit ik hier, neem ik aan. Om wat amusante onwaarheden te fabriceren voor het zaterdagse matineevolk.

Ik heb een flat gevonden in Hollywood, maar de studio is in Culver City, dus zal ik een auto moeten aanschaffen. Iedereen hier rijdt auto. Je voelt je de dorpsgek als je op lopen wordt betrapt. Geografisch gezien is Los Angeles een rare, enigszins bespottelijke stad, vooral als je New York gewend bent. Om te beginnen heb je al die stadjes, Hollywood, Glendale, Pasadena enzovoort. Het maakt eigenlijk niet uit, want het is allemaal één hoofdstraat van zo'n veertig kilometer lang. Geen wolkenkrabbers. God, ik had nooit gedacht dat ik hoge gebouwen zou missen, maar het is wel zo. Hier kun je de hele tijd een heleboel blauwe lucht zien, plus verkeerslichten, auto's, palmbomen, limonadekraampjes en tientallen studio's en bioscopen. De meeste hotemetoten wonen hoog in de heuvels tussen Hollywood en Los Angeles. Galeislaven zoals ondergetekende moeten zich houden aan een aardsere omgeving. De mensen hier zijn gebruind en zitten vol jus d'orange. Een bleke, dikke, ouwe New Yorkse zoals ik lijkt misplaatst tussen die gebronsde wezens. Zelfs oude mensen zien er goed uit met hun bruine, pezige armen en benen. Misschien was dit uiteindelijk toch het oord waar Ponce de Leon naar op zoek was.

De mensen in de studio zijn best aardig, maar ze verwachten van je dat je er een volle week tegenaan gaat, maandag tot vrijdag, van tien tot zes en op zaterdag een halve dag. Als ze je typemachine niet horen ratelen, steekt een van de verhaalredacteuren al gauw zijn hoofd om de deur om te kijken of je niet zit te lijntrekken. Een meisje heeft amper tijd om een sigaret op te steken. Je moet begrijpen dat ik aan zogenoemde B-films werk. Deze worden op zaterdag als de helft van een dubbel programma vertoond in de Alhambra's overal in het land. De hoge heren werken in een ander deel van het studiocomplex. Da's niet zo democratisch. In de kantine (veelzeggend de 'commissary' genoemd) zitten de mensen naar rang. Het doet me denken aan kostschool waar het hoofd van de klassenoudsten bij haar beste vriendinnen zat en de rest van ons genoegen moest nemen met een plaats 'aan de andere kant van het zout'. Soms vang je een glimp op van een ster die kieskeurig zit te prikken in een kipsalade. Onlangs Norma Shearer gezien, dus lekker puh.

In het hokje naast het mijne zit een aardige vent die Fred

Anderson heet. Fred heeft een aantal detectives geschreven en is hier een paar jaar geleden uit Iowa naartoe gekomen. Zo nu en dan valt hij binnen om te zien hoe het me vergaat. Volgens mij heeft hij een heupfles met wodka in zijn la liggen, hoewel dat streng verboden is door Mr. M. Mijn baas, Ed Barnes, heeft me op de eerste dag gewaarschuwd voor de gevaren van John Barleycorn en de last die hij galeislaven kan bezorgen. Hij vroeg me of ik me wel eens te buiten ging, waarop ik met een onnozel lachje antwoordde: 'Alleen sociaal, natuurlijk.' Uit zijn grijns sprak ongeloof.

Maar dit zal hoe dan ook enige gewenning vergen. Nu al mis ik die oude stad met zijn goten vol sneeuwbrij, herrie en bleke, bruuske burgers. Maar de cheque iedere vrijdag ziet er machtig mooi uit. Daarvoor stellen we ons in een rij voor het loket van de kassier op, net als fabrieksarbeiders. Het zal wel een extra manier zijn om ons te laten weten dat we niet naast onze schoenen moeten gaan lopen. Per slot van rekening zijn we maar scenarioschrijvers. Hoe gaat het trouwens met jou? Is je gebroken hart al gelijmd? Ik hoop het. Laat eens wat van je horen.

Liefs, Evelyn

Whitfield, Ontario
Donderdag, 3 maart 1938

Beste Evelyn,

Het was zo fijn om je brief op een koude Canadese dag vol sneeuw te krijgen! Je beschrijving van Californië met zijn palmbomen en limonadekraampjes was precies wat ik nodig had in deze grimmige wereld van zwart en wit en wind en sneeuw. Ik verlang zo naar wat kleur, naar frisse groene blaadjes en bloemen! Het was verschrikkelijk de afgelopen twee weken met de ene storm na de andere. Maar je brief heeft mijn illusies over het schrijvende leven in Hollywood volledig verstoord. Hokjes? Het loket van de kassier? Ik had een beeld van je gevormd in een voornaam kantoor waar je, koffie drinkend

en Camels rokend, achterover geleund in je leren stoel onmogelijke verhalen voor het witte doek zat te verzinnen, omringd
door gretige stenografen die alles noteerden en vervolgens weg
snelden om ieder woord van jou uit te typen. Maar zo is het dus
helemaal niet? Wat jammer!

Het is vriendelijk van je om naar mijn gebroken hart te
informeren. Ik heb deze winter gebruikt om te herstellen en
ik wou dat ik kon zeggen dat ik eroverheen ben, omdat het
leven dan minder verwarrend en gecompliceerd zou zijn en ik
geloof dat de essentie van tevredenheid eenvoud is. Dat kan ik
natuurlijk niet bewijzen, maar ik geloof dat het zo is. Maar om
je de waarheid te zeggen weet ik niet zeker of ik volledig genezen
ben. Nora en ik hebben al een poosje geen contact meer gehad
en ik voel me er een beetje schuldig over dat ik haar niet heb
geschreven. Ik heb mijn telefoon weg laten halen; ik zat op een
gemeenschappelijke lijn en dat was zo vervelend dat ik er niet
meer tegen kon. Volgens mij heeft dit Nora zo geërgerd dat ze
me straft door niet te schrijven. Ze was gewend me iedere
zondagavond te bellen. Uiteraard ben ik een zonderling, koppig
mens dat niet gauw toegeeft.

Heb je de laatste tijd nog iets interessants gelezen of heb je
daar geen tijd voor? Vorige maand heb ik *Een kamer voor jezelf*
van Virginia Woolf uit de bibliotheek in een naburige stad
meegenomen en er zo van genoten dat ik twee romans van haar
heb gehaald, *Mrs. Dalloway* en *Naar de vuurtoren*. Allebei zijn
ze prachtig geschreven, maar ik vond de toon een tikkeltje
streng. Het is het enige woord dat ik er op het moment voor
kan vinden. Misschien verkeer ik nog steeds in de ban van
James M. Cain. Ik kan geen twee schrijvers bedenken die qua
temperament en gevoel verder van elkaar af staan en toch zijn ze
alletwee krachtig en helder.

Sorry voor de onsamenhangendheid van deze brief, maar
mijn gedachten lijken tegenwoordig het spoor bijster te zijn. Ik
wacht ergens op, waarschijnlijk op de lente. Ik maan mezelf
steeds dat ik moet proberen te genieten van iedere dag zoals die
komt, maar deze winter is het me niet gelukt zo veel te genieten

als ik wilde. Ik hoop dat het voor jou allemaal goed uitpakt daar en schrijf alsjeblieft gauw terug.

Clara

Zondag, 13 maart

De hele week al zendt de radio berichten uit over Hitlers soldaten in Oostenrijk. Er lijkt een onbestemde spanning in de lucht te hangen. Kan er weer oorlog komen? Het is allemaal zo deprimerend en vandaag had ik een paniekgevoel over alles: de radioberichten, de eindeloze winter, deze ondermijnende eenzaamheid die de uren van mijn dagen en nachten aantast. Misschien is dit wat katholieken vertwijfeling noemen. Te midden van dit alles ben ik een uur geleden gaan zitten om Frank te schrijven. Ik denk dat ik het op het moment dat ik de brief door de gleuf liet glijden betreurde, maar het is gebeurd. Hij zou terug kunnen schrijven en ik zou hem terug kunnen zien. Is dat niet wat ik eigenlijk wil? Als ik niet had geschreven zou alles blijven zoals het was. Nu kan ik in ieder geval hopen. En voert de hoop geen aanval uit op de vertwijfeling?

Zaterdag, 19 maart

Verrukking! Puur als de geur van de aarde in maart. De vreugde die door me heen golfde toen ik vanaf het postkantoor door Church Street liep met brieven van Frank en Nora. Een dag vol zonlicht, bleekblauwe hemel en smeltende ijspegels. En dus zagen mijn buren me voor de verandering glimlachen.

'Goedemorgen. Ja. Hoe gaat het?'

'Ja, is het geen heerlijk weer? Het werd tijd ook.'

In deze heilzame lucht worden de sneeuwbanken uitgehold en verbrokkelen ze, loopt er water over de weg en stroomt mijn gemoed vol. Ik zal eerst Nora's brief lezen en dan de zijne.

Lieve Clara,

Ik heb al zo lang niets van je gehoord. Hoe gaat het trouwens met je? Ik heb tenminste een excuus. Ik heb in het ziekenhuis gelegen. Een paar weken geleden ben ik zo ziek geworden dat ik echt dacht dat ik doodging. Ik had zo'n hoge koorts en voelde me zo slap dat ik de studio maar net heb gehaald. Op de een of andere manier is het me gelukt door de sneeuw heen te komen en toen heeft Les me naar het ziekenhuis gebracht, waar ze ontdekten dat ik een acute blindedarmontsteking had. Wat vind je daarvan? Ze hebben me meteen geopereerd en naderhand zei de dokter dat ik geluk heb gehad, want dat ik het, als ik het langer had uitgesteld, misschien niet na had kunnen vertellen. Blijkbaar sterven er jaarlijks duizenden mensen aan een gesprongen blindedarm. Sjonge, het zet je wel aan het denken over hoe dicht je in de buurt kunt komen! Ik voelde me al wekenlang beroerd, maar ik dacht dat het griep of zo was. Maar van nu af aan zorg ik beter voor mezelf. Ik heb nu een huisarts en volgende week laat ik me onderzoeken.

Ik heb vijf dagen in het ziekenhuis gelegen, dus moest Margery nogal wat ingewikkelde sprongen maken met het scenario. Wat ze in feite heeft gedaan was naar mijn mening simpel maar geniaal. Alice krijgt ook een blindedarmontsteking, alleen is die van haar veel ernstiger. Ze balanceert nu op het randje van de dood en wat een heibel heeft dat onder onze luisteraars veroorzaakt!!! Iedereen bidt om mijn herstel en natuurlijk krijgen we stapels brieven en telefoontjes. Maar in het echt voel ik me kiplekker.

En jij? Hoe staat het leven in het oude Whitfield? Ik kan me niet voorstellen dat je hier met Pasen naartoe komt, anders had ik nu wel iets van je gehoord, niet dan? Ach, nou ja, misschien een andere keer. Ik heb een paar brieven van Evelyn gehad. Ze lijkt me niet al te gelukkig. Ik geloof niet dat Californië is wat ze hoopte dat het zou zijn. Maar ik neem aan dat je risico's moet nemen als je zo'n stap zet. Tussen Les en mij is alles nog hetzelfde. Op sommige dagen heb ik het gevoel dat we een oud getrouwd stel zijn. Vooral op woensdagavond en zondagmiddag. Gek hè, hoe routine een liefdesverhouding binnen kan sluipen. Nou, ik begrijp dat het je op dat terrein goed gaat. Wat vind je ervan om eens te schrijven?

Liefs, Nora

345 *King Street*
Toronto
16 maart 1938

Lieve Clara,

Wat een aangename verrassing om van je te horen! Ik dacht dat je niets meer met me te maken wilde hebben, hoewel ik natuurlijk steeds op het tegendeel bleef hopen. Geloof me, ik heb jou ook gemist en is het niet fantastisch om te horen dat je gemist wordt? Zo veel van de mensen die we in ons leven tegenkomen kunnen de deur uit lopen en het zou ons niets kunnen schelen. Helemaal niets. En dan zijn er die speciale mensen. Zoals jij, bijvoorbeeld. O, ik dacht dat je me had laten zitten, Clara, en al die weken heb ik aan je gedacht, maar ik was bang om contact op te nemen, omdat je zo kwaad klonk op mij in je laatste brief. Nou, ik ben blij dat ik nu van je hoor.

Ik ben deze winter 'alleen' geweest en heb 'me begraven' in mijn werk hier op kantoor. Thuis is de situatie nog ongeveer hetzelfde, hoewel Theresa het huis uit is en nu op zichzelf woont. Ze heeft een baan bij Simpson, maar ze wil ook doorgaan met schrijven. Ik kan niet geloven dat het iets zal worden. Ze is gewoon te wispelturig om iets lang vol te houden. Ze heeft van die plots oplaaiende interesses, die vervolgens weer uitdoven. Edith en ik maken ons allebei ongerust over haar, maar er is weinig wat we kunnen doen. Ze is tenslotte eenentwintig. Het is zeker tijd dat ze iets serieus aanpakt, maar ik kan me niet voorstellen wat precies. Michael komt zelden naar huis. Het is een merkwaardige jongeman en hij lijkt op de een of andere manier van ons vervreemd. Ik maak me zorgen over zijn drinken. Anne zal binnenkort klaar zijn met haar noviciaat en dan moet ze besluiten of ze non wil worden. Ze komt met Pasen naar huis. Patrick denkt tegenwoordig bijna nergens anders aan dan aan het ijshockyteam Maple Leaf. Ik heb hem op zaterdagavond een paar keer mee naar een wedstrijd genomen, hoewel de sport me niet bijzonder boeit, maar hij vindt het zo leuk om te gaan dat ik ernaar uitkijk.

Ik zou je graag weer zien en vraag me af of we een keer op een zaterdag samen kunnen lunchen. Ik heb geprobeerd je te bellen maar je bent afgesloten. Je bent nooit gek geweest op die telefoon, hè? We zullen per brief contact moeten houden. Ik was zo blij met je brief, Clara. Schrijf alsjeblieft terug.

Liefs, Frank

Zondag, 20 maart

Gisteravond heb ik Frank geschreven en gevraagd of hij me komende zaterdag op het station van Uxbridge kan ontmoeten. De auto staat nog binnen voor de winter, dus zal het voorlopig de trein moeten worden. Ik heb mijn best gedaan niet al te gretig te klinken, maar ik wilde hem laten weten dat ik hem de afgelopen maanden heb gemist. Ik vond het heerlijk om die brief te schrijven. Het regende en ik zat aan het bureau in mijn slaapkamer, met het witte blad voor me in een cirkel van geel licht, terwijl aan de andere kant van het raam alles in regen en duisternis was gehuld. Dit heb ik hem verteld en ook dat ik wou dat hij bij me was. Niet te gretig? Wat ben ik toch een dom mens en toch kan het me niet schelen. Laat maar komen wat komen moet!

Marion kwam na de kerk langs. De vrouw van de dominee was weer niet in de dienst en het begint op te vallen. Ze heeft nu al drie zondagen op rij gemist en waagt zich kennelijk zelden buiten de deur. Marion denkt dat er huwelijksproblemen zijn. Ze wilde dat ik het nieuws over Helen Jackson bedaard en oplettend aanhoorde, maar ik vrees dat ik in een speelse bui was. Marion installeerde zich in een stoel en schikte wat aan de zware schoen om haar been te ontlasten. Die prachtige, tragische ogen onder het donkere ponyhaar. Ik dacht wat een zonde het was dat ze nooit door een man zal worden aangeraakt. Ze pruilde een beetje om mijn luchthartigheid.

'Wat mankeert je, Clara? Je bent vanochtend wel erg opgewekt.'

Ik zinspeelde op de teugen goddeloze lucht die ik binnenkreeg. Het was allemaal onzin en begrijpelijkerwijs werd het ontvangen met een frons en een zucht. Meer geschik van haar been voor een geriefelijke positie.

'Vermaledijde ouwe schoen!'

Ze wil dat ik op de achtste van de volgende maand met haar naar Toronto ga om Marian Anderson in het Eaton Auditorium te horen. Het uitstapje wordt door een paar van de dames georganiseerd. Heb vanmiddag Nora geschreven.

Whitfield, Ontario
Zondag, 20 maart 1938

Beste Nora,

Duizendmaal excuus omdat ik niet eerder heb geschreven, maar ik was aan de diepste wanhoop ten prooi gevallen de afgelopen paar weken en heb mezelf enkel door de dag heen gesleept. Eilaas, eilaas, arme vrouw! Maar de wolken lijken weg te trekken (figuurlijk gesproken dan); toevallig is het buiig vandaag, en ik voel me minder bedrukt.

Ik vond het erg te horen over je blindedarmontsteking. Ik had net als jij geen idee dat het nog steeds als een ernstige aandoening wordt beschouwd. Je moet beter voor jezelf zorgen in die grote, zondige stad. Een poosje terug heb ik Evelyn geschreven. Volgens mij komt het wel goed met haar, hoewel ze in haar laatste brief aan mij eenzaam klonk. Het voorjaar lijkt hier in aantocht te zijn en het is zeker welkom. De zachte lucht maakt me bijna duizelig.

Marion Webb kwam vandaag langs en ze vroeg of ik volgende maand met haar naar Toronto ga om Marian Anderson te horen. Het zal me waarschijnlijk erg goed doen om eens buiten het dorp te komen, hoewel ik het geen prettig vooruitzicht vind om met Ida Atkins en haar groep te reizen. Tegenwoordig is het grote nieuws in het dorp de mysterieuze afwezigheid van de domineesvrouw in de zondagsdienst. Niemand schijnt te weten wat haar scheelt; ze zit de hele dag binnen en wordt zelden gezien. Vroeger zag ik haar wel eens met haar man wandelen, maar de laatste tijd niet meer. Het leven met die man kan geen pretje zijn; je zou denken dat ze zo nu en dan graag eens de deur uit gaat. Maar hoe kunnen wij weten hoe het is voor dat arme mens? Ze is echt heel aardig en ik heb met haar te doen. Weet je nog hoe bezorgd ze was na mijn praatje tegen de dames? Ik had me toen echt belachelijk gemaakt, maar zij leek me niet te veroordelen. Het is bijzonder jammer dat die christelijke tiran met wie ze samenleeft er de oorzaak van is dat haar zenuwen het begeven.

Ik heb vanmiddag 'een aanval gepleegd op het klavier'. Een paar weken geleden is de piano gestemd. Het is door een rare kerel uit Linden gedaan – de arme, oude Mr. Marsh is tot een beter leven overgegaan. Sindsdien heb ik weer zin gekregen om te spelen. Dat is dus het beeld. Vrouw speelt piano op zondagmiddag terwijl de regen strepen op de ramen trekt en de lucht vervuld is van de zachte tonen van Arensky. Pas goed op jezelf, Nora.

Clara

P.S. Het spijt me heel erg dat je verjaardag me is ontgaan. Alsnog hartelijk gefeliciteerd!

345 King Street
Toronto, Ontario
23 maart 1938

Liefste Clara,
Vlug een paar regels die ik per se met de vroege post mee wil sturen zodat je ze vrijdag hebt. Laten we in elk geval een keer

afspreken, alleen ben ik bang dat het niet dit weekeinde kan zijn. Kan het een week later, op de tweede van de volgende maand? Ik zal op de gewone tijd op het station naar je uitkijken. Ik was zo blij met je brief. Ja, ik zou het fijn gevonden hebben om die avond bij je in je kamer te zijn. Je beschrijft het zo perfect. Je kunt je niet voorstellen hoe zeer ik me erop verheug om je weer te zien.

Liefs, Frank

Zondag, 3 april

Hoe snel gaat een dag voorbij en verandert in een herinnering! Gisteren was het opnieuw winters met een grijze lucht en sneeuwbuien. Toen ik uit het raampje van de trein keek, voelde ik me een beetje overweldigd door de gedachte dat ik Frank weer zou zien. Het overkwam me plotseling en een paar minuten lang overwoog ik om in de trein te blijven zitten en door te reizen naar Toronto. Een sterke aandrang die me beving net toen we het station van Uxbridge naderden. Natuurlijk deed ik niets van dien aard en Frank zat in zijn auto te wachten. Zijn haar was pas geknipt en zijn hoed stond een beetje raar op zijn hoofd. Maar ik vond hem er toch goed uitzien.

Ik had een nieuwe jurk gekocht, een groen geval dat ik nooit meer zal dragen. Het stond me helemaal niet en ik weet echt niet meer waarom ik dacht van wel. Maar dan nog zei hij dat ik er leuk uitzag. We waren allebei nerveus en dat maakte ons vreselijk onbeholpen. Volgens mij zou het beter zijn geweest als hij me in de auto gewoon had gekust. In plaats daarvan reden we zwijgend naar een hotel om te eten. Er was een huwelijksreceptie aan de gang en de eetzaal zat bijna vol, maar ze wezen ons een tafeltje in een hoek ver bij de anderen vandaan.

De bruiloftsgasten waren boerenmensen die aan het eten waren. Ze leken allemaal uitgehongerd en waren met grote eetlust op hun maal van rosbief aangevallen. De hele zaal was gevuld met het gekletter van bestek dat over borden schraapte. Er werd nauwelijks gesproken terwijl de serveersters schalen met vlees en groenten neerzetten; de zaal leek boordevol vleselijkheid en voedsel. De bruid en bruidegom, een eenvoudig stel, zaten in het midden van een lange tafel en ook zij hadden zich over hun bord gebogen.

Ik wilde Frank eraan herinneren dat we elkaar een jaar geleden hadden ontmoet, maar besloot het niet te doen. Mannen hebben niet veel belangstelling voor zulke dingen en ik wilde niet sentimenteel lijken. In plaats daarvan at ik met lange tanden terwijl ik naar de bruid en bruidegom keek en me afvroeg hoe hun huwelijksnacht voor hen zou zijn. Ze zagen er alletwee verlegen uit en slecht op hun gemak terwijl ze hun rosbief wegkauwden. Toch zou de bruid over een jaar waarschijnlijk een jonge moeder zijn en gewend aan de knul in het donkere pak met de flaporen naast haar.

Na een poosje begon Frank te praten over veranderingen in zijn bedrijf. Het was vreemd. Hij heeft er nooit veel over gesproken, misschien moest hij iets zeggen, we leken allebei onze tong verloren te hebben. Dus vertelde hij dat hij en zijn broers van plan waren om over te stappen op olie. Kolenverwarming, zei hij, zal binnenkort tot het verleden behoren. Ik zei hem dat ik alles zou toejuichen dat me verloste van de slavenarbeid op winteravonden in mijn kelder. Daar lachte hij om en hij pakte mijn hand en kneep er onder tafel in. Al dat gepraat over kolen en olie was enkel ter verhulling van onze aanhoudende nervositeit met elkaar. We wilden geen van tweeën deze woorden uit de doordeweekse wereld, maar onszelf vergeten in vleselijke lusten. Dat is tenminste wat ik dacht en voelde terwijl ik gisteren om halfeen 's middags in die lelijke eetzaal zat. Was het te zien? Ik vraag het me af. Dat moet wel, want geen van tweeën hadden we interesse voor het eten op ons bord en toen zei Frank: 'Ik heb een idee.' Hij kneep weer in mijn hand. 'Waarom kijken we niet of we hier voor een paar uur een kamer kunnen krijgen? Dan kunnen we weer samen zijn.'

'Zullen ze onze bagage dan niet willen zien?' vroeg ik.

'Ik zal zeggen dat die in de auto ligt en dat ik hem later haal. Daar zullen ze niets op tegen hebben.'

370

Ik keek hem na toen hij langs de bruiloftsgasten liep, een kleine, keurige man in een grijs pak. Frank straalt gezag uit. De boerenmensen hieven hun hoofd toen hij langskwam, maar ze keken hem niet recht aan en wendden snel hun blik weer af. Een paar minuten later was hij terug en leunde over de tafel. 'Het is in orde', zei hij. 'We kunnen naar boven.'

Het kwam bij me op dat hij dit van tevoren had geregeld, maar als dat al zo was dan maakte het me niet uit. Ik was blij dat ik uit de eetzaal weg was en de trap op kon lopen naar de eerste verdieping, maar mijn gezicht gloeide toen ik een kamermeisje met een arm vol lakens passeerde. Ik keek strak naar het smoezelige tapijt, naar de brandplekken van sigaretten en de oude, onzichtbare voetafdrukken van handelsreizigers en overspelige vrouwen.

In de kamer vielen alle remmingen van ons af. We gooiden meteen alles uit. Al dat gedoe van je kleren uitdoen. We trokken de sprei niet eens van het bed. Hij kuste me over mijn hele lichaam en toen hij bij me binnendrong, voelde ik een soort stuiptrekking vanbinnen. Ja, het was er helemaal, dit seksuele genot, hoewel ik nu rekening moet houden met wroeging, want we waren onvoorzichtig. Ik liet me gaan en hij had niets omgedaan. We waren in zo'n toestand. Een paar minuten geleden heb ik Shakespeares Sonnet 129 opgezocht.

Verkwiste geestkracht, onbeschaamd verspild,
Is lust als daad...

Heeft iemand het beter verwoord?

We kunnen elkaar het volgende weekeinde niet zien, want dan is het Pasen en komen zijn kinderen naar huis. Ze gaan naar de mis van elf uur in de kathedraal van St.-Michael. Dit vertelde hij me toen we in de auto op de trein zaten te wachten. Toen ik hem hoorde praten over naar de mis gaan met zijn gezin kreeg ik het gevoel dat ik een religieuze verschoppeling ben, een echte heiden.

Helen Jackson is verdwenen. Sommigen beweren dat ze gistermorgen op de trein naar Toronto is gestapt; anderen dat ze lopend over de snelweg ten westen van het dorp is gesignaleerd. Dit hoorde ik allemaal toen we gisteravond met de auto op weg waren naar Toronto om Marian Anderson te horen. Ik zat op de achterbank van Bert Macfarlanes auto naast Marion en haar moeder geperst. Voorin zaten de Macfarlanes en Ida Atkins. Op dit nieuws volgde een hoop bezorgd tonggeklak; o, het heimelijke plezier dat we ontlenen aan het ongeluk van een ander. Ik dacht aan moeder en wat er in het dorp niet gekletst moet zijn in die zomer langgeleden toen zij was verdwenen.

Die droefgeestigheid trok weg toen we naar Anderson, een weinig attractieve negerin in een blauwe jurk, luisterden. Toen ze 'Ik weet dat mijn verlosser leeft' zong, was het muisstil in de zaal. Er was niemand onder ons die zich niet gelouterd, deemoedig en verrijkt voelde door de buitengewone stem van deze vrouw.

Gisteren werd alles bedekt door een dikke laag natte sneeuw. In heel de provincie zijn veel wegen nog gestremd en staan er halfbedolven auto's langs veel snelwegen. Om razend van te worden in de deze tijd van het jaar en gisteravond, toen ik het omlaag zag komen, besloot ik naar Toronto te gaan. Ik wilde een glimp opvangen van Frank en zijn gezin. Een onbezonnen idee, maar vanochtend om acht uur nog steeds onweerstaanbaar. Dus bevond ik me op deze paaszondag onder het vijftal passagiers dat onder een grijze lucht door een witte wereld reisde, waar de sneeuw, toen we de stations naderden, nog aan de naamborden van de dorpen kleefde. Mannen en jongens waren tuinpaden en opritten aan het schoonvegen. De straten in de stad lagen vol sneeuwbrij en mijn winterjas werd tweemaal ondergespat door een passerende auto. Ter verhulling had ik een hoofddoek omgeknoopt, hoewel ik er angstvallig voor zou waken dat hij me zag. De klokken van de grote stadskerken, de St.-James, de St.-Michael en de Metropolitan, beierden en het wemelde van de kerkgangers. Pasen is ongetwijfeld de gelukkigste feestdag voor christenen en toen ik door Bond Street liep, herinnerde ik me het gevoel dat juist op deze dag in mijn eigen hart opkwam.

Ik ging vlak bij het ziekenhuis staan en vandaar kon ik de mensen de brede ingang van de kathedraal zien binnengaan. Om ongeveer tien minuten voor het hele uur zag ik Frank en zijn gezin. Aan de overkant van de straat liepen nu de mensen over wie hij had verteld. Zijn vrouw, Edith, is langer dan Frank en donkerharig onder haar nieuwe voorjaarshoed. Een goed uitziende vrouw die ooit misschien bijna mooi was, maar nu ziet dat Ierse schoon er een beetje afgetobd uit. Ze liep achter Frank, arm in arm met een van haar dochters, een gezet, blond meisje, van wie ik aannam dat het de non-in-opleiding was. Frank liep voor hen uit in zijn overjas en witte sjaal, zijn slappe vilthoed op zijn hoofd en zijn pijp in zijn mond; de man die me nog maar een week geleden in een hotelkamer had uitgekleed. Naast hem zijn jongste zoon, Patrick. Achteraan liepen zijn twee oudste kinderen: een stuurs kijkende jongeman, blond, net als zijn vader, en de donkerharige Theresa. Ik herkende de intensiteit van de moeder in het gezicht van haar oudste dochter en ik kon me voorstellen dat deze jonge vrouw met furieus typende vingers een blad papier met beschuldigende woorden vulde. Veroordelend, beschuldigend, fanatiek; het stond allemaal te lezen op het boze, aantrekkelijke gezicht.

Ik keek hoe ze door de kerkdeuren verdwenen, waarbij Frank opzij ging staan om ze voor te laten gaan, zijn pijp op de hak van zijn schoen uitklopte en zijn hoed afzette. Toen verloor ik ze uit het oog tussen de andere donkere jassen.

Woensdag, 13 april

Er is iets gebeurd tussen Frank en mij. Ik hoorde het vandaag aan zijn woorden en aan zijn stem. Na school ben ik naar

373

Linden gereden. Het was stimulerend om weer in de auto te zitten, buiten op de landwegen met de raampjes open en de geur van de donkere, natte velden die me tegemoetkwam. Ik was zo gelukkig toen ik daarheen reed en ik wilde zijn stem horen; ik wilde dat hij weer een zaterdag voor ons plande. Maar toen ik zijn kantoor belde vanuit de cel bij de openbare bibliotheek, klonk hij niet als zichzelf; ons gesprek leek gespannen en afstandelijk. Het had een uitwisseling tussen vreemden kunnen zijn. Ik vroeg hem wanneer we konden afspreken.

'Niet dit weekeinde', zei hij. 'Dat gaat echt niet.' Hij klonk zelfs een beetje uit zijn humeur door mijn suggestie. Alsof ik me ongevraagd in zijn leven mengde. Ik vroeg of ik op een ongelukkig moment belde en hij zei: 'Niet speciaal.'

Er volgde een vreselijke stilte terwijl ik daar in die cel stond te kijken naar de mensen die met hun boeken de bibliotheek in liepen.

'Wanneer kunnen we elkaar dan zien?' vroeg ik.

'Kun je op de drieëntwintigste naar de stad komen?'

'Niet naar dat afschuwelijke hotel, Frank', zei ik. 'Ik voel me daar zo ongemakkelijk.'

Weer die vreselijke stilte en toen zei hij: 'Misschien moeten we het daar eens over hebben. Ik kan niet iedere zaterdag de hele provincie rond sjouwen.'

De hele provincie rond sjouwen! Is dat hoe hij nu zijn tijd met mij ziet? Dat woord 'sjouwen'. Ik was verbijsterd toen ik het hoorde.

'Ik kan op de drieëntwintigste wel naar Toronto komen. Misschien kunnen we dan gewoon samen lunchen of samen thee drinken. Ik wil je zien, Frank.'

'Ja. Nou, ik zal je op de drieëntwintigste op Union Station ophalen. Dan kunnen we ergens een sandwich gaan eten.'

'Frank,' vroeg ik, 'wat is er?'

'Er is niets. Waarom?'

'Je klinkt zo anders', zei ik. 'Je klinkt geïrriteerd. Alsof ik me aan je opdring.'

'Nee. Je dringt je niet op. Het is alleen niet zo'n goede tijd

374

voor mij. Problemen thuis. Zoals altijd.'

Ik zei hem dat ik dat vervelend vond en we namen afscheid. Maar nu vraag ik me af of het de problemen thuis zijn waardoor hij zo klonk of dat het iets anders is. Misschien is voor mij de dag gekomen die vrouwen zoals ik te wachten staat; de dag dat de dingen tot stilstand komen omdat ze geen kant meer op kunnen. Ik voel me hier beroerd over. Dat dwaze, dwaze moment van overgave.

Vrijdag, 15 april

Ik heb zojuist van Mrs. Bryden gehoord dat Helen Jackson gevonden is. Blijkbaar zwierf ze door de straten van Buffalo, New York. Ze is ter observatie naar een gesticht in Whitby gebracht. Brief van Nora.

135 East 33rd Street
New York
7 april 1938

Lieve Clara,

Sorry dat ik je niet eerder heb teruggeschreven. Je raadt nooit wat ik het volgende weekeinde ga doen. Ik ga een tochtje maken met een vliegmachine!!! Het is een verjaardagscadeau van Les.

In maart was ik te ziek om me druk te maken om cadeaus, dus heeft Les het uitgesteld tot deze week, toen hij me verraste met een etentje in de Rainbow Room. Je van het met biefstuk en champagne en na afloop legde hij een envelop op tafel. Met erin twee tickets naar Chicago. Zaterdag over een week moet hij daarheen voor zaken en hij wil dat ik meega. Het klinkt zo opwindend en ik verheug me er echt op. Als ik daar ben, zal ik de Halperns eens bellen. Herinner je je de Halperns nog en hoe goed die voor mij zijn geweest? Het was Max die me een zetje heeft gegeven bij de radio hier in New York. Het zal leuk worden. Les heeft in het Palmer House Hotel geboekt en ik heb gehoord dat het er piekfijn is.

Deze zondag ga ik naar de paasoptocht kijken met een paar meiden van de serie. Ik heb mijn nieuwe paashoed al en jij? Van tevoren gaan we naar de dienst in de St.-Thomas op Fifth Avenue. We doen dit al een paar jaar op rij, dus is het een soort traditie aan het worden. Daarna kijken we naar de optocht en ontbijten samen met champagne en zo. Als je was gekomen, had je mee gekund. Ik vind het fijn om op paaszondag naar de kerk te gaan. Ik denk dat ik het nog fijner vind dan met Kerstmis. Weet je nog dat vader altijd nieuwe schoenen en jurken voor ons had toen we acht of negen waren? Als Pasen vroeg viel en er lag nog sneeuw, moesten we overschoenen aandoen en die trokken we dan in het kerkportaal uit, zodat we onze nieuwe schoenen aan iedereen op de zondagsschool konden laten zien. Maar als de stoep droog was, mochten we onze nieuwe schoenen buiten dragen en een poos lang voelden je voeten dan zo licht aan. Net alsof je op lucht liep. Denk je ooit over zulke dingen na, Clara? Jee, ik wel. Voordat ik 's avonds in slaap val, denk ik aan die tijd terug. Aan mijn jeugd in Whitfield met jou en vader. En ik ben pas drieëndertig! Waar zal ik over twintig jaar herinneringen aan ophalen? Ik klink als een oud wijf, zoals ik over 'die goeie, ouwe tijd' zit te bazelen.

Nou kan ik beter gaan. Ik moet mijn haar wassen en mijn nagels lakken. Er komen nu toeristen naar de studio en die staren ons aan terwijl we met de serie bezig zijn. Je kijkt van je scenario op en een hele muur van vreemden gaapt je van achter het glas aan. Morgen is het vrijdag en dan is het altijd een drukke dag met veel bezoekers aan de studio. Dus ga ik ze verblinden met mijn nieuwe, rode jurk die ik pas bij Bonwit heb gekocht. Het is een heel chic gevalletje en ik zie er lang niet slecht in uit, al zeg ik het zelf. Ik laat je nog weten hoe mijn vliegreisje is geweest. O, daar boven in de lucht. Hopelijk word ik niet misselijk. Hou je goed, zus.

Liefs, Nora

Een brief van zijn dochter. In zekere zin had ik zoiets verwacht; waarom weet ik niet, ik verwachtte het gewoon. Maar hoe kon ze het weten van ons? Hij heeft me verteld dat ze niet meer thuis woont. Volgt ze hem zaterdags? Volgt ze hem iedere dag? Ik weet niet wat ik hier mee aan moet, maar ik voel me erdoor bezoedeld en dat is misschien nog terecht ook.

Toronto, Ontario
14 april

Waarde Miss Callan,

Ik vind het teleurstellend om te ontdekken dat u mijn vader weer ontmoet. Ik dacht dat u afgelopen herfst wel tot bezinning was gekomen, maar blijkbaar niet. Ik had beslist beter van u verwacht. Per slot van rekening bent u niet een of ander winkelmeisje dat bij Eaton werkt, Miss Callan. U bent onderwijzeres en u zou beter moeten weten. Ik ben benieuwd of u beseft dat u hem met een andere vrouw deelt. Ze woont hier in de stad en hij ontmoet haar door de week. Hij neemt haar voor seks mee naar een goedkope hotelkamer. Waarschijnlijk geloof u me niet, hè? Nou, ik kan het bewijzen en dat zal ik ook doen. Ik ga deze vrouw schrijven om haar over u en mijn vader te vertellen. Ik neem aan dat u een dezer dagen van haar zult horen. Ik weet niet waarom vrouwen als u zich niet fatsoenlijk kunnen gedragen en een getrouwde man als mijn vader met rust kunnen laten.

Hoogachtend, Theresa Quinlan

Vrijdag, 22 april

Vanavond is Marion langs geweest en misschien was dat maar goed ook, want ik heb me de hele week zorgen gemaakt over Theresa Quinlans brief en mijn afspraak morgen met haar vader. Ik ben bang dat hij er een einde aan zal maken. Het klonk door in zijn stem toen ik hem vorige week belde. Hij had net zo goed kunnen zeggen: 'Och, ben jij het? Wat kan ik voor je doen?'

Ik had hem moeten schrijven. Ik ben altijd beter met woorden in een brief. Morgen zal ik met mijn mond vol tanden staan. Hij zal me zeggen dat het afgelopen is en ik zal stilletjes in tranen wegsmelten in de stationsrestauratie met zijn besmeurde tafels en vieze kopjes. Een serveerster zal haar geveeg over de toog onderbreken en me medelijdend aankijken. Hoofdschuddend om de stommiteiten en tegenslagen van haar medeschepselen leidde Marion me hier even van af met het dorpsnieuws. Gisteren is ze met haar moeder en Ida Atkins op bezoek geweest bij Helen Jackson in het gesticht in Whitby.

'Wat is het daar erg, Clara!' zei de naïeve Marion. 'De taal die sommige vrouwen uitslaan! Vreselijk.' Ze vertelde over een meisje dat Helen overal achterna loopt en 'stuitend smerige dingen' tegen haar zegt. Een openbaring voor Marion en haar moeder en voor Ida Atkins, neem ik aan.

Ik dacht aan Helen Jackson, een zachtaardige ziel in die wereld en zei: 'Het arme mens', en ik meende het. Ze kan niet krankzinnig zijn, maar enkel verward, overweldigd door alles, niet meer tegen het dagelijks leven opgewassen. Iedereen kan zo'n punt bereiken. Misschien heeft moeder zich ook zo gevoeld en misschien zal ik me op een middag ook zo voelen. Ik denk dat ik er heel dicht in de buurt ben geweest na mijn terugkeer uit Italië.

Heb Marion gezegd dat ik een keer op zondag met de auto naar Helen Jackson toe zal gaan.

'Ik denk dat ze dat heel fijn zou vinden, Clara', zei Marion. 'Ze vroeg naar je. Ze mag je echt graag. Ze zei dat je de eerlijkste van het hele dorp bent, maar ik weet niet goed wat ze daarmee bedoelde. Mij lijkt dat we hier toch allemaal behoorlijk eerlijk en fatsoenlijk zijn.'

Marion zat met haar ellebogen op de keukentafel en koelde haar thee, zoals ze altijd heeft gedaan, door met korte stoten over het kopje te blazen. Het is een simpele, ontwapenende gewoonte, die ik al van haar heb gezien toen we als kinderen in haar moeders keuken chocolademelk zaten te drinken. Marion stelt me nooit persoonlijke vragen. Vreemd eigenlijk. Ik weet zeker dat ze alle verhalen, alle roddels heeft gehoord over de man in Toronto en mijn zwakke zenuwen en eigenaardigheden. Toch heeft ze nooit ook maar de neiging gehad er serieus naar te informeren. De waarheid is dat we ons geen van beiden gemakkelijk voelen bij het soort intieme gesprekken waarvan andere vrouwen vast en zeker genieten: de geheimen van de slaapkamer, het lief en leed van de liefde. Is het beleefdheid, schroom, angst om onze diepste verlangens bloot te geven? Geen van tweeën beschikken we over een kaart voor zo'n reis naar het hart. Marion wil dat alles tussen ons blijft zoals het was toen ik haar enige vriendin was. En toch waren we geen vriendinnen wat betreft het delen van gevoelens. Dat hielden we verre van ons; dus bestond er tussen ons altijd een emotionele afstand.

Vanwege haar voet wilde niemand anders met Marion spelen. Ik zie haar nog voor me, altijd buiten de kring, kijkend naar de andere meisjes, wachtend tot ze hun spelletjes moe waren. Proberend me in te halen wanneer ik op weg was naar huis. In huis volgde ze me overal en liep me voor de voeten. Ik benijdde haar om de bos glanzend gewassen haar die als een donkere helm om haar mooi gevormde hoofd zat. Haar prachtige ogen. Soms zelfs om haar schoen. Ik stelde me voor hoe het zou zijn om dingen niet te hoeven doen omdat je invalide was. Ik schold haar uit omdat ze lastig was en beloofde vervolgens een andere dag met haar te spelen. Maar we deelden nooit geheimen. Iets in ons hield ze binnen. Dus zou ik nooit kunnen laten zien wat belangrijk voor me is. Ondanks de romantische verhalen en de hoorspelen zou Marion alleen maar in verlegenheid gebracht worden door een verslag van reëel geluk of hartzeer: ik zou haar nooit kunnen vertellen over de zomeravonden dat Frank en ik lagen te wachten tot er een briesje door de horren voor de ramen waaide om onze lichamen af te koelen. Ik zou nooit met haar kunnen praten over de eenzaamheid van afgelopen winter. We zouden ons alletwee opgelaten voelen. Marions enige concessie aan gevoel is de frons die over haar gezicht trekt als ze haar hoofd naar de met doek bedekte luidspreker van de radio buigt om te horen hoe een van haar heldinnen haar hart lucht.

Zaterdag, 23 april

Vanmorgen in de trein schoot me te binnen dat het Shakespeares verjaardag is. Nou, bedankt voor de poëzie, Will. Die zal ik in de komende maanden wel eens nodig kunnen hebben, iedere lettergreep ervan. Hij kwam niet opdagen. Hij was er gewoon niet, toen ik door de gang naar al die mensen toe liep die achter het touw stonden te wachten op vrienden en beminden. Door de luidspreker werd de aankomst van de trein uit Montreal aangekondigd en dus was de wachtruimte propvol. Ik speurde de gezichten af naar het zijne. Wat is het pijnlijk dat degene die je daar verwachtte er niet is om je te begroeten met een omhelzing, een kus, een woord of een handdruk! Binnen een paar minuten verval je tot verwarde boosheid en ben je gedwongen tegen de muur de anderen na te gaan staan kijken. Ik had een nieuwe hoed gekocht in de Lindense damesmodezaak, waarvan de verkoopster had gezegd dat die 'heel flatteus' was. Ik zag de zwierige absurditeit ervan weerspiegeld in de glasplaat voor een affiche voor treinreizen door de Rockies. 'Flatteus'. Hij zag er belachelijk uit en ik had zin om te roepen: 'Jokkebrok, je hoofd op een stok!'

Toen was iedereen weg en liep ik ook naar buiten. Je kunt niet de hele dag voor een spoorwegaffiche naar een lelijke hoed staan staren. Door de stationshal Front Street in, die winderig en koel was op deze voorjaarsochtend. Lopend met kwieke tred alsof mijn doel en bestemming aan het einde van mijn passen lag. In iedere etalageruit zag ik mezelf met die hoed op. Ik had zo'n zin om hem in de goot te smijten en hem onder de wielen van een auto geplet te zien worden! Tien jaar geleden zou ik misschien een kerk zijn binnengegaan om te bidden om hulp. Vandaag ben ik naar de film gegaan en heb ik Clark Gable in *Saratoga* gezien. Ik ging naar de Loew. Hoopte ik dat ik hem zou zien met een andere vrouw? Ik weet het niet. Ik weet niet wat ik dacht toen ik naar het gigantische, lachende gezicht van de acteur zat te kijken. Al die tanden, dat haar en die eeuwigdurende schone schijn. Alles wat ik weet is: het is voorbij en ik denk dat ik me een probleem op de hals heb gehaald.

Dinsdag, 26 april

Vandaag brieven van Nora en een zekere Florence Keefe. Een van zijn vrouwen. Wat moet ik hier nu van denken?

65 Edmund Avenue
Toronto, Ontario
Vrijdag, 22 april

Geachte Miss Callan,

Ik hoop dat u het een onbekende wilt vergeven dat ze zich in uw privé-leven mengt, maar ik heb uw naam doorgekregen van een jonge vrouw, Theresa Quinlan genaamd. Het geval wil dat ze de dochter is van een man met wie ik omgang heb. Ik weet niet precies hoe ik dit moet aanpakken zonder onaangenaam te klinken. Er lijkt me geen andere weg open te staan dan volstrekt eerlijk tegen u te zijn. Onder de gegeven omstandigheden ben ik ervan overtuigd dat u openhartigheid op prijs zult stellen. Ik heb gehoord dat u onderwijzeres bent en daarom heb ik het gevoel dat ik aan iemand schrijf die de situatie kan begrijpen en naar waarde kan schatten.

Ik zal beginnen met te vertellen dat ik sinds een paar maanden omgang heb met een getrouwde man die Frank Quinlan heet. Ik ben niet bijzonder trots op mijn gedrag, maar ik geloof dat ik oud genoeg ben om in te zien dat deze dingen nu eenmaal gebeuren. Ik ben tien jaar geleden vanuit Engeland naar Canada geëmigreerd en helaas zijn het grotendeels tien eenzame jaren geweest. Van beroep ben ik bibliothecaresse en bij de uitoefening van mijn taak ontmoet ik maar weinig 'begerenswaardige' mannen. Ik ben nu achtendertig en had me min of meer verzoend met een leven alleen. Toen ontmoette ik afgelopen september Frank Quinlan en dat heeft mijn leven veranderd.

Waarschijnlijk vraagt u zich nu af: wat heeft dat allemaal met mij te maken? Wel, Miss Callan, vorige week werd ik op de bibliotheek gebeld door een vrouw die zich voorstelde als Franks dochter. Ze zei me dat ik een ernstige vergissing beging door omgang met haar vader te hebben. Aanvankelijk geloofde ik haar natuurlijk niet, maar ze bleek heel veel over Frank en mij te weten. Ik kan u verzekeren dat het een verontrustende ervaring was om naar haar te luisteren. Vervolgens vertelde ze me dat ik er maar één ben uit een hele rij vrouwen met wie haar vader omgang heeft gehad. Ik betwijfelde dat, maar toen zei ze dat ze het kon bewijzen door me de naam en het adres te geven van iemand die haar vader 'deelde' met mij. Aanvankelijk klonk het zo boosaardig en bizar dat ik mezelf er niet toe kon brengen haar te geloven. Toen gaf ze me uw naam en adres en was ik gedwongen mezelf de vraag te stellen hoe ze dit kon weten als er niet ten minste een greintje waarheid in haar verhaal stak. Uiteraard heb ik Frank hierover vragen gesteld en hij ontkent het categorisch. Hij vertelde me dat Theresa in een fantasiewereld leeft; dat ze in feite een roman aan het schrijven is en vaak problemen heeft met het onderscheid tussen schijn en werkelijkheid. Ik heb begrepen dat ze last heeft gehad van haar zenuwen en ervoor behandeld is. Frank stelde het voor alsof zijn dochter het allemaal heeft verzonnen. Ik heb hem trouwens niet verteld dat Theresa me uw naam had gegeven, want hij was kwaad en ik wilde hem niet nog meer van streek maken.

Daarom, Miss Callan, vrees ik dat ik u moet vragen of u thans omgang met Frank hebt. Ik moet aannemen dat u ooit wel met hem bevriend bent geweest. Hoe kon Theresa anders van uw bestaan weten? Maar is het dan voorbij? Op het moment ben ik nogal in de war. Kan ik u overhalen te schrijven en me de waarheid te zeggen? Ik begrijp hoe vervelend deze brief voor u moet zijn en het spijt me, maar ik moet het gewoon weten.

Met vriendelijke groet, Florence Keefe

135 East 33rd Street
New York
19 april 1938

Lieve Clara,

Gisteravond teruggekomen van mijn 'verjaardagsweekeinde'
in Chicago. Wat hebben we genoten! Eerst was ik bang in het
vliegtuig, maar na een poos raak je eraan gewend om duizenden
meters boven de grond in de lucht te zitten. Afgezien van een
beetje pijn in je oren bij het opstijgen of landen is het net of je in
een bus zit, alleen ga je met een snelheid van meer dan driehonderd kilometer per uur. Moet je je voorstellen!!! We waren
in minder dan vier uur in Chicago. Met de trein zou het
natuurlijk de hele dag hebben gekost. We zijn bij een paar
mensen van het impresariaat langs geweest (Les had zaken met
hen te doen) en zij zeiden dat ze het vliegtuig nu altijd gebruiken om naar New York of Los Angeles te reizen. Het
bespaart zo veel tijd. En de meisjes aan boord zijn zo aardig.
Ze hebben van die vlotte uniformen aan en serveren koffie en
sandwiches. Met een linnen servet. Heel deftig.

Ik werd vorstelijk behandeld door die lui op het impresariaat. Iedereen luistert naar onze serie en is jaloers op onze
luisterdichtheid. De Halperns heb ik niet gezien, maar ik heb
ze gebeld en met Jack gesproken. Hij zei me dat hij heel trots
op me is. Ik wou dat we tijd hadden gehad om elkaar te zien,
maar ons rooster was krap. Vrienden van Les hadden kaartjes
voor de ijshockeywedstrijd op zaterdagavond tussen Chicago
en Toronto om het kampioenschap. Als goede Canadese
steunde ik natuurlijk de Maple Leafs, maar Chicago heeft toch
de beker gewonnen. Na afloop zijn we gaan dansen in een
nachtclub en we waren pas na drieën terug in het hotel. Moe?
Nou en of. Maar alles bij elkaar was het een fantastisch weekeinde.

Weer met beide benen op de grond nu en ik moet mijn slaap
inhalen (het is pas negen uur maar ik ga zo naar bed), dus het is
voor nu tot kijk. Vandaag was er trouwens een brief van Evelyn.
Heel komisch over Hollywood. Ze klinkt weer als vanouds, dus

zal ze uiteindelijk wel geacclimatiseerd zijn daar. Hou je goed en schrijf als je de kans krijgt.

Liefs, Nora

Zaterdag, 30 april

Vandaag heb ik dit geschreven, maar het niet gepost. Wat voor zin zou het hebben? Hij is niet meer geïnteresseerd in mij of in wat ik te zeggen heb.

Whitfield, Ontario
30 april 1938

Beste Frank,

Je zenuwzwakke dochter heeft me onlangs geschreven om me te berispen omdat ik je weer heb ontmoet. Ik vraag me af hoe ze op de hoogte kan zijn van al je 'afspraken'. Maar misschien wil ik het antwoord op die vraag eigenlijk niet weten. Het zou wel eens te smerig voor woorden kunnen zijn. Maar op één punt heeft ze gelijk. Het was een verschrikkelijke vergissing om je weer te zien en nu hoop ik alleen maar dat ik er niet de rest van mijn leven spijt van hoef te hebben. Je dochter had het ook over een andere vrouw (waar haal je er toch de tijd en energie voor vandaan, Frank?) en kennelijk heeft ze die Miss Keefe gebeld die me, op haar beurt, een smartelijk verslag heeft geschreven over haar verhouding met jou. Blijkbaar dateert die van afgelopen september; dat zou ongeveer in dezelfde tijd zijn geweest dat je mij in een of andere armzalige hotelkamer zei hoeveel je van me hield. Is het een wonder dat je vrouw drinkt en je kinderen je verachten? De parmantige, kleine, katholieke kolenhandelaar met zijn vilthoed, zijn pijp en zijn vrouwen.

Nou, het was om te beginnen stom van mij om me met jou in te laten en ik had een maand geleden zeker geen contact meer met je moeten opnemen. Je zult de dwaze fratsen van vrouwen zoals Florence Keefe en mij wel vermakelijk vinden. Maar wat

384

me nog meer dwarszit is dat ik dacht dat ik verliefd was op een man die een lafaard blijkt te zijn. Ja, je bent een lafaard, Frank. Als je me niet meer wilde zien, had je me afgelopen zaterdag op het station moeten opwachten en het me moeten zeggen. In plaats daarvan ben ik naar Toronto gegaan en heb je de moeite niet genomen om te komen. Dat was zo laf en verkeerd. Of jouw katholieke God je hiervoor zal vergeven, weet ik niet, maar ik weet wel dat ik het nooit zal doen.

Clara

Zondag, 1 mei

Heb Florence Keefe geschreven dat ze hem mocht hebben.

Maandag, 2 mei

Heb afgelopen nacht lang wakker gelegen en de hatelijke toon van mijn brief aan die vrouw betreurd. Ik had niet hoeven zeggen dat ik een maand geleden met hem in die hotelkamer was. En de zinsnede 'vrouwen zoals u en ik'. Onnodig kwetsend omdat dit alles Florence Keefe nauwelijks te verwijten valt. Maar gedane zaken nemen geen keer.

Dinsdag, 3 mei (12.10 uur)

Om halfelf vanochtend stond ik op het stoepje voor de meisjes-ingang om de kinderen na het speelkwartier binnen te roepen. Toen ik de bel luidde en keek hoe ze wegrenden van hun springspelletjes en softbal, kwam het bij me op dat ik weer zwanger moet zijn. Het is te kort om er al zeker van te zijn, maar ik denk dat ik het ben, en op dat moment van die voorjaars-morgen had ik het gevoel dat ik voor een verandering sta. Ja, op dat gewone, alledaagse moment ('Dank je, Wilfrid. Leg de bal en het slaghout in de garderobe, alsjeblieft!'), dacht ik aan de verandering in het duister van ons lichaam, wanneer de kanker zich uitzaait of er een mensenleven begint. Dacht aan een gedicht dat 'Grote veranderingen doen zich ongezien voor' zou heten. Maar zal ik het ooit schrijven?

(20.00 uur)
Hoorde op de radio dat Hitler op bezoek is bij Mussolini in Rome. Twee jaar geleden droomde ik van mijn bezoek aan die geweldige stad. Nu zie ik al die mannen in uniform voor me, de mensenmassa's die zich aan weerskanten van de straten hebben opgesteld om ze langs te zien komen, de Duitse en Italiaanse vlaggen en wimpels die uit de ramen hangen. Het is allemaal zo moedeloos makend. Ik zou Nora moeten schrijven over mijn zwangerschap, maar kan me er nog niet toe zetten om het haar te vertellen. Ik weet dat ze een beroerte krijgt als ze het hoort. Ben in plaats daarvan gaan zitten om Evelyn te schrijven.

Whitfield, Ontario
3 mei 1938
Beste Evelyn,
Als je deze brief hebt gelezen, mag je je met recht afvragen wat voor een vrouw ik ben. Aan de andere kant schrijf ik misschien juist aan jou omdat je niet het type bent om een oordeel te vellen over de zondigen en zorgelozen van deze wereld. Ik heb Nora nog niet geschreven, maar ik weet zeker dat ze een rolberoerte krijgt als ze het hoort, vooral na wat er drie jaar geleden is gebeurd.

Ja, ik ben weer zwanger, of althans, ik ben er vrijwel zeker van. Het is een ingewikkeld verhaal en het heeft niets te maken met die gebeurtenis drie jaar geleden. Dat is ook een ingewikkeld verhaal en misschien dat ik nog eens de moed kan opbrengen je ook daarover te vertellen. Maar op het moment verkeer ik 'in gezegende omstandigheden' en natuurlijk weet ik niet zeker wat ik ermee aan moet. Er zijn maar een paar dingen die je eraan kunt doen en op het moment lijkt geen ervan bijzonder bevredigend.

Heb je nog suggesties? Ik moest denken aan hoe jij me drie jaar geleden in New York te hulp bent gekomen. Ik weet niet eens zeker of ik dat nog eens wil meemaken, maar behoort het nog tot de mogelijkheden? Neem me alsjeblieft niet kwalijk dat ik je hiermee lastigval; het is tamelijk absurd om je te schrijven, maar ik kan het nog niet aan Nora vertellen. Misschien is dat schandalig, ik weet het niet. In het gezin was ik altijd degene die klaarstond om te vitten en te beschuldigen en nou heb ik me weer in zo'n toestand gemanoeuvreerd. Goed, ik doe mijn best om me niet over te geven aan zelfmedelijden, want het is allemaal mijn eigen schuld omdat ik zo onvoorzichtig en dom ben geweest. Ik hoop dat het jou in die mythische regionen wel meezit.

Met vriendelijke groet, Clara

Maandag, 9 mei

Zesendertig dagen nu en nog geen teken van 'het hulpje van de meid'. En mijn borsten beginnen te tintelen! Ik ben inderdaad zwanger. Zo stellig als bladeren groen zijn en het leven onzeker is! Wat nu?

Een brief van Florence Keefe, de arme, misleide ziel. Haar opvattingen over liefde in het algemeen en Frank Quinlan in het bijzonder schreeuwen om een pittige correctie, maar laat zitten, laat zitten.

Toronto, Ontario
4 mei 1938

Geachte Miss Callan,

Dank u dat u de moeite hebt genomen terug te schrijven. Uw bitterheid is zonneklaar en misschien begrijpelijk. Ik beweer niet dat ik alle antwoorden heb, maar ik weet wel dat Frank een heel moeilijke tijd achter de rug heeft en wat hij volgens mij nodig heeft is een vergevingsgezind hart. Hij heeft iemand nodig die bereid is hem te accepteren zoals hij is. Frank woont in een huis vol mensen die zich tegen hem gekeerd hebben, dankzij die haatdragende, alcoholistische vrouw van hem. Dan is het toch geen wonder dat de arme man elders genegenheid zoekt? De andere vrouwen in zijn leven interesseren me niet. Ik vind dat je, wanneer je van een man houdt, bereid moet zijn alles van hem te accepteren, met inbegrip van zijn zwakheden. Daar gaat het om in de liefde, Miss Callan.

Hoogachtend, F. Keefe

4880 Barton Street
Hollywood, Californië
10/4/38

Beste Clara,

Dit is uit de derde hand (zoals mijn vader het zo curieus placht te verwoorden) en ik kan alleen maar zeggen dat ik nog steeds lichtelijk verbijsterd ben. Dat is me het leventje wel dat je daar in dat Canadese dorp leidt. Eigenlijk zijn de personages van 'Chestnut Street' met al hun uiteenlopende verwikkelingen een tikje saai vergeleken bij jou. Begrijp me alsjeblieft niet verkeerd. Alle luchtigheid op een stokje, ik ben zeer bezorgd en blij dat je contact met me hebt opgenomen. De vraag is dus nu: wat moet er gebeuren? Het eerste wat je te doen staat, en pronto (een woord dat je tegenwoordig heel vaak hoort hier) is het aan Nora vertellen. Waar dient een zus anders voor dan om er te zijn wanneer je haar nodig hebt? Dus pak de hoorn op en bel haar, Clara. Wanneer ze dit hoort, zal ze een halfuur lang haar flat rondrennen, daarna zal ze gaan zitten om te bedenken hoe ze je kan helpen. Zo is het drie jaar geleden gegaan toen ik naar haar toe ging nadat ze me gebeld had over 'jouw toestand', zoals ze het zedig verwoordde. Goed, dat was toen en, al naar gelang je opvatting over dit soort zaken, hadden we geluk dat we ons konden verzekeren van de diensten van Doc Holliday. Zoals ik je toen vertelde, werd hij ten zeerste aanbevolen door mensen die van tijd tot tijd tegen dit probleem aanlopen. Maar ik moet je zeggen dat je je hoop niet op de Doc moet vestigen, want het laatste wat ik heb gehoord is dat hij in de bak zit.

Ik zou wel een paar vrienden kunnen bellen om uit te zoeken of er iemand anders beschikbaar is, maar zoals je je kunt indenken neem je een verschrikkelijk risico met sommige van die lui. Je moet er absoluut van op aan kunnen dat ze weten wat ze doen. Ik kan het proberen als je wilt, maar het zit me niet helemaal lekker, omdat ik zo ver uit de buurt ben. En weet je trouwens zeker dat je die weg wilt volgen? Bestaat er een mogelijkheid om het kind te houden? Zouden de brave burgers van Whitfield, Ontario, een onderwijzeres met een buitenechtelijk kind gedogen?

Je zou ook kunnen overwegen om weg te gaan. Zou je verlof kunnen regelen en naar Toronto gaan om het kind te krijgen? En het dan laten adopteren? Ik heb gehoord dat het Leger des Heils uitstekend is in dit soort dingen. Tijdens de laatste weken zorgen ze voor je en dan zoeken ze een goed gezin voor het kind. Dit is een meisje dat ik ken een paar jaar geleden overkomen. Ze had zich aan hen overgeleverd en dat heeft heel goed uitgepakt. Ik weet niet wat ik anders kan voorstellen, Clara. Als het een kwestie van geld is, wil ik je met alle plezier helpen. Maar vertel het aan Nora. Ze zal het willen weten en je bent het aan jezelf verschuldigd om het haar te vertellen. Hou alsjeblieft contact. Ik zal aan je denken.

Liefs, Evelyn

P.S. Als je echt weer een abortus wilt, zal ik vrienden in New York bellen en kijken wat ik kan doen, maar veel hoop heb ik niet.

Dinsdag, 17 mei

Vanochtend was ik misselijk. Overvloedig overgegeven, zoals een oude schrijver het stelde. Pepys? Boswell? De Quincey? Coleridge? Ben als in een droom door de uren van deze dag gelopen. Milton luistert in zijn kamer naar de radio. Italië en

Frankrijk op de rand van oorlog en hij denkt dat Engeland erin meegesleurd zal worden en wij met hen. Hij volgt iedere ontwikkeling op de voet en is kennelijk heel opgewonden over de kans op oorlog.

(23.30 uur)

Al met al heb ik maar drie keuzes.

1. Binnen een paar dagen met Milton afspreken en om een jaar verlof vragen. Zwakke zenuwen en zo. Hij zal van de wijs raken door mijn voorstel, maar misschien wel naar het bestuur gaan en voor me pleiten. Met deze manoeuvre hou ik waarschijnlijk niemand voor de gek. Dan naar Toronto of Hamilton of Timboektoe om met het Leger des Heils te praten. Woonruimte zoeken en tijdelijk werk. Wat voor werk? Het kind krijgen en het afstaan voor adoptie. Terug naar het gemeesmuil en geroddel en mijn leven weer oppakken. Zou het bestuur me weer aannemen? Dat zouden ze toch moeten als er geen bewijs was van morele verdorvenheid? En het huis? Het zou een jaar leeg moeten staan, de gedachte dat er iemand anders in zou wonen is onverdraaglijk, hoewel het geld wel van pas zou komen.

2. Me aan Nora's genade overleveren en kijken of ze iets in New York kan regelen. Zorgen dat het zo snel mogelijk achter de rug is.

3. Mijn toestand aan dit kleine wereldje openbaren. Het zal niet uitmaken tegen wie ik het zeg, want het zal binnen de kortste keren wijd en zijd bekend zijn. Een lucifer bij het hooi enzovoort. Ik zal bijna zeker mijn baan kwijtraken en hoe moet ik mezelf dan onderhouden? Met vaders obligaties, waarschijnlijk is er voldoende voor een jaar of twee, als ik heel zuinig ben. Zou kunnen verhuizen, neem ik aan, maar waarheen? Verafschuw de gedachte om mijn huis op te geven, het huis waarvan ik hou, mijn toevlucht… Veel van de mensen hier zullen kwaad over me spreken. Er zullen wellicht een paar sympathisanten zijn: Joe Morrow, de

Brydens, Marion (als ze eenmaal over haar verbazing heen is), die arme Helen Jackson, Milton (?).

Beste Nora,
Bind jezelf alsjeblieft vast op een stoel en probeer niet te gillen als je dit leest. Kort en klaar, ik ben weer zwanger. Verdomme en nogmaals verdomme. Het was niet mijn bedoeling, maar het is toch gebeurd. Ik ben dom en slordig geweest en nu moet ik de gevolgen onder ogen zien. Moeten we dat niet altijd? Ik weet niet zeker wat ik zal doen. Ik had je eerder moeten schrijven, maar ik schaam me zo voor mijn stommiteit, dat ik de tijd enkel tobbend heb doorgebracht. Sorry dat ik met zulk nieuws kom. Zoals het gezegde luidt: ik weet me geen raad.

Clara

Zaterdag, 21 mei
Werd vóór vijf uur wakker en tegen zessen liep ik langs de spoorbaan. Een frisse ochtend met zonlicht laag over de velden. In een greppel schommelde een koperwiek op een van vorig jaar overgebleven kattenstaart. Vandaag was het drie jaar geleden en dus ging ik op de plek staan waar het is gebeurd. Of waar ik denk dat het is gebeurd. Het kan ook een paar meter naar links of naar rechts zijn geweest. Hoe kun je er in een weiland absoluut zeker van zijn? Waar ben je nu, Charlie? Dender je nog steeds door het leven met je brede apengrijns, je harde, bevuilde handen en je grappen? Richt je nog steeds verwoestingen aan in het leven van anderen? Een man die handelt in verdriet. Charlie, de leedzaaier!

Toen ik weer thuis was, overwoog ik naar Linden te rijden en Nora te bellen. Vandaag zou ze vast thuis zijn en mijn brief heeft ze nog niet. Maar ik kon de moed niet opbrengen. 'Jee, wat een lafaard ben ik/ Die noemt me een dwaas', enzovoort enzovoort.

Marion en ik zijn naar het gesticht geweest om Helen Jackson te bezoeken. Het menselijke wrakgoed om ons heen maakte Marion van streek; vooral de kikkervrouw vervulde haar met fascinatie en weerzin. 'Gossie, moet je haar zien', en zo. Helen Jackson zat op een bank onder een boom een roman van Taylor Caldwell te lezen. Ze maakte een verwarde indruk. Opmerkingen kwamen uit het niets op en leken nergens mee samen te hangen. Ze zei dat haar man vandaag anders wel zou zijn gekomen, maar dat hij de zaterdag vrij moest houden om zijn preek voor te bereiden. De bleke, afwezige schoonheid van haar gezicht. De kleine handen om het boek in haar schoot geslagen. Er verscheen een jonge vrouw die met haar armen voor haar borst gevouwen tegen een boom naar ons ging staan kijken. Heel kort bruin haar en ontstellend boze ogen, een woest uitziend schepsel op stevige boerenmeidenbenen. 'Dat is Freda', fluisterde Helen. 'Niet naar haar kijken.' Maar na een poosje kwam het meisje dichterbij en bleef op een meter afstand staan. Marion wist niet wat ze met haar aan moest en richtte in plaats ervan haar blik op een oude vrouw die steeds maar weer de hoofdtelwoorden opzei. Toen zei de jonge vrouw iets heel raars; ik had zoiets nog nooit gehoord. En ze zei het tegen mij. Ze zei: 'Ik wil aan je... zuigen, voor altijd en eeuwig. Amen.'

Helen keek op. 'Toe, Freda, wil je dat alsjeblieft niet zeggen. Dit zijn vriendinnen van me en ze zijn op bezoek. Dat soort dingen willen ze niet horen.'

Maar het meisje zei het nog eens, terwijl ze mij aankeek waarna ze zich abrupt omdraaide en wegliep. Het was zeer beangstigend en ik vroeg me af hoe iemand in zo'n oord ooit zijn verstand terug hoopte te krijgen. Onderweg naar huis liet ik Marion maar praten. Ik luisterde amper, want mijn oren tuitten nog steeds van de venijnige tong van dat meisje.

Eindelijk goed nieuws op de radio. Frankrijk en Italië zijn tot een soort overeenkomst gekomen en dus ziet het er nu naar uit dat er in Europa geen oorlog komt. Morgen heb ik godzijdank vrij.

Zaterdag, 28 mei (10.00 uur)

Een kwellende, slapeloze nacht, maar om vier uur vanochtend heb ik besloten dat ik het kind hou. De dag was nog niet aangebroken, maar ik kon de roodborstjes al horen. Dus ik zet dit door. Ik zal de New Yorkse ervaring niet nog eens doormaken. Ben eindelijk in slaap gevallen en pas een uur geleden wakker geworden.

(15.00 uur)

Een expresbrief van Nora, die blijkbaar razend is op mij omdat ik zwanger ben en geen telefoon heb. Zal haar morgen schrijven. Alle urgentie is nu verdwenen uit wat ik moet doen. De tijd zal zorg dragen voor de gebeurtenissen. Voel me veel kalmer, maar goeie Heer, wat staat me te wachten!

135 East 33rd Street
New York
25 mei 1938

Lieve Clara,

Je beseft nu toch onderhand wel hoe absoluut krankzinnig het is om geen telefoon te hebben. We hadden dit nu kunnen aanpakken in plaats van met brieven aan te rommelen. Ik heb overwogen om vanavond de Brydens te bellen, maar ik neem aan dat je hier niet over wilt praten waar zij bij zijn. Nou, in ieder geval heb je nu een auto, dus ik wil dat je het volgende doet. Ik wil dat je naar Linden rijdt en mij *belt*. Na zeven uur!!! Ik zit hier iedere avond het scenario voor de uitzending van de volgende dag door te lezen, bel me dus in 's hemelsnaam zo gauw je dit hebt gekregen. Dan kunnen we dit misschien op een verstandige manier afhandelen. Je weet hoe belangrijk tijd is in situaties als deze. Hoe ver ben je trouwens? Is het dezelfde vent als drie jaar geleden? Zo ja, dan zou de klootzak opgesloten en gecastreerd moeten worden. Als ik het over de man heb van wie je houdt, Clara, dan spijt me dat, maar ik ben echt overstuur. Ik kreeg je brief na een rotdag. We hebben een nieuw meisje in de serie en het is echt een klein kreng. En Les en ik zitten midden in iets wat in het weekeinde begonnen is. Christus, ik wou dat ik getrouwd was en me alleen maar zorgen hoefde te maken over een stuk of drie kinderen. En dan krijg ik een brief van mijn zus waarin ze me laat weten dat ze voor de tweede keer in drie jaar tijd zwanger is. Werkelijk, Clara, weet je dan helemaal niets over irrigatie? Kan die man van je dromen zich geen gummiwaren veroorloven? Die mogen dan niet volmaakt zijn, maar het is in ieder geval iets. Hoe kon je nou zo onvoorzichtig zijn na wat we drie jaar geleden hebben meegemaakt? Om eerlijk te zijn weet ik op het moment niet wat ik moet doen. Ik heb Evelyn gebeld, maar ze was nog in de studio en ze staan daar geen privé-telefoontjes toe. Misschien kan ze ons in contact brengen met die 'dokter' die we toen ook hebben gehad. Ik heb tijd nodig om hierover na te denken, Clara. Bel me zodra je deze brief hebt gekregen. Na zeven uur! Ik wacht op je.

Liefs, Nora

P.S. We vinden wel een oplossing, ik beloof het.

Whitfield, Ontario
Zondag, 29 mei 1938

Beste Nora,

Gisteren je brief ontvangen en ik betreur het dat ik je rampspoed nog groter maakte met mijn nieuws. Je hebt gelijk dat je me berispt om mijn onvoorzichtigheid, maar nu is het anders dan de eerste keer. Drie jaar geleden – ik hoop dat je hier klaar voor bent – ben ik verkracht. Je bent de enige die dit weet.

Toen ik dat voorjaar op een zaterdagmiddag langs de spoorbaan liep, kwam ik twee mannen tegen (één was zwakbegaafd). Deze mannen hadden een dag eerder wat klussen in de tuin voor me gedaan, maar het was puur toeval dat ze me daar aantroffen. Ik denk dat ze met een goederentrein wilden meerijden. In ieder geval hebben ze me verkracht (eentje, want de andere slaagde er niet in, de hemel zij dank). Dus dat was dat. Je zult nu wel begrijpen dat er geen denken aan was om het kind van zo'n confrontatie te houden.

Deze zwangerschap is heel anders. Die is het resultaat van 'een moment van onvoorzichtigheid', dat is waar, maar de man en ik zijn bijna een heel jaar met elkaar omgegaan. Het is dezelfde man over wie ik je vorige herfst heb geschreven. Een aantal maanden heb ik hem niet gezien en toen... nou ja, dat ik hem toch nog eens heb gezien ligt voor de hand, niet? En met onmiskenbare gevolgen. Dus die moet ik nu onder ogen zien en dat zal ik ook doen. De afgelopen maand heb ik aan weinig anders gedacht en ik heb je geschreven in een moment van paniek toen ik ten einde raad was. Daar ben ik nu overheen en ik voel me heel rustig. Ik heb besloten dit kind te houden, Nora.

Ja, ja, ik hoor je. In veel opzichten is het dwaas en halsstarrig. Het is bijna zeker dat ik mijn baan kwijtraak en wat voor reputatie ik nog mocht hebben ('Nou ja zeg, ik weet dat ze altijd al een tikje eigenaardig was, maar dit is echt schandalig', enzovoort). Ik heb overwogen om te verhuizen, maar waar naartoe? Ik heb er trouwens het hart niet voor. Hier woon ik en hier zal ik mijn kind moeten opvoeden. Het zal moeilijk zijn en het kind zal in de komende jaren heel wat akelig geklets te slikken krijgen. Maar dan nog vind ik dit de beste oplossing. Ik heb me voorgenomen om het door te zetten, Nora, dus je hoeft er geen woorden meer aan vuil te maken, zoals vader vroeger zei. En voor het geval je het wilt weten: ik heb geen zin om de man in kwestie hierbij te betrekken. Hij zal het nooit te weten komen. Dat is het dan. Ik heb mijn zegje gedaan. Probeer alsjeblieft niet al te teleurgesteld in mij te zijn.

Clara

Wat binnenkort moet gebeuren:

1. Naar een dokter in Linden gaan. Ik geloof dat er vier zijn. Welke zal het minst veroordelend zijn? Misschien aan Mrs. Bryden vragen? Haar de waarheid vertellen?
2. Deze week met Milton praten. Moeilijk te zeggen hoe hij dit 'opmerkelijke' nieuws zal opnemen. Hij zal het aan het bestuur moeten doorgeven en die zullen gepast verontwaardigd zijn dat een van hun onderwijzeressen enzovoort enzovoort.
3. Met Bert Moore praten over vaders obligaties. Hoeveel zijn ze waard als ze worden afgelost enzovoort.
4. Een budget uitwerken voor de komende twaalf maanden. Hoeveel heb ik nodig om het mee te redden? Moet zuinig leven, maar wel gerieflijk.

Biechten is zo'n opluchting. De detectives op de radio hebben gelijk wanneer ze de schurken in fel lamplicht 'afknijpen'. 'Vooruit, Spike, je voelt je veel beter als je hebt gezongen.' En zo heb ik vanmiddag 'gezongen' en in zekere zin voel ik me beter. Bibberig, omdat ik nu mijn toestand bekendgemaakt heb, maar desondanks voel ik me beter.

Milton zat in hemdsmouwen en bretels op zijn kamer. Onder zijn oksels grote zweetplekken. Ik kon de warmte van de dag aan hem ruiken. Hij trekt altijd pas zijn colbert uit als de kinderen weg zijn. Milton op zijn vijftigste achter zijn bureau en ik weet nog dat hij als zenuwachtige jongeman met vader in de voorkamer praatte. De zomer van 1913. Ik was tien en was naar binnen gegaan toen Nora zei dat we bezoek hadden. Ik herinner me dat ik in de gang stond te luisteren naar de murmelende stemmen in de voorkamer. Ik hoopte dat de nieuwe onderwijzer lang en knap zou zijn, maar zelfs toen was Milton al gezet, buitengewoon lelijk en getrouwd met zijn Agnes. Door de jaren heen hebben we nooit veel tegen elkaar gezegd dat niet met school te maken had. We hadden het altijd over deze leerling en die leerling en in feite kennen we elkaar helemaal niet zo goed. In zekere zin ben ik nog steeds Ed Callans dochter voor hem.

Milton zat de *Herald* van gisteren te lezen en keek op toen ik in de deuropening verscheen. Hij was te beleefd om te vragen wat ik wilde en dus begon ik.

'Milton,' zei ik, 'ik heb nieuws voor je waar je misschien van zult schrikken.'

Hij zette zijn bril af en poetste hem met zijn zakdoek. Dat heb ik hem talloze keren zien doen terwijl hij zijn gedachten op een rijtje zet. 'Nou wil je me toch niet vertellen, Clara, dat je na al die jaren weggaat, hè? Je laat me toch niet in de steek om te gaan trouwen, hè? Ik heb gehoord dat er tegenwoordig een man in je leven is. In Toronto, is 't niet?' Hij zette zijn bril weer op.

'Zo zit het niet helemaal, Milton', zei ik.

'O nee? Ik wil je niet graag kwijt, Clara. We kunnen het samen toch goed vinden, niet? Al die jaren samen. Ik heb een hoge dunk van je als onderwijzeres. Ik hoop dat je dat beseft.'

'Ik ben zwanger, Milton', zei ik. 'Ik krijg een kind, waarschijnlijk in januari.'

Milton keek omlaag naar de *Herald* en zijn nek werd rood. 'Zo, zo, zo. Dat is me wat, niet?'

'Ik besef hoe vervelend dit is voor jou en het spijt me, maar vroeg of laat moest je het toch weten.'

'Allicht moet ik het weten, allicht. Zeker ja.' De arme man kon me niet aankijken en hield zijn ogen op de krant gericht. 'Lieve deugd, zwanger! En ga je dan trouwen, Clara?' Hij keek me aan.

'Nee', antwoordde ik. 'Daar is geen sprake van. De vader van het kind is al getrouwd.'

Arme Milton. Hij rukte zijn bril weer af. 'Zo, zo. Dat is me toch wat, niet?'

'Ja, dat is het en het moet onder ogen worden gezien.'

'Ja, allicht moet dat. Je hebt helemaal gelijk. Goeie genade, Clara, zwanger!'

Hij stond op het punt nog iets te zeggen, maar stokte. Toen, na een moment zei hij: 'Het zal zwaar worden voor je. In het dorp, bedoel ik.'

'Ja, dat zal wel, maar ik denk dat ik het wel aankan.'

'Allicht kun je dat. Dat weet ik toch.'

'Ik neem aan dat er niet veel kans is dat ik kan aanblijven als het eenmaal bekend is.'

Milton keek zo mistroostig dat ik wilde zeggen dat hij er zich maar niet druk om moest maken. Toen zei hij: 'Nou, als het aan mij lag, kon je daar zeker op rekenen, Clara. Maar het bestuur? Daar voorzie ik een probleem.'

'Ik ook', zei ik. 'Eigenlijk reken ik er ook niet op. Ik wilde het je alleen laten weten. Je bent de eerste in het dorp die het weet.'

Milton leek aangedaan en glimlachte zwakjes naar me. 'Nou, dank je wel, Clara, dat je het hebt verteld. Ik zou niet anders dan eerlijkheid van jou verwacht hebben. Ik zal voor je pleiten. Ik zal mijn best doen voor je.'

Er viel niets meer te zeggen en na een pijnlijk moment van stilte schudden we elkaar de hand. Waarom weet ik nog steeds niet.

Zaterdag, 4 juni (9.30 uur)

Zojuist heb ik het aan Mrs. Bryden verteld. Ik riep haar binnen uit de tuin waar ze haar slabed aan het wieden was. We gingen aan de keukentafel zitten en ze huilde een beetje. 'Och, Clara toch!' Ik vroeg haar naar een dokter. Ze gaan naar een man in Linden die Murdoch heet, maar ze denkt dat iemand die jonger en minder conventioneel is wellicht beter voor mij zou zijn. Er is een dokter Miller, die pas een praktijk met Murdoch is begonnen en ze zal voor volgende week een afspraak voor me maken.

Woensdag, 8 juni

Vanmiddag naar Linden naar de dokter. Ik had een afspraak met Miller, maar net toen ik aankwam, snelde hij de deur uit met zijn regenjas en zwarte tas. Miller is jonger dan ik en knap genoeg om bij de film te zijn. Hij zal menig vrouwenhart sneller doen kloppen. Maar hij liep vlug verder en door het raam zag ik hem in zijn auto stappen. De assistente vertelde me dat hij naar een boerderij ten oosten van de stad ging voor een bevalling die eigenlijk pas volgende week werd verwacht. Vreemd genoeg was ik de enige patiënt op deze donkere, onweerachtige middag. Toen zei de assistente: 'Als u wilt, kan ik vragen of u bij dokter Murdoch terecht kunt. U bent helemaal uit Whitfield gekomen.'

Op dat moment kwam Murdoch zijn spreekkamer uit, een lange, magere, streng uitziende Schot. Rond de zestig. Weerbarstige wenkbrauwen. Een oude man, die gewend is zijn zin te krijgen en geen geduld heeft met de dwaasheid van de wereld. Het stond op zijn gezicht te lezen. Jaren geleden is vader eens bij hem geweest, maar zijn manier van doen stond hem niet aan. Hij en de assistente praatten over een patiënt die om vijf uur zou komen en toen begon ze te fluisteren en ik wist dat het over mij ging, want Murdoch keek steeds mijn kant op. Ten slotte zei hij: 'U kunt vandaag wel bij mij terecht. Miller zal daar waarschijnlijk wel een poos blijven. U bent uit Whitfield gekomen?'

'Ja', zei ik.

'Komt u maar dan.'

Dus kreeg ik Murdoch in plaats van Miller, wat prima is; ik geloof niet dat hij zo lastig is als hij mensen wil laten geloven. Hij vroeg me hoe oud ik was en toen ik het hem vertelde, werden de weerbarstige wenkbrauwen opgetrokken en vroeg hij: 'En dit is uw eerste, Mrs. Callan?'

'Ja', zei ik en meteen hoorden we een keiharde donderslag en verzwakte het licht. Een hemelse waarschuwing tegen leugenachtigheid? Ik moest Murdoch corrigeren.

'Het is Miss Callan', zei ik.

Het lange, strenge gezicht keek me aan, niet onvriendelijk, dacht ik. 'O.'

We hoorden het stortregenen. Windvlagen dreven de regen

tegen de ramen aan. Het had ook in New York geregend, op de avond drie jaar geleden toen die andere 'dokter' over me heen gebogen stond om het leven uit me weg te schrapen. Nu voelde ik Murdochs grote vinger in me. 'Soms', zei hij, 'kan het een probleem opleveren als je de eerste op uw leeftijd krijgt, maar u lijkt me gezond genoeg, dus ik zou me maar geen zorgen maken.'

Toen hij klaar was, zei hij: 'Ik zal aan Miller doorgeven dat ik u onderzocht heb, dan maakt de assistente een afspraak met u voor volgende maand.'

'Als u er geen bezwaar tegen hebt,' zei ik, 'wil ik graag bij u terugkomen.'

Hij waste net zijn handen in de wasbak. 'Zoals u wilt. Volgende maand rond deze tijd. Probeer in deze warmte niet te veel te doen. U bent dus niet getrouwd? Werkt u?'

'Ik sta voor de klas.'

Hij kwam weer naar me toe terwijl hij zijn handen droogde. 'Nou, dat is binnenkort afgelopen voor de zomer, niet? Doe het maar kalmpjes aan. We slepen u er wel doorheen.'

135 East 33rd Street
New York
4 juni 1938

Lieve Clara,

Het spijt me heel erg van mijn laatste brief, die vreselijk krenkend en gemeen op je overgekomen moet zijn. Ik voel me er echt rot over. Waarom heb je me in 's hemelsnaam niet over die mannen verteld drie jaar geleden? Misschien dat ze waren gearresteerd als je het tegen iemand had verteld, hoewel je naam dan wel door het slijk zou zijn gehaald en zo. Maar dan nog lijkt het zo verkeerd dat zij er na zoiets zonder straf vanaf zijn gekomen. O, Clara, dat is toch verschrikkelijk om in je eentje te doorstaan!!!

Zoals je in je brief schrijft is dit heel anders. Ik zou je anders hebben gevraagd om bij mij te komen logeren, maar het wordt hier in de zomer zo heet en je zou je waarschijnlijk ongemakkelijk voelen. Hoe voel je je trouwens? Is het niet gek dat ik altijd een kind heb willen hebben en nu sta jij op het punt moeder te worden. Het zal mijn lotsbestemming zijn om tante te zijn. Kan ik op dit moment iets voor je doen? Heb je iets nodig? Ik zal proberen deze zomer naar je toe te komen, waarschijnlijk aan het einde van augustus. Nogmaals sorry voor mijn laatste brief. Als ik er maar een idee van had gehad. Ik kan me niet voorstellen hoe je dat allemaal in je eentje hebt doorstaan.

Liefs, Nora

Zondag, 12 juni

De toestand van Miss Callan is nu bij Jan en alleman bekend. Wie is er loslippig geweest? Mrs. Bryden? Milton? Wie zal het zeggen en wat maakt het uit? Vroeg of laat moest het toch gebeuren. In zekere zin is het een opluchting; de mensen kunnen nu naar hartelust staren en kletsen. Mettertijd zullen ze zich op andere dingen richten. Marion kwam na de kerk boordevol vragen langs, hoewel ze eerst te behoedzaam en verlegen was om ze rechtstreeks te stellen. Ze zat in haar zondagse jurk met witte handschoenen aan en het grote gezangboek op schoot in de schommelstoel op de veranda. Ik plaagde haar een beetje.

'Zo meteen ontplof je nog, Marion. Heb je iets gehoord? Wat werd er vanochtend op het stoepje voor de kerk gezegd?'

'O, Clara, is het waar?'

'Jazeker', zei ik. 'Het is waar. Ik krijg een kind. Waarschijnlijk eind december of begin januari.'

De uitdrukking op Marions gezicht. Dat er zulke dingen gebeurden! 'Clara, wat ga je nu doen?'

'Doorgaan met mijn leven, natuurlijk, Marion. Wat kan ik anders doen?'

Ze had even nodig om dat gewichtige voornemen te overdenken. Toen: 'Gossie, Clara, een kind. Stel je voor!'

We zaten om twaalf uur 's middags op deze vroege zomerdag op Church Street uit te kijken. En stelden het ons voor.

Mijn leerlingen schijnen niet bijzonder geboeid door mijn hachelijke situatie. Zoals gewoonlijk zaten ze over hun schriften en leesboeken gebogen. Misschien hebben ze het nog niet gehoord. Op de gang wierpen er een paar (uit de hoogste klas) zijdelingse blikken op mij.

4880 Barton Street
Hollywood, Californië
5/6/38

Beste Clara,

Gisteravond belde Nora met het nieuws. Dus je houdt het kind! Wat een onverschrokkenheid! Het zal uiteraard niet meevallen, maar er zijn mensen die achter je staan. Op de eerste plaats je zus. Ze was zo opgewonden toen ze het me vertelde. Zo voel ik het ook en ik sta erop tante Evelyn genoemd te worden. Volgens mij past dat bij me nu ik een nogal gevuld, matroneachtig aanzien begin te krijgen. Ik waggel hier rond als een bleek, oud geval vergeleken bij al die gebruinde wellustelingen. Hoe dan ook, ik hoop dat je goed voor jezelf zorgt zodat je een groot, gezond kind baart dat Nora en ik om de beurt kunnen verwennen. Het vergt enige tijd voordat je aan het leven hier gewend bent, maar het gaat niet slecht. Ik heb pas een auto gekocht van een gewiekst ogend type. Ik hoop dat hij me niet afgezet heeft. Het is een tweedehands Chrysler cabriolet. Crèmekleurig. Heel sportief. Ik moet melden dat het een genoegen is om 's ochtends in dat ding te stappen en naar de studio te rijden. Nu voel ik me een echte Californische, nu ik me niet meer met de benenwagen maar op vier wielen voortbeweeg. Op zondag rij ik naar Santa Monica of Ocean Park met Fred, die me verhalen vertelt over de sterren en hun vreemdsoortige seksuele verbintenissen en voorkeuren. Och, als het grote publiek het eens wist! Als galeislaven brengen Fred en ik veel tijd samen door en we zijn dikke maatjes geworden. Hij is een gekke, scherpe kerel, een geboren verteller met, net als ik, een zwak voor de fles. Het draait erop uit dat ik voor hem de onnatuurlijk rol van moederkloek op me neem en hem waarschuw voor overmatig alcolholgebruik en zo. Maar dat weerhoudt hem er niet van om op onze zondagse excursies een fles wodka mee te nemen.

Mijn materiaal voor Nancy Brown is nu klaar voor de start. Mr. M. was kennelijk tevreden met het eerste scenario en ze hopen nu dat het evenveel succes zal hebben als de Hardy-serie. Ze zijn op zoek naar een meisje voor de rol van Nancy. Ze willen iemand als Deanna Durbin, maar die heeft een poosje geleden ruzie met de studio gekregen en blijkbaar heeft ze de pest aan MGM. Het moet iemand zijn die geinig en sexy is, maar niet te sexy. Een typisch Amerikaans meisje. Ik opperde dat grietje Garland, dat in de laatste Hardy-film meespeelt.

Goed, dat is waar ik mee bezig ben. Zwoegend en slovend hier in de spinnerij (een van Freds uitdrukkingen). Blijf schrijven en eet veel groente of wat het dan ook is wat aanstaande moeders behoren te eten.

Liefs, Evelyn

Vrijdag, 24 juni

Het is al sinds een paar weken zo heet en droog dat alles verdord is. De zomer is officieel nog maar net begonnen, maar de tuinen zijn al verschroeid en de gazons zijn zo bruin als in augustus. Vandaag was het de laatste schooldag en ik kreeg van de kinderen een geïllustreerd Nieuw Testament. Had een van de ouders de hand gehad in de keuze van dit geschenk? Hopend wellicht om me te redden van mijn afvalligheid of om me, op z'n minst, van enige morele instructie te voorzien.

Toen de kinderen afscheid namen, wierpen de meisjes me verlegen, nieuwsgierige blikken toe. Ze weten nu dat ik volgende winter een kind krijg en op hun eigen heimelijke manier zijn ze gefascineerd door het hele mysterie. Ze hopen ook ooit kinderen te krijgen, maar natuurlijk alleen nadat ze op die verre, magische dag in witte jurk de kerk zijn binnen geschreden. De jongens weten niet wat ze ermee aan moeten, ze zeiden enkel: 'Dag, Miss Callan', en weg waren ze, de middag in en alle middagen van de zomer die voor hen ligt. Door het openstaande raam van mijn lokaal kon ik hun geroep en gelach horen.

Toen ik het Nieuwe Testament doorbladerde, waarin een schuchter ogende Christus bij een deur staat en de lezer wenkt: 'Zoekt en gij zult vinden. Klopt en er zal worden opengedaan', kwam Milton binnen. Het weer speelde hem parten en zijn gezicht was ontstoken en glom van de gierstuitslag. Hij leek kregelig en slecht op zijn gemak. 'Pf! Je had hier wel een ventilator kunnen gebruiken, Clara. Ik had er voor eentje moeten zorgen.' Hij liep het lokaal door, ging bij het open raam staan, rammelde met de losse munten in zijn broekzak en keek naar het kale, droge schoolplein en het verlaten honkbalveld. 'Hoe voel je je vandaag?' vroeg hij.

'Eigenlijk voel ik me prima, Milton', zei ik. Ik stond te wachten tot hij me vertelde wat ik al wist, maar hij had het er zwaar mee. Ten langen leste kwam het er toch uit.

'Nou, gisteravond was er in Linden een bestuursvergadering. Natuurlijk heb ik het voor je opgenomen, Clara. Ik heb mijn best gedaan. Ik zei hun dat je al zestien jaar op deze school lesgeeft en dat je vader er vóór jou was.' Milton schudde zijn grote, lelijke hoofd alsof de onhandelbaarheid van zijn medemensen zijn begrip te boven ging. 'Die kerels kunnen zo vastgeroest zijn. Die Jack Morrison. Ik zeg je, Clara, dat is me een exemplaar. Die man kent geen greintje medelijden.'

Ik nam de moeite niet om Milton te zeggen dat ik geen medelijden wenste, en al helemaal niet van een of andere advocaat uit Linden. In plaats daarvan zei ik hem dat ik wel wist dat hij zijn best voor mij had gedaan en dat ik het waardeerde, maar dat ik inzag dat het bestuur niet veel keuze had. Wat voor indruk zou het maken als er een ongetrouwde vrouw met een kind in een van hun scholen lesgaf? Er zou een litanie van klachten van de ouders komen. Ze moesten wel van me af.

'Ik hoop dat we vrienden kunnen blijven, Clara.'

'Vanzelfsprekend, Milton.'

'Als ik iets kan doen.'

Ik schudde de warme, klamme hand en kreeg hem aan het praten over Sparrow Lake. Volgende week om deze tijd zal hij in zijn zomerhuisje zitten en zal Clara Callans gênante toestand enkel een ongemakkelijke herinnering zijn die met de dag zal verflauwen.

Toen hij weg was, pakte ik mijn spullen in en bracht ze naar de auto: twee dozen met boeken en paperassen, mijn planten. Ik liet de grote, bruine theepot in het keukentje staan. Die heeft vader jaren geleden gekocht, maar ik heb hem niet nodig. Ik nam afscheid van Jimmy Burke, die de gangen aan het vegen was en deed de deur achter me dicht, waar ik de afgelopen dertig jaar bijna iedere dag van mijn leven doorheen ben gegaan. De eerste keer, op een warme dag in september, aan de hand van vader. Het jaar was 1909 en ik was zes jaar oud.

Maandag, 27 juni

Eindelijk verlost van die hittegolf. Het hele weekeinde regen, maar nu is het helder en fris met een krachtige wind die de flarden wolk naar het zuiden verjaagt. Een heerlijke frisheid in de lucht. De tuinen en gazons zijn opgebloeid. Helen Jackson is weer thuis. Op zaterdagmorgen zag ik hoe ze door haar man uit de auto het huis in werd geholpen. Ik zou wel bij haar op bezoek gaan, maar ik heb zo'n hekel aan die man dat ik bang ben hem tegen te komen. Brief van Nora.

135 East 33rd Street
New York
20 juni 1938

Lieve Clara,

Hoe gaat het met je? Hebben jullie daar ook een hittegolf? In New York is het moordend heet nu. De hele week is het iedere dag al zo'n vijfendertig graden. De enige plek waar je eraan kunt ontkomen is de bioscoop. Soms ga ik meteen na het avondeten naar de eerste voorstelling. Ook met die ventilatoren is het bijna ondraaglijk in mijn flat.

Nou, we hebben maar weinig geluk met mannen, hè? Gisteren nam Les me mee naar Romanoff voor de lunch. Ik dacht al dat er iets was, want het is er behoorlijk chic en meestal pakt hij niet zo uit. En het bleek zo'n lunch te zijn die je doet denken aan dat liedje van Cole Porter: 'It Was Just One of Those Things'. Natuurlijk wist ik wel dat het er vroeg of laat van moest komen, maar ik had niet verwacht dat hij de stad uit zou gaan. Nu blijkt dat hij een nieuwe baan heeft aangenomen als vaste presentator bij een omroep in Chicago. Daarom zijn we waarschijnlijk een paar maanden geleden naar Chicago gegaan, hoewel meneer de adonis me dat toentertijd niet heeft verteld. Hoe dan ook, hij vertrekt eind juli en hij hoopt dat Miriam en hij in een nieuwe stad een nieuw begin kunnen maken. Nou, ik kan alleen maar zeggen dat ik haar veel succes wens. Ik denk niet dat het lang zal duren voordat hij daar een nieuw schatje heeft gevonden. Goed, dat was het dan en ik ben er uiteindelijk niet zo heel erg kapot van. Ik had al een poosje iets dergelijks verwacht. In feite liep het al ongeveer sinds Kerstmis niet bepaald gesmeerd tussen ons, dus misschien is het maar het beste zo.

Dus vond ik dat niet zo heel erg. Het eten was heel lekker en Romanoff heeft airconditioning. Ik had er de hele middag kunnen blijven zitten. Maar dit is het punt. Na de lunch staan we buiten op Forty-second Street in de godsgruwelijke hitte en dan stelt meneer Mirakel voor om nog één keertje naar mijn flat te gaan 'als herinnering aan vroeger'. De knakker zegt me dat het uit is en dan wil hij nog eens met me naar bed. De brutaliteit! Ik heb gezegd dat hij hem thuis in zijn vrouw kon steken, waar hij sowieso thuishoort. Ik wou dat hij morgen naar Chicago vertrok, want nu moet ik de komende zes weken nog over de microfoon heen tegen hem aan kijken. Maar ja! Ik zal het wel overleven, maar werkelijk, Clara, waarom kunnen we geen van tweeën een fatsoenlijke vent vinden die niet al bezet is?

Ik heb de producent overgehaald me voor een paar dagen uit

de serie te schrijven en dus kan ik deze zomer naar je toe komen. Wat vind je van het weekeinde van Labour Day? Kun je me schrijven om het te bevestigen? Ik hoop dat je intussen bij een dokter bent geweest. Heb je het al aan iemand verteld? Ik kan me voorstellen dat het de tongen in Whitfield in beweging heeft gezet. Het moet vreselijk zijn om over straat te lopen en te weten dat al die ogen op je gericht zijn. Maar ik ben trots op je en dat meen ik. Wist je dat je kind nu ongeveer vijf centimeter lang is? Dat heb ik in een boek gelezen dat ik je voor je verjaardag stuur (hartelijk gefeliciteerd, trouwens). Het heet *Compleet handboek voor jonge moeders en gezonde baby's* en er staat allerlei informatie in over wat je moet eten en wat je over een paar maanden kunt verwachten. Het is fascinerend wat er met je lichaam gebeurt als je een kind krijgt. Daar had ik echt geen idee van.

Misschien vind je dit onzin, Clara, maar in zekere zin benijd ik je. Laat me weten hoe het met je gaat, oké?

Liefs, Nora

Whitfield, Ontario
Vrijdag, 1 juli 1938

Beste Nora,

Bedankt voor het boek dat ik gisteren heb gekregen. Het moet je een fortuin hebben gekost om zo'n dikke pil te versturen, maar ik waardeer de gedachte. Zoals je al zei, staat er allerlei informatie in waarvan ik niet wist dat ik die nodig had. Je kunt ervan op aan dat ik goed voor mezelf zorg. Eigenlijk voel ik me niet zo veel anders, hoewel ik 'een aardige boezem' begin te krijgen. Ik ben nogal gauw moe dus slaap ik langer uit. Nu draai ik me bij het krieken van de dag gewoon om en dommel nog een uur of wat. Ik vind dat ik recht heb op deze luxe. Ik heb nooit veel aandacht aan mijn lichaam besteed. Ik heb het altijd beschouwd als iets wat me overal heen brengt, maar nu denk ik toch ook aan het kind en ben ik me er dus meer van bewust dat ik een levend 'lichaam' ben. Mijn eetlust is goed en godzijdank is die ochtendmisselijkheid voorbij. Ja, ik heb een dokter en over een paar weken ga ik er weer naartoe. Murdoch is een oudere Schot met de stugge, strenge manier van doen die bij zijn volksaard schijnt te horen. Maar ik mag hem. Hij is iemand die niet van onzin houdt. Ik zou eigenlijk naar de nieuwe dokter gaan (zo knap als een filmster), maar de dag dat ik een afspraak met hem had, was hij er niet en dus moest ik het met Murdoch doen. Maar zoals ik al zei, die is prima en ik blijf bij hem.

Nu de hittegolf voorbij is, geniet ik van de zomer. Vorige maand moet het afschuwelijk zijn geweest in New York; het was hier al erg genoeg, de tuinen en gazons waren er slecht aan toe en beginnen nu pas, nu het flink wat heeft geregend, te herstellen.

Ik speel weer piano. Een poos heb ik er niets aan gedaan. Te veel tijd verdaan met luisteren naar die verderfelijke radio van jou. Hij is een echte verleider van onze vrije uren. Maar nu overweeg ik om dit kind piano te leren spelen. Ik betwijfel of ik lessen zal kunnen betalen. Misschien dat pianospelen niet langer zo belangrijk is in het leven van jongelui als vroeger. Toen wij jong waren, wilden zo veel meisjes leren spelen. Maar het is toch een vaardigheid. Als ik een jongen krijg, dan zal ik het hem toch leren, denk ik. Waarschijnlijk zal hij dan jazz spelen in plaats van Schubert, maar dat is ook goed. Als ik een oude vrouw ben, kan hij zijn vrienden meenemen om een avondje jazzmuziek te maken, terwijl ik in een hoekje zit. Hij zal toch een paar eigenschappen of gaven moeten hebben om vrienden voor zich te winnen. Als hij op mij lijkt, kan ik me niet voorstellen dat hij sportief zal zijn. Maar misschien erft hij wat van zijn tante Nora's sportiviteit. Weet je nog dat je vroeger, toen je elf of twaalf was, softbalde en ijshockeyde met de jongens? En dat ik je daarom altijd uitlachte? Ik geloof nu dat ik je heimelijk benijdde, want ik was zelf als kind zo onhandig. Dat ben ik feitelijk nog steeds.

Het spijt me te horen dat jij en je vriend uit elkaar zijn, maar misschien is het beter zo. We zijn alletwee die weg opgegaan en dus weten we alletwee wat er aan het einde ligt. Er komt een dag dat het allemaal voorbij is. Het is een verhaal dat wel slecht moet aflopen, niet dan? Mannen gaan toch altijd naar hun vrouw terug, zo gaat het in het leven. En wij moeten – laat me dat in een bescheiden versje gieten:

Mannen gaan altijd terug naar hun vrouwen
En wij moeten ons eigen leven opbouwen.

Nogal zwak, ik geef het toe, maar het zou een nuttig devies kunnen zijn als we het met wat handvaardigheid opsmukken: met de hand op stof geborduurd en mooi ingelijst aan een spijker aan de keukenmuur naast de kalender.

Het is Dominion Day en er is nauwelijks een sterveling in het dorp te bekennen. Veel mensen zijn naar Linden gegaan voor de optocht vanmiddag. De premier zal er ook zijn, heb ik gehoord. Anderen zijn voor het weekeinde naar hun zomerhuisjes. Marion en haar ouders zijn gisteren naar Sparrow Lake vertrokken en ik mis haar nu al. Dat is raar, want ze begon op mijn zenuwen te werken. Sinds ze op de hoogte is van 'mijn toestand', is ze bijna iedere dag langs geweest om me te betuttelen en te vragen of ze iets kan doen. Natuurlijk bedoelt ze het goed, maar bij tijden kan ik haar wel bij haar keel grijpen en wurgen vanwege haar goedheid. Maar nu ik weet dat ik haar zes weken niet zal zien, mis ik haar. Wat ben ik toch een onmogelijk iemand! Maar goed, je hoeft je geen zorgen te maken om mij, Nora. Ik ben van plan goed voor mezelf te zorgen. Nogmaals bedankt voor het boek.

Clara

P.S. Ik kijk ernaar uit om je in het weekeinde van Labour Day te zien.

Donderdag, 14 juli

Een bezoek aan Murdoch die woog, mat, priemde en porde. De typische, medicinale geur van hem en de onberispelijke schei-

409

ding in zijn grijze haar toen hij zich over me heen boog. Wat een rare manier voor een man om de kost te verdienen! De geslachtsdelen van een nagenoeg vreemde betasten en in allerhande lichaamsopeningen turen. Allemaal onderdeel van het dagelijkse werk, natuurlijk, en godzijdank zijn er mensen bereid hun werkuren aan zulke dingen te besteden. Ik blijk in goede gezondheid te verkeren. Murdoch, streng van voorkomen (zoals ouderwetse schrijvers zulke types plachten te beschrijven) is een man van weinig woorden, maar na afloop van zijn onderzoek legde hij wel zijn hand op mijn schouder en zei niet onvriendelijk: 'Nou, Miss, dat komt wel goed met u.' Zijn woorden gaven me het gevoel dat ik een jong meisje was. Heel even.

In de bibliotheek heb ik *De scharlaken letter* geleend. Toen ik een jaar of vijftien was heb ik geprobeerd het te lezen, maar het ging mijn verstand te boven. Misschien dat nu Hawthornes genie door alle breedsprakigheid heen zal schijnen. Twintig jaar geleden vond ik hem een verschrikkelijke, ouwe windbuil. Maar nu ik me echt kan identificeren met die arme Hester…

Zaterdag, 16 juli

Een slechte dag. Twee brieven, eentje die de consequenties van mijn morele verdorvenheid bevestigt en de andere een ranzige veroordeling van mijn persoon. Met potlood geschreven, gebrekkig gespeld en natuurlijk anoniem.

Juffrouw Neus-in-de-wind,
Nou ben je wel door de mand gevalle, he. Misschien leer je hier us van om in het dorp niet zo opgeblazen te doen. Er zijn er genoeg die net zo goed zijn as jou en die het niet te hoog in hun bol hebben om op straat gedag te seggen. Allenig omdat je vader hoofd van de school was en je zus een grote madam is voor de radio in New York wil nog niet seggen dat jij zo geweldig ben. Er zijn genoeg mense in Whitfield die vinden dat

410

jij niet bij hun kinders in de buurt mot komen. In de stad zijn huizen voor jou soort dus waarom smeer jem daar niet naar toe. Ik spreek names veel mense in het dorp. Je vond je zelf altijd zo grootsig he. Nou blijkt dat je niks meer ben dan een slet.

Morrison, Evans en Ross
Advocaten en procureurs
29 King Street
Linden, Ontario

14 juli 1938

Miss C. Callan
48 Church Street
Whitfield, Ontario

Geachte Miss Callan,
  Op de vergadering van het bestuur van Whitfield Gemeente-scholen op woensdagavond 13 juli is besloten uw contract voor het komende schooljaar niet te verlengen. Als voorzitter berust op mij de taak u te informeren dat wij van uw diensten als onderwijzeres op de lagere school van Whitfield niet langer gebruik wensen te maken. Uw salaris zal uiteraard tot eind augustus uitbetaald worden. Namens het bestuur dank ik u voor de door u verleende diensten in de afgelopen jaren.

Hoogachtend,
John H. Morrison

Whitfield, Ontario
Maandag, 18 juli 1938

Beste Evelyn,
  Neem het een lakse correspondent niet kwalijk. Het is zeker zes weken geleden dat ik je laatste brief heb gekregen en mijn enige excuus dat ik niet eerder heb geschreven is luiheid. Tegen-

woordig ben ik heel gemakzuchtig, ik sta laat op en verbeuzel mijn tijd met pianospelen en het lezen van anonieme laster-brieven. In feite heb ik maar één brief gekregen, maar eentje is genoeg, dank je wel. Ik overweeg hem in te lijsten en in de eetkamer op de schoorsteenmantel te zetten. Volgens mij zou het een interessante aanzet bieden voor een tafelconversatie als ik mensen te eten had. Als ik ooit mensen te eten zou hebben!

Ik ben bij de dokter geweest, een norse, oude Schot in de naburige stad Linden. Ik rij er eens per maand naartoe en hij port en priemt in me; kennelijk ben ik zo gezond als alle jonge merries die hij in de loop van zijn dagelijkse ronde van visites ziet. Dit is een agrarische gemeenschap, Evelyn, en we zijn geneigd boerse beeldspraak te gebruiken. Vreemd genoeg ben ik gelukkig. Of om preciezer te zijn, zo gelukkig als iemand met mijn aard maar kan zijn. Op sommige ochtenden word ik wakker en ben ik een paar tellen lang vergeten wat er is gebeurd. Het leven gaat gewoon door zoals in het verleden, maar dan zeg ik natuurlijk tegen mezelf: nou nee, dat zal het niet, want ik ben zwanger en over een paar maanden heb ik een kind om voor te zorgen en mee samen te leven. Dan voel ik me een beetje overweldigd en dat duurt dan zo'n twee minuten. Ik lig daar vol dwaas zelfmedelijden, verbijsterd en ongerust over alles wat me te wachten staat. Mijn leven gaat zonder twijfel een nieuwe kant op. Hoe zal dat uitpakken? Ik weet het nog niet. Hoe zou ik? Toch is het spannend en maakt het me bijna gelukkig. Ik voel me als iemand die op een geheimzinnig avontuur uit gaat en angstig, maar toch ook opgewonden is. Ik vrees dat ik mijn gemoedsgesteldheid niet zo goed heb omschreven, maar tot beter ben ik niet in staat op deze zomermiddag met enkel de cicaden en het geratel van de grasmaaier van de buurman om de soezerige stilte te verstoren.

Jouw Hollywood klinkt fascinerend. Kun je me er niet meer over vertellen? Heb je al beroemde filmsterren gezien? Als je een paar momenten vrij kunt maken in dat betoverende bestaan van je, zou ik dolgraag iets van je horen.

Clara

Wat een gedachten schieten er door mijn hoofd en op zo'n onwaarschijnlijk tijdstip! Om zeven uur vanmorgen was ik de ramen in vaders kamer aan het lappen en zag ik het zonlicht over het achtererf de tuin van de Brydens in stromen. Mr. Bryden was zijn aardappelbedden aan het schoffelen. In een oud colbert, met een strohoed op zijn hoofd floot hij 'Yours is My Heart Alone'. Een oudere man in zijn tuin op een zomermorgen en ik dacht aan wat hij over moeder had gezegd; dat alle jongemannen in het dorp vader hadden benijd toen hij met haar trouwde. Vroeger zei vader dat ze, nadat ze getrouwd waren, soms met de Brydens gingen dansen in de Oranjezaal in Linden.

Ik stel me voor dat ze van zo'n avond thuiskomen, ze blijven even staan op de oprit om elkaar welterusten te wensen, waarna ze ieder hun eigen huis binnengaan. Twee jonge stellen klimmen de trap op naar hun slaapkamer, waar de geur van seringen door de hor naar binnen komt en het maanlicht op de vloer valt. Ze hangen hun colberts en jurken in de kast, gespen hun bretels en bandjes los en trekken nachtgoed aan. Ze stappen in bed. Zo ongeveer zal het zijn geweest. De oudere man die nu fluitend zijn tuin schoffelt, was ooit jong; hij moet op een zomeravond langgeleden verstrikt zijn geweest in al die erotische commotie, de heftig verstrengelde omhelzingen. Naakt. Uitgespreid en stotend. Wat een gedachten voor een aanstaande moeder die om zeven uur 's ochtends de ramen lapt!

4880 Barton Street
Hollywood, Californië
26/7/38

Beste Clara,

Betoverend leven! Had je gedacht! In mijn cel in Mr. Mayers werkplaats. Zoals ik misschien al eerder heb gezegd, ben ik een goedbetaalde slaaf te midden van bevallige meisjes, knappe jongens en sigaren rokende mannen met harige, bruine armen in overhemden met korte mouwen. De stank van sigarenrook is hier zo doordringend als die van mimosa in de avond. Maar het ziet er nu naar uit dat die verdomde serie die ik in elkaar heb geflanst in de herfst in productie gaat. Mr. M. schijnt mijn beschrijving van het ideale gezinsleven leuk te vinden en dus zullen we die over een paar maanden aan het publiek opdringen. We zijn nog op zoek naar het ideale meisje om onze montere Miss Brown te spelen. Dat kind van Garland zou perfect zijn, maar ze is niet beschikbaar. Ze willen haar voor de hoofdrol in een film die is gebaseerd op Frank Baums *De grote tovenaar van Oz* en die ze in september hopen op te nemen.

Wil je een glimp van mijn 'betoverende wereld'? Soms mogen we onze ketenen even afleggen om naar de wc te gaan. Of om bij het raam te gaan staan en de spieren van een pijnlijke rug te strekken. Zo was ik onlangs op een ochtend getuige van twee scènes die je enig idee zullen geven van de tegenstellingen in mijn wereld. Ik zag ze allebei door de tralies van mijn zolderraam.

Scène 1
Tien uur 's ochtends en een zekere mijnheer Hotemetoot komt het studioterrein oprijden. Verscheidene lakeien stappen uit en vervolgens verschijnt mijnheer Hotemetoot zelf, met heel zijn één meter zestig, in een crèmekleurig pak, tweekleurige schoenen en met natuurlijk een sigaar. Dan komt er uit de zijkant van ons gebouw een jonge vrouw, een verrukkelijke blondine (ze werkt op de tweede verdieping als stenografe of typiste) die naar mijnheer Hotemetoot toe loopt. Ze is duidelijk van streek en er volgt enige beroering. De lakeien grijpen in en omsingelen haar. Werken haar de grote wagen in die wegrijdt, terwijl de kleine mijnheer Hotemetoot zijn stropdas rechttrekt en onder mij verdwijnt. Wat denk je nu dat er is gebeurd? Dat was vast geen goeie dag voor de knappe typiste.

Scène 2

Een uur later op deze ochtend vol zon en jus d'orange, en als dat niet Rooney en Garland, onze mythische Amerikaanse jonge- luitjes zijn die het terrein onder mijn raam oversteken. Hij maakt haar aan het lachen met zijn capriolen. Het is een brutaal ventje, maar hij kan de meisjes wel laten lachen. En dat is het in een notendop! Hartzeer en succes en dat allemaal op een paar passen afstand van elkaar. Zoals Fred me steeds voor ogen houdt op die verstandige midwesterse toon van hem: het be- taalmiddel hier is geen geld, het zijn dromen. Wonderbaarlijke, fantastische dromen over je naam in neonlicht zien en in duistere zalen in het hele land vereerd worden door miljoenen aanbiddende fans. Ik vind dit volkomen acceptabel, tussen twee haakjes, want ik ben een gehard oud wijf en ik heb geen enkele moeite met illusies en bedrog. Daar zijn we voor. Dat hebben al die jaren dat ik voor de radio werkte me geleerd. En wanneer ik op vrijdag voor het loket van de kassier sta en mijn looncheque in ontvangst neem, heb ik niet alleen het gevoel dat ik royaal beloond word, maar dat ik ook het mijne doe om mijn mede- burgers permanent ingeënt te houden tegen de akelige feiten van het leven (en de dood). Daarom is het mogelijk mezelf te zien als iemand die in zekere zin haar burgerplichten vervult.

Ik moet je ook wat vertellen over mijn sociale leven, dat tot nu toe enigszins schraal is geweest. Maar nu vertoont het tekenen van hoop. Fred, van wie ik tot mijn vreugde heb ontdekt dat hij ook een onverbeterlijke griek is, heeft me meegenomen naar een aantal feestjes en ik heb onlangs een interessante vrouw ontmoet. Nu, mijn beste, je weet dat ik er niet van hou om met namen te strooien maar ze was toevallig wel de vrouw van Aldous Huxley. Ken je Huxleys boeken eigenlijk? *Antic Hay, Punt contra punt, Heerlijke nieuwe wereld?* Hij is een Brit, die hier is vanwege het geld. Zoals we uiteraard allemaal zijn. Zijn vrouw, Maria, is Europees, Frans of misschien Belgisch, hoewel ze een Engels accent heeft. Hoe dan ook, ze was heel aardig tegen me en we delen, zo bleek, dezelfde voorkeuren. Ze heeft beloofd me voor te stellen aan een paar van haar vriendinnen, en dus kan ik hier eindelijk eens wat lol hebben. Dat is tenslotte de reden dat ik naar deze achterlijke staat ben geëmigreerd.

Ik ben blij te horen dat je zo goed opgewassen bent tegen jouw 'situtatie'. Ik zou die brief zonder meer inlijsten en op de schoorsteenmantel zetten. Nodig daarna je medeburgers uit en laat ze zien wat voor huisbakken gemoedelijkheid er in gehuchten als het jouwe heerst.

Je zus belt eens per week om me al het nieuws uit New York te vertellen. Zoals je nu wel zult weten, heeft ze gebroken met Les Cunningham, die naar Chicago vertrekt. Volgens mij is dat het beste. Ik wou dat Nora een fatsoenlijke vent kon vinden om een gezin mee te stichten. Dat is wat ze eigenlijk wil. Het probleem is dat ze een beroerde smaak heeft wat mannen betreft. Nou ja, wie ben ik om dat te zeggen. Ik heb een beroerde smaak wat vrouwen betreft. Misschien dat we nog eens geluk hebben. Misschien dat iedereen nog eens geluk heeft! Laten we het hopen.

Liefs en geluk, Evelyn

135 East 33rd Street
New York
31 juli 1938

Lieve Clara,

Ik heb fantastisch nieuws en het had op geen beter moment kunnen komen. Afgelopen donderdag hadden we een af-scheidsfeestje voor Les en ik weet wel dat het uit is tussen ons, maar ik had toch een beetje de blues en dus liet ik me gaan daar in de studio. Ik moest naar het damestoilet om een stevig potje te huilen en toen was ik zo ontzet over hoe ik eruitzag dat ik vroeg ben vertrokken. Ik ben naar huis gegaan en slofte wat rond in mijn flat, toen ik een telefoontje kreeg van Harry Benton, een producent voor CBS. Ze zijn bezig met de programmering van een nieuwe dramaserie in het najaar die 'American Playhouse on the Air' gaat heten. Ze gaan 'klassieke'

Amerikaanse romans dramatiseren. Zondagsavonds en het wordt landelijk uitgezonden. Benton zei dat de klank van mijn stem hem beviel en had ik belangstelling om auditie te doen voor de rol van tante Polly in hun eerste productie van *Huckleberry Finn*? Of ik dat had?

Het is precies wat ik nodig heb. Niet alleen om Les uit mijn hoofd te zetten, maar ook voor mijn carrière. Ik ben dol op 'Chestnut Street', maar het wordt wel een beetje saai dag in dag uit en dit zou een spannende verandering betekenen. En wie weet, van het een kan het ander komen! Natuurlijk moet ik toestemming van het impresariaat hebben, maar ik denk niet dat het een probleem zal zijn. Soms doen ze er moeilijk over als mensen van hun programma's andere rollen aannemen, maar dit wordt een avondprogramma en voor een ander publiek. Ik denk wel dat ik ze kan overhalen om me een kans te geven. Duim voor me, oké?

Margery heeft me voor een paar dagen uit 'Chestnut Street' geschreven en dus kan ik in het weekeinde van Labour Day naar je toe komen. Ik vertrek op donderdag met de avondtrein. Je hoeft niet naar de stad te komen om me op te halen. Het zal zo druk zijn met die uittocht. Ik pak de middagtrein naar Whitfield. Ik hoop dat je goed voor jezelf zorgt.

Liefs, Nora

Woensdag, 10 augustus

Opschudding vanmiddag in Murdochs wachtkamer, net toen ik vertrok. Drie mannen en een jongen, buitenlui in tuinbroek en werkhemd, waren binnengekomen. De jongen omklemde een met bloed doordrenkte handdoek en zijn ogen waren dof van de pijn. Hij werd op een stoel geholpen door een van de mannen die eruitzag als een oudere broer. De oudste (vader? grootvader?) verontschuldigde zich voor alle drukte en ongemak. Schouderophalend tegen Murdoch: 'Z'n hand is eraf. We waren brandhout aan het zagen.'

Murdoch liep al rood aan van woede. 'Waarom heb je hem

niet naar het ziekenhuis gebracht. Waar is de hand?'

De man haalde weer zijn schouders op. 'Die heb nou toch geen nut meer, wel dan?' Het was een taaie, pezige oude man in een slobberige tuinbroek, met een gezicht en nek die zo bruin waren als leer. Ik moest denken aan het gedicht van Frost over een jongen die zijn hand in een zaagmachine verliest.

In de bibliotheek zag ik Ella Myles met een arm vol boeken. Dus in ieder geval leest ze nog. Het was duidelijk dat ze het nieuws over mij had gehoord en dat ze probeerde niet te staren, maar dat het moeilijk was zag ik aan de behoedzame blik die ze op me wierp. Ik ging naar haar toe en we spraken kort; ze vroeg niets en antwoordde alleen op mijn vragen naar haar welzijn. Het stelde me teleur dat al haar boeken romannetjes waren. Ella's gezicht heeft nog een norsige aantrekkelijkheid, maar het is verruwd sinds ik haar voor het laatst zag; ze heeft nu iets flets en slonzigs. Ze vertelde dat ze eieren schouwt in de zuivelfabriek en in Linden bij een familie in de kost is. Ze heeft nog steeds verkering met de jongen van Kray en ze zijn van plan komend voorjaar te trouwen. Voorzover ik kon zien is het haar in ieder geval gelukt om 'niet-zwanger' te blijven.

Zondag, 21 augustus

Marion is terug van haar zomer in het huisje en vandaag kwam ze langs. Vol vragen over mijn toestand. Bijna kinderlijk in haar nieuwsgierigheid. Hoe voelt het om een kind in me te hebben? Denk ik dat het een jongetje of een meisje zal worden? Heb ik al een naam bedacht? Als het een jongetje is, zou Marion een voorkeur hebben voor de naam Lionel. Lionel? Toen ze weg was, heb ik naar het nieuws geluisterd. Er broeit weer iets in Europa nu Hitler beweert dat een deel aan de westgrens van Tsjecho-Slowakije aan Duitsland behoort. Die man lijkt Europa in een soort trance te houden.

Woensdag, 31 augustus

Vanmiddag heb ik de nieuwe onderwijzeres ontmoet, een Miss Bodnar, van ergens ten noorden van Linden. Ze heeft net de kweekschool gedaan en het bestuur heeft haar waarschijnlijk voor een hongerloontje aangenomen. Niet ouder dan negentien of twintig, met een fris, aantrekkelijk gezicht en een bos blonde krullen. Ze slaagde erin te verhullen wat ze dan ook aan minachting of medelijden gevoeld mocht hebben en zei de onder deze omstandigheden gebruikelijke dingen. 'Ik heb zo veel goeds over u gehoord, Miss Callan. Iedereen met wie ik heb gesproken zei wat een goede onderwijzeres u was.' Miltons zware kaken waren gevlekt van verlegenheid. Het is een last om anderen zo van streek te maken. Miss Bodnar is een innemend ding en de kinderen zullen haar aardig vinden, hoewel sommige ruwere jongens misschien misbruik van haar zullen maken.

Dinsdag, 6 september

Een warme septemberochtend en ik zit op de veranda met dit notitieboekje op schoot. Ik kan de kinderen die speelkwartier hebben horen roepen. Twee uur geleden heb ik Nora met de auto naar het station gebracht en het is weer stil in huis. Nora was vanmorgen voor mij op om haar gezicht aan de kaptafel te prepareren voor de komende uren. Er hebben zich kleine maar belangrijke veranderingen in haar voltrokken. Vroeger maakte ze zich niet druk om tijd; ze kwam praktisch altijd overal te laat. Nu is ze een toonbeeld van stiptheid; de radiowereld heeft haar geleerd punctueel te zijn. Ze draagt een duur uitziend polshorloge en heeft een wekkertje naast haar bed staan. Vanochtend, toen ze het huis uit kwam, zag ze er chic uit in haar marineblauwe pakje, witte handschoenen, met een parelsnoer om haar hals. Ze is in de dertig maar is erin geslaagd haar knapheid te behouden, hoewel het een hoop werk schijnt te vereisen; ze heeft zo'n voorraad aan lotions en crèmes bij zich als ze op reis gaat.

Vrijdag arriveerde ze beladen met cadeaus voor het kind: kleertjes, speelgoed en nog een boek over kinderopvoeding. Nora's gulle inborst heeft me steeds verbaasd; ze moet die van onze moeder geërfd hebben, want vader was altijd zuinig met zijn geld en dat ben ik ook. Gisteren bracht ze eindelijk de moed op om me naar F. te vragen. 'Nou, Clara, nou moet je toch echt eens vertellen, komt er van de vader helemaal geen steun? Heeft hij je gewoon in de steek gelaten of weet hij er niet eens iets van?'

'Hij weet het niet', zei ik.

Dit vereiste nog een glas en Nora bezigde zich met de bereiding. 'Dat is net iets voor jou', zei ze, en ze schonk een afgemeten hoeveelheid gin in. 'Ik zie gewoon voor me hoe je van hem wegloopt. Te trots om om hulp te vragen. Sjonge, ik zou het hem onmiddellijk hebben laten weten.'

'Het heeft niets met trots te maken', zei ik, maar nu vraag ik me dat wel af.

We zaten in de voorkamer en ik had een plaat opgezet van Rubinstein die de 'Impromptu' in G-mineur speelt. Het raam stond open naar de late zomermiddag. Nora vroeg of ik nog van hem hield.

'Ik weet het niet', zei ik. Ik dacht aan de zaterdagmiddagen in het motel aan het meer. De roep van meeuwen voor het open raam. De glibberige warmte van onze lichamen en de bleke huid onder Franks ribben. Had ik buiten het bed van hem gehouden? Ik kon het niet met stelligheid zeggen. Misschien dat ik het ooit heb gedacht. Nu ben ik er niet meer zeker van. Onze tijd samen? Afgezien van de maaltijden in hoteleetzalen die we maar half opaten en korte middagen achter de jaloezieën was er niet veel tijd samen geweest. Van beide kanten was het allemaal berekenend en onoprecht geweest.

'Je denkt nu aan hem, hè?' vroeg Nora.

'Ja', zei ik. 'Zo zou je het kunnen noemen.'

'Ik wed dat je nog van hem houdt.'

'Ik weet niet veel van liefde, Nora', zei ik. 'Het is zeker zo dat ik vanaf het begin wist dat het nergens toe kon leiden. Een getrouwde man en katholiek ook nog? Maar ik ging er toch mee door, hè? Wanneer je de werkelijkheid negeert en doorgaat alsof er nooit een einde aan zal komen, nou ja, misschien is dat wel een definitie van liefde. Soms vraag ik me af of het zo was voor die vrouw in Rome. Ik weet dat de uitdrukking op haar gezicht die dag me met afgunst vervulde. Ik denk dat ik er in ieder geval, voordat ik oud was, ook een keer zo uit wilde zien.'

'Waar heb je het in vredesnaam over?' vroeg Nora. 'Welke vrouw in Rome?'

'Weet je dat niet meer? Ze was de gids in het huis van Keats. Lang en onaantrekkelijk, lelijk zelfs, maar ze had een knappe minnaar. We zagen hen die middag samen op de fiets vertrekken en ze zag er zo gelukkig uit. Ik was zo jaloers op haar! Het was op die dag dat Lewis problemen had met de politie.'

Nora schudde haar hoofd. 'Wat jou al niet opvalt, Clara! Ik herinner me geen lelijke vrouw met een man op een fiets.' Ze leek geërgerd over mijn eigenaardigheden en dus bleven we even zwijgend naar Schubert zitten luisteren. Na een poosje stond ik op om de plaat om te draaien. Maar Nora was nog niet bereid om het met rust te laten en dus vroeg ze me hoe het was geëindigd. Hadden we ruzie gehad? Was er een scène geweest?

'Nee', zei ik. 'We zijn geen van beiden ruziemakers. Een scène zouden we alletwee gênant hebben gevonden. Er was een andere vrouw.'

'Wat een schoft!' zei Nora. 'Lewis was ook zo. Er waren altijd andere vrouwen. Meteen vanaf het begin al. Maar als ik zwanger was geworden, dan had hij dat heel snel geweten. Hij zou ook geholpen hebben. Dat hadden we besproken en dus waren we steeds heel voorzichtig. Je moet een aantal grondregels hebben als je een verhouding begint, Clara.'

Ik voelde aan dat Nora me eens geducht de oren wilde wassen vanwege mijn onvoorzichtigheid, misschien om me betaald te zetten voor alle keren dat ik haar bazig de les had gelezen toen we als meisjes op onze slaapkamer kibbelden. Ik scheen toen altijd de overhand te hebben. Nu kon ik mijn mond niet houden: ik wilde haar vertellen over de korrelige foto's in die hotelkamer.

'Als je hem ziet, zou je het nooit van hem denken,' zei ik, 'maar Frank had ook nog een andere kant. Hij liet me een keer een stel foto's zien.' Nora keek me abrupt aan. Tegen die tijd was ze een tikje aangeschoten.

'Wat voor foto's?'

'Van twee vrouwen en een man', zei ik. 'Ze deden dingen met hem. Seksuele dingen. Hij zal het wel als prikkel hebben bedoeld. Als…'

Op dat moment kon ik niet op het woord komen, hoewel het me nu vlot te binnen schiet. *Afrodisiacum.* Ik ging door met te zeggen dat de foto's me enkel een smerig gevoel hadden gegeven. In zekere zin wilde ik dat allemaal met haar uitzoeken. Was het preuts van mij om me te schamen? Hoorde een vrouw van zulke foto's opgewonden te raken? Dat wilde ik weten.

'Zo was Lewis nou ook', zei Nora. 'Hij heeft me een keer mee naar een seksshow genomen. Midden in de nacht in Harlem. Kleurlingen waren echt aan het copuleren. Een man droeg een vrouw over het toneel op zijn ding. Ze klemde zich aan hem vast met haar benen om zijn middel en kreeg vlak voor onze neus een orgasme. Of ze deed alsof. Volgens mij deed ze maar alsof. Hoe kun je dat nou hebben in een zaal vol vreemden?' Nora leek nog steeds verdwaasd over die periode in haar leven en plotseling barstte ik in lachen uit.

'Wat is er zo grappig?' vroeg ze.

'Ik dacht alleen maar', zei ik, 'aan wat je me net vertelde en hoe raar het is om zulke dingen in dit huis te zeggen. Zijn zulke woorden binnen deze muren ooit geuit? Als vader ons eens kon horen!'

Nora begon ook te lachen. 'Goeie Heer! Wat zou die arme man van ons denken?'

Ik probeerde het allemaal in gedachten op een rijtje te zetten: het licht dat weerkaatste op de bladeren voor het raam; de neger en negerin die zich op een toneel in Harlem aan elkaar vastklampten; de vingers van Rubinstein op het klavier in de

422

opnamestudio; het zonlicht op de achterbumper van mijn kleine, blauwe Chevrolet op de oprit. Even was ik in de ban van die overdaad aan beelden die zich op een gewone maandagmiddag aan mijn zintuigen voordeden. En ik was dankbaar voor allemaal. Mij stonden geldzorgen en de afgewende blikken van mijn buren te wachten en mijn eigen verschrikkelijke onzekerheid. Maar toch was ik gisteren op dat moment volstrekt gelukkig.

Whitfield, Ontario
Zaterdag, 10 september 1938

Beste Evelyn,

In mijn deel van de wereld is het koel en buiig, een perfecte middag om een brief te schrijven, hoewel ik niet kan beweren de brenger van een gewichtige tijding te zijn. Het leven dat ik tegenwoordig leid is van een voorbeeldige ledigheid, ik lees en knikkebol onder het lezen, terwijl mijn lichaam opzwelt als een rijpende pompoen (beeld verschaft door Keats, wiens 'Ode aan de herfst' ik net heb gelezen). Mijn bestaan is werkelijk languissant. Als een oude vrouw dommel ik in mijn schommelstoel of ik sta bij het fornuis en eet tapioca recht uit de pan. Op de meeste middagen slaag ik erin me ertoe te brengen spitsroeden te lopen en onder de starende blikken van de ingezetenen mijn brood en boter te gaan kopen. Misschien overdrijf ik een beetje; de meeste mensen zijn er nu wel aan gewend om me 'in mijn toestand' te zien en alleen de waarlijk ziekelijken gapen me nog aan.

Heb je de laatste tijd nog iets interessants gelezen? Aan het begin van de zomer had ik me voorgenomen zo veel mogelijk achtenswaardige werken te lezen. Ik heb zelfs een lijst gemaakt, hoewel ik die intussen kwijt ben. Ik meen me te herinneren dat ik zulke titels heb opgeschreven als *De gebroeders Karamazov*, de *Ilias* en een aantal van Shakespeares minder bekende stukken zoals *Titus Andronicus* en *Een wintervertelling*. Helaas voor de goede voornemens! Na ieder bezoek aan de bibliotheek in het naburige Linden ging ik met lichtere kost naar huis, hoewel er toch wel wat voedzaams bij zat: Rilkes *Dagboek van mijn andere ik* fascineerde me (ik heb geen idee hoe dat in de openbare bibliotheek van Linden terechtgekomen is). Vanwege de morele les heb ik *De scharlaken letter* gelezen, maar het mooiste boek was toch *Aantekeningen van een jager* van Toergenjev. Dat is eigenlijk raar, want het lijkt een mannenboek: een welgestelde, van werk vrijgestelde landeigenaar wandelt honderd jaar geleden over het Russische land met zijn honden, jaagt op vogels en praat met boeren, maar Toergenjevs stijl in deze verhalen is zo heerlijk lyrisch. Ik heb ook John Steinbecks roman gelezen over de twee zwervers die in Californië werk zoeken als landarbeiders. Het deed me denken aan de rondtrekkende arbeiders die we hier van tijd tot tijd zien, hoewel er nu niet zo veel meer zijn als drie of vier jaar geleden. Ik heb ook een ander boek van Virginia Woolf geprobeerd, maar ik kon het niet uitlezen, en iets wat *Terug naar de godsdienst* heette van Henry C. Link. Heel populair volgens de bibliothecaresse, maar ik vond het grotendeels onzin en ijdele hoop.

Nora was hier tijdens het weekeinde van Labour Day en we zijn er eens goed voor gaan zitten om te bespreken waarom getrouwde mannen die vrouwen verleiden allemaal tot stof vermalen moeten worden. Wij zijn per slot van rekening het zwakkere geslacht enzovoort enzovoort. Nou ja, zoiets in ieder geval; zelfmedelijden daar kwam het op neer, maar dan nog was het zalig. Zoals je wel zult weten heeft Nora de rol van tante Polly in het hoorspel van *Huckleberry Finn*. Ze is er heel opgewonden over en ik ben blij voor haar. Het is iets anders en het kan heel goed zijn voor haar radiocarrière. En hoe gaat het trouwens met jouw constante pogingen om ons allemaal te misleiden over de arcadische onschuld van het Amerikaanse gezinsleven?

Clara

P.S. Denk je dat het oorlog wordt? Het nieuws op de radio is tegenwoordig afschuwelijk, tenminste hier wel. Ik ben bang dat als Engeland besluit weerstand te bieden aan Hitler, Canada er ook bij betrokken wordt, net als de vorige keer. Hoe zit het met de Verenigde Staten?

Zondag, 11 september

Een vreemd voorval vandaag. Marion was na de kerk op bezoek; we hadden op de veranda gezeten, maar het begon te regenen en toen zijn we naar binnen gegaan. Ik deed net de deur dicht toen ik een donkergroene auto zag (of was hij zwart?), die langzaam door Church Street reed. Hij leek op Franks Pontiac en de bestuurder had een hoed op. Vanwege de regen en de hordeur was ik er niet zeker van, maar heel even, toen ik daar bij de voordeur stond, ging er toch een onstuimige vlaag van opwinding door me heen. Hij was uit de stad gekomen om me te zien, maar was vergeten welk huis het was. Dat was begrijpelijk; per slot had hij me maar één keer thuisgebracht en dat was in het holst van de nacht meer dan een jaar geleden. Hij zou het bij de benzinepomp vragen, omkeren en terugkomen. Wanneer hij aanklopte en me zag, zou hij… Nou, wat zou hij dan doen of zeggen? Op dat punt stokte mijn verbeelding en Marion riep me vanuit de voorkamer. Misschien een halfuur lang wachtte ik gespannen, maar het moet iemand anders zijn geweest. De arme Marion verdroeg dapper mijn verstrooidheid en sombere zwijgen.

Chateau Elysee
Kamer 210
5930 Franklin Avenue
Hollywood, Californië
19/9/38

Beste Clara,

Zoals je ziet ben ik weer verhuisd. Er kwam een kamer vrij in dit heel fraaie appartementenhotel met de deftige naam, en Fred (die hier met een maatje woont) bracht me ervan op de hoogte. Het gebouw zit vol schrijvende types uit het Oosten, dus voel ik me hier helemaal thuis.

Nee, het ziet er zeker niet goed uit in Europa en het zou me absoluut niet verbazen als er nog een oorlog komt. Duitsland staat kennelijk te trappelen om te vechten. Er zit hier een aantal Duitsers, de meesten joods, die hebben moeten vluchten. Voor hen staat het buiten kijf dat Hitler vastbesloten is om de leiding in Europa in handen te krijgen en alle joden eruit te schoppen. Als je op de rest van het grauw hier moet afgaan (althans in mijn malle vak), zou je niet eens weten dat Herr Hitler en Signor Mussolini bestaan. Hier gaat de zorg van de mensen eerder uit naar wat er met de twee grote films gaat gebeuren die binnenkort in productie genomen worden. Ze staan op het punt te beginnen met *De grote tovenaar van Oz* en we zien ook de naderende geboorte op het witte doek tegemoet van de Amerikaanse klassieker *Gejaagd door de wind,* die Selznick hier voor MGM produceert. Op het moment zijn ze op zoek naar de ideale Scarlett en over iets anders praat niemand hier. Wie zal het worden? Katherine Hepburn? Bette Davis? Jean Arthur? Paulette Goddard? Bella Lugosi? Dit vindt natuurlijk allemaal plaats aan de andere kant van het terrein. Degenen onder ons die aan de B-films werken voor die jolige, ouwe L.B.M. mogen deze wereldschokkende gebeurtenissen slechts van verre aanschouwen.

De boeken die jij leest zijn beslist indrukwekkender dan alles waartoe ik in staat ben. Zodra ik uit mijn cel wordt vrijgelaten, kruip ik naar huis om op mijn noten en bessen te knabbelen. Maar zaterdagsavonds ga ik wel uit en ik heb een vriendinnetje leren kennen dankzij de goede diensten van M. Huxley. Er is hier een levendig wereldje voor luitjes zoals ik. Mijn excuses voor dit korte briefje, maar ik wilde je in ieder geval laten weten dat ik aan je denk. Zorg alsjeblieft goed voor jezelf en het kleintje. Ik verheug me erop om tante Evelyn genoemd te worden. Ik vind het heel leuk klinken.

Liefs en kussen, Evelyn

Zaterdag, 1 oktober

Vandaag zijn Marion en ik met de trein naar de stad geweest. Ik voel me niet meer op mijn gemak achter het stuur, dus hebben we de trein genomen, twee oude vrijsters, waarvan eentje er nogal zondig begint uit te zien. Een bitse verkoopster in Simpson keek strak of boos naar mijn ongeringde hand toen ik de positieschorten betastte. Zoekend naar iets om mijn opzwellende persoon mee te bedekken drong Marion, mijn beschermster, zich een weg door de overvolle winkels met de resolute, levenslange aanspraak op ruimte van de invalide. Al die sisklanken! Waar kwamen die vandaan?

Ik kocht de plaatselijke kranten om in de trein terug te lezen. Allemaal stonden ze vol met het nieuws over Chamberlains bezoek aan Hitler. Het lijkt erop dat er nu geen oorlog komt en Chamberlain wordt bejubeld in de straten van Londen. Vandaag is me beslist ook een zekere opgeruimdheid of een gevoel van opluchting op veel gezichten in Toronto opgevallen. Misschien komt het allemaal goed, maar met de mensen van Tsjecho-Slowakije moet je wel medelijden hebben. De Duitsers hebben gekregen wat ze wilden zonder dat er een schot is gelost.

135 East 33rd Street
New York
2 oktober 1938

Lieve Clara,

Ik hoop dat alles goed gaat. Ben je niet blij dat die kwestie in Europa afgelopen is? De afgelopen week is zo deprimerend geweest. Ik was ervan overtuigd dat er oorlog zou uitbreken tussen Duitsland en Engeland. Iedereen hier is natuurlijk zo blasé. Vanwaar al die heisa, schijnt de houding te zijn. Het ergert me soms echt dat Amerikanen lijken te denken dat je je er, als het niet in hun eigen achtertuin gebeurt, ook niet druk om hoeft te maken. Vrijdag na het werk heb ik hier vreselijke ruzie over gehad met een gozer van het impresariaat. Met een stel gingen we na de uitzending wat drinken en we raakten

427

hierover aan de praat. En die gozer zegt: 'Waar ligt Tsjecho-Slowakije en wie kan het wat schelen?' Ik maakte me zo kwaad om wat hij zei omdat het hun hele houding tegenover dit soort zaken samenvat. Eerlijk gezegd wist ik twee weken geleden zelf ook niet waar Tsjecho-Slowakije ligt, maar ik heb in ieder geval de moeite genomen het op te zoeken. Misschien dat ik wat doordraafde, maar ik was zo kwaad. Hoe dan ook, ik ben blij dat Chamberlain het heeft opgelost. Ik vind dat hij er een medaille voor verdient.

Ik heb het druk gehad met de serie uiteraard en ook met 'Amerikaans theater'. In feite ben ik net thuis van een middagrepetitie. Komende zondag om acht uur gaan we de ether in, dus stem op ons af, oké? Ik heb de programmering gezien en ik denk dat je ons via een van de omroepen in Toronto kunt opvangen, CFRB denk ik, maar je moet er de radiobode op nakijken. Hoe voel je je trouwens? Heb je genoeg geld? Ik wil niet dat je je in deze tijd druk maakt om geld. Ik weet hoe trots je bent, Clara, maar wees niet te trots voor mij. We zijn alleen op de wereld, weet je, en we moeten voor elkaar zorgen. Schrijf gauw!!!

Liefs, Nora

P.S. Heb pas nog een komische brief van Evelyn gekregen. Het lijkt of ze een paar vriendinnen heeft gevonden die haar 'gewoontes' delen. Een hoop gemopper over de huichelaars daar, maar ze lijkt zich te amuseren. Ze zei ook dat ze het heel fijn vindt om van jou te horen.

Whitfield, Ontario
10 oktober 1938

Beste Nora,

Gisteravond heb ik naar je programma geluisterd. Gefeliciteerd! Je klonk heel goed. Dit soort dingen zou je meer moeten doen. Uiteraard is het enigszins belachelijk om *Huckleberry Finn* in een radio-uitzending van een uur te persen, maar het programma heeft toch het wezen van Twains roman over weten te brengen. Dus nogmaals gefeliciteerd. Marion was er en we hebben thee zitten drinken en Marions havermoutkoekjes gegeten (waar ik veel te dol op word).

Ja, ik ben ook blij dat die Tsjecho-Slowaakse kwestie voorbij is. Maar ik ben er niet van overtuigd dat we het einde van de problemen in Europa hebben gezien. Die Hitler is verschrikkelijk ambitieus en hij lijkt meedogenloos en misschien zelfs een beetje gek. Een gevaarlijke combinatie. En het Duitse volk staat achter hem. Volgens mij hebben ze ons nooit echt vergeven dat we hen in de oorlog verslagen hebben en willen ze wraak. Dus in mijn hart ben ik bang dat er nog eens oorlog met hen uitbreekt. Misschien niet dit jaar, misschien niet volgend jaar, maar het komt ervan, denk ik, en bijna iedereen zal er uiteindelijk aan meedoen, behalve jouw Amerikanen. Die zullen er waarschijnlijk enkel aan verdienen door wapens en bommen aan beide zijden te leveren.

Wat mezelf betreft, het gaat goed volgens Murdoch; dit heeft me opgevrolijkt en zoals je weet is opgevrolijkt niet mijn normale gemoedsgesteldheid. Ik weet niet precies waarom ik me zo voel. Ik zou me dodelijk ongerust moeten maken over wat er komen gaat. De boze blikken die ik van sommige mensen krijg, zouden me van streek moeten maken, maar dat doen ze niet meer. Het gaat gewoon prima, dank je. Het kind begint tegen de deur te trappelen en Murdoch denkt dat ik wel een jongetje zal krijgen. Kennelijk zijn jongetjes onstuimiger in de baarmoeder. Tja, het kan mij natuurlijk niet schelen, zolang het maar gezond is. Ik ben dus dik en lui aan het worden, Nora, en het maakt me geen zier uit. Vanaf de veranda hoor ik het geroep van de kinderen op het schoolplein; een paar weken geleden miste ik het nog, maar nu ben ik er tevreden mee om te zitten wachten tot het gebeurt. Misschien dat ik op zoek zal gaan naar andere mannen om meer kinderen te krijgen. Een huis vol kinderen, net als de oude vrouw die in een schoen woonde. Ik zou ze als knecht en dienstmeid kunnen verhuren of een pension beginnen met al die potige zonen en knappe dochters om me te helpen. Met geld zit het voorlopig wel goed, maar bedankt dat je het vroeg.

Clara

Woensdag, 19 oktober

Vandaag zijn de kolenmannen uit Linden geweest en ze hebben zes ton in de kelder gestort. Ik neem aan dat ik altijd aan F. zal denken op de dag dat de kolenmannen komen. Als hij van mijn toestand op de hoogte was geweest, had hij kunnen regelen dat er levenslang in oktober een voorraad werd bezorgd. Alles welbeschouwd was hij er dan nog goedkoop vanaf gekomen.

Ik heb zitten tobben over hoe ik de ketel in de winter aan de gang moet houden, maar vandaag verdween het probleem. Na het avondeten verscheen Mr. Bryden met Joe Morrow bij de achterdeur.

'Je hoeft je daar geen zorgen over te maken, Clara. Joe zal voor de ketel zorgen. Hij zal iedere morgen en avond komen kijken of hij wel goed gevuld is.'

Verlegen gluurde Joe me vanuit de deuropening aan. Ze wilden niet in de keuken komen. Vanzelfsprekend bood ik aan te betalen, maar het idee leek hen allebei te beledigen.

'In geen geval', zei Mr. Bryden.

'Ik ga geen geld van jou aanpakken, Clara', zei Joe.

Ik zei hun dat ik het nog ongeveer een maand zelf aankon en daarna zou ik hun aanbod met plezier en dankbaarheid aannemen. O, was er maar een God om in te geloven, dan had ik kunnen zeggen: 'God zegen jullie allebei!'

Maandag, 31 oktober

Vanmiddag een bezoek van Murdoch. We hebben overlegd of ik het kind hier of in het ziekenhuis van Linden moet krijgen. Vanwege mijn leeftijd en het feit dat het mijn eerste is, wil hij dat ik naar het ziekenhuis ga. Hij maande me ook op het weer te letten.

'Het kind kan ieder moment na Kerstmis komen en je weet wat voor weer het dan kan zijn, dus zorg ervoor dat degene die je brengt op het weerbericht let. We willen niet dat je dit kind ergens langs de weg in een sneeuwbank krijgt.'

Mijn kind in een sneeuwbank krijgen! Wat een vrolijke oude baas is het toch!

Vanavond kwamen de kinderen langs voor hun traktatie en een stel zei dat ze me heel erg misten.

'Miss Bodnar is heel aardig, maar…' Ook al is het niet waar, dan is het nog fijn om te horen.

135 East 33rd Street
New York
2 november 1938

Lieve Clara,

Sorry dat ik je na je laatste brief niet eerder heb teruggeschreven, maar het is zo'n gedoe geweest de afgelopen paar weken. Vivian Rhodes (volgens mij heb je haar een keer bij Evelyn ontmoet – ze speelt Effie en is getrouwd met een professor aan Columbia University) heeft haar broer verloren door een auto-ongeluk en Margery heeft het scenario gewijzigd om Vivian tijd te geven naar de begrafenis te gaan. Het heeft ons allemaal aangegrepen, want Vivian was zeer verknocht aan haar broer. En daarbij komt nog dat op het moment Effie in de penarie zit; ze is verliefd geworden op een ex-bajesklant die een baantje heeft bij Hendersons ijzerwaren en nu wordt die ervan beschuldigd dat hij geld gestolen heeft. Dus moest Margery alles uit de kast trekken om Effie voor een paar dagen uit de serie te schrijven. Maar dat heb je nou eenmaal met de radio.

Nu we het over de radio hebben, heb je toevallig op maandagavond het programma 'Mercury Theater' gehoord? Dat heeft me toch voor een opschudding gezorgd hier!!! Het is de hele week al hét onderwerp van gesprek. Sommige mensen geloofden daadwerkelijk dat er ergens in New Jersey marsbewoners waren geland en een man schijnt er een hartaanval door te hebben gekregen. Mensen liepen in paniek de straat op en de centrale van CBS moet vastgelopen zijn door alle telefoontjes. Ik moet zeggen dat het echt een vernuftig programma was, helemaal opgezet als een gewone nieuwsuitzending. Het is helemaal geschreven en geproduceerd door een jongeman. Pas eenentwintig! Het bewijst nog eens hoe machtig radio kan zijn.

Het was fijn te horen dat je in je laatste brief zo opgewekt klinkt. Een dezer dagen zul je een ledikantje en nog wat babyspullen krijgen. Ik heb op zaterdag lol gehad met het kopen van die dingen in Macy en de verkoopsters te vertellen dat ik binnenkort tante word. Volgens mij kregen ze een kick van mij. Hoe dan ook, ze beloofden dat het binnen twee weken bezorgd zal worden, dus ik hoop dat het heel aankomt. Misschien kun je me dat laten weten, want ze garandeerden een veilige aankomst.

Liefs, Nora

P.S. Raad eens wie er op zaterdag met zijn smoel in de *Herald Trib* stond? Niemand minder dan onze dierbare, ouwe makker Lewis Mills!!! Daar stond hij met zijn nieuwe bruid (nummer drie). Ze is half zo oud als hij en afgestudeerd aan een of andere deftige vrouwenuniversiteit. Sjonge!!! Wedden dat ze hem en zijn buien binnen zes weken beu is.

Maandag, 14 november

Een zachte, regenachtige dag en op het postkantoor stond er een gigantische doos op me te wachten. Ik moest Joe vragen of hij hem met zijn vrachtwagen voor me thuis kon brengen en vanmiddag heeft hij het ledikantje voor me in elkaar gezet. Wat zou ik moeten zonder deze geduldige, bescheiden man, die bij zijn zus en zwager woont en weinig anders in zijn leven schijnt te hebben dan de klussen opknappen die anderen niet kunnen of willen doen: tuinen omspitten, buiten-wc's kalken en ledikantjes monteren.

We besloten het in een hoek van mijn slaapkamer te zetten en dus zat ik te kijken hoe Joe werkte: de verschillende onderdelen in elkaar passend op zijn ongehaaste wijze, binnensmonds fluitend, zijn grote handen wonderbaarlijk bedreven met een schroevendraaier. Hij moet over de zestig zijn nu, hoewel hij er nog net zo uit lijkt te zien als dertig jaar geleden toen ik een meisje was en hij ieder najaar langskwam om de voorzetramen te installeren. Vader weigerde op een ladder te gaan staan en dus droeg Joe de grote, zware ramen omhoog en monteerde ze in de kozijnen. Dat doet hij nog steeds voor mij. In het waterige licht dat door het raam viel zat ik op het bed naar Joe's werk te kijken en te denken aan mijn ongeboren kind en de wereld die hem wacht. Of haar. Zaterdag heb ik een lang stuk gelezen in de *Globe and Mail* over de nazi-bendes die in Duitse steden joodse bezittingen verwoesten. Ze schijnen uitzinnig tekeer te gaan en de autoriteiten doen er niets aan. Vorige week heeft een jonge jood in Parijs een moordaanslag gepleegd op de secretaris van de Duitse ambassade en dit heeft de nazi's woedend gemaakt. Of hen een excuus gegeven woedend te zijn. Wat is het toch met de joden dat ze zo'n haat bij de Duitsers losmaken? Nora zegt dat New York door joden wordt geleid en omdat ze slim en succesvol zijn, veroorzaakt dat afgunst bij anderen. Toen we het daar een keer over hadden, zei ik dat de Italianen en Ieren ook de touwtjes in handen lijken te hebben in New York en die worden niet op dezelfde manier verketterd. Vreemde gedachten voor een grijze, natte middag hier in de rust van mijn huis, ver verwijderd van dat soort verwikkelingen. Ik ben vanavond naar de Brydens gegaan en heb Nora gebeld om haar te bedanken voor het ledikantje.

Maandag, 5 december

Nadat Joe vanavond klaar was met de ketel ben ik in de voorkamer naar een concert uit New York gaan zitten luisteren. 'Serenade voor strijkinstrumenten' van Dvorák. Het is een stille, koude avond en het geluid was wonderbaarlijk helder. Een uur lang was ik in vervoering. Ik kon niet lezen; ik kon nauwelijks ergens anders aan denken dan aan het immense feit dat deze muziek zich door al die donkere lucht voortplantte om mij te bereiken. Toen de muziek afgelopen was, ontwaakte ik als uit een droom.

Chateau Elysee
kamer 210
5930 Franklin Avenue
Hollywood, Californië
11/12/38

Beste Clara,

Gisteravond hebben ze Atlanta, Georgia, platgebrand en dat was me toch een fik. Ja, ik heb het met mijn eigen ogen gezien hier achter op het terrein van MGM. De lucht was lichtgeel door de mist en allerlei gedaantes renden van hot naar her. Fred en ik hebben samen naar het spookachtige tafereel gekeken. Ik weet zeker dat heel Los Angeles gedacht moet hebben dat MGM zelf in vlammen opging en er zijn er zat die dat niet eens zo'n slecht idee zouden vinden. Geloof me, de grote brand van Londen is er niets bij vergeleken. Waar diende het allemaal voor, zou je kunnen vragen. De brand was natuurlijk geen ongeluk. Hij was aangestoken zodat de camera's een cruciale scène konden opnemen in de verfilming van 'gong mit de Vind', zoals hij wordt genoemd door een gozer die hier pas vanuit Hitlers Duitsland naartoe is gekomen. Hoe dan ook, het was een fraai gezicht.

Ik ben tot de overtuiging gekomen dat ik in een soort krankzinnigengesticht arbeid: gebouwen worden in brand gestoken en ik lunch in de 'commissary' met cowboys en indianen en balletdansers; een tijdlang heb ik gedacht dat die ouwe ginfles eindelijk mijn grijze cellen in de vernieling had geholpen, want ik begon 'kabouters' te zien. Ik dacht: daar heb je eindelijk het delirium tremens waar ik al die jaren bang voor ben geweest. Maar nu blijkt dat 'de kabouters' alleen maar dwergen van Singer zijn, die zijn ingehuurd om het Munchkinvolk te spelen in *De grote tovenaar van Oz*. En het zijn me toch rare, ondeugende baasjes! Je ziet ze hun roes uitslapen in een prullenmand of een kast. Het zijn vreselijke zuipschuiten en ze schijnen hun handen niet thuis te kunnen houden. Meer dan één regieassistente heeft geklaagd dat ze in haar billen is geknepen. Ze blijken dus hun verzorgers behoorlijk wat last te bezorgen. Maar ik ben dankbaar dat de deliriums nog even op zich laten wachten.

Onlangs heb ik de grote L.B. Mayer gesproken. Ik was ontboden op zijn pompeuze kamers en uiteraard begaf ik me er met angst en beven heen, ervan overtuigd dat ik op de een of andere manier had gezondigd met mijn serie Nancy Brown. Maar nee, de grote man vindt het scenario prima en deed in feite zijn best me te feliciteren met het schrijven van iets wat 'de kleinsteedse waarden van het Amerikaanse gezinsleven bevestigt.' Hij zag geen reden, zei hij, waarom deze serie niet even populair zou worden als Andy Hardy. God zegen die ouwe sok. Ik had hem kunnen zeggen, wat ik uiteraard niet heb gedaan, dat als het op de bevestiging van 'de kleinsteedse waarden van het Amerikaanse gezinsleven' aankomt, ik de aangewezen klerk ben. Ik heb geen gezin en heb nooit in een kleine stad gewoond. Ook rook en drink ik overmatig en duik ik graag het bed in met bevallige, jonge vrouwen. Wie kan er beter over het Amerikaanse gezinsleven schrijven?

Maar genoeg over mijn verachtelijke persoontje! Hoe gaat het met je? Je moet nu toch bijna uitgerekend zijn. Uiteraard duim ik met handen en voeten dat alles goed gaat.

Zoals altijd de beste wensen, Evelyn

P.S. Ik sluit een boek bij waarvan ik denk dat je het mooi zult vinden. Maria Huxley vertelde me over deze vrouw en wat een goede schrijfster ze is. Ik ben het met haar eens. Ik hoop dat het je bevalt!

Eerste kerstdag (21.45 uur)
Een jaar geleden at ik gans met vettige vingers en las ik over wellust en moord in Californië. Hoe eenvoudig was het leven

toen! Gewoon niet meer met hem afspreken en wachten tot de tijd mijn gewonde hart geheeld zou hebben. Maar dat was toen en dit is nu en nu is het heel anders. Nu beweeg ik me met behoedzame tred door het huis, vooral op de trap en ik hou me stevig vast aan de leuning als ik naar beneden ga. Die logheid! Ik verlang ernaar om weer licht en ongehinderd te lopen met mijn benen bij elkaar! Emily D. heeft dit verdorie nooit door hoeven maken. En toch ben ik best gelukkig en is dit een fijne dag geweest. Marion kwam langs met haar cadeaus: een blouse en een rok voor wanneer ik dat soort dingen weer kan dragen; en voor het kind, een boek met kinderversjes en een verzilverde lepel. Ik heb haar de nieuwe roman van Taylor Caldwell gegeven. Ze heeft een kleine kip gebraden en na het eten heb ik pianogespeeld, met enige moeite want ik kon amper bij de toetsen. Het moet een komisch gezicht zijn geweest, maar Marion zong de oude kerstliederen gevoelvol met haar heldere alt. De Brydens kwamen luisteren. Wat zijn die drie mensen de afgelopen paar weken toch goed voor mij geweest!

Een uur geleden ben ik ondersteund door Marion en Mrs. B. naar het huis van de Brydens gewaggeld en heb ik Nora gebeld. Haar verteld dat het kind beweeglijk is en lijkt te popelen om eruit te komen en een rol te spelen in deze groezelige, oude komedie. Nora was opgelucht toen ze hoorde dat Marion de komende paar dagen bij me blijft logeren. Dat hebben we gevieren een paar uur geleden besloten, want volgens mij zal het kind zo komen. Als Marion er is, voel ik me beter, hoewel ze me op mijn zenuwen werkt met haar getut. Ik moet proberen geduldiger te zijn met haar.

Dinsdag, 27 december (20.35 uur)

Ik heb een dochter, Elizabeth Ann. Ze is vanmorgen om tien voor zes geboren. Gistermiddag voelde ik de eerste weeën. Ik had langzaam een boek zitten lezen, want het is zo'n boek dat je niet uit wilt hebben. Evelyn Dowling heeft het me een paar weken geleden gestuurd en het heet *Een lied van Afrika*. De schrijfster is een Deense, die vijfentwintig jaar geleden naar Kenia is geëmigreerd en eigenares werd van een koffieplantage. Ik had geen boek kunnen kiezen dat op een wintermiddag in Ontario meer afleiding biedt. Dus verkeerde ik onder leeuwen en zebra's, met gieren die rondcirkelen 'in de bleek gloeiende lucht', toen de weeën begonnen. Marion liep meteen naar de Brydens en belde de dokter, die zei dat hij na het avondeten zou komen. Dat was een grote opluchting voor me, want nu hoefde ik niet naar Linden, naar een ziekenhuis vol vreemden. Mijn kind zou in hetzelfde huis worden geboren als ikzelf vijfendertig jaar geleden.

Rond negen uur arriveerde Murdoch. Hij is zo'n knorrige, ouwe snuiter, maar hij heeft me de volgende negen uur door geholpen en ik zal zijn norse vriendelijkheid en zekere handen niet gauw vergeten. In de laatste ogenblikken was de aanblik van het kind dat tussen mijn benen verscheen te veel voor Marions tere gevoelens en ze trok zich in de logeerkamer terug. Mrs. Bryden, zelf kinderloos maar kranig, bleef tot het einde en ze was in tranen. Dat was ik waarschijnlijk zelf ook toen Murdoch het donkerharige meisje op mijn borst legde.

Het is voorbij en nu heb ik een kind en is mijn leven voorgoed veranderd. Elizabeth Ann Callan. Het zal eerder Liz worden, denk ik, dan Beth, en Elizabeth Ann wordt gereserveerd voor momenten van strengheid. Ik heb mijn knieën opgetrokken om dit blad te ondersteunen; het kind slaapt en ik kan Marion horen, die beneden rondklost en Joe die met het rooster rammelt terwijl hij de ketel bijvult. Hij is te verlegen om zich in deze vrouwelijke wereld te wagen en is er tevreden mee om ons op deze heldere winteravond warm te houden.

Ik wil je zo graag helpen beseffen, Elizabeth Ann, hoe moeilijk en verwarrend en wonderlijk het allemaal is: ooit zal ik je vertellen hoe ik heb geleerd naar het wisselende licht van herfstdagen te kijken of in maart de aarde door de sneeuw heen te ruiken; hoe God op een winterochtend uit mijn leven is verdwenen en hoe ik op een zomeravond in het reuzenrad zat en neerkeek op een man die me veel pijn had gedaan; ik zal je vertellen hoe ik ooit naar Rome ben gereisd en al die soldaten heb gezien in de stad van dode dichters; ik zal je vertellen hoe ik je vader voor een bioscoop in Toronto heb ontmoet en hoe jij bent ontstaan. Misschien zal ik daar beginnen. Op een wintermiddag, wanneer we de lamp al vroeg aandoen, of misschien op een zomerdag vol loof en lucht, zal ik beginnen met de vervoeging van het elementaire werkwoord. Ik ben. Jij bent. Het is.

NAWOORD

M ijn moeder heeft me daar nooit iets van verteld. Misschien dat ze het op een 'wintermiddag' of 'zomerdag'
vol loof en lucht' wel heeft gewild, maar iets in haar weerhield
haar ervan. Ze was een moeilijke vrouw, gesloten en beheerst.
Dat zat natuurlijk in haar aard, maar ze had er ook reden toe. In
1938 een buitenechtelijk kind krijgen in een dorp in Ontario
was meer dan genoeg om haar van de gemeenschap buiten te
sluiten. Ik groeide vaderloos op te midden van geruchten omtrent mijn verwekking. Tegen de tijd dat ik naar school ging,
waren de mensen van Whitfield gewend aan het idee dat
moeder me alleen opvoedde en werden we op beleefde, afstan-
delijke wijze geaccepteerd; enkelen hadden misschien zelfs
bewondering voor mijn moeders lef. Toch eindigden de ruzies
met andere meisjes op het schoolplein voor mij uiteindelijk
altijd in machteloze verslagenheid door hun geschimp. 'Waar is
je moeders vriendje?' en 'Waar is je vader?' Of die ene vraag, die
beladen leek met een soort elementaire waarheid en die door de
jaren heen in de gezinnen moet zijn rondgegaan tot hij een deel
van de dorpsfolklore was geworden. 'Waar is de man die je
moeder in Toronto had?' In die vraag klonk voor mij in mijn
jeugd iets duisters en obsceens door, wat mij zonder mankeren
aan het huilen maakte.

Uiteraard heb ik mijn moeder hiernaar gevraagd en een keer
zei ze me dat mijn vader dood was en dat ik geen vragen meer
over hem moest stellen. Ik geloof dat ik negen was. Moeder was
net thuisgekomen van haar werk op een advocatenkantoor in
Linden, een stadje dat ongeveer twintig kilometer van ons dorp
ligt. Ik kon de sigarettenrook van de advocaten in haar kleren
ruiken en haar vingers waren nog groezelig van het carbonpa-
pier dat ze gebruikte bij het typen van brieven en contracten.
Het was het enige werk dat ze had kunnen krijgen nadat het
schoolbestuur haar had ontslagen en het vergde drie jaar en een

tekort aan arbeidskrachten tijdens de oorlog voordat ze de baan kreeg. Op die gure novemberdag, toen ze me zo plotseling en opmerkelijk vertelde dat mijn vader dood was, had ze haar jas nog aan toen ze bij het fornuis een blik tomatensoep openmaakte en die fronsend in een pan roerde. 'Hij is omgekomen bij een jachtongeluk voordat je geboren bent, Elizabeth', zei ze. 'Maar, alsjeblieft, geen vragen meer over hem.'

De volgende paar dagen vormde ik een beeld van een man die in een geruit flanellen overhemd, met een jagerspet op zijn hoofd in de herfstige bossen herten besluipt. Vervolgens komt hij tragisch om het leven voordat hij met mijn moeder heeft kunnen trouwen! Hoe was dat gebeurd, vroeg ik me af. En hoe had ze hem leren kennen? Was dat de man die ze in Toronto *had?* Hoe langer ik erover nadacht, hoe meer ik besefte dat het niet klopte, dat het een leugen was. Hoe kon mijn moeder zich aangetrokken voelen tot een man die op dieren joeg? Ze hield van de natuur, van poëzie, van muziek; het leek allemaal onwaarschijnlijk, weer een van haar verhalen om mij rustig te houden, verzonnen uit vermoeidheid na een lange dag. Tijdens de rit naar huis over de districtswegen had ze in de bossen waarschijnlijk geweerschoten van jagers gehoord. Jaren later vroeg ik haar waarom ze me dat bizarre verhaal had verteld en ze antwoordde enkel: 'Och, dat weet ik niet Liz. Je zult wel gezeurd hebben en ik was moe.'

Een kind zoekt waar ze denkt te vinden en toen ik ouder werd, verplaatste ik mijn bewondering van mijn moeder, met haar zaterdagse arm vol bibliotheekboeken en haar platen van Rubinstein die Chopin en Schubert speelt, naar haar zus, mijn tante Nora. Was zij mijn moeder maar, want tante Nora was een betoverende aanwezigheid in mijn leven, een radioactrice die in New York woonde. In tegenstelling tot mijn moeder was tante Nora blond en knap; ze woonde in de meest mondaine stad van de wereld en de zeldzame keren dat ze in de zomer een paar dagen bij ons logeerde, zag ze er altijd zo chic uit in haar New Yorkse kleding, dat ik ervan droomde om samen met haar weg te lopen. Wanneer ze bij ons was, hielden mensen haar op straat staande of ze kwamen verlegen aan de deur vragen om een handtekening. Gedurende die paar zomerdagen was ik niet langer een kind, verwekt door een of andere man die mijn moeder in Toronto *had*, maar maakte ik deel uit van een rijkere, belangrijkere wereld. Eén keer, toen ik twaalf was, stuurde tante Nora ons met Kerstmis tickets en we namen de trein naar New York en logeerden in haar flat in East Thirty-third Street. We gingen naar de studio in het Rockefeller Center en moeder en ik stonden samen met andere toeristen achter enorme spiegelruiten omlaag te kijken naar tante Nora en haar medespelers die met hun scenario in de hand voor de microfoon stonden, terwijl mannen in vestje en overhemd deuren openden en sloten of opnames van rijdende auto's lieten horen. Uit de luidsprekers boven ons hoofd konden we de uitzending over het land horen gaan en zelfs tot in Canada, waar onze buren ernaar luisterden.

Zoals te verwachten was, oordeelde moeder er onbarmhartig over, hoewel ik haar daar nooit iets van tegen tante Nora heb horen zeggen. Ze was niet jaloers op het succes van haar zus; ik weet zeker dat ze het beste met haar voorhad, maar ze minachtte series als 'The House on Chestnut Street'. In haar ogen was het slechts onnozel vermaak voor huisvrouwen. Zij ging iedere dag uit werken en had geen tijd voor die onzin. Maar ik was erdoor betoverd. 'The House on Chestnut Street' werd midden op de dag uitgezonden wanneer ik op school zat, maar vaak dwong ik mezelf ziek te zijn zodat ik thuis kon blijven om ernaar te luisteren. Meestal wilde moeder er niets van weten; als ik thuis bleef, moest ze onze buurvrouw, Mrs. Bryden, vragen af en toe naar mij te gaan kijken en moeder hield er niet van om mensen lastig te vallen. Maar zo nu en dan was ik echt ziek en op die middagen klom ik uit bed en ging ik, met een deken om me heen, ongeduldig in de voorkamer zitten wachten op 'Salut d'Amour' van Elgar, de herkenningsmelodie van de serie, waarna de stem van de presentator me uitnodigde om 'opnieuw langs de statige bomen en witte tuinhekjes naar "The House on Chestnut Street" te wandelen, waar we vandaag Alice en Effie in de keuken aantreffen, in gesprek met tante Mary en oom Jim. Gisteren hebben we gehoord dat Alice…' Om de stem van mijn tante door de met doek bedekte voorkant van de Stromberg-Carlson te horen komen was pure magie.

Maar in het jaar dat volgde op ons kerstbezoek aan New York werd de serie abrupt stopgezet. Ik kon het niet geloven en ik neem aan miljoenen anderen evenmin. Er was een brief van tante Nora voor nodig om de omstandigheden uit te leggen. Ik weet nog dat moeder bij de eettafel die brief stond te lezen en tegen me zei: 'Blijkbaar denken ze dat je tante een communiste is.' Ze zweeg even om uit het raam te kijken; ze had tegen zichzelf kunnen praten. 'Ik heb geen flauw idee waarom. Ik kan niet geloven dat Nora ook maar enig benul heeft van het communisme.' Maar het was 1951, het McCarthy-tijdperk, toen fanatici, ervan overtuigd dat het communisme een bedreiging vormde voor de Amerikaanse democratie, op zoek gingen naar verdachten in het openbare leven, vooral in de amusementswereld. Mensen werden bij de film, televisie en radio weggewerkt; carrières werden geruïneerd en inkomens gingen verloren. Veel onschuldige mensen raakten verstrikt in het net en moeder had zeker gelijk wat tante Nora betreft. Ze had geen enkele belangstelling voor politiek, maar haar marginale betrokkenheid bij een groep New Yorkse acteurs in de jaren dertig was voldoende om haar op de zwarte lijst te plaatsen.

Datzelfde jaar zorgde tante Nora voor een nog grotere verrassing door een telegram te sturen waarin ze haar huwelijk aankondigde. Ze was toen midden veertig. Het was een van de weinige keren dat ik mijn moeder haar verbazing heb horen uiten over de vreemde, uiteenlopende wendingen die het leven kan nemen. Ze moest erbij gaan zitten toen ze het las en naar haar verbijsterde gezicht te oordelen had het telegram net zo goed in het Sanskriet of het Urdu kunnen zijn. Later stuurde tante Nora ons foto's van haar man, mijn oom Arthur. Hij was toen in de vijftig, maar leek ondanks zijn grijze krulhaar jaren jonger. Ik vond hem op Jeff Chandler lijken, een knappe filmacteur uit die tijd. Oom Arthur was niet alleen knap, hij was ook de rijke, succesvolle directeur van een reclamebureau en hij voerde tante Nora prompt mee naar Californië. Het was net de laatste aflevering van 'The House on Chestnut Street' of 'The Right to Happiness' of een van die stuk of tien andere middag-series op de radio: een vrouw van middelbare leeftijd verdraagt haar lot geduldig, overwint en trouwt uiteindelijk met de prins die haar meeneemt naar het gouden land.

Het betoverende leven van mijn tante leek de kloof tussen mijn moeder en mij te verbreden; vaak vergeleek ik hun beider lot; mijn risico's nemende tante, die zich uit de ver-trouwde omgeving had losgerukt om haar geluk in een ander land te beproeven, en mijn moeder, de thuisblijfster, die vast-geroest zat in een dorp in Ontario. Het was natuurlijk een onredelijke vergelijking, maar welk tienermeisje is ooit redelijk in de beoordeling van haar moeder? Door de week stapten we 's morgens in haar twintig jaar oude Chevrolet coupé en reden over de districtswegen naar Linden, vaak gehuld in een week oud, bedrukt stilzwijgen, teweeggebracht door een ruzie. Ik vond het een vernedering om in die oude auto gezien te worden. Op weg naar haar werk zette moeder me altijd af voor de middelbare school en een keer hoorde ik een jongen, op wie ik half en half verliefd was, tegen vrienden zeggen: 'Wanneer zou de moeder van Liz die ouwe brik nou eens van de hand doen?' Ik heb nooit meer een woord tegen die jongen gezegd.

De jaren daarna zat ik op de universiteit en kwam ik nog maar zelden in Whitfield. Een paar keer per maand sprak ik mijn moeder aan de telefoon die ze uiteindelijk, hoewel met tegenzin, had genomen. Na mijn afstuderen gaf ik les op een lagere school, waarna ik terugkeerde naar de universiteit om te promoveren op de Amerikaanse dichteres, Edna St. Vincent Millay, en carrière te maken als universitair docente. De zomer van het eeuwfeest van ons land bracht ik door in Los Angeles, waar ik logeerde bij tante Nora en oom Arthur en de brieven van de dichteres bestudeerde in de bibliotheek van University

College Los Angeles. Daar ontmoette ik de rijke, jonge radicaal die me naar Canada zou volgen en die mijn man zou worden. Het huwelijk was een vergissing, maar we gingen te zeer op in de tijdgeest om het te merken: de burgerrechtenbeweging, de oorlog in Vietnam, de protesten en demonstraties namen ons geheel in beslag. Ik denk nu dat we elkaar amper hebben leren kennen in de drie jaar dat we samenleefden.

In die ontvlambare zomer van 1968 overleed mijn moeder onverwacht aan een hartaanval. We konden mijn oom en tante, die op vakantie in Hawaii waren, niet vinden. Maar enkele mensen woonden de begrafenis bij en nadat we haar naast haar vader, moeder en broertje op het kerkhofje buiten het dorp hadden begraven, keerden we terug naar het huis waarin ik ben geboren en opgegroeid. We kregen thee en sandwiches geserveerd door Miss Webb, moeders oudste vriendin, die het niet kon laten om timide blikken te werpen op mijn man, met zijn schouderlange haar, zijn bril met gekleurde glazen en de werkschoenen die hij naar een begrafenisplechtigheid droeg. Zelfs plattelanders wisten dat dat niet kon. Miss Webb had een orthopedische schoen en het geluid ervan op de planken vloer riep herinneringen op aan haar zondagmiddagbezoekjes aan mijn moeder. Op die warme, winderige augustusavond keken mijn jonge echtgenoot en ik naar het nieuws op het kleine zwartwittoestel dat mijn moeder pas een paar jaar voor haar dood had aangeschaft. De politie van Chicago knuppelde mensen op straat neer. We zagen hoe demonstranten en voorbijgangers tegen de spiegelruit van de Hilton Haymarket Lounge werden gedrongen. We zagen hoe de ruit onder luid geschreeuw verbrijzelde. Anarchie kan voor jongeren een opwekkend middel zijn en we keken met het soort zwaarmoedige opwinding die vaak gepaard gaat aan een mogelijke verandering.

Ik weet ook nog dat het vreemd voelde om getuige te zijn van al die gewelddadigheid in de rust van mijn moeders huis, omringd door de dichtheid en zwaarte van een ander tijdperk met zijn logge, donkere meubilair, vergelende lampenkappen en bedrukt behang. Deze 'low, dishonest decade' zoals Auden het noemde, is evenzeer het onderwerp van dit boek als mijn moeders kalme, maar toch turbulente leven tijdens de vier jaar waarin ze heeft opgeschreven wat haar overkwam. Voorzover ik heb kunnen vaststellen, heeft ze na mijn geboorte nooit meer iets in een dagboek genoteerd.

De brieven van tante Nora zaten in een hutkoffer in mijn moeders slaapkamer, maar die heb ik toen niet gezien; ik wilde veel te graag weg uit dat benauwde dorp waar ik zelden gelukkig was geweest. Maar een maand na de begrafenis ben ik terug naar Whitfield gegaan met tante Nora en oom Arthur, die uit Californië waren gekomen voor een bezoek aan moeders graf. We hebben dat weekeinde haar spullen gesorteerd en de verkoop van het huis geregeld. Jaren later vertelde tante Nora me dat ze de brieven had gevonden, maar had besloten ze toen niet aan mij te laten zien. Ik denk dat ze mijn gevoelens wilde sparen, me wilde behoeden voor de pijnlijke details van wat mijn moeder had doorstaan. Verkrachting. Abortus. Overspel. Dergelijke onderwerpen werden niet zo gemakkelijk openlijk besproken door vrouwen van mijn tantes generatie. Maar ze beloofde wel dat ik op een dag zou horen wat er echt was gebeurd, maar pas na haar dood.

Tante Nora heeft mijn moeder meer dan dertig jaar overleefd en ze was vierennegentig toen ze afgelopen januari in een verpleeghuis in Los Angeles overleed. Haar laatste jaren waren overschaduwd door seniliteit en ze sprak enkel nog over dingen die lang geleden belangrijk waren geweest: het zonlicht op haar vaders zakhorloge, de smaak van drop, de fluit van een stoomlocomotief. Toen we naar Los Angeles gingen om haar spullen te sorteren, vonden we de gehele briefwisseling tussen de twee zussen en ook de brieven van mijn moeder aan de uitbundig cynische Evelyn Dowling, die ik dolgraag als tante had gehad. Helaas heb ik Evelyn nooit ontmoet, want een jaar na mijn geboorte is ze bij een auto-ongeluk in de heuvels van Hollywood omgekomen.

Voor al haar hulp en aanmoediging bij het ordenen van deze brieven wil ik mijn dank betuigen aan Moira Svensson, mijn liefste vriendin en partner gedurende de afgelopen twintig jaar.

Elizabeth A. Callan
Saltspring Island
British Columbia
december 2000